Stéphane Bourgoin présente

POINTS CRIME

Il y a plus d'un siècle déjà, le héros du roman de Georges Darien, *Le Voleur*, affirmait : « Le récit émouvant d'un bon crime apaise maintes colères et tue dans l'œuf bien des actions que la société redoute. »

Tueurs en série, femmes meurtrières, braqueurs, escrocs, experts de la police scientifique, profilers ou erreurs judiciaires : le crime captive, il passionne, nous interpelle.

Comprendre le crime ou, du moins, tenter de le faire, c'est aussi une manière d'appréhender le monde dans lequel nous vivons.

S. B.

Ce livre est dédié à la mémoire de Robert Bloch qui m'a « initié » à Jack l'Éventreur, ainsi qu'à Nora Barnacle.

PREMIÈRE PARTIE

L'énigme de Jack l'Éventreur

Prologue

Jack l'Éventreur...

La seule mention de ce surnom évoque immédiatement un certain nombre d'images mentales héritées d'innombrables versions cinématographiques des crimes de Whitechapel. D'un pub surpeuplé de gens ivres, une prostituée sort en titubant afin de gagner les quelques pence nécessaires pour trouver un lit ; un homme suit la malheureuse ; ses pas résonnent dans les ruelles désertées de l'East End, où les rares lampadaires parviennent à peine à percer l'épais brouillard ; la silhouette de l'inconnu accoste sa victime : un homme bien vêtu, avec une cape noire, un chapeau haut de forme, un sac noir à la main ; il ouvre le sac, d'où jaillit l'éclair d'un scalpel... Invariablement, le mythe engendre cette vision de « Gentleman Jack » ou de « Docteur Jack ». Ces dernières années, à cause des interprétations proposées par certains théoriciens et dans des films tels que *Meurtre par décret,* avec James Mason, ou *Jack l'Éventreur,* avec Michael Caine, il est de bon ton d'évoquer un complot réunissant « Gentleman Jack », ou « Docteur Jack », aux plus hautes sphères de l'État, qui comprennent, notamment, des francs-maçons, le petit-fils de la reine Victoria et divers ministres du royaume ! La légende nourrie par la fiction a maintenant totalement occulté les faits, colportant un grand nombre de mythes qu'il est indispensable d'évacuer si nous souhaitons, un jour, connaître la vérité :

1) Il n'y a jamais eu de brouillard lors d'aucun des meurtres, et la seconde victime fut même assassinée en plein jour.

2) Les lettres signées « Jack l'Éventreur » n'ont très probablement pas été écrites par le meurtrier, mais sont l'œuvre d'un jeune journaliste.

3) Le duc de Clarence (ni aucun membre de la famille royale) n'était pas Jack l'Éventreur.

4) Mary Kelly n'était pas enceinte lors de son assassinat.

5) Les dossiers de Scotland Yard n'ont pas été classés pour de mystérieuses raisons jusqu'en 1992 : il est habituel d'agir ainsi dans le cas d'affaires criminelles graves en Angleterre. De fait, on peut déjà les consulter depuis de nombreuses années !

Ce *Livre rouge de Jack l'Éventreur* est le premier de tous les ouvrages jamais écrits sur le personnage (et il y en a eu plusieurs centaines) à vous proposer un panorama complet, tant d'un point de vue documentaire que sous ses aspects les plus fictifs, qu'il s'agisse de romans, nouvelles, pièces de théâtre, cinéma ou télévision. Après une étude des crimes de Whitechapel et de toutes les théories, pour la plupart farfelues, concernant l'identité du meurtrier, vous trouverez une partie anthologie présentant des textes inédits ou très rares sur Jack the Ripper, certains écrits à peine quelques années après les meurtres. Et pour clore cette encyclopédie « ripperienne », une bibliographie et une filmographie commentées vous permettront de vous faire une idée de la masse ahurissante des textes ou films mettant en scène le mystérieux assassin de Whitechapel.

Contrairement à tant d'autres ouvrages anglo-saxons, ce *Livre rouge de Jack l'Éventreur* ne cherche pas à vous proposer une solution définitive concernant l'identité du meurtrier de Whitechapel. Ayant pu consulter les archives de Scotland Yard et du Home Office, mon but est plutôt de me débarrasser du mythe omniprésent, pour essayer de retrouver les faits dans leur réalité. Les recherches sur Jack l'Éventreur ont beaucoup progressé ces dernières années avec, en 1987, la découverte par des chercheurs anglais de divers documents essentiels : des notes laissées par l'inspecteur Donald Swanson, qui dirigeait l'enquête et qui nomme un suspect ; le rapport d'autopsie de Mary Kelly, où l'on découvre avec stupeur que Jack l'Éventreur est parti en emportant le cœur de sa victime, un fait totalement ignoré jusqu'alors ; ou, en février 1993, la « lettre de Littlechild » qui nomme pour la première fois un suspect contemporain, la publication de faux journaux intimes de James Maybrick et James Carnac qui affirment être Jack l'Éventreur ou l'identification « définitive » par l'ADN de Patricia Cornwell en 2002 et de Russell Edwards en 2014.

Peut-être serez-vous déçu de ne pas apprendre qui est Jack l'Éventreur ? Sur ce point, et dans l'état actuel des recherches, personne ne peut se permettre de répondre en toute certitude. Avec Jack l'Éventreur, nous en sommes encore au stade du « peut-être », et ce sont ces hypothèses vraisemblables que je vous propose de découvrir. Mais la fascination qu'exerce sur nous Jack l'Éventreur provient aussi du fait que nous ignorons toujours son identité exacte, et qu'il nourrit, depuis des décennies, nos fantasmes les plus secrets...

Note : Pour une plus grande compréhension du lecteur français, les mesures anglaises en « feet » et « inches » ont été converties en leurs équivalents français. Dans certains articles de journaux cités, quelques rares erreurs de dates et d'horaires par trop flagrantes ont été rectifiées afin de ne pas créer de confusion.

1

Whitechapel, 1888

Bien avant les crimes de Jack l'Éventreur, l'East End londonien avait acquis une réputation d'enfer de pauvreté, notamment grâce aux œuvres de Charles Dickens ou aux gravures de Gustave Doré. Une enquête de Charles Booth, effectuée en 1887 pour le compte de la Royal Statistical Society, indique, pour l'East End – qui comprend les quartiers de Poplar, Limehouse, Stepney, Whitechapel, Wapping, Bromley et Bow –, une population totale de 457 000 habitants, dont :
– 65 % vivent au-dessus du seuil de pauvreté ;
– 22 % à la limite de la pauvreté ;
– 13 % étant constamment affamés.
Dans certains secteurs de Whitechapel, le taux de mortalité avoisine les 40 pour 1 000. Les gens travaillent sept jours sur sept, à raison de douze à seize heures par jour, quand ils ont la chance d'obtenir un emploi. On estime à environ 25 000 le nombre d'hommes adultes qui sont quotidiennement sans emploi à Londres. Certaines catégories de travail donnent lieu à de véritables émeutes, lorsque les patrons engagent des ouvriers : ainsi chez les dockers, au nombre de 9 842 dans l'East End. Dans un article du *Pall Mall Gazette,* un docker raconte :
« Je gagne quelquefois trente shillings en une semaine. Et souvent plus rien les deux semaines suivantes. C'est ce qui rend le travail tellement difficile. On ne mange

presque rien pendant une semaine et, lorsqu'on vous engage, vous êtes si faible que vous n'arrivez pas à travailler correctement. »

Quant au logement, il n'est pas rare de voir des familles de sept ou huit personnes survivre dans une pièce de dix à douze mètres carrés. Une des professions les plus communes est celle de couturier ou de tailleur, qui reste l'apanage presque exclusif des immigrants juifs en provenance d'Europe de l'Est. Dans des souvenirs publiés le 26 mai 1888 dans le *Commonweal,* le tailleur Myer Wilchinski évoque les conditions déplorables de la survie à Spitalfields, district adjacent de Whitechapel où devaient périr deux des victimes de l'Éventreur, Annie Chapman et Mary Jane Kelly :

« Arrivé sans qualification à Londres, j'étais déterminé à réussir coûte que coûte. Un tailleur me proposa de m'enseigner le métier, tout en m'offrant le logement et du café pendant trois semaines. Par la suite, je gagnerais six shillings par semaine, jusqu'à ce que je puisse fabriquer des manteaux ; et là, je pourrais gagner entre quatre et huit shillings par jour de travail. Il habitait dans une des très nombreuses ruelles délabrées de Spitalfields, où il taillait des manteaux de marins et d'employés du chemin de fer. Le labeur était très dur et exigeait plus de force que d'habileté. Il occupait deux petites pièces au deuxième étage, pour lesquelles le loyer était de sept shillings la semaine ; sa femme possédait quatre enfants en bas âge, dont l'aîné avait sept ans. La pièce où l'on travaillait servait également de salle à manger et de cuisine. C'est là que je dormais, à même le sol. Son épouse travaillait également, lorsque les enfants lui en laissaient le temps. Une jeune fille restait en permanence à la machine à coudre, de 8 h du matin à 9 h du soir, pour un salaire de trois shillings par jour. Parfois, il n'y avait pas suffisamment de travail pour elle et elle ne venait que quelques jours par semaine. Mon emploi consista tout d'abord à entretenir le fourneau à charbon et à savonner les liserés et coutures. Je devais me lever à 5 h tous les matins, ma journée de labeur se terminant rarement avant 11 h du soir. Toutes les semaines, notre rendement fournissait à peu près trente manteaux qui étaient payés au tarif de quatre livres. Mon patron travaillait très dur et comme moi, il avait dû débuter en tant qu'apprenti pendant plusieurs années, à son arrivée à Londres. »

Les autres types d'emplois ne sont guère plus reluisants, ainsi qu'en témoigne une enquête menée au sein de la confrérie des bottiers. Un juif hongrois, Samuel Wildman, professeur dans son pays, arrivé à Londres en 1878, ne trouve aucun emploi pendant près de trois mois. Finalement, une opportunité s'offre à lui de démarrer dans la carrière de bottier. Tant qu'il n'est pas qualifié, il est tout d'abord obligé de travailler gratuitement de 5 h du matin jusqu'à minuit. Depuis qu'il connaît le métier, Samuel Wildman touche quinze shillings et huit pence, en ne commençant plus sa journée qu'à 6 h du matin. En sus, on lui donne une tasse de café et du thé, mais pas de pain pour toute la journée. Il doit être présent six jours par semaine, même s'il n'y a pas suffisamment de travail – ces journées de chômage technique n'étant naturellement pas payées. Le lieu de travail consiste en une pièce de quatre mètres carrés, pour une hauteur de plafond d'un mètre quatre-vingts ; il y a deux fenêtres, deux lampes à gaz et un fourneau. Et c'est dans cet espace confiné que le patron et ses employés doivent travailler dix-huit heures par jour. Wildman explique que son salaire hebdomadaire varie entre treize shillings (une livre sterling valait vingt shillings), pour les mois les plus difficiles (décembre et janvier) – s'il a la chance d'être employé –, et un gain maximum de vingt-huit shillings.

Le travail des femmes

Dans cette véritable jungle, où le « laisser-faire » est la règle d'or de ce féroce capitalisme victorien, la loi du plus fort prévaut. Et, en 1888, naître femme est presque l'équivalent d'un crime. Les femmes et les enfants sont considérés comme des moins que rien, des troupeaux éminemment exploitables. Dans un article célèbre, « Girl Labour in the City » (« Le travail féminin à Londres »), John Law, qui en fait est une femme, témoigne :

« Les jeunes femmes trouvent environ deux cents types d'emplois qui vont de la fabrication de peignes, de boutons, de cigarettes, d'allumettes, de portemanteaux et de lunettes aux travaux plus qualifiés de parfumeuses ou de couturières en fourrure.

« On peut les diviser en deux catégories : celles qui gagnent de huit à quatorze shillings par semaine, et celles qui ne touchent que de quatre à huit shillings. D'après mes recherches, je dirais que le salaire moyen tourne autour de dix shillings pour les premières et de quatre shillings et six pence pour les moins favorisées. Elles démarrent leur journée de travail vers 8 h du matin pour la terminer à 7 h du soir, avec une heure pour les repas et une demi-journée de repos le samedi. Pour nombre d'entre elles, il faut effectuer des heures supplémentaires jusqu'à minuit, ou même, quelquefois toute la nuit. Les moins favorisées sont autorisées par leurs employeurs à porter de vieux vêtements et des bottes, tandis que les plus "riches" doivent avoir une "présentation correcte". De nombreuses familles survivent grâce au labeur d'une ou deux de ces jeunes filles qui peuvent, au mieux, rapporter quelques shillings au foyer. On affirme volontiers que "la Jeunesse d'une nation est le garant de sa postérité". Quelle sorte de futur ces jeunes filles faméliques et aux visages tirés peuvent-elles offrir à l'Angleterre ? »

L'enfer de la prostitution

Pour s'en sortir, ces malheureuses n'avaient qu'une seule et unique échappatoire : la prostitution. William Booth, dans *In Darkest England* (1890), estime ainsi leur nombre :

« 60 000 à 80 000 pour la seule ville de Londres, mais il est difficile d'avancer un chiffre exact. C'est un fait qu'aucune carrière industrielle ne peut offrir à une jeune fille de gagner autant d'argent en si peu de temps que celle de courtisane. C'est l'unique emploi où un salaire élevé est payé à la plus jeune des apprenties ! »

Ces « infortunées », ainsi qu'elles sont surnommées, peuvent gagner autant d'argent en une nuit qu'elles le feraient en une semaine de travail. Mais le prix à payer s'avère souvent redoutable. Les maladies vénériennes sont légion et la syphilis fait des ravages en cette fin du XIXe siècle, sans compter l'alcoolisme. À cet égard, les photos de certaines des victimes de l'Éventreur sont édifiantes : âgées d'une quarantaine d'années, elles paraissent en avoir vingt de plus. Les plus jeunes et les plus belles de ces prostituées sont immédiatement recrutées pour être employées dans des maisons closes que l'on estime au nombre de 62, rien que pour le quartier de Whitechapel. Mais, au contraire de la France, ces claques ne sont pas contrôlés par la police, et il est vraisemblable que leur nombre est sous-estimé. Certaines de ces femmes franchissent même la Manche pour se retrouver dans des bordels français ou belges. L'une des victimes de Jack l'Éventreur, Mary Kelly, aimait à raconter qu'à son arrivée à Londres elle se lia d'amitié avec une Française qui la fit travailler dans une « maison » du West End.

Par la suite, un « placeur » l'avait emmenée en France où elle n'était pas restée longtemps, avant de retourner à Londres. Si elles ne travaillaient pas en « maisons », les prostituées de l'East End opéraient en plein air, dans les impasses et ruelles peu éclairées de Whitechapel. Pour ce faire, elles s'adossaient debout contre un mur et relevaient leurs jupes. Les souteneurs de l'époque – surnommés « procureurs » ou « ponces » – proliféraient, toujours à l'affût de chair fraîche, et ils traitaient leurs prostituées avec violence. Cette prostitution n'était pas toujours « volontaire » et de nombreux enfants, garçons et filles, se voyaient enrôlés de force dans les bordels, qu'ils aient été vendus par leurs propres parents ou cueillis dans les orphelinats, sous le prétexte d'un travail comme employé de maison. On devine aisément de quel type de maison il s'agissait.

Pour les femmes qui travaillaient dans la rue, il y avait également le risque de se faire dérober leur maigre butin. Des gangs et des bandes de très jeunes adolescents s'étaient spécialisés dans les attaques de prostituées. Ces vols s'accompagnaient souvent de violences, puisque la victime était presque toujours immédiatement frappée à coups de gourdin.

Ceux et celles qui refusaient de plonger dans la prostitution ou le crime et qui ne trouvaient pas de travail n'avaient plus d'alternative : ils devaient subir l'ultime humiliation de se voir enfermé dans un « workhouse ». Ces établissements à la très stricte discipline étaient surnommés « Bastille » par les habitants de l'East End. Les « workhouses » furent créés par la Poor Law Act de 1834 afin de fournir un refuge aux sans-domicile fixe et aux chômeurs. Le régime y était draconien, les familles étaient séparées, hommes, femmes et enfants survivaient chacun de leur côté, la nourriture consistant en pain, beurre, thé, pommes de terre et ragoût de viande deux fois par semaine ; la plupart du temps, on leur donnait une sorte de bouillie de gruau. Les enfants n'avaient pas le droit de sortir, ni de recevoir de visites, tandis que les adultes se voyaient accorder un jour de congé par mois. Les jeunes femmes ne pouvaient pas boire de thé et on interdisait aux hommes de fumer à l'intérieur de l'établissement. Le travail obligatoire consistait à casser des pierres à coups de marteau ou à démêler de l'étoupe pour en tirer de la filasse. Les «chambres» ressemblaient plutôt à des cellules sans porte, ni chauffage, avec pour seul éclairage un jet de gaz, et un unique matelas posé à même le sol. L'*East End News* du 3 novembre 1888 estime à 108 638 les pauvres vivant à Londres, dont 17 000 résidant en permanence dans les «workhouses».

Curieusement, les meurtres de Jack l'Éventreur eurent des conséquences positives pour l'East End londonien. Les forfaits servirent de catalyseur pour unifier l'action des réformateurs de tous bords grâce à la pression de l'opinion publique, horrifiée des descriptions contenues dans la presse sur la vie à Whitechapel. Dès le 6 octobre 1888, suite au meurtre d'Annie Chapman, deux journaux, le *Daily Telegraph* et le *Lancet,* analysaient parfaitement la situation :

«Elle a forcé d'innombrables personnes – qui ne s'en étaient jamais préoccupé jusqu'alors – à ouvrir les yeux sur la condition des déshérités, comment ils vivent et dorment dans les quartiers de notre riche et joyeuse capitale.»

«La société moderne voit sa conscience s'éveiller grâce au couteau d'un meurtrier, plus vivement que par la plume de nombreux écrits sincères et alarmistes.»

La première des priorités fut d'éclairer les ruelles et les impasses obscures. Dès le 18 août 1888, la puissance d'illumination des lampadaires situés aux carrefours de Thrawl Street, Flower and Dean Street, Spital Square, et autres lieux de prédilection de l'Éventreur, avait été doublée. En novembre 1888, une subvention de deux mille deux cents livres sterling est votée pour l'achat de nouveaux lampadaires, dont l'installation est achevée en mars 1889. Parallèlement, les enclaves les plus sordides de Flower and Dean Street sont démolies dans les années 1889-1890. En 1892, les nouveaux logements sont construits et prêts à recevoir leurs locataires pour des prix modérés. Le sort des enfants abandonnés est lui aussi examiné par les parlementaires, et des lois sont promulguées afin de mieux les protéger. Cependant, malgré toutes ces améliorations, l'East End londonien restera encore longtemps un quartier déshérité et mal famé, qu'un mystérieux assassin, au moins, avait eu le mérite de mettre en lumière.

2

Une affaire politique

Pourquoi les meurtres de Jack l'Éventreur ont-ils eu un tel retentissement à leur époque ? La réponse à cette question peut sembler évidente : une série de crimes atroces, un mystérieux criminel qui adresse des missives à la presse et échappe aux recherches de la police. Cependant, d'autres forfaits, d'une horreur pour le moins égale à celle des crimes de l'Éventreur, furent commis en 1887 et 1888, sans pour cela atteindre la même notoriété. Ils sont à peine mentionnés par quelques lignes dans la presse : une femme est éviscérée à Whitechapel pendant la semaine de Noël 1887 ; Ada Wilson est poignardée à plusieurs reprises à la gorge, dans sa chambre de Mile End, en mars 1888, par un homme d'une trentaine d'années ; deux meurtres, enfin, sont parfois attribués à Jack l'Éventreur, ceux d'Emma Smith (le 3 avril 1888) et de Martha Tabram (le 7 août 1888).

Pourquoi alors cette célébrité de l'Éventreur ? Au-delà du côté sensationnel de ce fait divers, deux aspects très importants ont trop souvent été négligés dans les précédentes études du sujet. Ils concernent la police et la presse, dont les rapports antagonistes sont directement liés à des problèmes politiques, cet affrontement se cristallisant, en quelque sorte, sur les crimes de Jack l'Éventreur. Le meurtrier de Whitechapel servant alors de bouc émissaire dans une lutte plus vaste, qui englobe à la fois libéraux, conservateurs et socialistes réformateurs, avec, en arrière-plan, les campagnes terroristes des républicains irlandais.

La police de 1888

Devenir policier n'était pas un métier des plus faciles, à cette époque. Dans les années 1850, la plupart des jeunes hommes qui s'engageaient dans la police provenaient des classes laborieuses, encouragés en cela par leurs parents qui y voyaient la sécurité de l'emploi. Pour des salaires d'environ quinze shillings par semaine, les policiers devaient travailler sept jours sur sept et leurs patrouilles leur faisaient effectuer des marches à pied pouvant aller jusqu'à trente kilomètres par jour. Jusqu'au début des années 1880, les jours de repos n'existaient pas, et si un policier tombait malade, il n'était pas payé durant son absence. Outre la tâche de gardien de la paix, il devait souvent s'acquitter d'autres devoirs, comme celui de pompier, d'inspecteur des logements sociaux ou de la nourriture.

Ce travail était rendu plus ardu encore par le caractère particulier de l'East End londonien. La pauvreté et la surpopulation, la prostitution et les innombrables gangs de voleurs, les quartiers aux ruelles quasiment pas éclairées la nuit, où l'alcool représentait une des rares échappatoires à la misère ambiante, tout cela entraînait une atmosphère oppressante et violente, où la police était mal venue. Ainsi, les officiers interdisaient à leurs hommes de patrouiller seuls dans certaines artères de Whitechapel ou de Spitalfields, telles que Dorset Street, car elles pouvaient s'avérer de véritables coupe-gorge pour les représentants de l'ordre. Et c'est au sein même de ces quartiers d'infamie que devait opérer Jack l'Éventreur.

La ville de Londres était administrée par deux forces de police totalement indépendantes l'une de l'autre : la City of London Police, dont la compétence juridique s'étendait sur environ quatre kilomètres carrés au nord du London Bridge, dans le cœur de la City, et la Metropolitan Police, fondée en 1829, qui couvrait la très grande majorité du territoire du grand Londres. La Metropolitan Police, ou plus communément appelée Scotland Yard, était dirigée par un « commissioner » (l'équivalent de notre préfet de police), qui répondait directement aux ordres du Home Secretary (ministre de l'Intérieur). En 1868, on dénombrait quinze détectives pour près de huit mille policiers londoniens. La même année, afin de contrecarrer principalement les activités terroristes des Fenians, ou républicains irlandais, le commissioner de la Metropolitan Police créa le Criminal Investigation Department (CID), une cellule de policiers d'élite qui obtint des résultats probants.

Les années suivantes marquèrent un net déclin de l'image de marque de la police londonienne, qui fut secouée par plusieurs scandales. En 1877, de nombreux détectives de Scotland Yard furent condamnés et d'autres renvoyés pour s'être associés à une entreprise de paris clandestins. Le 8 février 1886, une réunion de chômeurs de la Social Democratic Foundation, à Trafalgar Square, dégénéra en émeute et dans le pillage de très nombreux magasins de la City. Deux jours plus tard, alors que Londres était plongé dans un épais brouillard, la rumeur circula que des émeutiers s'apprêtaient à piller le centre de la ville. Scotland Yard ordonna immédiatement la fermeture de tous les magasins du West End, dans la panique que l'on imagine. Mais cette rumeur s'avéra sans fondement, et le commissioner Henderson fut obligé de présenter sa démission.

Le 29 mars 1886, Sir Charles Warren prit ses fonctions en tant que chef de la police londonienne. Militaire de carrière, général de son état, il avait été rappelé du Soudan où il officiait au sein du haut commandement des forces britanniques. Son caractère entier, sa vision autoritaire et sans partage, ainsi que la discipline de fer qu'il préconisait lui valurent sur-le-champ un grand nombre d'ennemis dans la police, dont le chef du CID, James Monro. Plus administrateur que policier, Sir Charles Warren réorganisa la Metropolitan Police pour la rendre plus efficace. Quelques mois après l'entrée en fonction de Warren, le gouvernement libéral qui l'avait nommé fut battu aux élections et remplacé par les conservateurs, dont le Home Secretary, Henry Matthews, n'appréciait guère le nouveau chef de la police. Les relations entre les deux hommes se détériorèrent petit à petit pour atteindre leur point culminant en 1888. Parallèlement, le conflit entre Monro et Warren résulta en un bras de fer qui fit démissionner James Monro.

Celui-ci quitta ses fonctions d'assistant commissioner de la Metropolitan Police et de patron du CID, le 31 août 1888, jour de la mort de Mary Ann Nichols, première victime reconnue de Jack l'Éventreur. Monro fut remplacé par Sir Robert Anderson, un homme intègre et capable, auteur de plusieurs ouvrages de théologie.

Très populaire auprès des classes aisées et acclamé par des journaux tels que le *Times* lors de sa nomination, Sir Charles Warren décida, le dimanche 13 novembre 1887, d'utiliser la force pour évacuer les centaines de sans-abri qui occupaient Trafalgar Square. Des milliers de policiers armés de bâtons entourèrent la place et chargèrent brutalement la foule. L'objectif fut atteint au prix de plusieurs centaines de blessés, dont de nombreuses femmes et enfants, et de deux morts civils. Ce « Dimanche sanglant » marqua une rupture totale entre le public et sa police, la presse ne manquant pas de fustiger violemment Sir Charles Warren pour ce terrible fiasco.

Au contraire de la Metropolitan Police, la City of London Police paraissait fonctionner sans trop de problèmes ; il est vrai qu'administrer le quartier de la City présentait relativement peu de difficultés comparativement à l'East End londonien. Mais, à l'exception du seul crime de Catharine Eddowes, tous les forfaits de Jack l'Éventreur ressortissaient de la compétence territoriale de la Metropolitan Police.

Au moment où Jack l'Éventreur commença à sévir, la police était extrêmement impopulaire, rongée de l'intérieur par des problèmes conflictuels, et privée de ses chefs, absents pour cause de vacances : Sir Charles Warren se trouvait dans le sud de la France, tandis que le nouveau chef du CID, Sir Robert Anderson, se reposait en Suisse. La supervision de l'enquête sur les meurtres de l'Éventreur fut confiée au detective chief inspector Donald Swanson, un excellent policier et homme discret, qui délégua les recherches sur le terrain au detective inspector Frederick George Abberline qui connaissait l'East End comme sa poche. Dans un téléfilm anglais de David Wickes, *Jack l'Éventreur,* diffusé en deux parties, l'acteur Michael Caine interprète une vision plutôt fantaisiste de l'inspecteur Abberline. Dans la réalité, en effet, celui-ci ne buvait pas, et la maîtresse qu'on lui accorde était en fait sa propre épouse !

La presse

L'Education Act de 1870 rendait l'école obligatoire jusqu'à l'âge de treize ans, ce qui contribua grandement à faire chuter le nombre d'illettrés. Ainsi, une enquête de 1886 montra que seuls 2,7 % des électeurs britanniques ne savaient pas lire. De 1853 à 1861, les taxes sur la publicité, les journaux et le papier furent successivement supprimées, ce qui entraîna une baisse très conséquente du prix des journaux, celle-ci étant encore accrue par les progrès technologiques des imprimeurs. En 1846, le nombre de quotidiens était de 14 ; il passait à 158 en 1880 ! L'année des crimes de l'Éventreur, 180 titres existaient.

Auparavant, ces journaux se contentaient simplement d'annoncer les nouvelles, sans y ajouter le moindre commentaire, mais ceci avait changé dès le début des années 1880. Les nouveaux quotidiens populaires, tels que le *Pall Mall Gazette*, de W.T. Stead, accordaient une très grande place aux crimes et aux aspects les plus sensationnels de l'actualité. Stead, un radical qui devait périr dans la catastrophe du *Titanic,* mena une violente campagne contre la Metropolitan Police. Les journaux radicaux, tels que le *Pall Mall Gazette* ou le *Star,* où officiait le très virulent George Bernard Shaw, profitèrent de la moindre occasion pour dénoncer les conditions sociales de l'East End, afin de favoriser l'élection d'une de leurs représentantes, Annie Besant, qui avait mené avec succès la rude grève des fabricantes d'allumettes. Grâce au soutien de ces deux quotidiens, celle-ci fut élue. Le *Star* était dirigé par O'Connor, un parlementaire nationaliste irlandais, qui réfutait violemment les allégations de la Metropolitan Police, liant les membres de son parti aux activités terroristes des Fenians, la branche armée et révolutionnaire des républicains irlandais. Le « Dimanche sanglant » de novembre 1887 fournit la matière à d'autres attaques toutes aussi virulentes à l'encontre de Sir Charles Warren. En gonflant encore la peur engendrée par les crimes de l'Éventreur, les journaux radicaux touchaient un nerf sensible de l'opinion populaire : la police s'occupait trop d'actions purement politiques et négligeait en conséquence son premier devoir, celui de protéger les citoyens.

À la suite du renversement de majorité aux élections, d'importants quotidiens libéraux, tels l'*Evening News,* le *Morning News* et le *Morning Chronicle,* se joignirent aux attaques des radicaux à l'encontre de la police et du gouvernement conservateur. Les tirages gonflaient de plus en plus, et il ne fallut pas longtemps pour constater que l'ensemble de la presse mettait l'Éventreur à toutes les sauces, le pire étant représenté par l'*Illustrated Police News,* aux informations constamment erronées ou volontairement déformées. Même les journaux les plus sérieux comme le *Times* ne furent pas à l'abri de certains dérapages, tel cet article violemment antisémite proclamant que les meurtres s'apparentaient à des enseignements du Talmud, pour le cas où des juifs orthodoxes couchaient avec des femmes chrétiennes. L'écrivain William Le Queux, qui travaillait comme journaliste au *Globe*, devait évoquer cette époque fiévreuse dans ses mémoires :

« Avec Charles Hands[1] et Lincoln Springfield[2], nous vivions pratiquement en trio à Whitechapel. À chacun des meurtres, nous écrivions sur le lieu même des forfaits les articles les plus sensationnalistes possibles. Un soir, Springfield avançait une théorie, le lendemain, c'était Charles Hands qui en trouvait une meilleure encore... avant que je ne les dépasse encore par une troisième théorie. »

En ce mois d'août 1888, le décor était planté, le rideau allait se lever à Whitechapel, alors que Jack l'Éventreur se préparait à frapper les premiers coups de sa sanglante épopée.

---

1. Journaliste au *Pall Mall Gazette.*
2. Autre journaliste.

3
31 août 1888 :
le premier meurtre

Cinq meurtres sont généralement attribués à Jack l'Éventreur mais deux autres crimes furent longtemps considérés comme son œuvre. Ils sont d'ailleurs toujours inclus dans les dossiers de Scotland Yard concernant Jack l'Éventreur.

La première victime, Emma Smith, une veuve et prostituée occasionnelle d'âge mûr, retournait chez elle peu après minuit, le mardi 3 avril 1888, lorsqu'elle fut attaquée par trois jeunes gens. Après l'avoir volée, puis violée, les trois hommes lui enfoncèrent un objet contondant dans le vagin, déchirant le périnée. Son visage portait des traces de coupures. Elle mourut le 5 avril d'une péritonite, après avoir décrit ses assaillants, qui ne furent jamais arrêtés. La presse, qui passa d'abord le crime sous silence, commença à en parler courant septembre après les deux premiers meurtres de l'Éventreur.

Vers 4 heures et demie, le matin du mardi 7 août 1888, un locataire du George Yard Building découvrit le corps de Martha Tabram, une prostituée de trente-neuf ans, sur le palier du premier étage. Elle gisait dans une mare de sang et avait été poignardée à trente-neuf reprises. Le docteur Killeen estima l'heure de la mort à environ 3 h du matin. Les blessures infligées consistaient en cinq coups dans le poumon gauche, deux dans le poumon droit, un au cœur, six à l'estomac, cinq au foie et deux dans la rate. L'assassin, un droitier, avait principalement visé le ventre, les seins et les parties génitales. Trente-huit de ces coups étaient dus à un canif ordinaire, l'exception étant une blessure au sternum causée par une baïonnette. Une autre prostituée connue sous le sobriquet de « Pearly Poll » indiqua être sortie avec Martha Tabram en compagnie d'un caporal et d'un simple soldat. Après plusieurs heures de libations dans divers pubs, « Pearly Poll » partit avec le caporal sur le coup de 23 h 30 pour faire l'amour adossée contre un mur ; Martha et le soldat se rendirent à George Yard dans un but similaire. Pour les besoins de l'enquête, la police fit parader les diverses garnisons devant « Pearly Poll », qui ne reconnut pas les deux soldats concernés.

Alors que le meurtre d'Emma Smith n'est très certainement pas l'œuvre de Jack l'Éventreur puisqu'il fut commis par trois assaillants, celui de Martha Tabram laisse planer un doute. Deux des policiers principaux de l'enquête sur Jack l'Éventreur, Sir Robert Anderson et l'inspecteur Abberline, croyaient que Martha Tabram était une victime de l'Éventreur. Rien n'indique non plus que le soldat l'ait tuée, car elle avait été vue en sa compagnie vers 23 h 30, alors que sa mort remonte à environ 3 h du matin. Dans ce laps de temps de trois heures et demie, elle aurait largement eu le temps de rencontrer quelqu'un d'autre.

Mary Ann Nichols

Mary Ann Nichols, dite « Polly », était âgée de quarante-trois ans en 1888. Mariée en 1864 à William Nichols avec lequel elle eut cinq enfants, Mary commença à s'adonner sérieusement à la boisson en 1877, suite à des problèmes de couple. En 1880, elle se sépare de son mari qui continue cependant à lui verser une pension hebdomadaire de cinq shillings jusqu'en 1882, date à laquelle il apprend que « Polly » se prostitue. Malgré quelques brèves périodes de répit, lorsqu'elle habite chez son père (24 mars au 21 mai 1883) ou vit maritalement avec le forgeron Thomas Drew (juin 1883 à octobre 1887), Mary Nichols survit grâce à la prostitution dont les maigres subsides lui servent à payer son alcool. Elle réside principalement dans des asiles de nuit et est admise à plusieurs reprises dans des hôpitaux, en état de profonde ébriété (janvier 1883 et avril 1888). En avril 1888, suite à son hospitalisation, elle décide de trouver un emploi et est engagée comme femme de chambre chez un couple de Wandsworth, mais elle les quitte le 12 juillet 1888 en volant des vêtements. La dernière semaine de sa vie, elle habite dans un asile de nuit, le White House, au 56 Flower and Dean Street. Ses ultimes faits et gestes de la nuit du 30 au 31 août 1888 sont connus :

– 23 h : elle se promène seule sur Whitechapel Road.

– 0 h 30 : on la voit quitter un débit de boisson, le Frying Pan Public House.

– 1 h 20 : Mary Nichols se rend à l'asile du 18 Thrawl Street, dont le propriétaire refuse de lui donner un lit car elle n'a pas d'argent. Elle est légèrement ivre et arbore un bonnet neuf que le propriétaire ne lui connaissait pas. Elle part en ajoutant : « J'aurai bientôt l'argent pour un lit. As-tu remarqué le joli bonnet que je porte ? »

– 2 h 30 : Ellen Holland, qui avait partagé une chambre avec Mary Nichols au 18 Thrawl Street, pendant trois semaines, la rencontre au coin de Whitechapel High Street et de Brick Lane. Mary lui dit avoir gagné trois fois l'argent pour un lit à l'asile avant de tout dépenser. Elle refuse d'accompagner Ellen Holland, qui va se coucher au 18 Thrawl Street.

– Vers 3 h 45, le matin du 31 août 1888 : deux passants, Charles Cross et Robert Paul, qui se rendent à leur travail, traversent Buck's Row et découvrent le corps de Mary Nichols. Sa robe est remontée jusqu'à hauteur de l'estomac. Quelques minutes à peine s'écoulent avant l'arrivée de l'agent de police Neil qui effectue une ronde ; les trois hommes sont bientôt rejoints par deux autres agents, Mizen et Thain. Buck's Row est ainsi décrite dans l'ouvrage de Leonard Matters, *The Mystery of Jack the Ripper* (Allen, 1929, pages 25-26) :

« En l'espace de quarante années, Buck's Row n'a guère changé. C'est une ruelle pavée, étroite et sordide, cernée d'un côté par les mêmes maisons qu'en 1888. Des petites maisons de deux étages, sales et pauvres, séparées de la rue large de sept mètres par un trottoir pavé d'à peine un mètre.

« De l'autre côté, les hauts murs des entreprises devaient, la nuit, plonger cette rue sale dans une pénombre bien plus sinistre encore que son atmosphère en plein jour pouvait le suggérer. »

Vers 4 h du matin, le docteur Rees Ralph Llewellyn arrive sur les lieux. C'est lui qui pratique l'autopsie du corps qui a été lavé, malgré les ordres de la police. Son rapport médical est consigné dans le *Times* :

« Cinq dents sont manquantes, et on remarque une légère lacération de la langue. On note une contusion sur la partie basse de la mâchoire, du côté droit du visage. Celle-ci pourrait résulter d'un coup de poing ou de la pression d'un pouce. On remarque une contusion circulaire sur la face gauche du visage, qui pourrait également avoir été infligée par la pression de plusieurs doigts. Sur le côté gauche du cou, à deux centimètres et demi sous la mâchoire, on observe une incision s'étendant sur environ dix centimètres, jusqu'à l'oreille. Du même côté, mais deux centimètres plus bas, on note une incision circulaire, qui commence deux centimètres plus en avant que la précédente et qui se termine à sept centimètres sous la mâchoire droite. Cette incision a complètement déchiré tous les tissus jusqu'à la vertèbre. Les larges vaisseaux sanguins ont été coupés des deux côtés du cou. Cette incision s'étend sur environ vingt centimètres. Les coupures ont été probablement causées par un couteau à longue lame, modérément aiguisé, et utilisé avec une grande violence. Pas de sang sur la poitrine, pas plus que sur le corps ou les vêtements. Pas d'autres blessures sur le corps, jusqu'à ce que l'on en vienne à la partie inférieure de l'abdomen. À cinq ou six centimètres du côté gauche de l'abdomen, on remarque une blessure aux contours déchiquetés. La blessure est très profonde, les tissus sont déchirés. Des incisions ont été infligées en travers de l'abdomen. Du côté droit, trois ou quatre coupures similaires ont été causées avec une grande violence de haut en bas. Les coups ont été portés de gauche à droite et pourraient avoir été l'œuvre d'un gaucher. Toutes les blessures proviennent du même instrument. »

Le docteur Llewellyn précise, lors de l'enquête officielle, que très peu de sang est recueilli sur place – à peine un verre à vin et demi – mais que celui-ci a probablement été absorbé par les nombreux vêtements et sous-vêtements de la victime, ainsi que par ses cheveux. Pour lui, comme pour la police d'ailleurs, il n'y a aucun doute possible : Mary Ann Nichols a bien été assassinée à Buck's Row.

Cette fois-ci, au contraire des meurtres précédents d'Emma Smith et de Martha Tabram, la presse publie des articles sur l'assassinat de Mary Nichols. Ainsi, le *Times* du 1er septembre 1888 :

« Un autre meurtre de la pire espèce a été commis dans le quartier de Whitechapel, dans les premières heures du vendredi 31 août, mais par qui et pour quel motif demeurent encore des questions sans réponse. À

4 h moins le quart du matin, le police constable Neil effectuait une tournée dans Buck's Row, Whitechapel, lorsqu'il aperçut le corps d'une femme allongée sur le bord du trottoir. Il se baissa pour la relever, croyant qu'elle était ivre, et découvrit que la gorge avait été tranchée presque entièrement d'une oreille à l'autre. Elle était morte, mais encore chaude. Il demanda assistance et l'envoi d'un médecin. Le docteur Llewellyn, dont le cabinet ne se trouve qu'à cent mètres de l'endroit, fut réveillé et s'habilla pour rejoindre les lieux sur-le-champ. Après un examen sommaire, il découvrit que, outre la plaie béante à la gorge, la femme avait été frappée à de nombreuses reprises à l'abdomen.

« La police ne propose pour le moment qu'une seule théorie : celle d'un gang de brutes du voisinage qui, faisant chanter les "infortunées", se venge de celles qui n'ont pas d'argent. Ils se basent pour cela sur le fait que deux autres femmes ont été assassinées dans le district ces douze derniers mois par des moyens quasiment similaires – l'une très récemment, le 7 août –, leurs corps ayant été laissés dans le caniveau lors des premières heures de la matinée... En examinant le lieu du crime, il est difficile d'imaginer que la victime ait reçu sur place ses blessures mortelles... Si cette femme avait été tuée là, il était pratiquement impossible de croire que ses cris n'avaient pas réveillé le voisinage. »

Cette spéculation journalistique et la faible quantité de sang retrouvée donnèrent naissance à de nombreuses théories concernant Jack l'Éventreur, dont celle du complot royal, qui veut que Mary Nichols et les autres victimes aient été tuées à l'intérieur d'un fiacre, avant que leurs corps ne soient déposés dans les rues de Whitechapel.

Dès le lendemain, le samedi 1er septembre 1888, l'enquête officielle est ouverte au Whitechapel Working

Lads' Institute[1], sous la présidence du « coroner »[2] Wynne Baxter – il devait également présider aux enquêtes suivant les décès d'Annie Chapman et d'Elizabeth Stride. Voici ses conclusions, telles qu'elles ont été rapportées par le *Times* :

« En se référant aux faits qui lui sont connus, le coroner déclara que la victime avait été identifiée en tant que Mary Ann Nichols, par son père et par son mari avec lequel elle avait eu cinq enfants. Il est certain qu'elle avait mené une vie dissolue, intempérante, et pour tout dire vicieuse, résidant la plupart du temps dans des meublés de réputation douteuse.

« Le vendredi 31 août à l'aube, la victime rencontra Mrs. Holland – qui la connaissait bien – au coin d'Osborn Street et de Whitechapel Road presque en face de l'église. Elle semblait passablement ivre et s'appuya contre un mur pour ne pas perdre l'équilibre. Son amie essaya vainement de la convaincre de retourner avec elle à leur domicile. Mary Nichols se dirigea alors vers l'est, sur Whitechapel Road. Elle déclara avoir gagné de quoi se payer trois fois un lit pour la nuit, mais qu'elle avait tout dépensé ; elle affirma pouvoir gagner à nouveau de l'argent et qu'elle ne tarderait pas à rentrer se coucher. Un peu moins d'une heure un quart après, on la découvrit morte, un kilomètre plus loin.

« Les conditions dans lesquelles le corps a été découvert font apparaître que la victime a été tuée sur place. Il n'y avait aucune trace de sang visible, sauf près de son cou. Le coroner pense que cela s'avère suffisant pour

---

1. Le « Working Lads' Institute », inauguré en 1885, est l'édifice le plus élevé de l'East End. Il offre un gymnase, une piscine, une bibliothèque, ainsi que des concerts ou des conférences pour les jeunes travailleurs de treize à dix-huit ans qui peuvent s'y inscrire après versement d'une modeste cotisation. L'accès en est interdit aux chômeurs. L'une des salles sert également de cour de justice. L'immeuble existe toujours actuellement.
2. Le coroner est un officier civil chargé, en cas de mort violente ou subite, d'instruire une affaire, assisté d'un jury.

déclarer que les blessures à la gorge ont été infligées alors que la femme se trouvait par terre, et qu'il en est de même pour les blessures abdominales.

« Il ne semble pas exister le moindre doute quant au fait que la victime n'ait pas poussé le moindre cri, si elle a effectivement été assassinée sur place. Le lieu du crime se situe exactement sous les fenêtres de Mrs. Green, qui a le sommeil léger. En face, se trouve la chambre à coucher de Mrs. Purkiss qui ne dormait pas à cette heure-là. Divers gardiens de nuit se trouvaient non loin de là, et eux non plus n'ont rien entendu. Il n'y avait aucune trace de lutte. Ceci était peut-être dû à son intoxication ou au fait qu'elle ait été assommée par un coup. Il paraît pour le moins étonnant que le coupable ait pu s'enfuir sans attirer l'attention, car il devait sûrement y avoir des traces de sang sur sa personne. Mais si, en revanche, le sang se trouvait principalement sur ses mains, la présence de nombreux abattoirs dans le voisinage eût fait que les passants n'y auraient pas particulièrement prêté attention, tandis qu'il quittait Buck's Row pour Whitechapel Road, dans les premières lueurs de l'aube naissante, avant de se perdre dans le trafic du marché matinal.

« Le coroner fit remarquer que la mort de Mary Nichols présentait de nombreux points communs avec deux autres décès récents, qui s'étaient déroulés, en l'espace de cinq mois, dans des lieux très proches les uns des autres. Les trois victimes étaient des femmes d'âge mûr ; toutes étaient mariées et vivaient séparées de leurs maris à cause d'habitudes intempérantes. À l'époque de leur mort, elles menaient toutes une existence dissolue, irrégulière et misérable dans des meublés de réputation douteuse. Dans chacun des cas, les blessures furent infligées à l'abdomen et sur d'autres parties du corps. L'assaillant – ou les assaillants – frappa après minuit dans des lieux publics où il était évident que les corps seraient découverts peu de temps après. Dans chaque cas, les infâmes et inhumains criminels avaient pu s'échapper.

« Emma Elizabeth Smith, qui fut frappée à Osborn Street, le 3 avril, survécut à ses blessures pendant quarante-huit heures au London Hospital ; elle témoigna qu'elle avait été suivie par un groupe d'hommes qui la volèrent avant de la mutiler. Elle décrivit partiellement l'un d'entre eux. Martha Tabram fut découverte le mardi 7 août, à 3 h du matin, sur le palier du premier étage du George Yard Building, le corps poignardé à trente-neuf reprises. Les instruments utilisés dans ces deux cas n'étaient pas similaires. Pour ce qui concerne la mort de Nichols, le docteur Llewellyn pense que l'arme du crime est un poignard à la lame étroite et longue d'environ quinze à vingt centimètres. Le médecin semble croire que les blessures abdominales précédèrent celles de la gorge, causant une mort instantanée. Mais, dans ce cas, il paraît difficile de comprendre la nature de blessures aussi effroyables à la gorge, particulièrement quand on remarque le saignement assez faible des artères coupées ; au point que la surface extérieure des vêtements n'ait pas été tachée, pas plus que les jambes, d'ailleurs. L'abdomen avait beaucoup moins saigné que la gorge. Le coroner est d'avis que les blessures à la gorge ont été infligées en premier. Ce point revêt une certaine importance quand il s'agit de considérer le motif d'une telle férocité.

« Le vol est à écarter, et rien ne permet de suggérer quelque jalousie. Il n'y avait pas eu de querelle, car les voisins l'auraient entendue. On peut penser que nous sommes en présence d'un maniaque fanatique, dont l'audace n'a d'égale que l'abominable perversité de ses actes. »

4

« Tablier de Cuir »

Les premiers suspects

Dès le 4 septembre 1888, plusieurs articles parurent dans la presse, qui traitaient d'un mystérieux suspect surnommé «Leather Apron» – «Tablier de Cuir». Des prostituées indiquaient que, depuis plusieurs mois, elles avaient été menacées par un homme décrit comme costaud, à la nuque très épaisse, de petite taille, âgé de trente-huit à quarante ans environ, portant une casquette et un tablier de cuir. D'après un article du *Star*, en date du 5 septembre, «Tablier de Cuir» se déplace silencieusement et de manière sinistre. Il fait chanter les prostituées à l'aide d'un couteau aiguisé et les menace en déclarant : «Je vais vous éventrer ! » On le dit fréquentant souvent le pub Princess Alice, sur Commercial Street, et son aspect physique le plus notable est qu'il est très certainement juif, car, comme le signale un autre éditorialiste, «aucun Anglais n'est capable d'un acte aussi barbare, qui ne peut être le fait que d'un étranger». Qu'il soit décrit comme juif devient rapidement le trait dominant de «Tablier de Cuir». L'*East London Observer* du 15 septembre signale que, «samedi, dans certains quartiers de Whitechapel, des foules se sont rassemblées dans les rues et certains individus adoptaient une attitude menaçante envers les Hébreux du district... Heureusement, la présence de nombreux policiers dans les rues permit d'éviter la formation d'une émeute ». Paul Begg, dans son *Jack the Ripper – The Uncensored Facts* (1988), rapporte un article du *Jewish Chronicle*, en date du 14 septembre : « Nul doute que les juifs étrangers de l'East End ont vécu un certain péril pendant cette dernière semaine notamment à cause du sensationnalisme dont le district a été l'objet. » Le 7 septembre, dans un rapport adressé à Scotland Yard, l'inspecteur Helson affirme connaître l'identité de « Tablier de Cuir » : « Il s'agit d'un homme du nom de Jack Pizer qui, depuis longtemps, a pris l'habitude d'importuner les prostituées du district et d'autres quartiers de la métropole. Nous continuons nos recherches afin de le retrouver pour le questionner quant à ses activités la nuit du crime[1] bien qu'à l'heure actuelle il n'y ait aucune preuve contre lui. »

Le lendemain, dans la cour du 29 Hanbury Street où s'est déroulé le meurtre d'Annie Chapman, seconde victime reconnue de Jack l'Éventreur, on découvre un tablier de cuir plié en deux, qui sera, par la suite, identifié comme appartenant à un certain John Richardson. Mais, en ce 8 septembre, ce tablier de cuir trouvé non loin du corps d'Annie Chapman déclenche une certaine hystérie de la populace vis-à-vis des juifs : plusieurs d'entre eux sont hospitalisés ou doivent se réfugier dans des commissariats de police.

Le 10 septembre, ainsi que nous l'apprend le *Times* (du 11 septembre) : « Le sergent détective William Thick, qui s'est montré infatigable dans ses recherches concernant le meurtre d'Annie Chapman, a réussi à capturer un homme qu'il croit être "Tablier de Cuir". Le sergent Thick, accompagné de deux ou trois autres officiers, s'est rendu au 22 Mulberry Street, pour y procéder à l'arrestation de John Pizer, en déclarant : "Vous êtes

---

1. Le rapport fait référence au meurtre de Mary Ann Nichols.

l'homme que je recherche." Il indiqua au suspect qu'il agissait dans le cadre de l'enquête sur les meurtres de Nichols et de Chapman, mais l'homme resta muet. Pizer, qui est bottier de profession, fut emmené au poste, pendant qu'une fouille de sa maison produisit la découverte de cinq couteaux aiguisés à longue lame – cependant, ce genre de couteaux est habituellement utilisé par les membres de sa profession. »

Le 11 septembre au soir, John Pizer fut relâché, car il put prouver qu'il se trouvait près des docks, où un énorme incendie s'était déclaré, la nuit de l'assassinat de Mary Ann Nichols; là il avait même discuté avec un policier.

Au moment où Pizer était détenu dans le poste de police de Leman Street, William Pigott, qui ressemblait vaguement à la description de «Tablier de Cuir», était interrogé dans le poste de Commercial Street, devant lequel une foule hostile s'était rassemblée. Pigott avait fait preuve de violence verbale envers les femmes dans un débit de boissons, tandis que sa main arborait une blessure due à une morsure de femme – d'après ses déclarations. Une chemise trouvée dans sa sacoche était tachée de sang, et ses chaussures paraissaient avoir été nettoyées, comme pour en retirer des traces de sang.

Lui aussi fut bientôt libéré, mais son état mental fut la cause de son internement dans un asile de Whitechapel.

Un ancien boucher dont l'affaire avait fait faillite, Joseph Issenschmidt, fut également arrêté, l'espace de quelques jours. Déjà préalablement interné en 1887, il parcourait les rues de Holloway en affirmant qu'il était «Tablier de Cuir». Comme William Pigott, Issenschmidt quitta le poste de police pour être interné à Colney Hatch Asylum, où il se trouvait au moment des autres crimes de l'Éventreur. Pendant toute l'année 1888, la police arrêta et interrogea, en tout, près de cent soixante suspects, qui furent tous relâchés.

Même si les épisodes de « Tablier de Cuir » restent anecdotiques quant à la recherche de l'identité de l'assassin de Whitechapel, ils montrent l'importance des rumeurs et de l'antisémitisme qui régnait alors à Londres. Il est vraisemblable que, si le meurtrier avait été définitivement surnommé « Tablier de Cuir », plutôt que « Jack l'Éventreur », l'histoire ne l'aurait pas retenu et que vous ne seriez pas en train de lire ce livre ! « Tablier de Cuir » fut brièvement remplacé par « The Red Terror » – « La Terreur Rouge » –, surnom donné pour la première fois au mystérieux assassin par l'*East London Advertiser* du 15 septembre 1888, avant que celui de « Jack l'Éventreur » ne s'impose tout à fait, à partir du 27 septembre.

Il est permis de penser que John (ou Jack) Pizer n'était peut-être pas le « Tablier de Cuir » recherché par la police. D'autres témoignages relatés dans la presse – *après* l'envoi des lettres de Jack l'Éventreur – signaleront un inconnu ayant agressé des prostituées et dont le signalement correspondra en grande partie à celui de « Tablier de Cuir ».

Annie Chapman

Née Eliza Smith – curieusement l'une des « supposées » victimes de l'Éventreur se nommait Emma Elizabeth Smith –, elle était âgée de quarante-sept ans en 1888. Son mari, John Chapman, mourut en 1886 d'une cirrhose, mais le couple était déjà séparé depuis 1882. Annie Chapman avait trois enfants et, comme Mary Nichols, recevait (irrégulièrement) de son mari une pension hebdomadaire. À son arrivée à Londres, elle subsistait en faisant de la couture, en vendant des allumettes ou des fleurs, ou en ayant recours à la prostitution. Pendant l'année 1886, elle est entretenue par un certain

Jack Siwey; le couple habite au 30 Dorset Street. À partir d'avril 1888, Annie Chapman, parfois surnommée « Dark Annie », vit principalement au Crosshingham's Lodging House, 35 Dorset Street.

Mesurant un mètre cinquante-deux, Annie Chapman est assez forte; le visage ingrat, recouvert d'une chevelure châtain foncé, est marqué par un nez épais et des yeux bleus. Le docteur Bagster Phillips, qui effectuera son autopsie, indique qu'elle souffrait de malnutrition et de maladies très graves des poumons et du cerveau, qui auraient probablement entraîné une mort prochaine.

Dans les premiers jours de septembre, Annie Chapman se dispute violemment avec une amie prostituée, Eliza Cooper. Au cours de la bagarre qui en découle, Annie récolte un œil au beurre noir et diverses contusions à la poitrine. Tous les jours suivants, elle se plaignit de beaucoup souffrir.

Ses ultimes faits et gestes de la nuit du 7 au 8 septembre sont connus:

– 23 h 30, le 7 septembre: Annie Chapman frappe à la porte du Crossingham's Lodging House, où elle est admise dans la cuisine.

– 0 h 10, le matin du 8 septembre: William Stevens, un imprimeur locataire du meublé, voit Annie dans la cuisine prendre une boîte de pilules, qui se brise. Elle ramasse les pilules, pour les mettre dans une enveloppe déchirée portant la marque du régiment du Sussex, signée d'un M et dont l'écriture est indiscutablement masculine, avec un timbrage datant du 28 août 1888. Elle quitte alors le meublé, pour « boire un coup ».

– 1 h 35: elle est de retour au meublé. Le gérant l'aperçoit, en train de se faire cuire une pomme de terre, et lui demande de l'argent pour un lit; Annie lui répond: « Je n'en ai pas. Je suis faible, malade et j'ai été à l'infirmerie. Garde-moi un lit. Je reviens dans peu de temps. »

– Vers 5 h 30 : Elizabeth Darrell voit une femme, qu'elle identifie comme étant Annie Chapman, discuter avec un inconnu sur le trottoir du 29 Hanbury Street. Son témoignage est très important, puisqu'il est fort probable que le compagnon d'Annie Chapman ait été Jack l'Éventreur. La description qu'elle en donne a été publiée dans le *Guardian* du 12 septembre 1888, et lors de l'enquête officielle – où le témoin est, cette fois, consigné sous le nom d'Elizabeth Long[1] :

« Mrs. Long indique que, le matin du samedi 8 septembre, elle partit de chez elle en direction du marché de Spitalfields. Il était 5 h 30 du matin – elle est absolument certaine de l'heure, car l'horloge de la brasserie venait juste de sonner lorsqu'elle arriva à hauteur du 29 Hanbury Street. Elle vit un homme et une femme qui parlaient devant le n° 29. Le dos de l'inconnu était dirigé vers Brick Lane alors que celui de la femme était dans la direction du marché de Spitalfields. Ils étaient très proches des volets du n° 29. Le témoin aperçut le visage de la femme. Elle a reconnu cette femme à la morgue comme étant la victime. Elle ne vit pas le visage de l'homme, mais elle est sûre que son teint de peau est sombre. Il portait un chapeau de chasse marron, et elle pense que son manteau était de couleur foncée. Elle est incapable d'indiquer son âge, mais il paraissait avoir plus de quarante ans, et une taille un peu plus grande que celle de la victime – qui mesurait un mètre cinquante-deux. À ses vêtements, on aurait dit quelqu'un qui s'efforçait de sauver les apparences. Il semblait être d'origine étrangère. Le témoin put les entendre, car ils discutaient à voix haute. L'homme parla en premier : "Tu veux bien ?" Et la femme répondit : "Oui." Ils étaient toujours debout et immobiles

---

1. Les rapports de police l'identifient alternativement sous les noms de Darrell ou de Long.

lorsque le témoin les dépassa sans se retourner pour se rendre à son travail. »

Pourquoi peut-on penser que l'inconnu était probablement Jack l'Éventreur ? Tout simplement à cause du témoignage d'un jeune charpentier, Albert Cadosh (ou Cadoche, suivant les différents articles de journaux), qui résidait au 27 Hanbury Street. Alors qu'il se trouvait à 5 h et demie du matin dans la cour de son immeuble, Cadosh entendit une voix de femme s'écrier « Non ! », dans la cour adjacente du 29. Quelques minutes plus tard, il entendit ce qu'il perçut comme le bruit de quelque chose de lourd, tombant contre la barrière de bois séparant les deux cours. Mais comme il n'entendit plus d'autres bruits, ses soupçons ne furent pas éveillés et il partit travailler. En passant devant l'église de Spitalfields, toute proche, il vit qu'il était 5 h 32. Il ne remarqua personne dans Hanbury Street en sortant de l'immeuble.

Le 29 Hanbury Street comprenait une boutique au rez-de-chaussée. À la gauche de celle-ci, une porte – qui restait toujours ouverte – donnait sur un long couloir de six mètres menant à une cour étroite de quatre mètres sur cinq ; au fond de la cour, on distinguait une cabane à outils. Cette cour se trouvait à un niveau inférieur à celui du passage et de la rue : on y accédait par deux marches de pierre, et ce long couloir était l'unique moyen pour rejoindre la rue. Une barrière en bois séparait la cour du n° 29 de celle de la maison voisine ; entre la palissade et les marches de pierre, un espace réduit formait un recoin partiellement obscurci lorsque la porte de la cour était ouverte. C'est dans cet espace que l'on découvrit le corps d'Annie Chapman.

Plus encore que pour le meurtre de Mary Ann Nichols, Jack l'Éventreur prit des risques incroyables en tuant Annie Chapman en ce lieu ouvert à tous. L'assassinat est commis en plein jour – il est 5 h et demie, en ce matin de septembre – et puisque nous sommes samedi, la plupart des dix-sept locataires de cet immeuble en bois de quatre étages se rendent à leur travail ou vont effectuer leurs courses au marché de Spitalfields. Les risques sont d'autant plus grands que l'Éventreur est resté, au minimum, un quart d'heure sur place pour accomplir ses mutilations : cette estimation est donnée suite à l'autopsie du corps par le docteur George Bagster Phillips. Or, le cadavre d'Annie Chapman est découvert aux environs de 6 h du matin par John Davis, un locataire de l'immeuble. Le corps est allongé sur le dos, parallèlement à la barrière de bois, la tête adossée aux marches de pierre, la robe est remontée à hauteur des genoux, tandis que les intestins de la victime ont été placés sur son épaule gauche. La police arrive presque immédiatement sur les lieux et fait fouiller la cour.

On découvre l'enveloppe déchirée d'Annie Chapman, contenant deux pilules, ainsi qu'un tablier de cuir bientôt reconnu – on l'a vu – comme appartenant à John Richardson et qui relance brièvement la polémique sur le mystérieux « Tablier de Cuir ». L'enquête concernant l'enveloppe déchirée portant la signature d'un M et arborant l'emblème du régiment du Sussex ne donnera rien, car ce type d'enveloppe était librement vendu dans le commerce.

Le docteur Bagster Phillips arrive sur place vers 6 h 30. En examinant le corps de plus près, il trouve des objets disposés de manière ordonnée aux pieds d'Annie Chapman : deux peignes, un fragment d'étoffe grossière en mousseline et deux pièces d'un quart de penny. Quelque temps plus tard, la presse mentionna que les pièces de monnaie et les trois bagues de cuivre ayant appartenu à Annie Chapman étaient disposées de façon géométrique, ce qui était totalement faux, puisque les trois bagues avaient très certainement été emportées par l'assassin. Cette erreur, véhiculée par la presse, devait, quelques décennies plus tard, alimenter certaines des théories surnaturelles ou farfelues – comme le complot organisé par les francs-maçons –, la disposition de ces objets étant supposée contenir un mystérieux «message».

Encore une fois, à l'image de ce qui était arrivé au cadavre de Mary Nichols, celui d'Annie Chapman fut lavé à son arrivée à la morgue du Whitechapel Workhouse Infirmary, au grand dam du docteur Phillips qui en pratiqua l'autopsie. C'est ce même médecin qui examina les corps de quatre des cinq victimes de Jack l'Éventreur: Annie Chapman, Elizabeth Stride, Catharine Eddowes et Mary Jane Kelly. Ses conclusions furent les suivantes:

«Le bras gauche d'Annie Chapman reposait sur le sein gauche. Le visage était gonflé et tourné vers la droite. La langue était très enflée et coincée entre les dents, mais ne dépassant pas les lèvres. La gorge avait été profondément tranchée par des incisions irrégulières et circulaires.

«Dans la cour de l'immeuble, je remarquai des taches de sang directement situées au-dessus de la tête de la victime, à une hauteur d'environ trente-cinq centimètres. Plusieurs contusions sont à signaler: une au-dessus de la tempe droite, une autre sur la paupière et deux autres encore, de la taille d'un pouce masculin, sur le haut de la poitrine [...]. Celles de la poitrine et de la tempe étaient d'une nature plus ancienne – datant de plusieurs jours –, les autres étant récentes. Une abrasion marque un doigt de la main gauche, où devaient se trouver une ou plusieurs bagues.

«Quant aux blessures à la gorge, les incisions de la peau indiquent qu'elles ont été effectuées à partir de la gauche du cou. Il y a deux coupures distinctes et nettes du côté gauche de la colonne vertébrale; elles sont parallèles, et espacées d'un peu plus d'un centimètre. La structure musculaire semble indiquer que l'assaillant a tenté de séparer les os du cou. Il a immobilisé la victime en la tenant par le menton, avant de trancher la gorge de gauche à droite. L'observation de la langue et du visage indique une suffocation de la victime.

« L'abdomen a été complètement éventré : les intestins, tranchés de leurs attaches mésentériques, ont été sortis de la cavité abdominale pour être placés sur l'épaule gauche de la victime. L'utérus et ses appendices, la partie supérieure du vagin, ainsi que les deux tiers postérieurs de la vessie ont été entièrement retirés. Ces organes ne se trouvaient pas sur les lieux. Les incisions étaient nettes, évitant le rectum, tout en coupant le vagin de manière suffisamment basse pour éviter d'endommager le "cervix uteri". Il paraît évident que nous sommes en présence du travail d'un expert – du moins, de quelqu'un possédant des connaissances anatomiques et capable de trancher les organes pelviens d'un seul coup de couteau. La lame de l'instrument doit, en conséquence, mesurer au moins treize à dix-huit centimètres de long. »

Ce rapport est intéressant à plus d'un titre, et d'abord en ce qu'il confirme celui du docteur Llewellyn, sur Mary Ann Nichols : l'asphyxie de la victime ayant pu précéder les mutilations, Jack l'Éventreur devenait plutôt Jack l'Étrangleur.

Annie Chapman a été tuée dans la cour du 29 Hanbury Street, à cause des taches de sang remarquées sur la barricade de bois – ce qui contredit de nouveau la théorie qui veut que les victimes aient été assassinées à l'intérieur d'un fiacre. On lui a tranché la gorge alors qu'elle était allongée par terre, puisque les taches se situent à trente-cinq centimètres du sol. Le docteur Phillips indiquant que l'Éventreur possède certaines compétences en anatomie, ce point est immédiatement repris par la presse et la rumeur populaire, d'où les nombreuses théories d'un « Docteur Jack l'Éventreur ». Cette compétence est vérifiée par la coupe nette de l'utérus dans des conditions difficiles – hâte et manque de lumière. En revanche, elle est infirmée par plusieurs points de ce rapport d'autopsie : l'assassin est incapable de décapiter la victime, alors qu'il en avait clairement l'intention ; de plus, il tranche la vessie en l'endommageant. N'oublions pas qu'en cette fin de siècle la plupart des gens achetaient des animaux vivants, afin de les tuer et de les dépecer pour en consommer la viande ; il est donc relativement facile d'acquérir une certaine pratique du maniement d'un couteau.

Il est d'ailleurs possible de contester la valeur du témoignage du docteur Phillips – ou, du moins, son professionnalisme – car il situe de manière très vague la mort d'Annie Chapman à environ 4 h et demie du matin, en se basant sur la rigidité des membres. Or cet examen est effectué le samedi après-midi, soit près de dix heures après la découverte du corps. La déclaration du docteur Phillips vient contredire obligatoirement les deux témoignages de Mrs. Darrell-Long – qui voit Annie Chapman devant le 29 Hanbury Street à 5 h 30 – et d'Albert Cadosh – qui entend un cri et un bruit de chute dans la cour vers 5 h 30 également. Pourquoi privilégier plutôt ces deux témoignages que celui du médecin ? Tout simplement parce que le docteur Phillips ne peut faire preuve d'exactitude en se basant uniquement sur la « rigor mortis » ; il aurait dû recourir à des moyens plus sûrs, tels que des prises de température rectale ou du foie.

L'enquête officielle du coroner Wynne Baxter se déroule au Working Lads'Institute, les 12, 13, 14, 19 et 26 septembre, l'affaire étant résumée ainsi :

« La victime était pleinement consciente de ses actes. Bien qu'ayant bu de l'alcool, après avoir quitté ses amies à 5 h de l'après-midi à Dover Street, elle ne paraissait pas dans un état de profonde ébriété, puisqu'elle marchait droit. L'examen post mortem indique la présence d'un peu de nourriture, mais pas d'alcool.

« Elle est entrée dans la maison en pleine possession de ses facultés, mais avec un but différent de celui de son compagnon. Après avoir franchi le passage, ils ont ouvert la porte donnant sur la cour et descendu les quelques marches. Le misérable s'est alors emparé de la victime, peut-être par des mouvements d'approche dignes d'un Judas. Il la saisit par le menton, presse le cou, l'empêchant ainsi de crier, causant l'évanouissement et l'asphyxie de la victime. Il n'y a aucune trace de lutte. Les vêtements n'étaient pas déchirés. Même dans ces actes préliminaires, le misérable semble savoir comment agir avec la plus monstrueuse efficacité. La victime est ensuite allongée par terre, sur le dos ; malgré une probable chute contre la palissade de bois, ce mouvement paraît avoir été effectué avec le plus grand soin. La gorge est alors tranchée en deux endroits avec une féroce détermination, avant que ne débutent les mutilations abdominales.

« L'assassin a agi avec une calme froideur et une grande assurance, malgré l'ampleur des risques encourus. Ceci est confirmé par le fait qu'il a vidé les poches de la victime pour en placer le contenu à ses pieds, d'une manière ordonnée et précise. Comme dans le cas de Buck's Row, aucun cri ne fut perçu. Personne, parmi les locataires de l'immeuble, n'entendit aucun bruit suspect. La brute ne prit même pas la peine de cacher son œuvre infernale, laissant le corps exposé à la vue du premier passant. Ce qui semble en contradiction avec le temps pris pour retirer les bagues, et qui suggère qu'il ait pu être dérangé ou qu'il ait ressenti une crainte soudaine d'être découvert, alors que le jour se levait.

« Il manquait deux choses : les bagues, qui ont été retirées des doigts de la victime et n'ont pas été retrouvées depuis, ainsi que l'utérus, qui fut séparé de l'abdomen. Le corps n'a pas été disséqué, mais les blessures infligées ont été commises par quelqu'un possédant de considérables connaissances chirurgicales et anatomiques. On ne remarque aucune coupe inutile. L'organe a été emporté par quelqu'un qui savait où le trouver et le découper sans l'endommager. L'individu possédait obligatoirement des connaissances médicales. Par exemple, un simple abatteur d'animaux n'aurait pas pu réaliser ces opérations. Il doit s'agir de quelqu'un familier des salles d'autopsies.

« Le désir de posséder cet organe abdominal semble irrésistible. Si le vol avait été le motif du crime, les mutilations viscérales auraient été inutiles, car la mort avait déjà résulté de la perte de sang du cou. De plus, quand on compare ce vol facile de bagues de cuivre avec le travail effectué en un quart d'heure au moins afin de retirer un organe, on ne peut qu'en conclure que le vol des bagues était un leurre destiné à cacher le véritable but de l'assassin. Cet organe tient dans une tasse et nous ne pouvons que nous louer de l'examen médical qui permit d'en découvrir le vol.

« Il est difficile de croire que le but du meurtrier était de posséder cet organe abdominal. Tuer quelqu'un afin d'obtenir un tel objet est une pensée qui nous révulse, mais, de toute façon, la plupart des meurtres sont commis pour des motifs hors de proportion avec la raison. Il a été suggéré que le criminel était un fou éprouvant des sentiments morbides. Que cela soit vrai ou non, il est évident qu'il existe un marché pour cet organe manquant. Il y a quelques mois, un Américain rendit visite au sous-directeur du Museum de pathologie afin de lui demander de trouver un certain nombre d'organes similaires à celui qui fut enlevé à la victime. Il était prêt à payer vingt livres pour chaque spécimen. Ses raisons étaient d'envoyer un de ces organes pour accompagner chaque exemplaire d'un article médical qu'il écrivait. On lui répondit qu'on ne pouvait satisfaire une telle demande, mais l'homme insista. Il souhaitait que les organes soient conservés dans de la glycérine afin qu'il gardent leur élasticité, ils devaient lui être directement envoyés en Amérique. Il fit de semblables demandes auprès de différentes institutions médicales. Ne serait-il pas possible que la connaissance de cette demande ait pu pousser à l'acte un quelconque misérable ? »

Cette supposition du coroner, dont la presse se fit un large écho, renforça encore auprès du public la thèse d'un médecin responsable des crimes, au point que le très officiel *British Medical Journal* crut bon de mettre un terme à cette hypothèse, dans un article paru le 6 octobre 1888 (et reproduit dans *The Jack the Ripper A to Z,* 1991) :

« Il est exact que des demandes ont été effectuées par un médecin étranger auprès d'une ou deux écoles médicales en début d'année dernière. Cependant, aucune somme importante ne fut proposée. La personne en question est un savant des plus respectables, très connu des autorités médicales londoniennes. Il a quitté Londres il y a dix-huit mois de cela. Il n'existe pas de fondement solide à cette hypothèse, et les rapports erronés qui ont été communiqués à la presse font que cette théorie doit être absolument rejetée. »

Le coroner Wynne Baxter comprit le message, puisqu'il ne mentionna plus cette idée dans les enquêtes sur les crimes suivants de l'Éventreur. En revanche, l'inspecteur Abberline la croyait toujours valable, près de quinze ans plus tard.

5

30 septembre 1888 :
la nuit du double crime

Le meurtre d'Annie Chapman créa une véritable émotion. Jusque-là, un crime dans l'East End était considéré comme un fait banal, une chose « normale », dans ce quartier de laissés-pour-compte. Ainsi, l'assassinat d'Emma Smith, le 3 avril 1888, ne fut même pas mentionné dans les quotidiens londoniens, et celui de Martha Tabram, le 7 août, généra à peine quelques lignes dans le *Times* et dans les autres journaux.

La mort de Mary Ann Nichols attira en premier l'attention du public. La plupart des journaux lièrent son décès à celui d'Emma Smith et de Martha Tabram ; après tout, ces trois femmes étaient des prostituées qui vivaient toutes à moins d'une centaine de mètres les unes des autres. Il y avait là matière à sensation, ce que les journaux ne manquèrent pas d'exploiter, vu la concurrence féroce qui régnait entre eux.

Puis, une semaine après Mary Ann Nichols, ce fut au tour d'Annie Chapman de tomber sous les coups du même assassin, qui ne se contentait pas du seul acte de tuer. Ces victimes n'étaient pas assassinées pour les habituels motifs communément associés à l'East End, le vol ou une querelle domestique. Aucune d'entre elles ne possédait plus que quelques piécettes de monnaie ou quelques bagues de cuivre sans aucune valeur marchande. Leur apparence même interdisait de les suspecter d'être riches.

Après le crime de Buck's Row, la théorie la plus généralement admise demeura celle d'un gang de mauvais garçons – qui fut indiscutablement responsable de la mort d'Emma Smith. Cette hypothèse perdura encore jusqu'au début du mois de septembre, ainsi qu'en témoigne cet article du *Star* :

« La police ne présente pour le moment qu'une seule théorie concernant la mort de Mary Nichols : celle d'un gang sévissant dans le quartier, dont le but avoué est de faire chanter les femmes qui fréquentent les rues, et de se venger de celles qui ne leur donnent pas d'argent. Ils se basent pour cela sur le fait que deux autres femmes ont subi un sort similaire dans le district, lors de ces douze derniers mois. »

D'un gang de criminels, on passa à la terreur engendrée par « Tablier de Cuir », qui culmina avec l'arrestation de John Pizer, le 10 septembre.

Le comité de vigilance de Whitechapel

Ces arrestations de suspects et toutes ces fausses alertes ne servirent qu'à alimenter l'intérêt du public et à créer artificiellement une certaine psychose. Les journaux en profitaient pour réitérer leurs attaques contre la police. En réponse à une suggestion émise par la presse, seize commerçants du quartier formèrent, le 10 septembre 1888, un comité de vigilance, présidé par George Lusk, décorateur de son métier. Leur but était de former des patrouilles de simples citoyens, de fournir des gardiens de nuit volontaires et d'assister la police. Par voie de presse, les membres du comité annoncèrent que, tous les matins, une permanence serait assurée au Crown, sur Mile End Road, afin d'y collecter des informations et des suggestions. Ils demandèrent également au gouvernement d'offrir une récompense pour l'arrestation du meurtrier, ce que refusa le ministre de l'Intérieur, Henry Matthews, malgré la désapprobation générale du public. Cependant, plusieurs personnes, dont le lord-maire de Londres et Samuel Montagu, député de Whitechapel, collectèrent de l'argent. En octobre 1888, cette gratification destinée aux éventuels informateurs se montait à la coquette somme – pour l'époque – de mille deux cents livres sterling.

Le 10 novembre 1888, cependant, Henry Matthews proposa un pardon officiel « pour tout complice n'ayant pas personnellement commis ou participé à un meurtre » et qui dénoncerait le tueur de Whitechapel. En agissant à cette date précise, le Home Secretary faisait naturellement référence à l'assassinat de Mary Jane Kelly, du 9 novembre, ce qui est plutôt étrange si l'on considère les circonstances du crime où aucun indice ne semble indiquer la présence d'un complice. À moins que cette mesure n'ait été qu'une manœuvre purement politique destinée à calmer le public ?

Mais le Home Secretary n'était pas le seul à subir l'opprobre de la presse, dont la cible principale demeurait Sir Charles Warren, le préfet de police. Dans un éditorial datant du jour de l'assassinat d'Annie Chapman, le *Star* prenait ce crime pour preuve de son incompétence. Après avoir indiqué que la police méconnaissait complètement Whitechapel, le journal avançait ses propres suggestions :

« Il n'y a qu'une seule chose à faire en ce moment. Il sera toujours temps de parler de plus vastes réformes, quand nous en aurons fini avec l'inefficace système militaire centralisé, que Sir Charles Warren a minutieusement perfectionné. Les gens de l'East End doivent former leur propre police en créant sur-le-champ des comités de vigilance. Il faudra qu'un comité central divise le quartier en districts, qui seront eux-mêmes confiés à la garde de comités plus restreints. À leur tour, ceux-ci devront instaurer des patrouilles de nuit composées de volontaires, ainsi qu'un service de détection généralisé. Les infortunées, qui sont l'objet des attaques de ce monstre humain, devront être suivies à distance par un ou deux de ces détectives amateurs. Il vaudrait mieux qu'ils se déplacent en couples. Des sifflets et un système de signaux devront être fournis. Nous ne sommes pas certains que cet effort doive se limiter à ce seul district, car le meurtrier peut fort bien choisir un nouveau terrain de chasse, maintenant que Whitechapel est devenu trop brûlant pour lui. »

On peut sourire à cette suggestion que les prostituées exerceraient leur métier sous la protection bienveillante des vigiles. Mais la formation du comité de vigilance de Whitechapel n'empêcha pas l'Éventreur de poursuivre son œuvre sanglante. Les idées les plus folles circulent alors dans la presse : un lecteur propose de déguiser les policiers en prostituées afin de prendre l'Éventreur en flagrant délit, un autre ajoute qu'il faut remplacer les trop bruyantes galoches des agents par des semelles caoutchoutées ! Un journaliste se déguise en femme pour mener son enquête et finit au poste de police, tandis que d'autres confrères sont arrêtés par erreur soulevant l'indignation de leur rédaction :

« Le sang des femmes assassinées de l'East End crie encore vengeance. Si le meurtrier est, comme nous le supposons, un maniaque, il est à craindre qu'il ait du sang frais sur les mains. Tout l'East End vit sous une terreur rouge. Si cette peur effroyable dégénère en furie, nous en tiendrons Mr. Matthews et Sir Charles Warren pour responsables. Nous avons fourni à la police les seules preuves en sa possession dans l'affaire[1] qui nous occupe, et elles peuvent nous permettre de faire arrêter le coupable. Pour tout remerciement, notre équipe se

---

1. Le meurtre d'Annie Chapman.

voit traitée comme des pickpockets par des hommes dont l'incompétence et l'ignorance sont la risée de Londres. »

George Bernard Shaw, qui était alors critique de théâtre, se faisait déjà remarquer par son sarcasme ; il signa une lettre publiée sous le titre de « Blood Money to Whitechapel » dans le *Star* du 24 septembre, qui résume bien ses opinions sur la situation :

« À présent, le meurtrier de Whitechapel a réussi à capter l'attention du public sur la question sociale... Il y a encore moins d'un an, la presse du West End exigeait littéralement le sang du peuple – harcelant Sir Charles Warren pour qu'il écrasât la vermine qui osait crier sa faim –, en insultant et en calomniant ceux qui embrassaient la cause des victimes, applaudissant à tour de bras les manœuvres criminelles des juges et des magistrats, se comportant, en un mot, comme la classe des nantis le fait habituellement lorsque les travailleurs les plongent dans une terreur frénétique en osant montrer les dents.

« Les émeutes de 1886 ont rapporté soixante-dix-huit mille livres et un Palais du Peuple. On se demande combien ces récents meurtres rapporteront à l'East End, en vertu des dommages et intérêts. De fait, si les habitudes des duchesses les poussaient à s'aventurer dans les ruelles de Whitechapel, une simple et unique expérience anatomique en boucherie à l'encontre d'une victime aristocratique pourrait rapporter un bon demi-million et éviter ainsi la nécessité de sacrifier quatre femmes du peuple. »

Parmi toutes les suggestions et lettres publiées dans la presse, Scotland Yard, par l'entremise de Sir Charles Warren, en retiendra une, émanant du *Times,* en octobre 1888. Un éleveur amena à Londres deux chiens de chasse, Barnaby et Burgho, pour un essai concluant à Regent's Park, le 9 octobre. Les chiens devaient suivre à la trace le mystérieux assassin, après qu'on leur eut fait renifler divers indices matériels. Mais, une seconde tentative, où Sir Charles Warren joua lui-même le rôle de proie, se termina en fiasco, les bêtes s'avérant incapables de suivre la moindre piste dans les rues de la cité. Dès les jours suivants, la presse se moqua ouvertement de Sir Charles Warren et de ses « fins » limiers.

Elizabeth Stride

Il est 1 h du matin en cette nuit pluvieuse et venteuse du dimanche 30 septembre 1888, lorsque le vendeur ambulant Louis Diemschutz pénètre avec son attelage dans la cour de Dutfield's Yard, pour y rejoindre ses amis de l'International Workingmen's Educational Club, siège d'un journal d'intellectuels juifs socialistes. Diemschutz y officie parfois en tant que maître d'hôtel. Il est intrigué par l'attitude de son cheval qui s'écarte à deux reprises vers la gauche en hennissant, apparemment pour éviter un tas de vêtements. De son fouet, Diemschutz touche cette masse informe et tente vainement de s'éclairer avec une allumette, qui est immédiatement soufflée par le vent. Mais il en a vu suffisamment pour chercher l'aide de ses amis du club au 40 Berner Street.

« Long Liz », de son vrai nom Elizabeth Stride, née Gustafsdotter en Suède, était âgée de quarante-cinq ans. Diemschutz la découvre couchée sur son flanc gauche ; son bras droit repose sur l'estomac, alors que le gauche se trouve derrière le dos et tient encore à la main un sachet contenant des noix de cajou. La main droite est ensanglantée et la bouche légèrement entrouverte. Une écharpe est nouée autour de son cou, et la partie inférieure du tissu est élimée comme par l'action d'un couteau qui lui a également tranché la gorge, de gauche à droite. Le corps est encore chaud, et vierge de toute mutilation abdominale, ce qui laisse à penser que l'assassin a été dérangé par l'arrivée de Louis Diemschutz.

Comme Mary Ann Nichols et Annie Chapman, Elizabeth Stride était mariée, mais vivait séparée de son mari. Elle s'adonnait à la boisson et, à de nombreuses reprises, avait été arrêtée en état d'ébriété par la police. Le plus souvent, elle habitait un meublé du 32 Flower and Dean Street, où elle travaillait parfois en tant que femme de chambre. Elle avait également vécu, brièvement, en compagnie de Michael Kidney, au 33 Dorset Street.

Au contraire des autres victimes, Elizabeth Stride est aperçue par de nombreux témoins. Vers 23 h, le samedi, deux clients du Bricklayer's Arms la voient quitter l'établissement en compagnie d'un jeune Anglais mesurant un mètre soixante-cinq/un mètre soixante-huit environ, d'apparence fragile, arborant une moustache noire, des sourcils roux pâle, un costume et un chapeau melon. Vers minuit moins le quart, William Marshall, bottier de son état, rencontre Elizabeth Stride, qui est accompagnée par un Anglais. Voici son témoignage tel qu'il fut consigné dans le *Times* :

« Dimanche soir, j'ai vu la victime à la morgue. Je l'ai reconnue comme étant la femme que j'ai aperçue samedi soir, à trois portes de l'endroit où j'habite sur Berner Street. Il était environ 23 h 45. Elle parlait à un homme. Je l'ai reconnue à la fois par son visage et sa robe. Comme il n'y avait pas de lampadaire, je ne pourrais pas identifier le visage de cet homme. Il portait une courte veste noire et un pantalon de couleur sombre. Il me parut être d'âge moyen.

« – Coroner : Quel type de chapeau portait-il ?

« – Témoin : Une casquette à la visière assez courte, comme en portent les marins.

« – Coroner : Quelle était sa taille ?

« – Témoin : Environ un mètre soixante-dix et il était plutôt corpulent. Il était habillé correctement et donnait l'apparence d'un employé, pas de quelqu'un qui exerçait un travail manuel.

« – Coroner : Avez-vous vu s'il portait des moustaches ?

« – Témoin : D'après ce que j'ai pu apercevoir de son visage, je ne pense pas qu'il en avait. Il ne portait pas de gants, ni de canne.

« – Coroner : De quelle sorte de veste s'agissait-il ?

« – Témoin : Une jaquette.

« – Coroner : Êtes-vous certain qu'il s'agit bien de la même femme ?

« – Témoin : Oui, tout à fait. Je ne leur ai pas prêté beaucoup d'attention. Je me tenais devant chez moi, et ce qui éveilla tout d'abord mon intérêt fut qu'elle resta sur place un bon moment, avant que l'homme ne l'embrasse. J'entendis l'inconnu s'adresser à la victime d'une voix calme et éduquée : "Tu dirais n'importe quoi, sauf tes prières." Puis, ils partirent dans la direction de Dutfield's Yard. »

Un marchand de fruits d'un certain âge, Matthew Packer, dont l'échoppe se situait au 44 Berner Street, prétendit avoir vendu une livre de raisins à un jeune Anglais de vingt-cinq à trente ans, mesurant environ un mètre soixante-dix, et dont l'apparence extérieure ressemblait au signalement donné par William Marshall ; cet inconnu était accompagné par Elizabeth Stride, que Matthew Packer reconnut par une visite à la morgue, le 4 octobre. Ses différentes déclarations quant à l'heure exacte de cette rencontre paraissent pour le moins confuses, puisqu'il la situe successivement à 23 h, 23 h 45 et 0 h 30, ce qui peut expliquer pourquoi la police crut bon de ne pas le faire témoigner à la barre, lors de l'enquête officielle.

Divers théoriciens récents expliquent l'absence de ce témoin par une sombre machination politico-policière – et un complot franc-maçon –, destinée à cacher le fait qu'Elizabeth Stride aurait consommé une grappe de raisin ! En effet, le chirurgien de la reine Victoria, Sir William Gull, partie prenante de ce complot, aurait préalablement endormi toutes les victimes de l'Éventreur grâce à du raisin trafiqué. Le rapport d'autopsie, cependant, ne révéla aucune trace de raisin dans l'estomac d'Elizabeth Stride bien qu'un mouchoir lui ayant appartenu portât des traces de fruit.

À minuit trente, William Smith, un agent de police, effectuant sa ronde, aperçoit Elizabeth Stride. Son interrogatoire par le coroner est repris par le *Times* :

« – Coroner : Lors de votre passage à Berner Street, avez-vous aperçu quelqu'un ?

« – Témoin : Oui, un homme et une femme.

« – Coroner : Celle-ci ressemblait-elle à la victime ?

« – Témoin : Oui, car j'ai vu son visage. Je me suis rendu à la morgue, et j'affirme qu'il s'agit bien de la même personne.

« – Coroner : Et l'homme ?

« – Témoin : J'ai remarqué qu'il tenait à la main un paquet enveloppé dans du papier journal. Ce paquet mesurait environ quarante-cinq centimètres de long sur vingt centimètres de large. D'après mon estimation, l'inconnu doit mesurer aux alentours d'un mètre soixante-dix. Il portait un chapeau de chasse à bords de feutre rigides et de couleur foncée, ses vêtements étant également de couleur sombre.

« – Coroner : Quelle sorte de vêtements ?

« – Témoin : Un pardessus. Et un pantalon de couleur foncée.

« – Coroner : Et son âge ?

« – Témoin : Je le situerais aux environs de vingt-huit ans.

« – Coroner : Avez-vous une idée quant à son type de personne ?

« – Témoin : Non, monsieur, je l'ignore. Mais son apparence était celle de quelqu'un de respectable. J'ai remarqué que la femme portait une fleur à sa boutonnière. »

Un quart d'heure plus tard, soit à 0 h 45, James Brown, qui rentre chez lui, est « presque certain » d'avoir vu Elizabeth Stride en compagnie d'un homme portant un très long manteau de couleur noire. En les dépassant le long de Fairclough Street, il entend la victime s'exclamer : « Non, pas cette nuit ! Peut-être une autre nuit. »

À la même heure, Israel Schwartz, un immigrant, d'origine hongroise, pourrait avoir assisté à l'assassinat d'Elizabeth Stride. Son important témoignage est consigné par l'inspecteur Swanson dans les archives de Scotland Yard – sous les références MEPO 3/140 ; 204-206 ; 207 ; 208-210 – et repris sous la forme d'un article du Star, le 10 octobre :

« En passant devant la cour où le meurtre a été commis le témoin vit un homme ivre s'arrêter pour parler à une femme qui se tenait debout devant l'entrée. L'inconnu tenta d'attirer la femme en direction de la cour, avant de la retourner et de la jeter à terre. La femme cria à trois reprises, mais assez faiblement. Ne désirant pas se mêler à ce qu'il croyait être une dispute, le témoin traversa la rue. C'est à ce moment-là que le témoin vit un deuxième homme, qui observait la scène en allumant une pipe. Mais l'assaillant de la femme s'écria "Lipski !", probablement à l'encontre du fumeur de pipe. Schwartz quitta ensuite les lieux, suivi un moment par l'homme à la pipe.

« Le témoin ignore si les deux hommes se trouvaient ensemble ou s'ils se connaissaient. Il a formellement reconnu la femme comme étant la victime, par une identification à la morgue.

« Le premier homme – l'assaillant – avait environ trente ans, mesurait à peu près un mètre soixante-cinq ;

il semblait d'origine anglaise, avec une chevelure sombre, une petite moustache brune et des épaules larges. Il portait des vêtements foncés et une casquette noire à visière.

« Le fumeur de pipe avait environ trente-cinq ans, mesurait un mètre soixante-dix-huit, avec une chevelure châtain clair, un pardessus sombre, et portait un vieux chapeau en feutre noir à bords larges. »

L'inspecteur en chef Swanson note dans son rapport que le témoignage de Schwartz – auquel il croit fermement – le distingue de celui de l'agent William Smith quant à la description fournie de l'accompagnateur d'Elizabeth Stride. Pour lui, il pourrait s'agir de deux hommes différents, le meurtrier présumé se révélant l'assaillant décrit par Israel Schwartz. Mais, ainsi que le fait remarquer le détective, un quart d'heure s'écoule avant que Stride ne soit assassinée, et elle aurait eu largement le temps d'échapper à son assaillant pour être ensuite accostée par le meurtrier.

Le témoignage de Schwartz pourrait coïncider avec celui de James Brown – puisque tous deux affirment avoir aperçu Stride à 0 h 45 –, la querelle décrite par Schwartz pouvant être la conséquence du refus exprimé par Stride (« Non, pas cette nuit ! Peut-être une autre nuit ») et entendu par James Brown.

L'inspecteur Abberline propose une explication au cri de « Lipski ! », proféré par l'assaillant. Il s'agirait d'une insulte antisémite commune en 1888 ; celle-ci aurait été adressée à l'encontre de Schwartz qui, d'après les descriptions des journaux, avait un type sémite « très prononcé ». Israel Lipski était un empoisonneur exécuté l'année précédente pour le meurtre d'une jeune Anglaise, et dont l'affaire avait suscité un grand nombre de réactions antisémites.

En examinant ces témoignages parfois divergents, on demeure frappé par la précision de certains détails, alors qu'il fait nuit, et que le temps pluvieux ainsi que le manque d'éclairage des rues de l'East End permettent de douter de leur validité.

L'autopsie du corps d'Elizabeth Stride, par le docteur George Bagster Phillips, révèle les points suivants :

« La gorge a été tranchée par une incision nette, qui s'étend sur quinze centimètres de long et qui commence à environ six centimètres, sous l'angle de la mâchoire. L'incision dévie quelque peu vers le bas. L'artère et les autres vaisseaux ont été sectionnés. La coupure des tissus du côté droit est plus superficielle, les vaisseaux sanguins s'y trouvant n'ont pas été endommagés... L'estomac contenait de la nourriture partiellement digérée, dont du fromage, de la pomme de terre et de la farine... La victime n'avait pas mangé de raisin au cours des dernières heures... La cause du décès est due à la section de l'artère carotide gauche et de la perte de sang qui s'ensuivit... L'incision a été effectuée de gauche à droite par un couteau à lame plutôt large, mais pas très pointu et passablement émoussé... On note une grande dissemblance entre ce cas et celui de Chapman. Dans le cas de Chapman, le cou avait été tranché jusqu'à atteindre la colonne vertébrale, celle-ci étant dégagée par deux incisions, dans le but évident de décapiter la victime. »

Le coroner ainsi que les inspecteurs de Scotland Yard ont tous ajouté Elizabeth Stride à la liste des victimes de Jack l'Éventreur qui, gêné par l'arrivée de Diemschutz, se serait rendu à Mitre Square pour y tuer Catharine Eddowes, quelque quarante-cinq minutes plus tard. Je ne serai pas tout aussi affirmatif que la police de l'époque. Il se pourrait, en effet, que Stride n'ait pas été victime de l'Éventreur, et je fonde cette opinion sur l'observation des faits suivants :

– On ne note aucune trace d'asphyxie. Elizabeth Stride est bien morte à cause du couteau qui lui a tranché la gorge.

– La nature du couteau, qui diffère de celui employé pour toutes les autres victimes. L'autopsie confirme que sa lame est plus large, moins pointue et plus émoussée.

– L'absence de mutilations abdominales, qui peut cependant s'expliquer par l'arrivée inopinée de Diemschutz et de son attelage.

– Admettons que l'homme qui a assailli Stride soit bien l'assassin, ce qui est probable, car il est difficile d'imaginer quelqu'un se faisant agresser à deux reprises par deux êtres différents, au même endroit et dans un intervalle de temps de quinze minutes à peine. L'assaillant de Stride présente un comportement totalement différent de celui de Jack l'Éventreur. Il est ivre, bruyant, crie «Lipski!» et attaque ouvertement Stride devant deux témoins. Rappelons qu'aucun cri, ni bruit suspect n'a été entendu par les très nombreux locataires de Buck's Row ou du 29 Hanbury Street, lors des crimes de Mary Ann Nichols et d'Annie Chapman. De plus, ce comportement irrationnel et peu discret ne correspond pas du tout au profil psychologique, établi par le FBI, de ce type de tueur en série à caractère sexuel et à tendances sadiques, que devait être Jack l'Éventreur.

– Le lieu du crime, Berner Street, situé au sud de Whitechapel Road, est assez éloigné du terrain de chasse habituel de l'Éventreur.

Mais si le meurtre d'Elizabeth Stride peut engendrer un doute quant à son auteur, il n'en est pas de même pour celui de Catharine Eddowes : cette dernière a bien été assassinée par Jack l'Éventreur.

Catharine Eddowes

Le 28 septembre, Catharine Eddowes et John Kelly, avec lequel cette femme de quarante-six ans vit maritalement, retournent à Londres après un séjour d'un mois dans le Kent, où ils ont cueilli du houblon. En prenant une chambre dans un meublé où elle a ses habitudes, Catharine Eddowes déclare au gérant : « Je suis revenue toucher l'argent de la récompense offerte pour la capture du meurtrier de Whitechapel. »

Le 29 septembre, à 20 h 30, un agent de police découvre Eddowes affalée sur le trottoir d'Aldgate High Street. Elle est complètement ivre et le policier l'emmène au poste de Bishopsgate, où elle est enfermée dans une cellule. À 1 h du matin, elle est relâchée après l'heure de fermeture légale des débits de boissons. Au même moment, à un kilomètre de là, Elizabeth Stride tombe sous les coups du mystérieux assassin.

Il est environ 1 h 35 du matin, lorsque trois hommes qui viennent de jouer aux cartes dans un club aperçoivent un homme parler à une femme dans Church Passage. Joseph Hyam Levy, Harry Harris et Joseph Lawende ne voient pas leurs visages, mais Lawende reconnaîtra Eddowes grâce à ses vêtements, qu'il identifiera au poste de police. Lors de l'enquête officielle, il affirme ne pas pouvoir reconnaître l'inconnu s'il le voyait de nouveau. La description qu'il en donne au *Police Gazette* est la suivante :

« Un homme à la peau blanche, d'environ trente ans, mesurant un mètre soixante, portant une moustache blonde, de carrure moyenne. Ses vêtements se composent d'une jaquette poivre et sel, d'une casquette grise à visière et d'un foulard rouge noué autour du cou. Il donne l'apparence d'un marin. »

Pendant son interrogatoire, le coroner interrompt la déposition de Joseph Lawende en déclarant :

« À moins que les jurés n'en expriment le désir, j'ai une raison spéciale de demander au témoin de surseoir à la description de l'homme qu'il a vu. »

Le jury accepte cette demande, sans que l'on sache le pourquoi de cette « raison spéciale ».

Vers 1 h 45, en ce matin du 30 septembre 1888, l'agent de police Edward Watkins, qui effectue sa ronde, découvre le corps de Catharine Eddowes dans un recoin de Mitre Square. Mitre Square est au centre d'un labyrinthe de rues étroites, de passages et d'impasses. Le square mesure environ trente mètres de long sur vingt-cinq de large. Il est pavé de pierres et comporte trois accès, qui préservent les possibilités de fuite mais qui multiplient le risque de voir pénétrer quelqu'un – l'agent de police Harvey y avait effectué une ronde à 1 h 40, sans rien entendre de suspect. Comparé aux autres lieux des crimes précédents, Mitre Square peut être considéré comme un endroit « respectable ». Trois côtés du square sont occupés par des entrepôts, le quatrième étant un lieu d'habitation. D'après le témoignage de Watkins, nous savons que Mitre Square n'était quasiment pas éclairé la nuit, et que le policier avait pour habitude d'allumer sa lanterne dans les recoins les plus sombres, lorsqu'il effectuait ses rondes.

Le corps de Catharine Eddowes est allongé sur le dos, éventré « comme un cochon au marché », déclare l'agent Watkins. La jambe gauche est allongée alors que la droite est pliée à hauteur du genou. La gorge est profondément tranchée jusqu'à l'os, sur une longueur d'environ dix-huit centimètres. Les intestins ont été retirés et placés sur l'épaule droite. Un morceau d'intestin d'environ soixante centimètres est retrouvé entre le corps et le bras gauche. Le lobe et le pavillon de l'oreille droite ont été coupés obliquement. Lorsque le docteur Frederick Gordon Brown arrive à Mitre Square pour examiner le corps, il est très exactement 2 h 03 ; il estime que l'heure du décès remonte à moins d'une demi-heure. Une grande quantité de sang est visible; aucun doute possible: elle a été tuée sur place. Une fois emmenée à la morgue de Golden Lane, le docteur Brown constate l'ampleur des mutilations. Le visage a particulièrement souffert: une incision à travers la paupière a tranché l'œil gauche; une autre, similaire et parallèle, l'œil droit; le nez est coupé en travers, jusqu'à séparer la joue droite en deux; plusieurs coupures sont constatées sur les lèvres. La peau des joues est partiellement pelée par des coups de couteau. On distingue deux contusions sur la joue gauche.

L'abdomen est complètement ouvert du sternum jusqu'au pubis, d'une seule incision se dirigeant de bas en haut. Le foie a été poignardé, avant d'être coupé à deux reprises. L'aine, le pancréas, l'artère rénale gauche et la paroi du péritoine ont été tranchés. La matrice a été emportée par l'assassin, mais il en reste environ un centimètre attaché au corps. Le rein gauche est plus soigneusement coupé et a également disparu. Pour le docteur Brown, le meurtrier était agenouillé à droite de la victime allongée sur le sol, lorsqu'il lui a infligé ces mutilations post mortem, à l'aide d'un couteau très aiguisé à la lame d'environ quinze centimètres de long.

« L'instigateur de cet acte devait avoir une grande connaissance anatomique, pour réussir à retirer le rein et connaître sa position. De telles compétences peuvent être acquises par quelqu'un habitué à tuer des animaux... Il lui a fallu au moins cinq minutes pour perpétrer ces mutilations. »

Il remarque également l'absence de toute sécrétion sur les cuisses de la victime, ce qui tenterait à prouver que le meurtrier n'a pas éjaculé sur le cadavre.

Les photographies du cadavre et les dessins de la police que nous connaissons tendent à discréditer quelque peu l'opinion que l'assassin possédait une grande connaissance de l'anatomie. À la vue de ces clichés, on retire plutôt l'impression d'une grande frénésie meurtrière, d'un « travail » effectué à la hâte – pas plus de quelques minutes –, dans une sorte de transe et dans la crainte de se faire prendre.

Catharine Eddowes portait une jaquette noire avec un col en imitation fourrure. Son bonnet de paille noire était orné de velours et de verroterie. Sa robe vert foncé s'illustrait de motifs floraux. Dans ses poches, on retrouva deux pipes d'argile, un peigne, un mouchoir, une boîte à cigarettes, une boîte d'allumettes contenant du coton, une boule de laine peignée, une mitaine, un boîtier en métal contenant du thé et du sucre, cinq morceaux de savon, ainsi qu'un couteau de table. Un tablier blanc, d'un tissu grossier, était noué autour de son cou. Il était extrêmement sale et déchiré. L'autre moitié du tablier fut retrouvée par l'agent de police Alfred Long, à 2 h 55 du matin, devant le 108 Goulston Street, à l'entrée du Wentworth Model Dwellings. Le docteur Brown examina le morceau de Goulston Street et reconnut qu'il appartenait au tablier de Catharine Eddowes ; on y relevait des traces de sang et de matière fécale – provenant d'une des incisions qui avaient endommagé le rectum de la victime. Ce fragment de tissu est l'unique indice matériel laissé par l'Éventreur. On peut penser qu'il s'en est servi pour s'essuyer les mains. Ceci semble être confirmé par les mémoires du major Henry Smith, *From Constable to Commissioner,* qui affirme avoir découvert une fontaine publique, non loin de Dorset Street, dont l'eau rougissait encore du sang de l'assassin.

Au même endroit, sur le mur de briques noires du passage, l'agent Long remarqua un message de cinq lignes écrit à la craie blanche : « Les Juifs ne sont pas des hommes qui seront accusés pour rien. » Le mot « Juifs » était orthographié « Juwes », au lieu de l'habituel « Jews ». Alertés par l'agent Long, le surintendant Arnold et le préfet de police Sir Charles Warren décident alors de faire effacer l'inscription, par crainte que le message ne cause des émeutes antisémites. Il faut se souvenir que les articles parus dans la presse au sujet de « Tablier de Cuir » avaient déjà provoqué de telles manifestations, et que des juifs avaient été tabassés dans les rues de Whitechapel.

Rien ne prouve, en revanche, que ce message ait été l'œuvre de Jack l'Éventreur. Il est difficile d'imaginer l'assassin, fuyant Mitre Square avec du sang sur les mains, s'essuyer sur le morceau de tablier déchiré de Catharine Eddowes et prendre le temps d'écrire ce texte – en pleine obscurité, le passage n'étant pas éclairé –, alors que l'alerte a été donnée par la police à 1 h 50 (le meurtre a eu lieu aux alentours de 1 h 40). À l'époque, on alertait les autres agents en patrouille par des coups de sifflet : du fait de la psychose qui régnait à ce moment-là dans le quartier, de nombreuses personnes ont dû immédiatement descendre dans les rues. L'inspecteur-chef Swanson indique dans un rapport que le message tracé à la craie était ancien et ses contours estompés.

Par ailleurs, l'immeuble du Wentworth Model Dwellings, devant lequel ce message avait été laissé, abritait de très nombreux locataires juifs. D'où l'on déduit que cette inscription était peut-être un slogan antisémite, plutôt que la confirmation du complot franc-maçon que d'aucuns ont voulu y voir. Ce double meurtre, en tout cas, fit l'effet d'un tremblement de terre au sein de la population londonienne, qui s'éveilla aux hurlements des marchands de journaux. Des milliers de badauds se rassemblèrent aux alentours de Berner Street et de Mitre Square. À 3 h de l'après-midi, en ce dimanche 30 septembre 1888, un millier de personnes se retrouvèrent à Victoria Park, où plusieurs orateurs demandèrent la démission de Henry Matthews et de Sir Charles Warren. Le même jour, quatre autres réunions similaires se tinrent sur Mile End Waste. Cette indignation atteignit son comble, lorsque les journaux révélèrent que le mystérieux assassin avait envoyé des lettres à la presse, signées du surnom « Jack l'Éventreur ».

6

« Votre dévoué, Jack l'Éventreur »

Les archives de Scotland Yard contiennent un grand nombre de lettres soi-disant écrites par l'assassin de Whitechapel ; elles sont incluses dans le fichier « MEPO 3/142 » du Département des archives de la Metropolitan Police. Quasiment toutes sont l'œuvre de plaisantins, comme ces deux échantillons que j'ai pu examiner lors de ma visite à Scotland Yard, en 1987 :

« Moi Jack l'Évantreur[1]
viendra prochainement
rendre visite à votre résidence
ou à votre boutique en ville
Dévoué votre Jack l'Éventreur »

« 18 octobre 1888
Sir
Cette nuit faites attention à moi dans le quartier de London Road il y en a des chaudes si ce temps de brouillard continue quelle chance j'aurai alors j'en ai assez de me reposer et je veux me remettre au travail je ne vous écrirai plus Votre dévoué J. the R. »

---

1. Orthographié Jack the Riper.

Une carte de visite porte même la mention : « Jack the Ripper M.D. » (« Jack l'Éventreur, médecin. ») Seules trois de ces missives – deux lettres et une carte postale – peuvent permettre de croire à leur authenticité. L'auteur de plusieurs lettres signées « Jack l'Éventreur » fut identifié et condamné à une amende. Il s'agissait de Maria Coroner, une couturière de vingt et un ans, dont les lettres à la police de Bradford annonçaient la prochaine venue de l'Éventreur dans cette ville de province !

La plus importante et la première des trois correspondances « authentiques » de l'Éventreur fut adressée à l'agence de presse *Central News Agency,* le 27 septembre. On y lisait le texte suivant :

« 25 sept 1888
Cher Boss,
J'entends dire que la police m'a attrapé mais je ne suis pas encore sous les verrous. Je ris beaucoup quand ils prennent leur air intelligent pour affirmer qu'ils sont sur la bonne voie. Cette blague concernant Tablier de Cuir m'a donné une crise de fou rire. J'en ai après les putains et je ne m'arrêterai jamais de les éventrer sauf quand on me passera les menottes. Mon dernier boulot a été magnifique. Je n'ai pas laissé le temps à la femme de couiner. Comment pouvaient-ils m'attraper maintenant. J'aime mon travail et ai envie de recommencer. Vous entendrez bientôt à nouveau parler de moi et de mes petits jeux amusants. J'avais mis de côté un peu de cette substance rouge dans une bouteille de bière au gingembre pour m'en servir afin de vous écrire mais c'est devenu épais comme de la colle et je ne peux pas l'utiliser. L'encre rouge est suffisante j'espère. ha. ha.

La prochaine fois je couperai les oreilles de la dame et les enverrai aux officiers de police juste pour le plaisir. Gardez cette lettre sous le coude jusqu'à ce que je me remette au travail, puis publiez-la. Mon couteau est si gentil et aiguisé je veux me remettre au travail tout de suite si j'en ai l'occasion. Bonne chance.

Votre dévoué Jack l'Éventreur.

Je m'excuse si je donne mon nom de plume »

En travers, un second post-scriptum ajoutait :

« pas convenable de poster ça avant que je n'enlève toute cette encre rouge de mes mains merde. Pas de chance jusqu'à présent. Ils disent que je suis un docteur maintenant ha ha »

L'original de la lettre, écrite à l'encre rouge, et conservée au Black Museum de Scotland Yard, avait curieusement disparu depuis des décennies, jusqu'à ce qu'un expéditeur anonyme l'adresse à Scotland Yard, en 1987, dans une enveloppe marron qui contenait également des photos inconnues des victimes. Postée le 27 septembre 1888, avec un timbrage indiquant « London EC », elle avait été transmise à Scotland Yard le 29 septembre et publiée dans la presse le 1er octobre, soit en même temps que l'annonce du double meurtre d'Elizabeth Stride et de Catharine Eddowes.

L'écriture nette, tout en rondeur, avec une légère inclinaison uniforme vers la droite, est visiblement l'œuvre de quelqu'un de cultivé. Il n'y a aucune faute d'orthographe, même si la ponctuation est omise. Les rares erreurs paraissent volontaires et donnent l'impression d'une personne éduquée essayant – maladroitement – d'imiter le langage populaire.

Le timbrage « London EC » n'est pas celui des quartiers de Whitechapel ou de Spitalfields, qui aurait été

« London E ». Or, l'assassin habitait de façon quasiment certaine Whitechapel. Comment peut-on l'affirmer ? Parce que tous les crimes ont eu lieu dans ce secteur et, en particulier, le premier, à Buck's Row. Généralement, les tueurs en série commettent leur premier meurtre non loin du lieu où ils habitent, ainsi qu'ont pu le constater les agents du FBI, depuis qu'ils interrogent, systématiquement, tous les serial killers qu'ils ont mis sous les verrous. Le morceau de tablier taché de sang et de matière fécale que l'on retrouve à Goulston Street, peu après le meurtre de Catharine Eddowes, indique que Jack l'Éventreur suivait un chemin en direction du nord-est de Whitechapel, vers Mile End New Town ou Spitalfields.

En me renseignant auprès de l'historien anglais Martin Fido, auteur de deux ouvrages sur Jack l'Éventreur, j'ai appris que le cachet « London EC » couvrait les districts de Gray's Inn Road et de Fleet Street, sièges de la très grande majorité des journaux. L'enveloppe est adressée à « The Boss central News Office – London City », plutôt qu'à la police – où elle aurait peut-être été « enterrée » dans un fichier – ou à un journal spécifique. Pourquoi ce choix de la *Central News Agency,* un organisme méconnu du grand public ? Une lettre adressée à une agence de presse serait obligatoirement distribuée à un maximum de quotidiens. Mais qui donc était à même de connaître une telle agence, si ce n'est quelqu'un du métier ?

La police crut d'abord à l'authenticité de la première lettre et de la carte postale, puisqu'elle fit imprimer un très grand nombre d'affiches reproduisant ces deux documents pour les placarder, le 3 octobre 1888, sur les murs de Londres afin de solliciter des informations auprès du public. Par la suite, la haute hiérarchie policière, Robert Anderson, chef du CID, Sir Melville Macnaghten, qui prit ses fonctions au CID après les crimes de l'Éventreur, ainsi que l'inspecteur-chef Swanson, affirmèrent catégoriquement que la correspondance signée Jack l'Éventreur était l'œuvre d'un jeune journaliste. Dans un article de *Crime and Detection* d'août 1966, l'auteur de ces lettres est identifié comme étant un journaliste de vingt-sept ans à l'époque des crimes, du nom de Best et travaillant pour le *Star*. Best aurait avoué en 1931 être l'auteur de la plupart des missives de l'Éventreur, aidé en cela par un confrère de province. On verra un peu plus loin que la récente découverte de la «lettre de Littlechild» identifie l'auteur des lettres signées Jack l'Éventreur. Mais, que cette lettre soit authentique ou non ne présente finalement pas beaucoup d'importance ; dans ce cas précis, elle aura donné, de toute façon, son nom définitif et glorieux au mystérieux assassin de Whitechapel.

La seconde missive est une carte postale adressée, le 1er octobre 1888, à la «Central News Office – London City EC». Le texte en est le suivant :

«Je ne plaisantais pas cher vieux Boss quand je vous ai donné ce tuyau, vous entendrez parler du travail de l'effronté Jacky demain coup double cette fois-ci numéro un a couiné un peu pouvais pas terminer tout de suite. Pas le temps de donner les oreilles à la police merci d'avoir gardé ma lettre le temps que je me remette au travail,
Jack l'Éventreur»

L'écriture de l'adresse, au recto de la carte postale, ressemble beaucoup à celle de la première lettre, mais le verso contenant le texte en lui-même paraît avoir été écrit par une main différente. (Ceci pourrait accréditer la théorie de 1966, de *Crime and Detection*, du journaliste Best œuvrant avec son collègue de province.) L'écriture est plus appuyée, l'espace entre les mots est plus prononcé et l'inclinaison a disparu ; elle est moins déliée, plus heurtée. L'utilisation du surnom «Jack l'Éventreur», ainsi que diverses références à la lettre précédente, qui n'avait pas encore été divulguée au moment de l'envoi de la carte postale – les «oreilles», «merci d'avoir gardé ma lettre», «cher Boss», etc. –, laissent à penser que ces deux missives proviennent de la ou des mêmes sources, puisqu'il semble y avoir deux écritures différentes.

Pendant très longtemps, les historiens et les journalistes crurent que la carte postale avait été envoyée le dimanche 30 septembre, avant que la nouvelle du double meurtre eût été publiée par la presse, accréditant ainsi son caractère authentique. Bizarrement, aucun de ces «chercheurs» – à l'exception de Richard Whittington-Egan, en 1975, dans son *A Casebook on Jack the Ripper* – ne pensa à se référer au document original, où le timbrage indique très clairement que celle-ci fut envoyée le 1er octobre, alors que les journaux du matin annonçaient déjà à la une le double crime. Ce manque de sérieux des études sur Jack l'Éventreur est une caractéristique que l'on trouve pendant des décennies, la légende et le mythe prenant le pas sur les faits, nombre d'auteurs oubliant parfois volontairement des preuves, pour faire coïncider les faits avec leurs théories. Les meilleures études sur les crimes de Whitechapel ont été publiées ces dernières années par des auteurs tels que Donald Rumbelow, Richard Whittington-Egan, Martin Fido, Paul Begg, Keith Skinner, Philip Sugden, Stewart Evans et Paul Gainey.

La troisième missive d'importance fut adressée à George Lusk, le président du comité de vigilance de Whitechapel, qui la reçut le 16 octobre 1888, en accompagnement d'une moitié de rein supposé appartenir à Catharine Eddowes. Cette fois, la lettre n'était pas signée :

« De l'enfer
Mr. Lusk
Monsieur
Je vous envoi une moitié du reint que j'ai pris à une des femmes consarvé exprès pour vous l'aut'e morceau je l'ai frit et mangé c'était fameu Je vous enverrai peut-être le couto plein de sang qui l'a détaché si vous attendé encore un peut
Signé : M'attrape
qui pourra
M'sieur Lusk. »

L'écriture de la lettre, où l'on remarque un grand nombre de fautes d'orthographe, diffère encore une fois des précédentes. Le morceau de rein était contenu dans une boîte de carton d'environ huit centimètres de côté, et George Lusk pensa tout d'abord qu'il s'agissait d'une blague. Mais plusieurs médecins indiquèrent que l'organe était bien humain ; il avait été préservé dans de l'alcool de vin.

Divers médecins – ou du moins plusieurs articles de presse relatant leurs propos – annoncèrent de manière erronée que le rein avait appartenu à une femme de quarante-cinq ans, qui buvait abondamment du gin et souffrait du mal de Bright (néphrite). Ils précisaient que l'organe avait été prélevé dans les trois semaines précédant son envoi à George Lusk. À l'époque, il était médicalement impossible d'établir le sexe et l'âge d'un rein, ainsi que le confirmait un communiqué du médecin légiste de la City, le docteur Saunders. Celui-ci ajoutait que le gin ne laissait pas de traces dans un rein. Pour lui, le fait que cet organe ait été conservé dans de l'alcool de vin indiquait clairement sa provenance : ce rein, prélevé dans un hôpital ou à la morgue, était donc une plaisanterie de très mauvais goût.

Cependant, le rapport d'autopsie[1] très circonstancié du docteur Brown mentionne que le rein droit de Catharine Eddowes était « pâle, exsangue, avec une légère congestion à la base des pyramides », ce qui décrit très précisément les symptômes du mal de Bright. Avec ces éléments contradictoires, il apparaît difficile de se faire une opinion quant à l'origine de ce morceau de rein envoyé à George Lusk. En 1888, déjà, les avis des médecins étaient partagés sur le sujet.

Pour nous résumer, il semble probable que ces deux lettres et la carte postale soient l'œuvre d'un ou de plusieurs plaisantins, mais cela ne retire rien à leur véritable importance : celle d'avoir baptisé Jack l'Éventreur.

---

1. Ce rapport a été publié pour la première fois dans son intégralité dans l'ouvrage de Martin Fido : *The Crimes, Detection and Death of Jack the Ripper.*

7

La traque

Le mois d'octobre 1888 se déroula sans nouvelle alerte. En fait, un peu plus de six semaines allaient s'écouler avant que l'Éventreur ne tue Mary Jane Kelly, le 9 novembre. C'est le plus long délai séparant deux de ses forfaits, preuve que l'action de la police avait peut-être momentanément effrayé le meurtrier ou, pour le moins, contrecarré ses plans ; on remarquera que son ultime forfait fut commis à l'intérieur d'une maison et non plus à l'extérieur, comme tous les précédents.

Dans le cas de tueurs en série sexuels, le délai qui s'écoule entre deux crimes a tendance à se raccourcir de plus en plus, au fur et à mesure que la série se prolonge. Ce type d'assassin revit d'innombrables fois son crime et se le repasse mentalement, comme quelqu'un le ferait de sa cassette vidéo favorite. Il est comme un drogué du crime, dépendant de l'excitation du meurtre, qui s'estompe peu à peu : quand la mémoire ne suffit plus à alimenter son désir de pouvoir absolu sur une victime impuissante, il a besoin, de plus en plus rapidement, de se réinjecter sa dose de sang. Même s'il ne tua pas durant le mois d'octobre, Jack l'Éventreur resta à la une de l'actualité, avec la publication de son courrier, l'envoi du morceau de rein de Catharine Eddowes le 16 octobre, ainsi que les enquêtes officielles sur les assassinats d'Elizabeth Stride – du 2 au 24 octobre – et de Catharine Eddowes – du 5 au 12 octobre.

Contrairement à tout ce qui a pu être dit au sujet de la police, les hommes de Scotland Yard et du CID déployèrent des efforts considérables pour arrêter le meurtrier. Le 3 octobre 1888, des affiches furent placardées sur les murs de Londres, reproduisant la première lettre signée «Jack l'Éventreur», ainsi que la carte postale, qui venaient d'être rendues publiques. On distribua près de quatre-vingt mille prospectus afin de solliciter des informations, mais cette mesure ne fit qu'accentuer l'envoi des lettres de plaisantins: on en compta environ mille, rien que pour le mois d'octobre! Plus de deux mille loueurs et gérants d'immeubles londoniens furent interrogés, ainsi que soixante-seize bouchers et abatteurs d'animaux. Comme tant d'autres, un lecteur du *Times* remarqua:

«Il faut porter une attention toute particulière aux dates auxquelles ces meurtres ont été commis. Le premier et le troisième assassinats, ceux de Martha Tabram et de Mrs. Chapman, furent exécutés le même jour de deux mois différents, les 7 août et 7 septembre, tandis que le deuxième et le quatrième ont été perpétrés dans les derniers jours d'août et de septembre. Si la même main est responsable de ces assassinats, il nous faut chercher un individu qui soit absent du lieu des crimes pendant des périodes régulières.»

La reine Victoria, elle-même, ne resta pas insensible à ce problème de dates – les meurtres ayant été commis pendant des week-ends – et elle suggéra à la police de s'intéresser aux marins en permission de sortie à terre. Plusieurs matelots furent ainsi interrogés suite, notamment, aux dépositions d'Israel Schwartz et de Joseph Lawende, qui prétendaient que le suspect portait une casquette de marin. Divers articles de presse relayèrent l'information, et la rumeur circula qu'un matelot malais pouvait être tenu pour responsable des crimes.

Le 19 octobre, un rapport de l'inspecteur en chef Swanson signale que trois cow-boys américains appartenant au Wild West Show de Buffalo Bill avaient été brièvement interrogés. Le *Times* du 4 octobre révèle qu'un «Américain, qui refuse de donner ses nom et occupation, a été appréhendé la nuit dernière, la police le suspectant d'être le meurtrier de l'East End. Il est grand, bien habillé, rasé de près. Il avait abordé une femme sur Cable Street en lui demandant de venir avec lui; comme elle refusait de le suivre, il avait menacé de "l'éventrer". La femme s'était mise à hurler, tandis que l'homme prenait la fuite pour monter à bord d'un fiacre. La police le poursuivit, accosta le fiacre et conduisit l'étranger au poste de police de Leman Street. À son arrivée, le suspect demanda à l'inspecteur de service: "Êtes-vous le boss?"»

L'homme fut relâché le lendemain, mais la publication de la lettre et de la carte postale de Jack l'Éventreur, dont l'auteur emploie le terme typiquement américain de «Boss», fit qu'après les juifs, les marins, les docteurs et les bouchers, ce fut au tour des Américains d'être suspectés. Les meurtres de Whitechapel eurent également d'autres conséquences, que rapporte le *Times*:

«Une réunion du Whitechapel District Board of Works (la chambre de commerce de Whitechapel) s'est tenue hier soir. Mr. Catmur déclara que leurs membres devaient, en tant qu'autorité locale, exprimer leur horreur face à ces crimes perpétrés dans le district. Continuant son discours, Mr. Catmur démontra l'effet désastreux qui en avait résulté pour le commerce local. De nombreux domaines sont touchés lorsque la nuit arrive, les femmes ne pouvant décemment plus se déplacer sans être accompagnées par une escorte.»

Certains journaux d'opposition – tel ici le *Daily News* – en profitaient pour frapper à tout va sur le gouvernement conservateur et sa police:

« Whitechapel est plongée dans une terreur folle. Les gens ont peur de parler à des étrangers. Le meurtrier doit être inoffensif, probablement d'une apparence respectable, sinon ces infortunées n'auraient pas pu être prises au piège. Deux théories nous ont été suggérées – que l'assassin se déguise en femme, ou qu'il s'agit d'un policier... La police, bien entendu, est inutile. Nous n'attendons aucun résultat de ces bons à rien. La Metropolitan Police est pourrie jusqu'à la moelle ! »

Le même journal avança une autre théorie, que Sir Charles Warren et l'inspecteur Abberline jugèrent vraisemblable : Jack l'Éventreur utilisait les égouts pour se déplacer à travers Whitechapel. Les rumeurs les plus folles se mirent à circuler, qui dénonçaient un « locataire » et un « Homme au Sac noir ».

Le mystérieux « locataire » était un fanatique religieux, Wentworth Bell Smith, qui haïssait fortement les prostituées, au point qu'il affirmait à qui voulait l'entendre qu'elles devaient toutes être noyées. Sa logeuse le dénonça auprès de l'inspecteur Swanson, qui perdit plusieurs jours à établir l'emploi du temps de ce riche suspect. Smith rentrait tard chez lui, écrivait d'étranges pamphlets religieux, insistait pour laver ses propres chemises...

On avait d'ailleurs découvert des taches de sang suspectes sur ses draps de lit. Cette théorie fut par la suite embellie par le peintre Walter Sickert, qui parlait d'un vétérinaire au comportement étrange, avant que Mary Belloc Lowndes ne la transformât en fiction, sous la forme d'une nouvelle, puis d'un roman, *The Lodger* (traduit sous le titre de *Un étrange locataire* dans le volume 1 de la collection Le Masque, « Les romans qui ont inspiré Alfred Hitchcock »).

Ce roman fut transposé à de nombreuses reprises au cinéma ou à la télévision par des réalisateurs aussi prestigieux qu'Alfred Hitchcock, John Brahm, Hugo Fregonese ou Maurice Elvey.

La rumeur de « l'Homme au Sac noir » enfla, après qu'un témoin eut aperçu un suspect au comportement étrange, lors de la nuit du double meurtre, et portant à la main un sac noir. Depuis le début des années 1830, des hommes de toutes professions portaient communément ce type de sacs, un « Gladstone », fabriqués dans ce que l'on appelait du tissu américain. Ils étaient devenus plus rares, en cette fin d'année 1888, car le simple fait de se promener dans les rues de Londres avec un sac noir vous rendait immédiatement suspect aux yeux de la populace. Des innocents furent ainsi pourchassés à travers les rues de Whitechapel, aux cris de « Jack l'Éventreur ». Le 16 octobre, un individu d'aspect échevelé se présenta au poste de police de King Street, pour se plaindre auprès du sergent de la perte de son sac noir. Il parla des meurtres et se proposa même de couper la tête du sergent ! Inutile de dire qu'il se retrouva sur-le-champ enfermé dans une cellule, avant d'être déclaré fou par un médecin et conduit à l'asile. Cette psychose de « l'Homme au Sac noir », ajoutée au fait que certains médecins légistes prêtaient à Jack l'Éventreur des connaissances anatomiques et chirurgicales très poussées, mit les docteurs au premier rang des suspects, puisque ceux-ci se déplaçaient avec ces fameux sacs. La légende du Docteur Jack l'Éventreur était née. Elle se perpétua pendant des décennies, au point qu'en mars 1931 le *Daily Express* publia un entretien avec Robert Spicer, qui avait été agent de police à Whitechapel :

« J'effectuais ma ronde non loin de Brick Lane. En arrivant près d'une cour, je vis Jack en compagnie d'une jeune femme. Elle me suivit lorsque j'appréhendai le suspect. C'était un médecin respectable qui habitait à Brixton. Ses manches de chemise étaient tachées de sang. Jack possédait son fameux sac. Une fois au poste, on ne le lui fit pas ouvrir, et il fut autorisé à repartir.

« Je le revis à plusieurs reprises près de la gare de Liverpool Street, où il accostait des femmes. Je l'interpellai en lui criant : "Hello, Jack ! Tu en as toujours après elles ?"

« Il était toujours habillé de la même manière – chapeau haut de forme, costume noir, une montre en or pendant à une chaîne. Il mesurait environ un mètre soixante-dix-huit, avec une moustache blonde, un front large et des joues bien roses. Il mourut peu de temps après que les crimes s'étaient arrêtés. »

Le médecin, qui n'est pas cité dans l'interview de Robert Spicer, fut identifié par divers chercheurs comme pouvant être le docteur Frederick Chapman, seul homme médical habitant Brixton à mourir en 1888.

Les réformateurs de toutes obédiences firent entendre leurs voix. Durant la première semaine du mois d'octobre, Henrietta Barnett, épouse du pasteur de la paroisse de St. Jude, fit circuler une pétition qui recueillit quatre mille signatures de femmes de Whitechapel et qu'elle envoya à la reine Victoria :

« À Notre Très Gracieuse Majesté la Reine Victoria.

« Madame,

« Nous, les femmes de l'East London, éprouvons un sentiment d'horreur face aux terribles péchés qui se sont produits dans notre district, ainsi que de la douleur, à cause de la réputation honteuse qui s'abat sur notre quartier. À travers les faits qui ont été révélés lors des différentes enquêtes, nous avons appris beaucoup de choses sur la vie de nos sœurs, qui ont perdu toute notion du bien et mènent une triste et dégradante existence. Nous demandons à vos serviteurs mandatés d'exercer leur autorité en utilisant la loi, déjà existante, leur permettant de fermer ces maisons de malheur, où hommes et femmes ruinent leurs corps et leurs âmes. Nous sommes, Madame, vos fidèles et humbles sujets. »

Le courrier des lecteurs des quotidiens londoniens d'octobre 1888 est assez révélateur de la psychose qui s'est emparée du public. Dans l'avalanche des conseils les plus farfelus qui parviennent aux rédactions, certaines lettres – plus rares – proposent des solutions assez sensées. Ainsi, C. Fred Wellesley, dans le *Times* du 2 octobre :

« Monsieur

« Je suggère l'organisation d'une petite troupe d'agents de police en civil se déplaçant à bicyclette afin de patrouiller dans les rues pendant la nuit rapidement et silencieusement. Votre serviteur. »

D'autres encore tentent d'exploiter à leur profit la panique qui sévit sur Londres, telle cette compagnie dont la publicité paraît dans le *City Press* du 24 octobre :

« LE MYSTÈRE DE WHITECHAPEL

« On dit que cet horrible crime fut commis par un fou. La folie provient de plusieurs causes, et plus particulièrement de maux physiques mal traités. Le "Romanlicum", le liniment des Anciens, est votre meilleur garant. Il guérit toutes les affections des bronches, la pleurésie, la pneumonie et bien d'autres maladies encore. Chaque foyer devrait en posséder, ainsi que toute écurie, car il est également utile pour les chiens et les chevaux. Son prix est à la portée de toutes les bourses. On peut l'obtenir auprès de tous les pharmaciens et selliers, au prix de 2s 6d la bouteille. »

La fin du mois d'octobre se passa sans aucun crime supplémentaire, malgré les déclarations alarmistes des journaux qui évoquaient les meurtres du 31 août et du 30 septembre. La première semaine de novembre s'écoula tranquillement, tandis que l'horreur des crimes de Jack l'Éventreur s'effaçait petit à petit de la mémoire des habitants de Whitechapel.

Comme si le règne de Jack l'Éventreur était enfin terminé.

8

9 novembre 1888 : la fin du cauchemar

Mary Jane Kelly

Au sud de Spitalfields Market se situait un des pires endroits de Whitechapel. Dans ces ruelles tortueuses, certains boutiquiers faisaient office de receleurs pour les innombrables voleurs du quartier. Dans les arrière-cours des débits de boissons, des chiens féroces étaient enchaînés, en prévision de combats qui donnaient lieu à des paris enfiévrés devant un public qui dépassait parfois la centaine de spectateurs. Ces jeux d'argent clandestins étaient connus des policiers de la Division H, qui fermaient les yeux, n'osant pas intervenir dans ces ruelles. En face de Flower and Dean Street, où résidèrent certaines des victimes de l'Éventreur, tout près du marché à viande de Spitalfields, on trouvait Dorset Street, une ruelle tellement étroite que deux chariots ne pouvaient pas s'y croiser sans risques. Dans Dorset Street, un passage en brique large d'un mètre formait une allée sombre et misérable s'étendant sur une longueur de sept mètres, pour déboucher sur une cour à peine large de cinq mètres : Miller's Court. Au fond de la cour, et faisant face à Dorset Street, la boutique de John McCarthy donnait à l'endroit son surnom de McCarthy's Rents car l'épicier possédait deux des six maisons de Miller's Court.

La façade arrière des maisons de Dorset Street s'ouvrait sur la cour. C'était le cas du 26 Dorset Street, dont le rez-de-chaussée avait été divisé en chambres à louer, formant le numéro 13 Miller's Court, que Mary Jane Kelly occupait depuis huit mois déjà.

La plus jeune – et la plus jolie – de toutes les victimes, Mary Jane ou Marie Jeanette Kelly, avait vingt-cinq ans en 1888. Connue sous les surnoms de « Black Mary » et de « Ginger », elle avait été brièvement mariée à un certain Davies, qui mourut dans l'explosion d'une mine au pays de Galles. C'est à Cardiff qu'elle devint une prostituée avant de partir pour Londres en 1884, où elle travailla dans une maison close du West End. Par la suite, elle aurait suivi un gentleman à Paris, mais, ne s'y plaisant pas, Mary Jane Kelly revint à Londres. Le 8 avril 1887, elle rencontra Joseph Barnett, un porteur travaillant au marché aux poissons de Billingsgate. Elle vécut avec lui à diverses adresses de Whitechapel, avant de s'installer définitivement au 13 Miller's Court, où leur loyer était de quatre shillings la semaine.

Le 30 octobre 1888, Barnett quitte Kelly, pour des raisons qui varient suivant les articles de presse de l'époque : continuait-elle à se prostituer en cachette, ou partageait-elle sa chambre avec d'autres « infortunées », telles Julia ou Maria Harvey ? Peut-être Mary Kelly était-elle une lesbienne, comme bon nombre de prostituées de l'East End en cette fin de siècle. En tout cas, leur séparation n'empêche pas Joseph Barnett de rendre régulièrement visite à Mary Kelly, ce qu'il fait le jeudi 8 novembre, de 19 h 30 à 20 h. Maria Harvey avait passé l'après-midi en compagnie de Mary Kelly, et les deux femmes étaient sorties pour boire quelques verres.

Habitant chez Mary Kelly, Maria Harvey y avait laissé plusieurs vêtements, dont deux chemises d'homme, ainsi qu'un manteau. Après l'assassinat de Mary Kelly, seul le manteau fut récupéré. Il aurait parfois servi de rideau pour une des fenêtres de la chambre.

Vers minuit moins le quart, Mary Ann Cox, une prostituée résidant également à Miller's Court, affirma, lors de l'enquête officielle du 13 novembre :

« J'ai vu la victime qui rentrait chez elle en compagnie d'un homme costaud, de petite taille, pauvrement vêtu et portant un chapeau melon. Mary Kelly était passablement ivre et l'inconnu tenait un broc de bière à la main. Son visage était rougeaud, avec une moustache rousse très fournie. Le témoin les a suivis dans la cour, en leur souhaitant bonne nuit. La victime lui répondit : "Bonne nuit. Je vais chanter un peu." La porte se referma et elle entendit Mary Kelly chanter "Only a Violet I Plucked from Mother's Grave". Le témoin resta environ un quart d'heure dans sa chambre avant de sortir. La victime continuait toujours à chanter à ce moment-là. Il pleuvait, et le témoin revint chez elle à 3 h 10 du matin ; on ne distinguait aucune lumière dans la chambre de Mary Kelly, ni aucun bruit. Le témoin n'arrivait pas à s'endormir et entendit un homme quitter la cour vers 6 h 15. Cela aurait pu être un policier qui effectuait une ronde. »

À 2 h du matin, ce 9 novembre, George Hutchinson, un chômeur qui connaissait très bien Mary Kelly, la rencontra en compagnie d'un autre homme. Voici son témoignage, tel qu'il fut reproduit dans le *Times* du 14 novembre 1888 :

« Je croisai un homme qui se tenait au coin de Thrawl Street et, en arrivant à Flower and Dean Street, j'aperçus Mary Kelly qui me demanda : "Mr. Hutchinson, pourriez-vous me prêter six pence ?" Je lui indiquai que c'était impossible. Elle se dirigea alors vers Thrawl Street, en disant qu'il lui fallait trouver de l'argent. Je vis l'homme que j'avais croisé sur Thrawl Street l'aborder en lui mettant la main sur l'épaule. Ils échangèrent quelques mots avant d'éclater de rire. Puis, ils se dirigèrent lentement vers moi, tandis que je me rapprochais du débit de boissons, au coin de Fashion Street. Lorsqu'ils me croisèrent, l'homme avait toujours sa main sur l'épaule de Mary Kelly. Il portait un chapeau de feutre mou fortement incliné sur le visage. Je le fixai du regard et il se retourna pour m'examiner durement, avant qu'ils ne traversent la rue en direction de Dorset Street. Je les suivis en m'arrêtant au coin de Dorset Street. Ils restèrent environ trois minutes devant l'entrée de Miller's Court. Kelly s'adressa à l'homme d'une voix forte : "J'ai perdu mon mouchoir." L'inconnu sortit un mouchoir rouge de sa poche et le donna à Mary Kelly, avant qu'ils n'entrent ensemble dans Miller's Court. Je me dirigeai à mon tour dans la cour, mais ils avaient déjà disparu. J'attendis trois quarts d'heure, mais comme personne ne venait, je partis. Mes soupçons avaient été éveillés par un homme si bien habillé, mais jamais je ne l'aurais soupçonné d'être le meurtrier.

« L'inconnu mesurait un mètre soixante-sept, pour un âge de trente-quatre ou trente-cinq ans, son visage avait un teint pâle, avec des moustaches noires relevées sur les bords. Son long manteau noir était orné d'astrakan, il arborait un col blanc à cravate noire avec une épingle à cravate en forme de fer à cheval. Je remarquai une grosse chaîne reliée à une montre en or décorée par un sceau en pierre rouge. Ses demi-guêtres avaient des boutons blancs. On aurait dit un étranger[1]. Lorsque je me trouvais dans la cour à les attendre, je n'entendis aucun bruit ni ne vis aucune lumière en provenance de la chambre de Mary Kelly. La nuit dernière, je suis resté dehors jusqu'à 3 h du matin pour le rechercher. Je le reconnaîtrais immédiatement. L'inconnu tenait un petit paquet entouré d'une sangle et qui mesurait environ vingt

---

1. Dans le langage courant de l'époque, « étranger » désignait invariablement un juif.

centimètres de long. Il le tenait fortement serré dans sa main gauche. On aurait dit qu'il était recouvert d'un tissu américain de couleur foncée. Sa main droite, qu'il posa sur l'épaule de Mary Kelly, serrait une paire de gants marron de taille enfantine. Il marchait très doucement. Je crois qu'il habite dans le quartier et je pense l'avoir revu dimanche matin sur Petticoat Lane, mais je n'en suis pas certain. »

Le témoignage de George Hutchinson est étonnant, par la précision des détails qu'il apporte à sa description de l'inconnu accompagnant Mary Kelly. En effet, il ne faut pas oublier que nous nous trouvons en pleine nuit, dans des rues peu ou pas éclairées et qu'en outre, en cette nuit du 8 novembre 1888, il pleut (voir le témoignage de Mary Ann Cox). Hutchinson ne fut pas appelé comme témoin lors de l'enquête officielle, pour la bonne raison que ses déclarations datent du lendemain de celle-ci.

Une autre habitante de Miller's Court, Mrs. Elizabeth Prater, pourrait avoir entendu Mary Kelly crier au secours. Voici son témoignage :

« Mrs. Prater, une femme mariée vivant séparée de son époux, habite au numéro 20 de Miller's Court, juste au-dessus du logement de la défunte. Si celle-ci avait beaucoup bougé dans sa chambre, le témoin l'aurait entendue. Le témoin se coucha tout habillée sur son lit, vers 1 h 30 du matin, et s'endormit sur-le-champ. Elle fut réveillée par un chaton qui lui sauta dessus. Il devait être aux alentours de 3 h 30 à 4 h du matin. Elle entendit alors très distinctement une femme s'écrier d'une voix étouffée : "Au meurtre !" Le son semblait provenir de la cour, d'un endroit très proche du témoin. Elle n'y prêta pas beaucoup d'attention, car ce genre de cris était fréquent à Miller's Court. Elle ne l'entendit qu'une seule fois ; il n'y eut pas de bruits de lutte ou de chute, aussi le témoin se rendormit jusqu'à 5 h du matin. Après, elle se leva pour aller directement au Ten Bells et y boire du rhum. »

Ce cri de « Au meurtre ! » fut également entendu par deux autres locataires de Miller's Court, Mrs. Kennedy et Sarah Lewis.

La nécessité de trouver rapidement de l'argent – exprimée dans le témoignage de George Hutchinson – s'explique par le retard de loyer de Mary Kelly, qui s'élevait à trente-cinq shillings. C'est à cause de cet arriéré de huit semaines que son corps fut découvert, le matin du 9 novembre 1888. Article du *Times* du 10 novembre :

« À 10 h 45 du matin, Mr. McCarthy déclara à John Bowyer, employé dans son magasin : "Va au numéro 13 et tâche d'obtenir de l'argent." Bowyer frappa à la porte du n° 13 sans obtenir de réponse. La porte était fermée. En regardant par le trou de la serrure, il constata que la clef n'y était pas. Le côté gauche de la chambre donnait sur la cour et comportait deux grandes fenêtres. Bowyer, qui savait qu'une dispute violente entre Joseph Barnett et Mary Kelly avait occasionné le bris d'un des panneaux vitrés, sortit dans la cour. Il passa une main à travers l'ouverture pour en écarter le rideau de mousseline, une vision d'horreur se présenta alors à lui. Il vit une femme dénudée, allongée sur le lit, couverte de sang et apparemment morte. Sans attendre d'effectuer un examen plus détaillé, il courut avertir son employeur. McCarthy regarda à son tour à travers la fenêtre et, convaincu de la justesse des observations de Bowyer, envoya celui-ci au poste de police de Commercial Street, tout en lui recommandant de ne prévenir personne d'autre.

« L'inspecteur Beck, qui dirigeait le poste de Commercial Street ce matin-là, accompagna Bowyer jusqu'à Miller's Court. Ayant constaté qu'un meurtre avait bien été commis, il fit prévenir le médecin légiste de la police, le docteur Bagster Phillips, ainsi que le surintendant Arnold. Pendant tout ce temps, la porte resta intacte. À l'arrivée du surintendant Arnold, celui-ci décida d'envoyer un télégramme à Sir Charles Warren, afin de l'informer des événements.

« Mr. Arnold, ayant constaté le décès de la victime, ordonna que l'on retirât entièrement une des fenêtres. La pauvre femme était allongée sur le dos, la gorge tranchée très profondément d'une oreille à l'autre. Les oreilles et le nez avaient été coupés, de même que les seins qui étaient posés sur une table de nuit adjacente au lit. L'estomac et l'abdomen avaient été largement ouverts, tandis que les traits du visage étaient complètement méconnaissables, suite aux terribles mutilations infligées. Les reins et le cœur avaient été retirés du corps pour être également placés sur la table, à côté des seins. Le foie détaché de la cavité abdominale reposait sur la cuisse droite. Les parties les plus basses du corps[1] ainsi que l'utérus avaient été tranchés. Les cuisses étaient également horriblement mutilées. On ne pouvait imaginer vision plus effroyable.

« Les vêtements de la femme étaient placés de l'autre côté du lit, comme s'ils avaient été retirés et rangés de façon ordinaire. Les draps étaient au pied du lit, un geste que le meurtrier avait dû effectuer après avoir tranché la gorge de sa victime. Aucune trace de lutte n'était apparente, tandis qu'une fouille minutieuse des lieux ne permit pas de retrouver l'arme du crime. »

Lors de l'enquête officielle du 12 novembre, le détective inspector Frederick Abberline apporta un élément nouveau :

« J'examinai la pièce après que la porte eut été forcée. Au vu de l'état de l'âtre, il apparut évident qu'un feu d'importance avait brûlé. Les cendres indiquaient que des vêtements féminins avaient nourri les flammes. D'après moi, cela aurait permis au meurtrier de s'illuminer pour commettre son forfait. Parmi les vêtements, on distinguait un morceau de robe et le bord d'un bonnet. »

---

1. Il s'agit des parties génitales.

Un autre rapport indique que l'anse et le bec d'une bouilloire avaient fondu sous l'emprise du dégagement de chaleur.

Ce feu dans la chambre de Mary Kelly est à la base de nombreuses théories concernant l'identité de l'Éventreur. Certains y ont vu une preuve (?) de l'appartenance de l'Éventreur au sexe féminin; d'autres, allant même plus loin, ont insinué que l'Éventreuse était une infirmière avorteuse; cela, à cause des vêtements féminins brûlés, dont l'assassin aurait voulu se débarrasser pour ne pas sortir dans la rue en portant des habits ensanglantés.

À la supposition d'Abberline – que le feu servait à illuminer la chambre –, on peut objecter deux choses. La première est que Mary avait de quoi s'éclairer puisque l'on trouva une bougie à demi consumée sur la table de nuit – Mary Kelly en avait justement acheté une semblable à la boutique de McCarthy, le mercredi 7 novembre. De plus, si le feu avait été tellement intense, les divers témoins n'auraient pas manqué de s'en rendre compte. Or cela n'apparaît dans aucune déclaration. Rien n'indique non plus que la bouilloire ait obligatoirement fondu cette nuit-là : il aurait donc pu s'agir d'un feu normal. Quant aux vêtements, je pense qu'ils appartenaient tout simplement à Maria Harvey, puisque seul, un manteau, qui servait parfois de rideau, fut retrouvé sur les lieux. À mon avis, ce feu a servi à se réchauffer. Nous sommes en novembre, à Londres, et le temps est pluvieux, Mary Kelly est sortie toute la soirée et sa chambre est forcément froide lorsqu'elle revient chez elle avec un client potentiel, au milieu de la nuit. N'oublions pas qu'elle se déshabille et pose soigneusement ses vêtements au bord du lit. Si j'insiste quelque peu sur cette question du feu, c'est pour montrer à quel point les divers théoriciens et historiens de l'affaire ont eu tendance à compliquer inutilement les faits, au lieu de s'en tenir aux explications les plus simples et les plus logiques.

Si le corps de Mary Kelly est découvert vers 10 h 45, on peut se demander pourquoi la police ne pénétra dans la chambre qu'aux alentours de 13 h 30. En fait, la cause en était un décret saugrenu de Sir Charles Warren, stipulant que, dans le cas d'un nouveau crime de l'Éventreur, la police ne devait rien faire avant l'arrivée des fameux chiens de chasse ! Or, les policiers et inspecteurs rassemblés devant le 13 Miller's Court ignoraient que Sir Charles Warren venait juste d'offrir sa démission au Home Secretary, Sir Henry Matthews, et que les deux chiens Barnaby et Brugho n'étaient plus disponibles depuis près d'un mois.

Curieusement, l'enquête officielle s'acheva au bout d'une seule et unique journée de témoignages, le coroner MacDonald indiquant mystérieusement :

« Il existe d'autres preuves que je ne souhaite pas mentionner, car si l'on divulguait publiquement tous les faits concernant cet horrible forfait, nous ne ferions qu'entraver les efforts de la justice. »

Inutile de dire que les théoriciens partisans de la thèse d'un complot visant à cacher l'identité de l'Éventreur burent du petit-lait avec cette déclaration du coroner ! Celui-ci, probablement, devait avoir agi ainsi à la demande de la police, qui souhaitait peut-être garder le secret sur certaines mutilations de la victime, afin de confondre les futurs suspects ou les aveux des supposés éventreurs. La police était alors submergée par des milliers de lettres signées « Jack l'Éventreur », ou par des détraqués venant au poste se dénoncer.

Le docteur Bagster Phillips se contenta d'une brève description des circonstances de la mort de Mary Kelly, l'article du *Times* (voir ci-dessus) se montrant un peu plus détaillé. Ce n'est que tout récemment que Scotland Yard découvrit dans ses archives le rapport médical du docteur Bond, qui autopsia Mary Kelly en présence de ses confrères, les docteurs Bagster Phillips et Frederick Brown :

« Le corps était allongé au milieu du lit, les épaules à plat, mais l'axe du corps était légèrement incliné vers le côté gauche du lit, la tête tournée sur la joue gauche. Le bras gauche se trouvait le long du corps, avec l'avant-bras replié à angle droit et reposant en travers de l'abdomen. Le bras droit, quelque peu détaché du corps, se trouvait sur le matelas, tandis que l'avant-bras, posé sur l'abdomen, laissait apercevoir les doigts serrés. Les jambes étaient largement écartées, la cuisse gauche formant un angle droit avec le tronc, tandis que la cuisse droite dessinait un angle obtus avec le pubis.

« Toute la surface extérieure de l'abdomen et des cuisses a été arrachée, alors que les viscères ont été retirés de la cavité abdominale. Les seins sont coupés à leur base, les bras mutilés par de nombreux coups de couteau irréguliers, et le visage est totalement méconnaissable. Les tissus du cou ont été sectionnés jusqu'à l'os.

« Les viscères ont été éparpillés un peu partout :

« – l'utérus, les reins et un des seins se trouvent sous la tête ;

« – l'autre sein, près du pied droit ;

« – le foie, entre les pieds ;

« – les intestins, à la droite du corps ; la rate, à la gauche du corps ;

« – des lambeaux de chair de l'abdomen et des cuisses ont été empilés sur une table ;

« – *le cœur a été retiré et n'a pas été retrouvé.* »

Le rapport se poursuit par une description post mortem des divers organes. Il décrit l'utérus comme étant en « condition normale et *non gravide* », ce qui coupe court à la légende qui voulait que Mary Kelly fût enceinte de trois mois. Le document corrige également les quelques approximations contenues dans l'article du *Times,* reproduit un peu plus haut. Il remet à leur place, aussi, certaines descriptions fantaisistes de mutilations infligées à Mary Kelly, selon lesquelles l'utérus aurait été emporté par l'assassin, ou les viscères accrochés à des clous au mur surplombant le lit. Mais surtout, ce rapport médical révèle un fait d'importance, ignoré de tous jusqu'à ces dernières années : Jack l'Éventreur est parti en emmenant avec lui le cœur de la victime. C'est peut-être ce fait caché auquel le coroner MacDonald faisait allusion, lorsqu'il indiquait qu'il « existait d'autres preuves qu'il ne souhaitait pas mentionner ».

Le docteur Bond conclut qu'une même main avait tué les cinq victimes – Mary Ann Nichols, Annie Chapman, Elizabeth Stride, Catharine Eddowes et Mary Kelly –, tandis que le docteur Phillips pensait que Catharine Eddowes était à exclure des crimes attribués à Jack l'Éventreur. L'assassinat de Mary Kelly et la démission simultanée du préfet de police Sir Charles Warren marquent un point final aux forfaits perpétrés par Jack l'Éventreur. Mais, dans les mois et les années qui suivirent, plusieurs autres crimes firent croire que son règne de terreur se poursuivait.

Les fausses alertes : Annie Farmer, Rose Mylett, Alice McKenzie, le cadavre de Pinchin Street, Frances Coles

Le 19 novembre, Mary Jane Kelly fut enterrée. Le lendemain matin, à Spitalfields, Annie Farmer, une prostituée de quarante ans, se mit à hurler en pleine rue que Jack l'Éventreur avait essayé de l'égorger. Sa gorge était très légèrement entaillée par une lame émoussée et la police constata que la bouche d'Annie Farmer contenait plusieurs pièces de monnaie. En fait, elle avait volé son client qu'elle avait fait fuir en criant au meurtre après s'être infligé elle-même cette blessure.

Les quatre victimes suivantes, cependant, figurent dans les archives de Scotland Yard à propos des meurtres de Whitechapel. Le 20 décembre 1888, un policier découvre le corps d'une femme de vingt-six ans, Rose Mylett. Des marques superficielles au cou firent croire qu'elle avait été étranglée à Clarke's Yard, dans Whitechapel. Plusieurs médecins, ainsi que le coroner Wynne Baxter, qui avait dirigé les enquêtes officielles de trois des victimes de l'Éventreur, prononcèrent un verdict de mort par homicide. Ce verdict fut contesté par le chef du CID, Sir Robert Anderson, et par le docteur Thomas Bond, médecin légiste lors de l'autopsie de Mary Kelly. Pour le docteur Bond, aucun doute n'était possible : Rose Mylett s'était étouffée alors qu'elle était ivre, les marques sur son cou provenant du col dur qu'elle portait.

La panique s'éveilla à nouveau le 17 juillet 1889, lorsqu'un policier découvrit le cadavre d'une femme dans Castle Alley, non loin de Whitechapel High Street. Cette fois-ci, les similitudes avec les crimes de Jack l'Éventreur étaient importantes : Alice McKenzie, une prostituée de quarante ans, était morte la gorge tranchée, et la robe, remontée à hauteur des cuisses, laissait entrevoir des blessures à l'abdomen. Encore une fois, les deux médecins, le docteur Bond et le docteur Phillips, offrirent des opinions totalement divergentes sur ce crime. Le docteur Bond pensait que Jack l'Éventreur s'était remis au travail, tandis que le docteur Phillips concluait à l'œuvre d'un autre assassin, se basant pour cela sur le fait que l'arme du crime aurait été différente, un couteau à la lame plus courte, et que les blessures à l'abdomen auraient été causées par des ongles. En tout cas, l'enquête de police, dirigée par le Metropolitan commissioner James Monro, conclut que l'assassinat d'Alice McKenzie ne présentait pas de caractère sexuel et ne pouvait donc pas se rattacher aux crimes commis par Jack l'Éventreur. Ce nouveau meurtre dépeupla un temps les rues de Whitechapel de ses prostituées ainsi que le remarqua un article du *Times* – un phénomène qui se produisait pour la première fois depuis le début de cette série de crimes.

Tout était rentré dans l'ordre le 10 septembre 1889, lorsque le policier Pennett trouva le torse d'une femme, sans tête, ni jambes, sous l'arche d'un chemin de fer, à Pinchin Street : l'odeur du cadavre en décomposition avait attiré l'attention de Pennett. L'abdomen mutilé et la disparition annoncée par plusieurs agences de presse d'une prostituée de l'East End, du nom de Lydia Hart, firent croire un moment à une nouvelle victime de l'Éventreur. Mais, le rapport médical infirma totalement cette hypothèse, indiquant par ailleurs que le décès remontait au 8 septembre, un an jour pour jour après l'assassinat d'Annie Chapman.

Finalement, le 14 février 1891, à 2 h 20 du matin, l'agent de police Thompson entendit des bruits de pas précipités dans Swallow Gardens, une allée étroite située sous des rails de chemin de fer. Frances Coles, alias «Carrotty Nell», une jolie prostituée de vingt-six ans, gisait mourante, une blessure effroyable à la gorge. Elle décéda pendant son transfert à l'hôpital. Les nombreux articles de presse annonçant, dès le lendemain, un nouveau meurtre de Jack l'Éventreur effrayèrent la police qui délégua ses «poids lourds» pour mener l'enquête : le surintendant Arnold, le futur patron du CID, Sir Melville Macnaghten, Sir Robert Anderson et l'inspecteur Reid. Très rapidement, ils en vinrent à suspecter un marin au tempérament violent, Thomas Sadler, qui fut arrêté quelques jours plus tard. Grâce à l'aide de son syndicat, Sadler parvint à obtenir une relaxe, la police restant persuadée qu'il était bien l'assassin de Frances Coles. Les enquêteurs le soupçonnèrent même un temps d'être Jack l'Éventreur, ainsi qu'en témoigne un document en date du 2 mars 1891, qui tente d'établir l'emploi du temps de

Thomas Sadler aux dates des crimes de l'Éventreur (ce document figure dans les archives de Scotland Yard sur les meurtres de Whitechapel).

Frances Coles fut la dernière victime attribuée à Jack l'Éventreur. Malgré tout, la police ne referma officiellement le dossier qu'en 1892 ; il serait intéressant de savoir pourquoi précisément à cette date. Un an après les crimes de 1888, le comité de vigilance de Whitechapel existait toujours et des effectifs policiers renforcés patrouillaient encore les rues de l'East End.

Avant de clore cette partie du livre consacrée aux crimes de Jack l'Éventreur et d'aborder les diverses théories qui s'attachent à trouver des suspects, il me paraît essentiel de résumer brièvement les faits portés à notre connaissance.

En tout, il nous faut rester prudent et parler de probabilités, plutôt que de certitudes. En effet, l'étude du FBI sur les tueurs en série modernes – ou serial killers – montre qu'il est très difficile de cerner le nombre exact de victimes, tant que le meurtrier n'a pas été arrêté, certains de ces criminels n'hésitant pas à tuer de diverses manières. Ainsi, le tueur cannibale Ottis Toole[1] exécuta ses victimes en les abattant avec un fusil ou un revolver, en les poignardant, en leur fracassant le crâne à coups de pierre, en les étranglant, en les pendant et, même, en les crucifiant.

Une fois mis sous les verrous, le serial killer, s'il avoue, ment la plupart du temps, en reconnaissant, par exemple, plus de crimes qu'il n'en a réellement commis. Ceci peut sembler paradoxal, à première vue. En fait, les

---

1. L'ouvrage *Serial Killers – Enquête sur les tueurs en série,* paru aux éditions Grasset en 1993, contient une interview et une étude d'Ottis Toole.

serial killers profitent d'un certain nombre de failles du système judiciaire américain. Aux États-Unis, la police est constituée d'environ seize mille forces de police locales et indépendantes les unes des autres. Ceux qui les dirigent sont élus – les shérifs – ou mis en place par des politiciens également élus. Dès qu'un changement de majorité intervient, tous les membres mis en place par l'ancienne majorité quittent leur place. D'où cette nécessité de compétition, de produire des résultats, et un serial killer qui avoue un grand nombre de crimes est une aubaine pour un chef de police qui possède des crimes non résolus dans ses dossiers. Pour le tueur en série, c'est également tout bénéfice, car l'ouverture de nouvelles enquêtes permet de gagner du temps, de pouvoir négocier ses aveux grâce à la pression des parents de disparus et, ainsi, de repousser la date de son procès. Des raisons psychologiques et pathologiques expliquent aussi ce phénomène. Le tueur en série sexuel est la plupart du temps un psychopathe asocial qui, sous une apparence de normalité, présente une façade aimable, souriante, voire brillante. Très intelligent, il cache ses «tares», ses frustrations, et devient, dès l'enfance, un menteur invétéré. Son but ultime est d'exercer sur les autres une domination totale; ainsi il détient le pouvoir de vie ou de mort sur ses victimes, qu'il manipule comme à loisir. Le tueur en série est quelqu'un de lâche, un frustré dont la personnalité médiocre ressent un besoin irrésistible de s'affirmer aux yeux des autres. Reconnaître un très grand nombre de meurtres fait de lui, immédiatement, une personnalité médiatique.

De plus, un serial killer tel que Jack l'Éventreur n'est pas devenu un tueur du jour au lendemain. Les trente-six tueurs en série sexuels que le FBI a étudiés dans les moindres détails, au début des années 1990, ont tous, sans exception, évolué progressivement dans le crime. Enfants rebelles, ils ont commis des larcins, des actes fétichistes, déclenché des incendies, volé, violé, avant de passer au meurtre. On peut imaginer une progression similaire pour Jack l'Éventreur. En étudiant la presse londonienne de 1887 et 1888 (dans une période qui précède le règne de terreur de Jack l'Éventreur), j'ai noté plusieurs articles indiquant des agressions violentes perpétrées vis-à-vis de prostituées, sans qu'un vol ait été le motif apparent. Suite à l'assassinat de Mary Ann Nichols, la presse se fit l'écho, courant septembre 1888, d'un certain nombre d'agressions attribuées à un mystérieux « Tablier de Cuir », cette campagne s'achevant par l'arrestation de John Pizer. « Tablier de Cuir », qui acquit une dimension quasi mythique, n'était peut-être, après tout, que la cristallisation de la haine de l'étranger, donc du juif, qui sévissait à Whitechapel. Mais que « Tablier de Cuir » ait été une légende ou un personnage réel, il n'en reste pas moins que des prostituées furent victimes d'agressions plus ou moins sérieuses, avant l'été 1888. Peut-être Jack l'Éventreur mettait-il au point de futurs assassinats ?

Ces dernières années, le Département d'analyse criminelle du FBI, situé à Quantico, a mis sur pied une étude passionnante sur la victimologie. Certaines personnes présentent un profil de victime potentielle plus important que d'autres. La femme au foyer offre un risque considéré comme très bas, tandis qu'une prostituée ou une adolescente pratiquant de l'auto-stop présentent un risque beaucoup plus élevé. Dans l'ordre des dangers encourus, le FBI a établi une classification très précise du profil des victimes potentielles :

1) Les prostituées.

2) Les jeunes femmes seules, telles les étudiantes vivant sur des campus.

3) Les enfants – masculins ou féminins.

4) Les voyageurs, y compris les auto-stoppeurs.

5) Les malades hospitalisés, y compris les personnes handicapées.

6) Les personnes marchant dans la rue ou dans les magasins.

7) Les femmes âgées vivant seules.

8) Les sans-domicile fixe.

9) Les personnes répondant à des petites annonces dans les journaux, etc.

Comme on le constate, le tueur en série ne s'attaque qu'aux victimes potentiellement les plus faibles de notre société. À l'époque victorienne, où le puritanisme hypocrite règne en maître, il est évident que la prostituée est, de très loin, la plus accessible des femmes. La prostituée de l'East End l'est d'autant plus qu'elle ne possède pas le statut privilégié de ses consœurs du West End, qui œuvrent dans la relative sécurité d'une maison close. Les cinq victimes probables de Jack l'Éventreur sont des proies encore plus fragilisées par l'alcool :

– Mary Ann Nichols, plusieurs fois hospitalisée en état d'ébriété, est vue à 0 h 30, le 31 août 1888, sortant ivre du Frying Pan. Elle est découverte morte trois heures plus tard.

– Annie Chapman, qui est abandonnée par son mari suite à des problèmes d'alcoolisme, est, d'après le gérant du meublé où elle demeure, ivre à 23 h 30, le 7 septembre. Elle meurt le matin du 8 septembre, vers 5 h 30.

– Elizabeth Stride, condamnée à huit reprises pour ivresse en 1887 et 1888, est aperçue par deux témoins au débit de boissons The Bricklayer's Arms, à 23 h, le 29 septembre 1888. Elle est assassinée le 30 septembre, entre 0 h 45 et 1 h du matin.

– Catharine Eddowes est emprisonnée pour ivresse sur la voie publique, à 20 h 30, le 29 septembre 1888. Relâchée à 1 h du matin, elle est tuée environ trois quarts d'heure plus tard.

– Mary Jane Kelly est vue en état d'ébriété par Mary Ann Cox, à 23 h 45, alors qu'elle retourne chez elle en compagnie d'un homme. Elle succombe quelques heures plus tard.

Ces cinq prostituées, toutes connues comme étant de solides piliers de bistrots, ont pu être préalablement traquées et sélectionnées par Jack l'Éventreur (sauf dans le cas de Catharine Eddowes, si l'on admet que Stride et Eddowes ont été assassinées par un même tueur, le choix d'Eddowes relevant plus du meurtre par opportunité, le criminel ayant eu à peine quarante minutes pour fuir le lieu du crime de Stride, traverser Whitechapel en direction de l'ouest, trouver Eddowes et la tuer à son tour). Ce choix des victimes a très bien pu s'opérer dans un de ces débits de boissons, où l'Éventreur serait resté parfaitement anonyme dans la foule des consommateurs du week-end.

Autre point commun entre les différentes victimes, elles habitaient toutes dans des meublés très proches les uns des autres, trois d'entre elles, Catharine Eddowes, Mary Ann Nichols et Elizabeth Stride, demeurant même sur Flower and Dean Street. Il semble évident que Jack l'Éventreur habitait lui aussi dans le quartier, dont il connaissait visiblement très bien la topographie. Le meurtre de Catharine Eddowes en est la preuve : alors que l'alerte a été donnée très rapidement par la police, certainement quelques minutes à peine après le forfait, le meurtrier s'enfuit dans un véritable labyrinthe de ruelles, de cours, d'impasses et de culs-de-sac. Les plans d'occupation du sol de l'époque montrent que ce coin de Whitechapel est quasiment dénué de tout éclairage nocturne, Mitre Square, le lieu du crime, offrant pour unique illumination un seul lampadaire.

Si les médecins légistes, que ce soit les docteurs Llewellyn, Bond, Brown ou Phillips, ont souvent offert des opinions divergentes sur les connaissances médicales de Jack l'Éventreur, il y a au moins un point où ils sont tous tombés d'accord : les victimes ont toutes été tuées sur place, et non pas transportées sur les lieux après avoir été assassinées ailleurs. Quand on examine les photos des cadavres et les dessins des médecins légistes, on est frappé par la progression des mutilations faciales et abdominales – sauf dans le cas d'Elizabeth Stride où le meurtrier a été interrompu par l'arrivée de Louis Diemschutz. Une véritable frénésie semble s'être emparée de Jack l'Éventreur lors du crime de Mary Jane Kelly ; il perd tout contrôle et commet un effroyable carnage. Au vu de ces photos, il paraît difficile de lui attribuer quelque connaissance médicale. Dans le cas de Catharine Eddowes, le foie est endommagé, ainsi que divers autres organes, dont l'anus, au point que l'Éventreur doit s'essuyer les mains sur un morceau du tablier de la victime, qui est retrouvé taché de sang et de matières fécales. Plutôt que de compétence chirurgicale, il serait plus juste de parler d'un charcutage en règle. Par deux fois, Jack l'Éventreur tente vainement de décapiter ses victimes, mais il doit y renoncer, car la tâche s'avère trop ardue pour lui. Dans le chapitre suivant, où nous verrons en détail la manière probable dont le meurtrier a commis ses crimes, nous reviendrons sur cette question de ses aptitudes – ou de ses déficiences – en matière d'anatomie. Et nous nous interrogerons sur le bien-fondé du surnom de « l'Éventreur ».

9

Jack l'Étrangleur

Jack l'Éventreur aurait-il pu être capturé de nos jours ?

Malgré certaines maladresses, comme l'utilisation malheureuse de chiens de chasse pour « renifler » la trace de l'Éventreur, à la mi-octobre 1888, qui se révélèrent totalement inopérants dans les rues de Whitechapel, la police peut être créditée d'un satisfecit général. Les reproches qui lui furent adressés par la presse provenaient plus d'une attitude partisane et politique que de véritables erreurs.

Ainsi, le graffiti tracé à la craie sur un mur de Goulston Street, indiquant : « Les Juifs ne sont pas des hommes qui seront accusés pour rien », et découvert le 30 septembre 1888, peu après le meurtre de Catharine Eddowes, n'a pas forcément été écrit par Jack l'Éventreur. Le texte fut effacé sur ordre de Sir Charles Warren, qui craignait des émeutes antisémites. Il faut se souvenir que la divulgation publique des premières recherches, où le suspect « Tablier de Cuir » était décrit comme un juif, avait déjà entraîné le passage à tabac de plusieurs juifs innocents. D'ailleurs, le grand rabbin de Londres remercia personnellement Sir Charles Warren pour son initiative.

Des affaires récentes de meurtres en série de prostituées prouvent qu'il est extrêmement difficile d'appréhender ce type de tueurs sexuels. Si l'on examine en détail les principales enquêtes sur les assassinats de prostituées de ces quarante dernières années, voilà ce que nous obtenons :

– *Jack the Stripper* : meurtrier inconnu de huit victimes, entre 1959 et 1965.

– Gerald Eugene Stano (premier crime à vingt-huit ans) : quarante et une victimes, entre 1969 et 1980.

– Dayton Leroy Rogers (premier crime à vingt-huit ans) : sept victimes entre 1972 et 1988, avant d'être arrêté.

– Peter Sutcliffe, l'Éventreur du Yorkshire (premier crime à vingt-cinq ans) : treize meurtres entre 1975 et 1981, dans une affaire qui offre beaucoup de similitudes avec celle de Jack l'Éventreur : une panique énorme en Angleterre, accompagnée d'une pression terrible exercée par la presse à l'encontre de la police. Au lieu des lettres écrites par Jack l'Éventreur en 1888, la police « authentifia » une cassette audio, envoyée par l'Éventreur du Yorkshire, celle-ci s'avérant finalement l'œuvre d'un plaisantin.

– Robert Hansen (premier crime à trente-trois ans) : dix-sept victimes, entre 1973 et 1983.

– Tueur non identifié à New Haven : quatre victimes entre 1976 et 1978.

– Richard Cottingham (premier crime à trente-trois ans) : cinq victimes en 1979-1980.

– Carl Drew (premier crime à vingt-six ans) : six victimes en 1979-1980.

– *The Green River Killer* a assassiné quarante-neuf femmes – en majorité, des prostituées – à Seattle et dans les alentours immédiats de l'aéroport de Tacoma. Entre 1982 et 1988, la recherche du tueur donne lieu à l'enquête la plus importante jamais mise sur pied aux États-Unis. En 2001, le tueur est identifié en la personne de Gary L. Ridgway : son ADN le lie à quatre des victimes.

– Anthony Scully (premier crime à trente-neuf ans) : sept victimes en 1983.

– Tueur non identifié de quinze prostituées en Floride, entre 1983 et 1986.

– *The Southside Slayer* est arrêté le 20 janvier 1988. Accusé du meurtre de quatorze victimes entre 1983 et 1987, Timothy Wilson Spencer est exécuté sur la chaise électrique le 27 avril 1994, en Virginie.

– Louis Craine (premier crime à trente ans) : sept victimes, entre 1984 et 1987.

– Robert Joe Long (premier crime à trente et un ans) : onze victimes en 1984.

– David Rodgers (premier crime à trente-neuf ans) : deux victimes au moins en 1986-1987.

On constate que ce type de tueurs en série de prostituées opère très souvent pendant de nombreuses années, malgré l'organisation de gigantesques chasses à l'homme comme ce fut le cas, par exemple, pour l'Éventreur du Yorkshire ou le *Green River Killer*, dont les enquêtes mobilisèrent plusieurs centaines de policiers et coûtèrent des millions de dollars. Le plus jeune de ces meurtriers avait vingt-cinq ans et le plus âgé trente-neuf ans, lorsqu'ils commirent leur premier crime.

En 1888, la police scientifique en était encore à ses premiers balbutiements. Au moment des crimes de l'Éventreur, la police londonienne ne pouvait pas encore recourir à l'identification par empreintes digitales ; ce fut un policier argentin, Juan Vucetich, qui parvint le premier, en 1892, à résoudre un crime grâce à cette méthode. Aujourd'hui, nous aurions pu établir si c'était bien l'assassin qui s'était lavé les mains dans la fontaine, après le meurtre de Catharine Eddowes. De même, la graphologie et une analyse chimique de l'encre et du papier utilisés pour les lettres et la carte postale de Jack l'Éventreur auraient pu démontrer leur éventuelle authenticité. Là aussi, une identification des empreintes digitales aurait été utile. Les progrès scientifiques auraient permis de déterminer si le rein adressé à George Lusk était ou non celui de Catharine Eddowes. Mais, tous ces éléments n'auraient pas pour autant fait avancer l'enquête quant à l'identité du meurtrier. Ils auraient simplement permis de déblayer un certain nombre de fausses pistes.

Cependant, l'aspect le plus insatisfaisant de l'enquête demeure celui de la médecine légale. Le manque de coopération entre les docteurs et la police apparaît flagrant. À l'exception de l'affaire du rein envoyé à George Lusk, médecins et policiers ne confrontent pas leurs opinions ; dans deux des crimes, la police développe même des théories qui vont à l'encontre des découvertes effectuées par les médecins légistes. Les conditions dans lesquelles se déroulent plusieurs autopsies des victimes sont très critiquables – notamment le fait d'avoir préalablement lavé les corps.

Il paraît probable que les victimes de l'Éventreur ont été étranglées avant d'être mutilées, une supposition qui fut d'ailleurs avancée par le docteur George Bagster Phillips, lors de son examen du cadavre d'Annie Chapman. Son rapport d'autopsie indique notamment :

« La langue était très enflée, et coincée entre les dents, mais ne dépassant pas les lèvres [...]. Plusieurs contusions sont à signaler [...], de la taille d'un pouce masculin, sur le haut de la poitrine, ainsi que sur le menton et les côtés de la mâchoire [...] elle aurait pu être étouffée eu égard au gonflement du visage et à la langue protubérante, signes évidents de suffocation. »

De tels indices furent remarqués sur tous les autres corps à l'exception de celui de Mary Kelly, dont les mutilations interdisaient toute observation similaire. Aucune des victimes de l'Éventreur ne cria ni n'appela au secours, ce qui semble, là aussi, indiquer un étranglement effectué pour les réduire immédiatement au silence. Les lèvres et les mains sont livides, comme dans une asphyxie, et non pas blanchies comme cela est le cas lors d'une perte massive de sang. Étrangler sa victime est un *modus operandi* très prisé par les meurtriers sexuels à tendances sadiques, en raison de sa forte connotation érotique.

Malgré tous ces indices dûment répertoriés dans les rapports officiels, aucun des médecins légistes de l'époque ne rechercha la trace des blessures typiques inhérentes à cette manière de tuer – et qui étaient connues depuis les années 1820 et l'affaire des déterreurs de cadavres, Burke et Hare –, si bien que le couteau des mutilations devint sur-le-champ l'arme du crime.

Le FBI sur les traces de l'Éventreur

Lors d'une visite en 1990 à l'Académie nationale du FBI, à Quantico, en Virginie, pour les besoins du tournage d'un documentaire sur les tueurs en série, j'eus l'occasion de discuter de Jack l'Éventreur avec les agents spéciaux du Département d'analyse criminelle ou Behavioral Science Unit (BSU), dont certains se sont passionnés pour l'affaire. En ce qui concerne la méthode employée par Jack l'Éventreur, ils pensent que le meurtrier se tenait debout face à ses victimes, dans la position habituelle des clients de l'époque désirant faire l'amour à une prostituée de l'East End. Il les réduisait au silence en les étranglant de ses deux mains, puis les jetait à terre, sur le dos. Accroupi à la droite des victimes, il leur coupait la gorge de gauche à droite – ce qui n'implique pas forcément que Jack était gaucher comme on a pu le croire. En agissant ainsi, il évitait le jet de sang qui giclait de l'artère coupée. De la sorte, il pouvait quitter les lieux sans arborer des taches de sang par trop importantes sur ses vêtements.

Pour traquer les tueurs en série modernes (dont le nombre oscille entre trente-cinq et cent, actuellement en activité aux États-Unis), le FBI a créé une unité de douze agents, surnommés les «Douze Salopards». Chargé d'établir avant tout le profil psychologique de ces criminels, ce Département d'analyse criminelle a été dirigé par John Douglas, qui servit de modèle au personnage de Jack Crawford dans les deux romans de Thomas Harris, *Dragon rouge* et *Le Silence des agneaux*. Dans la version filmée du *Silence des agneaux,* son rôle est tenu par l'acteur Scott Glenn. Quatre ou cinq de ces agents spéciaux se réunissent quotidiennement pour étudier les mille cas qui leur sont soumis annuellement.

Curieusement, leur démarche s'apparente à celles des détectives fictifs tels que Sherlock Holmes ou Nero Wolfe, puisqu'ils étudient à distance les rapports de police et d'autopsie, les photos et les vidéos tournées sur les lieux des crimes. Afin de parfaire et d'affiner cette étude psychologique des tueurs en série, le FBI a mis sur pied, en 1979, un programme d'interviews systématiques des serial killers emprisonnés, pour mieux comprendre leurs fantasmes, leurs modes de pensée, leur approche des victimes et leurs faits et gestes avant, pendant et après le crime.

Les agents spécialisés dans le profil psychologique ont établi deux types différents de meurtriers en série :

1) Le criminel organisé, au quotient intellectuel très élevé, est quelqu'un qui planifie ses forfaits de manière consciente et qui contrôle les victimes sur les lieux du crime, tout en ne laissant quasiment pas d'indices ; il emporte avec lui l'arme du crime.

2) Le criminel désorganisé est nettement moins intelligent ou plus novice, il n'a pas conscience d'un plan préétabli, et le lieu de ses crimes reflète généralement son désordre mental.

Cette distinction est pratique pour plusieurs raisons. Elle offre un portrait mental immédiat entre ces deux classifications et fait preuve d'objectivité dans ses connotations. Naturellement, comme cette méthode d'identification psychologique est à la fois une combinaison d'expérience et d'intuition, elle n'est pas infaillible. Néanmoins, la comparaison entre les meurtriers arrêtés et le profil psychologique établi préalablement à leur capture révèle un taux de succès de l'ordre de 77 %.

En novembre 1988, cent ans exactement après les crimes de l'Éventreur, le FBI et le Milton Helpern International Institute of Forensic Sciences furent chargés par la télévision américaine de définir un profil psychologique de Jack l'Éventreur. Dans ce documentaire, présenté par Peter Ustinov et intitulé : *The Secret Identity of Jack the Ripper*, le chef du Département d'analyse criminelle du FBI, John Douglas, et William Eckert, du Milton Helpern International Institute of Forensic Sciences, révélaient la teneur de ce profil : pour eux, Jack l'Éventreur était un homme au quotient intellectuel très élevé, âgé de vingt-huit à trente-six ans. Il habitait dans le quartier depuis très longtemps et possédait un emploi régulier, puisque les crimes se déroulaient pendant les week-ends. Il était célibataire, libre de toutes attaches familiales, car les meurtres avaient lieu entre minuit et six heures du matin. Son niveau social n'était pas très élevé, et, probablement, était-il considéré comme un solitaire par les gens qui le connaissaient. Sa mère était sans doute très sévère avec lui, et il avait peut-être entretenu des rapports sexuels avec elle. Son enfance avait été difficile, marquée par des abus à son égard. Il avait eu des problèmes avec la police, avant de commettre sa série de crimes. Il ne possédait ni connaissances chirurgicales ni anatomiques. Il n'avait pas une très haute opinion de lui-même, peut-être à cause d'un défaut physique apparent ou imaginaire. Sa grande timidité et sa réserve cachaient en fait une extrême agressivité. Dans une situation de stress, sa violence se libérait de manière très dangereuse. Handicapé sexuellement, il ne pouvait pas avoir de rapports « normaux » avec une femme, d'où son choix des prostituées. D'apparence disciplinée et soignée, il revêtait ses plus beaux habits pour donner l'impression d'appartenir à une classe aisée, et faire en sorte que les prostituées l'approchent en premier, croyant voir en lui un client potentiel. Comme c'est souvent le cas pour ce type de serial killers, il devait habiter non loin du lieu du premier crime, c'est-à-dire Buck's Row. Des rumeurs avaient circulé, préalablement au premier meurtre, signalant que des prostituées avaient été victimes d'agressions : il est fort probable que l'Éventreur en ait été le responsable.

Le FBI, enfin, est formel sur un point : Jack l'Éventreur n'est pas l'auteur des fameuses lettres, car en aucun cas il n'aurait cherché à attirer l'attention sur lui. Ils ne pensent pas qu'il se soit suicidé, fait totalement exceptionnel pour les tueurs en série.

Les crimes se sont arrêtés parce qu'il est mort, ou a été emprisonné pour un autre délit, ou encore parce que sa santé mentale s'est détériorée et qu'il a terminé son existence dans un asile d'aliénés.

10

La piste occulte

Dans sa nouvelle la plus célèbre, «Votre dévoué, Jack l'Éventreur» (1943), Robert Bloch émet l'idée d'un assassin qui commet ses crimes rituels à des dates bien précises et au fil des siècles, afin de perpétuer son immortalité. Cette dimension magique et surnaturelle de Jack l'Éventreur trouve sa source dans divers articles de la presse populaire de l'époque qui, frappée par l'habileté diabolique avec laquelle celui-ci parvient à commettre ses crimes et à s'enfuir sans attirer l'attention sur lui, avance l'hypothèse de meurtres rituels permettant à l'assassin de devenir invisible, les organes prélevés sur les victimes lui servant à fabriquer une potion magique à base de suif et de chair humaine ! Étrangement, cette explication farfelue trouve un écho dans un fait divers contemporain, celui des tueurs en série de Matamoros, au Mexique. En 1989, un groupe de trafiquants de drogue dirigé par Adolfo de Jesus Constanzo, un magicien noir de la religion Palo Mayombe, pratiqua des sacrifices humains dans l'espoir de devenir invisible. Quinze victimes périrent et leurs restes – sang, doigts de pieds et de mains, cerveau, côtes et tibias – servirent à la confection d'un *nganga* ou chaudron magique.

Dès 1888, Francis Brewer publie un opuscule, *The Curse upon Mitre Square A.D. 1530-1888*, dans lequel il affirme qu'à l'endroit précis où fut découvert le cadavre de Catharine Eddowes, une autre femme avait été assassinée en 1530 par un moine fou, le frère Martin. En ce temps-là, Mitre Square était le siège du prieuré de la Sainte-Trinité. Ce moine y aurait tué cette femme devant l'autel, en l'égorgeant par-derrière, avant de la poignarder à de nombreuses reprises et de piétiner son corps ; le frère Martin se suicida après son geste d'un coup de couteau au cœur. Pendant plusieurs siècles, Mitre Square devint un lieu hanté par le souvenir du frère Martin, dont la malédiction ancestrale aurait causé la mort de Catharine Eddowes. Certains prétendent avoir vu les fantômes des victimes hanter les rues de Whitechapel et, plus spécifiquement, au 29 Hanbury Street, où périt Annie Chapman. En ce qui concerne Mary Jane Kelly, les locataires qui emménagèrent par la suite dans sa chambre du 13 Miller's Court, apercevaient l'empreinte d'une main sanglante sur le mur qui surplombait le lit où elle était morte ; on avait beau peindre et repeindre le mur, la vision fantomatique finissait toujours par réapparaître.

Si ces apparitions fantomatiques relèvent plus de l'anecdote, l'occultisme et les rites magiques sont directement associés à diverses théories plus ou moins sérieuses concernant l'identité de l'Éventreur. Pour le prolifique auteur de romans policiers Léonard Gribble, dont vingt et un ouvrages ont été traduits dans la collection « Le Masque », Jack l'Éventreur était un médecin décidé à venger son fils, décédé d'une maladie vénérienne dans un asile de fous. Sa première victime fut Martha Tabram poignardée à trente-neuf reprises, soit trois fois treize, un nombre occulte. Les sacrifices rituels suivants se devaient de coïncider avec différentes phases lunaires de cet automne 1888. Les mutilations augmentaient progressivement afin d'établir un rite précis, basé sur certaines procédures de messes noires. Les morceaux prélevés formaient les divers segments d'un pentacle, ou sceau de Salomon, comprenant notamment les organes reproducteurs de Mary Kelly. Le 9 novembre 1888, le pentacle fut complété, et la série de crimes s'acheva. Autre élément possédant une signification occulte : des lignes reliant les différents lieux des crimes forment un pentagramme allongé ; le fait qu'il y ait eu six meurtres, au lieu de cinq, qui correspondraient aux cinq côtés d'un pentagramme, s'expliquant par l'interruption – avant que les mutilations aient pu être accomplies – du meurtre d'Elizabeth Stride.

L'époque victorienne est marquée par un profond intérêt envers l'occultisme, qui se concrétise par la fondation de nombreuses sociétés secrètes : la Theosophical Society d'Helena Blavatsky, la Hermetic Society d'Anna Kingsford et, surtout, l'ordre du Golden Dawn. Cette société pseudo-maçonnique, qui compte environ deux cents membres, est basée sur des rites secrets rosicruciens et fut surtout influente dans les milieux artistiques de cette fin de siècle ; parmi ses membres, on remarque le poète W.B. Yeats, les écrivains de fantastique Algernon Blackwood, Bram Stoker ou Arthur Machen, ainsi que la « Bête de l'Apocalypse », Aleister Crowley, qui rejoignit ses rangs en 1898. Un de ses fondateurs, le docteur William Westcott, coroner, fut récemment suspecté d'être Jack l'Éventreur. Les meurtres de l'Éventreur auraient été des crimes rituels, perpétrés par les membres de la Golden Dawn, sur les ordres de William Westcott ; les victimes auraient été tuées dans des cimetières adjacents à des églises, avant d'être déposées à Whitechapel. Cette théorie avancée par plusieurs « experts » n'est soutenue par aucune preuve, si ce n'est le prétendu caractère occulte des crimes. Par ailleurs, les médecins et la police de l'époque étaient formels : les victimes avaient bien été tuées sur place.

Plus sérieuse, la piste occulte de Robert Donston Stephenson, alias le docteur Roslyn D'Onston, est également liée au nom d'Aleister Crowley. Issu d'une famille aisée, Stephenson est âgé de quarante-sept ans en 1888. Fasciné par la lecture du *Zanoni* de Bulwer Lytton, il est initié au monde magique par Lytton, en 1862. Imbu de sa propre supériorité, il s'avère incapable de garder ses divers emplois dont il se fait renvoyer. Après de nombreux voyages payés par ses parents, Stephenson s'installe à Londres dans le quartier de Whitechapel, où il devient pigiste, principalement pour le *Pall Mall Gazette*; il signe notamment des articles sur la magie noire et les crimes de Whitechapel. Dans un rapport adressé à l'inspecteur Abberline, en date du 26 décembre 1888, l'inspecteur Roots décrit Roslyn D'Onston comme «un alcoolique invétéré, qui porte constamment des drogues sur lui afin de lutter contre les effets du *delirium tremens*». Mais, en novembre 1888, Stephenson se trouve dans une chambre privée du London Hospital, qu'il partage avec un docteur Evans souffrant de fièvre typhoïde et où il est témoin des agissements du docteur Morgan Davies, contre lequel il déposera un témoignage écrit à Scotland Yard:

«J'aimerais attirer votre attention sur l'attitude du docteur Morgan Davies, habitant au 10 Goring Street, Houndsditch, concernant les meurtres de Whitechapel. Mes soupçons se rattachent au dernier des meurtres – celui de Miller's Court.

«Il y a trois semaines, je partageais une chambre d'hôpital avec un certain docteur Evans, qui recevait presque quotidiennement une visite nocturne du docteur Davies, et nous discutions très souvent des meurtres.

«Le docteur Davies insistait constamment sur le fait que l'assassin devait être frappé de pouvoirs sexuels très diminués, qui ne pouvaient être stimulés que par un acte particulièrement fort – tel que la sodomie. Il revenait très souvent sur ce point: le meurtrier faisait l'amour *per ano.* À cette époque, il ne pouvait pas avoir plus d'informations que je n'en avais moi-même, sur le fait que les autopsies avaient révélé la présence de sperme, mélangé aux matières fécales, contenu dans l'anus de cette femme.

« De nombreuses choses, qui paraissent futiles quand elles sont couchées par écrit, le lient aux meurtres, telle sa haine des femmes. Bien qu'il fût un homme de grande stature et dégageât une forte impression de puissance, ses intimes *supposent* qu'il ne touchait jamais aux femmes. Une nuit, lors d'une discussion au sujet des meurtres, en compagnie de cinq autres médecins, il nous réitéra ses arguments de manière tellement convaincante, qu'il *terrifia* ces cinq médecins. Il s'empara d'un couteau, sodomisa une femme imaginaire, lui trancha la gorge par-derrière ; puis, lorsqu'elle fut allongée sans vie, l'éventra dans un état proche d'une transe frénétique.

« *Avant* d'assister à cette performance, j'avais déclaré : "Après avoir agi ainsi, le meurtrier devait subir un contrecoup à son acte et s'effondrer. Ne serait-il pas remarqué par la police ou les passants, à cause de son état d'épuisement total ?" Le docteur D me répondit : "Non ! Au contraire, il aurait récupéré et serait calme comme un agneau. Je vais vous montrer !" C'est alors qu'il commença sa performance. Celle-ci achevée, il boutonna tranquillement son manteau, mit son chapeau et traversa la salle d'une démarche assurée. Son visage était pâle comme la mort, mais c'était tout.

« Or, il y a quelques jours, lorsque le rédacteur en chef du *Pall Mall Gazette* m'informa, de manière *certaine,* que la dernière victime avait été sodomisée, je me mis à réfléchir. Comment a-t-il pu savoir ? Sa performance possédait une force incroyable. Henry Irving (célèbre acteur de théâtre de l'époque) ne lui arrivait pas à la cheville. Autre point. Il indiqua que l'assassin ne chercherait pas des spécimens de l'utérus, mais, qu'en fait, dans sa folie meurtrière, il s'était emparé des *uniques substances dures* à sa portée, alors que ses mains plongeaient dans l'abdomen de la victime.

« J'ajouterais que le docteur Davies fut un temps interne du London Hospital de Whitechapel, avant d'installer son cabinet à Houndsditch ; il connaît fort bien la configuration des lieux où se sont produits les meurtres, et il professe l'intention de se rendre bientôt en Australie, après avoir vendu sa maison.

« Roslyn D'O Stephenson

« P.S. J'ai mentionné cette affaire à un pseudo-détective du nom de George Marsh, demeurant au 24 Pratt Street, Camden Town, avec lequel j'ai signé un accord (ci-joint) nous engageant à partager toute récompense provenant de mes informations. »

Cette déclaration eut pour conséquence le rapport de l'inspecteur Roots, destiné à l'inspecteur Abberline, et intitulé « Whitechapel Murders, Marsh, Davies & Stephenson ». On ne trouve aucune trace, dans les archives de Scotland Yard, d'une enquête concernant le docteur Morgan Davies ; en revanche, ces mêmes archives contenaient un dossier sur Roslyn Stephenson, dans un fichier sur les suspects qui a malheureusement disparu. On peut se demander pourquoi Stephenson est passé du statut d'informateur et de journaliste à celui de suspect.

De son lit d'hôpital, Stephenson demanda à W.T. Stead, le rédacteur en chef du *Pall Mall Gazette,* de lui avancer une somme d'argent, afin qu'il se lance à la poursuite de Jack l'Éventreur ; mais Stead refusa, ce qui n'empêcha pas Stephenson d'écrire un article sur l'affaire, intitulé « Who is the Whitechapel Demon ? (By One Who Thinks He Knows) », dont j'ai tiré quelques extraits significatifs :

« Dans un des ouvrages essentiels d'un grand occultiste moderne, *Le Dogme et rituel de haute magie*, écrit par Eliphas Levi, nous trouvons les descriptions détaillées de certaines incantations magiques... L'auteur donne une liste complète de toutes les substances nécessaires au succès d'une telle entreprise, formant ainsi un lien significatif entre la nécromancie moderne française et la quête du meurtrier de l'East End. Ces substances sont horribles et difficiles à obtenir. On ne peut se les procurer que par une série de crimes atroces, dont les moindres sont le meurtre et la mutilation des cadavres. Parmi celles-ci, des lambeaux de chair d'un suicidé, des ongles d'un meurtrier pendu, des bougies confectionnées à partir de gras humain, ainsi qu'une certaine portion du corps d'une prostituée. Ce dernier point est considéré comme essentiel et c'est justement ce fait extraordinaire qui attira tout d'abord mon attention sur un possible lien entre la magie noire et l'assassin de Whitechapel. Ensuite, pour pratiquer l'invocation, il est indispensable de sacrifier des victimes humaines, ainsi que la profanation de la croix et d'autres objets sacrés. Si nous oublions le dernier crime de Miller's Court [...] nous découvrons que les lieux des meurtres forment une croix parfaite. À ceux qui pourraient considérer cette théorie comme insensée, je ferais remarquer que ce livre français a été publié il y a quelques années à peine et que des milliers d'exemplaires en ont été vendus. De nombreuses sociétés se sont formées afin d'étudier ses enseignements et sa philosophie. De plus, durant l'année écoulée, une édition en langue anglaise a vu le jour. »

W.T. Stead, l'employeur de Stephenson au *Pall Mall Gazette,* devait, en avril 1896, publier un article autobiographique du pseudo-docteur sur sa passion pour les choses de l'occulte dans le magazine spirite *Borderland*. Roslyn Stephenson le signe du pseudonyme énigmatique *Tautriadelta*. Stead présente l'auteur de la manière suivante :

« Je connais le signataire de cette extraordinaire autobiographie depuis de nombreuses années. C'est une des personnes les plus remarquables que j'aie jamais rencontrées. Pendant plus d'un an, j'ai eu l'impression qu'il était le véritable Jack l'Éventreur. Une impression que je ne fus pas le seul à partager, puisque la police l'arrêta, au moins à une reprise. Ayant été satisfaite de ses déclarations, elle le relâcha sans autre forme de procès. »

Dans une interview – datant des années vingt – la baronne Vittoria Cremers, qui fréquentait assidûment les milieux occultes et avait financé une des entreprises commerciales de Stephenson, expliqua au journaliste Bernard O'Donnell la signification de ce pseudonyme de *Tautriadelta*. Roslyn D'Onston lui avait indiqué que *Tau* signifie croix en hébreu ; c'est la dernière lettre de l'alphabet sacré. En grec, *tria* se traduit par trois, tandis que *delta* est la lettre D, qui est toujours écrite sous la forme d'un triangle. Le mot complet était donc « Croix-trois-triangles ». Puis, il avait ajouté mystérieusement : « Beaucoup de gens seraient intéressés de savoir pourquoi j'utilise une telle signature. En fait, la réponse à cette question ferait sensation. Mais, personne ne le saura jamais. Personne. » Stephenson faisait-il référence à cette croix, formée par les lignes rejoignant les différents sites des meurtres de Whitechapel, qu'il mentionne dans son article du *Pall Mall Gazette* ? En tout cas, ce pseudonyme ne fut utilisé qu'après les meurtres.

Au début des années 1890, Stephenson vivait avec la romancière Mabel Collins, par ailleurs éditrice de la revue théosophique *Lucifer* et amie de la baronne Vittoria Cremers. Mabel Collins avait confié à la baronne qu'elle pensait que son ami D'Onston Stephenson était Jack l'Éventreur. Un jour, Vittoria Cremers se rendit dans la chambre de Stephenson, pour ouvrir une boîte en émail noir qui contenait, soi-disant, des papiers personnels ; elle parvint à l'ouvrir grâce à une vieille clé qu'elle possédait. Elle y trouva plusieurs cravates noires incrustées de sang. Quelques mois plus tard, Stephenson, qui ignorait la visite de la baronne, lui raconta son récit sur le docteur Morgan Davies, en y ajoutant un détail nouveau : après avoir coupé les organes, Jack l'Éventreur les emportait en les glissant dans l'espace situé entre sa chemise et sa cravate.

Cette anecdote est confirmée par les mémoires de Betty May, *Tiger Woman : My Story*, dont le mari était un disciple d'Aleister Crowley, dans son abbaye de Cefalu, en Sicile. Les cravates incrustées de sang se trouvaient en possession d'Aleister Crowley qui, à la question de Betty May, lui répondit qu'elles avaient appartenu à Jack l'Éventreur, « un médecin fort connu de son époque. Jack l'Éventreur était un magicien, un des plus intelligents que j'aie jamais rencontrés, et ses crimes furent le résultat de ses études magiques. À chaque fois qu'il allait commettre un nouveau crime, il changeait de cravate. Chacune a été trempée dans le sang d'une de ses victimes. De nombreuses théories ont été avancées pour tenter d'expliquer comment il parvenait à échapper à ses poursuivants. Mais Jack l'Éventreur avait réussi à atteindre les sommets de son art magique et pouvait se rendre invisible ».

Par la suite, dans ses confessions, Aleister Crowley confirma que Roslyn D'Onston Stephenson était bien le possesseur de ses cravates, et donc Jack l'Éventreur. Stephenson tuait ses victimes afin d'en extraire rituellement certains organes, dans des lieux qui formeraient une croix de cavalerie sur un plan ; grâce à des invocations magiques, l'assassin espérait devenir invisible.

La fin de la vie de Stephenson est très peu documentée. Celui-ci semble avoir perdu tout intérêt pour l'occultisme, car il publia, en 1904, *The Patristic Gospels*, une étude sérieuse de la Bible. Il disparut peu de temps après, sans laisser de trace, et la date de sa mort reste inconnue à ce jour. Même si l'anecdote d'Aleister Crowley est exagérée dans son habituel style florissant, il n'en reste pas moins que deux femmes, qui ne se connaissaient pas, racontent la même histoire sur ces cravates ensanglantées. Le nom de Stephenson apparaît à de nombreuses reprises, sous divers aspects, lié aux crimes de Whitechapel, et son comportement, pour le moins étrange, justifiait son inclusion dans le dossier des suspects de Scotland Yard.

De là à dire que Roslyn D'Onston Stephenson était Jack l'Éventreur, il me semble que le pas est un peu vite franchi. Stephenson était miné par des problèmes de santé, dus probablement à la drogue et l'alcool ; en outre, psychologiquement, il est difficile d'admettre qu'un tel tueur en série sexuel stoppe tout simplement ses crimes, pour se convertir au catholicisme. Mais, ce personnage aux multiples facettes – informateur, journaliste, magicien occulte, suspect – négligé des historiens de l'affaire traverse en filigrane Whitechapel et mériterait assurément une étude plus approfondie. À moins que, tel le héros de la nouvelle de Robert Bloch, Roslyn D'Onston Stephenson n'ait acquis le don d'immortalité grâce à ses meurtres rituels magiques...?

11

Les dossiers « secrets » de Scotland Yard

La légende veut que les archives de Scotland Yard soient ouvertes au public en 1992, ce qui est à la fois vrai et faux.

Cette affirmation sous-entend implicitement que ces archives avaient été closes, parce qu'elles contenaient des documents secrets permettant d'identifier Jack l'Éventreur, et que celui-ci était (peut-être) un haut personnage de l'État. Ceci est totalement faux, et d'autant plus absurde que, si complot il y avait eu, on peut imaginer que les conspirateurs n'auraient pas inclus de pièces compromettantes dans ces archives.

D'autre part, en Angleterre, il est de tradition de clore un dossier sur une affaire criminelle d'importance pendant soixante-quinze ou cent ans : le dossier sur les meurtres de Whitechapel a donc été clos conformément à cette habitude et sans autre raison. Mais, en vérité, il n'était pas nécessaire d'attendre 1992 pour consulter ces archives, car elles étaient déjà accessibles aux chercheurs depuis une dizaine d'années, au Public Records Office ! J'ai pu moi-même les examiner en détail en 1987. Ces dossiers proviennent de deux sources différentes : le Home Office – l'équivalent de notre ministère de l'Intérieur – et la Metropolitan Police, plus connue sous le nom de Scotland Yard. Malheureusement, les archives de la City Police ont été détruites lors des bombardements de la Seconde Guerre mondiale. Aucun de ces documents ne permet d'identifier Jack l'Éventreur, mais ils projettent un éclairage intéressant sur les méthodes et les efforts de la police. Au fil des ans, de nombreux documents – dont la présence est prouvée par des index – ont été volés par des amateurs de souvenirs ou ont disparu. Depuis quelques années, les archives sont disponibles sous forme de microfilms. Parmi les documents disparus figurent d'importants rapports de Scotland Yard sur divers suspects.

Dans cet amas de documents, on trouve un peu de tout, de l'anodin au passionnant : des notes de frais d'inspecteurs, plusieurs dizaines de «confessions» ou de menaces signées Jack l'Éventreur, des lettres anonymes dénonçant nommément des voisins au comportement étrange, des rapports de consulats anglais à l'étranger signalant des suspects ou des crimes similaires, etc.

Parmi les quelques pièces intéressantes, mentionnons un courrier de Sir Charles Warren, en date du 17 octobre 1888, adressé à Sir Henry Matthews, qui «considère cette série de meurtres comme unique dans l'histoire de notre pays». Un rapport de James Monro, ancien chef du CID, révèle l'augmentation des effectifs de policiers en civil patrouillant dans un district donné de Whitechapel ; là où il y avait vingt-sept hommes en septembre 1888, le nombre passe à quatre-vingt-neuf en octobre, puis à cent quarante-trois en novembre 1888, avant de finalement retomber à quarante-sept agents en février 1889. Un autre rapport indique que plus de cinquante agents patrouillent encore dans les rues de Whitechapel en février 1890. Et ceci ne concerne que les agents en civil.

De tels documents apparemment anodins sont extrêmement importants, car ils nous apprennent, de façon certaine, que la police ignorait à cette date l'identité de Jack l'Éventreur. Ils ont également le mérite de remettre à leur place certaines théories qui prétendent que les policiers auraient été rappelés dans leurs anciennes divisions, en novembre 1888 (théorie du duc de Clarence), ou en décembre 1888 (théorie de Montague John Druitt).

Une lettre du Home Secretary, datée du 5 octobre 1888, demande «si les médecins ont pensé à examiner les yeux des victimes», car une théorie en vogue à l'époque mentionnait la possibilité de photographier la rétine des victimes pour y découvrir un cliché de leur assassin. On retrouve cette théorie dans plusieurs œuvres littéraires de l'époque, telles que *Claire Lenoir* (1887), de Villiers de L'Isle-Adam, *At the End of the Passage* (1890), de Rudyard Kipling ou *Les Frères Kip* (1902), de Jules Verne.

Plusieurs connexions françaises apparaissent dans ces dossiers. Le 8 novembre 1894, le docteur Gustave Olive, de Nantes, demande (et obtient) une copie du rapport médical d'autopsie du docteur Bond, pour le comparer à un crime similaire à Nantes. Plus amusant, un certain Alfred Parent, habitant à Paris, est arrêté le 25 novembre 1888, pour avoir accosté la prostituée Annie Cook et lui avoir offert un souverain; celle-ci s'était plainte du montant suspect de la somme, trop important par rapport au tarif habituel. Après enquête, Parent fut relâché.

Les archives de Scotland Yard contiennent des documents sur les meurtres d'Emma Elizabeth Smith, Martha Tabram, Mary Ann Nichols, Annie Chapman, Elizabeth Stride, Catharine Eddowes, Mary Jane Kelly, Rose Mylett, Alice McKenzie, la victime inconnue de Pinchin Street et Frances Coles. Après consultation de l'index général, on se rend compte que les documents manquants de Scotland Yard concernent à la fois des personnes sérieusement suspectées d'être Jack l'Éventreur, des individus interrogés suite à des dénonciations du public et, enfin, les suspects incarcérés par tous les commissariats de l'East End, entre le 31 octobre 1888 et le 14 janvier 1889. On y trouvait notamment des rapports sur

G. Wentworth Bell Smith et Roslyn D'Onston Stephenson, ainsi que diverses comparaisons d'écriture entre les correspondances « authentiques » de Jack l'Éventreur et celles de certains suspects.

Parallèlement à ces archives du Home Office et de Scotland Yard, divers policiers proches de l'enquête se sont exprimés par la suite sur l'affaire, que ce soit au travers d'interviews, de mémoires ou de notes écrites. Plus que tout, ce sont leurs opinions – et plus spécialement celles des officiers supérieurs – qui doivent servir de base pour toute recherche sérieuse de l'identité de Jack l'Éventreur. Nous connaissons les témoignages de huit d'entre eux : Frederick Abberline, Robert Spicer, Walter Dew, Henry Smith, Edmund Reid, qui travaillaient sur le terrain à des titres divers, ainsi que trois officiers supérieurs, Sir Robert Anderson, Sir Melville Macnaghten et Donald Swanson. Robert Spicer, dont l'interview est reproduite dans le chapitre VIII, « La traque », estime avoir capturé l'Éventreur en la personne d'un respectable médecin de Brixton portant un sac noir « suspect » et qui fut relâché, sans que le contenu de son sac ait été vérifié. Ces affirmations ne reposent sur aucune preuve, d'autant plus que Spicer fut renvoyé de la police peu de temps après pour avoir trop abusé d'alcool pendant son service.

Walter Dew, qui devint un héros en arrêtant le célèbre empoisonneur Crippen sur le paquebot *Megantic*, le 31 juillet 1910, évoqua longuement ses souvenirs de detective constable au moment des crimes de l'Éventreur, dans *I Caught Crippen* (1938). Même s'il commet quelques erreurs de mémoire, Dew raconte de manière vivante les efforts de la police : il confirme que des policiers s'étaient déguisés en femmes, que la lettre de Jack l'Éventreur commençant par « Cher Boss » était l'œuvre d'un plaisantin, et que le meurtrier – il en est certain – n'a pas écrit le graffiti antisémite de Goulston Street. Il cite de nombreuses inscriptions similaires, relevées sur les murs de Whitechapel, et entre autres exemples, près du lieu du crime d'Annie Chapman, à Hanbury Street : « Ceci est la quatrième. Je vais en tuer 16 autres avant de me rendre. » Dew, qui connaissait Mary Jane Kelly, fut un des premiers à arriver à Miller's Court :

« Je voyais souvent Mary... elle était très jolie... Elle se baladait souvent le long de Commercial Road, entre Flower and Dean Street et Aldgate, ou sur Whitechapel Road. Elle était habituellement accompagnée par deux ou trois de ses collègues, toujours bien habillée et portant un tablier blanc propre mais pas de chapeau...

« Je fus l'un des premiers officiers de police à me trouver sur les lieux de cet horrible crime de Miller's Court.

« Ce que je vis, lorsque je repoussai un vieux manteau pour regarder à travers le panneau vitré cassé dans cette sordide petite chambre que Kelly appelait son domicile, est trop effroyable pour être décrit. »

Walter Dew avoue n'avoir aucune idée de l'identité de Jack l'Éventreur, mais il est certain que l'assassin n'était ni un chirurgien ni un étudiant en médecine : car « aucun rudiment de connaissance chirurgicale n'était nécessaire pour infliger les mutilations que j'ai vues ».

L'inspecteur Frederick George Abberline, qui dirigeait les détectives sur le terrain pour le compte de la Metropolitan Police, ne possédait pas un poste aussi important qu'ont pu le supposer les historiens ou les cinéastes – notamment dans un téléfilm anglais, *Jack l'Éventreur*, où son personnage est interprété par Michael Caine. Connaissant parfaitement l'East End et sa pègre, son rôle semble surtout avoir été administratif. De fait, la véritable direction de l'enquête est du ressort de l'inspecteur en chef Donald Swanson. Suite à l'assassinat d'Annie Chapman, deux quotidiens londoniens l'interrogent pour lui demander quels organes ont été emportés par le meurtrier ; Abberline avoue l'ignorer, ajoutant qu'*il n'a pas vu le rapport médical.* S'il avait effectivement dirigé l'enquête, on peut penser qu'il aurait lu ce rapport, ce qui semble confirmer un point important de l'investigation: *les différents chefs de la police ne laissaient pas filtrer un certain nombre d'informations vers le bas de la hiérarchie.* Ainsi, aucun des agents, officiers ou inspecteurs sur le terrain ne mentionne les suspects les plus sérieux envisagés par Sir Melville Macnaghten, Sir Robert Anderson ou Donald Swanson. Le seul «complot» qui ait jamais existé dans l'affaire de Jack l'Éventreur se révèle être une conspiration du silence de la hiérarchie policière envers ses subordonnés.

En 1903, Abberline – alors à la retraite – accorde deux interviews à un journaliste du *Pall Mall Gazette,* où il affirme sa totale conviction que l'Éventreur était un assassin récemment condamné à mort du nom de Severin Klosowski, alias George Chapman:

« J'ai été tellement frappé par les coïncidences remarquables entre les deux séries de meurtres que je n'arrive plus à penser à autre chose depuis quelques jours. En fait, depuis que l'*attorney general* (procureur général) a retracé les antécédents de Chapman avant son arrivée sur notre sol, en 1888. Depuis, cette idée a fait son chemin dans mon esprit, toutes les pièces du puzzle se mettant en place tellement parfaitement que je ne peux m'empêcher de penser qu'il s'agit là de l'homme que nous avions vainement pourchassé avec tant d'efforts, il y a quinze ans. »

Severin Klosowski émigra de Pologne en juin 1887, après avoir suivi cinq années d'études médicales à l'hôpital de Varsovie. Installé à Whitechapel, il y travailla en tant que coiffeur jusqu'en 1890, avant de se rendre dans le New Jersey pendant un an. De retour à Londres, il vit en concubinage avec Annie Chapman – aucune relation avec la victime de l'Éventreur – dont il adopte le patronyme en 1892. Toujours coiffeur de profession, il empoisonnera successivement trois femmes qu'il avait épousées, entre 1895 et 1901. Il sera pendu en 1903.

Dans l'interview, Abberline donne les raisons pour lesquelles il pense que Chapman est Jack l'Éventreur. Klosowski arrive à Londres avant le début des meurtres, qui s'arrêtent après son départ pour les États-Unis. Lors du procès, son ex-femme témoigna qu'il l'avait attaquée avec un long couteau pendant leur séjour dans le New Jersey. Le trafic d'organes, mentionné par le coroner Wynne Baxter pendant l'enquête sur le meurtre d'Annie Chapman, aurait été le motif d'une série de crimes similaires commis par Klosowski dans le New Jersey. Ayant suivi des études pour devenir chirurgien, Chapman/Klosowski habite à George Yard, où Martha Tabram est morte, et il ressemble (vaguement) aux descriptions des témoins de l'époque décrivant l'assassin de Whitechapel. Quant au changement de ses méthodes, Abberline l'explique simplement par « la différence de classe de ces nouvelles victimes qui exige, évidemment, une nouvelle façon de tuer ».

Les conclusions d'Abberline sont irrecevables sur deux points. Comment imaginer que Jack l'Éventreur, dont l'ampleur des mutilations ne cesse d'augmenter, ait pu changer au point de se contenter d'empoisonner ses victimes ? Enfin, les archives criminelles américaines de 1890-1891 démontrent formellement qu'il n'y a pas eu de série de crimes similaires à ceux de l'East End dans la région de New York.

La condamnation de George Chapman et les allégations d'Abberline ont également tiré l'inspecteur Edmund Reid de sa retraite. Lors des crimes de Whitechapel, celui-ci dirigeait la branche locale du CID En 1903, il écrit deux lettres au *Morning Advertiser* qui démontrent, soit une perte de mémoire, soit une certaine méconnaissance de l'affaire. Pour lui, Jack l'Éventreur a tué à neuf reprises, le dernier crime étant celui de Frances Coles. L'assassin ne possédait aucune compétence médicale, et Reid affirme qu'il n'aurait prélevé aucun organe. Pour conclure, l'inspecteur ne pense pas que George Chapman puisse être l'Éventreur, car «un tel assassin aurait péri depuis longtemps à la suite de sa manie particulière».

Le major Henry Smith, qui était préfet de police de la City, dont la juridiction ne couvrait que le seul meurtre de Catharine Eddowes, à Mitre Square, écrivit ses mémoires en 1910, *From Constable to Commissioner*. Le chapitre XVI (pages 147 à 162) intitulé «Of the Ripper and His Deeds – And of the Criminal Investigator, Sir Robert Anderson», s'ouvre sur cette déclaration péremptoire:

«Il n'existe personne qui connaisse l'affaire aussi bien que moi; une nuit, je me suis retrouvé à moins de cinq minutes du meurtrier, et je possédais une assez bonne description de lui.»

Henry Smith fait ensuite référence à sa découverte d'une fontaine publique, «où j'arrivais à temps pour voir l'eau encore rouge de sang» (p. 153), après le meurtre de Mitre Square. Mais il se contredit lui-même, huit pages plus loin, en plaçant l'incident à la suite de l'assassinat de Mary Jane Kelly.

Un autre exemple des exagérations du major (qui est, par ailleurs, un talentueux conteur d'histoires) se situe à la deuxième page de son chapitre sur l'Éventreur:

«En août 1888, alors que je cherchais désespérément à capturer le meurtrier, je pris la décision de mettre un tiers de mes hommes en civil, avec instructions de faire toute chose qu'un agent ne ferait pas normalement. C'était aller à l'encontre de la discipline, mais mes officiers supérieurs les supervisaient. Le temps était superbe, et je suis sûr que mes hommes appréciaient la situation, assis sous les porches, à fumer leur pipe, ou à discuter le bout de gras dans des débits de boissons. Quant à moi, je rendis visite à tous les bouchers de la City, examinant le moindre recoin où le meurtrier pourrait se cacher. Demeurait-il près du lieu de ses forfaits ? Ou, après chacun de ses meurtres, partait-il se cacher dans un faubourg éloigné ? Emmenait-il quelque chose avec lui pour s'essuyer les mains ? Voilà quelques questions que je me posais constamment. Il paraissait impossible qu'il pût vivre parmi nous. »

Le moins que l'on puisse dire est que le major Smith est doté d'un don de double vue. Courant août 1888, seuls les crimes d'Emma Smith et de Martha Tabram s'étaient déroulés, le meurtre de Mary Ann Nichols n'étant rendu public que le 1er septembre. Ce n'est que dans les premiers jours de septembre que la Metropolitan Police établit un lien entre ces divers assassinats de prostituées, et qu'elle se met à la recherche d'un suspect connu sous le nom de « Tablier de Cuir ». Les hommes de la City Police du major Henry Smith ne pouvaient pas, de toute façon, intervenir légalement sur ces crimes car ils ne dépendaient pas de la juridiction de la City. Il faut attendre le 30 septembre, date de la mort de Catharine Eddowes, pour que leur intervention devienne effective. De plus, la vision idyllique d'agents de la City Police se dorant au soleil relève de la science-fiction, le temps étant particulièrement exécrable, alternant pluie et même quelques flocons de neige.

Il serait fastidieux de relever les nombreuses erreurs d'appréciation du major, qui juge très sévèrement l'action de ses collègues, Sir Charles Warren et Sir Robert Anderson. Se présentant comme la personne la plus au fait des crimes, le major finit par admettre piteusement que « l'assassin l'a battu à plates coutures et qu'il ignore complètement où celui-ci pouvait se terrer ».

Sir Melville Macnaghten : cinq crimes, trois suspects

Sir Melville Macnaghten aurait déjà dû faire partie de la police en 1887, mais des problèmes personnels avec Sir Charles Warren ne lui permirent pas d'être nommé au poste de chef adjoint du CID avant le 1er juin 1889. Dans la préface de ses mémoires, *Days of My Years* (1914), il indique qu'un des deux grands regrets de sa vie est « d'avoir été nommé détective en chef six mois après que le dénommé Jack l'Éventreur s'était suicidé, et qu'il n'ait jamais pu l'affronter sur le terrain ».

Passant un peu plus de vingt années au service de la police, il est invariablement décrit comme quelqu'un d'extrêmement compétent, au caractère foncièrement honnête et possédant une grande fascination pour les affaires criminelles ; dans ses souvenirs, il décrit ses innombrables visites d'adolescent à la Chambre des horreurs du musée de Cire de Mme Tussauds. Son passe-temps favori consistait à collectionner des objets ou documents ayant trait à des affaires criminelles célèbres et dans le cas de Jack l'Éventreur, Macnaghten possédait les photos des cinq victimes qu'il gardait enfermées dans un tiroir de son bureau. Dans la préface de *Days of My Years,* toujours, il avoue « n'avoir jamais gardé de notes écrites, ni même un carnet, et que tout ce qui est consigné l'est par la seule grâce de ma mémoire. Je m'excuse donc par avance des quelques erreurs qui auraient pu se glisser dans les minutes de mes "journées" ». Melville Macnaghten consacre le chapitre IV, intitulé « Laying the Ghost of Jack the Ripper », à retracer l'affaire de façon très pertinente, égratignant au passage les assertions redondantes du major Henry Smith. En voici quelques extraits significatifs :

« Selon toute probabilité, le criminel de White-chapel s'est suicidé après son forfait de Dorset Street, en novembre 1888, bien que certains faits, pointant vers cette conclusion, *n'aient été connus de la police que quelques années après ma nomination...* Le meurtrier de Whitechapel a tué cinq victimes, *et cinq victimes seulement...* Le 27 septembre, une lettre signée "Jack l'Éventreur" fut adressée à une agence de presse très connue. Ce document, lorsqu'il parvint à Scotland Yard, fut reproduit par voie d'affiches ; à mon avis, ce fut une décision malheureuse, lui attribuant un cachet officiel. J'ai toujours pensé y reconnaître le doigt taché d'encre d'un journaliste – et, un an plus tard, j'avais acquis une quasi-certitude quant à son auteur ! Les deux meurtres du 30 septembre ont été indiscutablement commis par une même main... Dans la chambre de Miller's Court, ce fou a trouvé toutes les opportunités nécessaires pour satisfaire ses besoins, et, il est probable qu'après un tel festin, son esprit se soit complètement effondré, au point qu'il se sera donné la mort. Sinon, les meurtres auraient continué. Bien évidemment, l'homme était un maniaque sexuel... Les crimes sexuels représentent une très grande difficulté pour la police, car il n'existe pas de "motifs", uniquement une soif de sang et, dans de nombreux cas, une haine de la femme en tant que femme. Fréquemment, le maniaque possédera le cadavre de sa victime, ce qui fut probablement le cas du meurtrier de Whitechapel... L'automne dernier, j'ai lu avec beaucoup d'intérêt le roman *The Lodger* qui avance la théorie d'un locataire épris d'une manie religieuse poussée jusqu'au fanatisme. Je ne pense pas que ce soit le cas, pas plus que je ne crois qu'il se soit échappé d'un asile, ou qu'il ait été un "locataire". J'en suis venu à la conclusion que l'individu qui a plongé Londres dans la terreur vivait au milieu des siens ; qu'il s'absentait à certains moments et qu'il s'est suicidé aux alentours du 10 novembre 1888, après avoir été responsable de la chute d'un préfet de police, manquant de peu de faire tomber aussi l'un des principaux membres du gouvernement de Sa Majesté. »

Si dans *Days of My Years,* Sir Melville Macnaghten ne nomme pas le suspect, il s'était montré beaucoup plus précis dans un mémorandum écrit à titre privé, vingt ans plus tôt, en 1894. Ces sept pages existent en deux versions très légèrement différentes – dans leur style et non pas dans leur contenu –, l'une étant restée dans ses papiers de famille, l'autre ayant été déposée aux archives de Scotland Yard. Macnaghten écrivit cette note le 23 février 1894, après qu'un article du *Sun,* de février 1894, eut affirmé qu'un certain Thomas Cutbush était Jack l'Éventreur. Cutbush fut arrêté en 1891 pour avoir grièvement blessé deux femmes en les poignardant dans leurs parties les plus charnues ! Jugé fou, il termina son existence dans l'asile de Broadmoor. Macnaghten n'envoya jamais sa réponse au *Sun,* mais son papier, cependant, corrige les nombreuses erreurs du journal concernant le cas de Cutbush, qui est confondu avec un autre sadique du nom de Colicott (l'extrait ci-dessous provient de la version déposée dans les archives de Scotland Yard) :

« Vous remarquerez que la frénésie des mutilations augmenta au fur et à mesure des meurtres, et, apparemment, l'appétit du meurtrier. Il semblerait très improbable que l'assassin se soit complètement arrêté en novembre 1888, pour recommencer ses opérations quelque deux ans et quatre mois après, en se contentant, cette fois-ci, de poignarder une femme dans le derrière. Une théorie beaucoup plus rationnelle veut que l'esprit du meurtrier se soit complètement effondré après le festin de Miller's Court, et qu'il se soit suicidé immédiatement après ; ou qu'il ait été jugé tellement déséquilibré par ses proches, que ceux-ci se soient résolus à le faire enfermer dans un asile.

« Personne n'a jamais aperçu le meurtrier de Whitechapel ; de nombreux fous homicides furent suspectés, mais aucune preuve formelle ne permit de les arrêter. *Je mentionnerai cependant le cas de trois hommes, chacun d'entre eux étant plus à même que Cutbush d'avoir commis cette série de crimes* :

« 1. Un Mr. M. J. Druitt, ayant suivi des études médicales et issu de bonne famille, qui disparut au moment du meurtre de Miller's Court, et dont le corps (qui serait resté près d'un mois dans l'eau) fut découvert dans la Tamise le 31 décembre – ou environ sept semaines après cet assassinat. Il était sexuellement fou et, d'après des informations privées, je suis presque sûr que sa propre famille pensait qu'il était le meurtrier.

« 2. Kosminski, un juif polonais résidant à Whitechapel. Cet homme devint fou après de nombreuses années passées à exercer des vices solitaires. Il avait une grande haine des femmes, et plus spécifiquement des prostituées, ainsi que des tendances homicides très prononcées : il fut enfermé dans un asile aux alentours de mars 1889. Les nombreux crimes attribués à cet homme en firent un grand "suspect".

« 3. Michael Ostrog, un médecin russe, et un condamné, passa de nombreuses années enfermé dans un asile de fous en tant que maniaque homicide. Les antécédents de cet homme se révélaient être de la pire espèce, et nous n'avons jamais pu établir son emploi du temps au moment des crimes. »

Ce mémorandum est extrêmement important, car il représente l'unique source policière indiquant nommément trois suspects, même si nous ignorons l'attitude de Scotland Yard vis-à-vis d'eux. Sir Melville Macnaghten n'enquêta pas directement sur les crimes, mais il avait accès à l'ensemble des pièces du dossier, ce qui nous est rendu impossible actuellement, à la fois par la destruction de certaines pièces (lors des bombardements de la Seconde Guerre mondiale) et par le pillage des archives. N'oublions pas que Macnaghten était passionné par cette affaire et qu'il a personnellement enquêté sur les meurtres de Pinchin Street et de Frances Coles, brièvement attribués à Jack l'Éventreur. Protégé de James Monro, il était le collègue de Walter Dew, de Frederick Abberline, de Donald Swanson et de Robert Anderson. D'après ses mémoires, où il penche pour la thèse d'un suicide de Jack l'Éventreur, on peut penser que Montague John Druitt représentait son « favori », mais, dans ses notes, il fait preuve d'une grande prudence. Il indique que ces trois suspects sont « plus à même que Cutbush d'avoir commis cette série de crimes », ce qui implique qu'aucun d'entre eux n'est nécessairement Jack l'Éventreur ; et, inversement, que chacun des trois pourrait être Jack l'Éventreur. Nous examinerons plus loin la vie détaillée de ces trois suspects, mais deux autres figures marquantes de la hiérarchie policière, Sir Robert Anderson et Donald Swanson, se sont également exprimées sur l'identité de Jack l'Éventreur.

Le suspect de sir Robert Anderson

Sir Robert Anderson remplaça James Monro à la tête du CID en août 1888, et ce fut lui qui décida de clore le dossier sur les crimes de Jack l'Éventreur en 1892. À quatre reprises, en 1901, 1907, 1910 et 1920, Anderson affirma, avec force et conviction, que l'identité de Jack l'Éventreur était connue « de façon certaine », mais que ses services ne possédaient pas suffisamment de preuves pour le mettre sous les verrous. Il ne nomme pas le suspect. Dans *The Lighter Side of My Official Life,* son livre de mémoires publié en 1910, Anderson consacre le chapitre IX, « The Whitechapel Murders », à Jack l'Éventreur :

« Nul besoin d'être Sherlock Holmes pour découvrir que le criminel était un maniaque sexuel des plus virulents ; qu'il habitait à proximité immédiate du lieu des crimes ; et, s'il ne vivait pas absolument seul, que ses proches connaissaient sa culpabilité, et refusèrent de le dénoncer à la justice. Durant mon absence à l'étranger, la police avait effectué une fouille systématique des maisons, recherchant plus particulièrement tout homme du district ayant la possibilité d'effacer les traces sanglantes de ses forfaits dans le plus grand secret. Et nous en sommes venus à la conclusion que lui et ses proches étaient des juifs polonais appartenant aux couches les plus populaires ; il est habituel, pour ce genre de personnes de l'East End, de ne pas abandonner un des leurs à la justice des Gentils.

« Et le résultat final prouva que notre diagnostic était exact en tous points. Les crimes non résolus sont rares à Londres, et ceux de Jack l'Éventreur ne font pas partie de cette catégorie. Si notre police avait possédé les mêmes pouvoirs que la police française, le meurtrier aurait pu être traduit en justice[1]. J'ajouterais que la lettre de "Jack l'Éventreur", qui est conservée au musée de la Police, à New Scotland Yard, est l'œuvre d'un talentueux journaliste londonien.

« Sachant l'intérêt que ce cas a soulevé parmi le public, je serais presque tenté de révéler les identités du meurtrier et du journaliste. Mais les traditions de mon vieux département en souffriraient. J'ajouterais cependant que l'unique personne qui ait jamais vu de près l'assassin identifia le suspect sans la moindre hésitation, dès l'instant où ils furent confrontés ; mais ce témoin refusa de témoigner contre lui.

---

1. La police française était, à l'époque, à la pointe du progrès en matière d'investigations scientifiques. Comparativement, la police anglaise comprenait moins de détectives et ses pouvoirs étaient plus restreints, notamment lors d'arrestations de suspects ou de gardes à vue.

« En déclarant qu'il était un juif polonais, je ne fais que constater un fait définitivement prouvé. Mes déclarations ne sont pas faites pour couvrir d'opprobre cette religion, mais bien pour spécifier la race de l'assassin. Car cela serait outrageant de parler de religion en présence d'une créature aussi abjecte, que ses vices innommables ont réduite à un niveau plus bas encore qu'une brute. »

Curieusement, aucun des nombreux historiens de l'affaire ne fit – ou ne voulut faire – le rapprochement entre les déclarations de Sir Melville Macnaghten et de Sir Robert Anderson. Il est évident qu'un juif polonais misérable de l'East End offre moins d'attraits – en matière de chiffre de ventes – qu'un complot royal avec le petit-fils de la reine Victoria ou les agissements meurtriers d'un groupe de francs-maçons. Martin Fido fut le premier, en 1987, à rapprocher ces deux thèses dans son *The Crimes, Detection and Death of Jack the Ripper*. On est frappé par la similitude existant entre le suspect anonyme d'Anderson et le Kosminski cité par Macnaghten. Cette similitude devient une certitude à la lumière d'un document découvert en 1987 par le petit-fils de l'inspecteur-chef Donald Swanson, qui dirigeait l'enquête sur les crimes de Whitechapel. Il se présente sous la forme de notes manuscrites de Donald Swanson – son écriture a été formellement reconnue par des experts graphologues – écrites dans la marge d'un exemplaire du livre de mémoires de Sir Robert Anderson, *The Lighter Side of My Official Life* ; elles avaient été probablement écrites aux alentours de 1910. À l'endroit où Anderson parle du « témoin [qui] refusa de témoigner contre lui [Jack l'Éventreur] », Swanson continue :

« Parce que le suspect était *également un juif,* et aussi parce que son témoignage condamnerait le suspect, le témoin sachant que le meurtrier serait pendu, et il ne souhaitait pas avoir cet acte sur la conscience. D.S.S.

« Et à la suite de cette identification faite en présence du suspect, il n'y eut plus aucun autre meurtre de cette sorte à Londres.

« Après l'identification du suspect, qui se déroula au Seaside Home, où nous l'avions envoyé avec beaucoup de difficultés, de manière à procéder à la confrontation, il savait qu'il avait été reconnu.

« Dès le retour du suspect dans la maison de son frère à Whitechapel, il fut surveillé jour et nuit par la police (City CID). Très peu de temps après, le suspect fut emmené, les mains liées derrière le dos, à Stepney Workhouse, puis à Colney Hatch où il décéda bientôt – Kosminski était ce suspect. D.S.S. »

À la lecture du récit des souvenirs de Sir Robert Anderson et des notes écrites à titre privé par Sir Melville Macnaghten et Donald Swanson, on est frappé par la similitude de leurs affirmations qui convergent toutes vers un suspect, Kosminski, décrit comme un juif polonais vivant à Whitechapel. Ces trois policiers ont un passé d'hommes intègres, et, pour deux d'entre eux, la lecture de leurs souvenirs, *Days of My Years* et *The Lighter Side of My Official Life,* prouve amplement leur bonne foi. Les autres affaires qu'ils évoquent – et qui ont trouvé une solution – sont racontées avec une grande authenticité et sans la moindre trace d'exagération, au contraire d'un major Henry Smith, par exemple. En adoptant le parti de l'avocat du diable, on peut se demander quelles raisons Macnaghten et Swanson auraient eu de mentir, puisque ces notes n'étaient pas destinées, de toute façon, à être rendues publiques.

Malgré tout, ces documents, qui ont été écrits de mémoire, soulèvent un certain nombre de problèmes lorsque l'on compare leur contenu à ce que nous connaissons de l'existence de Kosminski.

12

2014 : l'identification ADN d'un des trois suspects historiques ?

Kosminski, juif et polonais

Dans l'état actuel des recherches, menées notamment par les historiens Paul Begg, Martin Fido et Keith Skinner, un seul Kosminski répond aux critères de Macnaghten et d'Anderson. Aaron Kosminski est un coiffeur juif polonais, qui émigre à Londres en 1882, à l'âge de dix-huit ans, pour s'installer chez son frère Wolf Kosminski, à Sion Square, en plein cœur de Whitechapel. Il est admis, en juillet 1890, à Mile End Old Town Infirmary, avant d'être confié à la garde de son frère trois jours plus tard. Le registre d'admission mentionne qu'il est fou depuis deux ans, et qu'il ne travaille pas. Le 7 février 1891, il est interné à l'asile de Colney Hatch où le rapport médical indique qu'il est sujet à des attaques depuis six ans, qu'il a sérieusement menacé sa sœur avec un couteau et qu'il se masturbe constamment. Durant de brèves périodes de lucidité, Aaron Kosminski déclare aux médecins que « ses mouvements sont contrôlés par un instinct qui en informe son esprit et qu'il souffre d'hallucinations ». Son état semble se détériorer, puisqu'il attaque un gardien avec une chaise. En avril 1894, Kosminski est transféré à Leavesden, un asile pour les cas irrécupérables. Il est incapable de répondre aux questions les plus simples et décède des suites d'une gangrène, en 1919.

Si l'on compare ces faits connus de l'existence d'Aaron Kosminski avec les documents laissés par Macnaghten, Anderson et Swanson, on établit les constatations suivantes :

– Macnaghten se trompe sur la date d'admission à l'asile, qu'il évalue « aux alentours de mars 1889 ». C'est une erreur mineure, si l'on garde à l'esprit que Macnaghten travaille de mémoire, sans se référer à des notes.

– Les informations glanées dans le portrait succinct que donne Anderson du suspect anonyme sont intégralement confirmées.

– Donald Swanson, qui indique que Kosminski vit avec son frère à Whitechapel, se trompe dans le nom de l'établissement où Aaron est admis, bien que Stepney Workhouse se trouve également à Londres. En outre, Swanson affirme que Kosminski est décédé peu de temps après son transfert à l'asile de Colney Hatch, ce qui est faux puisqu'il survit vingt-huit ans à son internement de 1891. De même, il est difficile d'expliquer pourquoi il a été emmené loin de Londres – au Seaside Home – pour les besoins d'une identification, alors que le témoin qui l'identifie est mentionné comme étant également un juif (londonien ?) ; le Seaside Home est, dans le langage policier de l'époque, la maison de retraite de la police, qui se situe à Brighton.

L'objection personnelle, que j'opposerai à la culpabilité éventuelle d'Aaron Kosminski, réside plutôt dans le très long intervalle de temps séparant le dernier meurtre de Mary Jane Kelly, le 9 novembre 1888, et son internement du 7 février 1891. Comment sa famille a-t-elle pu l'empêcher de commettre d'autres crimes, surtout après l'orgie sanglante de Miller's Court, qui démontre amplement la perte de contrôle du meurtrier ?

Mais, de tous les suspects présentés, Aaron Kosminski est le seul dont la candidature a été proposée par trois des plus importants chefs de la hiérarchie policière – les seuls possédant tous les éléments de divers dossiers, qu'ils ne transmettaient pas toujours à leurs subalternes, comme on l'a vu avec l'inspecteur Abberline qui ignorait quels organes manquaient à Annie Chapman.

Qu'il soit innocent ou coupable, Aaron Kosminski fut considéré, à un moment donné, comme le suspect numéro un aux yeux de Scotland Yard. Avant d'affirmer, en prenant pour base les quelques erreurs et divergences contenues dans leurs mémoires respectifs, que Sir Melville Macnaghten, Sir Robert Anderson et Donald Swanson se sont trompés, il serait intéressant de savoir le pourquoi de cette confusion, car, sur le fond des choses, leurs trois témoignages convergent vers un même suspect : Kosminski.

Début septembre 2014, Russell Edwards, le propriétaire d'une boutique de souvenirs sur Jack l'Éventreur dans l'East End, affirme dans un article – qu'il a lui-même signé – avoir identifié de manière « définitive » l'auteur des crimes de Whitechapel en la personne d'Aaron Kosminski, grâce à une analyse ADN d'un châle retrouvé près du cadavre de Catharine Eddowes. Ce tissu, qui n'est pas vraiment un châle puisqu'il mesure deux mètres cinquante de long, s'apparente plutôt à un chemin de table assez luxueux ; on ne l'imagine pas en la possession d'une personne aussi miséreuse que Catharine Eddowes. Il présenterait des taches de sang et de sperme. Il aurait été découvert par l'agent de police Amos Simpson sur la scène de crime d'Eddowes et il l'aurait gardé en souvenir. Pendant cent vingt-six ans, il n'aurait jamais été lavé, pour être conservé encadré dans la maison de famille des Simpson. Russell Edwards s'est procuré une partie de ce tissu lors d'une vente aux enchères en 2007, à Bury St. Edmunds, dans le Suffolk. Le test mitochondrial, effectué par un ami d'Edwards, le Dr Jari Louhelainen, serait compatible avec l'ADN des descendants de Catharine Eddowes et d'Aaron Kosminski.

Cette découverte ressemble beaucoup aux résultats avancés par Patricia Cornwell, en 2002, qui compare l'ADN du peintre Walter Sickert à celui des lettres signées «Jack the Ripper» dont rien ne prouve qu'elles ont été écrites par le tueur en série. Cette annonce est faite par Russell Edwards lui-même, quelques jours avant la parution de son ouvrage *Naming Jack the Ripper*. Aucune publication scientifique des protocoles ne vient appuyer sa thèse et l'on ignore, par exemple, si des tests à l'aveugle ont été pratiqués. Le découvreur de l'ADN, Sir Alec Jeffreys, émet les plus sérieux doutes quant à cette analyse. Dans un article du *Daily Star*, en date du 14 septembre 2014, l'ancien policier et ripperologue Trevor Marriott affirme que les résultats ADN ne sont pas primaires mais secondaires, et qu'ils pourraient correspondre à 400 000 autres personnes au moins en 1888. «Sotheby's [la plus célèbre entreprise de ventes aux enchères d'œuvres d'art au monde] a fait des tests sur ce tissu qui date de l'époque edwardienne et non pas victorienne, ce qui place sa fabrication en 1900, douze ans après les meurtres de Whitechapel. Sans compter qu'il est passé entre les mains d'innombrables personnes, avec tous les risques de contamination que l'on imagine.»

Comme toujours dans ce type d'affaires médiatisées, les fantasmes prennent le pas sur la réalité. Il est donc nécessaire d'examiner les faits. Ce long morceau de tissu ne figure pas dans la liste officielle des vingt-huit objets et vêtements de Catharine Eddowes, lorsque son corps est découvert, le 30 septembre 1888. Normal, me direz-vous, puisque l'agent Amos Simpson affirme s'en être emparé sur les lieux du crime. Ce qui n'est pas professionnel pour quelqu'un qui est policier depuis vingt ans, si l'on accorde foi à ses dires. Simpson fait partie de la Metropolitan Police, alors que Mitre Square, où Catharine Eddowes est assassinée, est du ressort de la juridiction de la City Police. Amos Simpson est basé au commissariat de la N Division, à Islington, qui est à 45 minutes à pied de Mitre Square. Pourquoi se trouverait-il si loin de son quartier, dans un lieu où il n'a aucune raison officielle de se rendre ?

Lorsque l'on examine la chronologie des faits en cette nuit du 30 septembre, il faut se souvenir que, à 1 h 30 du matin, l'agent PC Edward Watkins fait une première ronde à Mitre Square, sans y remarquer quoi que ce soit d'inhabituel. Quelques instants plus tard, Joseph Hyam Levy, Harry Harris et Joseph Lawende aperçoivent un couple en train de discuter, vers 1 h 35. Lawende reconnaîtra Catharine Eddowes à la morgue comme étant cette femme. À 1 h 40, PC Harvey fait une ronde avec sa lampe sur Mitre Square et il ne voit rien de particulier. À 1 h 44, PC Watkins retourne sur les lieux et découvre le corps mutilé d'Eddowes. Ce qui laisse moins de quatre minutes à Jack l'Éventreur pour commettre son meurtre, les différentes mutilations et retirer un rein qu'il emporte avec lui. Comment imaginer qu'Amos Simpson puisse intervenir dans ce laps de temps aussi court qui sépare le crime et l'arrivée de son collègue Watkins ? L'agent Watkins est très vite rejoint par d'autres policiers, ce qui aurait également rendu impossible le « vol » d'Amos Simpson qui n'appartient pas au même service que les hommes de la City Police.

Enfin, ce même « châle » a déjà été soumis à des tests ADN en 2006 et 2013 par des laboratoires officiels de police technique et scientifique pour les besoins de deux documentaires, *Jack the Ripper : The First Serial Killer* et *Jack the Ripper : Prime Suspect*, sans que les résultats ne soient jugés concluants.

Montague John Druitt : du cricket au crime ?

Longtemps considéré comme le suspect numéro un des historiens, sa culpabilité éventuelle ne repose sur aucune preuve tangible, et son nom n'apparaît que dans le seul mémorandum de Sir Melville Macnaghten.

Croyant au suicide de Jack l'Éventreur après l'assassinat de Mary Kelly, il sélectionna Druitt sur ce critère et en se basant « sur certaines informations privées », dont nous ignorons tout, puisque, avant de prendre sa retraite, Macnaghten indique dans ses mémoires « avoir détruit tous mes documents et qu'il n'existe plus aucun rapport écrit des informations secrètes que j'ai pu posséder à un moment ou à un autre ».

Montague John Druitt est né le 15 août 1857 dans le Dorset. Élevé au collège de Winchester et joueur de cricket émérite, il gagne une bourse afin de poursuivre ses études à Oxford. Il aurait, à un moment donné, projeté d'apprendre la médecine, à l'image de son cousin, le futur docteur Lionel Druitt. Finalement, il s'oriente vers le droit et devient avocat en avril 1885. Son poste de plaideur ne l'oblige pas à apparaître lors des procès, ce qui fit dire à de nombreux historiens qu'il était un avocat raté et sans le sou. Cela est démenti par les sommes relativement importantes (pour l'époque) que l'on découvre lorsque son corps est repêché de la Tamise, le 31 décembre 1888, notamment deux chèques d'une valeur totale de soixante-six livres sterling.

Parallèlement à sa carrière d'avocat, Montague Druitt enseigne dans une école de garçons de Blackheath, dont le directeur, Mr. Valentine, le renvoie « pour des raisons graves », aux environs du 30 novembre 1888. Ces « raisons graves » nous restent inconnues ; il aurait pu faire preuve de tendances homosexuelles vis-à-vis des élèves ou se comporter de manière étrange. Cette dernière possibilité n'est pas à négliger, car Druitt craignait de perdre la raison, depuis l'internement de sa mère, en juillet 1888. Aperçu pour la dernière fois le 3 décembre 1888, il se suicide en laissant une note adressée à son frère : « Depuis vendredi dernier, je crains de devenir comme maman, et il vaut mieux pour tout le monde que je meure. »

Outre ses activités d'avocat et d'enseignant, Montague John Druitt continue à jouer au cricket, où il excelle. Membre des équipes de Blackheath et du Dorset, il joue le 1er septembre contre l'équipe de Wimborne, alors que Mary Ann Nichols a été assassinée vers 3 h 30, le matin du 31 août. Moins de cinq heures après le meurtre d'Annie Chapman, Montague Druitt joue au cricket pour l'équipe de Blackheath, dans le sud de Londres. Est-il possible d'imaginer quelqu'un mutiler une femme, dans un grand état d'excitation, puis rentrer se laver chez soi et repartir quasi immédiatement – à l'époque, les transports locaux ne sont pas aussi rapides que maintenant – pour jouer une partie de cricket, où d'après les comptes rendus de presse, il fait preuve d'un grand sang-froid ? Cela paraît pour le moins incongru. Mais avant de rejeter Druitt de la liste des suspects, il nous faudrait connaître la teneur de ces « informations privées » mentionnées par Melville Macnaghten dans son mémorandum, car se baser uniquement sur un suicide, éventuellement explicable par sa crainte de perdre la raison et son renvoi de l'école pour « raisons graves », ne suffit pas à établir sa culpabilité. De plus, ce suicide n'intervient pas dans la foulée du meurtre de Mary Jane Kelly, mais environ un mois après le crime de Miller's Court. Dès lors, pourquoi ne pas considérer d'autres personnes qui se sont suicidées peu de temps après l'assassinat de Mary Kelly ? La lecture des journaux de l'époque permettrait, par exemple, d'avancer le nom d'Edward Buchan, qui se tue le 19 novembre 1888. Propriétaire d'un magasin destiné aux marins, il aurait pu arborer la casquette de marin aperçue par de nombreux témoins. Mais procéder ainsi et présenter des «suspects» sans la moindre preuve est un peu trop facile, et nous ne nous prêterons pas à ce jeu-là.

Michael Ostrog

Des trois suspects mentionnés par Sir Melville Macnaghten, Ostrog demeure le plus mystérieux. Criminel endurci, doté de tendances suicidaires, Michael Ostrog fut condamné à de très nombreuses reprises, à la fois sous son nom et sous divers pseudonymes :
– 1863 : dix mois de prison pour escroquerie, sous l'identité de «Max Grief», à Oxford.
– 1864 : trois mois pour vagabondage, à Cambridge.
– 1864 : huit mois pour escroquerie, à Exeter, alors qu'il se fait passer pour le «comte Sobieski», fils exilé du roi de Pologne.
– 1866 : condamné à sept années d'emprisonnement pour divers vols de bijoux commis sous les pseudonymes d'Ashley Nabokoff et de Bertrand Ashley.
– 1874 : dix ans de prison pour vol et escroquerie. Lorsqu'il est arrêté, il menace les policiers avec un revolver.
– 1887 : Ostrog, après une tentative de vol infructueuse, est condamné à six mois de travaux forcés. Lors du procès, où il assume sa propre défense, il plaide la folie, mais un médecin aliéniste rejette ses affirmations comme subterfuge, En route pour la prison, il tente de se jeter sous un train. En septembre 1887, on le transfère dans un asile d'aliénés pour indigents ; seule cause indiquée : «Manie». Après avoir purgé sa peine, il est relâché comme «guéri», le 10 mars 1888.

En octobre 1888, en plein règne de terreur de Jack l'Éventreur, le *Police Gazette* publie un avis de recherche concernant Michael Ostrog, indiquant qu'il s'agit d'un homme très dangereux. Mais nous ignorons complètement ses faits et gestes pendant la période des crimes de Whitechapel. Dans son mémorandum (version restée dans ses papiers de famille), Sir Melville Macnaghten se montre un peu plus précis sur Michael Ostrog, ajoutant que « l'homme ferait preuve de cruauté envers les femmes et qu'il porte habituellement sur lui des scalpels ».

Né au début des années 1830 – ce qui lui donne largement plus de cinquante ans en 1888, un âge qui ne correspond guère au profil d'un tueur en série débutant – Michael Ostrog aurait été – selon ses propres dires – un chirurgien de la marine impériale russe obligé de quitter son pays après avoir tué un homme en duel. Mesurant un mètre soixante-seize, avec les cheveux d'un brun sombre et des yeux gris, il est habituellement vêtu d'un costume semi-clérical. Il arbore plusieurs cicatrices, dont une sur le pouce droit. Voilà à peu près tout ce que l'on sait de Michael Ostrog, dont nous ignorons jusqu'à la date du décès. Les soupçons qui pèsent sur lui se limitent donc aux quelques lignes de Sir Melville Macnaghten et à un avis de recherche de la police d'octobre 1888, mais qui, vu le manque de précisions, ne s'applique pas forcément aux meurtres de Whitechapel.

En guise de conclusion, parmi les trois suspects proposés par Sir Melville Macnaghten, Aaron Kosminski présente le profil le plus intéressant. Des recherches plus poussées s'avéreraient nécessaires, qui détermineraient les activités de Michael Ostrog pendant la période cruciale d'août à novembre 1888. Montague John Druitt, enfin, semble avoir peu de chance d'être Jack l'Éventreur, le seul grief retenu contre lui étant la date de son suicide, *relativement* proche de l'assassinat de Mary Jane Kelly.

13

Docteur Jack

Les diverses théories proposant un individu appartenant au monde médical – docteur, chirurgien ou infirmière – ne sont pas d'origine récente, comme tant de «solutions finales» et définitives *inventées* par les «ripperologues» de ces dernières années. Cette idée d'un Jack l'Éventreur expert en anatomie provient, pour une grande part, du témoignage du docteur George Bagster Phillips, lors de l'enquête officielle qui suivit la mort d'Annie Chapman. Sur cet aspect des meurtres, le docteur Phillips est contredit par certains de ses confrères, tel le docteur Thomas Bond, et par divers policiers comme Walter Dew.

Naturellement, à cause de l'énorme retentissement médiatique des meurtres, les opinions du docteur Phillips trouvèrent un large écho auprès du public. D'autant plus que, depuis des dizaines d'années, les «penny dreadfuls», romans populaires à très large diffusion et axés sur le sensationnel, avaient imposé l'image du médecin en tant qu'individu cruel et immoral. N'oublions pas que l'anesthésie n'existait que depuis 1850 et que bon nombre d'opérations chirurgicales s'effectuaient encore sans endormir les patients, surtout si ceux-ci appartenaient aux couches les plus défavorisées de la population. De nombreux chirurgiens étaient accusés d'avoir inutilement opéré des femmes, pour les besoins des cours pratiques qu'ils destinaient à leurs étudiants.

Les nombreuses affaires de profanateurs de sépultures ou « résurrectionnistes » des années 1800-1830, tels que les célèbres Burke et Hare, qui fournissaient des cadavres aux médecins pour leurs expérimentations, contribuèrent à détériorer l'image des docteurs.

Dès que l'on évoque Jack l'Éventreur, une silhouette vient tout de suite à l'esprit : celle de « Gentleman Jack », en cape et chapeau haut de forme, tenant d'une main sa canne et de l'autre sa petite sacoche noire chirurgicale. Les premiers auteurs à avoir proposé une identité de Jack l'Éventreur ont tous, sans exception, accusé un médecin – ainsi Carl Muusmann (1908), Leonard Matters (1929), Jean Dorsenne (1933), Edwin Thomas Woodhall (1935), William Stewart (1939) ou Donald McCormick (1959).

Cette obsession, dont la rumeur s'amplifie courant septembre 1888, touche également les milieux judiciaires et policiers. Lors de l'enquête sur le meurtre d'Annie Chapman, le coroner Wynne Baxter émet la supposition d'un trafic d'utérus entrepris par un docteur américain. Vertement réprimandé par les autorités médicales, Wynne Baxter se gardera bien de réitérer son hypothèse lors de l'assassinat d'Elizabeth Stride. L'inspecteur Frederick Abberline fut le seul policier à être officiellement convaincu par cette théorie (jusqu'à la découverte de la « lettre de Littlechild » en février 1993, voir chapitre XV), qu'il croit être le motif se cachant derrière les crimes de Severin Klosowski/George Chapman, son suspect favori.

Les archives du Home Office et de Scotland Yard prouvent amplement que la police menait son enquête dans les milieux médicaux. Le 19 octobre 1888, un rapport de l'inspecteur en chef Donald Swanson mentionne : « Des recherches ont été effectuées pour retrouver la trace de trois étudiants en médecine fous ayant suivi des cours au London Hospital. Résultat : deux retrouvés, le troisième parti à l'étranger. »

Dix jours plus tard, le Home Secretary lui-même interroge Sir Charles Warren : « Référence a été faite à trois étudiants en médecine fous [...]. Mr. Matthews aimerait beaucoup savoir à quelle date le troisième est parti à l'étranger, et si l'enquête à son sujet a été poursuivie. » La réponse de Sir Charles Warren, qui mentionne un rapport d'Abberline, innocente cet étudiant du nom de John Sanders.

Publiés sous le titre de *Lost London* (1934), les souvenirs du sergent Benjamin Leeson, qui rejoignit les rangs de la police en 1891, parlent de cette psychose d'un docteur Jack l'Éventreur :

« Parmi les simples agents de police, il courait le bruit qu'un certain docteur de ma connaissance aurait pu énormément nous renseigner sur cette affaire. Ce docteur ne s'est jamais trouvé très éloigné du lieu des crimes, et il est certain que les blessures infligées aux victimes n'ont pu l'avoir été que par un individu habile dans le maniement d'un couteau. »

Rappelons l'interview du policier Spicer, déjà précédemment évoquée, qui croit avoir arrêté Jack l'Éventreur en la personne d'un honorable docteur de Brixton. Passons encore sur les docteurs Roslyn D'Onston/Stephenson et Morgan Davies, mentionnés dans le chapitre 10, « La piste occulte ». Le mémorandum de Melville Macnaghten dénonce également deux médecins : Montague John Druitt – il s'agit d'une erreur, puisque Druitt était avocat – et Michael Ostrog. Courant octobre 1888, la rumeur d'un « Docteur Jack l'Éventreur » prend corps sous la forme du mystérieux « Homme au Sac noir » ; plusieurs personnes innocentes sont ainsi pourchassées par la foule, aux cris de « À l'assassin ! ». La légende commençait à prendre le pas sur les faits.

Jill the Ripper

Le terme fut inventé par un lecteur du *Times* en 1888, en référence à la célèbre comptine « Jack and Jill ». Le révérend Osborne, qui semble connaître à merveille les mœurs des prostituées, base sa théorie sur les insultes qu'elles s'adressent entre elles : « je t'étriperai », « j'aurai ta peau », etc. Pour lui, pas de doute Jack l'Éventreur est une prostituée qui tue ses collègues.

Pour ne pas être en reste, Conan Doyle, qui vient juste de créer Sherlock Holmes, déclare dans une interview que le meurtrier, après avoir infligé aux victimes de telles mutilations, est obligatoirement couvert de sang. Il suggère alors la théorie d'une infirmière dont le tablier ensanglanté n'attirerait pas l'attention, ou, éventuellement, un homme déguisé en infirmière !

Dans *Jack the Ripper or When London Walked in Terror* (1935), l'ex-policier Edwin Thomas Woodhall propose même une candidate du nom d'Olga Tchkersoff, une immigrée russe, qui s'installe à Londres avec ses parents et sa sœur. Mais la sœur, devenue prostituée, décède des suites d'un avortement clandestin. De là les malheurs s'abattent en série sur la pauvre Olga : son père meurt d'une pneumonie en 1888, tandis que sa mère, alcoolique, fait une chute grave et décède peu de temps après. Olga Tchkersoff se transforme alors en ange de la vengeance, décidée à détruire Mary Jane Kelly, qui a incité sa jeune sœur à la prostitution. Edwin Woodhall prétend avoir appris cette histoire grâce à un article paru aux États-Unis, le journaliste la tenant lui-même de deux immigrants russes âgés et amis d'Olga Tchkersoff. Cet article n'a jamais pu être retrouvé depuis, Woodhall ne citant pas ses sources dans son ouvrage au style très sensationnaliste et marqué par des réflexions racistes à l'encontre des non-Anglais.

La théorie de l'infirmière suggérée par Conan Doyle est remise en lumière par William Stewart, en 1939, dans son *Jack the Ripper – A New Theory*. Sans identifier la coupable autrement que par sa profession, Stewart insinue « qu'elle pourrait très bien avoir été une avorteuse ».

Malheureusement, sa théorie repose essentiellement sur le fait que Mary Jane Kelly aurait été enceinte de trois mois. La publication récente du rapport d'autopsie du docteur Bond l'annule donc, de manière définitive.

Docteur Stanley, Pedachenko et Neill Cream

L'hypothèse du docteur Stanley fut inventée en 1929 par Leonard Matters, dans *The Mystery of Jack the Ripper.* Chirurgien renommé de Harley Street, Stanley adorait son fils unique qui, en 1886, avait contracté la syphilis de Mary Kelly. Le fils en décéda et le docteur Stanley jura de se venger de Mary Kelly. Cependant, comme les prostituées avaient pour habitude d'utiliser de nombreux pseudonymes, Stanley connut beaucoup de difficultés à retrouver Mary Kelly, les quatre premiers crimes étant en fait le résultat d'erreurs. Ayant finalement obtenu vengeance, Stanley émigra à Buenos Aires en 1908, où de nombreuses années plus tard, il révéla son secret sur son lit de mort. Malheureusement pour l'auteur, aucun docteur Stanley ne figure dans les annuaires médicaux de l'époque, de même que l'autopsie de Mary Kelly montre qu'elle ne souffrait pas de maladie vénérienne. Par ailleurs, la période d'incubation de la syphilis excède de très loin la période de deux ans indiquée par Leonard Matters ; il est absolument impossible à quelqu'un d'être infecté en 1886 et d'en mourir deux ans plus tard.

Le docteur Alexander Pedachenko, également connu sous le nom du comte Luiskovo, semble appartenir au domaine de la fiction, car la preuve de son existence ne repose, en fait, que sur des documents inexistants ou introuvables : un article jamais retrouvé d'un quotidien de Glasgow, un manuscrit dicté en français par le moine fou Raspoutine – qui ne parlait pas un mot de français ! –, une copie de l'*Ochrana Gazette* de janvier 1909 – que personne n'a jamais vue –, et les souvenirs d'un criminologue amateur, le docteur Thomas Dutton, qui les aurait consignés dans trois carnets de notes, malheureusement détruits après sa mort, en 1935. La seule source existante confirmant l'hypothèse émise par Donald McCormick, dans son *The Identity of Jack the Ripper* (1959), provient d'un livre de souvenirs de William Le Queux, *Things I Know About Kings, Celebrities and Crooks*, écrit en 1923. Journaliste, Le Queux avait couvert les crimes de Whitechapel, et était très connu pour les nombreuses exagérations dont il parsemait ses écrits. Dans cet ouvrage, Le Queux, qui avait travaillé comme agent secret britannique durant la Première Guerre mondiale, clama avoir découvert dans la cave de Raspoutine (or sa maison n'en avait justement pas !) un manuscrit de celui-ci intitulé *Great Russian Criminals,* qui révélait que Jack l'Éventreur était le docteur Alexander Pedachenko. Pedachenko travaillait à l'hôpital de Tver au service maternité, avant de venir à Glasgow en tant que chirurgien, puis à Londres, où il vivait avec sa sœur à Westmoreland Road, Walworth. Le Queux citant Raspoutine :

« Notre police secrète [...] avait encouragé ces crimes de manière active, afin de démontrer à la face du monde certains défauts du système policier anglais [...] Ce fut pour cette raison que Pedachenko, le plus grand et courageux des criminels maniaques russes, se vit poussé à se rendre à Londres pour commettre cette série de meurtres atroces... Probablement sur les ordres du ministre de l'Intérieur, la police secrète parvint à lui faire quitter clandestinement le pays ; sous l'identité du comte Luiskovo, il arriva à Ostende, où un agent secret l'accompagna jusqu'à Moscou. C'est à Moscou que, quelques mois plus tard, Pedachenko fut arrêté alors qu'il tentait de tuer et mutiler une femme du nom de Vogak ; on l'enferma dans un asile où il décéda en 1908. »

Ces « révélations » de Raspoutine sont corroborées par les notes du docteur Thomas Dutton, que Donald McCormick vit en 1932. Pour l'année 1924 de son carnet, Dutton indiquait que Pedachenko était le sosie de Severin Klosowski/George Chapman et qu'il occupait l'emploi de barbier-chirurgien pour un coiffeur du nom de William Delhaye, établi à Westmoreland Road, Walworth, en 1888. Parallèlement à cet emploi, Pedachenko aurait également servi d'assistant au docteur John Frederick Williams à St. Saviour's Infirmary.

Finalement, McCormick affirme que le prince Belloselski lui aurait montré un exemplaire de l'*Ochrana Gazette* de janvier 1909. Ce bulletin interne de la police secrète russe contenait l'extrait suivant :

« Konovalov, Vassili, alias Pedachenko, Alexei, alias Luiskovo, Andrei, établi à Tver, est officiellement déclaré mort [...] Un homme correspondant à sa description [...] est recherché pour le meurtre d'une femme à Paris, en 1886, ainsi que pour l'assassinat de cinq femmes dans le quartier de l'East End londonien, en 1888, et pour le meurtre d'une femme à Petrograd, en 1891... Connu pour se déguiser en femme à l'occasion, il fut arrêté en tant que femme à Petrograd avant d'être enfermé dans l'asile où il mourut. »

En lisant cet extrait, j'ai tout de suite remarqué un anachronisme qui ne manque pas de jeter un certain discrédit sur l'existence même de ce document que personne n'a jamais pu retrouver : en 1909, Petrograd portait encore le nom de Saint-Pétersbourg avant de devenir plus tard Leningrad ! D'aucuns pensent que Alexander Pedachenko, Vassili Konovalov et Michael Ostrog ne sont en fait qu'une seule et même personne, ce qui ne simplifie pas pour autant le problème de la validité de ces documents vus par Donald McCormick. Pour apporter quelque crédit à l'hypothèse Pedachenko, il serait nécessaire de retrouver les carnets de notes du docteur Thomas Dutton, *The Chronicles of Crime,* en l'absence desquels il est difficile d'envisager sérieusement cette hypothèse pour le moins tirée par les cheveux.

Le docteur Thomas Neill Cream exista réellement, puisqu'il fut exécuté, en 1892, pour avoir empoisonné quatre prostituées à Lambeth. Juste avant d'être pendu par le bourreau, Mr. Billington, il lui aurait déclaré : « Je suis Jack... », avant que la trappe qui s'ouvrait n'interrompît le reste de sa phrase. Adorant la publicité, Neill Cream avait pour habitude d'écrire d'innombrables lettres à la police, sous diverses identités, allant même jusqu'à offrir trois cent mille livres de récompense pour sa propre capture ! Pendant le procès de Cream, en juin 1892, le coroner Braxton Hicks reçut une étrange missive qu'il lut en public :

« Docteur Neill est aussi innocent que vous l'êtes... Si j'étais vous, je le relâcherais immédiatement, ou vous pourriez avoir des ennuis. »

Signé : « Juan Pollen, alias Jack l'Éventreur. Attention, ceci est mon unique avertissement. »

La lettre ressemblait beaucoup à celles que Cream adressait habituellement à la police. Mais, préalablement au procès, celui-ci était sous étroite surveillance à la prison de Holloway, d'où il lui était matériellement impossible d'envoyer des messages vers le monde extérieur. De toute façon, sa culpabilité ne peut être qu'anecdotique puisque, au moment des meurtres de Whitechapel,

Thomas Neill Cream se trouvait incarcéré à la prison de Joliet, dans l'Illinois, pour l'assassinat d'un certain Stott.

Robert James Lees : le médium a des visions

Voyant et médium, Robert James Lees (1849-1931) croyait sincèrement avoir identifié « psychiquement » Jack l'Éventreur en la personne d'un docteur résidant dans le West End. Son histoire, publiée pour la première fois dans un journal américain en 1895, connut de nombreux embellissements au fil des ans ; à la mort de Lees, en 1931, divers organes de presse présentèrent (faussement) le récit comme ayant été retrouvé parmi les papiers du médium, avec instructions de ne les publier qu'après son décès.

En 1888, Robert Lees travaillait à Peckham lorsqu'une nuit il eut la vision qu'un nouveau meurtre allait se dérouler. Ayant lu dans la presse une confirmation de ce qu'il avait pressenti, il rendit visite à la police qui rejeta son histoire.

Quelque temps après, Lees voyageait à bord d'un omnibus à Notting Hill, quand il identifia psychiquement Jack l'Éventreur parmi les autres passagers. À l'arrêt de Marble Arch, l'homme descendit suivi par le médium jusqu'à Oxford Street. Robert Lees essaya vainement de convaincre un agent de police d'arrêter l'inconnu et, pendant ce temps, « Jack l'Éventreur » disparut. Suite à l'assassinat de Mary Jane Kelly, Lees se concentra psychiquement et parvint à identifier la demeure du coupable. Après avoir convaincu un inspecteur, il s'en fit accompagner, et les deux hommes sonnèrent à la porte d'un célèbre médecin de Mayfair. La femme de ce médecin les reçut, en reconnaissant que son mari s'absentait parfois mystérieusement des nuits entières. Puis, Lees et le policier rencontrèrent le docteur qui admit avoir eu des crises d'amnésie durant l'année écoulée, dont il s'éveillait parfois le matin en retrouvant du sang sur sa chemise et des éraflures sur son visage. Sur la foi de ces «aveux», le médecin fut secrètement enfermé dans un asile, tandis qu'un mendiant décédé la même nuit à Seven Dials fut enterré sous son nom pour masquer sa disparition. La reine Victoria demanda alors à Robert Lees de quitter Londres pendant cinq ans, afin de ne pas risquer l'émergence de rumeurs, et le médium reçut une pension pour son action.

L'historien Melvin Harris découvrit, parmi les papiers personnels de Robert Lees, les mentions suivantes pour l'année 1888 :

« Mardi 2 octobre. Offert mes services à la police concernant les meurtres de l'East End – on m'a traité de tous les noms, imbécile et fou, entre autres. Retrouvé sa trace à Berner Street.

« Mercredi 3 octobre. Suis retourné voir la police – même résultat.

« Jeudi 4 octobre. Visite à Scotland Yard – même résultat, mais ils ont promis de m'écrire. »

En 1970, ce médecin anonyme fut «identifié» comme étant Sir William Gull, dont le nom apparaît au centre des nombreuses thèses du complot royal et des francs-maçons, étudiées dans le chapitre suivant.

Là ne s'arrête pas la longue liste des médecins suspectés d'être Jack l'Éventreur, puisque la première étude à se voir publiée sous la forme d'un livre, *Hvem var Jack the Ripper?* (1908), propose Alios Szemeredy (1844-1892), un chirurgien d'origine américaine, reconverti dans la fabrication de saucisses ! Déserteur de l'armée autrichienne, Szemeredy se réfugie à Buenos Aires, où il est accusé de vol et de meurtre. Il est enfermé dans un asile en 1885, puis on perd sa trace, jusqu'à ce qu'on le retrouve à Vienne, en 1889. En 1892, alors qu'il est soupçonné et arrêté pour meurtre, Szemeredy se suicide pendant son interrogatoire, tandis que la presse propage la rumeur qu'il était Jack l'Éventreur.

Le docteur Thomas Barnardo (1843-1905) était un bienfaiteur de l'East End qui recueillait des enfants sans abri. Pendant la période des meurtres de Whitechapel, plusieurs articles de presse le décrivent visitant les meublés de Flower and Dean Street pour demander aux prostituées de lui confier leurs enfants, afin que ceux-ci ne soient pas considérés comme orphelins, au cas où elles seraient assassinées. Par le plus grand des hasards, Barnardo rencontra et parla avec Elizabeth Stride lors d'une de ses visites. Mais hors ses actions charitables dans l'East End, qui le mettent en relation avec des prostituées, rien ne permet de le suspecter.

Le peintre impressionniste Walter Sickert, qui est avec Sir William Gull le personnage principal du prétendu complot royal, était passionné par les affaires criminelles. Il aimait à se promener la nuit déguisé en Jack l'Éventreur, avec cape, chapeau haut de forme et sac noir à la main, afin d'effrayer ses amis. Plusieurs biographies mentionnent l'anecdote suivante que le peintre se plaisait à raconter lors des soirées mondaines. Quelques années après les meurtres, Walter Sickert loua une chambre dans une banlieue londonienne, dont le couple de propriétaires âgés lui déclara que le locataire précédent était Jack l'Éventreur. De santé fragile, cet étudiant vétérinaire restait parfois dehors toute la nuit et se précipitait dans la rue le matin pour acheter les premières éditions des quotidiens. Il brûlait quelquefois les vêtements qu'il portait. Lorsque son état de santé empira, sa mère vint le chercher pour l'emmener avec elle à Bournemouth, où il mourut trois mois après. Sickert nota le nom du vétérinaire dans la marge d'un exemplaire des mémoires de Casanova, dont il fit cadeau à un de ses amis qui perdit l'ouvrage durant les bombardements de la Seconde Guerre mondiale.

14

Le complot royal

Le prince Albert Victor, duc de Clarence et d'Avondale

Petit-fils de la reine Victoria et héritier présumé du trône, le duc de Clarence décéda d'une pneumonie en janvier 1892, à l'âge de vingt-huit ans. En 1970, il fut accusé d'être Jack l'Éventreur par le docteur Thomas Stowell (alors âgé de quatre-vingt-cinq ans), dans un article publié par la revue *The Criminologist,* et qui fut, par la suite, repris dans le monde entier. Le duc de Clarence n'est jamais nommément mis en cause, mais le suspect, identifié par la lettre «S», renvoie de toute évidence au futur héritier du trône d'Angleterre.

Stowell était un proche de la fille de Sir William Gull, éminent médecin de la cour, puisqu'il avait soigné du typhus le père du duc de Clarence. Dans des papiers laissés après sa mort, Sir William Gull aurait indiqué que le duc de Clarence n'était pas mort d'une pneumonie, mais dans un asile d'aliénés proche de Sandringham, des suites d'une syphilis. Malheureusement pour Stowell, qui a brièvement entrevu ces papiers, Sir William Gull, décédé en 1890, ne pouvait avoir constaté la mort par syphilis du duc de Clarence, celui-ci mourant en 1892! Stowell indique que «S» aurait éprouvé un plaisir sadique à la vision de l'éviscération du gibier, dans les nombreuses parties de chasse auxquelles il se rendait. En 1888, atteint au dernier stade de la syphilis, « S » aurait, en quelque sorte, concrétisé ses perversions sexuelles en tuant et mutilant des prostituées. Il aurait été capturé après le meurtre de Catharine Eddowes, mais, étant parvenu à s'enfuir, il aurait tué une dernière fois, avant d'être repris à nouveau. Sir William Gull, en tant que médecin de la cour, suivit le duc de Clarence lors d'une de ses expéditions nocturnes afin de s'assurer de la nécessité de son internement.

Thomas Stowell décéda quelques jours à peine après la publication de cette théorie, et sa famille détruisit tous les papiers inhérents à cette affaire, dont le retentissement précipita peut-être la mort de ce pauvre docteur. (Il est d'ailleurs curieux de noter à quel point des papiers importants ont disparu ou ont été détruits dans le cas de Jack l'Éventreur : les carnets de Thomas Dutton, ceux de Sir Melville Macnaghten, ou de Thomas Stowell ; étrangement, ces documents disparaissent après la publication de nouvelles théories, et toujours avant que quiconque ait pu en vérifier l'authenticité ! Au point que des mauvaises langues pourraient supposer qu'ils n'ont jamais existé.)

Preuve définitive de l'absurdité de cette culpabilité de Clarence, son emploi du temps durant la période des meurtres de Whitechapel a été établi de façon certaine :

– 31 août 1888 (Mary Ann Nichols). Le duc de Clarence était à Grosmont, dans le Yorkshire, en compagnie du vicomte Downe, entre le 29 août et le 7 septembre.

– 8 septembre 1888 (Annie Chapman). L'héritier du trône se trouvait à York, entre le 7 et le 10 septembre.

– 30 septembre (Elizabeth Stride et Catharine Eddowes). Le duc de Clarence est en Écosse avec sa grand-mère, la reine Victoria ; il déjeune avec elle le 30 septembre.

– 9 novembre (Mary Jane Kelly). Du 2 au 12 novembre, le duc de Clarence est à Sandringham ; il chasse la grouse le 9 novembre, en compagnie d'un grand nombre de témoins.

Michael Harrison, dans sa biographie du prince héritier, *Clarence* (1972), confirme la stupidité de cette hypothèse, mais propose une autre candidature, celle de James Kenneth Stephen (1859-1892), ancien tuteur du duc de Clarence à l'université de Cambridge, en 1883. Le « S » de l'article de Stowell désigne en fait Stephen, selon Harrison. Clarence et Stephen auraient été amants pendant leur séjour à Cambridge. Mais leur histoire d'amour ne pouvait durer, et Stephen perdit complètement l'esprit à la suite d'une chute très grave qui lui endommagea le cerveau – et fut la cause de sa mort en 1892. D'après Harrison, Stephen assassina dix prostituées à des dates très significatives pour son ancien amant : jours anniversaires, dates de mariages ou de baptêmes des membres de la famille royale, plusieurs de ces dates coïncidant avec des fêtes religieuses païennes. Il espérait ainsi obliger le duc de Clarence à renouer avec lui (comment et pourquoi ? nous l'ignorons, car Michael Harrison ne nous l'explique pas). Une chanson obscène d'étudiants, Kaphoozelum, aurait donné l'idée à Stephen de ces dix meurtres qui s'achèvent avec celui de Rose Mylett :

> « Bien que payant bien ses femmes,
> Ce monstre syphilitique de l'enfer,
> Sonnait le glas et abattait tous les ans
> Dix prostituées de Jérusalem. »

Harrison commet l'erreur grossière d'inclure Annie Farmer parmi les dix victimes de l'Éventreur ; or, celle-ci s'en tira avec une blessure superficielle à la gorge, qu'elle s'était probablement infligée elle-même. Plusieurs poèmes écrits par James K. Stephen prouveraient sa misogynie et sa haine des femmes, dont le plus «meurtrier» comporte le passage suivant :

«Je ne veux plus revoir cette femme.
Je ne l'aime pas : il me serait complètement égal
Que quelqu'un la fasse disparaître ou la tue.
Elle ne semblait servir à rien d'utile :
Et en plus elle n'était même pas belle.»

Autre preuve de sa perversité : on l'aurait vu enfoncer violemment une canne-épée dans une miche de pain qui, selon Harrison, représente le symbole de la féminité ! Comme on peut le constater, les preuves de la culpabilité de James K. Stephen sont plutôt minces et cette hypothèse, comme celle du duc de Clarence, relève de la fiction.

Stephen est pourtant ressuscité par l'Américain Frank Spiering dans son ridicule *Prince Jack – The True Story of Jack the Ripper* (1978). Cette fois-ci, il assiste en tant que témoin aux crimes de son ami syphilitique, le prince Eddy alias le duc de Clarence. C'est Stephen qui écrit les fameuses lettres : «Il avait besoin d'un nom qui fasse référence au passé. De nombreux criminels célèbres lui vinrent à l'esprit : Jack Shephard, Spring-Heeled Jack, Three-Fingered Jack, Slippery Jack. Il la signa Jack l'Éventreur.»

Après la nuit du double meurtre, la reine Victoria trouve son petit-fils un peu pâlot et la mine défaite ; elle l'envoie chez le docteur William Gull. Ce dernier décide d'hypnotiser le prince héritier. Pourquoi ? Mystère. En tout cas, Gull apprend la vérité et en informe Sir Charles Warren. On décide en haut lieu – Premier ministre et Home Secretary – de garder le silence et d'enfermer le duc de Clarence dans un sanatorium, sans pour autant en avertir la reine Victoria. Mais le 8 novembre, Eddy parvient à s'enfuir et se cache dans la maison de James

Stephen. Lorsque les autorités croient le tenir, il est déjà parti et tue Mary Kelly. Il quitte Miller's Court déguisé en femme et se rend ainsi habillé devant la cour rassemblée à Sandringham pour célébrer l'anniversaire de son père, prétendant qu'« il s'était rendu à un bal costumé le soir précédent, son apparence étant supposée représenter sa grand-mère, la reine Victoria ». Dès le lendemain, Eddy est de nouveau emprisonné.

À ce moment du récit, Frank Spiering reprend l'histoire du médium Robert Lees, agrémentée de quelques variantes : « L'après-midi du 9 novembre, alors qu'il est à bord d'un omnibus, Lees aperçoit un homme pénétrer dans une maison du quartier huppé de Grosvenor Square [...] Lees descend immédiatement de l'omnibus pour se mettre en quête d'un agent de police. Il lui raconte qu'il a vu Jack l'Éventreur entrer dans la demeure du 74 Brook Street. » Malheureusement, Spiering n'a pas cherché à vérifier les itinéraires des omnibus de l'époque, dont aucun ne passait près de Grosvenor Square ou de Brook Street.

Spiering prétendait tenir ces informations des notes de Sir William Gull, retrouvées à l'Académie de médecine de New York. Lors d'un séjour à New York, je me suis rendu à l'Académie de médecine où le responsable de la bibliothèque s'est montré absolument formel : un tel document de Sir William Gull n'existait pas et n'avait jamais appartenu à leur fonds.

Pour en revenir à la suite de ce qu'il convient d'appeler le roman de Spiering, l'état de santé syphilitique du prince s'améliorant, grâce à l'emploi de drogues et d'hypnose, on l'autorise même à partir aux Indes et en Égypte. Preuve décisive de la véracité de ses dires, Spiering note avec satisfaction que « pendant son absence, la presse londonienne remarque qu'il n'y a plus de crimes de l'Éventreur, depuis plus d'un an ». Malheureusement, Eddy fait une rechute le 13 février 1891 en assassinant

Frances Coles. Le 21 novembre 1891, les autorités font enfermer James Stephen dans un asile, et, à la mort du duc de Clarence, le 14 janvier 1892, le dossier de Scotland Yard est clos jusqu'en 1992. Ainsi se termine le livre de Spiering, dont toutes les preuves reposent sur un document non existant, et qui se permet, en outre, de publier une photo pleine page du général MacDonald ainsi légendée : « Le préfet de police Sir Charles Warren. »

Sir William Gull et le complot royal

La plus célèbre des théories concernant Jack l'Éventreur, celle du complot royal, fut « révélée » pour la première fois par Joseph Sickert et racontée par Stephen Knight, en 1976, dans son *Jack the Ripper: The Final Solution.*

Avant d'examiner cette thèse d'un complot liant à la fois la police, le gouvernement anglais, les francs-maçons et un trio composé de Sir William Gull, John Netley et Sir Robert Anderson (ou Walter Sickert, ce dernier ayant la préférence de Stephen Knight), il convient de dresser un bref portrait de Joseph Sickert, qui en fut l'instigateur. Se prétendant le fils illégitime du peintre impressionniste Walter Sickert, Joseph Sickert affirme également être le petit-fils illégitime du prince Albert Victor, duc de Clarence, qui se serait secrètement marié avec Annie Elizabeth Crook (la grand-mère reconnue de Joseph Sickert). Son existence semble marquée par de nombreux événements, puisqu'il se prétendit pourchassé par Peter Sutcliffe, l'Éventreur du Yorkshire et également tueur de prostituées.

Après la publication de l'ouvrage de Stephen Knight en 1976, Joseph Sickert déclara, dans une interview du *Sunday Times* de 1978, qu'il avait totalement inventé toute cette théorie du compot « pour plaisanter ». Malgré cette affirmation, Stephen Knight ne revint pas sur sa thèse. À la mort de Knight en 1985, Joseph Sickert assura avoir en sa possession un document lui donnant droit à une part des profits du livre ; parallèlement, il rétracta son aveu au *Sunday Times,* prétendant qu'il avait alors voulu sauver la mémoire de son père, Walter Sickert.

Plus récemment, Joseph Sickert « découvrit » des carnets secrets et codés de l'inspecteur Frederick George Abberline, qui servent de base à une nouvelle version du complot royal révélée par Melvyn Fairclough, dans *The Ripper and the Royals* (1991). (Cette fois-ci, les comploteurs sont menés par Lord Randolph Churchill – le père de Winston Churchill –, qui est aidé par Sir William Gull, John Netley et un mauvais garçon, Frederico Albericci plus connu sous le surnom de « Fingers Freddy ».) Or, dans ces carnets, la signature d'Abberline figure sous la forme de G.F. Abberline, malencontreuse inversion de ses initiales et contraire aux habitudes de l'inspecteur, ceci ne manquant pas de jeter un léger doute sur l'authenticité des documents.

À la lumière de ces divers éléments, on reste frappé par le manque de crédibilité de Joseph Sickert. Mais faisons fi de sa personnalité pour considérer uniquement les développements de sa thèse du complot royal.

Le duc de Clarence, petit-fils de la reine Victoria, rendait souvent visite à son ami, le peintre Walter Sickert. Dans son studio de Cleveland Street, Clarence fit la connaissance d'Annie Elizabeth Crook, une employée analphabète dont il tomba éperdument amoureux, au point d'avoir un enfant illégitime qui naquit en avril 1885. Clarence épousa secrètement Crook dans une église catholique avec pour uniques témoins Walter Sickert et Mary Kelly, une amie d'Elizabeth, Kelly étant chargée de s'occuper de l'enfant gardé au domicile du peintre. Quelque temps après, la reine Victoria prit connaissance de cette union et envoya un mémorandum secret au Premier ministre. Elle le priait de mettre fin à cette situation le plus rapidement possible, la royauté, peu populaire à l'époque, risquant de chanceler sous le coup de ce mariage catholique. Le Premier ministre chargea Sir William Gull, chirurgien de la reine, de cette mission. Gull, âgé de soixante-douze ans, requit l'aide de deux complices francs-maçons, John Netley, un cocher, et Sir Robert Anderson, le préfet de police de Londres.

Clarence et Annie furent kidnappés au 6 Cleveland Street, le 2 avril 1888. (Ceci paraît totalement impossible, puisque le cadastre de l'époque indique que la partie de Cleveland Street allant du n° 4 au n° 14 avait été démolie pour des besoins de reconstruction ; il en était de même pour le studio du peintre Walter Sickert où Annie et Clarence s'étaient rencontrés.) Le duc retourna à la cour, tandis qu'Annie Crook subit une lobotomie des mains de Gull, afin qu'elle oublie toute cette affaire. Elle termina sa vie emprisonnée dans un asile, où elle mourut en 1920 (ce qui est faux, puisque des documents prouvent qu'elle habitait à Poland Street en 1906). L'enfant illégitime resta confié aux bons soins de Mary Kelly. Mais cette dernière, aidée par quatre autres amies prostituées, décida de monter une opération de chantage. Aussi, afin de garder à jamais secrète l'union du duc de Clarence et d'Annie Crook, Gull, Netley et Anderson tuèrent-ils les cinq prostituées.

Cette fascinante théorie, racontée de manière convaincante par Stephen Knight, atteignit rapidement la stature d'un best-seller. Malheureusement, elle est totalement fausse et son absurdité ne résiste pas à un examen, même des plus superficiels. Cela n'a pas empêché d'autres auteurs de s'y engouffrer, tel Jean Overton Fuller, qui penche plutôt pour une culpabilité de Sickert, dans *Sickert & The Ripper Crimes* (1991), tandis que Melvyn Fairclough avance le nom of Lord Salisbury comme instigateur des meurtres, avec son *The Ripper and the Royals* (1991).

L'axiome de départ de Joseph Sickert/Stephen Knight réside dans le mariage secret du prince Albert Victor, duc de Clarence, et d'Annie Elizabeth Crook, à la chapelle de St. Saviour's Infirmary. Hélas, cette chapelle n'existait pas à l'époque du prétendu mariage ; elle est empruntée à une autre théorie sur l'identité de Jack l'Éventreur, celle de Pedachenko, où Donald McCormick mentionna cette chapelle pour la première fois ! Ce mariage est supposé être catholique, à cause de la foi d'Annie Crook, dont l'acte de décès de 1920 indique pourtant qu'elle fut enterrée selon les rites anglicans de la Church of England. Un tel mariage aurait, de toute façon, été déclaré illégal, selon le Royal Marriages Act de 1772, puisqu'il n'avait pas été soumis à l'approbation de la reine Victoria. Un complot aussi compliqué n'était donc pas nécessaire à son annulation. Et, si complot il y avait eu, on peut aisément imaginer des moyens plus discrets de se débarrasser de cinq prostituées misérables de l'East End, exerçant un chantage. De même, il semble parfaitement illogique que ces femmes n'aient pas cherché à échapper à leur sort au fur et à mesure que chacune d'entre elles se faisait assassiner.

Sickert et Knight sont totalement affirmatifs sur un point précis : Mary Ann Nichols, Annie Chapman, Elizabeth Stride et Catharine Eddowes ont été tuées à l'intérieur d'un fiacre, avant d'être déposées là où on les a retrouvées. Et Stephen Knight se garde bien d'inclure certains passages des rapports médicaux et policiers de l'époque qui indiquent clairement, sans équivoque, que toutes les victimes de Jack l'Éventreur ont été assassinées sur place. L'idée même d'un fiacre se déplaçant en pleine nuit dans les ruelles extrêmement étroites de Whitechapel est réellement absurde, pour des conspirateurs qui cherchent la discrétion. Cette théorie ne tient pas compte de la nature même des meurtres, qui révèle la personnalité d'un maniaque à tendances sadiques : pourquoi des comploteurs auraient infligé de telles mutilations – dont ils savaient qu'elles allaient attirer l'attention d'une presse avide de sensationnel –, là où un simple coup de couteau suffisait à faire taire les victimes ? Quant à Sir William Gull, qui « opère » en personne les prostituées dans son fiacre conduit par John Netley, Sickert et Knight oublient de mentionner la gravité de son état de santé, en 1888, alors qu'il est âgé de soixante-douze ans : l'année précédente, Gull avait eu une attaque qui lui avait légèrement paralysé le côté droit. Par la suite, il allait successivement connaître deux autres attaques cardiaques et trois crises d'épilepsie, jusqu'à sa mort en 1890. C'est donc à un homme en très mauvaise condition physique qu'échoit la tâche de réduire au silence des prostituées, et cela, en pleine nuit.

Abordons maintenant l'aspect franc-maçon du complot. Naturellement, pour Stephen Knight, l'effacement par Sir Charles Warren du graffiti de Goulston Street (mentionnant le mot « Juwes », supposé représenter les figures maçonniques de Jubela, Jubelo et Jubelium) est une preuve de l'existence d'un tel complot. Malheureusement, Stephen Knight commet une erreur impardonnable, lorsqu'il affirme que Gull s'est inspiré des écrits contenus dans *Le Protocole des Sages de Sion*. Il insiste en citant à plusieurs reprises ces fameux Protocoles. Or le moindre chercheur un peu sérieux sait que ces protocoles sont un faux et l'œuvre d'un pamphlétaire fanatique russe, Sergheï Nilus, qui les écrivit en 1905 (Sir William Gull ne pouvait donc pas les avoir lus en 1888 !) ; Nilus s'inspira d'un livre de Maurice Joly, *Dialogue aux Enfers entre Machiavel et Montesquieu* (1860). *Le Protocole des Sages de Sion*, destiné à prouver l'existence d'un complot sioniste à l'échelle planétaire et l'arrivée prochaine de l'Antéchrist, « un roi né du sang de Sion », fut fréquemment réédité à des fins de propagande antisémite, et utilisé notamment par les nazis. Ce document fabriqué prend place aux côtés de la biographie d'Howard Hughes par Clifford Irving et des carnets secrets d'Adolph Hitler parmi les plus grandes supercheries du siècle. Se baser sur un tel document démontre à merveille la légèreté des recherches de Stephen Knight.

Là ne s'arrêtent pas les erreurs ou omissions de Sickert et de Knight : elles sont tellement nombreuses qu'il serait fastidieux d'en dresser la liste complète. Reconnaissons néanmoins à *Jack the Ripper : The Final Solution* ses qualités d'écriture qui en font un excellent... roman.

Lorsque Stephen Knight mourut des suites d'une tumeur au cerveau, certains journalistes avides de sensationnel affirmèrent que sa mort cachait en fait un assassinat, orchestré par les francs-maçons. Quand on dit que la réalité dépasse la fiction...

15

James Maybrick
et le Dr Francis Tumblety

La récente parution du *Journal de Jack l'Éventreur* de Shirley Harrison en 1993 et du journal intime qui l'accompagne devait, encore une fois, nous apporter une «solution finale». Malheureusement, ce journal intime soi-disant écrit de la main de Jack l'Éventreur a été formellement reconnu comme un faux par différents experts qui ont daté l'encre utilisée et qui est de fabrication contemporaine. J'avais moi-même dénoncé l'escroquerie lors d'un débat avec Shirley Harrison sur TF 1, dès décembre 1993, pendant la diffusion de l'émission *Mystères,* en me basant uniquement sur les erreurs contenues dans les «révélations» du journal de James Maybrick. Celui-ci, qui reconnaît être Jack l'Éventreur, était un négociant en coton de Liverpool. Férocement jaloux de son épouse Florence, James Maybrick, qui se drogue à l'arsenic, se venge sur les «putains» des infidélités de sa «garce», ainsi qu'il la surnomme dans son journal intime. En 1889, Maybrick succombe à un empoisonnement à l'arsenic dont Florence est accusée, puis jugée et condamnée à mort, avant d'être graciée au bout d'un certain nombre d'années passées en prison.

Si l'on examine avec soin *Le Journal de Jack l'Éventreur* à la lumière des faits avérés des crimes, il devient évident qu'il n'a pas pu avoir été écrit par le véritable meurtrier. Parmi les nombreux exemples d'erreurs, celle de l'Éventreur qui affirme qu'il a cuit et mangé des parties de sa dernière victime, et que ce mets était particulièrement délicieux ; or, il s'agit de l'utérus et de la vessie d'Annie Chapman, des organes totalement immangeables à cause de leur dureté. Autre détail important, le journal indique que les seins tranchés de Mary Kelly ont été posés sur la table de nuit de sa chambre, ce qui est faux, puisqu'un sein se trouvait sous sa tête et l'autre sous une jambe. Mais cette information erronée a perduré jusqu'en 1988. Selon divers experts de l'époque victorienne, le style et certaines expressions employées dans le journal (telles que le terme « one-off » qui apparaît vers 1925) sont trop modernes pour être authentiques. Par ailleurs, le chemin suivi par James Maybrick/Jack l'Éventreur (tel qu'il est relaté dans le journal), après l'un de ses crimes, relève du domaine du surnaturel quand on examine le cadastre détaillé de l'époque : il aurait dû être capable de franchir des murs ou de les survoler, car plusieurs des rues indiquées aboutissaient à une impasse qui fut détruite par la suite.

L'énigme des crimes de Whitechapel et la recherche d'un coupable éventuel par des spécialistes (trop) acharnés a donné lieu à la « découverte » d'un nombre impressionnant de documents inexistants ou de faux avérés dont les journaux de James Maybrick et de James Carnac sont les derniers en date. Pour mémoire, rappelons le numéro de janvier 1909 de la revue tsariste, *Ochrana Gazette,* qui accuse Vassili Konovalov, alias le Dr Pedachenko, d'être Jack l'Éventreur ; malheureusement, cet article n'a jamais refait surface et cite de manière anachronique la ville de Petrograd qui, en 1909, se nommait encore Saint-Pétersbourg. Ce même Pedachenko est aussi identifié par un manuscrit de Raspoutine, *Les Grands Criminels russes,* écrit en français, une langue que le moine fou ignorait complètement et qui aurait été vu par l'écrivain anglais William Le Queux.

Trois carnets de notes d'un criminologue amateur, les *Chronicles of Crime* du Dr Thomas Dutton, ont mystérieusement disparu à la mort du médecin en 1935. Ils auraient contenu des documents inédits permettant d'accuser un chirurgien des crimes.

Un pamphlet du Dr Lionel Druitt, *The East End Murderer – I Knew Him,* publié à titre privé en Australie dans les années 1890, accuse son cousin, Montague John Druitt, d'être Jack l'Éventreur. Là non plus, personne n'a jamais pu mettre la main sur ce livre.

En 1991, on découvre le journal intime de l'inspecteur Abberline, qui l'aurait écrit en 1896, et qui mentionne un complot du prince Albert Victor, le duc de Clarence, mené conjointement par Lord Randolph Churchill (père de Winston Churchill), John Netley et James Kenneth Stephen. Ce « document », un faux avéré, retrouvé par Joseph Sickert, qui récidive après le fantaisiste complot franc-maçon, est même publié par Melvyn Fairclough dans *The Ripper and the Royals.*

Le Dr Francis Tumblety : un serial killer américain à l'œuvre à Whitechapel ?

En février 1993, le policier Stewart Evans, grand collectionneur de documents criminels, achète à un marchand spécialisé quatre lettres du début du siècle qui concernent Jack l'Éventreur. L'une d'elles, datée du 23 septembre 1923, est adressée au journaliste George R. Sims par J.G. Littlechild, qui était le Chief Inspector John Littlechild, patron du Département secret de Scotland Yard, au moment des crimes de Whitechapel. La lettre, qui a été dûment authentifiée, est le document le plus important jamais retrouvé sur Jack l'Éventreur depuis la fin des années cinquante. Il indique le nom du seul et unique suspect contemporain de la police. Voici les extraits les plus significatifs de ce courrier :

« Connaissant le grand intérêt que vous portez aux affaires criminelles et à tout ce qui sort de l'ordinaire, je me permets de vous infliger une lettre de plus sur "L'Éventreur". D'habitude, les lettres sont une corvée, car elles exigent une réponse, mais celle-ci n'en a pas besoin. Je vais essayer d'être bref.

« Je n'ai jamais entendu parler d'un Dr D.[1] en rapport avec les crimes de Whitechapel, mais parmi les suspects, et, à mon avis un suspect tout à fait crédible, il existait un Dr T. (dont la prononciation se rapproche de D.). C'était un escroc américain du nom de Tumblety, qui rendait de fréquentes visites à Londres, où il était constamment l'objet d'une surveillance de la police, au point qu'il y avait un épais dossier le concernant à Scotland Yard[2]. Bien que sujet à une "Psychopathia Sexualis", il n'était pas connu comme un "sadique" (ce que l'assassin était sans l'ombre d'un doute), mais ses sentiments envers les femmes étaient remarquablement violents, un fait reconnu dans son dossier. Tumblety fut arrêté au moment des crimes pour des crimes contre nature et inculpé à Marlborough Street, avant d'être libéré sous caution et de s'enfuir à Boulogne. Il quitta très rapidement Boulogne et l'on n'entendit plus jamais parler de lui. Il se serait suicidé, mais il est certain que les meurtres de "L'Éventreur" s'arrêtèrent suite à son départ.

« En ce qui concerne le terme "Jack l'Éventreur", nous estimions au Yard qu'il avait été l'œuvre de Tom Bullen de la *Central News Agency*, mais il est probable que l'inventeur de ce surnom était Moore, son chef. Je dois admettre que c'était un ingénieux travail de journaliste. À cette époque, aucun journaliste n'avait

---

1. Le Dr D. désigne Montague John Druitt.
2. Ce dossier n'existe plus à Scotland Yard.

autant de privilèges à Scotland Yard que ce Tom Bullen. Mr. James Monro, l'*Assistant Commisioner,* puis, plus tard, *Commissioner,* était persuadé de son intégrité. Parfois, ce pauvre Bullen avait tendance à abuser de la bouteille... »

Né en 1833 au Canada, Francis Tumblety était un flamboyant Américain d'origine irlandaise, qui se prétendait chirurgien et médecin herbaliste et qui mourut de néphrite dans l'hôpital St. John's, à St. Louis, dans le Missouri, le 28 mai 1903. Soupçonné de complicité dans l'assassinat du président Abraham Lincoln, le 14 avril 1865, il fut incarcéré, avant d'être libéré et de signer plusieurs pamphlets virulents, argumentant de sa bonne foi et des injustices qui l'accablaient.

Dans leur ouvrage – qui est le meilleur sur les crimes de l'Éventreur avec *The Jack the Ripper A to Z* (1991) de Paul Begg, Martin Fido et Keith Skinner et *The Complete History of Jack the Ripper* (1994) de Philip Sugden –, *Jack the Ripper, First American Serial Killer* (1996), Stewart Evans et Paul Gainey suivent avec ténacité la piste de l'étrange Tumblety contre lequel ils amassent un certain nombre de présomptions et de preuves indirectes : sa haine des femmes (et des prostituées, en particulier), ses curieuses pratiques sexuelles, ses connaissances médicales, son musée anatomique avec sa collection de matrices, sa présence irréfutable à Londres où il possédait un logement en plein cœur de Whitechapel, sa fuite à Boulogne, puis aux États-Unis, où il sera suivi par un inspecteur de Scotland Yard. D'autres témoignages montrent que Francis Tumblety vivait à Birmingham en automne 1886 et qu'il se rendait à Londres pendant les week-ends. Lorsqu'il est inculpé mais pas emprisonné pour « des crimes contre nature » (sodomie) à l'encontre de John Doughty, Albert Fisher, James Crowley et Arthur Brice, le 7 novembre 1888 (le meurtre de Mary Kelly a lieu le 9 novembre), on lui enjoint par un mandat du 14 novembre 1888 de se présenter deux jours plus tard devant le magistrat. Ces actes de sodomie se sont tous déroulés des vendredis et un dimanche, comme les crimes de Jack l'Éventreur qui ont tous eu lieu un week-end ou un jour férié.

Un témoignage détaillé d'un homme de loi réputé du New Jersey, le colonel C.A. Dunham, évoque le souvenir qu'il a du Dr Tumblety pendant que celui-ci séjournait à Washington :

« Le fait que Tumblety soit suspecté des crimes de Whitechapel ne me surprend en aucune manière. L'homme n'est pas un docteur. Je ne connais pas de plus grand charlatan et escroc, capable comme lui de tirer parti des espoirs et des craintes de l'humanité [...]. D'une grande stature, avec un visage très rouge et de longues moustaches, il se faisait remarquer par tout le monde. Toujours vêtu de manière excentrique, avec une veste richement brodée sur laquelle pendait une médaille de chaque côté, une casquette semi-militaire, à la visière haute, des pantalons de cavalerie aux bandes d'un jaune aveuglant, des bottes aux éperons d'apparat, sa silhouette ne passait jamais inaperçue. D'habitude, il était toujours suivi d'un valet à pied, accompagné par deux énormes chiens. [...] Un soir, il m'invita à dîner dans ses appartements richement décorés et avec beaucoup de goût de H Street. La table était mise pour huit personnes, le chiffre huit étant son chiffre de chance, d'après ce qu'il nous déclara. [...] Lorsqu'un des invités lui demanda pourquoi il n'y avait pas de femmes présentes, son visage s'assombrit sur le champ, tel un ciel d'orage. Il tenait des cartes à jouer à la main et il les posa avec rudesse, avant de déclarer sur un ton de grande sauvagerie : "Non, je ne connais pas ce genre de bétail et, si c'était le cas, je préférerais, en tant qu'ami, vous administrer une dose de poison plutôt que de vous exposer à un tel danger." Il enchaîna sur une longue tirade contre le péché, en dénonçant avec férocité toutes les femmes, et plus particulièrement, les femmes déchues.

« Il nous invita ensuite à le suivre dans son bureau pour illustrer, si je puis dire, ses propos. Un des murs de la pièce était entièrement tapissé de placards qui ressemblaient à des garde-robes. Lorsqu'il ouvrit les portes, un musée des plus étranges s'offrit à nos yeux : des rangées entières étaient remplies de fioles ou de boîtes, rondes ou carrées, qui contenaient des spécimens anatomiques de toutes sortes. Le "docteur" posa sur la table une douzaine de bocaux où se trouvaient, nous expliqua-t-il, des matrices de femmes appartenant à toutes les classes de la société. Près de la moitié d'un de ces placards contenait exclusivement ce type de spécimen anatomique. »

Souvenons-nous maintenant de ce que déclare le coroner Wynne Baxter lors de l'enquête qui suivit le meurtre d'Annie Chapman :

« Il est difficile de croire que le but du meurtrier était de posséder cet organe abdominal. Tuer quelqu'un afin d'obtenir un tel objet est une pensée qui nous révulse, mais, de toute façon, la plupart des meurtres sont commis pour des motifs hors de proportion avec la raison. Il a été suggéré que le criminel était un fou éprouvant des sentiments morbides. Que cela soit vrai ou non, il est évident qu'il existe un marché pour cet organe manquant. Il y a quelques mois, un Américain rendit visite au sous-directeur du Museum de pathologie afin de lui demander de trouver un certain nombre d'organes similaires à celui qui fut enlevé à la victime. Il était prêt à payer vingt livres pour chaque spécimen. Ses raisons étaient d'envoyer un de ces organes pour accompagner chaque exemplaire d'un article médical qu'il écrivait. On lui répondit qu'on ne pouvait satisfaire une telle demande, mais l'homme insista. Il souhaitait que les organes soient conservés dans de la glycérine afin qu'ils gardent leur élasticité, ils devaient lui être directement envoyés en Amérique.

Il fit de semblables demandes auprès de différentes institutions médicales. Ne serait-il pas possible que la connaissance de cette demande ait pu pousser à l'acte un quelconque misérable ? »

Une fois de retour dans son pays natal, début décembre 1888, Francis Tumblety est l'objet d'une surveillance de la part de l'inspecteur de la police new-yorkaise Byrnes qui agit à la demande de Scotland Yard. Bientôt, l'inspecteur Andrews du Yard se rend à New York pour les besoins de l'enquête sur les crimes de Whitechapel, comme nous l'apprennent plusieurs articles de presse du 4 décembre 1888. Dès le lendemain, Tumblety quitte précipitamment son appartement de New York pour disparaître sans laisser de traces, ainsi que l'indique un article du *New York World* du 6 décembre 1888 :

« Il est maintenant tout à fait certain que le Dr Tumblety, le célèbre suspect des crimes de Whitechapel, ne demeure plus dans son logement du 79 East Tenth Street, où il se trouvait depuis dimanche dernier. Nous ignorons avec exactitude quand le docteur échappa à la vigilance de ses surveillants, mais un ouvrier nommé Jas. Rush, qui habite juste en face du n° 79, affirme avoir aperçu un homme répondant à la description bien connue du docteur se tenir sur le porche du 79, très tôt mercredi matin. L'individu paraissait extrêmement nerveux, au point de regarder à tous instants derrière lui. Il se dirigea finalement vers Fourth Avenue. »

Par la suite, on perd sa trace jusqu'en 1893, où le docteur, qui souffrait de problèmes cardiaques, s'installe à Rochester, dans l'État de New York, pour y vivre les dernières années de sa vie auprès de sa sœur.

Mais, après sa fuite du 5 décembre 1888 et sa réapparition au début des années 1890, plusieurs articles de journaux, notamment le *Pall Mall Gazette* du 18 février

1889 et le *New York Sun* du 25 janvier 1889, font état de deux séries de crimes accompagnées de mutilations sur la personne de prostituées en Jamaïque et au Nicaragua (six prostituées tuées à Managua, en moins de dix jours). Le Dr Francis Tumblety serait-il devenu un serial killer itinérant ?

La lettre de John C. Littlechild n'identifie pas de façon certaine Tumblety comme étant Jack l'Éventreur, mais il le décrit comme un suspect tout à fait crédible, ce qu'il est d'ailleurs (au contraire de tous les « suspects » historiques connus jusqu'à présent, qu'il s'agisse de Montague John Druitt, Ostrog, Kosminski, le duc de Clarence, etc.). *Il est aussi le seul et unique suspect à avoir été montré du doigt à l'époque des crimes.* Malgré cela, je ne pense pas qu'il soit Jack l'Éventreur. Pourquoi ? Tumblety était un homme de grande taille pour l'époque (plus d'un mètre quatre-vingts), tandis que Jack l'Éventreur semblait être un individu de taille moyenne ou plus petit encore. Mrs. Long, qui a très certainement aperçu le meurtrier d'Annie Chapman, le décrit comme à peine plus grand qu'Annie, tandis que Joseph Lawende, qui a probablement vu l'assassin en compagnie de Catharine Eddowes, indique dans son témoignage qu'il mesurait sept à huit centimètres de plus que la victime. Or Annie Chapman et Catharine Eddowes avaient toutes les deux une taille de un mètre cinquante-deux.

Mon objection majeure quant à la culpabilité de Francis Tumblety réside dans son âge avancé, 55 ans, lors des crimes de Whitechapel, ce qui est beaucoup trop âgé pour un tueur en série sadique sexuel tel que l'était Jack l'Éventreur. Toutes les recherches menées par le FBI indiquent qu'un serial killer débute en moyenne vers 27 ans. Si un serial killer d'âge avancé est arrêté, comme ce fut le cas, par exemple, pour Albert Fish, âgé de 64 ans en 1934 lors de sa mise sous les verrous, c'est qu'il a déjà une longue carrière criminelle derrière lui. Tout ce que nous connaissons de l'existence du Dr Francis Tumblety, avant 1888, ne nous permet absolument pas d'indiquer qu'il était un tel tueur. Mais, répétons-le, il est le seul suspect crédible et contemporain des crimes. Le mérite de cette découverte très récente revient à Stewart Evans et à Paul Gainey, et elle nous permet de croire qu'il existe peut-être encore des documents dont nous ignorons l'existence à l'heure actuelle.

Ultimes suspects

Pour clore la liste des suspects, voici les noms de ceux qui, très probablement, n'ont pas été Jack l'Éventreur.

Frederick Deeming (1853-1892) tua sa femme et ses quatre enfants qu'il enterra, en 1891, sous le plancher de sa maison de Rainhill, près de Liverpool. Ayant émigré en Australie, il fit de même avec sa seconde épouse, moins d'un mois après son arrivée à Melbourne, en 1892. Il s'apprêtait à recommencer lorsque le cadavre de sa seconde épouse fut découvert. Condamné à mort, Deeming fut exécuté le 23 mai 1892. Pendant son incarcération, il prétendit avoir tué les deux dernières victimes de Jack l'Éventreur, meurtres qu'il ne pouvait avoir commis, étant en prison à ces dates. Pendant plusieurs décennies, son masque mortuaire était montré à New Scotland Yard comme étant celui de Jack l'Éventreur ; le plâtre se trouve actuellement au fameux Black Museum.

Récemment, dans *Jack the Ripper – The Mystery Solved* (1991), Paul Harrison propose la candidature de Joseph Barnett, le concubin de Mary Jane Kelly, mais sans pour autant avancer la moindre preuve. Celui-ci se disputait fréquemment avec elle et aurait voulu qu'elle abandonnât la prostitution. Barnett aurait assassiné les autres prostituées pour effrayer Mary Kelly. Le motif avancé par Paul Harrison paraît bien mince et l'hypothèse improbable.

En mars 1895, un marin de trente-sept ans, William Grant Grainger, poignarda une prostituée, Alice Grahame, en lui infligeant une terrible blessure à l'abdomen. Condamné à dix ans d'emprisonnement, son avocat prétendit que Grainger était Jack l'Éventreur. Dans *The Jack the Ripper A to Z,* les auteurs publient l'extrait d'un article du *Pall Mall Gazette* du 7 mai 1895, indiquant, au sujet de Grainger : « Une personne aurait vu le meurtrier de Whitechapel en compagnie d'une femme quelques minutes avant que son corps mutilé ne soit retrouvé. La police affirme que ce témoin aurait identifié Grainger comme étant le meurtrier de Whitechapel. Mais une telle identification effectuée après tant d'années ne peut pas être considérée comme formelle ; en conséquence, l'enquête est dans un cul-de-sac. »

Un suspect plus crédible, William Henry Bury (1859-1889), fut offert à la sagacité des lecteurs du *New York Times* du 12 février 1889. Ayant tué sa femme, Bury fut pendu à Dundee, en avril 1889. Celle-ci avait été retrouvée dans sa cave avec des marques de strangulation et des mutilations à l'abdomen. Pour sa défense, Bury avait prétendu que son épouse s'était suicidée ! La porte de son immeuble portait l'inscription « Jack l'Éventreur se trouve derrière cette porte », tandis que la cage d'escalier menant à l'appartement des Bury indiquait « Jack l'Éventreur est dans cette cave ».

Enfin, à titre indicatif, signalons trois suspects à l'encontre desquels il n'existe que de vagues rumeurs :

– Frank Miles (1852-1891) : peintre ami d'Oscar Wilde, il fréquentait les milieux homosexuels, mais préférait les petites filles. Il fut enfermé dans un asile en 1887, et n'aurait donc pas pu commettre les crimes de Whitechapel.

– James Kelly (aucun lien de parenté avec Mary Jane Kelly) : il tue sa femme en 1883 et est enfermé dans un asile, dont il s'évade en janvier 1888. Il est supposé avoir eu une liaison avec Mary Kelly.

– Alonzo Maduro, homme d'affaires argentin qui déclarait que « toutes les prostituées devaient être tuées ». Après l'assassinat de Mary Jane Kelly, un de ses amis, Griffith Salway, le suspecta car Maduro possédait un grand nombre de scalpels.

La très grande majorité de ces individus suspectés d'être Jack l'Éventreur auraient pu, s'ils avaient encore appartenu au monde des vivants, gagner une fortune en intentant aux divers théoriciens des procès en diffamation. Certaines des « preuves » avancées sont si inconsistantes qu'elles pourraient bien souvent s'appliquer tout aussi bien à des milliers d'autres personnes. Dans cette perpétuelle chasse à l'Éventreur, je m'étonne d'ailleurs que personne n'ait encore pensé à avancer des noms aussi médiatiques que ceux d'Arthur Conan Doyle, Oscar Wilde ou Bram Stoker, le créateur de *Dracula* et régisseur d'un théâtre qui programmait *Dr. Jekyll and Mr. Hyde* au moment des meurtres, d'autant plus que l'on vient récemment de désigner Lewis Carroll comme étant Jack l'Éventreur (dans *Jack the Ripper – My Lighthearted Friend,* 1996) ou même de prétendre que Jack n'a jamais existé *(The Killer Who Never Was* de Peter Turnbull, 1996).

16

Jack, Dracula et Bram Stoker – les ultimes théories

Depuis 1888, un peu plus de cinq cents personnes ont été accusées d'être Jack l'Éventreur. Dans le monde anglo-saxon, il paraît, en moyenne, trois à cinq nouveaux ouvrages tous les mois sur ce *cold case*. Certains même n'hésitent pas à aller très loin dans la démesure, puisque deux auteurs affirment, avec sérieux, pour l'un que ce serial killer n'a jamais existé, pour l'autre qu'il s'agit de J.M. Barrie, le créateur de Peter Pan, sans avancer la moindre preuve pour leur « théorie ».

Si l'on écarte ces thèses fantaisistes, quelles sont les avancées que l'on a pu noter depuis la précédente édition de mon ouvrage ? Dans *Jack the Ripper : The 21st Century Investigation*, l'ancien inspecteur de police britannique Trevor Marriott suggère que le lieu des crimes, à Whitechapel, dans l'est de Londres, n'est pas anodin. Ce quartier se situe près des docks de la ville et la plupart des assassinats ont été commis pendant les week-ends, lorsque les marins des bateaux amarrés à quai sont en permission de sortie sur la terre ferme. Dans son enquête, il identifie la compagnie, Nord Deutsche Line, et même le cargo, *Reiher / Le Sylphe*, qui est arrivé en juillet 1888 et qui se trouve ancré à Londres au moment de tous les crimes. Le navire quitte ensuite Londres en novembre 1888, après le meurtre de Mary Jane Kelly, pour les Caraïbes, où un crime similaire se déroule au Nicaragua en janvier 1889 : une prostituée se fait trancher la gorge. *Le Sylphe* retourne ensuite à son port d'attache, en Allemagne, où une autre travailleuse du sexe est égorgée en octobre 1889, avant de revenir à Londres en 1891, où une nouvelle fille de joie, Frances Coles, est assassinée le 14 février 1891. Marriott parvient même à identifier ce marin, Carl Feigenbaum, qui est condamné et exécuté sur la chaise électrique de la prison de Sing Sing (New York) en 1894, pour l'assassinat de la propriétaire de son appartement à Manhattan. L'avocat de Feigenbaum, William Lawton, indique à des journalistes que son client est responsable des forfaits de Whitechapel et qu'il lui a confié la déclaration suivante, peu de temps avant son exécution : « Depuis des années, je souffre d'une maladie singulière qui engendre une passion obsessionnelle, et cette frénésie se manifeste par la volonté de tuer et de mutiler toute femme qui croise mon chemin. Je suis incapable de me contrôler. »

Trevor Marriott émet l'hypothèse qu'Elizabeth Stride ne fait pas partie de la série « officielle » de l'éventreur car « le lieu est différent de tous les autres. Il se déroule près d'un club de travailleurs plein à craquer à cette heure, qui est, aussi, inhabituelle pour Jack. Le couteau utilisé par le meurtrier est nettement plus petit que l'arme des quatre autres victimes. La blessure à la gorge est beaucoup moins prononcée et il n'y a pas de mutilations non plus ». Pour Marriott, le morceau de tablier déchiré où l'on relève des traces de sang et de matières fécales, découvert sur Goulston Street, après la mort de Catharine Eddowes, le 30 septembre 1888, a été utilisé par la victime – et non pas l'assassin. Vers 1 h 30 du matin, elle s'en est peut-être servi pour s'essuyer après avoir fait ses besoins en pleine rue et se nettoyer, si elle avait ses règles.

Après la supposée autobiographie de James Maybrick, *The Diary of Jack the Ripper* (« Le journal de Jack l'Éventreur » en français), qui est mise à jour par Shirley Harrison en 1993 et qui est un faux patenté et avoué, un document encore plus étrange apparaît en 2012, *The Autobiography of Jack the Ripper*. L'auteur en est « James Willoughby Carnac » – je mets des guillemets car ce n'est apparemment pas sa véritable identité. Jeune homme, il aurait été le serial killer de Whitechapel, pour ensuite écrire ses mémoires dans les années 1920. Il confie son manuscrit tapé à la machine à S.G. Hulme Beaman, un marionnettiste, créateur de *Larry the Lamb* et de *Toytown*, avec pour mission de le faire publier après sa mort. Sauf que Beaman oublie sa promesse. En 2007, Alan Hicken, le propriétaire d'un musée du jouet dans le Somerset, achète le fonds de l'héritage de Beaman. La narration en est très étrange avec des passages quelque peu surréalistes sur l'enfance de « Carnac » qui, par ailleurs, dédie son « autobiographie » aux « membres retraités de la Metropolitan Police, avec toute mon admiration et mon respect pour l'énergie et l'efficacité qu'ils ont déployé et qui m'a, malgré tout, permis de vivre toutes ces années afin d'écrire ce livre ». Il semble évident que nous sommes en présence d'une œuvre de fiction car certains détails des meurtres et des actes commis par Jack the Ripper sont des erreurs typiques colportées par les journalistes des années 1920-1930. « Carnac » se décrit au début de l'ouvrage et lorsqu'il raconte le meurtre d'Elizabeth Stride, il affirme avoir acheté une grappe de raisins à Matthew Packer, un marchand ambulant. Packer se souvient fort bien de l'acheteur, qui est le meurtrier présumé, mais la description qu'il en donne lors de l'enquête ne correspond en rien à « Carnac ». Les circonstances qui entourent l'assassinat de Catharine Eddowes, telles qu'elles sont narrées par « Carnac », ne collent pas du tout avec la réalité des faits. Le pire est à venir avec le décès de Mary Jane Kelly. Il affirme que la pièce où elle réside se situe à l'avant de la propriété, mais c'est tout le contraire, « Miller's Court » est au fond de la cour. Sa description de la chambre est fausse, il n'y a pas de lampe – seulement un feu de cheminée et une bougie –, ni de miroir, son lit n'est pas en métal mais en bois, elle n'a pas de rideaux de mousseline à ses fenêtres, ses habits ne sont pas du tout « provocants » et elle n'a pas de poudre à maquillage sur le visage. Même si cette « autobiographie » est une œuvre de fiction, elle reste intéressante à lire pour tout « ripperologue ».

En 2009, l'historien Mei Trow décide de prendre à la lettre le profil psychologique, établi en novembre 1988, par les profilers du FBI pour identifier le suspect. Dans *Jack the Ripper: Quest for a Killer* (2009), il accuse Robert Mann, cinquante-deux ans, un employé de la morgue de Whitechapel, d'être le tueur en série. Son emploi lui permet d'avoir des connaissances en anatomie, il a eu une éducation difficile et un statut socio-économique très bas. Mann a longtemps vécu dans un orphelinat durant son enfance. Il témoigne lors de l'enquête officielle menée par le coroner Wynne Baxter au Working Lad's Institute le 31 juillet 1888. Il se présente comme résident de l'asile des pauvres du Whitechapel Workhouse et annonce qu'il est en charge de la morgue locale. Vers 5 heures du matin, il réceptionne le cadavre de Mary Ann Nichols, puis il ferme les lieux à clef pour prendre son petit déjeuner. Ensuite, Robert Mann, assisté d'un autre employé, James Hatfield, déshabille le corps en découpant les vêtements sur le devant, avant de le nettoyer pour le préparer à l'autopsie qui est menée par le Dr Llewellyn. Personne ne lui a dit qu'il ne faut pas toucher aux cadavres avant l'examen du médecin légiste. Le coroner Baxter l'excuse et déclare que son témoignage ne peut pas être considéré comme fiable car « le sujet est souvent en proie à des attaques ». Pour Mei Trow, Mann déshabille « Polly » Nichols pour admirer son « œuvre ». Le problème de cet excellent ouvrage est identique à tous les autres des experts « Ripperologues », il n'apporte aucun élément à charge contre le suspect (et Trow a l'honnêteté de le dire), mis à part sa participation tout à fait secondaire à l'un des meurtres et le fait qu'un enquêteur déclare que Jack the Ripper pourrait être employé dans une morgue. Autre problème, presque tous les témoins qui affirment avoir vu l'assassin en compagnie de Nichols dépeignent un homme âgé d'une trentaine d'années, alors que Robert Mann en a une cinquantaine.

Nous avons vu que Conan Doyle favorise la théorie d'une femme tueuse en série, une « Jill the Ripper » ou une « Jackie the Ripper ». Ma connaissance des serial killers et de leur psychologie va à l'encontre d'une telle hypothèse, même si les enquêteurs de l'époque vont se pencher sur la théorie d'une infirmière avorteuse et de Mary Pearcey, une Anglaise qui est exécutée le 23 décembre 1890 pour avoir assassiné l'épouse de son amant et son fils avec un couteau à désosser. En 2006, Ian Findlay, un spécialiste australien de l'ADN, se déplace à Londres pour prélever de la salive sur les timbres de lettres qui auraient pu être envoyées par Jack the Ripper, après une sélection de quinze courriers sur trois cent soixante, effectuée par l'éminent « ripperologue » Stewart Evans. De retour dans son laboratoire du Queensland, le scientifique parvient à extraire l'ADN partiel de deux lettres : c'est celui d'une femme. D'après Stewart Evans, l'un des suspects identifié par Scotland Yard en 1888 lors du meurtre de Mary Jane Kelly serait une sage-femme corpulente, un profil qui pourrait correspondre à Mary Pearcey. Pour s'assurer de la validité de cette hypothèse, il faudrait exhumer le corps de Pearcey qui est enterrée dans le cimetière de Newgate, à Londres. Et encore, cela ne ferait que prouver qu'elle est l'auteur de cette lettre signée Jack l'Éventreur. Et nous savons bien que ces courriers ne sont pas obligatoirement l'œuvre du serial killer.

En 2012, l'avocat John Morris reprend cette analyse ADN de l'Australien dans *Jack the Ripper: The Hand of a Woman* où il accuse l'épouse délaissée d'un gynécologue renommé des années 1880, Elizabeth «Lizzie» Williams, d'être l'auteur des meurtres de Whitechapel. Son mari, le Dr John Williams, avait déjà été soupçonné – sans preuves – d'être lui aussi le tueur en série ! Même si l'ouvrage de John Morris est bien écrit, le scénario qu'il avance est complètement absurde. Quel est le mobile de «Lizzie»? Ne pouvant elle-même avoir d'enfants, elle commet ces crimes par jalousie. Ce qui explique les mutilations génitales de plusieurs des prostituées. Quelles sont les preuves de Morris? Les prostituées ne sont pas violées et des vêtements de femme sont retrouvés près du cadavre d'une des victimes. Mais le comble du ridicule est atteint lorsque John Morris tente de nous expliquer comment cette femme fragile de la haute société a pu dominer des prostituées habituées à la rudesse des rues de Whitechapel. «Lizzie» aurait prétendu être lesbienne et vouloir des relations intimes, elle aurait donc obligé les tapineuses à s'allonger sur le dos, par terre, afin de pouvoir les égorger et les éventrer. En plus d'être absurde, cette manière d'agir ne correspond pas aux constatations médico-légales des rapports d'autopsie qui précisent que plusieurs victimes présentent des hématomes et des blessures de défense : elles étaient debout lorsqu'elles ont été agressées.

Dracula, Bram Stoker et Jack

L'exercice de style qui consiste à sélectionner un personnage plus ou moins connu et à lui faire porter le chapeau des crimes de Whitechapel n'est pas une démarche digne d'un enquêteur qui, lui, part de la scène de crime pour, petit à petit, fermer des portes, échafauder une hypothèse et construire son dossier. La plupart des «Ripperologues» se servent de ce canevas, ce qui les obligent à garder tous les faits qui vont dans leur sens – et à écarter ceux qui contredisent leur «vérité». À titre d'exemple, je peux fort bien adopter une démarche similaire car j'ai toujours été étonné que personne n'ait pensé à accuser Bram Stoker, l'auteur de *Dracula* (1897), ou quelqu'un de son entourage, d'être Jack the Ripper. Alors, pour ce pur exercice de style, j'instruis un dossier à charge. L'enfance des serial killers est toujours difficile et celle du petit Stoker n'échappe pas à la règle. Jusqu'à l'âge de sept ans, il est alité par une maladie mystérieuse ; sa mère Charlotte reste à son chevet pour lui raconter des récits d'horreur qui l'ont beaucoup marqué. Lorsque Bram Stoker s'installe à Londres, il est le directeur du Lyceum Theatre pendant plus de vingt ans, à partir de 1878. En 1888, il est à Londres lors des crimes de l'East End. L'acteur vedette du théâtre est Sir Henry Irving, un proche ami de Bram Stoker, qui lui fait découvrir les arcanes de la franc-maçonnerie, mais l'auteur de *Dracula* ne fait pas partie de la confrérie. Par contre, Stoker s'intéresse beaucoup à l'occultisme et il fréquente la Golden Dawn (l'Ordre hermétique de l'Aube Dorée) qui est fondée en 1888. Des écrivains tels que William Butler Yeats, Arthur Machen, Henry Ridder Haggard, Sax Rohmer, Algernon Blackwood et Aleister Crowley en font partie.

Pendant l'été des meurtres de Whitechapel, le Lyceum Theatre, que régit Bram Stoker, fait salle comble avec l'acteur américain Richard Mansfield qui donne une performance flamboyante dans *Dr Jekyll et Mr. Hyde*. Mais les représentations sont très vite stoppées à cause des «véritables» horreurs qui se déroulent à Londres. Le 8 septembre 1888, un courrier de lecteur de *The Star* accuse même l'acteur Richard Mansfield d'avoir «quitté la scène pour être descendu dans les abysses de

Whitechapel ». À un autre moment, Stoker est confronté à un départ de flammes dans la salle et des spectateurs commencent à paniquer, un homme veut s'enfuir mais le gérant se met dans une rage folle, le saisit à la gorge pour le forcer à se rasseoir. Bram Stoker décède le 20 avril 1912 ; certains biographes affirment que la cause de son décès est la syphilis. *Dracula* est publié pour la première fois en 1897, mais, en 1901, Bram Stoker écrit une préface tout à fait différente pour l'édition islandaise de l'ouvrage. Elle est signée « B.S. », en date d'août 1898, dix ans tout juste après les assassinats de Whitechapel. Dans ce texte passionnant et teinté d'humour à froid, l'écrivain fait directement allusion aux crimes du serial killer de l'East End :

« Le lecteur de cette histoire comprendra très vite comment les événements narrés dans ces pages ont pu, petit à petit, être rassemblés pour former un tout logique. À l'exception de quelques détails mineurs que je n'ai pas considérés comme indispensables, j'ai laissé toute liberté aux différentes personnes concernées pour relater leurs expériences à leur manière ; pour des raisons évidentes, j'ai changé tous les noms des lieux et des personnages. À part cela, le manuscrit n'a pas été retouché, par respect pour ceux qui considèrent que c'est de leur devoir de le présenter aux yeux du public. Je suis persuadé, sans l'ombre d'un doute, que ce récit est tout à fait véridique, même si certains faits semblent au départ être irrationnels et incompréhensibles. Et je suis convaincu qu'il faut laisser une part de mystère, même si les recherches en matière de sciences humaines et de psychologie nous apporteront des explications logiques dans les années à venir, mais qu'elles demeurent pour le moment inexplicables aux yeux des scientifiques et de la police. Je réaffirme avec force que cette mystérieuse tragédie est totalement véridique, et pourtant je suis arrivé à une conclusion différente, sur certains points, que les personnes qui ont vécu ces événements. Ceux-ci ne sont pas contestables, les faits sont connus de tous. Cette série de crimes n'est pas effacée de nos mémoires, elle trouve, semble-t-il, son origine à la même source que les répugnants meurtres de Jack the Ripper. Certains se souviendront de ce remarquable groupe d'étrangers qui, pendant plusieurs années, ont joué un rôle important au sein de l'aristocratie londonienne ; ainsi que la soudaine disparition, sans laisser de traces, de l'un d'entre eux. [...] À notre époque, il est clair pour tous nos penseurs qu'"il y a plus de choses dans le ciel et sur la terre que n'en rêve votre philosophie".

Londres,
Août 1898
B.S. »

Le roman de Bram Stoker contient plusieurs clefs qui évoquent Jack l'Éventreur. L'une des demeures du comte Dracula à Londres se situe au 197 Chicksand Street (une adresse fictive puisque la rue ne va que jusqu'au numéro 67), à Mile End, à quelques minutes à pied du quartier de Whitechapel. Un autre parallèle est le nombre identique de victimes – cinq – entre Dracula et Jack the Ripper. Bram Stoker connaît un certain nombre des protagonistes de l'affaire, le docteur Forbes Winslow, un psychiatre qu'il rencontre à un dîner de charité, et qui est à l'origine de la théorie du « locataire », G. Wentworth Bell Smith, qui inspire le roman *The Lodger* de Marie Belloc Lowndes. Le patron de Scotland Yard, Sir Melville Macnaghten, qui dirige les investigations sur Jack the Ripper après 1889, écrit à Bram Stoker pour lui dire qu'il adore son *Dracula* et que la soif de sang du vampire lui fait penser au tueur en série de Whitechapel. L'un de ses meilleurs amis, Thomas Henry Hall Caine, à qui il dédicace son *Dracula* avec la mention « Dear Friend Hommy-beg », a pour amant occasionnel le docteur Francis Tumblety, un Américain et le principal suspect des crimes de l'East End, qui quitte précipitamment Londres le 20 novembre 1888.

Le mode opératoire de Dracula ressemble beaucoup à celui de Jack l'Éventreur : un choix de personnes en état de faiblesse, une première agression à la gorge des victimes, avant le coup de grâce, lorsqu'elles sont allongées sur le dos. Cette similitude se manifeste aussi dans la presse avec George Sims dans *The Sunday Referee* du 16 septembre 1888 : « Le mécréant de Whitechapel surpasse en horreur et à tout jamais l'ensemble des récits de vampires qui passent pour une bluette. » Le *East London Advertiser* du 6 octobre 1888 intitule son article par « Une soif de sang », avant de poursuivre : « Les deux récents meurtres qui ont été commis à Whitechapel ont soulevé l'indignation et excité l'imagination de Londres à un niveau jamais atteint. Les habitants ont le sentiment d'être confrontés à une abomination de la nature. Les circonstances de ces crimes sont si terrifiantes et inexplicables que les gens sont sidérés, comme des enfants à qui l'on raconte des histoires surnaturelles. Ces actes sanguinaires sont tellement révoltants que l'esprit se focalise tout de suite sur une théorie occulte qui surgit des périodes les plus sombres de notre histoire. Des goules, des vampires, des buveurs de sang prennent forme devant nos yeux effarés. Et pourtant notre imagination la plus morbide ne peut concevoir rien de pire que cette sinistre réalité, car il n'y a rien de plus horrible que l'idée d'une figure humaine qui hante nos rues, brûlant du désir de boire le sang d'une femme, avec une intelligence diabolique qui lui assure une impunité absolue. »

Dans *Dracula*, l'Est (« The East ») est une parabole pour signifier l'origine du Mal. L'Est, c'est aussi l'étranger, celui qui n'est pas anglais, le coupable idéal, à l'image de ces éditorialistes et lecteurs qui affirment avec force qu'aucun Britannique ne serait capable de commettre de tels horreurs. Voilà pourquoi les juifs, les immigrés installés dans le quartier de Whitechapel ou des marins étrangers en permission, l'acteur américain Richard Mansfield, voire la troupe des peaux-rouges de Buffalo Bill, en tournée à Londres au moment des crimes, sont tour à tour voués aux gémonies. Le Comte Dracula réside en Transylvanie (en Europe de l'Est), il débarque à Whitby, sur la côte est du Royaume-Uni, pour s'installer à Carfax, à l'est de Londres, tandis que l'une de ses résidences a pour adresse Chicksand Street, voisine de Whitechapel, dans l'East End londonien. Le roman de Bram Stoker débute moins d'un mois après le décès d'Emma Smith qui a parfois été considérée comme une victime de Jack the Ripper et il se conclut trois jours avant l'assassinat de Mary Jane Kelly.

On le constate, il est aisé de construire un dossier à charge à l'encontre de Bram Stoker. Enfance difficile, intérêt pour l'occultisme et les récits sanguinaires, attitude colérique, un attrait certain pour les crimes de l'East End, des connaissances proches de l'affaire, une fascination pour *Dr Jekyll et Mr. Hyde* qui est joué dans le théâtre où il travaille, une maladie sexuellement transmissible, peut-être contractée avec une prostituée, d'où un hypothétique désir de vengeance comme mobile, des «indices» laissés dans son œuvre la plus célèbre, voilà comment on parvient à dresser le portrait d'un «coupable idéal».

17

Le Londres de Jack l'Éventreur aujourd'hui

Pour l'amateur qui désirerait visiter les divers lieux associés aux crimes de Jack l'Éventreur, la déception est grande. Aucun des sites n'a gardé son aspect victorien d'époque. Si vous prenez le métro, vous avez le choix entre trois stations : Aldgate, Aldgate East ou Whitechapel. Examinons maintenant les différents lieux des meurtres :

– Brick Lane (Emma Smith). La victime est tuée au coin de Brick Lane et de Wentworth Street, qui sont maintenant en plein cœur du quartier pakistanais. Le pub The Frying Pan, où Mary Ann Nichols but le soir de sa mort, qui se situait au coin de Brick Lane et de Thrawl Street, a été reconverti en un restaurant indien.

– George Yard (Martha Tabram). Rebaptisé Gunthorpe Street, c'est le seul lieu à évoquer encore quelque peu l'atmosphère victorienne, avec ses pavés ; caché à la vue, il se situe à l'arrière d'un restaurant du nom de Bloom's.

– Buck's Row (Mary Ann Nichols). À cause du meurtre, la rue changea de nom pour devenir Durward Street. Les entrepôts qui formaient un des côtés de Buck's Row ont tous été détruits. En se dirigeant vers le nord de Durward Street, on arrive devant un vieil immeuble de briques à moitié démoli, Essex Wharf. Le nom est encore apposé sur un des murs du squelette de l'édifice. C'est en face d'Essex Wharf que périt Mary Ann Nichols (on y remarque une petite entrée bloquée par une plaque de métal).

– 29 Hanbury Street (Annie Chapman). Tout le côté de la rue qui a été rénové comprenait justement le n° 29 ; un hôtel y a été érigé. Non loin de Hanbury Street, on trouve deux pubs, le Princess Alice devenu The City Darts, au coin de Wentworth Street et de Commercial Street, supposé avoir été fréquenté par « Tablier de Cuir » et Frances Coles, ainsi que The Ten Bells, au carrefour de Fournier Street et de Commercial Street. Pendant une dizaine d'années et jusqu'en 1988, The Ten Bells portait le nom de Jack the Ripper, mais des ligues féministes l'obligèrent à reprendre son ancienne appellation. Pour les mêmes raisons, la vente de leur célèbre t-shirt Jack l'Éventreur est maintenant interdite. L'extérieur du pub a été remodelé dans le style victorien, tandis que les murs intérieurs sont tapissés de coupures de presse et d'illustrations évoquant les meurtres de Whitechapel. Hanbury Street donne sur une autre rue célèbre dans les annales du crime : Vallance Road, où vivaient les frères jumeaux gangsters Kray, dans leur quartier général de « Fort Vallance ».

– Berner Street (Elizabeth Stride). Devenue Henriques Street, le lieu du crime se situait à Dutfield's Yard, à quatre pâtés de maisons du carrefour avec Fairclough Street (au numéro 40 de Berner Street). Une école primaire a remplacé l'endroit où est morte Elizabeth Stride.

– Mitre Square (Catharine Eddowes). Il ne reste aucun édifice d'époque autour de cette minuscule place. Le corps de Catharine Eddowes a été trouvé dans un des coins de Mitre Square, actuellement occupé par des portes donnant sur l'arrière d'une école.

– Dorset Street (Mary Jane Kelly). Rebaptisée Duval Street. La chambre de Mary Kelly donnait à la fois sur Miller's Court et sur le 26 Dorset Street. Quand on approche Duval Street par Commercial Street, l'entrée de Miller's Court se trouvait approximativement à une trentaine de mètres sur la droite.

– Castle Alley (Alice McKenzie). À la suite du meurtre, cette allée étroite fut démolie et la rue élargie en tant qu'extension d'Old Castle Street, son nom actuel.

– Pinchin Street (victime anonyme). Le torse mutilé fut découvert dans la direction ouest de la rue, tout près de Backchurch Lane, sous une arche du chemin de fer. Les arches ont été modernisées mais on reconnaît les anciennes qui encadrent maintenant des magasins.

– Swallow Gardens (Frances Coles). Cette allée très sombre est devenue un chemin pédestre, qui débouche sur un terrain vague coincé entre Royal Mint Street et le chemin de fer.

Parmi les autres endroits intéressants, citons le London Hospital, construit en 1866 et situé devant la station de métro de Whitechapel, où travaillaient la plupart des médecins suspectés de l'East End ; c'est dans une chambre de cet hôpital que Roslyn D'Onston Stephenson vit le docteur Morgan Davies imiter les gestes de Jack l'Éventreur. Lorsque vous vous trouvez face au London Hospital, l'immeuble situé immédiatement à la gauche de Whitechapel Station n'a pas changé depuis l'époque des crimes. Il s'intitulait autrefois le Working Lads Institute et abrita les enquêtes officielles du coroner Wynne Baxter sur les meurtres de Mary Ann Nichols et d'Annie Chapman.

Flower and Dean Street, où se trouvaient la plupart des meublés des prostituées – Mary Ann Nichols, Elizabeth Stride et Catharine Eddowes y vécurent, notamment –, n'est plus ce coupe-gorge de l'époque victorienne. Remodelée et raccourcie, la partie victorienne comprenant les habitations des trois victimes est recouverte par un terrain de jeux, The Clement Attlee Adventure Playground.

Une visite guidée des lieux, « On the Trail of Jack the Ripper » (« Sur la piste de Jack l'Éventreur »), est quotidiennement organisée tous les soirs à 19 h 30, le lieu de départ étant situé juste à l'extérieur de la station de métro de Tower Hill. Ce tour des sites dure environ deux heures – il vous en coûtera environ soixante-dix francs – et est organisé par London Walks, (Tél. 020 76243978) ; l'un des guides n'est autre que Donald Rumbelow, auteur de deux ouvrages essentiels sur Jack l'Éventreur (www.jacktheripperwalk.com).

Si vous souhaitez lire des articles de presse de l'époque, tirés du *Pall Mall Gazette* ou du *Times,* vous pouvez les consulter à la British Newspaper Library, à Colindale. Quant aux fameuses archives de Scotland Yard et du Home Office, elles se présentent sous la forme de microfilms au Public Records Office de Kew et Chancery Lane.

Pour vous faire une idée de ce que représentait une rue de Whitechapel, vous en trouverez une excellente reconstitution au musée de Cire de Mme Tussauds, où ne figure naturellement pas l'effigie de Jack l'Éventreur. Mais le lieu le plus intéressant reste incontestablement le Black Museum (le Musée Noir de la police), inauguré en 1875 et qui se situe au premier étage de New Scotland Yard. N'étant pas ouvert au public, il nécessite une autorisation spéciale, principalement accordée aux chercheurs et aux policiers. Il couvre aussi bien les affaires de meurtres que l'espionnage, la contrefaçon, les drogues, les armes, le terrorisme, le grand banditisme ou le jeu. Dans ce musée du macabre, on découvre des objets ou des documents ayant trait à des criminels aussi célèbres que le docteur Crippen, Neville Heath, Haigh, Christie (l'Étrangleur de Rillington Place) ou les frères Kray.

Particulièrement étonnants, on remarque ces trente-deux masques en plâtre de criminels exécutés au XIXe siècle, qui gardent l'empreinte, autour du cou, de la corde qui a servi à les pendre. La salle réservée à Jack l'Éventreur comprend notamment la fameuse lettre signée de son surnom, ainsi que les clichés mortuaires des victimes.

En 1988, pour le centième anniversaire des crimes, trois manifestations, auxquelles j'eus la chance d'assister, rassemblèrent un grand nombre de spécialistes et ripperologues : le MystFest, à Cattolica (Italie), le festival du Polar, à Grenoble, ainsi qu'une conférence organisée par Scotland Yard par l'entremise de la London Historical Society. Enfin, signalons que trois fanzines, *Ripperana* (édité par Nick Warren, 16 Costons Avenue, Greenford, Middlesex, UB6 8RJ, Angleterre), *Whitechapel Journal* (édité par Stephen Wright, P.O. Box 1341, F.D.R. Station, New York, N.Y 10150-1341, États-Unis) et *The Ripperologist* (édité par Paul Daniel, 66 Shaftesbury Avenue, London W1V 7DF, Angleterre) qui est l'émanation du Cloak and Dagger Club (dirigé par Mark Galloway, 52 Eastbourne Road, East Ham, London E6 4AT, Angleterre), rendent compte de toute l'actualité concernant Jack l'Éventreur. Le Cloak and Dagger Club se réunit six fois par an, le premier samedi d'un mois sur deux, au pub The City Darts, 42 Commercial Street, en plein cœur de Whitechapel.

Pour ceux qui aimeraient acheter des livres-documents sur Jack l'Éventreur (et le crime en général), une libraire en ligne : Loretta Lay Books au www.laybooks.com. Par contre, si vous cherchez à la fois des romans, anthologies, pièces de théâtre et des documents sur Jack l'Éventreur, une seule adresse, le collectionneur et vendeur le plus passionné, érudit et enragé qui soit : Ross Strachan, 44 Castleview Avenue, Galston, Ayrshire, KA4 8JW, Écosse, Tél. (01563) 821612.

En guise de conclusion

En refermant le dossier des crimes de Whitechapel, nous sommes au moins certains d'une chose : Jack l'Éventreur est mort. Qui fût-il, il a maintenant rejoint ses victimes dans l'autre monde.

Curieusement, la mort – et non pas tant la crainte de mourir qu'une terrible peur de finir dans une fosse commune – représentait une des obsessions majeures des gens miséreux de l'époque. De nombreux articles ou romans témoignent de cette préoccupation, où certaines personnes, parmi les plus pauvres, n'hésitaient pas à se priver de manger pour économiser quelques pence, en vue d'un enterrement décent. Mary Ann Nichols, Annie Chapman, Elizabeth Stride, Catharine Eddowes et Mary Jane Kelly auront au moins gagné de ne pas finir dans l'oubli d'une fosse commune. Lorsque Mary Kelly est enterrée, le 19 novembre 1888, dans le cimetière catholique de Walthamstow, grâce à l'ouverture d'une souscription publique, les meurtres de Whitechapel étaient déjà passés de la rubrique des faits divers à l'état de légende. Les journaux commençaient à se désintéresser de l'affaire, principalement ceux qui visaient Sir Charles Warren à travers Jack l'Éventreur.

Dès l'automne 1888, des œuvres de fiction populaire s'emparèrent du mythe avec romans, chansons, nouvelles, pièces de théâtre, peintures et, bien plus tard, le cinéma. Aujourd'hui où nous souhaitons connaître sa véritable identité, le mythe est encore tenace. Ne serait-ce pas la légende qui aurait suggéré à Sir Melville Macnaghten, en 1894, le nom des trois suspects, Druitt, Ostrog et Kosminski ? Tous trois incarnent à merveille les archétypes les plus communément avancés par les journaux et la rumeur populaire : « Gentleman Jack », « Docteur Jack », ainsi qu'un juif polonais qui aurait pu être « Tablier de Cuir ».

C'est le poids de cette légende qui pousse les théoriciens à choisir un héritier potentiel du trône d'Angleterre, toute une cohorte de médecins, un aristocrate décadent, un homosexuel, des émigrés, des fous ou un peintre impressionniste à la vie de bohème... À tout prix, il faut que le meurtrier de Whitechapel appartienne à une catégorie d'individus dont nous avons appris à nous méfier. Ce mystérieux assassin est une absence, une case vide dans les archives de la police, tel un roman d'énigme dont on aurait arraché les dernières pages, une absence que nous peuplons avec toutes les personnes que nous détestons, qui diffèrent de nous et que nous appelons Jack l'Éventreur.

La véritable histoire de Jack l'Éventreur ne concerne en rien le duc de Clarence, les francs-maçons, le champion de cricket suicidé, un chirurgien de la cour ni aucun juif errant, mais bien un monde de miséreux s'entassant dans les ruelles sordides de l'East End londonien, où cinq femmes terminèrent leur existence abjecte dans des tombes à jamais silencieuses. Quelle que soit l'identité de l'assassin de Whitechapel, il est certain qu'il ne peut pas être le personnage créé par la presse, la police et la société victorienne, auquel ils donnèrent le surnom de Jack l'Éventreur.

Avec Jack l'Éventreur, la face du crime a changé : on ne tue plus pour un profit ou sous le coup de la passion. Jack est le précurseur des serial killers modernes, de ces tueurs en série qui exécutent et mutilent pour satisfaire leurs désirs sexuels et leurs penchants sadiques. Grâce à lui, nous pouvons éprouver quelques frissons en toute sécurité. Mais croire que nous ne risquons rien serait oublier que toute une nouvelle génération de Jack l'Éventreur, encore bien plus sanguinaires que le meurtrier de Whitechapel, s'est glissée dans le tissu de notre société. Sélectionnant avec précaution leurs victimes, des individus tels que Ted Bundy, Thierry Paulin, Ed Kemper, Richard Ramirez, Leonard Lake ou John Wayne Gacy, ont tous une apparence extérieure de normalité, comme vous ou moi, ou ce si gentil voisin de palier...

Ce sentiment est merveilleusement exprimé par une anecdote du policier Donald Rumbelow dans son *The Complete Jack the Ripper* (1975) :

« Quand viendra le jour du Jugement dernier, où toutes choses seront connues, et que moi et les autres générations de ripperologues demanderont à Jack l'Éventreur de s'avancer en déclinant sa véritable identité, nous nous regarderons tous, l'air complètement abasourdi et étonné, en nous exclamant : "Qui ça ? Lui ?" »

DEUXIÈME PARTIE
La fiction

Dès la fin de l'année 1888, Jack l'Éventreur passa à la postérité, d'un authentique assassin inconnu pour devenir une légende, avec la parution des premiers textes de fiction. Depuis, plusieurs centaines de nouvelles, romans, pièces de théâtre, opéras, films, téléfilms ou épisodes de séries télés ont perpétué le mythe.

C'est aux États-Unis, en 1889, que paraissent les deux premières œuvres de fiction avec les fascicules *The Whitechapel Murders or An American Detective in London* de Frank A. Pinkerton et *Jack the Ripper; The Whitechapel Fiend in America* de Gilbert Jerome où Jack l'Éventreur est un Corse du nom de Pierre Frosset qui cherche à venger sa sœur, une ancienne prostituée qu'il a lui-même poignardée.

« Dans l'abattoir » (1891) est un chapitre d'un ouvrage anglais, *The Adventures of the Adventurers' Club,* dans lequel les membres d'un club très élitiste cherchent délibérément des aventures nocturnes pour ensuite les raconter aux autres membres. L'auteur anonyme s'éloigne de la vérité lorsqu'il rend Jack l'Éventreur responsable du meurtre d'un policier, mais sa description assez effroyable d'un abattoir à Whitechapel sonne juste. Il est à noter que l'hypothèse d'un boucher-tueur des abattoirs est avancée par l'historien Tom Cullen dans son *Jack l'Éventreur,* paru aux éditions Denoël en 1965.

L'écrivain victorien Hume Nisbet (1849-1923) fut probablement le premier à développer une théorie surnaturelle sur Jack l'Éventreur dans une œuvre de fiction. Son texte, *Le Démon spirite* (1894), utilise les séances de spiritisme, très en vogue à l'époque, comme arrière-plan pour son récit. Un autre auteur anglais, R. Chetwynd-Hayes, se servira du même point de départ pour son texte, *The Gatecrasher*, en 1971.

D'origine australienne, Nisbet était né en Écosse. Ses livres les plus populaires furent des aventures romanesques se déroulant en Australie et dans les Caraïbes, qu'il illustrait lui-même avec un certain talent. Il publiait tous les ans, à Noël, une sorte d'almanach de nouvelles fantastiques, *Stories Weird and Wonderful*, qui contient notamment deux excellents récits sur le thème du vampire avec *The Vampire Maid* et *The Old Portrait* (tous deux datés de 1900).

Les Dossiers secrets du Roi des détectives : Jack l'Éventreur publié par les Éditions de la Nouvelle populaire de Fernand Laven, le 6 février 1908, et le *Ethel King : Jack l'Éventreur, le tueur de femmes* de Jean Petithuguenin, en 1912, appartiennent tous les deux à cet Âge d'or du fascicule populaire qui fleurit au début du siècle jusqu'au début de la Seconde Guerre mondiale. Le principal pourvoyeur de ces aventures aux personnages récurrents est Alwin Eichler, un diffuseur dresdois, qui importe d'innombrables séries américaines sur le marché européen (*Buffalo Bill*, avec près de 400 fascicules, à partir de 1905 ; *Nick* Carter, qui débute en 1906 ; *Sous le pavillon noir : Aventures* de *Morgan le pirate*, 200 récits à partir de 1907, ou encore *Sâr Dunobtal*, le « grand psychagogue », l'ancêtre de tous nos détectives du surnaturel) qu'il fait ensuite traduire en allemand, en français, en hollandais ou en italien, pour être ensuite distribuées par l'entremise de ses filiales à Londres, Milan, Paris ou Amsterdam.

Son principal concurrent à l'époque est « La Nouvelle Populaire » de Fernand Laven, à Paris, qui adapte surtout les récits à épisodes de l'éditeur berlinois, *Verlagshaus für Volksliteratur und Kunst* (la VVK), créé en 1892 par Paul Moeser, à partir de la *Werner Grosse Verlag* (1868-1892). Parmi les titres qu'il publie, citons : *Texas Jack* (1906-1911), *Sitting Bull* (1906) ou *Lord Lister* (1908-1910). Mais, au bout de quatre ans, Fernand Laven est absorbé par le tentaculaire et boulimique Alwin Eichler.

Le succès de Nick Carter fait que d'autres concurrents lancent des séries policières sur le marché allemand, *Nat Pinkerton* (1912-1915) ou *Ethel King* (1912-1915). Du coup, la VVK crée de nouvelles aventures de Sherlock Holmes (dont Conan Doyle n'est bien évidemment pas l'auteur) avec *Aus den Geheimakten des Welt-Detektivs* (230 numéros entre 1907 et 1911), dont la traduction française, *Les Dossiers secrets du Roi des détectives,* comporte 30 fascicules. Holmes y est affublé, non pas du Dr Watson, mais d'un jeune assistant, Harry Taxon. Après s'être également intitulée *Harry Taxon und sein Meister* (1908) et *Der Welt-Detektiv* (1909), la série change encore une fois de nom puisque Sherlock Holmes devient Harry Dickson, tandis que Harry Taxon est Tom Wills pour 178 fascicules de *Harry Dickson, le Sherlock Holmes américain,* depuis le n° 1, *Échappé à une mort terrible* (1929) jusqu'au n° 178, *Usines de mort* (1er avril 1938), et dont on sait qu'une grande partie fut l'œuvre de Jean Ray.

Les Dossiers secrets du Roi des détectives : Jack l'Éventreur du 6 février 1908 est le premier affrontement paru en langue française entre Sherlock Holmes et Jack l'Éventreur. Leur lutte fictive est devenue un classique puisque ma bibliographie et ma filmographie dénombrent pas moins de 44 aventures réunissant Jack l'Éventreur et Sherlock Holmes !

L'auteur du *Jack l'Éventreur, le tueur de femmes,* le numéro 3 de *Ethel King,* est Jean Petithuguenin, neveu d'un membre de l'Institut, qui fut le secrétaire du Syndicat des romanciers français, présidé à l'époque par Jean-Joseph Renaud. Il est l'auteur d'un bon roman d'anticipation, *Le Grand Courant* (collection «Chevaliers de l'aventure», Taillandier, 1933), de romans d'aventures, *L'Afrique mystérieuse* (Bibliothèque des grandes aventures, Taillandier, 1927) ou *Le Secret des Incas* (Chevaliers de l'aventure, Taillandier, 1934) et de plusieurs romans policiers avec sa série *Le Roi de l'abîme* qui comprend trois ouvrages, *Le Signe mystérieux, Une énigme vivante* et *Les Pirates fantômes,* dans la collection «Les romans policiers», aux éditions Baudinière (1928-1929).

Pour l'éditeur Eichler, Petithuguenin traduit les fascicules de Nick Carter et signe les Ethel King, qui est un Nick Carter féminin. L'héroïne est une jeune femme de Philadelphie, fille d'un policier, qui voit mourir sous les balles d'un gangster son fiancé et son père et qui jure de les venger, avec l'aide de son cousin, Charley Lux.

André de Lorde, coauteur avec Pierre Chaîne de la pièce en trois actes, *Jack l'Éventreur,* présentée pour la première fois le 30 septembre 1934, est l'auteur le plus célèbre du Grand-Guignol, où s'illustrèrent entre autres Max Maurey, Alfred Binet, Henri Bauche, Maurice Level ou Frédéric Dard, alias San Antonio. Toute cette œuvre méconnue a été récemment mise en lumière par deux volumes, *Contes du Grand-Guignol* (collection «Super Poche», au Fleuve Noir en 1993) qui comprend un roman et 41 contes rassemblés par Jean-Claude Bernardo et *Le Grand-Guignol: le théâtre des peurs de la Belle Époque* (collection «Bouquins», Laffont, 1995) où Agnès Pierron a rassemblé des pièces de théâtre, mais dans lesquels ne figure pas le *Jack l'Éventreur,* inclus dans le présent volume. *Sagittaire* de Ray Russell a en grande partie pour cadre le théâtre du Grand-Guignol de Paris, mais son auteur, inconnu en France et né en 1924, fut le rédacteur en chef de la revue *Playboy* pendant son âge d'or (1955-1960). C'est lui qui permit la publication d'écrivains de romans policiers et de science-fiction dans un magazine de grand tirage, alors qu'ils étaient jusqu'à présent confinés entre les pages de spécialisées. Aux côtés des «Playmates», on vit ainsi la publication de textes inédits de Ray Bradbury, Ed McBain, Donald Westlake, Richard Matheson, Arthur C. Clarke, Robert Sheckley ou Charles Beaumont. Cette politique d'anthologiste de Ray Russell trouva son prolongement avec la création de *Playboy Press* et de toute une série d'anthologies comme *The Playboy Book of Science-fiction & Fantasy* (1966) ou *The Playboy Book of Horror and the Supernatural* (1967). Mais Ray Russell est aussi un auteur à part entière de grand talent, dont la culture «européenne» se manifeste au travers de nouvelles telles que *Sagittarius* (1962 et 1967 pour la nouvelle version augmentée), qui mêle les thèmes de Jack l'Éventreur, du Dr Jekyll et de Mr Hyde, et du théâtre du Grand-Guignol, ou *Sardonicus* (1962). Il signe plusieurs romans, *The Case Against Satan* (1962), *The Colony* (1969), *Incubus* (1976) et *Princess Pamela* (1979), ainsi que plusieurs recueils de nouvelles, *Sardonicus and Other Stories* (1962), *Unholy Trinity* (1967), *Prince of Darkness* (1971), *Sagittarius* (1971), *The Devil's Mirror* (1980), *The Book of Hell* (1980) et *Haunted Castles – The Complete Gothic Stories of Ray Russell* (1985).

Plusieurs de ses œuvres sont adaptées au cinéma : *Mr Sardonicus* (1961) par William Castle, dont il signe l'adaptation, et *Incubus* (1982) de John Hough avec John Cassavetes. Il écrit aussi les scénarios des films suivants : *Zotz!* (1962) de William Castle, *L'Enterré vivant* (1962) de Roger Corman, *L'Horrible Cas du Dr X* (1963) de Roger Corman, *The Horror of it all* (1964) de

Terence Fisher et *La Chambre des horreurs* (1966) de Hy Averback.

Publié dans une anthologie anglaise de récits d'épouvante (*The 4th Pan Book of Horror Stories*), *Dulcie* (1963) est un pur bijou d'humour noir qui n'est pas directement consacré aux sanglants exploits de l'Éventreur. Mais le « Fred » de la nouvelle (un des prénoms les plus répandus en Angleterre avec Jack) lui ressemble beaucoup : il se promène dans les rues nocturnes de Londres, avec un petit sac contenant ses « outils » et il mutile les femmes de manière atroce, même s'il ne collectionne pas les mêmes morceaux que son illustre prédécesseur.

William Nolan, qui clôt cette anthologie des aventures fictives du boucher de Whitechapel, avec *Le Retour de Jack l'Éventreur,* est un touche-à-tout de génie. Pigiste dans un journal de sport, où il relate les courses automobiles, il publie sa première nouvelle en 1953, à l'âge de 25 ans. Depuis, il n'a pas cessé d'écrire. Il signe des biographies sur John Huston (1965), Dashiell Hammett (deux ouvrages différents, en 1969 et 1983), Steve McQueen (1972), Hemingway (1974), Ray Bradbury (1975) ou Max Brand. En science-fiction, il est à la base d'un film et d'une série télévisée cultes avec *L'Âge de cristal* (1967) et deux suites, *Logan's World* (1977) et *Logan's Search* (1980).

Admirateur des écrivains de l'école des « durs-à-cuire » de la revue *Black Mask* (à qui il a consacré une remarquable anthologie), il est le créateur du détective privé Bart Challis, dont nous connaissons deux traductions françaises, *À qui perd meurt* (1968) et *Une Cadillac en morts massifs* (1969). Il rend aussi hommage à Dashiell Hammett avec son privé du futur Sam Space dans le succulent *Space for Hire* (1971).

Pour la télévision, il signe plusieurs scénarios de téléfilms pour le réalisateur Dan Curtis, *The Norliss Tapes* (1973), *Le Tour d'écrou* (1974), *The Kansas*

City Massacre (1975) ou *Trilogy of Terror* (1975). Il adapte lui-même sa propre nouvelle, *Le Retour de Jack l'Éventreur,* qui devient un téléfilm aseptisé avec David Hasselhoff en vedette.

Après cette présentation des auteurs des textes qui suivent, il est temps de laisser la place au mythe. Nous sommes en 1888, à Londres, dans le quartier de Whitechapel, par une nuit de brouillard et...

Dans l'abattoir

(In the Slaughteryard)

AUTEUR ANONYME

– Mon cher Jeaffreson, vous semblez encore avoir connu une nuit aventureuse. À chacune de nos réunions, vous apportez une preuve de *vos* expéditions nocturnes, indiqua le président du Club des aventuriers, qui pointait du doigt vers la main bandée de M. Horace Jeaffreson.

– En effet, répliqua ce gentleman. Je me souviendrais toujours de la nuit dernière, mais j'ai autre chose à vous montrer que cette main blessée que vous regardez avec tant de curiosité.

Horace Jeaffreson se dressa de toute la hauteur de son mètre quatre-vingt-cinq pour exhiber le côté gauche de sa redingote boutonnée.

– Je voudrais vous faire remarquer ceci. (Il indiqua une coupure nette du vêtement, près de la région du cœur.) Lorsque vous aurez entendu ce que j'ai à vous raconter, vous devrez admettre que je l'ai échappé belle la nuit dernière ; cinq centimètres de plus, et je ne serais plus en votre compagnie aujourd'hui. Je ne regrette rien, bien au contraire, car je crois avoir été l'instrument qui a débarrassé le monde d'un monstre. L'avenir nous dira si ma supposition était exacte. (À ces paroles, M. Horace Jeaffreson frissonna.) Avant de débuter le récit de mes aventures, il y a deux objets que je souhaite vous montrer. Ils se trouvent dans le petit paquet posé sur le manteau de la cheminée. Comme ma main gauche est blessée, je sollicite votre aide, monsieur le Président.

Il plaça le long et étroit colis sur la table, et le président se chargea de l'ouvrir. Il contenait une matraque de policier, marquée H 1839, ainsi qu'un couteau élancé à deux tranchants, dont le manche en ébène était entrecroisé par des stries. Il y avait des taches de sang sur la matraque, tandis que la couleur de la lame ne laissait pas planer le moindre doute sur la nature du carmin qui la rougissait.

– Voilà les preuves, affirma Horace Jeaffreson. Cette coupure de ma redingote, ma main blessée, la matraque et ce couteau ensanglanté, auxquels vous pouvez ajouter l'édition du matin du journal, tout ceci résume mes aventures de la nuit et prouve qu'il ne s'agissait pas d'un hideux cauchemar ou du fruit de mon imagination fiévreuse.

« Je dois avouer mon immense dégoût lorsque je constatais la nuit dernière que mon doigt placé au hasard sur une carte m'avait désigné Whitechapel comme terrain de chasse. Je partis pour me diriger vers le cœur d'un Londres sordide, père de tous les vices, du crime et de la misère. Jusqu'à la nuit dernière, j'ignorais tout de l'East End de Londres. Je n'avais jamais éprouvé le moindre désir de m'encanailler. Je suis suffisamment désolé pour les pauvres. Je fais tout ce qui est en mon pouvoir pour les aider par des œuvres charitables, mais me rendre "de visu" dans ce quartier ne m'avait jamais effleuré. Je dois dire que la pauvreté, cette misère crasse, offense mes narines. Je ne suis pourtant pas un snob, mais c'est la vérité. Cependant, je me résignais à mon sort, c'est-à-dire de passer une nuit à Whitechapel. Comme vous le savez, il s'est déroulé pas mal de choses, bien plus que je ne m'y attendais.

« – Dois-je vous attendre, sir ? s'enquit le cocher, tandis qu'il garait son fiacre au coin de Osborne Street. Je peux vous attendre, sir, si vous n'êtes pas long.

« Mais je pris congé de lui :

« – J'en ai pour plusieurs heures, mon brave.

« – Comme vous voulez, sir. Chacun ses goûts. Mais vous devriez garder un œil ouvert, et le bon. Ces rues ne sont pas très sûres. Si j'étais vous, sir, je demanderai à un flic de me faire visiter les lieux.

« Sur ces paroles, l'homme me remercia pour mon généreux pourboire et fouetta légèrement sa monture, avant de s'éloigner.

« Mais j'étais venu à Whitechapel en quête d'aventure, quelque chose allait forcément se passer, et, tel un Don Quichotte moderne, j'étais déterminé à affronter seul les événements ; car ce n'était pas sous l'aile protectrice d'un membre de la Police que j'allais assouvir ma soif d'aventures.

« Je marchais le long de sombres ruelles, et je m'étonnais à la vue de cette foule qui arpentait les artères principales. C'était la première fois que je voyais un aussi grand nombre de gens miséreux et qui criaient famine. Ils semblaient tous se rendre à la hâte ou quitter les innombrables débits de boissons du quartier. Personne ne me molesta. Je suis plutôt costaud et la seule nuisance consista en une demi-douzaine de tentatives pour me vider les poches. Aux douze coups de minuit, un changement extraordinaire s'opéra dans le quartier. Les portes des établissements fermèrent et, à l'exception des rues principales, tout Whitechapel sembla brusquement devenir désert et silencieux. J'avais déjà réussi à perdre mon chemin une bonne douzaine de fois ; mais, où que j'aille, deux choses me frappèrent. D'abord, le nombre considérable d'agents de police et ensuite, la terreur qui se lisait dans le regard de la plupart des gens que je croisais. Hommes ou femmes s'écartaient de mon chemin, pour me regarder avec une angoisse évidente. Certains, plus timorés que les autres, n'hésitaient pas à changer de trottoir ou partaient même en courant. Cela m'intrigua tout d'abord. Pourquoi des personnes aussi misérables craignaient-elles de s'approcher de quelqu'un dont l'apparence était respectable ?

«Les rues transversales, ainsi que je l'ai dit, étaient pratiquement désertes, à l'exception de quelques policiers qui me saluèrent, ou m'examinèrent avec une certaine suspicion. Je déambulais en me laissant porter par le hasard, lorsque ma curiosité fut brusquement éveillée par une odeur acide très étrange et fort puissante. Sans aucun doute, la plus terrible puanteur qu'il m'ait été donné de respirer. "Puanteur" est un mot johnsonien qui se révèle des plus expressifs; c'est le seul terme adéquat capable d'exprimer l'horrible mélange d'odeurs qui assaillait mes narines. "Je vais suivre mon nez", me dis-je, pour me diriger dans une étroite ruelle, à peine éclairée par un unique lampadaire. "C'est de pire en pire". La source de cette pourriture devait être proche, et je dus me tenir le nez avant de poursuivre mon chemin.

«À cet instant, je me précipitai entre les bras d'un policier qui sembla jaillir comme par enchantement.

«— Je vous demande pardon, déclarai-je.

«— Il n'y a pas de mal, sir. (Son accent fleurait bon la campagne et c'était un homme jeune.) Vous vous êtes perdu, je suppose, sir?

«— Eh bien, non. Pas exactement. En fait, je cherchais à connaître la provenance de cette horrible odeur.

«— Alors, on peut dire que vous êtes venu à la bonne adresse, répondit-il, en souriant. C'est une vraie cuisine du diable, juste un équarrisseur, sir. Ici, ils fabriquent de la colle animale, de l'engrais et de la nourriture pour chats. Ce n'est pas le genre de métier auquel aspirent la plupart des gens. Mais les Frères Melmoth font de grosses affaires. Je pense qu'une visite vous plairait, sir. Le gardien de nuit est à l'intérieur et il sera heureux de vous faire visiter les lieux contre une petite pièce. Ça vaut le coup d'œil, chez les Frères Melmoth.

«— Je vais suivre votre avis, mon bon ami. Il semble y avoir beaucoup d'agents ce soir dans les rues, non?

« – En effet, sir. Vous comprenez, les gens ont de plus en plus peur par ici. Au point de craindre leur propre ombre après minuit. Mais je m'étonne que nous ne l'ayons pas encore arrêté.

« Ce fut à cet instant seulement que je compris pourquoi tous ces passants m'avaient évité, un air de terreur sur le visage ; et pour quelle raison Whitechapel fourmillait de policiers. La grande peur était à son niveau le plus élevé : la dernière atrocité avait été commise il y a quatre jours seulement.

« – Que Dieu me vienne en aide, sir, s'exclama le jeune agent sur le ton de la confidence. Mais nous pourrions le prendre sur le fait à tout moment. J'espère que j'aurai la chance de l'arrêter, sir. Un de ces jours, il en viendra à commettre un faux pas qui finira par le perdre, sir.

« – Eh bien, je suppose qu'il vous aide à rester sur vos gardes, répondis-je en souriant, car je ne voyais pas quoi ajouter d'autre.

« – Rester sur mes gardes, sir ! Je ne crois pas qu'il existe un seul policeman de la Division H qui pense à autre chose, à l'heure actuelle. Sir, il est comme un esprit qui me hante. Et savez-vous, sir... (La voix du jeune homme baissa, au point d'être un murmure...) je crois l'avoir déjà vu. (Il poussa un soupir.) Je me tenais exactement au même endroit, sir, dans ce recoin, il y a un peu plus d'un mois. Une femme était debout et pleurait penchée contre ce poteau, sir, près de la porte des Frères Melmoth. Elle avait le visage caché sous un châle rapiécé. C'était une pauvresse. Voyez-vous, sir... cette nuit-là, il y avait un épais brouillard, lorsque je vis quelque chose de marron, une ombre, se glisser sans bruit vers la misérable. Elle avait le dos tourné, sir... et elle n'a pas bougé. C'est à peine si je distinguais la silhouette voûtée d'un homme qui s'approchait en silence, mais rapidement, le long du mur d'enceinte. Je me frottais les yeux pour me rendre compte si j'étais éveillé ou s'il s'agissait d'un rêve ; pendant cette progression, j'observais une longue redingote marron en tweed grossier. Il avait un chapeau melon noir enfoncé sur les yeux, ainsi qu'un cache-nez de coton rouge qui cachait son visage. Et dans sa main gauche, qu'il tenait dans son dos, sir, je vis briller quelque chose à la lueur du lampadaire. Je m'emparai de ma matraque, sir, et je reculai le plus silencieusement possible jusqu'au mur, car j'avais deviné à qui j'avais affaire. Quelle que soit son identité, cet homme voulait tuer... et peut-être, pire encore. Puis, tout d'un coup, sir, il se retourna pour disparaître dans le brouillard, et je le suivis du mieux possible. Mais ce fut inutile ; on aurait dit que la terre venait de l'engloutir. Je me servis de mon sifflet, sir, avant de consigner ce que j'avais vu dans un rapport, une fois de retour au commissariat. Et le superintendant... il m'adressa un blâme, voilà ce qu'il se contenta de faire. "1839, je n'en crois pas un mot." Et ce fut effectivement le cas.

« – Mais je l'avais bien *vu*, sir. Et si j'ai la chance de le retrouver, je l'aurai cette fois-ci.

« Sa voix était remplie d'amertume.

« – Eh bien, policeman. J'espère pour vous que ce sera le cas. (Je l'obligeai à prendre un shilling.) Je vais aller rendre visite à l'antre des Frères Melmoth.

« Je lui souhaitai bonne nuit, avant de traverser la rue pour franchir la porte d'entrée et me retrouver dans une grande cour, d'où provenait l'atroce odeur qui empestait le voisinage.

« L'endroit était sur un talus, pavé de petites pierres rondes et d'aspect triangulaire. La base du triangle était formée d'un haut mur par lequel je venais de faire mon entrée. Il y avait une sorte de remise ou d'abri en acier rouillé qui courait le long de ce mur d'enceinte qui jouxtait la rue où j'avais discuté avec cet agent. Dans cette remise, je distinguai les silhouettes vagues de chevaux et d'autres animaux, alignés en rang d'oignon. Je vis aussi un très grand nombre de portes de fourneaux qui me donnaient la sensation étrange de me trouver à bord de la salle des machines d'un mystérieux navire. Cette impression curieuse était encore renforcée par le mur bas dans lequel étaient encastrés ces fourneaux et duquel s'échappait un nuage dense de vapeur blanche. L'air était irrespirable à l'intérieur de l'établissement. La jeune lune d'été brillait et faisait scintiller la vapeur. L'endroit était aussi silencieux qu'une tombe, à l'exception d'un léger bruit de bouillonnement, comme si un liquide épais mijotait et frémissait en permanence ; parfois, une des bêtes faisait bouger sa longe. Le mur à l'opposé de celui des fourneaux présentait un certain nombre de lourds anneaux d'acier, à un mètre de distance environ les uns des autres. Il ressemblait au quai d'un port dont la mer se serait retirée depuis longtemps. Au sommet du triangle, on distinguait deux lourdes portes en bois, qui étaient presque entièrement recouvertes de taches d'une blancheur éclatante. Le sol, lui aussi, était blanc, comme si quelqu'un y avait renversé une grande quantité de lait.

« D'énormes blocs de bois et d'immenses bancs encombraient la grande cour pavée, et je vis deux structures solides qui ressemblaient à des potences, auxquelles pendaient une poulie d'acier et une chaîne qui se terminait par un énorme crochet métallique. Et, bien que le sol soit pavé de pierres rondes et sèches par cette nuit d'été, il y avait à de nombreux endroits des flaques de boue sombre qui rendaient le sol glissant et humide.

« Mais ce qui me frappa le plus dans cet horrible endroit, c'était le grand nombre de chevaux qui paraissaient dormir allongés sur le flanc. L'horreur de la situation me fut révélée par la clarté des rayons de lune. Les animaux ne dormaient pas, non, ce n'était pas là l'attitude de bêtes âgées dans l'ignorance béate du sort qui les attendait au petit matin, mais de chevaux déjà raidis par la mort.

« Je ne suis plus un enfant, je n'ai pas d'illusions, et je ne suis pas du genre à m'effrayer pour un rien. Mais j'éprouvais un terrifiant sentiment d'oppression au sein de cet endroit désolé. J'eus l'impression d'être un petit enfant qu'une nurse stupide laisse pour la première fois dans le noir. Malgré tout, la curiosité m'avait poussé à visiter cet établissement ; j'en avais exprimé le désir auprès du constable 1839 de la Division H. Aussi, je décidai de poursuivre mon exploration des lieux. Je verrais ce qu'il y avait à voir. J'apprendrais l'étrange tâche des Frères Melmoth. Et pour me débarrasser un tant soit peu de l'odeur diabolique, j'allumai ma pipe qui contenait un subtil mélange de chez Murray.

« Je fus alors surpris par une voix rauque qui brisa le silence :

« – Faites comme chez vous, m'sieur. Pour sûr que vous êtes un gentleman, ça se voit du premier coup d'œil. Un vrai gentleman, un homme qui a toujours de quoi se payer une bonne bouteille, et qui n'aurait rien contre l'idée de donner une petite pièce à un vieux bonhomme dans le besoin.

« Je me tournai dans la direction de cette voix. Une étrange créature me regardait. Un vieillard à la barbe grise et pointue, qui se tenait assis sur un énorme bloc de bois couvert de taches horribles. Le clair de lune illuminait son visage et je le distinguais comme si nous étions en plein jour. Il était vêtu d'un justaucorps au tissu grossier qui lui descendait presque jusqu'aux chevilles. Mais sa couleur blanche avait depuis longtemps disparu... le vêtement était recouvert de rouge de haut en bas, un hideux assemblage de pourpre sanglant. L'individu portait de lourdes bottes aux semelles de bois cloutées de cuivre. Je me sentis mal rien qu'à les regarder. Le pire de ce costume grotesque était la coiffe qui consistait en une perruque de laine grise tricotée. Elle était semblable en apparence à celle portée par le Lord Chancelier. La perruque était attachée sous la barbe pointue par un fil. Cet individu arborait à la ceinture une sangle de cuir à laquelle pendaient divers couteaux de tailles et de formes différentes. Son visage mince était hagard et couvert de rides. Des yeux brûlants de fouine brillaient de mille feux sous d'épais sourcils gris. Les mâchoires édentées du vieillard bougeaient convulsivement, comme pour réprimer un certain amusement. Et les lignes de Macaulay me vinrent à l'esprit :

"Jusqu'à la bouche d'un sombre repaire,
Où gronde un vieil ours féroce
Qui repose parmi les os et le sang."

« – Ha, ha, m'sieur. Vous devez croire que j'suis un de ces meurtriers ? Je suis pas le genre d'individu qu'une jeune fille aimerait croiser par une douce nuit d'été, pas plus qu'une autre nuit d'ailleurs, n'est-ce pas ? Haha ! Mais les débits de boissons sont fermés à cette heure, m'sieur. C'est pas de chance. Et j'ai terriblement soif.

« – Vous parlez comme si vous aviez bu, mon ami.

« – C'est là où vous vous trompez, m'sieur. Je vous jure que j'ai pas touché à une goutte d'alcool depuis six jours ; mais demain, c'est jour de paye, et demain soir, m'sieur, demain soir, j'ai bien l'intention de rattraper le temps perdu. Et vous êtes venu pour jeter un coup d'œil, hein ? Vous êtes la première personne de la haute que j'ai jamais vue dans cette cour.

« Sur ces paroles, je commençais à le questionner sur les détails de l'horrible entreprise des Frères Melmoth.

« – On les amène ici, m'sieur, mais c'est jamais régulier. Des fois, ils sont morts, et ils les balancent un peu partout, comme vous avez pu le voir ; d'autres fois, ils sont encore vivants et on les attache, on les nourrit et on leur donne à boire, suivant la loi. Ensuite, on les découpe pour les transformer en colle, en nourriture pour chats, en engrais spéciaux ou en superphosphate, ça dépend de la demande. En moins de vingt-quatre heures, ils sont complètement réduits en bouillie. Ha-ha ! ricana l'affreux bonhomme, plein d'une joie malsaine. Il en reste plus grand-chose une fois qu'on en a fini avec eux, sauf l'odeur. Ha-ha ! Cette nuit, on a une demi-douzaine de rangées de fiacres qui sont en train de bouillir en même temps.

« Le vieillard me guida ensuite vers les deux portes en bois qui se trouvaient à l'autre bout de l'usine. Il repoussa un des battants blanchis à l'aide d'une grande fourche en fer, avant d'ouvrir la grille du dernier fourneau qui illumina de manière blafarde les murs de briques. Je vis que le sol était une vaste citerne de plomb, et qu'un épais liquide la remplissait, à la surface duquel on remarquait une large couche de mousse blanche. La puanteur qui en émanait était particulièrement forte et acide.

« – C'est ici qu'on fabrique le superphosphate ; le réservoir contient plusieurs tonnes du plus puissant des vitriols. Aujourd'hui, on a fait le plein, m'sieur. Si je vous pousse dedans, vous allez fondre aussi vite qu'un morceau de sucre dans un grog chaud. Et vous serez transformé en superphosphate, m'sieur. Ha-ha ! Le voir, c'est le croire. Regardez. Ce tonneau est rempli d'ossements de chevaux. Ils ont bouilli pendant deux jours de suite. Des os, des vrais os, sans la moindre trace de chair. Vous feriez mieux de reculer, m'sieur, c'est dangereux. Ha-ha !

« Je suivis ses injonctions. Puis, d'un geste brusque, le vieillard fit basculer le tonneau d'ossements dont le contenu se déversa dans la citerne.

« – Voilà, m'sieur. (Il ricana pendant que le liquide bouillonnait.) C'étaient des os. Maintenant, c'est du superphosphate. Il n'y a plus rien d'autre à voir.

« Sur ces paroles qui se terminèrent par l'habituel rire diabolique, l'ignoble individu tendit la main.

« J'y plaçai une demi-couronne.

« – Je savais que vous étiez un gentleman. La nuit est chaude, m'sieur, et j'ai affreusement soif. Mais je sais où me dégotter à boire, même après l'heure de fermeture. Et j'ai de quoi les convaincre. Je vais y aller tout de suite.

« – Vous avez oublié de refermer la grille du fourneau, mon ami.

« – Merci, m'sieur, mais je l'ai fait exprès. La chaudière au-dessus doit être nettoyée demain.

« – Ne craignez vous pas que quelqu'un vienne voler quelque chose en votre absence ?

« – Mon Dieu ! (Il éclata de rire.) Vous êtes le premier à m'avoir rendu visite la nuit, mis à part les gens qui travaillent pour les Frères Melmoth. Ha-ha ! Personne ne vient dans les parages, ils ont trop peur. Ils ont surnommé l'endroit les Chaudrons du Diable.

« Puis, sans un mot, l'homme quitta les lieux, avec le bruit de ses semelles de bois qui claquaient sur les pavés. J'étais seul chez les Frères Melmoth.

« Pendant plusieurs minutes, je restai sur place à observer cette étrange scène d'horreur, lorsque j'entendis un cri d'agonie à demi étouffé en provenance de la ruelle. Je me précipitai à l'extérieur. En regardant de gauche et de droite, *il me sembla apercevoir une ombre marron* disparaître brusquement dans un passage voûté. Il n'y avait rien. Et, à présent, je percevais une voix basse et étouffée s'écrier "Au secours !". Puis, il y eut un gémissement. Au même moment, je trébuchai sur quelque chose qui était allongé en travers de la ruelle. C'était le corps d'un homme. Je me baissai... et je reconnus le jeune agent de police.

« – Je suis content que vous soyez venu, sir, me dit-il d'une voix faible. Il m'a eu. Un coup de couteau dans le dos, et j'étouffe, sir. Mais je l'ai vu de près, cette fois-ci. C'était bien *lui*, sir, le type avec la redingote de tweed marron et le cache-nez rouge. Ne partez pas, sir. (Le policier était mourant et sa voix faiblissait de plus en plus.) *Je l'ai vu, sir.* Il était à l'affût, caché dans le passage. Si vous bougez, c'est vous qu'il tuera. Oh, mon Dieu ! sanglota le pauvre constable qui trembla de tout son corps.

« Il était mort.

« Alors que j'étais toujours penché au-dessus du cadavre, je tentais de réfléchir. Pour la première fois de ma vie, mes amis, je dois vous avouer que j'avais peur. Une terreur mortelle s'était emparée de mon être... la crainte de l'inconnu... et c'est alors que j'entendis... oui, je pouvais vraiment l'entendre... le battement de mon propre cœur ; on aurait dit un marteau-pilon. J'étais seul... solitaire et désarmé, deux heures après minuit, dans cet horrible endroit, avec... eh bien, je n'avais aucun doute sur l'identité du monstre. Non, pas désarmé. Je posai la main sur le fourreau de la matraque du policier décédé. Je m'emparai de cette arme que vous voyez à cet instant sur la table, et en un clin d'œil, le courage me revint. Et, toujours penché au-dessus de l'infortuné policier, lentement, très lentement, je tournai la tête. L'homme était là, l'assassin, dont l'apparence coïncidait exactement avec la description du constable. Dans sa main gauche, je vis quelque chose de long et de brillant qui jetait des éclairs à la lueur du clair de lune.

« Et je distinguai son visage, un visage affreux, une face qui me hantera jusqu'à mon lit de mort.

« Il ne ressemblait en rien aux descriptions habituelles. Celle de Mr. Stewart Cumberland au sujet de "l'Homme" ne pouvait pas avoir été plus erronée que la créature que je voyais à l'entrée du passage. On aurait dit un tigre prêt à bondir sur moi. L'individu avait de longs cheveux bouclés et entremêlés qui pendaient des deux côtés de son visage. Je n'eus aucun problème pour l'étudier dans ses moindres détails. Il se trouvait directement sous l'éclairage de l'unique lampadaire de la ruelle. Je pus même apercevoir l'humidité de ses féroces yeux noirs et de ses dents cruelles ; aucun détail de son horrible visage ne m'échappa.

« Inutile de vous le décrire, il était trop atroce, et les mots me manquent. Je vous dirai dans un instant pourquoi je ne vous le décrirai pas.

« Avez-vous déjà vu un cheval avec un mors serré ? Je suis sûr que oui. Eh bien, le cheval se débat sous la torture, il bouge sans cesse la tête et de la bave coule abondamment de ses mâchoires. Il en était de même avec cet homme... ses mâchoires crissaient sauvagement, et il bavait d'abondance. Sa soif mortelle de sang était évidente, et il n'était visiblement pas rassasié par son premier crime. Les yeux étaient ceux d'un fou, ou d'une bête sauvage que l'on traque. Pour moi, aucun doute n'était possible : il s'agissait d'un maniaque sauvage, un individu totalement irresponsable de ses actes.

« À présent, je vais vous expliquer pourquoi je ne le décrirai pas. Laissez-vous emporter par votre imagination, et vous n'aurez même pas l'ombre d'une idée de l'abomination de ses traits. Le visage était une masse de cicatrices... la bouche...

« Bah ! Pourquoi vous en dire plus, l'homme était un lépreux. J'ai visité les mers du Sud et je m'y connais... je sais à quoi ressemble un lépreux.

« Mais je n'eus pas le temps de méditer sur ma trouvaille. J'étais seul en compagnie du cadavre et de son assassin. Et s'il s'échappait, je risquais d'être accusé d'avoir commis ce meurtre ! Après tout, j'avais la matraque du mort entre mes doigts. Je l'agrippai pour foncer sur l'ignoble créature. J'aurais souhaité appeler à l'aide, mais ma voix s'était réduite à un murmure dans ma poitrine. Pas par peur, puisque je me précipitai de toutes mes forces pour abattre cette horrible chose qui ressemblait de loin à un être humain. Mais il parvint à éviter mon coup.

« En silence et avec une vitesse proprement stupéfiante, sans même briser la quiétude de la nuit, tel un serpent qui se glisse dans son antre, la créature plongea sous mon bras pour se diriger vers l'entrée de la fabrique des Frères Melmoth. On aurait dit qu'il ne possédait aucune substance, car je ne perçus aucun bruit de pas. Lorsqu'il me dépassa, il dut me frapper d'un coup de couteau, à cause de cette déchirure de ma redingote que je vous ai fait voir précédemment. La coupure a des marques de sang... mais ce n'est pas mon sang.

« Ça y est, je le tiens, pensai-je. Cette fuite même me remplit d'une farouche détermination, et je me résolus à le capturer vivant, si possible. Je ne devais sous aucun prétexte le laisser fuir.

« Tandis que ces pensées me traversaient l'esprit, je me précipitais à la poursuite de l'ignoble assassin du policier. J'étais plus rapide que lui et nous n'étions plus qu'à trois mètres de distance lorsque nous débouchâmes dans la cour d'abattage des Frères Melmoth. C'est alors qu'il tenta de m'éviter en contournant un des énormes bancs de bois.

« – Si vous ne vous rendez pas, par Dieu, je jure que je vous tuerai, m'écriai-je.

« Il ne répondit point. Il se contenta de bégayer et de baragouiner des paroles incompréhensibles, tout en me menaçant de son couteau.

« Je sautai par-dessus le bloc de bois et me jetai sur lui dans le même mouvement. Je le frappai sauvagement d'un coup de matraque en plein front. Tel un animal blessé, il poussa un cri et me poignarda la main, avant de s'échapper à nouveau. Je le poursuivis jusqu'aux portes blanchies, où il fit front, accroupi, le couteau à la main, sa silhouette illuminée par la grille ouverte du fourneau. Du sang coulait de son front suite à mon coup de matraque, et cela l'aveuglait à moitié ; il tentait de s'essuyer les yeux du revers de sa manche droite. Son visage et son corps scintillaient d'une pourpreur diabolique.

« Je ne le craignais plus, à présent ; j'avançais dans sa direction.

« Brusquement, il bondit en avant. Je reculai d'un pas pour le frapper sur les doigts de sa main gauche qui se dressait et qui tenait le couteau que vous apercevez sur la table, devant vous. J'y mis toutes mes forces, et l'arme tomba de ses doigts morts.

« Il se retourna pour fuir à nouveau, faisant preuve d'une agilité remarquable. Les portes s'ouvrirent sous son poids. Je le vis basculer dans un grand éclaboussement au sein de cette masse mousseuse qui se colorait maintenant de rose à la lueur du fourneau.

« Il disparut.

« Puis, horreur parmi les horreurs, j'aperçus cette terrifiante silhouette qui se dressa une dernière fois pour s'agripper au bord de l'énorme citerne de plomb, afin de lutter pour sauver sa misérable existence. Ensuite, il sombra sous la surface des vagues fumantes, pour ne plus jamais remonter.

« Ceci conclut mon récit. Je ramassai le couteau et le cachai du mieux que je pus, avec la matraque, pour les ramener avec moi.

« Je suis content d'avoir vengé la mort de ce pauvre garçon que je ne connais que sous le matricule de 1839 H. Je serais encore plus heureux si, comme je le crois, mon action a pu mettre un terme aux terribles outrages de l'East End londonien.

« Je rentrai chez moi vers trois heures du matin, avant de faire appel à un médecin du voisinage pour soigner ma main. La blessure n'est pas sérieuse, mais j'avais saigné comme un porc.

« En chemin, je me suis acheté l'édition matinale du journal. On y raconte en détail l'assassinat du constable 1839 de la Division H des mains d'un inconnu ; le journaliste indique que le meurtrier semble s'être approprié la matraque de la victime. Vous constaterez qu'il a été poignardé à travers les vaisseaux du poumon.

« Je n'ai pas d'autres remarques à ajouter, sauf que je crois que nous n'entendrons plus jamais parler de Jack l'Éventreur. Une chose est certaine : je ne me presserai pas pour visiter à nouveau Whitechapel.

(Traduit par Stéphane Bourgoin.)

Le Démon spirite

(The Demon Spell)

PAR HUME NISBET

C'était l'époque où le spiritisme était en vogue en Angleterre ; aucune soirée ne pouvait se terminer sans qu'il y ait eu une séance.

Une nuit, j'avais été invité dans la maison d'un ami, qui était un fervent croyant des manifestations du monde invisible, où il avait également convié un médium des plus connus. « Une jeune femme aussi belle que talentueuse, et que je suis sûr que tu apprécieras », m'avait-il dit.

Je ne croyais pas beaucoup dans le retour des esprits et, pourtant, m'attendant à passer un bon moment, j'avais accepté son invitation. À cette époque, je venais juste de rentrer d'un long séjour à l'étranger, et je me trouvais handicapé par des problèmes de santé, au point d'être facilement impressionné par des influences extérieures et dans un grand état de nervosité.

À l'heure convenue, je me retrouvai dans la demeure de mon ami pour y être présenté aux autres participants de cette assemblée. Certains étaient comme moi des étrangers face à ce genre de phénomènes, d'autres étaient des adeptes qui s'installèrent sur-le-champ à des places qui devaient leur être familières. Le médium n'était pas encore arrivé et en attendant sa venue, nous nous installâmes sur des chaises pour ouvrir la séance par un hymne.

Nous avions juste terminé la première strophe lorsque la porte s'ouvrit et le médium se glissa en silence vers une chaise voisine de la mienne ; sa voix se joignit à celle des autres pour la dernière strophe. Ensuite, nous restâmes immobiles, avec nos mains posées à plat sur la table, dans l'espoir d'une quelconque manifestation du monde invisible.

Bien que tout ce spectacle me parût ridicule, je dois admettre qu'il y avait quelque chose dans ce silence et cette pénombre, car le gaz avait été baissé, au point que la pièce semblait peuplée d'ombres. La frêle silhouette à mes côtés, avec sa tête baissée, me remplissait d'un étrange sentiment de peur et d'une terreur glaciale tels que je ne les avais jamais connus.

Par nature, je ne suis pas doté d'une grande imagination ou enclin à la superstition, mais dès l'instant où cette jeune femme avait franchi le seuil de la pièce, j'ai eu l'impression qu'une main de glace s'était posée sur mon cœur, une poigne de fer glacé qui le comprimait, dans le but de l'empêcher de battre. Mon acuité auditive s'était également accrue, au point que le battement des aiguilles de ma montre de gousset me parut résonner telle une machine à broyer les pierres, tandis que la respiration de mes voisins me dérangeait comme s'il s'agissait d'un moteur à vapeur.

Ce ne fut qu'en jetant un coup d'œil au médium que je fus apaisé ; j'eus comme l'impression qu'un courant d'air froid avait traversé mon cerveau pour calmer ces bruits terrifiants.

– Elle est possédée, murmura mon hôte. Attends et tu l'entendras bientôt parler. Elle nous indiquera qui se trouve à nos côtés.

Durant cette attente, la table avait bougé à plusieurs reprises sous la paume de nos mains, tandis que des coups frappeurs se firent entendre sur sa surface et dans d'autres endroits de la pièce. Un phénomène curieux et capable de vous faire dresser les cheveux sur la tête, malgré l'aspect ridicule de ce spectacle. J'avais à la fois envie de m'enfuir pris de terreur ou de rester assis à rire aux éclats. Mais je pense que c'était malgré tout le sentiment d'horreur qui l'emportait entre ces deux impressions contradictoires.

Puis, elle leva la tête et posa une main sur une des miennes, avant de se mettre à parler d'une voix lointaine et monotone :

– Ceci est ma première visite depuis que j'ai quitté la vie terrestre, et vous m'avez appelée ici-bas.

Je frissonnai lorsque sa main toucha la mienne, mais je n'avais pas la force de la retirer, malgré la légèreté de son contact.

– Je suis une âme perdue. Dans la plus basse des sphères. La semaine dernière, je me trouvais dans un corps, mais j'ai rencontré la mort à Whitechapel. J'étais ce que vous désignez sous le nom d'une « infortunée », oui, je l'étais vraiment. Dois-je vous raconter ce qui s'est passé ?

Les yeux du médium étaient clos et j'ignore s'il s'agissait de mon imagination qui me jouait des tours, mais j'avais la très nette impression qu'elle paraissait bien plus âgée et d'une nature à s'adonner au vice depuis que la séance avait commencé. Comme si un léger voile transparent de dégradation et de débauche avait remplacé ses anciens traits délicats.

Personne ne parla et le médium poursuivit sa transe :

– J'étais dehors toute la journée, et la chance m'avait abandonnée, car je n'avais aucune nourriture. Je traînais mon corps fatigué à travers la boue et la fange, il avait plu tout le temps, et je me sentais mouillée jusqu'aux os, et misérable, ah, dix mille fois plus misérable que ma situation présente, parce que la terre est un enfer bien pire que celui que nous connaissons une fois morts.

« J'avais importuné plusieurs passants durant la soirée, mais aucun ne m'adressa la parole, le travail ayant été plutôt rare cet hiver, et je dois dire que mon aspect n'était plus aussi tentant qu'autrefois. Un seul homme me répondit, un individu de taille moyenne au visage sombre, dont la voix douce et les habits coûteux tranchaient avec ceux de mes habituels compagnons de passage.

« Il me demanda où j'allais, et il me laissa, en déposant une pièce dans ma main, pour laquelle je le remerciai. Il était encore temps de me rendre en vitesse au débit de boissons, et je me dépêchais, mais la vue de cette curieuse pièce de monnaie étrangère m'arrêta. Le propriétaire ne l'accepterait jamais. Je retournai donc dans le brouillard sombre et la pluie, sans ce verre qui m'aurait réchauffée.

« Il était inutile de continuer cette nuit. Aussi, je rebroussai chemin pour me rendre chez moi et dormir, puisque je ne pouvais pas obtenir de nourriture. C'est à cet instant que je sentis quelque chose me toucher avec douceur par-derrière comme si quelqu'un s'était emparé de mon châle. Je me retournai pour voir de qui il s'agissait.

« J'étais seule, sans la moindre personne aux alentours, rien que du brouillard et un rai de lumière en provenance d'un lampadaire. Et pourtant, j'eus l'impression que quelque chose m'avait attrapée et se rapprochait de moi. Je ne voyais toujours personne aux alentours.

« Je voulus crier, mais ce fut impossible, car cette entité invisible m'avait saisie à la gorge pour m'étrangler. Quelques instants plus tard, je tombai par terre pour tout oublier l'espace d'un moment.

« Lorsque je m'éveillai, je vis mon pauvre corps mutilé, l'œuvre de cet acte féroce... tel que vous le voyez aussi en cet instant.

Oui, je vis tout cela au moment même où le médium cessa de parler, un cadavre lacéré allongé sur un trottoir boueux, et un visage sombre et démoniaque, marqué par la petite vérole qui se penchait sur sa victime, les bras écartés, avec cet épais brouillard en lieu et place d'un corps, tels des muscles à moitié formés.

– Voici ce qui a causé ma perte, et vous le verrez à nouveau, dit-elle. Je suis venue à vous pour que vous le trouviez.

– Est-ce un Anglais ? dis-je d'une voix entrecoupée, tandis que la vision s'évanouissait et que la pièce retrouvait son aspect normal.

– Ce n'est pas un homme ni une femme, mais ça vit comme moi. Il m'accompagne en cet instant et sera peut-être avec vous cette nuit. Mais si vous souhaitez ma présence au lieu de la sienne, je pourrais le retenir ; cependant, vous devez exercer toute votre volonté pour qu'il en soit ainsi.

La séance devenait maintenant trop horrible et, avec l'accord de tous les participants, mon ami augmenta la puissance du gaz. Je vis pour la première fois le médium, délivré de sa possession maléfique, une belle jeune fille de dix-neuf ans qui avait les plus beaux yeux marron qu'il m'ait été donné de rencontrer.

– Croyez-vous à ce que vous nous avez raconté ? demandai-je.

– Et c'était quoi ?

– Au sujet de cette femme assassinée.

– Je ne sais rien, sauf que j'étais assise à cette table. J'ignore toujours tout de mes transes.

Disait-elle la vérité ? Ses yeux sombres semblaient ne pas mentir et mes doutes s'évanouirent.

Cette nuit, lorsque je rentrai chez moi, je dois admettre qu'il me fallut beaucoup de temps avant d'aller me coucher. J'étais bouleversé et très nerveux, et je regrettais d'avoir accepté cette invitation de mon ami d'assister à une séance de spiritisme. En retirant mes vêtements, je me jurai intérieurement que c'était la dernière fois que je prenais part à une telle réunion diabolique.

Ma nervosité fut telle que je ne pus me résoudre à éteindre le gaz, j'avais l'impression que ma chambre était peuplée de fantômes, ou que ce couple de terrifiants spectres, le meurtrier et sa victime, m'avait raccompagné à la maison, et qu'il se disputait à cet instant la possession de mon être ; aussi, pour être tranquille, je me couvris la tête avec mes couvertures pour m'endormir de cette manière.

Minuit ! Et l'anniversaire du jour de la naissance du Christ. Oui, j'ai entendu les douze coups sonner à la flèche de l'église, auxquels faisaient écho d'autres clochers du voisinage, tandis que je restais éveillé dans cette pièce illuminée au gaz, avec le très net sentiment de ne pas être seul en ce matin de Noël.

Tandis que j'essayais de me souvenir de ce qui avait bien pu me réveiller aussi brusquement, il me sembla percevoir le très lointain écho d'un cri : « Viens me voir. » Au même moment, les couvertures furent lentement retirées du lit pour tomber en désordre à son pied.

– C'est vous, Polly ? m'écriai-je, en me remémorant la séance, et le nom sous lequel l'esprit s'était présenté.

Trois coups distincts résonnèrent sur la colonne du lit, le signal d'un « Oui ».

– Pouvez-vous parler ?
– Oui.

Cela ressemblait plus à un écho qu'à une voix, tandis que je sentais la chair de poule s'étendre sur toute la surface de mon corps. J'essayai pourtant de faire preuve de courage :

– Puis-je vous voir ?
– Non !
– Et vous sentir ?

Sur-le-champ, j'eus l'impression d'une main glacée qui me touchait légèrement le front pour explorer mon visage.

– Au nom du Seigneur, je vous conjure de me dire ce que vous voulez ?

– Sauver la jeune femme que je *possédais* la nuit dernière. Cette *chose* la traque et ça va la tuer si vous n'agissez pas tout de suite.

L'instant d'après, j'avais bondi hors du lit pour enfiler des vêtements à la hâte et, malgré mon horreur, j'eus l'impression que Polly m'aidait à m'habiller. Sur ma table de nuit, il y avait un poignard malais que j'avais ramené de Ceylan, et dont je me saisis avant de suivre cette légère main invisible qui me guidait hors de la maison, à travers les rues désertes et couvertes de neige.

J'ignorais l'adresse du médium, mais je suivis mon guide, à travers les tourbillons de neige, les coins de rues et les impasses. Tête baissée pour me protéger des flocons, jusqu'à un square silencieux où se trouvait une maison que je savais être celle de ma quête.

De l'autre côté du trottoir, j'aperçus un homme les yeux levés vers une fenêtre allumée, mais c'est à peine si je pus distinguer ses traits et je ne lui prêtai pas grande attention, afin de me précipiter à l'intérieur de la demeure, avec cette main invisible qui me guidait toujours.

Par quel moyen la porte s'ouvrit, si elle s'ouvrit, je ne saurais le dire, je sais seulement que je me retrouvai dans le hall d'entrée, un peu comme on visite des endroits dans un rêve. En haut d'un escalier, puis dans une chambre à coucher faiblement éclairée.

C'était sa chambre, et elle se débattait entre les griffes de ce même démon de la séance, dont les traits diaboliques s'approchaient de ce beau visage ; encore une fois, le corps de cette chose semblait se perdre dans le néant.

Je vis tout cela en un clin d'œil, sa silhouette à demi dénudée, les draps en désordre, tandis que le démon bandait tous ses muscles autour de cette gorge délicate. Et telle une furie, je me précipitai avec mon poignard malais pour trancher ces griffes cruelles et cette face démoniaque, tandis que des sillons sanglants résultaient de mes gestes. Finalement, *cela* cessa de combattre pour disparaître tel un horrible cauchemar, alors que la jeune femme reprenait vie et éveillait la maison de ses cris de détresse. Une de ses mains s'ouvrit et une étrange pièce de monnaie tomba par terre. Je m'en emparai.

Après l'avoir quittée, jugeant ma tâche terminée, je descendis les marches de l'escalier sans que quiconque songe à me retenir. Les autres habitants de la maison se précipitaient au chevet de la jeune femme.

Une fois dans la rue, le poignard dans une main et la pièce de monnaie dans l'autre, je pensai à nouveau à l'individu qui levait les yeux vers la fenêtre illuminée. Était-il toujours présent ? Oui, mais il était allongé par terre, une masse confuse et sombre qui se détachait sur la blancheur immaculée de la neige.

Je m'approchai de lui pour l'examiner. Était-il mort ? Oui. Je le retournai et je me rendis compte que sa gorge était tranchée d'une oreille à l'autre, avec des traces de coupures sur tout le visage... cette même face diabolique, sombre et marquée par la petite vérole. Je reconnus là l'œuvre de mon poignard, tandis que la douceur de la neige se marquait de mares de sang. Au loin, j'entendis une horloge sonner une heure du matin, ainsi que les chanteurs de Noël. Puis je me détournai pour foncer en aveugle dans les ténèbres.

(Traduit par Stéphane Bourgoin.)

1. Le 29 Hanbury Street.

2. L'arrière-cour du 29 Hanbury Street où Annie Chapman fut assassinée.

3. Buck's Row, où Mary Ann Nichols fut assassinée.

4. Berner Street, lieu du crime d'Elizabeth Stride.

5. Le 10 Miller's Court où vivait Mary Kelly.

6. *The Penny Illustrated Paper* du 17 novembre 1888 relatant le meurtre de Mary Kelly.

7. L'entrée de l'immeuble du 10 Miller's Court.

8. *The Illustrated Police News* du 20 octobre 1888, récapitulant les meurtres.

9. *The Illustrated Police News*
du 17 novembre 1888 qui concerne l'assassinat
de Mary Kelly.

10. Dessin de la découverte du corps de Mary Ann Nichols.

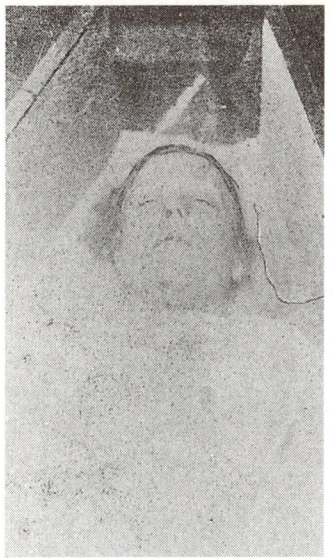
11. Mary Nichols.

12. Annie Chapman.

13. Elizabeth Stride.

14. Catharine Eddowes.

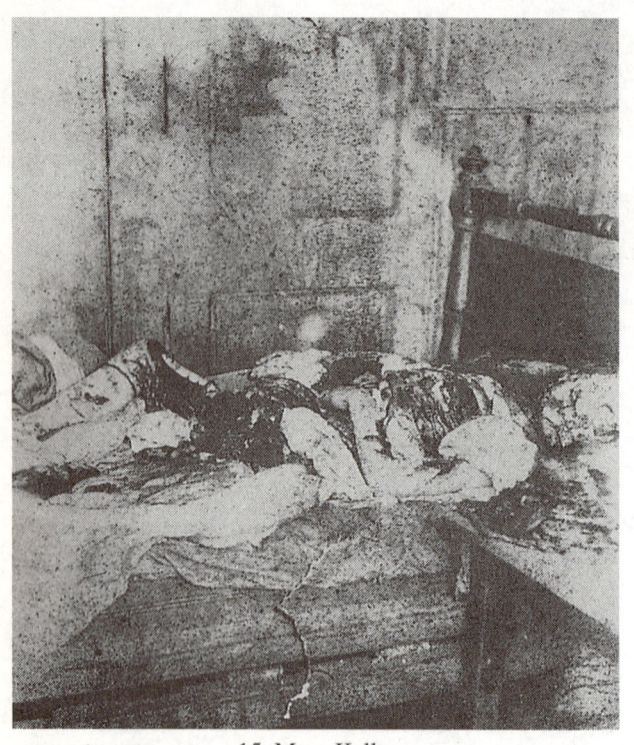
15. Mary Kelly.

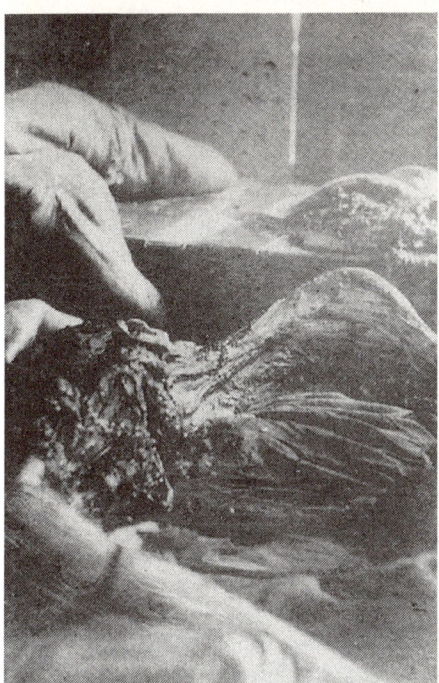

16. Une photo du corps mutilé de Mary Kelly avec des amas de chair posés sur la table de nuit (en haut, à droite); cette photo fut retrouvée en 1987.

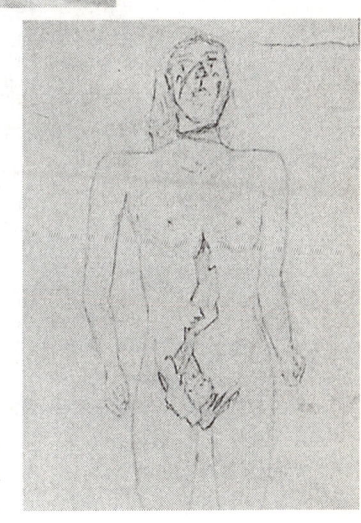

17. Dessin des mutilations infligées à la victime de Mitre Square, Catharine Eddowes.

18. Une des lettres de Jack l'Éventreur adressée à George Lusk, président du comité de vigilance de Whitechapel.

19. L'inscription sur le mur de Goulston Street telle qu'elle est recopiée dans les archives de la police et qui accuse la communauté juive.

20. Le suspect le plus crédible : le Dr Francis Tumblety.

Les Dossiers secrets du Roi des détectives

« *Jack l'Éventreur* »

AUTEUR ANONYME

I – *PARI DE DÉTECTIVES*

– C'est une affaire qui me tient fort à cœur, Mr. Holmes, et je viens à vous comme dernière ressource. Je ne vois pas d'autre moyen de résoudre une énigme qui devient de jour en jour plus angoissante.

C'est par ces mots que Mr. Warren, le chef de la police de Londres, reçut le célèbre détective qui venait d'entrer dans son cabinet.

– Je rentre d'Italie, lui répondit Sherlock Holmes, où j'ai eu la chance de réussir une affaire assez délicate... J'ai trouvé votre lettre, monsieur, j'ai vu que vous aviez une communication urgente à me faire, et me voici.

Les deux hommes se serrèrent la main. Puis ils prirent place confortablement dans des fauteuils de cuir près d'une petite table.

– Votre séjour en Italie a été long ? demanda le chef de la police.

– À peu près trois mois.

– Malgré ça, vous avez dû entendre parler du fléau qui s'est abattu sur Londres. Les journaux ont dû vous apprendre que nous sommes plutôt sur des charbons ardents, nous autres policiers.

– Ah ! vous voulez parler de Jack l'Éventreur ?

– Naturellement, et Londres tout entier, l'Europe, le monde vous en parleront comme moi. Depuis des siècles, je puis l'affirmer, il n'y a pas eu d'énigme comparable à celle que nous pose cet individu mystérieux.

« Je vous assure, Mr. Holmes, qu'il y a des moments où je songe sérieusement à remettre mon emploi entre les mains de Sa Gracieuse Majesté, à le confier à un plus jeune que moi, pour ne plus avoir cette vision d'outre-tombe devant les yeux.

– D'outre-tombe ? sourit le détective. Je crois bel et bien que nous avons affaire à un gaillard en chair et en os et je ne vois pas pourquoi il serait si difficile de mettre un terme aux exploits de ce monsieur.

– Quelle consolation d'entendre de telles paroles dans une bouche comme la vôtre, Mr. Holmes ! dit Mr. Warren tout réjoui. Prenez donc un cigare, et allumez-le ; notre entretien va durer pas mal de temps, et j'ai donné des ordres pour que nous ne soyons dérangés sous aucun prétexte.

Et le préfet de police présenta au détective une petite boîte d'ivoire remplie d'excellents cigares d'importation. Celui-ci en prit un, le coupa, l'alluma. Le policier suivit son exemple.

Une odorante fumée bleue envahit la pièce dans laquelle ces deux hommes, vraies lumières au point de vue criminaliste, allaient décider en quelque sorte du sort de Londres.

– Vous avez appris par les journaux tout ce qui concerne Jack l'Éventreur. Je vais donc aller vite, et me borner en quelque sorte aux données du problème.

« Il y a trois mois, au commissariat central, un cas se présenta, qui ne nous inquiéta pas outre mesure.

« Le fait s'était passé à Whitechapel, dans Gloucester Street, une des rues les plus mal famées de ce quartier, sous une porte cochère. Une jeune femme – une fille publique, on l'a su depuis – avait été trouvée, le ventre ouvert et atrocement mutilée.

« Mr. Hunter, le commissaire spécial de Whitechapel, fut appelé. Il conclut au crime passionnel.

« Vous savez, n'est-ce pas, qu'il y a des criminels qui tuent la femme qu'ils viennent de posséder. C'est une passion maladive, une folie, si vous voulez, qui est bien plutôt du ressort de l'hospice d'aliénés que de celui de la maison centrale.

– Bravo ! Je partage votre opinion juste et humanitaire, Mr. Warren, repartit Sherlock Holmes.

– L'affaire de Gloucester Street resta si obscure, continua le chef de la police, que toutes les recherches aboutirent à cette conclusion : "On avait cru voir dans la rue un homme suspect."

« Quant à son signalement, personne ne put le donner. Pour les uns, il avait un pardessus jaune, pour les autres, il n'avait pas de pardessus.

« Un matelot jurait ses grands dieux que l'individu portait toute sa barbe. Au contraire, la tenancière d'un bar attenant à la porte cochère soutenait *mordicus* qu'il était absolument imberbe.

« La fille fut enterrée. L'affaire fut classée. Trois jours plus tard, le même cas se présentait à Greenwich Road.

« C'était cette fois la femme d'un pilote. Son mari voyageait au diable, dans les Indes. Une jeune et jolie femme, ma foi !... Elle s'était attardée chez une amie. Elle fut tuée de la même manière.

– C'était la vérification de la théorie de la répétition des faits, dit Holmes en souriant. Car vous savez que nous autres criminalistes nous admettons comme les médecins qu'un cas remarquable donné se reproduit le jour même ou peu de temps après dans des conditions identiques...

– La théorie fut abondamment vérifiée, continua Warren. Les crimes succédèrent aux crimes. En une semaine, huit jeunes femmes furent les victimes du mystérieux assassin. Et toujours le même genre de mort...

« Les victimes étaient soit assaillies et assassinées dans la rue, soit entraînées sous une porte cochère, dans une écurie ou une grange, bref dans un endroit où le meurtrier était à peu près sûr de pouvoir... travailler tranquille pendant quelques minutes.

« Alors, d'un couteau qui devait être fort aiguisé, l'assassin leur ouvrait le ventre d'une façon que je qualifierais de très habile, et telle que la mort s'ensuivait aussitôt.

– Aucune de ces malheureuses ne put faire de déclaration avant de mourir ?

– Aucune. Dans tous les cas, la mort était survenue avant l'arrivée de la police ou du public.

« Bientôt il fut évident que ne suffisaient plus au misérable les prostituées ou les femmes de mœurs légères qu'il rencontrait non seulement à Whitechapel, mais aussi dans la zone réservée aux filles publiques.

« Plusieurs femmes et jeunes filles d'excellentes familles devinrent sa proie.

« Mais je dois vous faire observer que d'après les constatations des plus sérieux d'entre mes détectives, toutes ces femmes menaient en secret une conduite plus ou moins irrégulière. Souvenez-vous de cela, Mr. Holmes, c'est important !

– C'est bien mon avis, repartit le détective. Et combien de cas avez-vous relevés en tout ?

– Jusqu'à présent, en trois mois de temps, trente-sept femmes ou jeunes filles ont été assassinées de la sorte.

« Une terreur panique s'est emparée de toute la ville. Aucune femme, aucune jeune fille n'ose plus sortir la nuit, même accompagnée.

« La voix populaire a donné un nom à l'assassin. Elle l'appelle "Jack l'Éventreur".

« Quant à nous, les reproches ne nous ont pas manqué. Les journaux fulminent contre nous et journellement nous somment de mettre fin à cet état de choses.

« L'autorité dont je dépends m'a formellement donné l'ordre de trouver Jack l'Éventreur et de l'arrêter. Mais je n'en vois pas le moyen.

« Dites-moi un peu, vous, Mr. Holmes, qui êtes le premier spécialiste du monde en la matière, pourriez-vous arrêter un homme qui se cache dans l'ombre comme un fantôme, qui accomplit son forfait en quelques minutes pour disparaître ensuite sans laisser de traces ; un homme qui travaille toujours de la même manière, mais apparaît sans cesse sur un autre point de la ville, et paraît être en relation avec le diable !

« Jamais on n'arrive à temps pour entendre le cri d'agonie de la victime, ni pour voir disparaître l'assassin.

Sherlock Holmes frotta son menton rasé de frais sur sa main.

– Voulez-vous me permettre, Mr. Warren, de vous poser quelques questions ?

– Comment donc, Mr. Holmes. Je vous en prie ! Je vous répondrai de mon mieux.

Le détective avala une forte bouffée de fumée de son cigare, qu'il renvoya ensuite dans l'air sous forme de ronds.

Il regarda ces anneaux, pensif. Ce spectacle semblait le réjouir fort.

– Vous disiez tout à l'heure, remarqua-t-il tout à coup, que le procédé de l'assassin était toujours le même. Est-ce que les médecins ont établi si le meurtrier "travaillait" toujours avec le même instrument, le même couteau par exemple ?

– Je puis vous répondre "oui" hardiment. Nous avons consulté les plus illustres médecins de Londres, et ils se sont occupés de l'affaire avec beaucoup de complaisance.

« Eh bien ! quelques-uns d'entre eux prétendent que le meurtrier ne peut être qu'un boucher ou un garçon boucher.

« D'autres disent même que c'est peut-être un médecin. Le ventre est ouvert comme s'il s'agissait d'une laparotomie.

– Est-ce qu'il manque quelque partie aux cadavres, ou bien sont-ils complets ?

– Ils sont complets. Dans bien des cas, les intestins sont sortis.

– Est- ce que le vol a accompagné le crime, dans un cas au moins ?

– Jamais. En dernier lieu, à Montgomery Street, la femme d'un riche négociant a succombé. Elle avait un portefeuille contenant vingt mille livres sur elle. Pas une bank-note ne manquait. Tous ses bijoux étaient au complet.

– Naturellement, vous avez mis sur pied une armée de détectives pour pincer Jack l'Éventreur en flagrant délit ?

– Cela s'entend. Vous devez concevoir, Mr. Holmes, que tous mes agents brûlent du désir de se signaler dans une affaire de ce genre.

« Ils ont passé des nuits entières à faire le guet. Tout un service est organisé. On a convenu des signaux. J'ai fait mieux encore, j'ai muni toutes les pierreuses de Londres d'un sifflet au son caractéristique. Au moment où on les attaque, elles n'ont qu'à en faire usage.

– Et s'en sont-elles servies ?

– Jamais ! répondit Mr. Warren. Et cependant, quelques-unes des victimes avaient le sifflet dans leur poche, voire même attaché sur leur poitrine.

« J'ai fait plus. J'ai promis une récompense à qui arrêterait Jack l'Éventreur. Et une récompense considérable : mille livres sterling.

« J'avais espéré qu'il se trouverait un traître, un homme au courant de ces crimes, qui consentirait à gagner le prix du sang. Personne ne s'est encore présenté, qui ait pu fournir la moindre indication précise.

À ce moment, on frappa à la porte de la pièce élégamment meublée du bureau central de police où avait lieu cet entretien.

– Qui vient me déranger ? demanda le chef de la police, visiblement très contrarié. N'avais-je pas expressément recommandé que je ne voulais voir personne tant que Mr. Holmes serait là ?

Le haut fonctionnaire de la police s'était levé, il avait tourné la clef dans la serrure et ouvert la porte.

Un homme maigre, pâle et imberbe entra. Il s'inclina respectueusement devant le chef de la police.

– Ah, c'est vous, Murphy, lui dit celui-ci d'une voix radoucie. Vous m'apportez sans doute quelque importante nouvelle.

« Quand le chef des détectives se dérange en personne, c'est qu'il s'agit de quelque chose d'important.

– Mais c'est Mr. Holmes, le célèbre détective, dit Murphy avec une nuance d'ironie dans la voix. Permettez-moi de vous serrer la main, très cher monsieur.

– Pas de cérémonies entre nous, Murphy, lui dit Sherlock Holmes. Vous savez bien que nous sommes sur le même pied. Vous vous mettez en travers de tout ce que j'ai entrepris. Quant à moi... moi, il faut que je vous l'avoue : je vous tiens pour un gâcheur.

Murphy eut un rire forcé.

– Ha ! ha ! quelle excellente plaisanterie ! Mr. Holmes, vous avez dû bien travailler, car vous êtes de bonne humeur.

– Je l'étais, riposta Holmes. Mais c'est fini pour toute la journée, parce que je vous ai vu.

– Les deux antipodes, dit alors Mr. Warren : le chef détective de Londres, et Sherlock Holmes, qui nous a si souvent rendu de bons services, et qui est notre secours, quand notre science est en défaut.

« Ne prenez pas cela en mal, Murphy. Ce n'est malheureusement que trop vrai. Et autrement, que nous apportez-vous ?

— Une mauvaise nouvelle ! Celle du trente-huitième cas.

— Quoi ? toujours Jack l'Éventreur ?

Murphy baissa la tête et dit, avec un regard sur Sherlock Holmes :

— Oui, c'est une noix un peu dure. Mais nous avons de quoi la casser. Avez-vous de bonnes dents, Mr. Holmes ? Aidez-nous donc un peu.

« Peut-être arriverez-vous à arrêter l'Éventreur, vous.

— Je ferai mon possible, répondit Sherlock Holmes. Mais racontez-nous donc ce que vous savez. Car vous permettez, monsieur le Préfet, que j'assiste à votre entretien avec Mr. Murphy.

— Mais naturellement, dit Warren. Je vous en prie. Nous disions donc la trente-huitième ? Donc ; un meurtre ?

— Toujours la même "manière", répondit le policier, avec cette différence qu'il s'agit cette fois-ci d'une personne connue, et que l'affaire va soulever un énorme scandale à Londres.

« La chanteuse Lilian Bell a été assassinée cette nuit...

— Lilian Bell ! reprit le chef de la police. La fameuse chanteuse ! La beauté célèbre qui a été admirée et goûtée à la cour de la Reine ? Ce n'est pas possible !

« Ainsi cette affreuse destinée atteint même cette prima donna adulée et fêtée.

— Malheureusement oui, Mr. Warren, répondit Murphy. Et voici les circonstances de la mort : la cantatrice avait chanté hier soir à Drury Lane, et y avait remporté son succès habituel.

« Elle s'était rhabillée dans sa loge et avait quitté le théâtre avec sa camériste pour prendre la voiture toute prête qui devait, comme chaque soir, la conduire à son domicile à Oxford Street.

« Généralement la camériste l'accompagnait jusqu'à la voiture. Cependant, il est prouvé que miss Lilian a quitté cette femme devant la porte du théâtre pour un motif quelconque et a gagné toute seule la voiture.

« Quand le cocher arriva devant l'hôtel de Lilian, il s'étonna qu'on n'ouvrît pas la portière et que la chanteuse ne sortît point.

« Il sauta enfin du siège, ouvrit la portière et fit un bond d'épouvante.

« Lilian était couchée sur les coussins de soie, bestialement mutilée. La police arriva aussitôt. Il s'agissait de nouveau d'un crime du mystérieux Jack l'Éventreur.

– Une affaire bien fâcheuse, dit Warren en passant la main dans ses cheveux gris. Cela va faire un joli effet, et nous pouvons nous attendre à une belle campagne de presse !

– Et je suis convaincu qu'une fois de plus nous allons tâtonner dans l'ombre, car je prétends que ce crime est encore plus mystérieux que les trente-sept qui l'ont précédé.

– C'est exact ! laissa échapper Sherlock Holmes, qui s'était réfugié dans un coin de la chambre d'où il revenait lentement. C'est exact ; c'est très mystérieux et très compliqué.

« Mais Mr. Murphy ne manquera pas de nous fournir la lumière, et je lui souhaite bonne chance.

– Ne plaisantez pas, Mr. Holmes, répondit Murphy, d'un ton venimeux. Essayez donc vous-même de prendre l'invisible Jack l'Éventreur. Allez, cherchez dans les cinq millions d'habitants de Londres et trouvez le vrai coupable !

– Je le trouverai, mon cher ami, je le trouverai ! répondit Sherlock Holmes, et je vous invite à un petit duel, Mr. Murphy, si vous en avez le courage.

– Le courage ? J'ai le courage d'aller jusqu'en enfer, s'il le faut.

– Eh bien ! Ça marche, dit Sherlock Holmes en tendant la main. Vous avez si souvent prétendu que mon savoir n'était que mauvaise besogne, et que c'était une affaire de chance quand je trouvais la vraie piste, que je ne suis pas fâché que nous travaillions tous les deux à la même affaire. Nous verrons qui atteindra le but le premier.

– Alors une course de détectives ? fit observer le chef de la police en se frottant les mains, tout joyeux. Messieurs, je vous déclare que j'enregistre le pari, et que je suis tout prêt à en fixer le prix : vingt-cinq bouteilles de champagne que nous boirons tous ensemble le jour où Jack l'Éventreur sera sous les verrous !

« Ça, c'est bien le moins que je profite du pari qui met aux prises les deux plus grands détectives de l'Angleterre luttant courtoisement à qui débarrassera Londres de son fléau.

– Je tiens le pari ! s'écria Murphy. Je parie mille livres sterling que je gagnerai.

– Mille livres sterling, demanda Holmes, all right, Murphy ! Aujourd'hui même je fais déposer à la banque d'Angleterre mille livres, et j'espère que vous ferez de même, Murphy ! Au vainqueur l'argent et le champagne !

Les deux détectives se serrèrent la main, pour la première fois peut-être de leur vie.

– Et maintenant, messieurs, dit Holmes, j'ai l'honneur de prendre congé de vous. Je ne veux pas perdre une minute qui pourrait me faire rater mon affaire. Mr. Murphy, mes respects ! Je vais à la recherche de Jack l'Éventreur ! »

II – *LE CROQUE-MORT*

Le cadavre de la belle cantatrice Lilian Bell n'avait pas été transporté à la morgue. Par égard pour la personnalité connue et appréciée de la morte, on l'avait conduite à son domicile.

Elle y était couchée sur un large lit, tout couvert de fleurs. À la tête brûlaient deux cierges, entre lesquels s'élevait une croix.

Ce lit offrait un triste spectacle.

C'était la jeunesse en fleur qu'avait fauchée la mort insatiable. Deux personnes debout au pied s'entretenaient à voix basse de cet effroyable malheur.

L'une d'elles était un jeune homme maigre et blond, assez bien physiquement, à l'allure de fêtard. La lassitude de ses traits disait les nuits sans sommeil et les excès de toutes sortes.

Il était vêtu très élégamment, d'une façon un peu excentrique.

L'autre était une jolie jeune femme d'environ vingt-trois ans, la femme de chambre de Lilian Bell, miss Harriette Blunt. Elle était issue d'une bonne famille. C'était en quelque sorte le bras droit de la cantatrice.

– Quel terrible événement ! dit le jeune homme en regardant la couture de ses gants glacés. Je suis encore sous l'impression de la terreur que j'ai éprouvée en l'apprenant.

« J'étais justement en train de déjeuner au club. Je me suis jeté dans un cab pour venir ici.

« Ma pauvre sœur ! Qui aurait pu penser à une fin aussi effroyable ?

Un torrent de larmes s'échappa des yeux de miss Harriette.

– Je suis encore sous le coup de l'émotion la plus profonde, répondit-elle. Ah ! si seulement j'avais été avec elle ! Ce terrible événement n'aurait pas pu avoir lieu !

« Mais j'ai demandé à miss Lilian la permission de m'absenter pendant une heure. J'en avais absolument besoin pour une affaire privée impérieuse. Bonne comme elle l'était, elle me l'a accordée tout de suite !

– Peut-être votre présence n'eût-elle rien empêché, repartit le frère de la jeune artiste. Vous pouvez vous féliciter au contraire de ne pas vous être trouvée vous aussi dans la voiture, car qui sait si ce misérable, qu'on appelle Jack l'Éventreur, ne vous aurait pas assassinée !

Miss Harriette frissonna.

– Encore un mot en confidence, ma chère Harriette. Vous n'étiez pas seulement la camériste, mais encore la dame de compagnie de ma sœur et sa plus intime amie.

« Est-ce que ma sœur laisse une grosse fortune ? À mon appréciation, elle doit s'élever au bas mot à cent mille livres. Elle a amassé des sommes considérables...

– Le calcul est à peu près exact. La somme est déposée à la Banque d'Angleterre, je le sais.

– Et naturellement elle avait fait un testament ? Elle m'y institue son légataire universel ? Je suis son seul parent... J'ai bien été brouillé avec elle pendant quelque temps, mais enfin nous nous entendions en somme et je sais qu'elle m'aimait bien.

– C'est ce qu'elle a fait, Mr. Bell. Mais vous lui avez donné des raisons sérieuses de mécontentement !

– Que voulez-vous, aussi ! Lilian était une nature bizarre. À elle, il lui fallait toute sa liberté, et de moi elle aurait exigé une existence d'épicier !

– Qui est là ? cria au même moment Harriette en courant vers la porte. Que personne n'entre... Mon Dieu, qu'est-ce que cela ! Quel est ce spectre noir ?

– N'ayez pas peur, miss Harriette, dit Grover Bell en allant à la jeune fille. Il n'y a pas de spectres... et ce monsieur vêtu de noir va avoir la bonté de vous expliquer brièvement le but de sa visite.

Un long personnage noir se tenait sur le seuil de la porte.

Tout était noir chez lui : le pantalon étroit qui serrait les jambes, la redingote au grand col, boutonnée jusqu'au menton, et qui ne laissait apercevoir aucune espèce de linge, le crêpe au bras droit, le chapeau haut de forme qu'il tenait à la main, enfin les longs souliers pointus qui chaussaient ses pieds considérables.

En outre, l'homme possédait un visage excessivement pâle, un nez pointu et des cheveux noirs absolument collés sur le crâne.

Aux mains, une paire de gants noirs.

– Je vous présente mes excuses, dit le long personnage. Je me nomme Josias Wakfield et je suis le représentant de l'entreprise des pompes funèbres la "Requiescat in pace". La nouvelle de la disparition de l'éminente artiste qu'était miss Lilian Bell nous a vivement touchés, et je viens vous présenter à ce sujet, au nom de la société, l'expression de notre profonde sympathie.

« Je me permets en même temps de vous présenter le prospectus de notre entreprise. Vous pourrez vous rendre compte que nous nous chargeons d'enterrements de première, deuxième et troisième classe, les plus pompeux comme les plus modestes, le tout à des prix extraordinaires de bon marché.

« Si vous nous faites l'honneur de nous accorder la préférence, tout souci vous sera épargné. Du lit de mort au tombeau, nous nous chargeons de tout !

– Mon cher ami, répondit Grover Bell à cette longue tirade, je ne puis vous promettre rien de précis au sujet des funérailles de ma sœur avant que la justice en ait décidé.

« Sans doute y aura-t-il un examen de corps, autopsie peut-être même, et qui sait ce qu'il plaira au coroner de décider.

– C'est bien ce que j'avais pensé, repartit Josias Wakfield. Mais peut-être me permettrez-vous de prendre quelques mesures pour le cercueil. Vous pourrez faire quelques préparatifs, et il est bon que je ne revienne pas vous déranger.

– Je n'y vois pas d'inconvénient, repartit Grover. Nous aurons toujours besoin d'un cercueil. Passons dans la chambre à côté, miss Harriette. Monsieur n'en aura pas pour longtemps. Nous continuerons notre conversation pendant ce temps.

– Mon Dieu, non, quelques minutes à peine, répondit Josias Wakfield en tirant un mètre de sa poche. Je vous en prie, ne vous dérangez en rien. Vous pourrez jeter un coup d'œil sur notre prospectus en attendant.

« La "Requiescat in pace" est, je vous prie de le remarquer, la compagnie la plus importante des pompes funèbres de Londres.

Pendant que Harriette et son interlocuteur s'éloignaient, Josias commença à prendre ses mesures dont il écrivait les résultats sur un vieux carnet, qu'il avait tiré de sa poche et posé près de lui.

Tout à coup, il leva la tête, regarda la porte où les deux jeunes gens avaient disparu, rejeta les couvertures... Le corps mutilé de la malheureuse apparut.

L'homme regarda d'un œil de connaisseur la blessure, une profonde entaille qui coupait en deux le ventre blanc.

Puis il fit disparaître de nouveau le bas du corps de la cantatrice sous les draps et leva ses mains.

Celles-ci étaient blanches comme de la cire, presque diaphanes. Elles portaient encore les anneaux dont la jeune femme les avait ornées pour la soirée avant sa mort. C'étaient des bagues d'une valeur considérable.

Mais ces bijoux n'intéressaient que médiocrement le noir Josias.

Il considéra par contre attentivement les ongles des mains, des ongles soignés, rosés et finement polis, en murmurant :

– Pas un de cassé, ni même d'abîmé. Il n'y a donc pas eu de lutte entre l'assassin et la victime. Dans ce cas, quand elles sont surprises, les femmes et les jeunes filles se servent toujours de leurs ongles.

« Doit-on en conclure que Lilian Bell connaissait le meurtrier, qu'elle lui a volontairement fait place dans sa voiture, sans attendre une agression de sa part ?

« Tiens, qu'est cela, se demanda l'étrange représentant de la société "Requiescat in pace", sous cet ongle ? Un cheveu, ou un poil de barbe ?...

« Vite, la loupe...

Et le noir Josias eut rapidement tiré une loupe, placé le cheveu sur son carnet, et l'examinait attentivement à travers le puissant instrument.

– Ni cheveu ni poil, dit-il, mais perruque ou fausse barbe.

« C'est facile à voir, ce n'est pas un cheveu d'homme, c'est un cheveu de perruquier.

« Voilà déjà un premier pas de fait. Jack l'Éventreur porte une perruque et une fausse barbe quand il fait ses coups.

« Donc, ce n'est pas un être inintelligent, comme pourrait le faire croire son horrible spécialité. Ce n'est pas une brute, un être primitif, un assassin du bas de l'échelle sociale. Non ! c'est un homme intelligent, un dégénéré.

L'employé des pompes funèbres allait s'éloigner du lit, quand une pensée soudaine le fit se pencher de nouveau vers le corps.

Il devait avoir vu quelque chose qui l'intéressait vivement. Il ouvrit la bouche du cadavre dont il examina les dents avec un vif intérêt.

C'étaient des superbes dents blanches qui avaient une certaine célébrité en Angleterre.

Quand la cantatrice chantait, ce n'était pas tant les sons merveilleux qui sortaient de sa bouche que cette dentition elle-même qu'on admirait. Elle en valait du reste la peine.

L'employé des pompes funèbres fit une découverte capable, si elle avait été connue, de révolutionner toute l'Angleterre.

Lilian Bell avait une fausse dent.

Elle était fixée à une petite plaque de caoutchouc. On ne possédait pas encore, dans les cabinets dentaires, l'art de visser des dents dans des racines ou de faire des couronnes et des ponts.

D'ailleurs, cette dent était si bien faite, que personne ne pouvait la distinguer des perles qui remplissaient la mâchoire.

Peut-être la camériste elle-même n'en savait-elle rien.

Josias introduisit avec précaution la main dans la bouche de la cantatrice, et en retira la plaque qui portait la fausse dent.

Il la regarda avec attention, eut encore recours à sa loupe pour examiner le caoutchouc.

– Est-ce que je me trompe ? se demanda l'employé... mais non, sous ce rapport je ne puis me tromper...

« Ce petit cercle d'or qui entoure le caoutchouc me prouve... je suis sûr de mon affaire... que miss Lilian était une fumeuse d'opium. Beaucoup de crimes proviennent des fumeries que fréquentent les malheureux qui s'adonnent à cette terrible passion. C'est d'ailleurs le seul moyen par lequel miss Lilian, la grande cantatrice, aurait pu se trouver en contact avec des criminels. Je vais me servir de ce levier. Cette découverte me réjouit fort.

Le représentant de la maison "Requiescat in pace" remit la dent en place. Personne n'aurait pu la distinguer des perles qui remplissaient la jolie bouche de la chanteuse. Puis, en souriant doucement, il s'éloigna de la couche.

Mais à ce moment, la loupe lui échappa des mains et roula à terre.

– Maladroit ! cria l'employé. Voilà ma loupe sous le lit. Je vais la chercher avant que le frère et la bonne ne rentrent.

Il se courba, étendit son long corps mince pour regarder sous le lit.

Au même moment, il tressaillit, puis proféra d'une voix étouffée :

– Sortez, mon ami : inutile de vous cacher plus longtemps ; vous êtes pris.

Un murmure confus s'exhala de sous le lit où était couchée la cantatrice. Mais l'entrepreneur des pompes funèbres se baissa, saisit une jambe humaine, la tira ; un corps suivit. C'était un homme qui se cachait sous le lit.

C'était un rôdeur sale et misérable, aux cheveux rouges en broussaille, à la barbe rouge entière. Il ne fit aucunement mine de s'enfuir. Il se releva quand Josias le lui permit, et lui dit à voix basse :

– Pas de scandale, l'ami.

« Ce n'est pas pour voler que je me suis introduit ici. C'est pour tout autre chose.

« Je ne peux rien dire... Prenez cette bank-note, et ne vous inquiétez pas de moi.

– Mon cher ami, repartit l'employé, pour qui me prenez-vous ? Croyez-vous que je sois à vendre pour une livre ?

« Je vais faire du bruit si vous ne m'en donnez pas encore neuf !

– Crapule ! s'écria le rouquin, voyez comme il abuse de la situation. Il faut que je marche, car je tiens absolument à rester ici.

« Tiens, coquin, les voilà, tes dix livres. Et maintenant ouste ! tâche de filer.

L'employé prit froidement les dix billets, tira de sa poche une enveloppe et les mit dedans.

Puis il écrivit quelques mots au crayon sur l'enveloppe.

– Qu'est-ce que vous faites ? Qu'écrivez-vous là-dessus ? demanda l'homme roux.

– Je vais vous le montrer avec plaisir, repartit l'autre. Regardez :

« Dix livres sterling pour les pauvres de Londres, de la part de Murphy, chef détective de la police.

– Goddam, vous me connaissez donc ! grogna Murphy, car c'était lui, étonné et furieux à la fois.

Involontairement sa main se porta à sa perruque et à sa fausse barbe, comme pour s'assurer que ces deux postiches étaient bien à leur place.

– Dites donc, l'homme, comment pouvez-vous croire ?...

– Allons, allons, pas la peine, mon cher Murphy : au moment où je vous tenais le pied sous le lit, je savais déjà que c'était à vous que je parlais, et à aucun autre.

« Il y a longtemps que j'ai remarqué que vous aviez un gros œil-de-perdrix sous le petit orteil du pied gauche, et ça se voit sous votre semelle.

« Du reste, je vous souhaite bonne chance pour vos recherches ultérieures. Je vous laisse le champ libre. Restez tranquillement ici, rentrez sous votre lit, dormez, faites en un mot ce que vous voudrez. Je ne veux pas vous déranger plus longtemps, et je me félicite d'avoir gagné de la sorte dix livres aux pauvres de la ville !

Murphy écumait littéralement de rage.

Il serra les poings, et laissa échapper de ses lèvres serrées :

– Homme, ou plutôt démon, je te connais. Tu es... tu es...

– Votre tout dévoué Sherlock Holmes, détective, dit l'autre en riant.

Et il disparut.

III – *DANS LA FUMERIE D'OPIUM*

L'usage de l'opium est l'objet dans tous les pays civilisés d'une surveillance sévère.

L'opium, on le sait, est une des drogues médicamenteuses les plus actives. Ce qu'on sait moins, c'est que cette substance constitue un poison terrible, dont l'usage a déjà coûté une multitude de vies humaines.

La production de l'opium est l'apanage de tous les pays assez secs, et surtout de la Perse, de la Chine, et quelque peu aussi de l'Égypte.

Il y a déjà plusieurs siècles que l'opium est employé comme un narcotique puissant qui procure les rêves les plus agréables.

L'abus de cette drogue a surtout lieu en Chine, en Turquie, à Java et dans l'Amérique du Nord et en Angleterre, quoique à un degré moindre. Les mangeurs d'opium sont honorés en Turquie.

Il faut avoir vu ces gens-là pour se faire une idée de la puissance dominatrice de ce poison et des ravages qu'il peut produire sur l'organisme humain.

Les fumeurs d'opium sont pâles. Ce sont des ombres humaines aux yeux éteints, au visage couturé de rides... ce sont des cadavres ambulants.

En Chine et à Java, l'opium ne se mange pas, il se fume, et ce vice s'est implanté en Amérique et en Europe, surtout en Angleterre.

L'introduction de l'opium en Angleterre remonte à 1840. Depuis cette époque, il y a, surtout à Londres, un grand nombre de fumeries que fréquente la société la plus élégante.

Ce vice est l'objet de la part des autres classes de la société d'une sorte de mépris. Dans la classe élevée au contraire il a de suite trouvé le meilleur accueil.

Des hommes et des femmes très distingués, qui sont devenus la proie du démon de l'opium, se glissent en secret, parfois même sans un déguisement, dans ces fumeries. Ils y passent la nuit entière dans des rêves extatiques, au milieu des mirages qu'évoque pour eux la « divine fumée » et qui les ravissent ; mais au matin le réveil est terrible.

Aussitôt que Sherlock Holmes eut acquis la certitude que Lilian Bell fumait l'opium, il se hâta vers sa demeure pour y changer de déguisement. Il quitta la défroque noire de l'employé des pompes funèbres pour revêtir la livrée élégante du gentleman.

Il cacha ses cheveux sous une perruque sombre, se pourvut d'une moustache noire, et couvrit son visage de blanc gras. Il eut ainsi un aspect maladif qu'il augmenta encore en cerclant de bistre le dessous de ses yeux.

Ce ne fut pas tout.

D'une cassette toujours fermée à clef, le détective tira un flacon dont il fit quelques instillations dans ses yeux.

Il fit la chose très prudemment d'ailleurs, n'injecta qu'une toute petite quantité.

C'était de la belladone, qui aurait pu l'aveugler s'il ne s'en était servi sans précaution. Mais ses yeux, injectés avec prudence de cette liqueur, prirent un éclat tout à fait particulier, cette lueur spéciale que ne donne que la fièvre.

– By Jove ! Mr. Holmes ! s'écria Harry Taxon, qui justement entrait et aperçut son maître sous cet aspect. Vous avez l'air d'un cadavre ambulant, ou plutôt d'un homme subitement atteint d'une fièvre intense.

– Je te remercie, mon petit, de ce que tu me dis là, répliqua le célèbre détective en riant. C'est justement ce que je désire.

« Regarde-moi bien : tu vas apprendre quelque chose. L'aspect que tu me vois est celui qui est commun à tous les fumeurs d'opium ; à ceux que cette misérable passion possède depuis longtemps. Leurs joues ont cet aspect flétri et ridé ; leurs yeux cet éclat naturel, ce feu extraordinaire, qui les dévore : tels sont les symptômes certains de l'intoxication par l'opium.

– Et où allez-vous sous ce déguisement ?

– Je ne rentrerai pas de cette nuit, il y a des chances, reprit Sherlock Holmes en mettant un revolver et un poignard dans sa poche.

« Tu ne me suivras pas, Harry, mais tu m'attendras ici toute la nuit jusqu'à demain matin. Tu pourras dormir. Je te réveillerai si j'ai besoin de toi.

Sherlock Holmes serra la main à son jeune élève, et sortit rapidement, car il ne voulait pas se montrer à Mrs Bonnet dans cet appareil. La bonne dame se désolait chaque fois qu'elle voyait sortir son maître avec l'intention de passer la nuit dehors.

Et c'était surtout quand elle remarquait qu'il avait arboré un déguisement bizarre, qu'elle avait peur : elle savait qu'il s'agissait d'une expédition dangereuse.

Sherlock Holmes se dirigea à grands pas vers la Tamise, il traversa le pont près de Southwark Street et entra dans Tooly Street.

C'était une longue rue étroite encore parsemée de vieilles habitations.

D'un côté les fenêtres des maisons donnaient sur la Tamise. De l'autre sur la ligne du South-Eastern Railway.

Sans s'inquiéter le moins du monde de toute la racaille qu'il croisait sur son passage et qui remplissait les rues, le détective gagna tranquillement une maison à deux étages de Tooly Street.

C'était sans doute une des plus vieilles de la rue. Elle devait dater du temps où Cromwell fit décapiter le roi d'Angleterre.

Sur la façade de cette maison régnait à hauteur du premier étage une galerie de bois soutenue par des colonnes.

Aussitôt que Sherlock Holmes eut atteint la porte, il sonna ; on ouvrit immédiatement.

Un nègre en livrée baroque s'avança vers lui, et lui demanda ce qu'il voulait.

– Je désirerais parler à Mme Cajana, répondit Sherlock Holmes.

Le nègre, sans en demander davantage, le conduisit dans une pièce du rez-de-chaussée, meublée avec une élégance fanée.

La douce lumière d'une ampoule électrique suspendue au plafond se diffusait sur des meubles surannés dont le damas jaune avait dû coûter fort cher.

Sherlock Holmes ne resta pas longtemps seul. Une petite porte s'ouvrit : une femme d'environ trente ans entra.

Elle était habillée à l'européenne mais on voyait bien qu'elle n'était pas née sous le ciel d'Angleterre.

Son teint avait la couleur du bronze, ses cheveux d'un noir de jais grisonnaient sur ses tempes.

– Vous désirez me parler, demanda Mme Cajana, en mauvais anglais, que voulez-vous ?

– Fumer l'opium...

– Ah ! qui a pu vous dire qu'on fumait l'opium chez moi ? repartit Mme Cajana avec un étonnement des mieux joués.

« Non, monsieur, on s'est moqué de vous, veuillez passer votre chemin.

– Madame, on ne s'est point moqué de moi, répondit Sherlock Holmes. Si vous avez quelque doute, si vous ne me prenez point pour un fumeur invétéré, vous n'avez qu'à me regarder.

« Votre regard exercé reconnaîtra certainement les traces de l'usage prolongé de la "bonne drogue".

Mme Cajana tira sur une petite chaîne dorée, et l'ampoule électrique descendit du plafond ; elle enleva l'abat-jour. La lumière tomba en plein sur le visage du détective.

Elle fixa son visiteur un instant, et lui dit à voix basse :
– C'est vrai, monsieur, tous les symptômes y sont. Vous êtes bien de notre secte.

« Mais vous savez qu'il faut être très prudent. Une fumerie est sévèrement interdite à Londres. Je suis au mieux avec la police de mon district, c'est vrai, mais la préfecture a l'œil sur moi, et je crains toujours de recevoir la visite d'un détective.

– Ah ! Madame, répondit Sherlock Holmes, je voudrais bien qu'il en soit ainsi. Je veux dire : Je voudrais ne pas être fumeur...

« Je souffre terriblement. Je ferais tout au monde pour guérir de mon vice... Rien n'y fait, je n'en ai pas la force.

« Il me faut de l'opium, entendez-vous, madame, il m'en faut. J'en veux vite, vite. Conduisez-moi dans une de vos chambres. Donnez-moi la "bonne drogue"... ou je vais devenir fou !

– Par Brahmâ, repartit Mme Cajana, qui était Hindoue d'origine, vous pouvez à peine attendre !

« Eh bien ! Calmez-vous un peu, monsieur. Vous allez trouver chez moi tout ce qu'il vous faudra.

« Mangez-vous ou fumez-vous l'opium ?
– Je fume... oh ! fumer...
« Dites-moi vite, madame, ce que je vous dois.
– Cinq livres sterling, dit la tenancière de la fumerie.
Sherlock Holmes tira son portefeuille et tendit la somme demandée.

Ces formalités remplies, la femme lui fit signe de le suivre.

Ils sortirent de la chambre. Puis longeant un long couloir à peine éclairé, ils atteignirent le derrière de la maison.

Ils entrèrent dans une sorte de hall où s'ouvraient dix portes.

Mme Cajana ouvrit l'une d'elles et fit signe à son hôte d'entrer.

C'était une chambre longue et étroite. Le jour elle était éclairée par une seule fenêtre, étroitement fermée par une jalousie.

Un large divan se trouvait dans un coin. Il était vraisemblablement destiné à permettre aux fumeurs de s'étendre à leur aise. À côté du divan, une petite table avec tout l'attirail nécessaire pour fumer.

– Pouvez-vous vous servir vous-même, monsieur, demanda Mme Cajana en allumant une petite lampe à alcool, ou préférez-vous que je reste avec vous pour faire les pipes ?

– J'aimerais mieux ça, répondit Sherlock Holmes. J'éprouve au début un moment de grande émotion, et je n'aime pas être seul alors.

– Rien n'est plus facile, dit Mme Cajana. Dès que l'eau bouillira, vous jetterez l'opium dedans pour qu'il se délaye.

« Puis vous passerez le mélange dans ce petit appareil pour le filtrer et le sécher.

« Mettez la tête sur ce coussin et prenez une boulette d'opium au bout de cette aiguille. Posez-la dans le fourreau de la pipe.

« Puis faites-la griller au-dessus de la flamme et aspirez la fumée en une ou deux bouffées.

« S'il vous faut une dose plus forte, recommencez l'opération plusieurs fois.

– Mais je sais tout cela, madame, dit le détective en gagnant doucement la porte pour couper la retraite à la femme.

« Je ne suis pas venu ici pour apprendre de vous comment on prépare une pipe d'opium, mais pour vous demander un renseignement.

Mme Cajana se retourna, toute surprise. Son visiteur venait de lui parler d'une voix toute changée... un soupçon naquit en son esprit.

– Restez tranquille, madame, prononça le détective d'une voix ferme. Si vous avez le malheur de crier ou d'appeler vos gens, vous êtes perdue. Je vous fais arrêter de suite.

« Répondez à mes questions en toute franchise : je vous promets de ne point trahir le secret de votre maison.

« Je suis Sherlock Holmes, le détective.

Mme Cajana chancela. Elle s'écroula sur le divan, toute tremblante de frayeur.

– Je vous le répète, madame, reprit Sherlock Holmes en se rapprochant d'elle, vous n'avez rien à craindre : mais n'essayez pas de me tromper.

– Que voulez-vous donc savoir ? finit par dire la malheureuse, terrorisée. Je vous en supplie, ne me faites pas souffrir. Toute ma fortune est dans cette maison. Je suis ruinée, si...

– Vous pouvez continuer en paix votre joli commerce. À quoi nous servirait de fermer votre boîte ? Il pousserait dix fumeries à la place de la vôtre, comme des champignons sur un fumier.

« Dites-moi : est-ce que la cantatrice Lilian Bell venait chez vous ?

– Mon Dieu, que me demandez-vous là ? Vous savez que le premier devoir de la tenancière d'une fumerie est de ne pas trahir ses clients.

– Je vous le demande une fois encore : Lilian Bell venait-elle chez vous ? Fumait-elle l'opium ? continua Sherlock Holmes d'une voix ferme.

– Elle commençait à fumer sérieusement, voilà ce que je sais : j'en ai des preuves certaines.

– En était-elle arrivée à un fort degré ?

– Non, monsieur, je vous le jure, il n'y a que quelques mois que je la connaissais.

– Qui l'avait envoyée chez vous ?

– Elle est venue sous la recommandation d'un homme que je dois respecter absolument. Je vous répète encore une fois que je ne reçois pas le premier venu. Vous savez du reste comme j'ai été méfiante à votre égard !

– C'est juste : j'en conclus que la recommandation sous laquelle s'est présentée la cantatrice devait être des plus sérieuses.

« Je m'intéresse fort de connaître les relations de miss Bell. Vous savez par les journaux que la malheureuse a été assassinée. Je veux absolument savoir qui vous a mise en relation avec elle.

Mme Cajana se tordit les mains.

– Je vois que vous allez m'arracher tous mes secrets, s'écria-t-elle, et rendre ma situation impossible. Mr. Holmes. Je vous en conjure... Voulez-vous de l'argent... cinq cents livres...

– Inutile de me parler d'argent ! Est-ce que vous vous figurez pouvoir acheter Sherlock Holmes ?

« Si j'avais toujours consenti à me faire payer mon silence, je serais à présent un des hommes les plus riches de l'Angleterre.

« Mais personne ne peut se vanter d'avoir fermé ma bouche avec une bank-note de mille livres.

« Je vous le répète une fois encore. Dites-moi la vérité pleine et entière. Vous pourrez continuer votre commerce sans être gênée, du moins par moi.

– Demandez alors, soupira l'Indienne. Que voulez-vous savoir ?

– Je vous le répète : quelle recommandation vous a apportée Lilian Bell ? Qui lui avait parlé de votre fumerie ?

– C'était le docteur indien.

– Le docteur indien ? Qui est ce ? Un de vos compatriotes ?

Mme Cajana secoua la tête.

– Non, il n'est pas né aux Indes. Mais il y a toujours vécu. Il en possède la langue mieux que moi-même.

– C'est donc un Blanc ?

– Oui, un Blanc, un médecin très savant. Il m'a déjà envoyé beaucoup de clients.

– Drôle de médecin! s'exclama Sherlock Holmes, qui vous prescrit l'opium comme ses collègues telle ou telle drogue contre le mal d'estomac.

«Son nom? Vous le connaissez?

– Je vous jure, Mr. Holmes, que son nom m'est inconnu. Je ne l'ai jamais entendu appeler que le docteur indien...

«D'ailleurs il ne vient que rarement dans la fumerie, et quand il y vient il ne fume pas, il ne mange pas, il observe.

«Il a le droit d'entrer dans toutes les chambres, car c'est un homme très influent qui m'a rendu maints services signalés.

«Et si je vous disais que...

Mme Cajana s'arrêta au milieu de sa phrase. Un bruit bizarre venait de traverser la muraille du cabinet où ils se trouvaient et frappa leurs oreilles.

Holmes connaissait ce bruit.

C'était un soupir étouffé, comme celui que pousse une jeune femme en proie à l'opium, un soupir qui révèle toute la béatitude de la divine fumée...

– Qui est à côté? demanda Sherlock Holmes. Une jeune femme, sans doute?

– Vous avez raison, mais j'ignore son nom. Croyez-moi, Mr. Holmes, je ne demande jamais leur nom aux personnes qui viennent.

– Peut-être! repartit le détective. Mais je suis certain que toute cliente qui quitte votre maison à l'aube est suivie d'un espion chargé de vous renseigner sur l'identité de la malheureuse.

«On connaît ça. Votre commerce est accompagné d'une véritable entreprise de chantage, qui ne laisse pas d'être très fructueuse.

— Que pensez-vous là, Mr. Holmes ? Je tiens mon commerce honnêtement et honorablement. Jamais je ne me suis rendue coupable de chantage... Dieu tout-puissant, qu'est-ce que cela ?.. Avez-vous entendu, Mr. Holmes ?... Un cri terrible... et maintenant...

— Un râle ! proféra le détective, le râle d'un mourant ! Mme Cajana, il se passe quelque chose derrière cette muraille... quelque chose d'effroyable. Suivez-moi, vite... Faites-moi entrer... Ah ! encore un cri... et maintenant...

On entendit le fracas d'une fenêtre, un frôlement bizarre... puis tout devint silencieux...

Holmes ouvrit la porte de son cabinet et se précipitant dans le vestibule, il sauta sur la porte derrière laquelle avait lieu la scène invisible, et chercha à l'ouvrir.

— La porte est fermée... Vite, madame Cajana, ouvrez !

La tenancière de la fumerie prit un trousseau de clefs et commença à chercher. Mais Sherlock Holmes trouva que cela durait beaucoup trop longtemps.

De toutes ses forces, le détective se jeta sur la porte qu'il brisa littéralement en deux.

Il franchit le seuil... Un cri s'échappa de ses lèvres.

— Là, sur le divan... cette belle jeune femme... assassinée... le ventre ouvert... Jack l'Éventreur était là ! cria le détective.

IV – *UN TRAIN EN MARCHE*

Ce fut d'ailleurs les seules paroles qui sortirent de sa bouche.

Mme Cajana venait de s'évanouir. Il n'y fit point attention. Il jeta un rapide coup d'œil sur la victime qui gisait sur le divan, baignant dans son sang. Tout secours était inutile.

La passion du chasseur, bien résolu à ne pas laisser échapper le gibier, le saisit tout entier. Il se lança à la poursuite du meurtrier.

Le chemin que Jack l'Éventreur avait pris dans sa fuite lui apparut clairement.

Le misérable, son odieux forfait accompli, avait brisé la fenêtre, s'était précipité sur la galerie. Celle-ci, au lieu de n'exister que sur le devant de la maison, comme Sherlock Holmes l'avait cru, courait vraisemblablement tout autour du bâtiment. Il avait gagné par là le derrière de la maison.

Le détective n'hésita pas. Il prit ce chemin.

Avec la rapidité de l'éclair, il passa à travers la fenêtre, sauta sur la galerie. Un cri de triomphe sortit de ses lèvres. La clarté de la lune lui montrait le criminel, accroupi sur le bord, hésitant à sauter dans le vide.

L'astre des nuits lui permettait parfaitement de distinguer le monstre.

Au premier abord, Sherlock Holmes vit un homme grand, aux larges épaules, enveloppé d'un grand manteau, un de ces manteaux de pluie probablement dont les Anglais s'affublent si volontiers. Sur sa tête une petite casquette de sport, et à ses pieds d'élégantes bottines.

L'homme tournait la tête. On ne pouvait voir ses traits.

Mais il parut au détective qu'il portait une longue barbe noire...

Tout cela, Sherlock Holmes le perçut en une seconde. Il n'était pas homme à rester inactif, quand il fallait agir pour arrêter un homme.

– Rends-toi, monstre, cria Holmes... te voilà... en mon pouvoir... Jack l'Éventreur, je t'arrête !

Et Sherlock Holmes se jeta sur le misérable qui paraissait toujours hésiter en tremblant sur le bord de la galerie...

Mais, à ce moment, un coup de sifflet strident retentit. Un mugissement grandit, les rails résonnèrent à l'approche d'un convoi.

Un train de South-Eastern Railway apparut, un train, qui roulait sur le remblai à hauteur de la galerie, et qui n'était séparé de celle-ci que de quelques mètres.

Sherlock Holmes vit le meurtrier se dresser sur le bord et prendre son élan.

– Bandit ! que vas-tu faire ? hurla le détective. Ne saute pas, ou je tire. Si ne je puis t'avoir vivant, que je te tue au moins comme un chien !

Un rire ironique, en guise de réponse, sortit de la bouche de Jack.

Il s'était précipité en avant, au moment même où Sherlock Holmes allait le saisir.

Et alors, chose incroyable, incompréhensible : sa silhouette sombre, un instant encore auparavant sur la balustrade, pénétra la tête la première dans la croisée ouverte d'un compartiment du train qui passait en mugissant.

Sherlock Holmes resta comme pétrifié.

Il avait souvent vu des criminels agir sous ses yeux avec une présence d'esprit remarquable. Il avait remarqué qu'un homme poursuivi, sur le point d'être pris, est capable de réaliser des prodiges.

Il avait été témoin d'actes de témérité extraordinaire. Mais ce saut de la balustrade de la galerie dans le train à pleine vitesse, accompli avec cette maestria et cet incroyable mépris de la mort... Cela dépassait tout. C'était énorme !

Le train disparut dans le lointain.

Quelques flocons de fumée dans l'air prouvaient seuls à Sherlock Holmes qu'il n'avait pas été le jouet d'un rêve, qu'un train était passé là...

– Mon Dieu, se dit-il, cette fuite m'impose une sorte de respect pour ce misérable. C'est le fait d'un homme qui sait qu'il est irrémédiablement perdu, s'il ne risque tout.

«Cette fois-ci il m'a échappé, mais je l'ai vu, je suis même le seul être vivant de Londres qui puisse se vanter d'avoir vu de ses propres yeux Jack l'Éventreur.

Et comme la chose avait une grosse importance pour le détective, il se remémora le portrait du criminel.

– Ainsi donc un homme pas trop grand, bâti en force, enveloppé d'un grand manteau sombre, une casquette sur la tête et toute sa barbe.

Au moment où le meurtrier avait fait ce saut extraordinaire, Sherlock Holmes avait cru apercevoir ses yeux, des yeux étrangement grands et brillants, tout plein d'une expression de folle insolence et de souverain mépris.

Sherlock Holmes marcha jusqu'au bord de la galerie et examina avec attention la place où s'était accroupi le criminel.

Peut-être avait-il perdu quelque chose là : un objet insignifiant en apparence, mais pouvant donner des indications précieuses. Il n'y avait rien, absolument rien. Jack l'Éventreur avait quitté la galerie sans laisser aucune trace de son passage.

Pendant que le détective faisait ses recherches, le misérable se trouvait déjà en sûreté dans le train qui l'avait emmené.

Sherlock Holmes se disait :

– Il aura quitté le compartiment dans un tout autre quartier de Londres, et quand bien même il se serait un peu abîmé en sautant, la blessure ne sera pas assez grave pour l'empêcher de filer. Je ne puis donc chercher à le poursuivre, je vais repasser par la fenêtre et entrer dans le cabinet où eut lieu cet épouvantable drame.

Mme Cajana était revenue de son évanouissement. Ses cris avaient ameuté tout son personnel ; un certain nombre de femmes, le nègre qui faisait fonction de concierge et deux autres domestiques étaient entrés dans le cabinet.

– Allez-vous-en tous ! commanda Sherlock Holmes, en entrant. Vous, madame Cajana, restez seule ici.

Le personnel de la fumerie regarda tout étonné le détective, mais celui-ci avait l'air si résolu que personne n'osa enfreindre ses ordres.

Une fois les curieux partis, Sherlock Holmes ferma la porte et alla au divan sur lequel était couchée la morte.

Il se pencha sur le cadavre, le visage était empreint d'une expression de douceur que la mort n'avait pu lui enlever. C'était une figure de jeune fille entourée de cheveux dorés et bouclés. La morte était vêtue d'une chemise de dentelle complètement souillée de sang.

Les yeux perçants de Holmes découvrirent aussitôt une petite broderie représentant des initiales surmontées d'une couronne.

– Madame Cajana, dit le détective, connaissez-vous la morte ?

– Non, je ne la connais pas, dit l'Hindoue en gémissant. Ah, mon Dieu ! je suis perdue, on va fermer mon établissement à cause de cet horrible crime, mais je vous jure, monsieur Holmes...

– Laissez-moi tranquille avec vos serments et vos protestations, dites-moi ce que vous savez et répondez aux questions que je vais vous poser :

« Cette jeune femme qui me paraît âgée de vingt ans, vient-elle pour la première fois dans votre fumerie ?

– Non, c'est la quatrième ou la cinquième fois.

– Dans ces derniers temps ?

– Le mois dernier.

– A-t-elle fumé l'opium ? demanda Sherlock Holmes. Vous voyez, l'appareil est froid.

— Chaque fois, elle s'est fait conduire dans son cabinet, et a déclaré qu'elle savait faire ce qu'il fallait.

«Jamais elle n'a voulu que quelqu'un restât auprès d'elle.

— Elle fermait toujours la porte ?

— Oui, toujours, elle ne savait pas que j'ai des doubles clefs et que je puis entrer quand il me plaît.

— Et vous n'êtes jamais entrée pendant qu'elle était là, cette malheureuse ?

— Jamais. Je me suis contentée de vérifier si la quantité d'opium était réduite le matin. Je ne me suis pas inquiétée d'elle davantage. J'ai supposé qu'elle fumait sans jamais constater sur elle aucun signe qui pût me le prouver.

Holmes tourna tout à coup le dos à Mme Cajana, marcha vers la fenêtre, pénétra sur la galerie et regarda dans le vide.

— Savez-vous, madame Cajana ? lui dit-il, lorsqu'il rentra dans le cabinet, je suis certain que cette malheureuse venait chez vous, non point pour fumer l'opium, mais bien pour y recevoir quelqu'un qu'elle ne pouvait rencontrer autrement.

— Oui, mais ce visiteur nous l'aurions vu, il n'y a qu'une entrée dans la maison, et le nègre lui aurait demandé où il allait.

— Vous n'y êtes pas, repartit le détective, voyez... la galerie se trouve à peu près à cinq mètres au-dessus du sol. Un homme, qui y aurait fixé une échelle de corde ou même une simple corde, peut y grimper facilement et de là entrer dans le cabinet.

«Mais il est peu probable que la malheureuse ait attendu la visite de Jack l'Éventreur. Je suis convaincu que l'homme auquel la rumeur publique a donné ce nom a su que cette femme attendait ici un visiteur nocturne, et qu'il a profité de cette occasion pour se glisser auprès d'elle et la tuer.

– Et pourquoi l'a-t-il tuée ? demanda Mme Cajana en se tordant les mains.

– Ça, c'est une autre affaire. Qui peut connaître les vraies pensées de ces monstres ? reprit Sherlock Holmes.

« En tout cas, un fait certain, c'est que Jack l'Éventreur ne s'adresse qu'aux femmes ou aux jeunes filles qui mènent une conduite plus ou moins déréglée.

« Celle-ci, il est prouvé qu'elle a commis une faute ! Sans quoi elle ne serait pas à cette heure dans votre maison.

« Maintenant, madame Cajana, donnez-moi les vêtements de cette malheureuse. Elle est en chemise, mais elle a dû apporter ses habits.

Cajana ouvrit un petit placard.

Toute la garde-robe de la jeune femme s'y trouvait.

Elle se composait d'un costume de forme nouvelle en cheviotte bleue, d'une jaquette assortie, garnie de riches dentelles noires, enfin d'un pantalon et d'un jupon pourvus des mêmes initiales surmontées d'une couronne ainsi que la chemise.

Les initiales étaient un « I » et un « M » majuscules. Quant à la couronne, Sherlock Holmes distingua, après un examen attentif, que c'était une couronne de comtesse française.

Puis le détective se mit en devoir de fouiller les poches.

Il y trouva une bourse qui contenait quelques pièces d'or, un petit étui garni d'un miroir et d'une boîte à poudre, et un petit mouchoir.

– Pas grand indice dans tout cela ! se dit le détective. Donnez-moi donc ce joli petit soulier que j'aperçois là.

C'étaient de ces petits souliers vernis noirs avec des talons jaunes, tout à fait à la mode à cette époque. Ils étaient d'une pointure microscopique.

Pour éviter de commettre une erreur, Sherlock Holmes compara soigneusement les fines chaussures avec le pied de la morte. Il conclut de cette comparaison que c'étaient bien là ses souliers.

En retournant une des chaussures, il aperçut une marque sur une des semelles...

– Ah ! c'est la marque de fabrique du dépôt de chaussures de Paris de Howard Street, s'écria-t-il, Laurin et Cie. Demain matin, j'espère, je serai fixé sur l'identité de la victime.

« Mais, je me rappelle que Laurin et Cie est une de ces maisons qui restent ouvertes toute la nuit. Je vais emporter les chaussures, je saurai tout de suite qui on a tué dans la maison de Mme Cajana.

– Et moi, que dois-je faire ? demanda celle-ci. Dois-je prévenir la police ?

– Prévenir la police ? naturellement. Mais attendez encore une heure. Je vais très probablement me charger de ce soin.

« Notez que rien ne doit être changé ici... Il est de la plus haute importance que tout reste dans le même état qu'à présent.

Et Sherlock Holmes sortit de la fumerie.

Il avait caché les petits souliers dans la poche de son manteau. Il quitta aussi vite que possible Tooley Street, prit un cab et se fit conduire à Howard Street.

Un certain nombre de grandes maisons avaient pris l'habitude depuis quelque temps de rester ouvertes toute la nuit.

C'était plutôt à titre de réclame que par nécessité de vente. Les grands magasins de Laurin et Cie, « dépôt de chaussures de Paris », étaient brillamment éclairés quand Sherlock Holmes y pénétra. Le personnel de la journée n'était pas là. Ce fut un administrateur français qui reçut Sherlock Holmes. Celui-ci se présenta.

– Ayez donc la bonté, lui dit le détective, de jeter un coup d'œil sur ces chaussures. Est-ce de votre fabrication ?

– Sans aucun doute, monsieur !

— Alors elles ont été achetées chez vous ?
— En tout cas elles ont été livrées par nous.
— Et pouvez-vous me dire à qui ?
— Impossible, monsieur. Nous vendons tous les jours un si grand nombre de chaussures que nous ne pouvons donner aucun renseignement sur les acheteurs.
— Il serait cependant pour moi de la plus haute importance de savoir à qui ont été livrés ces souliers, qui ont sans doute été faits sur mesure.
— C'est juste, ce sont des chaussures sur mesure, s'écria l'administrateur. Nous n'avons pas de si petites pointures toutes faites. Mademoiselle Daisy, veuillez avoir la bonté de venir un instant. Vous rappelez-vous par hasard pour qui ces chaussures ont été faites ?
— Mais certainement ! Cette pointure est unique à Londres, où l'on vit sur un grand pied, chacun sait ça. C'est la comtesse Irène de Malmaison qui a commandé les chaussures et à qui on les a livrées.
— La comtesse de Malmaison ? repartit le détective. Si je ne me trompe, cette dame appartient à la colonie française de Londres ?
— Une femme fort élégante, dit l'administrateur. Il y a longtemps qu'elle est notre cliente.
— Est-ce que la comtesse est mariée, ou...
— Mariée ! Que pensez-vous là ? C'est une jeune fille de dix-neuf à vingt ans.
— Dites que c'était une jeune fille, répondit Sherlock Holmes. La jeune comtesse n'est plus de ce monde.
— Elle est morte ? laissa échapper l'administrateur tout surpris.
— Elle a été assassinée ! répondit Sherlock Holmes.
Et pour éviter toute question nouvelle, il quitta le magasin de Laurin et Cie.

V – *UN PÈRE AU CŒUR DUR*

– Ayez la bonté de me suivre. Malgré l'heure intempestive, monsieur le marquis veut bien vous recevoir.

Ces mots, un domestique du marquis de Malmaison les adressait à Sherlock Holmes qui avait sonné à minuit à la magnifique maison du marquis français habitant à West End avec sa famille.

Le détective avait essuyé le fard de son visage, quitté sa perruque et il se présentait sous son vrai aspect.

Le domestique le conduisit dans une bibliothèque éclairée par une lampe à l'abat-jour vert et le pria d'attendre un moment.

Quelques minutes plus tard, le marquis de Malmaison fit son apparition en costume impeccable malgré l'heure avancée de la nuit. Il avait l'apparence très aristocratique.

Le marquis tenait une carte de visite à la main, sur laquelle il jeta les yeux en secouant la tête.

– "Le détective Sherlock Holmes", lut-il en regardant l'étranger qui se tenait devant lui. Ainsi vous êtes bien le fameux détective ?

« J'ai beaucoup entendu parler de vous, monsieur, et je me réjouis fort de faire votre connaissance. Néanmoins, je ne puis m'empêcher de m'étonner que vous ayez choisi cette heure de minuit pour me faire une visite. À vrai dire je ne vois pas trop ce qui peut me valoir cet honneur !

– Monsieur le marquis, c'est malheureusement une triste circonstance qui me conduit chez vous...

« Je vous en prie : ne vous alarmez pas. Appelez à votre secours toute votre force de caractère. Il est arrivé un malheur à votre fille Irène.

– À Irène !... à ma fille !... s'écria le marquis mortellement effrayé. Mais comment est-ce possible ? Irène est dans sa chambre depuis neuf heures. Elle s'est plainte de migraine à dîner et n'a absolument pas voulu aller à l'Opéra avec moi.

« S'il lui était arrivé un malheur ici, il y a longtemps que j'en aurais été informé, monsieur. Vous voyez donc qu'il y a confusion.

— En aucune façon, monsieur le marquis. Je ne suis malheureusement que trop sûr de mon information. D'ailleurs, vous allez être convaincu. Veuillez donc avoir la bonté de faire demander si la comtesse est dans sa chambre ?

Le marquis sonna. Un domestique parut auquel il dit quelques mots, et qui sortit aussitôt.

— Que peut-il être arrivé à ma fille ? demanda le marquis quand le domestique eut disparu... Comment serait-il possible qu'Irène... Ah ! te voilà, Baptiste ! Eh bien ?

— Monsieur le marquis, dit le serviteur embarrassé, la femme de chambre, que j'ai envoyée dans le boudoir de mademoiselle la comtesse, m'a avoué, après toutes sortes de réticences, que la comtesse ne s'y trouve pas.

Le marquis de Malmaison se leva. Il était d'une pâleur livide.

— Et alors... où... où est ma fille ? s'écria-t-il furieux. Il me semble qu'il se passe des choses étranges ici. Vite, appelez la femme de chambre, Baptiste.

Le domestique sourit. Sherlock Holmes se rapprocha de l'aristocrate aux cheveux blancs et lui dit d'un ton compatissant :

— Monsieur le marquis, le cas est plus grave que vous ne pensez : votre fille est morte.

— Morte... Dieu tout-puissant ! Irène, morte !... Mais non, mais non, ce n'est pas possible ! Une enfant de moins de vingt ans, bien portante, gaie...

— Monsieur le marquis, votre fille a été assassinée, reprit le détective d'une voix forte.

Sans mot dire, le marquis s'affaissa sur une chaise près de la table.

Il fixa le détective d'un air égaré. Enfin les paroles s'échappèrent de ses lèvres.

– Assassinée, dites-vous !... Je comprends maintenant pourquoi c'est vous qui me faites cette communication.

« Irène, assassinée ! Et qui est l'assassin ?

– Rassemblez votre esprit, monsieur le marquis. La personnalité de l'assassin est aussi terrible que l'assassinat lui-même. La comtesse a été assassinée par Jack l'Éventreur !

Le marquis de Malmaison mit sa main devant ses yeux.

– Et où était-elle cette pauvre enfant ? gémit-il. Où cet effroyable malheur est-il arrivé ? Mister Holmes, si ce n'était pas vous qui me parliez actuellement, je croirais qu'on veut se livrer sur moi à une plaisanterie cruelle ou qu'on veut par un mensonge, me pousser à quelque acte de désespoir. Parlez, je vous en supplie, dites-moi tout... où Irène a-t-elle été assassinée ?

– Dans la fumerie d'opium de Mme Cajana, une maison mal famée, que votre fille avait déjà fréquentée plusieurs fois le mois dernier.

Le marquis de Malmaison se leva, refoulant les larmes qui remplissaient ses yeux. Une froideur glaciale envahit ses traits, tandis qu'une expression dure transformait sa physionomie.

– Ah ! c'est cela, prononça-t-il d'une voix sourde. Ma fille fréquentait les fumeries !... Alors, je n'ai point fait une si grande perte que je croyais... Parlons d'autre chose, si vous voulez bien.

« Quant à vous, monsieur, je pense que vous avez fait votre devoir, plus que votre devoir, et je me considère comme votre très obligé.

– Monsieur le marquis, si j'ai mérité votre reconnaissance, laissez-moi pénétrer dans le boudoir de la comtesse, reprit Sherlock Holmes. C'est là tout ce que je désire. J'y trouverai peut-être quelque chose qui me mette sur la trace du meurtrier.

– Tout à votre disposition, monsieur. Faites donc ce qui vous plaira. Baptiste ! conduis monsieur dans le boudoir de la comtesse.

Et le marquis de Malmaison disparut par une porte latérale. Sherlock Holmes regarda avec un étonnement mêlé de mépris ce père si terrible qui ne voulait plus rien connaître de sa fille parce qu'elle avait fauté.

– Ils sont bien tous les mêmes, murmura le détective. Au lieu de surveiller un peu leurs enfants, de renoncer à quelques plaisirs pour rester avec eux, de les mettre en garde contre les mauvaises pensées, ils abandonnent ces jeunes âmes à elles-mêmes... et n'ont qu'une sentence de condamnation à la bouche, quand il est arrivé un malheur.

« C'est vieux comme le monde, surtout dans les familles aristocratiques.

Sherlock Holmes roulait ses pensées dans sa tête pendant que le valet de chambre le guidait à travers une enfilade d'appartements somptueux. Ils arrivèrent dans une pièce toute tendue de satin bleu. Le domestique se tournant vers le détective, lui dit :

– C'est le boudoir de mademoiselle la comtesse.

– Je vous remercie, mon ami, répondit Sherlock Holmes. Ayez donc la bonté d'appeler la femme de chambre. Si elle ne veut pas venir, amenez-la de force...

Le détective embrassa la pièce d'un coup d'œil.

Tout y respirait le luxe, la vie facile et l'élégance. Entre ces murailles, les passions de la jeune fille avaient dû croître comme dans une serre chaude.

– La voici miss Dolly ! s'écria le domestique. Elle ne voulait pas venir, alors je l'ai tout simplement prise dans mes bras et... je l'ai transportée ici, comme vous me l'aviez ordonné.

« Je vous en prie, continua le valet de chambre qui semblait fort monté contre la soubrette, confessez-la, monsieur, et confessez-la bien. C'est une fameuse pièce, qui est cause de tout le mal.

La camériste gémissait et pleurait en se tordant les mains.

– Dites-moi, lui demanda le détective, vous aidiez votre maîtresse à quitter secrètement de nuit le domicile paternel ? Tâchez de me dire la vérité... Il est trop tard pour mentir ! Un malheur est arrivé !

– Oui... j'ai prévenu bien souvent la comtesse... elle n'a jamais voulu écouter... Que devais-je faire ? J'étais sa servante, il fallait que j'obéisse.

– Votre devoir eût été de prévenir le marquis des agissements de sa fille.

« Où pensiez-vous qu'allait la comtesse quand elle sortait ?

– Chez son amoureux, répondit la jeune fille.

– Très bien, chez son amoureux... Et qui était-ce ?

– Je... ne sais pas.

– Vous ne savez pas ? Vous êtes une petite menteuse, vous le savez très bien !

– Non vraiment... je n'en sais rien. Je ne pouvais pas demander à la comtesse, vous comprenez, alors...

– Elle ment, monsieur, elle ment, interrompit le domestique. Ne la lâchez pas. Elle ne dit pas un mot de vrai. Mais elle dira la vérité, sans quoi... Vous voyez ma main, jeune Dolly... Voulez-vous faire connaissance avec elle ?

– Dites à cet homme grossier et inconvenant de sortir, et je vous dirai la vérité vraie, assura la servante en gémissant.

– Allez-vous-en, dit Sherlock Holmes au valet de chambre. Laissez-moi seul avec la petite.

– Si vous y tenez, monsieur, je m'en vais. Mais je vous le dis : méfiez-vous. Chaque parole qu'elle dit est un mensonge.

Et menaçant du poing la jolie camériste, le brave Baptiste sortit. Le détective fit signe à la jeune fille de s'approcher de lui.

— Je commence par vous avertir, lui dit-il d'une voix calme, que je puis vous faire arriver les plus gros ennuis, si je vous dénonce.

« Vous avez fait le métier d'entremetteuse, et vous savez, ma chère, que la loi ne badine pas avec ces petites choses-là.

— Ah! mon Dieu... Je vais tout avouer, déclara la petite très effrayée. La jeune comtesse avait... des relations avec... je ne puis le dire, j'ai trop honte.

— De la honte? Il fallait en avoir plus tôt, et détourner votre jeune maîtresse, encore innocente il y a quelque temps, d'un amour si funeste!

« Ce n'est plus le moment de rougir. Il faut me dire la vérité, ou aller en prison!

Le détective avait pris une voix sévère. La jeune fille était si affolée qu'elle ne songeait plus à mentir.

— Vous avez raison, sir... Il y a six ou huit mois la jeune comtesse ne pensait pas à ces choses-là.

« Elle était innocente et belle comme un ange.

« Mais monsieur le marquis a engagé un écuyer américain, pour ses chevaux de selle, de chasse, et aussi les chevaux de course.

— Comment s'appelle cet écuyer?

— Mr. Charles Lake.

« C'est un beau jeune homme, continua la soubrette, il faut lui laisser ça. À cheval, il est comme un dieu. Il a des yeux...

— Bien, interrompit le détective d'une voix calme. Les avantages physiques de Mr. Lake ne m'intéressent que médiocrement.

« Je préfère savoir comment il est entré en relation avec la jeune fille.

— C'est simple comme bonjour.

« Monsieur le marquis a fait donner à mademoiselle des leçons d'équitation... Alors ils étaient toujours ensemble.

– Ah! ah! la vieille histoire, murmura le détective: le coup du professeur d'équitation. C'est toujours lui, ou encore le professeur de piano ou celui de français qui font les plus grands ravages dans les meilleures familles.

« Alors, en un mot, dit Sherlock Holmes, en s'adressant de nouveau à la cameriste, ce Mr. Charles Lake et la comtesse Irène ont eu des rapports ensemble.

– Oui... il est trop tard pour le nier.

– Savez-vous si les deux amoureux, pour les appeler ainsi, avaient des rendez-vous quelque part?

– Oui, dans une fumerie d'opium. Je crois que sa tenancière s'appelle Mme Cajana.

– Très bien, reprit Sherlock Holmes, l'endroit n'est pas mal choisi.

« La comtesse de Malmaison a été plusieurs fois chez Mme Cajana. Elle a loué une chambre dans son établissement, sous prétexte de fumer l'opium, en réalité pour y recevoir son amant par la galerie.

« Je vais avoir fini, ma chère. Je sais ce que je veux savoir – et j'en suis enchanté. Un mot encore. Où peut-on trouver ce Mr. Charles Lake?

– Maintenant au milieu de la nuit? demanda la jeune fille.

– Oui, au milieu de la nuit, repartit le détective.

« Je vais battre le fer pendant qu'il est chaud. Je suis sûr que vous connaissez le domicile de Mr. Charles Lake: vous avez dû lui porter pas mal de billets doux?

– Il demeure à deux pas d'ici.

« Je vais vous conduire, si vous le désirez.

– Oui, accompagnez-moi.

La jeune servante noua un fichu de dentelle autour de sa tête, et quitta la maison avec Sherlock Holmes.

Un silence profond planait sur la superbe demeure où allait bientôt régner la consternation et l'épouvante.

Le pauvre père ressentait beaucoup plus cruellement ce coup qu'il ne l'avait montré à Sherlock Holmes. Dans cette nuit atroce, il essayait de se persuader que cette créature vile et déchue n'était pas sa fille.

Personne ne pouvait croire que l'orgueilleux marquis vieillissait de vingt ans cette nuit-là, et que son cœur se briserait dans la lutte.

Le marquis de Malmaison était un de ces hommes qui cachent les blessures de leur cœur sous l'apparence la plus correcte.

VI – *UN MOT DE TROP*

– Ayez la bonté de vous réveiller, monsieur. Je suis Sherlock Holmes le détective. J'ai à vous parler d'une chose très sérieuse.

L'Américain Charles Lake qui dormait d'un profond sommeil dans sa chambre confortablement aménagée, remua un peu, mais referma vite les yeux qu'aveuglait l'éclat d'une petite lanterne électrique.

– Allô ! qu'y a-t-il ? cria l'écuyer en tendant la main vers un revolver sur sa table de nuit.

Sherlock Holmes mit le revolver de côté, et lui dit d'une voix pressante :

– Vous avez bien entendu ! Ce n'est ni un voleur ni un brigand qui est là ! C'est le détective Sherlock Holmes. Levez-vous et habillez-vous. Il ne s'agit plus de dormir. Je viens vous annoncer que la comtesse Irène de Malmaison vient d'être assassinée.

– Êtes-vous fou, l'homme ? s'écria Charles Lake en sautant de son lit.

– La comtesse Irène de Malmaison, poursuivit le détective d'une voix métallique, a été assassinée cette nuit dans la fumerie d'opium de Mme Cajana, dans la chambre où la malheureuse jeune fille avait coutume de vous retrouver.

Charles Lake chancela comme atteint d'un coup violent. Il saisit de ses mains tremblantes la robe de chambre posée sur une chaise au pied du lit, s'en enveloppa en frissonnant, et s'écria tout hors d'haleine :

– Je ne saisis pas ce que vous venez de me dire. Je ne peux pas comprendre... Irène assassinée ? Dans la fumerie ?...

– Oui, dans la fumerie de Mme Cajana, interrompit Sherlock Holmes.

« Cet endroit ne vous est certainement pas inconnu. C'est vous-même qui avez imaginé de vous y rencontrer avec votre maîtresse...

– Et quand ce serait vrai ? répliqua vivement Charles Lake, qui commençait à se ressaisir, que voulez-vous de moi, monsieur ? Pourquoi venez-vous me déranger ?

– Avant tout, parlez-moi sur un autre ton, ou je vous fais arrêter sur-le-champ, repartit le détective d'une voix calme et sévère.

« On recherche le meurtrier d'Irène de Malmaison, et je pourrais faire tomber mes soupçons sur vous, monsieur !

L'écuyer se radoucit aussitôt.

– Je vous jure, monsieur, cria-t-il, que je ne sais rien de ce crime !

– Vous deviez vous rencontrer cette nuit avec Irène de Malmaison dans la fumerie de Mme Cajana ? demanda le détective.

– Oui, répondit Charles Lake. Nous étions convenus d'un rendez-vous pour cette nuit.

– À quelle heure ?

– À dix heures du soir.

« Mais je me suis mis en retard, et quand je suis arrivé à dix heures et demie devant la maison, je... je...

– Pourquoi ne continuez-vous pas ? demanda Sherlock Holmes en voyant l'écuyer hésiter à continuer.

« Je vais vous le dire, moi : vous ne voulez pas m'avouer que vous aviez l'habitude de grimper sur la galerie par une échelle de corde que la comtesse vous lançait elle-même.

« Cette nuit vous n'avez pas trouvé l'échelle. Alors, vous êtes rentré bredouille croyant que la comtesse n'était pas venue au rendez-vous.

– Sir, vous devinez tout – ou vous savez tout. En effet, c'est bien ça.

– Eh bien ! je vais vous dire ce qui s'est passé pendant ce temps.

« Un homme qui avait eu connaissance des rendez-vous secrets que vous aviez de temps en temps avec la comtesse, a pénétré à votre place. De quelle manière ? je l'ignore. Dans le cabinet où Irène vous attendait, il est entré. Cet homme est le meurtrier.

Mr. Charles Lake resta comme pétrifié. Il paraissait réellement avoir aimé la comtesse, car ses yeux se remplirent de larmes.

– Aimiez-vous réellement Irène de Malmaison ? demanda le détective après une pause.

« Dites-moi toute la vérité. N'était-ce point un caprice des sens qui vous a poussé vers cette belle jeune fille ?

– Je l'aimais sincèrement, répondit Charles Lake. Mais je ne pouvais pas espérer l'épouser un jour. Le marquis m'aurait fait enfermer dans une maison de fous, si je m'étais présenté devant lui pour lui demander de devenir son gendre.

– Si vous aimiez la comtesse, dit Sherlock Holmes, vous allez faire tout votre possible pour faire tomber le meurtrier entre les mains de la justice.

« Vous allez y mettre du vôtre tant que vous pourrez.

– Je veux bien, mon Dieu, je ne demande pas mieux !

« Pauvre Irène ! Pauvre chère enfant ! Pourquoi devais-tu finir ainsi ?

« Mais je ne comprends pas le mobile du crime. Le misérable voulait-il la voler ?

– Nous allons voir ça. En attendant, Mr. Charles Lake, répondez à une question, lui dit le détective.

« Avez-vous confié à quelque personne que ce soit vos relations avec Irène de Malmaison ?

« Avez-vous mis quelqu'un dans la confidence, à l'exception de la camériste, et avez-vous surtout dit à quelqu'un que vous aviez des rendez-vous avec la jeune comtesse, et de quelle manière ?

– Vos questions sont blessantes, monsieur, repartit Mr. Charles Lake visiblement énervé.

« Trahir la comtesse eût été une infamie de ma part, et j'espère que vous ne m'en jugez pas capable.

« Personne n'en a jamais rien su. Si la soubrette savait que nous nous rencontrions dans la fumerie, je suis persuadé qu'elle ignorait de quelle manière je pénétrais dans le cabinet de la comtesse.

– Et cependant, il faut que vous ayez mis une troisième personne dans la confidence.

– Je n'ai rien dit à âme qui vive, affirma Mr. Charles Lake, je vous en donne ma parole... Attendez cependant, s'écria-t-il soudain en portant la main à son front couvert de sueur. Ce que je viens de vous dire n'est pas tout à fait vrai. Il y a encore un homme qui sait tout... mais... ce ne peut pas être le meurtrier... non, certainement pas.

– Voilà ce qu'il s'agit de savoir, et c'est mon affaire, reprit Sherlock Holmes.

« Dites-moi le nom de celui qui a reçu vos confidences ?

L'écuyer semblait dans une grande perplexité.

Il fit quelques pas dans la chambre. Un violent combat semblait se livrer en lui.

– Mr. Holmes, finit-il par dire en s'arrêtant devant le détective, vous êtes un homme qui avez certainement appris pas mal de secrets dans votre vie ? Vous devez avoir l'habitude de les garder pour vous.

« Eh bien ! je vous en conjure... Épargnez la mémoire de ma pauvre chère Irène, n'allez pas clouer au pilori cette douce enfant, laissez-la au moins dormir en paix son dernier sommeil, et ne dites jamais à personne ce que je vais vous révéler...

– Si la chose est humainement possible, Mr. Lake, repartit Sherlock Holmes, vous pouvez être sûr que je garderai à ce sujet un silence profond.

« Mais si la divulgation de ce secret est absolument nécessaire à la capture du meurtrier, alors, mon cher ami, il sera de mon devoir de parler !

– Je ne crois pas qu'il en soit ainsi, répondit l'écuyer. Écoutez donc :

« Notre amour eut des suites.

« Irène en fut terriblement affectée. Son honneur, sa réputation étaient en jeu.

« Je me résolus alors à consulter un médecin.

– Ah ! un médecin, s'écria le détective... et ses phalanges se mirent à craquer comme chaque fois qu'il apprenait une bonne nouvelle.

– Le médecin dont je vous parle est un praticien très en vue, qui ne s'occupe généralement pas de ces cas-là.

– Mais j'avais eu l'occasion de lui rendre un service là-bas dans les Indes...

– Dans les Indes ? interrompit le détective avec un accent de surprise, dans les Indes, Mr. Lake ?

– J'étais jockey dans une grande équipe anglaise de Calcutta.

« Le médecin dont je vous parle avait mis une grosse somme sur le cheval que je montais.

« Je m'arrangeai de façon à gagner la course, et je sauvai ainsi le docteur d'une perte qui lui aurait coûté toute sa fortune.

– Tiens, voilà qui est bizarre. Un médecin qui est en même temps un joueur audacieux, ne trouvez-vous pas cela étrange ?

L'écuyer haussa les épaules.

– On trouve des joueurs partout, répondit-il, et ce docteur jouait sur le turf avec une passion extraordinaire.

« Quand la course eut pris fin, il me remercia de tout cœur et me dit :

« – Si jamais je peux vous rendre un service, venez me trouver, et je vous aiderai.

« Je me souvins de cette promesse quand Irène me fit le terrible aveu de son état. Je me dis que l'honneur de la jeune fille était en jeu. J'avais appris par hasard que le docteur n'était plus aux Indes, mais qu'il habitait Londres où il jouissait d'une grande réputation. J'allai donc le trouver pour le supplier de m'aider.

– Et le nom de ce médecin ?

– C'est le Dr. Robert Fitzgerald.

– Le Dr. Fitzgerald ? mais c'est un médecin très connu ! Il habite le West End, si je ne me trompe.

– Oui, pas loin d'ici, Cromwell Road. Il a une maison particulière non loin de Kensington Museum.

« Il a réussi dans l'existence. Dans les Indes, il ne possédait pas grand-chose. Mais il a épousé à Calcutta la fille d'un riche négociant. Depuis ce temps, c'est un homme considérable.

« En arrivant en Angleterre, il a réussi quelques opérations qui ont attiré l'attention sur lui. Maintenant, on l'appelle partout. Il a déjà soigné des membres de la famille royale.

– C'est cela, dit Sherlock Holmes. Je me rappelle avoir lu qu'il a sauvé la vie d'une princesse de sang, grâce à une opération dont la réussite confinait au miracle.

« C'est un homme très savant, ce Dr. Fitzgerald, et il possède surtout une main merveilleuse, qui en fait un chirurgien incomparable.

« Et c'est à lui que vous vous êtes confié ?

– J'ai été le voir, je lui ai exposé mon cas, je lui ai dit mes angoisses, et il a promis de m'aider.

– Et c'est à lui que vous avez dévoilé le secret de vos rendez-vous avec la comtesse de Malmaison ?

– Oui. Il le fallait, Mr. Holmes ; le docteur m'avait dit qu'il ne pouvait rien faire sans avoir vu la patiente.

« Mais où ? Jamais Irène n'aurait consenti à aller le trouver. J'ai pensé que le mieux serait de... s'il voulait...

– Voyez-vous, vous hésitez encore, s'écria le détective, et je vais encore vous dire pourquoi.

« Vous avez convenu, avec le docteur, de la chose suivante :

« Il monterait à votre place l'échelle de corde, gagnerait la galerie et pénétrerait dans la maison de Mme Cajana.

« Il pourrait s'introduire auprès de la comtesse, lui expliquer qu'il était médecin... et vous pensiez qu'Irène ne se refuserait pas à un examen.

« Est-ce cela, Mr. Charles Lake ? Rendez-vous hommage à la vérité de mes paroles ?

– J'admire votre perspicacité. C'est ça, en effet, répondit l'écuyer.

– Ce n'est donc pas un retard accidentel, qui vous a fait arriver à dix heures et demie chez Mme Cajana... C'était bel et bien votre intention de laisser au docteur le temps d'examiner sa patiente.

Sous le regard sévère que lui lança le détective, Charles Lake ne put répondre. Il se tut, et laissa retomber sa tête sur sa poitrine.

– Mon cher ami, je vous remercie de vos confidences, lui dit Sherlock Holmes en prenant son chapeau. Je vous ménagerai autant qu'il me sera possible.

« Vous avez rendu justice à la mémoire de la pauvre comtesse Irène de Malmaison. En outre, le secret que vous m'avez confié est encore bien plus important. J'espère qu'il me sera d'une grande utilité pour débarrasser Londres d'un monstre, qui s'est jusqu'à présent ri de la justice, malgré tous ses efforts. »

VII – *UNE UNION MAL ASSORTIE*

Sur un banc de Hyde Park, près de l'endroit où s'élève la statue de lord Byron, un jeune officier anglais s'était assis à la nuit tombante. Du bout du stick, il frappait impatiemment les tiges de ses bottes.

Le banc était situé devant un grand buisson tout plein de fleurs.

Le jeune homme se leva et s'amusa à couper toutes les feuilles qui garnissaient une des branches.

Il avait l'allure d'un homme qui attend avec impatience, et aussi un peu de nervosité, parce qu'il ignore s'il n'attend pas inutilement.

Tout à coup sur l'étroit sentier, qui conduit à la statue de Byron, une mince silhouette féminine apparut. Le jeune officier, dès qu'il l'aperçut, se porta en hâte vers elle.

– Comme je suis heureux, ma chère Ruth, de vous voir enfin, dit-il en s'inclinant devant la jeune femme qui pouvait avoir vingt-quatre ans.

« Je craignais déjà qu'il ne vous eût pas été possible de venir à notre rendez-vous.

– Il s'en est fallu de peu, répondit-elle d'une voix tremblante. Justement aujourd'hui, Robert ne voulait pas s'en aller, alors qu'il a l'habitude de sortir tous les jours à cette heure pour faire une tournée chez ses malades.

« Quand il s'est décidé, j'ai remercié le ciel, et je suis accourue vers vous aussi vite que possible.

L'officier avait pris la main de la jeune femme et l'avait portée à ses lèvres.

Il jeta un coup d'œil autour de lui. Il ne vit personne dans les environs. Alors il se permit d'enlacer sa bien-aimée dans ses bras et de la presser avec passion sur son cœur.

Mais celle-ci échappa à son étreinte.

– Comment pouvez-vous oser m'embrasser ici, mon cher Harry ? dit-elle, à moitié fâchée. Pensez donc... on pourrait nous voir.

Une certaine humeur se peignit sur le visage mâle et bruni du jeune homme, qu'ornait une moustache blonde.

– Eh ! quand bien même on nous verrait, Ruth ! Il faut que cette situation ait une fin...

« Est-ce que je n'ai pas le droit pour moi ?

« Ne nous aimions-nous pas secrètement, avant que votre père ne vous ait formellement imposé pour mari Robert Fitzgerald, cet homme qui avait sur lui un ascendant incompréhensible ?

« Quand je vous embrasse, quand je vous appelle ma bien-aimée, ce n'est pas un crime que je commets : car il vous a volée à moi, le misérable !

– Ah ! Harry, vous savez bien que c'est vous seul que j'aime ! Mais je n'en suis pas moins sa femme légitime. Je rougis d'abuser ainsi de sa confiance et de vous voir en secret !

« Mais depuis que vous êtes revenu des Indes, que vous vous êtes de nouveau présenté à moi pour faire valoir vos anciens droits, j'ai senti combien était profond et durable mon amour... et j'ai commencé à souffrir.

Des larmes brûlantes coulèrent sur les joues de la jeune femme qui s'était affaissée sur le banc devant le buisson fleuri.

Le capitaine Harry Thomson prit place à côté d'elle. Il murmura les douces paroles que l'amour a toujours à sa disposition... et laissa entrevoir son projet d'arracher Ruth à son mari et de l'avoir à lui seul, toute.

– Êtes-vous donc heureuse avec cet homme ? demanda-t-il. Mais non, vous ne pouvez pas l'être, vous ne l'avez jamais aimé. Je ne comprends pas comment, vous, une créature de lumière et de gaieté, vous pouvez vivre aux côtés de ce savant sombre et mystérieux.

Un profond soupir souleva la poitrine de la belle Ruth.

– Peut-être une autre serait-elle heureuse avec lui, dit-elle. Mais, moi je ne puis pas. Si vous saviez, Harry, comme il est bizarre.

« Tantôt il se jette à mes pieds, m'adore comme si j'étais une divinité, me supplie de l'aimer comme il m'aime, ardemment, du fond du cœur avec passion. Tantôt il s'enferme tout le long du jour dans sa chambre, sans vouloir me voir, ni même entendre le bruit de mes pas.

« Je vais vous confier quelque chose, Harry. Mais pour l'amour de Dieu, ne laissez jamais un mot sortir de vos lèvres ! Je crois que mon mari est fou !

– Fou ! s'écria le jeune capitaine tout saisi. Vous vous trompez, Ruth ! Comment un si grand savant, un opérateur si habile, qui inspire une telle confiance à ses malades, pourrait-il être fou ?

– Regardez ses yeux, pleins d'un feu étrange. Observez ses mouvements inquiets et saccadés...

« Il y a quelques années, il était encore aux Indes, il a été mordu par un cobra, un de ces terribles serpents dont la blessure est presque toujours funeste.

« Il a réussi à éviter la mort. Mais, depuis ce temps il a changé du tout au tout. Je crains que le venin ne soit resté dans son sang.

– S'il en est ainsi, il faut faire le nécessaire pour que son état mental soit examiné et reconnu défectueux.

«Avez-vous encore quelques preuves à l'appui de votre opinion? Celles que vous m'avez énoncées sont bien peu convaincantes.

– Oui, j'en ai d'autres, celle-ci surtout. Robert quitte secrètement la maison toutes les nuits. Je le sais pertinemment, puisque je l'ai observé.

«Où il peut aller? je l'ignore. Mais quand il rentre d'une de ses expéditions nocturnes, il s'enferme immédiatement et dort jusqu'à midi, parfois même jusqu'au soir.

– Un médecin qui quitte sa maison de nuit, cela n'a rien de rare, répondit le jeune officier. Il peut faire ses visites, ou avoir quelque malade dangereusement atteint, qu'il doit aller voir, à n'importe quelle heure.

– Ce serait, en effet, une explication, répondit Ruth, et je m'en serais contentée depuis longtemps, si je ne trouvais, chaque fois qu'il est sorti de nuit, des traces de sang sur son oreiller et sur son lit.

– C'est bien ça, dit le jeune officier, il vient de faire une opération.

– Est-ce qu'on en pratique de nuit?

«Je croyais qu'on ne pouvait les tenter qu'à la grande clarté du jour.

– Dans certains cas pressants, ça peut être nécessaire, repartit le capitaine.

«Non, ma chère Ruth, tout cela ne constitue pas les preuves absolues de la folie de votre mari.

– Je vais vous en donner une dernière, qui vous paraîtra beaucoup plus sérieuse, poursuivit Ruth. Il y a environ quinze jours, je m'éveillai en pleine nuit – il pouvait être minuit, et je me glissai dans une chambre dont la porte donnait dans celle de mon mari. Je voulais écouter s'il était déjà rentré, car il était encore sorti en secret.

« Par le trou de la serrure, je vis briller une lumière.

« Elle s'éteignit tout à coup. La porte s'ouvrit au même moment, et un inconnu à l'air sauvage vint vers moi.

« Il était habillé comme un voleur, comme une de ces silhouettes terrifiantes qui rôdent dans l'ombre des banlieues.

« Il avait une moustache mal soignée. Ses cheveux étaient hérissés, un gros cache-nez était noué autour de son cou.

« J'eus juste le temps de reculer jusqu'à un angle du mur. Le rôdeur me frôla, mais passa sans me voir, sans quoi il m'aurait peut-être tuée.

« Et savez-vous qui c'était, ce rôdeur ?...

« C'était mon mari... le célèbre opérateur... Robert Fitzgerald.

– Ce n'est pas possible !

« Qu'aurait-il fait sous ce déguisement ?

– Je n'en sais rien, mais c'était lui, j'en suis sûre.

« Je fis venir le concierge et je lui demandai si mon mari avait demandé la porte cette nuit-là.

« Le concierge me répondit négativement.

« Il me raconta que Robert s'était fait faire une clef de la petite porte du jardin. "Cependant, ajouta-t-il, monsieur le docteur ne quitte jamais la maison que par la grande porte."

« Je me rendis alors dans la chambre de mon mari. Je découvris sur le tapis une frange du gros cache-nez que portait le rôdeur.

« Rien n'avait été dérobé dans la pièce. Tout était dans le plus grand ordre. Sur le bureau, il y avait un miroir à pied que je n'avais jamais vu auparavant, preuve que mon mari avait fait devant la glace cette étrange toilette.

Le capitaine, incrédule, hocha la tête.

– Je pense, ma chère enfant, que vous faites fausse route dans vos soupçons. C'est à un vrai rôdeur et non à votre mari déguisé que vous avez eu à faire.

« Il était venu pour voler. Par suite d'une circonstance quelconque, il n'a pu mettre son projet à exécution. Il est parti bredouille.

« Ah ! ah ! on rirait à Londres, si l'on savait que le Dr. Fitzgerald, le grand chirurgien, se promène la nuit sous un déguisement de cambrioleur.

— Je ne puis vous dire que ce que je sais, dit Ruth un peu excitée. Ah ! je suis bien malheureuse, Harry. Je ne puis continuer à vivre ainsi. Pour comble de malheur, mon père actuellement aux Indes pour ses affaires ne revient à Londres que dans quatre mois.

« Qui sait ce qui m'arrivera dans le laps de temps. Je ne vivrai peut-être plus !

— Il y a un moyen, repartit le capitaine. Quittez-le, cet homme et venez vivre avec moi !

— Avec vous, Harry ? Ah ! quel doux rêve ! Quelle joie de me jeter dans vos bras et d'y rester... Mais vous le savez bien, c'est impossible... On me montrerait du doigt, on me mépriserait. Je serais traitée en femme perdue.

— Ne voulez-vous pas venir voir ma mère, pour prendre conseil d'elle ? Vous savez combien elle vous aime, dit le jeune officier.

— Votre bonne mère ! moi aussi je l'aime profondément. Je la reverrais avec joie. Mais vous savez que Fitzgerald est jaloux, et que je ne puis quitter la maison sans ma dame de compagnie.

« À celle-ci je ne puis pas confier le but de ma visite. Fitzgerald sait que nous nous sommes aimés. Il ne veut plus entendre prononcer votre nom...

— Cependant je vous supplie de venir, implora le jeune homme. Permettez-nous de vivre une heure de bonheur... Ne repoussez pas ma demande, ma Ruth adorée... C'est une preuve d'amour que je vous demande.

— Eh bien ! je viendrai, déclara Ruth. Mais dans le plus grand secret.

« Demain soir Fitzgerald doit faire une conférence à la Société médicale.

« Il quittera la maison à huit heures du soir... Je prendrai une voiture et me ferai conduire au coin de votre rue.

« Où demeurez-vous donc maintenant ?

– Où demeurent les pauvres gens, dit le capitaine en riant. Toujours à Walworth Street. Ce n'est pas un quartier bien agréable. Mais ma mère y possède une petite maison avec un jardin... Pour rien au monde elle ne consentirait à la quitter, même pour une demeure plus agréable et mieux située.

– Demain soir donc entre neuf et dix heures je serai chez vous. Nous pourrons passer quelque temps ensemble. À onze heures vous me ramènerez chez moi, ou plus exactement près de chez moi.

« Cela me paraît sans danger. Fitzgerald ne reviendra probablement à la maison que longtemps après minuit.

Le jeune officier ne put se retenir. Il enlaça de nouveau sa bien-aimée, la pressa sur son cœur et lui prouva sa reconnaissance par de brûlantes caresses.

– Il faut que je parte, déclara Ruth en se levant. Accompagnez-moi un bout de chemin dans Hyde Park.

Les deux amoureux se levèrent. L'officier offrit son bras à Ruth. Celle-ci eut encore un regard sur les alentours, pour voir si personne ne pouvait les voir. Elle passa son bras sous celui du jeune officier, et tendrement serrés l'un contre l'autre, ils s'éloignèrent.

Un bruit se fit entendre dans le buisson. Une longue silhouette mince en sortit doucement.

– Vraiment ! s'écria Sherlock Holmes – car c'était lui –, en rampant hors de sa cachette avec son rire muet habituel, ces tourtereaux sont d'une imprudence que rien n'égale. Je n'ai pas perdu un mot de leur édifiante conversation. Bonne idée de suivre, depuis quelques jours, Mrs. Fitzgerald partout où elle porte ses pas.

«Quand on veut pénétrer les secrets d'un homme, il faut suivre sa femme.

«Aujourd'hui, j'ai entendu des choses rudement importantes. Cette conversation vaut son pesant d'or.

«Demain soir, Mrs. Ruth Fitzgerald va voir la mère de l'homme qu'elle aime... Pendant qu'elle sera à Walworth Street, je tenterai l'impossible pour trouver le fil de l'énigme terrible qui plane sur Londres. L'impossible... oui, car l'audace est la condition indispensable du succès. »

VIII – *UN MONSIEUR COMPLAISANT*

– Numéro 37, à vous.

C'était dans l'antichambre du Dr. Fitzgerald. Un domestique y était employé à faire l'appel des numéros, que les visiteurs du célèbre médecin recevaient à la porte d'entrée.

– On vous a pas mal fait attendre, mon cher ami. Heureusement encore vous êtes le dernier pour aujourd'hui.

Ces mots du domestique s'adressaient à un homme d'allure modeste, un petit bourgeois apparemment.

Il portait une longue redingote grise avec des boutons à l'ancienne mode, un gilet et un veston de même drap. Ses bottes étaient lourdes et épaisses. La canne sur laquelle il s'appuyait devait provenir de l'héritage de son grand-père.

– Oh! ça n'a guère d'importance, répondit-il au domestique. Quand on consulte un médecin aussi célèbre, il faut avoir un peu de patience. Comme ça, je peux entrer? Allons, grand merci!

L'étranger caressa sa courte barbe, et passa la main dans les cheveux blonds grisonnants qui descendaient presque sur ses épaules, et qui, bien collés, lui donnaient l'apparence d'une tête ronde de Cromwell.

Il alla vers la porte et frappa.

– Entrez, répondit-on de l'intérieur.

L'étranger pénétra.

Le docteur était assis à son bureau.

Il ne tourna pas la tête au grincement léger de la porte. Il paraissait absorbé dans l'étude d'un livre ouvert devant lui.

– Pardonnez-moi, monsieur le docteur, dit l'homme à la barbe blonde en toussotant.

Le Dr. Fitzgerald tressaillit comme tiré d'un songe. Il tourna la tête, montrant un visage intéressant, pâle, aux grands yeux sombres. Deux grandes rides au-dessus barraient son front.

Il portait des cheveux ondulés rejetés en arrière.

– Ah! encore quelqu'un, s'exclama-t-il. Je croyais en avoir fini pour cet après-midi.

«Approchez, monsieur. Où souffrez-vous?

– Docteur, lui dit l'homme à la barbe blonde, je ne viens pas chez vous comme malade.

– Et moi, monsieur, je ne suis ici que pour les soigner, repartit le Dr. Fitzgerald, assez cassant. Allez, monsieur. Je n'ai pas de temps à donner à d'autres affaires.

– Je voudrais cependant vous faire une communication, monsieur le docteur. Je suis un honnête homme, et je ne puis souffrir de voir un autre honnête homme tel que vous indignement trompé.

– Qu'est-ce que vous bafouillez là? Trompé? Qui ça?

– Vous, docteur, et par votre propre femme, encore!

Le docteur se leva d'un bond. Il montra la porte du doigt. Cette énergique attitude signifiait clairement que l'étranger devait au plus tôt vider les lieux.

Mais celui-ci jugea bon d'étayer d'un nom la valeur de sa communication. Cette fois l'attitude du docteur changea brusquement.

– Le capitaine Harry Thomson, chuchota le visiteur.

Fitzgerald tressaillit. La foudre semblait l'avoir atteint. Ses yeux s'agrandirent démesurément. Ses lèvres tremblaient et s'agitaient en balbutiant. Un orage allait éclater...

Le premier éclair avait étincelé.

– Qu'avez-vous dit ? Quel nom avez-vous prononcé ? Ce nom, d'où le connaissez-vous ? demanda-t-il au comble de la surexcitation.

– De Hyde Park.

– Je ne comprends pas ?

– Vous me comprendrez dès que vous m'aurez laissé parler.

« Je suis un honnête homme, et je ne vous demande rien pour le service que je vais vous rendre... Je suis simplement outré, positivement outré, et c'est ce qui me détermine à vous faire une visite.

– Soyez bref, dit Fitzgerald d'une voix sourde, et parlez bas avant tout. Je ne tiens pas à ce qu'on nous entende de dehors. On n'est jamais sûr de personne, entendez-vous bien, de personne. Même chez moi, les murs peuvent avoir des oreilles.

– Ça doit être une maison bien peu confortable, repartit l'étranger. Mais cela ne me regarde pas. Je ne m'étonne pas que l'on vous épie, docteur, car votre femme, Mrs. Ruth Fitzgerald... oh ! docteur, que les femmes sont donc mauvaises !

– Oui, elles sont mauvaises, très mauvaises, affirma le docteur, si mauvaises qu'on devrait les faire disparaître de la surface de la terre, toutes !

« Les serpents, au moins, on peut les écraser oui, les serpents, monsieur, qui ont toujours été les compagnons préférés des filles d'Ève !

– Très bien, très vrai, docteur, répliqua le bourgeois. C'est déjà les serpents qui nous ont fait expulser du Paradis terrestre. Maintenant écoutez-moi, docteur. Je vais m'efforcer de parler bas. Venez s'il vous plaît un peu plus près de moi. Voici l'histoire...

« Je m'appelle Patrick O'Connor et j'ai été fabricant de savons.

« J'ai gagné quelque argent dans les affaires, quand j'en ai eu assez gagné, je me suis dit : je veux maintenant jouir un peu de la vie. Et je vis de mes rentes depuis ce jour.

« Oh ! je mène une existence très agréable et très confortable. Je me lève à l'heure qu'il me plaît, et je fais tous les jours une petite promenade dans Hyde Park.

« Hier, j'y allai à la nuit tombante.

« Je me sentis fatigué. Alors je me dis : "Assieds-toi dans un fourré pour y faire un petit somme."

« Aussitôt dit, aussitôt fait.

« Je me cache dans un buisson. Vous savez, docteur, celui qui est sur la place Lord Byron, tout près de la statue. Juste devant, il y a un banc. Je ne m'assis pas sur ce banc, parce que j'étais un peu inquiet, je pensais que si je m'endormais, des rôdeurs pourraient me voler ma bourse et ma montre, tandis que dans le buisson ils ne me verraient pas...

« Je m'étais installé confortablement et j'allais m'assoupir quand j'entendis des voix.

« C'était un jeune officier qui avait pris place sur le banc tout près de moi, avec une jeune femme élégamment habillée.

– Un jeune officier avec une femme élégamment habillée ? s'écria le docteur. Allez, allez, monsieur, vous êtes insupportable avec vos digressions.

– Je me dis tout de suite, poursuivit l'homme à la barbe blonde, tu vas voir ce que ces deux-là ont à se dire. Car voyez-vous, docteur, un couple d'amoureux, c'est toujours très drôle. Ils parlent tout autrement que des gens raisonnables, et je les écoute avec beaucoup de plaisir.

« Mais pendant que je les épiais, il me vint des scrupules.

« C'était une jeune femme mariée qui avait donné rendez-vous sur le banc au jeune officier. Elle lui parlait de son mari qu'elle avait épousé dans les Indes, mais seulement parce que son père l'avait obligée à cette union. Maintenant elle ne voulait plus rien savoir de son mari.

Un indifférent, écoutant la confuse histoire de ce complaisant monsieur, en aurait uniquement retiré l'impression d'un bavardage ridicule et sans portée. Mais le Dr. Fitzgerald trouvait un sens profond terrible à ces paroles.

Les traits du médecin se contractèrent. Il plongea ses mains dans ses cheveux noirs et crépus, comme ceux d'un nègre. Il les ramena sur son front, et les boucles tombèrent presque sur ses yeux.

– Et pensez-vous un peu, docteur, dit l'autre en terminant son histoire : la femme élégante, c'était votre femme. Quant à l'officier, c'est le capitaine Harry Thomson. Il habite Walworth Street.

– C'est bien ça, dit le docteur en gémissant. Il y a longtemps que j'ai remarqué que ma femme me trompe. Derrière mon dos ils se donnent des rendez-vous à Hyde Park... Et je l'ai aimée, cette femme, mais elle n'a aimé que lui, et jamais un autre, jamais !

– Mais parbleu ! L'autre, est-ce qu'il compte, dit l'homme à la barbe blonde en souriant.

« Il est bon tout au plus, l'autre, à l'accueillir sous son toit et à lui payer des toilettes.

« Mais l'officier ! vous auriez dû voir comme elle l'embrassait, et quelle douleur ç'a été quand il a fallu se séparer !

– Taisez-vous, cria Fitzgerald... taisez-vous, je ne veux plus vous entendre... Ou tenez, si, parlez ! dites-moi tout, je veux, je veux tout savoir...

– Mais je n'ai plus rien à vous raconter. Ah ! Je veux encore vous dire qu'ils ont projeté de se trouver ensemble pendant une heure en tête à tête.

– Enfer et damnation ! en tête à tête ont-ils dit ?

– Oui, en tête à tête. Vous savez bien, docteur, ce que ça signifie pour des amoureux. Ils aiment toujours mieux être ainsi : ils ont toujours une foule de choses à se dire. Alors le capitaine a fait promettre à votre femme de venir demain soir entre neuf et dix heures à Walworth Street, dans la maison de sa mère.

« Ce n'est pas la mère qui les dérangera. C'est certainement une vieille femme, probablement paralysée. Ils y seront réellement... en tête à tête.

« Mais pour l'amour de Dieu, que vous arrive-t-il, docteur ?

« Mettez-vous vite des compresses de vinaigre sur les tempes, et prenez...

– Taisez-vous, haleta Fitzgerald. Je vous prie... de me laisser seul. « Demain, disiez-vous, demain soir ?...

« Walworth Street, n'est-ce pas ?

– C'est bien ça, entre neuf et dix heures. Mais demain, ça signifie aujourd'hui, parce que c'est hier que j'ai entendu cette conversation.

« Docteur, il ne faut pas que cela vous dérange, continua l'homme, bonasse. Vous avez une conférence à faire à la Société médicale. Ça passe avant tout.

« Mon Dieu, quand une petite femme comme ça veut s'amuser un peu, il faut que son mari sache fermer les yeux.

« Vous irez à la Société médicale, et Mrs. Ruth, votre femme, ira pendant ce temps dans une autre... société.

– Allez-vous-en ! Je ne vous remercie pas pour la communication que vous m'avez faite.

« Croyez-vous donc, monsieur, que je ne vois pas que vous avez voulu vous moquer de moi ?

– Moi ! Ah ! docteur, je ne suis point capable...

Mais le dénonciateur complaisant gagna vivement la porte. Brusquement et sans que rien pût faire prévoir ce mouvement, le Dr. Fitzgerald avait saisi sur son bureau un petit bistouri. Avec un cri sauvage, il voulut

Le Dr. Fitzgerald était devenu un autre homme.

C'était l'effet de la morphine, à laquelle le malheureux s'adonnait depuis longtemps.

IX – *SHERLOCK HOLMES GAGNE SON PARI*

Sous le porche à peine éclairé d'une maison de Walworth Street se tenait une jeune femme élégamment habillée – à la silhouette bien britannique.

Les Anglaises sont plus souvent minces que rebondies et leur taille est parfois étonnamment élevée.

Telle était la femme qui stationnait sous la porte cochère. Auprès d'elle, un jeune homme lui jetait parfois des regards d'étonnement admiratif.

– Mr. Holmes, chuchota le jeune homme au détective, votre déguisement de ce soir dépasse de beaucoup tout ce que j'ai vu de ce genre de votre part.

«Votre transformation est absolument merveilleuse. Ma parole, si je vous rencontrais dans la rue, je serais capable de tomber amoureux de vous!

– Vraiment! dit la dame en souriant... Que dirais-tu si tu voyais celle dont j'ai copié les traits?

«Je t'assure que l'on pourrait me confondre avec Mrs. Ruth Fitzgerald.

«Mais attention, Harry... J'entends une voiture... C'est probablement celle de Mrs. Fitzgerald. C'est ça... la voiture s'arrête au coin de la rue.

«Vite, Harry, cours, saute dedans, et fais à Mrs. Ruth la commission dont je t'ai chargé.

Harry Taxon quitta le détective, longea en courant les façades des vieilles maisons de Walworth Street et atteignit la voiture, un cab de louage.

Au moment même où il s'arrêta devant, la portière fut ouverte de l'intérieur et Ruth voulut sortir.

– Vite, madame, lui chuchota Harry. Donnez-moi la main, et venez avec moi.

– Qui êtes-vous, monsieur ?

– Votre mari vous suit, dit Harry sans répondre directement à la question.

« Un sort terrible vous attend, si vous ne venez pas... On lui a tout dit...

– Grand Dieu ! alors mon mari sait...

– Tout, madame !

« Il sait que vous allez voir le capitaine Harry Thomson. Il peut apparaître d'un moment à l'autre.

« Vite, madame. Je vais vous sauver, mais suivez-moi !...

Ruth était si troublée qu'elle n'en demanda pas davantage. Elle prit le bras de Harry, et le jeune homme disparut dans une rue latérale.

Pendant ce temps, Sherlock Holmes avait quitté sa porte cochère.

À petits pas, en se dandinant un peu, comme certaines femmes ont l'habitude de le faire, il alla vers la voiture et dit au cocher :

– Restez là. Je veux attendre encore un peu à l'intérieur. Je vous paierai le supplément.

– Étrange, grommela le cocher. Il y a une minute, elle quitte la voiture... Maintenant elle y remonte. Qu'est-ce que ça veut dire ?

« Je donnerais ma tête à couper qu'il y a là-dessous quelque aventure d'amour.

« Mais je suis payé, donc je m'en fiche.

Sherlock Holmes était resté seul dans la voiture. Il avait baissé une glace et regardait dans la rue.

Il ne faisait pas tout à fait sombre dans Walworth Street. Mais l'horrible brouillard de Londres commençait à s'abattre sur la ville... Les quelques becs de gaz de la rue pouvaient à peine le traverser.

– C'est lui ! chuchota le détective. Le voilà qui tourne le coin. C'est lui, sans doute, ce vieux vagabond à la barbe inculte... Il se sera déguisé.

Une fièvre intense s'empara du détective.

Cette minute suprême allait décider de la résolution d'une sombre énigme, celle de Jack l'Éventreur...

Il quitta la voiture. Avec ce pas spécial des filles publiques sur le trottoir, il se mit à longer les maisons. Le rôdeur marcha sur lui...

– Où vas-tu ? lui demanda celui-ci d'une voix déguisée. Eh ! petite, viens ! J'ai justement envie d'être deux, ce soir...

– Si je fais ton affaire, lui répondit Sherlock Holmes en donnant à sa voix une intonation féminine, tu feras la mienne...

Et le détective entra dans le rayon de la lanterne.

À ce moment, un cri de folie sortit de la gorge du rôdeur, et ces mots lui échappèrent :

– Ah ! ma femme... ma femme fait le trottoir !... Eh bien, qu'elle meure comme meurent ses pareilles à Londres...

Et il se jeta sur elle...

– À terre ! hurla-t-il. Jack l'Éventreur est sur toi !...

Le rôdeur se précipita sur le détective avec une force à laquelle celui-ci put à peine résister.

D'une main, il le saisit à la gorge. De l'autre, il brandit un long couteau bien aiguisé, et en appuya la lame sur le ventre de Sherlock Holmes.

Un grincement se fit entendre. La lame avait glissé. La cuirasse dont Sherlock Holmes s'était muni avait fait son office.

La scène changea.

Jack l'Éventreur, surpris de cette tentative malheureuse, recula. Le détective profita de cet instant pour saisir les deux mains du monstre. Un terrible combat s'ensuivit, une lutte pour la vie, durant laquelle le visage si gracieux de la jeune femme revêtit tout à coup une expression terrible.

— Je te tiens enfin, affreux monstre, qui épouvantes Londres depuis longtemps, s'écria le détective. Jack l'Éventreur a fini de jouer son rôle!

« À terre! docteur Fitzgerald, car c'est toi, by Jove! et aucun autre, que l'Angleterre appelle avec un frisson d'horreur Jack l'Éventreur!

Il y eut un râle sourd. Jack l'Éventreur s'abattit sur le sol. Sherlock Holmes l'eut ficelé en un tour de main. Il l'empoigna, et le porta dans le cab...

— Cocher, dit-il à l'automédon, au poste central de police...

Mr. Warren était assis à son bureau. Il était justement en train de signer un mandat d'arrêt que Murphy lui présentait.

— Alors vous êtes sûr, Murphy? demanda le fonctionnaire, que c'est bien Grover Bell qui est le meurtrier de la cantatrice Lilian Bell?

— J'en suis absolument convaincu, sir, répondit l'autre. Je suis même certain que ce fratricide n'est autre que Jack l'Éventreur... Ah! ah! je crois que mon collègue Mr. Holmes a perdu son pari!

— En êtes-vous bien sûr, Murphy, dit une voix derrière le chef détective. Ayez donc la bonté de vous retourner... Je vous l'apporte, moi, Jack l'Éventreur... il vous l'avouera lui-même!

Warren et Murphy aperçurent avec stupéfaction une femme qui avait porté dans la pièce le Dr. Fitzgerald ligoté... cette femme, c'était Sherlock Holmes!

Des restants de fard couvraient encore son visage... Une large déchirure sous sa ceinture laissait apercevoir quelque chose de brillant.

— Mr. Warren, dit-il d'une voix animée, je vous donne ma parole, et j'engage toute la réputation que je me suis acquise, pour vous affirmer que Jack l'Éventreur ne terrorisera plus Londres à partir d'aujourd'hui.

« Ce spectre sinistre, ce n'est autre que cet homme... un malheureux, plus digne de notre pitié que de la malédiction dont l'accable le genre humain.

« Le voici devant vous... Vous le reconnaissez certainement, Mr. Warren.

Et Sherlock Holmes arracha au rôdeur sa fausse barbe et sa perruque. Warren s'écria, stupéfait :

– By Jove ! mais c'est le Dr. Fitzgerald, le fameux opérateur !

– J'ai perdu mon pari, Mr. Holmes, dit Murphy. Votre main, je vous prie.

« Je reconnais votre supériorité et je m'incline devant elle. Je suis sûr qu'il n'y a pas deux Sherlock Holmes sous la calotte des cieux.

....

Après entente entre Sherlock Holmes, Warren et Murphy, personne au monde ne sut qui était Jack l'Éventreur ; mais le terrible fléau disparut des rues de Londres, et personne n'entendit plus parler du monstre ni de ses forfaits épouvantables.

Le Dr. Fitzgerald fut transporté la même nuit dans un asile d'aliénés, où il termina un mois plus tard son existence dans d'effrayantes crises d'épilepsie.

Un an après, Ruth se lia à son cher Harry par des nœuds éternels.

Sherlock Holmes, Warren et Murphy burent consciencieusement le champagne que Warren avait offert comme enjeu dans le pari.

Ethel King

« *Jack l'Éventreur,*
le tueur de femmes »

PAR JEAN PETITHUGUENIN

UN TERRIBLE ADORATEUR

La rue des Jardins, « Garden Street » à Philadelphie, se compose d'un grand nombre de petites maisons enguirlandées de vigne, dont la plupart ne sont habitées que par une seule famille. Elles sont toutes séparées de la rue par de petits jardins coquets et bien entretenus, qui éveillent dans l'esprit du passant la séduisante image du bien-être familial, en harmonie le plus souvent avec le confort et l'élégance de l'intérieur.

C'est dans une de ces maisons, au n° 77 de Garden Street, que demeurait miss Ethel King, déjà célèbre dans toute l'Union comme détective, non seulement parce qu'elle était la première femme qui eût embrassé cette carrière où la fatigue s'assaisonne de dangers, mais parce qu'elle y avait eu des succès dignes de soutenir la comparaison avec les exploits des policiers les plus fameux, tels que Nick Carter et Pinkerton.

Son personnel consistait en une femme de charge ou gouvernante, Mrs. Sara Cramp, veuve d'un certain âge, à la mine avenante et à l'esprit délié, et en un jeune garçon de seize ans, extraordinairement doué sous le double rapport de l'intelligence et de la force physique, et qui unissait en des proportions peu communes la prudence la plus fine au courage le plus audacieux.

Charley Lux – c'était le nom de cet adolescent – avait plusieurs fois rendu de grands services au détective, qui l'employait chaque fois qu'il s'agissait d'exercer une surveillance ou de recueillir des renseignements.

Par une triste journée de novembre, un petit commissionnaire apparut dans Garden Street, porteur d'un magnifique bouquet de roses, et s'arrêta à la porte du jardin précédant le n° 77, dont il mit vigoureusement la sonnette en branle.

La vieille Sara Cramp accourut et demanda ce qu'on voulait.

– J'apporte à miss Ethel King ce bouquet avec cette lettre et de grands compliments, dit le jeune messager ; mais je dois remettre le tout en mains propres.

– Bien entendu, grommela Sara. Ce n'est pas pour moi, sûrement ! Entrez, mon garçon. Miss va être ravie de recevoir de si belles fleurs.

Pour son compte Sara n'avait pas l'air ravi du tout. Elle traversa le petit jardin de devant avec le commissionnaire et l'introduisit dans le cabinet de travail de sa maîtresse.

Ethel King était assise devant son bureau, occupée à étudier différentes écritures et, semblait-il, profondément absorbée dans ce travail.

À l'entrée du messager, un grand chien se leva de la peau d'ours où il était couché aux pieds de sa maîtresse, et montra les dents au nouveau venu, qui recula, effrayé.

– Couchez, Pluto ! dit impérieusement miss Ethel King, et le puissant animal obéit aussitôt, mais sans lâcher le galopin du regard.

Ethel se leva et alla au-devant de celui-ci. C'était une femme mince et souple, mais qu'on devinait admirablement musclée, et dont le visage, aux traits énergiques et nettement dessinés, était éclairé par des yeux gris, d'une vivacité singulière.

– Bonsoir ! dit-elle en réponse au salut de l'enfant. Que m'apportez-vous ?

– J'ai des compliments à vous faire, dit le boy, tout en jetant des regards inquiets du côté du chien. Ensuite j'ai à vous remettre cette lettre et ce bouquet.

– De la part de qui, mon garçon ?

– D'un gentleman âgé et bien mis, qui m'a chargé de cette commission, à Diamond Street.

– Vous a-t-il dit de lui rapporter une réponse ?

– Non ; ma commission est faite.

– Comment vous appelez-vous, jeune homme ?

– Edward Saunders.

– Vous êtes employé au bureau central des « Messenger Boys », n'est-ce pas ?

Ethel King lui faisait toutes ses questions d'un ton bienveillant, mais le galopin se sentait visiblement mal à l'aise sous son regard aigu.

– Oui, répondit-il timidement.

– Quel âge avez-vous, et où demeurez-vous ?

– J'ai quinze ans ; je demeure Oldham Square, n° 98.

– Très bien. Je vais m'en assurer.

Elle alla au téléphone, se mit en communication avec le bureau central des Messenger Boys et s'informa si les renseignements donnés étaient exacts. Elle reçut une réponse satisfaisante, et, s'adressant de nouveau au commissionnaire :

– Je vois que vous avez dit la vérité, dit-elle. Maintenant décrivez-moi l'extérieur de l'homme qui vous a donné cette commission.

– Je ne l'ai pas regardé particulièrement. Il portait un pardessus gris, dont il avait relevé le collet, et son chapeau était rabattu sur ses yeux. Je crois qu'il n'avait pas de barbe.

– Comment était-il, mince, gros, grand, petit ?

– Mince et maigre. Son pardessus était beaucoup trop large pour lui.

– Son pantalon ? ses chaussures ?

– Je n'y ai pas fait attention.

– C'est bon. Maintenant écoutez-moi, mon garçon. Voilà cinq dollars. Si vous rencontrez de nouveau cet homme sur votre chemin et qu'il vous demande compte de votre commission, dites-lui que j'ai été très contente et que j'ai mis le bouquet dans l'eau. Mais ne lui dites pas que j'ai demandé des renseignements sur lui à votre administration. Si vous le faisiez, votre chef en serait très mécontent et vous renverrait peut-être tout de suite. M'avez-vous comprise ?

– Oui certes, miss King ! Et tous mes remerciements ! Je me conformerai strictement à vos instructions.

Le jeune commissionnaire salua et se retira.

Ethel King, dès qu'elle fut seule, se pencha de manière à mettre son oreille tout près du bouquet, qu'elle tenait avec précaution. Un sourire, qui n'avait rien de particulièrement joyeux, effleura ses lèvres, et elle murmura :

– Je crois, en effet, que je me suis acquis un adorateur de la belle espèce. Il paraît m'aimer au point de ne pas se contenter d'avoir en vue mon bonheur sur la terre, mais de vouloir faire ma félicité éternelle.

Elle mit avec soin le bouquet sur la table et ouvrit l'enveloppe qui l'accompagnait.

Une petite carte à tranches dorées en tomba, et sur cette carte elle lut les lignes suivantes écrites d'une main masculine, lourde et ferme :

« Très honorée miss Ethel King,
« Astre de mes nuits sans sommeil !
« Permettez qu'un homme qui, depuis peu de temps, nourrit pour vous un sentiment d'adoration, mette à vos pieds son cœur avec ces roses. Puisse leur parfum vous plaire, et puissiez-vous accorder un souvenir amical au donateur, qui languit du désir de vous serrer dans ses bras.

« Votre tout dévoué,
« Henry Alton »

– C'est tout de même étrange, les idées qui poussent parfois dans la tête des chenapans. À moi de prendre garde que cette déclaration enflammée ne cause pas d'incendie.

Sara Cramp entrait en ce moment dans le cabinet. Elle jeta un regard de travers sur le splendide bouquet de roses et dit d'un ton bourru :

– Là, voilà comme ça se fait ! On commence par lui envoyer des bouquets, et de fil en aiguille, elle en viendra vite au jour de ses noces, ou je me trompe fort... Tenez, miss King, vous me faites de la peine ! Ces roses ont touché votre cœur, naturellement ; je le vois bien à votre mine riante... Et alors vous voulez réellement vous marier ? Prenez donc exemple sur moi ! Je me suis fait tant de mauvais sang avec mon défunt mari, que quand un autre est venu, qui voulait épouser mon livret de caisse d'épargne, je lui ai dit de chercher ailleurs, en lui faisant tous mes remerciements.

– Tranquillisez-vous, Sara, répondit Ethel King en riant. Je ne pense pas encore à me marier. Mais avant tout ces roses ont besoin d'eau, et je vous prie de m'en apporter tout de suite un plein seau.

– Un plein seau ! se récria la femme de charge. Les fleurs ne demandent pas tant d'eau que ça. Je vais en mettre dans le grand vase vert, ça suffira bien.

– Dépêchez-vous, Sara, je vous prie ! C'est un seau plein qu'il me faut, et sur-le-champ.

Le ton était impératif et sans réplique. Sara n'essaya pas de discuter davantage ; elle s'empressa de sortir et revint bientôt avec un seau tout plein. Elle était accompagnée de Charley Lux, le jeune et fidèle auxiliaire du détective, qui rentrait et que la vieille femme avait mis rapidement au courant de l'histoire du bouquet.

Il salua poliment sa maîtresse, et n'osa pas, malgré son désir, lui demander ce qu'elle voulait faire de toute cette eau ; cela lui semblait extraordinaire, mais le respect lui interdisait d'interroger miss Ethel King.

Celle-ci plaça le seau sur une chaise, puis elle prit sur son bureau un petit couteau de poche bien affilé en même temps que le bouquet, qu'elle approcha de l'oreille de sa femme de charge.

– Écoutez, Sara, lui dit-elle. N'entendez-vous pas que la personne qui m'envoie ce bouquet y a caché ingénieusement une délicate surprise ?

La gouvernante écouta un instant et répondit :

– Parfaitement ! J'entends quelque chose. On dirait le tic-tac d'une montre.

– Et qu'est-ce que ça peut bien être, vous qui savez deviner les choses, Sara ?

La vieille secoua la tête.

– Je ne peux pas dire. Peut-être une jolie montre de dame en or, enrichie de diamants.

– Ah ! ce serait ravissant, repartit Ethel King ; mais j'ai peine à le croire. Il n'est guère probable qu'un homme qui désire m'envoyer dans l'autre monde me fasse un présent de ce genre.

Sara fit deux pas en arrière et, blême d'effroi, s'écria :

– Comment, vous envoyer dans l'autre monde ?

Le détective se tourna vers le jeune Lux.

– Voyons, Charley, lui demanda-t-elle ; ne peux-tu pas dire à peu près ce qu'il y a dans ce bouquet ? Allons, essaie !

Ce disant elle plongea lentement dans l'eau toute la botte de roses avec les tiges et elle se mit à couper soigneusement les cordons qui attachaient les fleurs ensemble, de manière à les séparer les unes des autres.

Charley réfléchit un moment, puis, frappé d'une idée subite, il s'écria :

– Ce n'est pas une... machine infernale, miss King ?

À peine avait-il prononcé les mots « machine infernale » que Sara, poussant un grand cri, disparut avec la vitesse de l'éclair.

Ethel King fit un signe affirmatif à Charley, qui ne put s'empêcher de pâlir. Mais il se conduisit bravement et resta dans le cabinet.

Pendant ce temps Ethel King avait fini de séparer les tiges des roses, du milieu desquelles elle retira un objet un peu allongé et d'un éclat métallique, relié à un minuscule mouvement d'horlogerie. Elle détacha le mouvement d'horlogerie de l'objet en métal, qui ressemblait à une petite pomme de pin, et déposa le tout sur son bureau pour en examiner le mécanisme et l'expliquer à son élève.

– Vois-tu, Charley, lui dit-elle, ce mouvement d'horlogerie est construit de telle façon qu'en s'arrêtant il aurait laissé tomber cette espèce de petit marteau sur le sommet de la pomme de pin, qui n'est qu'une bombe à percussion. Le choc aurait déterminé l'explosion, et nous aurions été mis en pièces. D'après l'état du ressort, j'estime que nous en avions pour une demi-heure. Mais à présent que les deux parties de l'appareil sont isolées, il n'y a plus aucun danger... Tel est, mon cher Charley, le raffinement infernal avec lequel un homme qui se dit mon adorateur en agit avec moi...

Charley ne respirait plus ; il avait été torturé intérieurement par une indicible angoisse, en voyant l'aisance intrépide avec laquelle sa maîtresse maniait ces terribles engins.

– Je vais porter aujourd'hui même bombe et mouvement à la police, ajouta-t-elle en les enveloppant séparément dans du papier. Appelle Sara, s'il te plaît.

Charley, complètement rassuré, courut à la porte ; mais il lui fallut appeler longtemps avant que la gouvernante toute tremblante encore se risquât à avancer la tête dans l'entrebâillement de la porte.

– Que faut-il faire ? demanda-t-elle, toujours épouvantée.

Ethel King éclata joyeusement de rire et répondit d'un ton de belle humeur :

– Entrez, seulement, Sara ! Vous n'avez plus rien à craindre et vous pouvez apporter le beau vase en cristal vert. Les roses ne recèlent plus que leur suave odeur, et nous les mettrons à la fenêtre, afin qu'on les voie dehors.

Sara Cramp alla chercher le vase ; sa maîtresse y disposa artistement les roses de manière à leur conserver l'aspect du bouquet qu'on lui avait apporté, et le plaça sur le bord de la fenêtre.

– Maintenant, Charley, attention ! dit-elle. Je parie qu'il y a dehors quelqu'un qui attend l'effet de la botte de roses explosible. Ou je me trompe fort, ou c'est celui qui flâne là, de l'autre côté de la rue.

En effet, on pouvait remarquer à l'endroit qu'elle indiquait un individu misérablement vêtu et à mine patibulaire, qui semblait ivre. Il faisait de temps en temps quelques pas en titubant, et s'accotait, après deux ou trois zigzags, à la grille du jardin devant lequel il se trouvait.

– Observe comme il va devenir inquiet, aussitôt que la demi-heure sera passée et qu'il ne se produira rien, continua-t-elle.

Elle regarda sa montre ; il s'en fallait encore de dix minutes pour que le moment de l'explosion fût atteint.

En titubant, l'homme s'approchait toujours davantage du n° 77. Il arriva droit en face et s'appuya à une grille, les jambes écartées, en promenant de tous côtés ses yeux d'ivrogne. Il tira alors de sa poche une bouteille et but à même, comme s'il était très altéré, et, à partir de ce moment, il ne cessa de consulter sa montre.

– Le temps est écoulé, dit Ethel après un silence. Regarde l'homme maintenant.

Il avait, en effet, l'air inquiet. Il se redressa, regardant sa montre avec anxiété. Puis il frappa nerveusement du pied. Son ivresse avait disparu, ou, du moins, il l'avait oubliée.

– Il serait cruel de laisser davantage ce pauvre homme en suspens, dit Ethel d'une voix calme.

Elle mit son chapeau et sortit vivement. Traversant la rue, elle alla directement à l'homme. Celui-ci tressaillit légèrement en la voyant venir, et tout de suite il se rappela qu'il était ivre. Il s'adossa plus lourdement à la grille du jardin et tira de sa poche son flacon de whisky.

Ethel King s'arrêta tout près de lui et le regarda en face. Elle riait doucement.

– Vous admirez le beau bouquet de roses qui est là, sur ma fenêtre, dit-elle, railleuse. Il est en effet très beau, et il m'a fait grand plaisir. Si par hasard vous connaissez le noble et généreux gentleman qui me l'a envoyé, ayez donc l'obligeance de lui transmettre tous les remerciements d'Ethel King et de lui dire que j'ai pris la liberté de retirer de ce ravissant bouquet une petite horloge avec son accessoire, pour les porter aujourd'hui même à mon grand ami, l'inspecteur de police Golding.

Pendant ce discours, l'homme avait affecté de regarder dans le vague devant soi en ricanant. Le fait est qu'il était partagé entre la peur et la rage. Cependant il se contint et répondit en bégayant :

– Que... que me voulez-vous ?... Je... je ne comp... comprends pas... Laissez-moi... la paix !

Et il s'éloigna en trébuchant.

Ethel King rentra dans la maison, d'où Charley et Sara l'avaient regardée faire.

– Vite, Charley, dit-elle. Suis ce gaillard et laisse une piste derrière toi. Je serai bientôt sur tes traces.

Aussitôt le jeune homme quitta la maison, non point par la porte de devant, mais par un passage à lui connu, derrière.

Il franchit d'abord un certain nombre de clôtures des terrains avoisinants et gagna la rue par une autre maison particulière, assez éloignée de la sienne. L'homme était encore en vue, et il se mit à le filer avec un art qu'il tenait d'Ethel King.

FILATURE

Dix minutes environ s'étaient écoulées depuis le départ de Charley Lux lorsque le détective sortit à son tour, aussi secrètement, mais sans se livrer aux mêmes exercices d'acrobatie que son jeune auxiliaire.

La cour et le jardinet qui s'étendaient derrière sa maison avaient une issue sur une allée latérale assez étroite et presque toujours déserte. Ce fut par là qu'elle sortit, tirant doucement après elle la porte, qui fermait de chute et dont les gonds bien graissés ne faisaient aucun bruit.

Elle s'était affublée de loques qui lui donnaient l'air pitoyable d'un meurt-de-faim, et sous lesquelles nul n'aurait reconnu miss Ethel King.

Au bout de la rue, elle découvrit les premières traces laissées par Charley ; c'étaient de petits morceaux de craie, que le jeune garçon jetait de temps en temps devant lui et qu'il écrasait du pied, de manière à imprimer sur le sol une légère marque blanche.

En suivant cette piste, le détective arriva au centre de la ville. Là, les traces se continuaient dans un dédale de rues et de ruelles où il était souvent très difficile de les discerner. Finalement elles la conduisirent le long d'une voie étroite et obscure dans le corridor d'une maison, au milieu duquel Ethel King, qui ne s'avançait qu'avec la plus grande prudence, crut entendre un léger bruit et s'arrêta pour écouter. Devant elle, au bout du corridor, elle apercevait une petite cour, encombrée de caisses et de rebuts de toute sorte, qu'éclairait à peine la lumière du jour. C'était une de ces cours que le langage parisien appelle des «puits».

À peine s'était-elle arrêtée, attentive, qu'un petit sifflement, à peine distinct, parvint à son oreille. Elle y répondit. Aussitôt une forme humaine se dessina en noir dans l'encadrement de la porte, et en un instant Charley Lux fut auprès de sa maîtresse.

– Où est-il? demanda-t-elle tout bas.

– Il a suivi ce corridor et est entré dans la cour; quand j'y suis arrivé derrière lui, je n'ai plus rien vu. La maison a plusieurs sorties sur cette cour, mais je n'ai pas osé me risquer à l'intérieur. Il y a aussi un hangar plein, comme la cour, d'emballages et de vieux rossignols.

– Va te poster devant la maison, chuchota Ethel King. Si tu entends un coup de sifflet ou une détonation, cours appeler le policeman du coin. Mais je ne crois pas que ce soit nécessaire; je ne veux faire qu'une simple reconnaissance.

Charley retourna donc à la rue, et Ethel alla tranquillement dans la cour, d'un air effronté et insouciant qui s'accordait parfaitement avec son costume. Elle regarda autour des piles de caisses, sonda de l'œil les tas de débris accumulés dans cet étroit espace, et ne découvrit rien.

Sous la grange, où il faisait clair et dont l'air était épais et humide, elle remarqua d'autres caisses, des sacs empilés et différentes choses semblables, mais l'homme qu'ils avaient filé n'y était pas plus visible que dans la cour.

Elle avait déjà noté qu'il n'y avait, dans la clôture de celle-ci, aucune ouverture ni solution de continuité par où un homme aurait pu se glisser. Elle ne croyait pas que l'individu se fût réfugié dans la maison, occupée par des gens de métier et où tout paraissait très calme. Elle retourna donc à la grange et l'explora longtemps et minutieusement sans résultat. Elle se retira finalement, en se promettant de revenir le lendemain avec des forces policières.

Elle retrouva Charley dans la rue et lui dit de rentrer à la maison, pendant que, dans ses guenilles de vagabond, elle se rendrait au bureau central de la police.

À l'entrée de l'édifice, le policeman de service voulut renvoyer ce loqueteux ; mais quelques mots suffirent pour que l'agent s'effaçât avec respect...

L'inspecteur Golding, chef de la Sûreté, entendit la porte de son cabinet s'ouvrir et ne fut pas peu étonné d'y voir entrer, seul et sans gêne, une espèce de rôdeur sale et déguenillé.

– Qu'est-ce que c'est ? s'écria-t-il. Comment cet individu a-t-il pu s'introduire jusqu'ici ? Personne n'est donc à son poste ?

– Je n'ai pas de mauvaises intentions, monsieur l'inspecteur. Je voulais seulement vous assassiner un peu, dit l'intrus.

Golding bondit de son fauteuil en criant :

– C'est un peu fort ! Voilà que la racaille entre ici comme en un moulin, et vient nous insulter en face !

Le prétendu vagabond éclata de rire et tendit la main à l'inspecteur ahuri.

– Je ne suis vraiment pas flattée que vous ne reconnaissiez pas votre vieille amie Ethel King, dit une voix claire et gaie.

Le chef de la Sûreté écarquilla les yeux.

– Ethel King ?... Eh, oui, c'est bien miss Ethel King !

Il lui serra cordialement la main et reprit :

– Vraiment vous vous déguisez d'admirable façon. Je ne vous aurais certainement pas reconnue... Quand je vois une force comme la vôtre s'employer dans notre intérêt, je m'en réjouis et vous en suis reconnaissant. Aussi chaque fois que vous venez, je suis content, miss King, car vous apportez toujours quelque chose de nouveau.

– Oui, ma foi ! quelque chose de tout nouveau, répéta Ethel en tirant de sa poche un petit paquet, dont elle déplia l'enveloppe, pour déposer sur la table de l'inspecteur la bombe et le mouvement d'horlogerie.

« Vous avez là, Mr. Golding, une jolie petite machine infernale qu'on m'a envoyée chez moi, dans un superbe bouquet de roses.

Elle lui raconta alors ce qui s'était passé.

– C'est un gueux qu'il faut pincer, s'écria l'inspecteur, indigné d'un tel attentat. N'avez-vous pas arrêté l'individu qui était en faction devant votre maison ?

– C'eût été une très grosse faute, dit Ethel. J'ai eu tout de suite la conviction que ce gredin n'était pas l'auteur principal, mais simplement un espion. Si je l'avais arrêté, il aurait été sans doute impossible de lui faire dire un mot, et comme on n'aurait pu prouver à sa charge aucun fait précis, il aurait bien fallu le relâcher.

L'inspecteur dut reconnaître qu'elle avait raison. Il sonna un policeman auquel il donna la bombe pour la faire éclater avec les précautions requises, dans une cour aménagée à cet effet. Puis, se retournant vers le détective :

– Et maintenant, que comptez-vous faire ? demanda-t-il.

– Prendre le malfaiteur et, s'il en est besoin, vous prier de mettre des hommes à ma disposition.

– Tant que vous voudrez ! Croyez-vous réellement que vous prendrez l'individu ?

– J'en suis convaincue, Mr. Golding. Il fera dans tous les cas une autre tentative ; il voudra réparer son échec d'aujourd'hui, et je pourrai peut-être en profiter pour m'emparer de lui.

Comme Ethel King sortait de l'hôtel de police, un épouvantable coup de tonnerre, venant d'une des cours, lui apprit que la bombe avait éclaté.

Ethel revint chez elle, très persuadée qu'un nouvel attentat serait commis à bref délai contre sa personne. Elle prévoyait que le dépit que le malfaiteur devait avoir conçu de son premier échec l'inciterait à faire très promptement une autre entreprise contre elle, probablement cette nuit même.

Elle résolut donc de prendre ses précautions et de veiller, en se relayant avec Charley Lux, pendant que Pluto, son grand chien, resterait dans son cabinet de travail. Le chien était un gardien excellent. Le moindre bruit d'approche, même tout à fait silencieuse, d'un homme venant par le jardin devant la maison, suffirait pour lui faire donner l'alarme. La chambre de Charley était sur le derrière. Il veillerait attentivement de ce côté et ne laisserait passer rien de suspect, de sorte qu'Ethel King, dont la chambre occupait le milieu du rez-de-chaussée, pouvait se mettre au lit et dormir sur les deux oreilles.

Elle avait d'ailleurs le sommeil extrêmement léger et s'éveillait au moindre bruit. Elle savait trop à quels êtres de ruse et de perversité elle avait affaire, pour ne plus être constamment sur ses gardes.

Elle dormit tout d'une traite et profondément pendant deux heures. Elle se réveilla alors en sursaut et se dressa sur son séant. Autour d'elle régnait un silence absolu. La clarté de la lune entrait par la fenêtre et coupait sa chambre d'une large raie de lumière allant jusqu'à une porte qui donnait sur l'escalier et que masquait une portière.

Ethel King n'entendait rien, et pourtant elle avait la sensation d'une présence étrangère. Elle avait beau promener ses regards autour d'elle, elle n'apercevait rien de suspect, mais le soupçon ne quittait pas son esprit. Elle se leva et, prenant un revolver d'une main et de l'autre une petite lanterne électrique, elle se dirigea vers la chambre de devant, qui était son cabinet.

– Pluto ! appela-t-elle à voix basse.

Le chien s'élança de sa peau d'ours et bondit vers elle en remuant la queue. Elle le flatta de la main et dit en lui montrant la fenêtre :

– Attention là !

Le chien comprit ce que voulait sa maîtresse et se coucha sous la fenêtre. Ethel revint alors à sa chambre et se remit au lit ; elle ne s'était pas complètement dévêtue, car elle savait qu'elle devait, cette nuit-là, être prête à tout événement.

Elle allait fermer les yeux pour dormir, lorsque la même sensation vague qui l'avait inquiétée tout à l'heure lui revint plus forte. Elle avait souvent éprouvé que ces pressentiments ne la trompaient pas et elle était sûre d'être sous le coup d'un danger.

Machinalement elle reprit le revolver qu'elle avait déposé tout à l'heure sur sa table de nuit ; puis elle souleva un peu la tête et regarda autour de la chambre. La lune répandait toujours sa large bande de lumière sur le parquet ; la portière notamment était inondée de clarté ; Ethel en voyait nettement les dessins ainsi que le relief des plis.

Cette tenture ne touchait pas tout à fait le sol, et bientôt le détective aperçut dans l'interstice une sorte de tache blanche. Qu'est-ce que cela pouvait être ? Elle fixa les yeux vers cette tache avec une intensité telle qu'elle en avait des picotements, et, soudain, elle vit ce que c'était. Ce quelque chose de blanc et d'imprécis n'était autre chose que le bout d'un pied nu.

Sur le premier moment de cette découverte, Ethel King crut que son cœur cessait de battre.

C'était un saisissement de surprise, et non de peur. Elle était surtout émue de ce qu'un homme eût réussi à s'introduire jusqu'à sa chambre à coucher sans être remarqué. Avec quelle facilité n'aurait-elle pas été sa victime si elle s'était endormie ! Heureusement qu'il n'était pas venu pendant son premier sommeil ; autrement, elle ne serait déjà plus en vie.

Toutes ces réflexions lui passèrent par la tête comme un éclair. Lorsque, quelques secondes après cette troublante découverte, elle porta doucement la main au bouton électrique placé près de son lit, elle n'avait jamais eu plus de calme et de sang-froid. Sous sa pression, les ampoules s'embrasèrent et une éclatante lumière emplit la chambre. En même temps, elle sauta du lit, courut à la porte de son cabinet de travail et appela:

– Pluto! Ici!

Aussitôt le puissant animal s'élança dans la chambre, aux côtés de sa maîtresse. Ethel était déjà près de la portière, qu'elle écarta de la main gauche, en levant de la droite un revolver prêt à faire feu.

Debout devant elle, elle reconnut l'homme qui, dans la journée, contrefaisait l'ivrogne, en attendant l'effet de la machine infernale. Il était sous l'empire d'une peur mortelle; sa face vulgaire et bouffie était blême, et l'effroi que lui causait le chien, gueule ouverte et crocs découverts, était visiblement plus grand encore que la crainte du revolver braqué sur lui.

– Nous nous sommes déjà vus, commença le détective avec un calme railleur. Je n'aurais pas cru que ma modeste maisonnette pouvait exercer sur vous une telle attraction.

L'homme ne trouvait rien à répondre. Il s'appuyait contre la porte et fixait des yeux effarés sur le détective, ironique et hautain. Mais le chien grondait de plus en plus et faisait mine de sauter sur le misérable.

– Arrière, Pluto! fit Ethel.

L'animal obéit à contrecœur, car il comprenait évidemment que cet individu n'était pas venu animé de bonnes intentions.

L'homme ne manquait pas d'armes; il tenait dans sa main gauche un revolver et dans sa droite un couteau bien affilé. Mais il avait été tellement surpris qu'il n'avait pu se servir ni de l'un ni de l'autre, et, lorsqu'il voulut lever les mains, Ethel King lui dit d'un ton impérieux :

– Ne bougez pas, ou je vous loge une balle dans la tête ! Sur un mot de moi, Pluto est prêt à vous déchirer la gorge. Les individus de votre acabit ne méritent rien de mieux.

L'homme restait muet ; il était évident que la peur l'étouffait.

– Mettez immédiatement vos armes sur cette table. Je n'ai plus de temps à perdre avec vous.

Il ne bougea pas ; alors se fit entendre le bruit sec et menaçant d'un revolver qu'on arme.

– Laissez-moi aller ! dit enfin l'homme d'une voix enrouée et l'air farouche. Malheur à vous, si vous vous avisez de me garder ici ; tandis qu'il ne vous arrivera rien, si vous me lâchez.

– Connaissez-vous Ethel King ? dit celle-ci avec un rire dédaigneux. Non, vous ne paraissez pas bien la connaître... Obéissez sur-le-champ !... Pluto, attention là !

L'homme venait de se jeter de tout son poids contre la porte, qui s'ouvrit, et il s'élança pour fuir par l'escalier et le sous-sol. Mais il avait à peine fait demi-tour qu'il poussa un cri étouffé. Le chien avait bondi sur le malfaiteur et, lui plantant ses crocs dans un côté du cou, l'avait jeté à terre.

Pendant que les cris sourds et rauques de l'homme à demi étranglé se succédaient, quelqu'un se précipita dans la chambre en criant :

– Grand Dieu ! qu'est-ce qu'il y a ?

C'était Charley Lux, qui fut rassuré tout de suite en voyant devant lui sa maîtresse indemne. L'étranger, que Pluto tenait toujours par le cou, avait déjà les mains délicatement réunies par ces bracelets d'acier qu'on appelle menottes.

– J'ai pris un bel oiseau ! déclara Ethel. Tu le reconnais sans doute, Charley ?

Charley se pencha au-dessus du visage du prisonnier et s'écria, très étonné :

– Eh, c'est notre ami, que j'ai filé tantôt !... Il s'est joliment fait pincer !

– Maintenant, Charley, cours chercher deux policemen, qui prendront ce gaillard sous leur bonne garde.

Charley ne se le fit pas dire deux fois. Pendant qu'il s'acquittait de sa commission, Ethel, ayant rappelé son chien, commanda de se lever au malfaiteur ahuri et dont le sang coulait par deux profondes blessures au cou. Le misérable obéit avec peine et prit place sur la chaise que le détective poussa vers lui.

– Vous êtes une diablesse, une dangereuse et effrayante diablesse ! grommela-t-il, furieux.

– Je vous remercie. De votre bouche, le compliment est flatteur, répondit-elle. Peut-être me direz-vous maintenant si la tentative faite aujourd'hui avec le bouquet de roses et ce nouvel attentat contre moi sont dus à votre propre initiative – ce que je ne crois pas. Dans le cas contraire, je pourrai peut-être savoir de vous qui vous a chargé de cette double mission.

L'homme jeta un regard sournois à celle qui l'avait vaincu et ne dit rien.

– Bon ! Puisque vous ne répondez pas, je chercherai moi-même l'instigateur de ces deux excellentes farces, reprit Ethel King sans s'émouvoir. Il est probablement encore dans l'arrière-cour du n° 14 de Dark Street.

C'était le nom de la rue où elle avait vainement cherché, dans la journée, l'homme qu'elle tenait en ce moment prisonnier. À ce nom, le malfaiteur tressaillit, comme s'il n'en croyait pas ses oreilles.

– Vous... vous savez aussi cela ? dit-il en grinçant des dents. Chienne !... Attendez seulement un peu. Tout vous sera remboursé... et avec les intérêts encore !

– Ce qu'il y a de bon, c'est que je sais désormais à quoi m'en tenir. Vous venez bel et bien de vous trahir.

Mais votre dernier vœu, si pieux et si charitable, ne sera que bien difficilement exaucé.

Sur ces entrefaites, Charley Lux reparut avec deux policemen qui prirent possession du malfaiteur.

– Oh, oh! dit un des agents, il me semble que nous avons fait une bonne prise. Je connaissais d'avance ce gaillard par son signalement, qui nous a été distribué il y a déjà longtemps.

Ethel leur recommanda de faire grande attention à leur prisonnier, pour qu'il ne leur glissât pas dans les mains, et ils s'éloignèrent dans la direction de l'hôtel de la police.

– Maintenant, nous pouvons reposer tranquillement, mon cher Charley, dit alors Ethel King. Je crois que nous ne serons plus dérangés cette nuit.

JACK L'ÉVENTREUR

Le lendemain matin, la poste apporta pour miss Ethel King une lettre, dont la suscription lui parut être d'une écriture connue. C'étaient les mêmes jambages, les mêmes pleins et déliés qu'elle avait déjà vus sur la carte dorée qu'on lui avait envoyée avec le bouquet de roses. Cette lettre était ainsi conçue:

«Mon Ethel King, ô femme ardemment aimée!

«J'ai voulu hier, cédant à l'inclination de mon cœur, vous procurer le passage gratuit dans l'autre monde; mais j'ai dû constater, à mon bien profond chagrin, que je ne trouve pas en vous un amour répondant au mien, car autrement vous ne vous seriez certainement pas refusée à une si délicieuse distraction. Quoi qu'il en soit, je vous assure que, comme tout véritable amoureux, je ne vous lâcherai pas, et que l'heure sonnera où vous me ferez le plaisir de faire le voyage de l'enfer, séjour où vous devriez attendre déjà depuis quelques dizaines d'années votre fiancé fidèle. Que le temps ne vous dure pas ! Et afin de comprendre mieux, lisez ce qui suit.

« Il n'y a que quelques semaines que je suis dans la libre Amérique, venant d'Europe, où des douzaines de vos collègues mâles, à Londres, à Paris, à Berlin, à Monte-Carlo et autres lieux, se sont, pendant des années, donné inutilement toutes les peines du monde pour me prendre. Je leur ai constamment fait la nique, et je viens de traverser l'Océan pour voir un peu comment je réussirai dans mon métier ici. Mais voilà que j'apprends, parmi mes braves et honorés collègues, que, dans ce pays, où rien n'est impossible, une femme, une certaine Ethel King, au lieu de rester chez elle à tricoter des bas, s'adonne à la chasse aux criminels. Cela m'a paru un peu fort, et c'est justement ce qui m'a tout de suite inspiré une violente inclination pour vous, car j'aime la force. Et alors j'ai fait, avec plusieurs de mes camarades et associés, le pari que je vous expédierai très promptement hors de ce monde. L'affaire est déjà commencée. Vous avez survécu à la journée d'hier ; mais je ne cesserai de vous entourer inlassablement de petites attentions amoureuses du même genre, jusqu'à ce que je sois parvenu à rendre ma bien-aimée heureuse en dépit d'elle-même. C'est cette nuit que je me remets sérieusement à mon métier, et on peut se demander si vous serez encore en état de lire cette lettre quand elle vous parviendra !

« Croyez à mon dévouement sincère jusqu'à votre mort,

« Votre Henry Alton. »

Ethel King, à cette lecture, eut un rire silencieux et murmura :

— Cela montre encore une fois que le plus fieffé malfaiteur cache un fond de bêtise qui cause tôt ou tard sa perte. M'est avis que ce fameux Henry Alton aura dès demain l'occasion de réfléchir à sa stupidité derrière de bons barreaux.

Elle avait noté, dans la lettre qu'elle venait de lire, que cet Henry, après s'être vanté de ses exploits en Europe, la prévenait qu'il allait, cette nuit même, recommencer à travailler de son métier. Il devait donc avoir fait quelque chose, non pas simplement par intermédiaire, comme les attentats dirigés contre elle, mais directement et de ses propres mains.

Elle se leva et alla au téléphone, où elle demanda la communication avec le chef de la Sûreté Golding, quoiqu'elle sût qu'il n'avait pas coutume d'être à son bureau à une heure si matinale.

— Bureau central de police, voilà! répondit-on à son appel.

— Je suis Ethel King. Mr. Golding est-il là? Je voudrais lui parler.

— Oui, le chef est ici. Un moment!

Il devait y avoir quelque chose d'extraordinaire, sans quoi Golding n'aurait certainement pas été à son poste de si bonne heure. Peu après, la voix du chef de la Sûreté se fit entendre :

— Allô, miss King!

— Bonjour, Mr. Golding! Je voulais seulement vous demander s'il s'est passé quelque chose de particulier cette nuit.

— À quel propos cette question?

— J'ai de bonnes raisons pour supposer qu'il doit s'être passé quelque chose.

— On dirait que vous savez tout, miss King. Il s'est passé quelque chose, en effet, quelque chose de terrible même, et dont l'auteur n'a laissé aucune trace. Un crime horrible...

— Je vais vous trouver tout de suite. Je me figure que j'ai là-dessus certains renseignements que je tiens du malfaiteur lui-même.

— Tonnerre! Si ça pouvait être!... En tout cas, je vous attends, miss King.

Une demi-heure plus tard, Ethel entrait dans le bureau de Golding. Elle connaissait déjà l'événement de la nuit, car les journaux avaient mis en vente dans les rues des numéros spéciaux, qui racontaient l'horrible forfait. L'entrefilet qu'ils reproduisaient presque tous était rédigé comme suit:

« TERRIBLE ASSASSINAT!

« Ce matin, vers deux heures, le policeman n° 475 a trouvé dans Small Street le cadavre d'une dame élégante, baignant dans son sang. La malheureuse avait eu la gorge coupée par un couteau très tranchant, et on lui avait ensuite ouvert le ventre, de sorte que ses intestins étaient à nu. Elle n'avait plus ni argent, ni bijoux sur elle, ce qui prouve que l'assassin a eu le vol pour mobile. On a déjà identifié la victime. C'est Mrs. Carry, la femme de Holms Carry, constructeur de machines bien connu à Philadelphie. Elle avait passé la soirée aux Queen's Theatre, et avait pris le chemin le plus court pour rentrer à pied chez elle, comme elle en avait l'habitude. Mr. Carry a promis une récompense de vingt mille dollars à qui découvrirait le meurtrier. »

À l'arrivée de miss Ethel King, l'inspecteur en chef de la Sûreté Golding était dans une grande agitation. Il était décidé à mettre tout en œuvre pour découvrir le coupable; mais il ne savait par où commencer, n'ayant pas le moindre indice. Aussi attendait-il avec la plus grande impatience le détective, qui lui avait dit être en possession de renseignements qu'elle tenait de l'assassin lui-même. Il connaissait aussi Ethel King pour savoir qu'elle n'était pas femme à plaisanter en pareilles matières, et, quelque étrange que cela lui parût, il ne doutait pas qu'elle n'eût une indication.

Elle courut au-devant d'elle, et lui serra la main en disant :

– Je suis bien content que vous soyez ici, miss King ! Je me rongeais d'impatience, car j'ai la conviction que vous allez faire un peu de lumière sur cette affaire.

– Parfaitement, Mr. Golding, répliqua Ethel en s'asseyant. Je vous ai déjà dit que le malfaiteur avait eu l'amabilité de me faire certaines petites communications.

– Cela ne me paraît guère possible, miss King, dit le chef de la Sûreté.

– Ce n'en est pas moins vrai, Mr. Golding. Je dois ces communications entièrement au fait que je suis une femme. Je vous ai souvent dit que mon sexe m'avait plus d'une fois remarquablement aidée à découvrir certains malfaiteurs, car ces messieurs les coquins ne se figurent pas qu'une femme se risquera jamais à les pourchasser. Ou s'ils apprennent qu'elle s'est mise en campagne, ils s'en rient et ne daignent pas prendre de précautions, certains qu'une femme ne peut pas leur mettre le grappin dessus. Vous le voyez, c'est ce qui arrive aujourd'hui.

– Vous avez sans doute raison, et si incroyable que votre assertion m'ait semblé tout d'abord, elle me paraît maintenant très plausible.

– Bon ! Avez-vous déjà entendu parler de l'individu qui s'est introduit chez moi la nuit dernière pour m'assassiner, et que j'ai arrêté ?

– Naturellement. Vous avez fait là un coup de maître. Les malfaiteurs devraient trembler de se mesurer avec vous, miss King.

– Dame ! on défend sa peau, repartit le détective en souriant. Écoutez bien ce que je vous dis, Mr. Golding, ajouta-t-elle d'un ton sérieux : le promoteur de l'attentat commis cette nuit contre moi, l'envoyeur du dangereux bouquet que vous savez et l'assassin de la pauvre Mrs. Carry ne sont qu'une seule et même personne.

Le chef de la Sûreté retint une exclamation d'étonnement.

Le détective lui tendit alors la lettre signée Henry Alton, qu'il lut d'un air ébahi ; après quoi il se donna une grande tape sur le genou.

– Tonnerre ! vous avez encore raison, miss King ! Il faut que ce gaillard soit bête à manger de la paille, pour que ses exploits et sa chance de n'être jamais pris en Europe l'aient gonflé de suffisance et d'orgueil au point de s'imaginer que personne ne peut rien contre lui, tandis qu'il se moque impunément des détectives et de la police !

– C'est comme ça, et il est bon qu'il en soit ainsi, repartit Ethel ; sans quoi il serait sans doute un peu plus difficile à prendre.

– Je vous féliciterai de bon cœur, miss King, si vous gagnez la récompense de vingt mille dollars promise par le mari de la victime. Mais pour le moment n'avez-vous pas un point de départ ? Dans quelle direction comptez-vous commencer vos recherches ? Qu'allez-vous faire en premier lieu ?

– Arrêter l'auteur du crime !

– Oui ; mais on ne va pas si vite en besogne. Vous ne savez ni où il se cache, ni qui il est.

– Où il se cache, je vais l'apprendre ; qui il est, je crois le savoir.

– Vous savez qui il est ? Vous ne croyez pourtant pas sérieusement que cette signature « Henry Alton » soit un nom véritable ?

Ethel jeta sur Mr. Golding un coup d'œil qui n'avait rien de flatteur, car le chef rougit et balbutia quelques mots d'excuse.

– Laissons cela, Mr. Golding, reprit Ethel d'un ton plus froid. Je veux bien vous dire qui est l'assassin, quoique selon moi vous dussiez le savoir depuis que vous avez lu cette épître. Vous avez certainement entendu parler d'un assassin qui commet ses crimes dans les grandes villes d'Europe et principalement à Londres, et s'attaque surtout aux dames bien mises. Il procède toujours de la même manière, il commence par couper la gorge de sa victime, sans doute pour l'empêcher de crier, et ensuite il lui ouvre le ventre. Cette dernière opération semble lui être inspirée par une perversité spéciale, de sorte que ces meurtres commis pour voler sont aussi des meurtres sadiques.

« À Londres et dans toute l'Angleterre ce monstre est connu sous un nom qui est devenu un épouvantail ; on l'appelle Jack l'Éventreur.

Le chef de la Sûreté bondit sur son fauteuil en s'écriant :

– Parbleu ! il faut que je sois fou de n'y avoir pas pensé !... Jack l'Éventreur est chez nous !... Il commençait à faire trop chaud pour lui là-bas, et il est venu dans notre pays. Mais j'espère qu'il n'ira pas loin !

– Soyez-en sûr, répliqua Ethel. Je compte bien le prendre aujourd'hui même, et, à cette fin, je vous prie de me donner quelques hommes.

– Certainement, vous aurez ce que vous voudrez, et j'irai avec eux. Je désire être là quand ce gaillard sera capturé.

– Maintenant veuillez faire venir l'homme arrêté cette nuit dans ma maison.

Le chef sonna et donna l'ordre d'amener le prisonnier John Nagsman.

– John Nagsman est un oiseau que nous poursuivions depuis quelque temps déjà, reprit-il. Il a sur la conscience plusieurs coups de couteau suivis de mort, quelques effractions de coffres-forts et d'autres peccadilles, et je crains bien qu'il ne revoie plus la douce lumière de la liberté !

L'homme apparut bientôt entre deux policemen. En apercevant Ethel, il proféra un affreux blasphème.

– Que voulez-vous de moi ? dit-il d'un ton colère et hostile.

– Je voudrais vous demander – si ce n'est pas trop présumer de votre obligeance – de nous donner le nom de l'homme qui a fait porter hier des roses à miss King et qui, cette nuit, vous a envoyé pour l'assassiner.

Le prisonnier eut un rire méchant et jeta un regard haineux au détective.

– Je ne dirai rien, répondit-il, pas un mot ! Vous ne saurez jamais son nom. Vous ne le prendrez pas, et il se vengera terriblement.

Ethel s'approcha d'un pas et lui dit d'un air tranquille :

– Dites-nous du moins ce que Jack l'Éventreur vous a payé pour me tuer ?

Ces paroles firent l'effet d'un coup de fouet sur le malfaiteur, qui chancela et tourna vers le détective des yeux agrandis, en bégayant :

– Vous... savez ?... diablesse !...

– Oh ! oui, je sais cela, et encore autre chose, déclara Ethel. Je sais que Jack l'Éventreur a été fêté par ses collègues d'Amérique, comme un héros dont l'éclat, je vous en préviens, sera vite terni. On lui a raconté qu'il y avait ici une femme détective ; alors il a gouaillé et parié que, dans quelques jours, cette Ethel King n'empêcherait plus les amis de danser en rond. Est-ce bien cela ?

– Qui... qui vous l'a dit ? bégaya John Nagsman, déconcerté.

– Je le tiens de Jack l'Éventreur lui-même.

– De lui-même ?... Alors, il est pris ?

– Non ; il m'a écrit, simplement.

– Écrit ?... C'est donc la plus grosse bête qui soit sous le soleil ?

– C'est vous qui l'avez dit, fit le chef en riant et en donnant l'ordre de l'emmener.
– Et maintenant, prenez vos hommes et suivez-moi, dit Ethel, pleine de confiance. Dix hommes suffisent. Ou je me trompe fort, ou je vais avoir le plaisir de vous présenter à mon amoureux !

LA FIN D'UN CRIMINEL

Arrivés à la maison de Dark Street, les hommes se glissèrent un à un dans l'arrière-cour, où Ethel King les avait précédés et les attendait devant le hangar. Elle les posta derrière des caisses et d'autres objets encombrants, de manière qu'aucun d'eux ne fût visible. Tout s'était fait avec la plus grande prudence et sans aucun bruit.
– Cachez-vous aussi, Mr. Golding, dit-elle à voix basse. À chaque instant, un de ces chenapans peut mettre le nez dehors, bien qu'à cette heure matinale je suppose qu'ils sont tous profondément endormis dans leur tanière. Ne bougez pas avant le signal – un coup de sifflet ou un coup de revolver. Je vais me coucher sur cette pile de caisses, de manière à tout embrasser du regard sans être vue.

Du point qu'elle avait choisi, elle voyait tout, en effet ; mais elle surveillait particulièrement la grange, où elle croyait d'autant plus que les bandits avaient leur refuge que John Nagsman avait changé de figure lorsqu'elle lui en avait parlé.

Deux heures se passèrent dans une attente qui exerçait leur patience sans la lasser, lorsque Ethel, que le sommeil commençait à gagner, sentit un mouvement étrange dans l'échafaudage de caisses au sommet duquel elle se tenait allongée. Elle se ramassa sur elle-même pour tenir moins de place et être moins facilement découverte. Il lui semblait qu'on écartait quelques-unes des caisses à la base de la pile, mais lentement, sans bruit, pouce par pouce. Peu à peu elle vit une ouverture se démasquer dans le mur de la cour, d'où sortit un homme barbu et de mine patibulaire.

L'individu se mit aussitôt à repousser la pile de caisses contre l'ouverture. Peut-être la trouvait-il plus lourde à remuer que d'habitude, car il leva la tête, et ses yeux plongèrent à la fois dans ceux du détective et dans le canon du revolver qu'il braquait sur lui. Il en fut complètement médusé et incapable de proférer un son. Ethel King sauta lestement près de lui en murmurant d'une voix sourde et résolue :

– Silence, ou vous êtes mort !

En même temps, elle faisait un signe, et le chef accourait avec deux policemen qui ligotèrent l'individu avant de lui donner le temps de se mettre en défense. Pendant qu'on l'emmenait en lieu sûr, Ethel dit au policier :

– Ma supposition était juste, comme vous voyez. Nous connaissons maintenant l'entrée du repaire. Nous allons y pénétrer. Je marcherai devant ; suivez-moi de près, pour me prêter main-forte.

Les caisses furent donc dérangées de nouveau avec toutes les précautions voulues et, quand l'entrée fut dégagée, Ethel King y pénétra, suivie du chef et de ses hommes. Il y avait d'abord une dizaine de marches à descendre, après quoi se trouvait une porte vitrée, qui n'était que poussée, et par laquelle passait un peu de jour. Ethel l'entrebâilla et vit devant elle une sorte de pièce souterraine carrée, assez petite, du genre de ces bouges qu'on appelle caveaux, et qui sont des cavernes où le crime trouve asile et protection. Une lampe fumeuse pendait à la voûte et éclairait vaguement un comptoir, placé dans le fond, où s'alignaient des verres et des bouteilles entre des victuailles de toute sorte. Au milieu de la cave quatre hommes, couchés sur la terre nue, dormaient à poings fermés.

Trois d'entre eux avaient l'aspect et la tenue de vagabonds ; l'autre était assez élégamment vêtu. Son visage rasé était d'ailleurs marqué du stigmate de tous les vices et avait une expression féroce et repoussante, même dans le sommeil.

– Attention, maintenant, inspecteur, dit Ethel d'une voix légère comme un souffle, en montrant le quatrième dormeur. Voici Jack l'Éventreur. Laissez-moi entrer la première et dissimulez-vous dans l'ombre du mur, près de la porte. Je veux que ce soit son Ethel bien-aimée que Jack aperçoive à son réveil. Vos hommes resteront en dehors et viendront au premier signal.

Sur la pointe des pieds, le détective s'avança jusqu'au dormeur qui l'intéressait, tout en ayant l'œil sur les trois autres. Auprès de Jack l'Éventreur étaient deux revolvers, qu'Ethel prit et mit dans ses poches. Un instant elle regarda le malfaiteur qui dormait, sans soupçon du réveil qui l'attendait, puis elle le poussa brusquement du pied en disant d'une voix claire et bien accentuée :

– Holà, Mr. Henry Alton, réveillez-vous ! Votre bien-aimée est là, et ce n'est plus le temps de dormir. Allons ! debout, vivement.

L'homme, suffisamment prévenu par le coup de pied qu'elle avait donné en conscience, cherchait de la main ses revolvers, près de lui. Ils avaient disparu. Il se dressa, comme mû par un ressort, et fit mine de sauter sur le détective, mais le revolver qu'elle braquait sur lui le tint en respect.

– Bonjour, Mr. Henry Alton, mieux nommé Jack l'Éventreur, reprit-elle. Comment ça va-t-il ? Avez-vous eu de beaux rêves ?

Cependant les trois autres s'étaient aussi réveillés et mis vivement sur leurs jambes, trop surpris pour ne pas hésiter.

– Ethel King ! murmura l'un d'eux sur le ton de l'effroi.

Jack l'entendit et recula.

– Ethel King ! répéta-t-il, machinalement.

– Mais bien sûr ! Je suis celle que vous aimez tant ! Ah ! Jack l'Éventreur, cela m'a fait du bien, de recevoir une lettre d'amour. Je brûlais d'en connaître le noble et généreux auteur ; et je suis venue pour vous inviter à une petite promenade. Quand nous serons dehors, je vous dirai tous les remerciements de mon cœur pour les roses splendides que vous m'avez envoyées hier, et aussi toute ma gratitude pour le messager d'amour qui, cette nuit, m'a fait visite de votre part ! En attendant, permettez-moi de vous prier de laisser à votre ceinture le couteau que vous voulez en tirer. Tenez-vous tranquille ou, à votre tour, vous n'êtes qu'un cadavre !

– Oh, oh ! croyez-vous me tenir ! s'écria le bandit, qui était revenu de sa surprise pendant qu'elle parlait. Allons, camarades, abattez cette femme ! Puisqu'elle s'est risquée parmi nous, nous allons célébrer mes noces avec elle d'une manière qui l'étonnera.

Au moment où les gredins, excités par Jack, tiraient leurs armes, l'inspecteur Golding bondit à côté d'Ethel en appelant ses hommes. Une mêlée confuse s'ensuivit, dans laquelle Ethel King eut le bras éraflé par une balle de revolver. Jack l'Éventreur se démenait comme un démon, frappant de son couteau à droite et à gauche ; il blessa quatre agents avant qu'on réussît à s'emparer de lui. De ses trois complices, l'un était mort, les deux autres, blessés, gisaient sur le sol.

Mis hors d'état de nuire Jack lançait des regards terribles sur Ethel King qui, sans s'inquiéter du sang qui coulait de sa blessure au bras, se tenait souriante auprès de lui.

– Henry Alton a perdu son pari, dit-elle, ironique et triomphante. C'est égal, je crois qu'il était un peu inconsidéré de votre part de vouloir, pour mieux me prouver votre amour, m'expédier dans l'autre monde.

Vous n'en êtes pas moins un type original, et après votre mort, que vous trouverez, je le crains, prématurée, vos lettres galantes seront un des plus curieux ornements du musée du Crime.

Le misérable s'agita dans ses liens.

– Fille du diable ! rugit-il, je me vengerai !

– Cela m'a déjà été dit, ou à peu près, par Mr. John Nagsman, qui est maintenant sous les verrous, répondit Ethel. Bonne santé, Mr. Alton ! Je me réjouis d'avoir fait la connaissance de l'homme qui a ressenti tant d'inclination pour moi du jour où il a mis le pied sur le continent américain.

Et, se tournant vers le chef de la Sûreté, elle ajouta :

– Vous voyez, Mr. Golding, j'ai tenu parole. Le reste vous regarde.

– Et vous avez rudement bien gagné les vingt mille dollars, répondit le chef en lui donnant une chaleureuse poignée de main.

Puis elle reprit le chemin de sa demeure pendant que Golding transportait ses prisonniers au dépôt...

Jack l'Éventreur fut convaincu du meurtre de Mrs. Carry, car on retrouva sur lui tout ce qui avait été volé à la morte. Son écriture prouva aussi qu'il était l'instigateur de l'attentat commis contre Ethel King. Il fut condamné à terminer sa carrière sur le fauteuil d'électrocution. Ses complices, qui étaient tous des criminels depuis longtemps recherchés par la police, s'en tirèrent avec un certain nombre d'années de travaux forcés, excepté John Nagsman, qui fut condamné à perpétuité.

L'arrestation habile et audacieuse du monstre qui avait rendu sinistrement populaire le nom de Jack l'Éventreur fit le plus grand honneur à miss Ethel King, la femme détective, et lui assura du coup une réputation mondiale.

Grand-Guignol

« *Jack l'Éventreur* »

PAR ANDRÉ DE LORDE ET PIERRE CHAÎNE

PERSONNAGES

DOCTEUR MORHART	LORD SCHEFFIELD
RICHEMOND	HERBERT
SMITHSON	LE BOURREAU
HOPKINS	MICHEL
DOCTEUR SHORT	UN GARDIEN
DOCTEUR THOMSON	DIANA
HUDLEY	MERREY
	EDITH

La pièce se passe à Londres en 1880.

PREMIER ACTE

Un bureau à Scotland Yard, à Londres.
Au lever du rideau, l'inspecteur Smithson, derrière son bureau, interroge le sergent Hopkins – en uniforme – tout en finissant de rédiger son rapport.

SMITHSON, *continuant un interrogatoire commencé.* – ... Quelle heure était-il ?
HOPKINS : – Deux heures venaient de sonner à Westminster.

Smithson : – Comment avez-vous trouvé le corps ?

Hopkins : – J'ai buté dessus, pour ainsi dire, chef, en faisant ma ronde autour de Grosvenor Square... Il faisait un damné brouillard cette nuit... la femme était couchée sur le dos... j'ai d'abord cru qu'elle était saoule de gin...

Smithson : – Et vous n'avez rien entendu ?

Hopkins : – Non, chef, pas un cri, pas un appel !

Smithson : – Et vous n'avez vu personne ?

Hopkins : – Pardon, chef !... Un moment avant de trouver le corps, un homme a passé tout près de moi et s'est perdu dans le brouillard...

Smithson : – Un homme, Hopkins ? Eh bien, si vous l'aviez arrêté, je crois que vous auriez gagné la prime de dix mille livres...

Hopkins : – Vous croyez que c'était lui ?

Smithson : – Très probablement.

Hopkins : – Jack l'Éventreur ?

Smithson : – Lui-même. Une autre fois, soyez mieux inspiré et ne laissez pas se perdre dix mille livres dans le brouillard.

Hopkins : – Dix mille livres ? (*Après un temps.*) Voulez-vous mon avis, chef ? On pourrait en promettre vingt mille que cela n'avancerait pas l'enquête d'un pouce !

Smithson : – Et pourquoi cela ?

Hopkins : – Parce que la promesse d'une récompense, quelle que soit la somme, ne pourra jamais provoquer une dénonciation quand l'assassin n'a ni complices ni recéleurs. Nous avons affaire à un meurtrier solitaire qui ne dérobe rien et qui tue pour le seul plaisir de tuer. Vous ne pensez pas qu'il va se dénoncer lui-même pour gagner la prime ?

Smithson, *sévèrement*. – Je vous en prie, sergent Hopkins, pas de plaisanteries déplacées !... Voilà le cinquième crime commis par ce monstre et nous en sommes tous un peu responsables... vous le premier !... si vous aviez montré un peu plus d'initiative, un peu plus de vigilance...

Richemond, *entrant, à ce moment, l'air furieux.* – Ah, vous êtes là, Smithson ! j'ai à vous parler !

Smithson : – À votre disposition, chef ! Vous connaissez la nouvelle.

Richemond : – Oui, je sais... je suis au courant. Où est le corps ?

Smithson : – Je l'ai fait transporter à la morgue pour l'enquête du coroner.

Richemond : – C'est bien Jack l'Éventreur ?

Smithson : – Sans aucun doute. Le crime est signé... la femme a été éventrée d'un seul coup comme par le boutoir d'un sanglier.

Richemond : – Laissez-nous, Hopkins ! (*Hopkins salue et sort.*) C'est inadmissible, Smithson... c'est inexcusable... Tant pis pour vous... je regrette de vous le dire, mais vous vous êtes montré au-dessous de votre tâche ! J'ai été appelé ce matin à Buckingham... J'ai vu mylord Scheffield... On est très mécontent.

Smithson, *avec amertume.* – Je suis prêt à démissionner... mais je croyais que mes états de service...

Richemond : – Je ne discute pas vos services... mais je ne peux pas vous garder à votre poste... Je suis obligé de vous sacrifier...

Smithson : – Vous me retirez la conduite de l'enquête ? Votre confiance ?

Richemond : – Qu'avez-vous obtenu jusqu'à présent ? Rien !

Smithson : – Ayez un peu de patience, chef.

Richemond : – De la patience ? Vous n'avez donc pas lu les journaux ce matin ?

Smithson : – Pas encore.

Richemond : – C'est un tort. Écoutez ce que dit le *Times.* (*Il tire un journal de sa poche et lit :*) « Quatre malheureuses femmes depuis un mois – un mois ! – ont été éventrées et mutilées de la même épouvantable manière. Un meurtrier inconnu fait régner la terreur dans Londres et semble assuré de l'impunité. Nous tremblons chaque matin d'apprendre qu'on a découvert une cinquième victime... » Comprenez-vous maintenant ? Quand ce nouveau crime sera connu, quelles huées dans la presse !

SMITHSON : – La presse ferait mieux de garder le silence au lieu d'affoler la population !

RICHEMOND, *brutalement*. – Écoutez, je vous prie ! (*Continuant sa lecture :*) « Que fait donc la police ? À quoi servent les millions que coûte annuellement Scotland Yard ? Que font ces milliers de fonctionnaires que nous payons pour assurer notre tranquillité ? »

SMITHSON : – Je suppose que ce langage ne vous étonne pas. C'est assez l'habitude des journaux de se montrer injustes et violents à notre égard.

RICHEMOND : – Cette fois, ils ont raison. Nous sommes la risée de toute l'Angleterre...

SMITHSON : – J'ai fait mon possible !

RICHEMOND : – Il faut faire l'impossible, monsieur ! Abandonner la routine, les vieilles méthodes... enfin, trouver quelque chose !...

Un temps.

SMITHSON : – Eh bien, j'ai trouvé quelque chose, chef !

RICHEMOND : – Vous ?

SMITHSON : – Oui.

RICHEMOND : – Vraiment !

SMITHSON : – Nous possédons maintenant un indice.

RICHEMOND : – Pourquoi ne le disiez-vous pas ?

SMITHSON : – J'aurais voulu agir seul... sous ma propre responsabilité... Je ne sais pas encore où cette piste nous conduira.

RICHEMOND : – Ne faites pas le mystérieux, Smithson ; parlez clairement. Qu'avez-vous trouvé ?

SMITHSON, *présentant un papier*. – Ceci.

RICHEMOND : – Qu'est-ce que c'est ?

Smithson : – Un spécimen d'écriture... une lettre de Jack l'Éventreur.

Richemond : – Vous dites ?

Smithson : – Oui, une lettre écrite par lui. En voici la teneur : (*il lit*) « C'est moi qui ai tué cette femme. C'est la cinquième et j'en tuerai d'autres malgré tous les efforts de la police. Je n'ai pas peur d'elle et j'avertis Scotland Yard que je tuerai ma sixième victime dans Holborn Square, d'ici huit jours, Jack l'Éventreur. »

Richemond : – Comment cette lettre vous est-elle parvenue ?

Smithson : – De la façon la plus simple et la plus authentique. Elle était épinglée aux vêtements de la victime. Voyez, elle est tachée de sang. (*On frappe.*) Entrez !

Hopkins : – C'est le docteur Morhart.

Smithson : – Une minute... je sonnerai.

Hopkins se retire.

Richemond : – Vous avez convoqué le docteur Morhart ?

Smithson : – Vous le connaissez ?

Richemond : – Tout le monde le connaît.

Smithson : – Que pensez-vous de lui ?

Richemond : – C'est un grand savant, très en faveur à la Cour depuis qu'il a sauvé la vie de la petite princesse Edwige... mais je ne vois pas en quoi il peut nous être utile dans le cas présent.

Smithson : – Le professeur Morhart n'est pas seulement un physiologiste remarquable, un éminent psychiatre, c'est encore l'homme qui a le mieux étudié l'écriture des fous...

Richemond : – Et alors ?

Smithson montre la lettre.

Richemond : – Ah ! oui... je comprends. C'est une idée !... Voyons le docteur Morhart.

Smithson appuie sur un timbre. Hopkins introduit le docteur Morhart.

Richemond, *allant à lui*. – Entrez, je vous prie, monsieur le professeur.

Morhart : – Excusez-moi de n'être pas venu plus tôt, messieurs... j'ai passé la nuit au chevet d'un malade. J'ai trouvé votre convocation en rentrant...

Richemond : – Asseyez-vous, mon cher maître, nous n'abuserons pas de vos instants.

Morhart, *s'asseyant et posant son chapeau et ses gants sur la table*. – C'est que j'ai très peu de temps à vous accorder... on m'attend à l'hôpital. Je dois assister à la leçon de mon ami et collègue le docteur Short...

Richemond : – Je sais que votre temps est précieux. Aussi irons-nous droit au fait. Parlez, Smithson.

Smithson : – Monsieur le professeur, n'avez-vous pas étudié particulièrement l'écriture des fous ?

Morhart : – En effet, j'ai publié un gros travail il y a deux ans... et tout récemment j'ai fait une communication à l'Académie royale.

Smithson : – Voulez-vous examiner cette écriture et nous dire ce que vous en pensez ?

Il lui tend la lettre.

Morhart : – Mais volontiers... très volontiers... Avez-vous une loupe ?

Smithson : – Voici.

Morhart prend la loupe, se lève, va près de la fenêtre et examine le document.

À ce moment, on entend au lointain les cris d'une femme, coupés par les invectives des policiers.

Voix de la femme : – Laissez-moi, je n'ai rien fait.

Un policier : – Veux-tu te taire !

Voix de la femme : – Je veux sortir, laissez-moi.

Un policier : – Allez !... En cellule... avec tout le tas !

Voix de la femme : – Brutes !

Voix d'autres femmes : – Oui, ce sont des brutes... des voyous !...

Voix des policiers : – Bouclez-la, vous autres !

Voix de la femme : – J'ai rien fait... ne me frappez pas !
On entend des portes claquer et des cris s'éteindre dans l'éloignement.
Smithson : – C'est une folle ou une ivrognesse !
Richemond : – Un pareil scandale dans les couloirs ! c'est intolérable !... Voyez donc ce que c'est.
Smithson, *allant à la porte et appelant.* – Hopkins !
Hopkins, *se présentant.* – Monsieur l'inspecteur !
Smithson : – Qu'est-ce qui se passe ?
Hopkins : – C'est la femme qu'on a amenée cette nuit.
Smithson : – Ah ! oui, Diana Wickers. (*À Richemond.*) Une fille qu'on a ramassée dans une rafle. (*À Hopkins.*) Eh bien ?
Hopkins : – Elle a profité de ce qu'on ouvrait la porte pour tenter de s'échapper... Elle s'est débattue comme une forcenée en criant qu'on n'avait pas le droit de la retenir.
Smithson : – Est-elle décidée à nous dire de qui elle tient les bijoux qu'on a trouvés sur elle ?
Hopkins : – Elle répète toujours la même chose... que c'est un client de passage qui l'a payée comme ça.
Smithson : – Bon, dites-lui de ma part qu'elle sera transférée à Old Bailey dès que la voiture cellulaire sera ici... Allez !
Hopkins : – Bien, monsieur l'inspecteur !
Il salue et sort.
Morhart, *qui jusque-là n'a pas bronché et a poursuivi son examen.* – Vous êtes durs pour ces malheureuses.
Richemond : – Nous devons l'être, monsieur le professeur. Un médecin peut avoir de la pitié, mais nous, cela nous est interdit... Nous en serions trop souvent les dupes. Avez-vous terminé votre examen ?
Morhart, *revenant à la table.* – C'est évidemment l'écriture d'un malade, mais s'agit-il vraiment de Jack l'Éventreur ? ou d'un fou qui veut se faire passer pour lui ?

Richmond : – Nous avons la certitude que c'est bien Jack l'Éventreur.

Smithson : – La missive était épinglée sur le corps.

Morhart : – Dans ce cas, en effet, il n'y a pas de doute. Mais je ne vois pas ce que l'étude clinique de cette écriture peut vous apprendre... Quand je vous aurais dit qu'il s'agit d'un paranoïaque à tendance homicide avec trouble de la personnalité, cela ne vous avancera guère ?

Smithson : – Monsieur le professeur, si cet homme est en proie à des troubles mentaux, il est possible qu'il ait déjà été traité dans un hôpital ou dans un asile.

Morhart : – C'est très possible. Dans ces sortes de maladies, il y a des rémissions suivies de rechutes.

Smithson : – J'ai pensé que peut-être dans les milliers de fiches que vous avez accumulées depuis quinze ans, il en existe une où figure un échantillon de cette écriture.

Morhart : – Vous voulez que je recherche dans mes dossiers si je ne retrouverais pas une écriture pareille à celle-ci ?

Richmond : – Oui, c'est cela.

Morhart : – Eh bien, confiez-moi ce document.

Richmond : – Sera-ce long ?

Morhart : – J'ai beaucoup de travail en ce moment... accordez-moi une semaine...

Il met soigneusement la lettre dans son portefeuille.

Richmond : – Tant que cela ! Mais le signataire nous annonce qu'avant huit jours il aura exécuté une sixième victime.

Smithson : – Du moins, il l'écrit, mais il n'est pas assez fou pour le faire !

Richmond : – Qu'en pense le professeur Morhart ?

Morhart : – Messieurs, il ne faut pas juger ces gens-là avec notre logique. Ce sont des impulsifs, des obsédés. Ils obéissent aveuglément à leur instinct et quand la crise se déclare, aucune considération, aucune crainte ne les arrête. Ils sont poussés par une force secrète et irrésistible.

SMITHSON : – Ne pensez-vous pas qu'il a désigné Holborn Square dans l'intention de concentrer toute notre activité sur ce point, tandis qu'il opérerait ailleurs ?

MORHART : – Ce serait le plan d'un homme sensé. Mais, croyez-moi, s'il a écrit Holborn Square c'est qu'il a Holborn Square dans la tête et cet endroit l'attirera malgré lui. Quant à cette manie d'écrire, de défier la police et de se vanter d'avance d'un acte qu'il médite de perpétrer, c'est un symptôme fréquent chez ce genre de sujets. C'est, je crois, chez eux, l'effet d'un orgueil hypertrophié... Le sentiment maladif de leur supériorité les pousse à braver l'adversaire et à mépriser le danger. Je me souviens d'un cas qui s'est produit à Brighton... (*Il consulte sa montre.*) Mais ce serait trop long... permettez-moi de me retirer si vous n'avez plus besoin de moi.

RICHEMOND : – Nous vous remercions, monsieur le professeur, du concours que vous avez bien voulu apporter à la justice...

MORHART : – Je dois vous prévenir honnêtement, que nous avons peu de chances d'aboutir. Le nombre des déments inconnus qui courent les rues en liberté est beaucoup plus grand qu'on ne l'imagine. Certains fous font preuve, pour cacher leur état, d'une incroyable force de dissimulation. Ils peuvent ainsi, très longtemps, vivre ignorés, même de leur entourage immédiat... Où diable ai-je mis mon chapeau ? (*Smithson le lui donne.*) Merci ! (*Continuant.*) Jack l'Éventreur peut fort bien n'avoir jamais fourni à personne l'occasion de s'inquiéter à son sujet. Nous l'avons croisé peut-être plusieurs fois dans la cité... qui sait, nous lui avons peut-être serré la main dans un salon...

SMITHSON : – Non, non, je ne crois pas que l'auteur de ces meurtres ignobles puisse être confondu avec un gentleman. Ce doit être un garçon boucher... un manœuvre... une brute...

Morhart : – C'est peut-être un individu de classe inférieure, mais ce n'est certainement pas une brute... J'avais des gants...

Richemond, *les lui tendant.* – Les voici !...

Morhart : – Voyez-vous, ces gens-là sont des cérébraux, des obsédés sexuels qui souffrent d'une perversion du sens génésique. Jack l'Éventreur ne s'attaque qu'à des femmes, des femmes qui sont des professionnelles de l'amour et il les tue toujours d'après le même rite sadique. Cela prouve un certain raffinement... par conséquent une cérébralité au-dessus de la moyenne...

On frappe.

Richemond : – Entrez.

Hopkins, *entrant.* – Monsieur l'inspecteur, la voiture cellulaire est là. Je viens chercher les procès-verbaux d'interrogatoire.

Morhart : – Je vais vous laisser travailler.

Richemond : – Venez, mon cher maître... Je vais vous conduire par ici...

Il indique le côté opposé de celui par où Morhart est entré.

Smithson : – Excusez-moi de ne pas vous accompagner... J'ai quelques signatures à donner.

Morhart, *en sortant.* – Au revoir, inspecteur, et tout à votre service. (*À Richemond qui le suit.*) Dites-moi, est-ce que la femme dont il est question dans cette lettre...

Le reste de la conversation se perd derrière la porte que Richemond a fermée en sortant.

Smithson, *à son bureau, établissant la feuille de Diana Wickers.* – « Diana Wickers... 26 ans... Greenwich Street 123. À la requête du lord chef de police... »

De nouveau les cris de la femme se font entendre : Je ne veux pas ! Je ne veux pas ! Laissez-moi ! Je ne veux pas !

Smithson, *à Hopkins.* – C'est encore elle ?

Hopkins : – Oui, elle traverse la cour.

Smithson : – Cette femme, quelle furie ! Il faudra la mettre à la raison. Tenez, Hopkins, voilà son mandat... Et au secret dès son arrivée.

Il tend un papier au sergent.

Hopkins : – Bien, monsieur l'inspecteur !

Richmond, *qui est rentré et a entendu.* – Attendez, Hopkins ! (*À Smithson.*) Je vous demande pardon, Smithson... (*À Hopkins.*) Amenez cette femme ici.

Hopkins salue et sort.

Smithson : – Que diable voulez-vous faire de cette satanée femelle ?

Richmond : – Quand on chasse un fauve à l'affût, Smithson, on se sert comme appât d'une gazelle attachée à un piquet.

Smithson : – Et la gazelle c'est ?

Richmond : – C'est Diana Wickers... Le fauve : Jack l'Éventreur.

Smithson : – Vous voulez vous servir de cette femme ?

Richmond : – Il faut essayer.

Smithson : – Mais pourquoi le fauve choisirait-il celle-là plutôt...

Richmond : – Parce que nous ne lui en laisserons pas d'autres à sa portée.

Smithson : – Oh ! mais si...

Richmond : – Certes, il faut de la patience.

Smithson : – Et du temps.

Hopkins, *entrant.* – Chef, c'est Diana Wickers.

Richmond : – Faites-la venir.

Diana *entre, poussée par Hopkins.* – Monsieur le juge, vous allez me remettre en liberté ? J'ai rien fait.

Richmond : – Taisez-vous ! Vous répondrez quand on vous interrogera. Ah ! vous voulez faire du scandale ! vous vous révoltez !

Hopkins : – On a été obligé de lui mettre les menottes... Elle a insulté les agents !

RICHEMOND : – Ça vous coûtera cher !... Nous avons les moyens de vous mater, ma petite !... Le fouet et le hard-labour !

DIANA, *se mettant à pleurer.* – Je vous demande pardon, monsieur le juge... Je vous demande bien pardon...

RICHEMOND : – C'est bien ! Hopkins, enlevez-lui les menottes et laissez-nous. (*Hopkins exécute l'ordre et sort.*) (*Après un temps.*) Diana Wickers, vous vous êtes mise dans un mauvais cas. Vous n'avez pas pu expliquer de façon satisfaisante la provenance des bijoux qu'on a trouvés sur vous...

DIANA : – Comment voulez-vous que je sache, monsieur le juge ! Est-ce que je connais les types avec qui je passe la nuit ?

RICHEMOND : – C'est fâcheux, parce que la police ne peut pas se contenter de cette explication. Vous êtes présumée complice... Vol qualifié, dix ans de prison...

DIANA, *effrayée.* – Oh !... (*Après un temps, suppliante.*) Je vous jure que je vous dis la vérité.

RICHEMOND : – Je veux bien croire, moi, que vous dites la vérité. Mais je ne suis pas un juge. Je ne suis qu'un policier... Votre acquittement ne dépend pas de moi...

DIANA : – Dites-moi ce qu'il faut faire, monsieur... Je ferai tout ce que vous voudrez.

RICHEMOND : – Vous n'avez qu'une chance de vous en tirer, ma fille !... C'est de suivre mes conseils. Si vous voulez nous aider vous serez libre et si vous réussissez vous aurez mille livres de récompense.

DIANA : – Vous dites ?

RICHEMOND : – Je dis ! mille livres.

DIANA : – Mille livres !

RICHEMOND : – C'est une jolie somme, n'est-ce pas ?

DIANA : – Qu'est-ce que j'aurai à faire ?

RICHEMOND : – Pas grand-chose. Vous promener toutes les nuits dans Holborn Square jusqu'à ce que vous soyez accostée par un homme que nous recherchons.

Diana : – Comment saurai-je que c'est l'homme que vous cherchez ?

Richmond : – Ne vous inquiétez pas de cela. Vous ne serez seule qu'en apparence. En réalité, vous serez entourée d'agents de police soigneusement dissimulés aux alentours... Ils guetteront de leur côté et dès que l'homme vous aura abordée, il sera appréhendé et réduit à l'impuissance.

Diana : – C'est donc un criminel dangereux ?

Richmond : – Pas pour vous, puisque nous serons là...

Diana : – Mais...

Richmond : – Vous ne courrez aucun danger.

Diana : – C'est un homme qui rôde la nuit dans le square ?

Richmond : – Oui.

Diana : – Un homme qui s'attaque à nous autres. (*Après un silence, avec effroi :*) Ce n'est pas Jack l'Éventreur, au moins ?

Richmond : – Et après ? Qu'est-ce que vous risquez ? (*Insistant.*) Nous serons là !

Diana : – Non... Non...

Richmond : – Vous avez tort...

Diana : – Non... j'aime mieux pas.

Richmond : – Vous aimez mieux pourrir en prison plutôt que de gagner mille livres ? (*Un temps.*) Bien. Alors, Smithson... (*Il fait un geste.*)

Diana, *vivement*. – Attendez !... Quoi ! Ça vaut la peine qu'on réfléchisse !... d'abord, c'est dix mille livres qu'on a promis à qui le ferait arrêter...

Smithson : – Mille livres pour vous toute seule ça ne vous suffit pas ?

Diana : – Si, monsieur l'inspecteur, mais c'est de la sale besogne. Ça vaut plus. Donnez deux mille livres... Je veux bien pour deux mille livres...

Richmond : – Deux mille ?

Diana : – Oui et puis je veux avoir une arme pour me défendre.

Richemond : – Non, vous n'aurez pas d'arme... Mais on vous donnera deux mille livres... Ça va ?

Diana : – J'aurai une promesse en règle ?

Richemond : – Smithson, vous écrirez un engagement que je signerai... (*À Diana.*) Vous êtes satisfaite ?

Diana : – Oui... Qu'est-ce qu'il faut que je fasse maintenant ?...

Richemond : – Rentrez chez vous et attendez mes ordres...

Diana : – Ce sera pour quand ?

Richemond : – On vous le dira ! Maintenant filez...

Diana : – Et mon papier ?

Richemond : – Je vais vous le signer.

Diana : – Est-ce que je peux aller dans le parloir reprendre mon sac et mes cigarettes ? On me les avait fauchés...

Smithson : – Allez !

Richemond : – Et revenez chercher votre papier.

Diana sort à droite.

Richemond, *dès qu'elle est sortie, s'adressant à Smithson qui est en train d'écrire.* – Vous prendrez vos mesures pour qu'elle soit seule dans Holborn Square, tous ces soirs-ci...

Smithson : – J'ai compris... Dès qu'un individu suspect s'approchera... (*Il fait le geste d'arrêter quelqu'un.*)

Richemond, *sèchement.* – Non, vous n'avez pas compris... Laissez-le approcher au contraire et ne bougez pas... même si elle appelle.

Smithson : – Quoi ?

Richemond, *répétant en scandant les mots.* – Même si elle appelle !

Smithson : – Alors, vous voulez la laisser...

Richemond : – Je vois que vous avez compris maintenant... Il faut que l'homme soit pris sur le fait.

Smithson : – Qu'il ne puisse pas nier ?

Richemond : – C'est épouvantable ! je le sais... mais que voulez-vous ! c'est nécessaire !

Smithson : – Et puis, des créatures comme ça, à quoi servent-elles dans la société ?...

Voix de Diana, *en coulisse.* – Laissez-moi maintenant, puisque je suis libre.

Voix d'un policier : – Eh bien ! passe !....

Un temps. Diana entre en souriant, une cigarette à la bouche.

Richemond : – Je vois que ça va... Vous êtes contente maintenant ?...

Diana : – Deux mille livres... ça fait cinq mille souveraines d'or !... Avec ça, je serai riche pour la fin de mes jours... Je pourrai me retirer à la campagne... acheter une petite maison... me reposer... ne plus faire le truc !... être heureuse, quoi ! (*À Richemond, qui lui tend un papier.*) Ah ! c'est mon papier ?

Richemond : – Oui...

Diana, *l'examinant.* – C'est bien... mais vous me garantissez que je ne serai pas seule... qu'il y aura des agents...

Richemond : – Soyez sans crainte.

Diana : – Alors... (*Elle regarde encore le papier, le plie lentement, le met dans son sac, se dirige vers la porte, s'arrête comme si elle hésitait, puis reprise par une sorte de pressentiment, d'une voix où il y a à la fois de l'angoisse et une amertume douloureuse.*) Merci, messieurs !

Et elle sort pendant que les deux hommes, immobiles, se regardent.

DEUXIÈME ACTE

Le quartier d'Holborn Square, dans un carrefour aux ruelles adjacentes, le soir vers onze heures.

À l'angle de deux d'entre elles, une vieille maison en démolition et de chaque côté, une borne de pierre. Un réverbère au-dessus éclaire seul la scène.

Au moment où la toile se lève, on entend des bruits de pas au lointain, comme une galopade, puis des coups de sifflet et deux filles entrent essoufflées.

EDITH : – Moi j'en ai marre de courir ! Reposons-nous. (*Elle s'assied sur une borne.*) Ici, on ne risque plus rien !... Tu parles qu'on les a semés les bourres ! tu as vu ça, hein ? Et comment !

MERREY : – Je suis comme toi, je n'en peux plus, j'ai le cœur qui bat, qui bat, touche ça !

EDITH : – T'en fais pas ! Y a pas eu de mal !... Le brouillard, la nuit noire, tout nous a aidées...

MERREY : – Ce que j'ai pu avoir peur, t'as pas idée...

EDITH : – Si ! Et moi donc ! un moment, je ne crânais pas, j'ai cru que j'étais faite !

MERREY : – Quand j'ai vu tous ces types qui nous fonçaient dessus, tu parles si j'ai détalé !...

EDITH : – Ça sentait la rafle bien organisée.

MERREY : – Les autres se sont toutes fait poisser, les gourdes !

EDITH : – Elles ne pouvaient pas cavaler avec leurs talons, hauts comme ça ! (*Elle fait le geste de mesurer des talons.*)

MERREY : – Ils en ont arrêté une vingtaine au moins, ça va déblayer le terrain.

EDITH : – C'est pas juste. Qu'est-ce qu'elles ont fait ?

Merrey : – Rien. (*Un temps.*)

Edith : – Alors ! Où vas-tu, toi ?

Merrey : – Dans le bastringue à côté, le petit beuglant, le Little Girl, c'est clandestin, mais peu importe, venant de ma part, on y est toujours bien reçus. (*Elle indique la droite.*)

Edith : – Ça ferme à quelle heure ?

Merrey : – Pour les amis, c'est ouvert toute la nuit.

Edith : – Ça vaut le coup ?

Merrey : – Je te le dis !... des marins, des dockers, des gars qui les lâchent sans vous insulter.

Edith : – J'aime pas ces types-là, c'est des brutes. Ils peuvent pas tenir le bras d'une femme sans lui faire des bleus.

Merrey, *mélancolique*. – Je m'y suis faite... (*Insistant.*) Ça paie ! je te dis !

Edith : – Des hommes saouls ! ça m'excite pas, je me méfie ; j'aime mieux faire le square.

Merrey : – Le square ? Tu ne lis donc pas les journaux ? C'est bien plus dangereux. Je vais te donner un bon conseil. Si tu lèves un client et qu'il veuille à toute force t'emmener dans le square... laisse tomber !

Edith : – Pourquoi ?

Merrey : – Pourquoi ?... Un type chic t'accroche, il promet ce que tu lui demandes, tu y vas en confiance, tu t'isoles et v'lan, c'est un coup de lingue d'ici à là... (*Geste d'un couteau qui éventre de bas en haut.*) Merci bien !

Edith : – Ah oui ! les femmes éventrées, quelle horreur !

Merrey : – L'histoire que tout le monde sait : Jack l'Éventreur, l'insaisissable, qu'on dit !

Edith : – Ça fait cinq femmes qu'il a... (*Elle fait le geste de l'éventration.*)

Merrey : – Oui. En un mois, sans qu'on puisse l'arrêter !... Ah non ! Je préfère un homme saoul à un sadique, je te jure. T'as jamais essayé un « bastringue » ?

Edith : – Jamais. J'aime pas la foule qui vient exprès !

Merrey : – Essaie le mien ! Tiens, je t'emmène si tu veux !.. tu me remercieras... allez, viens !

Edith : – Pas ce soir...

Merrey : – Pourquoi ?... (*On entend des pas à droite.*) Attention... V'là quelqu'un... (*Elle s'avance à gauche et regarde longuement.*)

Edith, *effrayée*. – La police !

Merrey : – Mais non, c'est une femme...

Edith : – Peut-être une qui a coupé à la rafle ?...

Merrey : – Mais c'est Diana !... tu connais bien Diana ?

Edith, *regardant aussi*. – Sûr... mais oui, c'est elle.

Diana rentre de gauche. Elle traverse rapidement la scène.

Merrey, *l'arrêtant*. – Qu'est-ce que tu fous ici, Diana ?

Diana, *avec un petit cri*. – Ah !... (*Se remettant.*) Bonsoir, les mômes !

Edith et Merrey, *ensemble :* – Bonsoir... Alors ?

Diana : – Ce que je fous là ?... et vous ?

Edith : – Nous, on s'est barrées pour éviter la cueillette, il y a eu une rafle, je ne te dis que ça ! Ça a bardé un bon coup ; à part nous deux, elles se sont toutes fait poisser.

Merrey : – On les a semés du côté des docks...

Edith : – T'en étais pas, toi, de la bagarre ?

Diana : – Non, moi j'arrive...

Edith : – C'est pas ton coin, par ici ?

Diana : – Rarement. Je vais plutôt du côté de Kensington.

Merrey, *gouailleuse*. – C'est plus rupin ! T'es une femme chic, toi !... Nous, on cherche un petit quartier tranquille. (*Montrant Edith.*) Je lui propose, à c'te gourde-là, le Little Girl, le petit cabaret là-bas, c'est toujours plein le soir, il y a des matelots, on chante, on rigole... et on ramasse !... Non, mais comprends-tu... elle hésite !... Si elle a les moyens de choisir !!

DIANA : – Je ne peux rien dire ! Je ne connais pas l'endroit.

EDITH, *à Merrey.* – Puisqu'elle t'a dit qu'elle était de Kensington.

DIANA : – C'est-à-dire que j'en étais... malheureusement je peux plus y retourner.

EDITH : – Toi non plus ! Alors, pourquoi ne viendrais-tu pas essayer avec nous le Little Girl, on te présentera...

DIANA : – Non, c'est pas possible...

MERREY : – C'est pas assez bien ?

DIANA, *ironique.* – Ah ! là là !

EDITH : – Alors, pourquoi ?

DIANA : – Je vous dis : je ne peux pas aller où je veux.

EDITH : – Un type qui la surveille !

DIANA, *d'une voix sourde.* – Oui, bien sûr... on me surveille.

Elle se dirige vers la droite.

EDITH, *l'arrêtant.* – Tu ne vas pas essayer le square, j'espère ?

DIANA : – Je ne sais pas... peut-être...

MERREY : – Je te préviens, c'est pas franc.

DIANA : – Je sais, on m'a dit.

MERREY : – Si tu tiens à ta peau !

EDITH : – C'est toujours dans les squares qu'il y a des assassinats...

DIANA, *s'efforçant de ricaner.* – Oui ! Jack l'Éventreur !... qu'est-ce que je risque moi ! J'ai pas un rond, pas de bijoux...

MERREY : – C'est pas un voleur !

EDITH : – Clara, quoique fauchée, a bien été éventrée par un inconnu dans Grosvenor Square ! C'était pas pour son pognon, la pauvre fille !

DIANA, *revenant vers Edith, la voix tremblante.* – Tu... la connaissais, cette... Clara ?

Edith : – Elle habitait la même tôle que moi, même palier, juste la porte en face... Elle était si gentille !... Une brave gosse qu'avait perdu ses vieux trop tôt... Quand j'ai été reconnaître le corps à la morgue, j'ai cru m'évanouir... Ces traces violettes autour du cou... ce trou affreux dans le ventre rattaché par six agrafes noires pour fermer la blessure... Ah !... quand j'ai soulevé le drap, c'était horrible !... (*Pendant ce que raconte Edith, Diana a détourné la tête comme horrifiée par la vision qu'Edith évoque devant elle.*)

Merrey : – Pourtant il y avait des « mœurs » ce soir-là aux alentours.

Diana : – Oui j'ai lu... seulement voilà, ils sont arrivés trop tard.

Edith : – Comme d'habitude. Le type était barré dans l'obscurité...

Diana : – Et elle n'a pas pu appeler : au secours !

Merrey : – Il ne faut pas si longtemps pour mourir.

Diana : – Elle avait bu, peut-être, ça lui arrivait parfois.

Edith : – Tout le contraire, à ce qu'a révélé l'autopsie ; elle n'avait rien becqueté depuis deux jours.

Merrey : – En tout cas, c'est une leçon pour nous !... Moi, depuis cette histoire-là, je sors plus sans ma lame...

Edith : – Moi non plus. Hein, vise ça ! (*Elle sort de son bas un couteau qu'elle ouvre.*) À la moindre alerte, hop ! et approche qui ose ! (*Elle fait le geste de se défendre. Puis elle remet le couteau dans son bas.*) Les cognes sont là pour nous ramasser... pas pour nous protéger !...

Diana : – Si on vous prend avec une lame, c'est trente jours de plus...

Edith : – Et puis après ? Je tiens à ma peau !

Merrey : – T'en as pas de lame... toi ?

Diana, *essayant de s'étourdir en parlant, mais regardant au lointain, à droite, le coin d'ombre que fait*

Holborn Square. – Non, je suis fataliste... Finir comme ça ou autrement !... C'est le destin... je reste méfiante tout de même !... Un type s'approche, je le palpe sans avoir l'air de rien... Si je me décide, tant pis, advienne que pourra... Il y a des fois qu'on a le frisson...

Merrey, *ironique.* – Ah ! oui... et c'est rarement de plaisir !

Merrey : – Moi, je me planque toujours dans un coin, contre un mur ou une porte... Et je vois venir...

Merrey, *qui a regardé autour d'elle.* – Eh ! les copines ! voilà le brouillard qui s'épaissit... J'aime pas traîner dans la purée de pois... Ne restons pas là... Allons au Little Girl... (*À Diana.*) Tu viens avec nous ?

Diana, *après hésitation.* – Non, je vous ai dit que je ne peux pas ! Il faut... oui, il faut que je reste ici...

Edith, *à Merrey, en ricanant.* – C'est son homme qui a commandé !

Diana : – Pas du tout !

Merrey : – Même si c'est vrai, t'y vas pas pour rigoler ! t'y vas pour travailler ! alors !

Diana : – Bien sûr. Mais je vous dis que je ne peux pas.

Edith : – Il t'a donné rendez-vous ici ?

Merrey, *qui a regardé à gauche.* – Attention, quelqu'un !... Diana ! Dis, c'est lui ? C'est ton homme ?

Diana : – Non... (*Mouvement des deux femmes pour fuir.*) Mais restons... quoi, on ne fait rien de mal, on cause !

Deux hommes entrent. Ce sont Hopkins et Smithson.

Hopkins, *allant aux femmes.* – Immobiles ! (*S'adressant à Edith* et Merrey.) Qu'est-ce que vous foutez là, vous autres ?

Merrey : – Rien ! (*À mi-voix à Edith.*) C'est l'inspecteur, tu vois...

Edith : – Ah !

Hopkins, *qui a entendu.* – Oui ! l'inspecteur... parfaitement... Qu'est-ce que vous attendez ?... la rafle ?

Edith : – On ne fait rien de mal, on causait, on s'est rencontrées par hasard.

Diana, *s'avançant.* – C'est vrai !

Smithson, *à Hopkins.* – Je les connais, ce sont deux habituées d'Holborn Square. Je m'étonne qu'elles aient pu ce soir passer au travers des mailles !

Merrey : – Enfin, qu'est-ce que vous nous voulez ? On n'a rien fait !

Smithson : – Rien... mais je vous conseille de rentrer chez vous, ce soir, tout de suite, c'est plus prudent... Je ne vous en dis pas davantage... Au large maintenant, toutes les deux... (*Il désigne Edith et Merrey.*)

Merrey : – C'est bon !... (*Désignant Diana.*) Mais madame reste, elle ! On l'autorise ! On la protège !

Smithson : – Ça ne vous regarde pas ! Foutez le camp !

Edith, *à Merrey.* – N'insiste pas !... tu vois bien que Madame est de la police !

Merrey : – Tu te rends compte ! Elle voulait nous faire jacter !

Smithson : – C'est fini... oui ?

Edith, *à Diana.* – Moucharde !

Merrey, *même jeu.* – Vache ! On en reparlera !

Edith : – J'aimerais mieux crever que de faire ce métier-là !

Smithson : – En voilà assez ! (*À Hopkins.*) Emmenez-les et sifflez si elles résistent...

Merrey : – Quoi, on nous emmène ?

Smithson, *les saisissant brutalement.* – Vous allez voir ! (*Il les pousse dehors.*) Allez, en route... et vivement.

Voix des deux femmes, *en coulisse* : – Monsieur l'inspecteur, pitié ! laissez-nous partir ! Mais laissez-nous donc !... (*Un coup de sifflet puis :*)

La voix de Hopkins : – Sales garces ! (*À ce moment on entend des bruits de coups.*) Ça vous apprendra !

La voix d'Edith : – Ne frappez pas ! (*Elle pleure.*) Vous me faites mal... Ha ! Ha !...

Les cris se perdent dans le lointain.

Smithson, *à Diana qui est restée immobile.* – Les imbéciles !... au lieu de partir bien tranquillement ! Voilà ce que c'est... (*Dévisageant longuement Diana.*) À toi maintenant... approche... On t'avait défendu de t'éloigner d'Holborn Square...

Il s'approche d'elle et la prend par les épaules en esquissant une vague caresse.

Diana, *se reculant.* – Ne me touchez pas, je sais ce que ça veut dire ! J'ai horreur de ça !

Smithson, *hypocritement.* – C'était sans intention.

Diana, *ironique.* – Oui, je sais.

Smithson, *brutalement.* – Ta place n'est pas ici. Tu es en faute, tu devais te tenir devant la grille d'Holborn Square. C'était convenu...

Diana : – J'y suis allée.

Smithson : – Menteuse ! Tiens. (*Il lui envoie une formidable gifle.*)

Diana, *lui tenant tête.* – Je préfère une baffe à votre pelotage qui me dégoûte.

Smithson : – Comme tu voudras !... Enfin as-tu signé un contrat... oui ou non ?

Diana : – Oui ! bien sûr ! Je vous dis que j'y ai été à la grille du square... Mais là-bas, j'ai peur dans le noir... Voilà la vérité... Toute seule... cette menace d'un inconnu... l'obscurité... l'attente... malgré soi on pense...

Smithson : – Et ici ! C'est pas pareil ?

Diana, *montrant la lanterne sous laquelle elle est.* – Il me semble que cette lumière me protège un peu.

Smithson : – Tu sais qu'un type doit t'accoster... il n'y a pas de quoi trembler... Ça t'arrive tous les soirs.

Diana : – C'est pas la même chose.

Smithson : – Et ce type, lui, ne s'arrête jamais là où il y a de la lumière ; alors si tu restes ici, le coup est raté.

DIANA : – Pour aller au square, pourquoi donc qu'il ne passerait pas par ici ?

SMITHSON : – Non !... et tu vas me foutre le camp d'ici pour aller te promener le long des grilles.

DIANA : – C'est au-dessus de mes forces.

SMITHSON : – Ah oui ? eh bien ! ma petite, il faudra céder la place à une autre... Il n'en manque pas de femmes pour te remplacer... Tu peux t'en aller... (*Il la pousse par l'épaule.*)

DIANA : – Mais...

SMITHSON : – Dix pour une à ce prix-là, tu m'entends ! Je n'aurai que l'embarras du choix ! Deux mille livres !!! mince alors ! et tu n'as rien à faire qu'à racoler. C'est pas bien compliqué !

DIANA, *après réflexion.* – Vous avez raison... je reste !

SMITHSON : – Enfin !... Tu sais très bien que tu ne cours aucun danger... nous sommes là cinq, à proximité... On guette... À la moindre menace, on intervient, on saute dessus... Quoi, qu'est-ce que tu as ? tu pleures ?

DIANA, *sanglotant.* – Rien... c'est les nerfs... (*Il s'approche d'elle comme pour la consoler, les mains en avant, cherchant la poitrine de Diana.*) Ah ! ne me touchez pas.

SMITHSON, *redevenant brutal.* – Alors va-t'en... regagne ton poste... Compris ?

DIANA, *très humble.* – Oui, monsieur l'inspecteur.

SMITHSON, *menaçant.* – Le long des grilles, hein !

DIANA, *s'essuyant les yeux.* – J'y vais, monsieur l'inspecteur.

Elle s'éloigne.

SMITHSON, *la regardant partir.* – Saleté !... (*Mais, ayant entendu des pas, il la rappelle soudain.*) Diana ! Diana !... (*Elle revient.*) Viens ! Voilà quelqu'un... reste là...

Il lui désigne la borne et va se poster à droite, dissimulé dans l'ombre. Diana s'assied sur la borne, sous la clarté de la lanterne. Elle a croisé les jambes qu'elle découvre machinalement. Elle attend, la figure angoissée, les mains tremblantes. Au loin, on entend le bruit d'une canne frappant le sol. Long silence. Entre un homme habillé d'une houppelande, la figure cachée par un grand cache-nez. Il marche sans lever les yeux. Mais, arrivé devant la femme, il s'arrête, lève les yeux, la regarde, ricane et s'éloigne lentement en frappant le sol de sa canne. Diana est restée, pendant cette scène, haletante de peur. Elle a longuement regardé l'homme s'éloigner. Un temps. Smithson revient en scène.

SMITHSON, *à mi-voix, à Diana.* – Eh bien, tu n'as donc pas compris ?

DIANA, *se levant.* – Si... mais...

SMITHSON : – Pourquoi ne lui as-tu pas parlé ?

DIANA : – J'ai été tellement surprise tout à coup.

SMITHSON : – Tu l'as fait exprès, je te connais !

DIANA : – Je vous jure... Je n'ai pas osé lui...

SMITHSON : – Tu ne te gênes guère, les autres soirs !

DIANA : – Les autres soirs, c'est différent !... Ici, j'ai peur ! quoi ! c'est bien compréhensible...

SMITHSON : – Quand il s'est arrêté... c'était le moment.

DIANA : – Je sais bien ! Il m'a fixée d'un regard de bête. Je me suis prise à trembler, j'avais la gorge sèche... j'ai pas pu... J'étais figée sur cette borne, sans force !... Je me suis dit : c'est lui !

SMITHSON : – Boniment ! On aurait mieux fait de t'envoyer en prison. Tu y as coupé grâce au chef, à sa proposition inespérée, mais tu n'as pas l'air d'avoir compris... Allons, j'ai pas de temps à perdre... barre-toi ! Je préfère en prendre une autre...

DIANA : – Mais, monsieur l'inspecteur...

SMITHSON : – Tu te fous de moi ! Cet homme était peut-être celui qu'on recherche !

DIANA : – Oh ! Pensez-vous !

Smithson : – Ta gueule ! (*À ce moment, on entend à nouveau le bruit de la canne sur le pavé. Smithson écoute un instant.*) Le voilà qui revient...

Diana : – Vous croyez ?

Smithson : – Oui, oui, c'est lui...

Diana : – Alors, je reste, je l'accoste... j'aurai le courage.

Smithson : – Oui, retiens-le... Laisse-le faire, s'il veut t'emmener au square, vas-y ! Nous sommes là...

Il va sortir mais revient sur ses pas, monte sur la borne, éteint la lanterne et sort rapidement.

La scène n'est plus éclairée que par la lune. Diana est allée s'asseoir sur la borne et reprend la position et attitude de tout à l'heure. Elle s'efforce de sourire.

L'homme rentre, il repasse lentement devant Diana sans mot dire et cette fois sans la regarder.

Diana, *enjouée, l'interpellant avant qu'il s'éloigne.* – Bonsoir, m'sieur !

Il s'arrête brusquement, se retourne, la regarde.

L'homme, *d'une voix sourde.* – Hein ?

Diana : – La petite promenade est déjà terminée ?

L'homme : – Non.

Diana, *cherchant ses mots.* – On... On ne... va pas encore se coucher ?

L'homme, *même jeu.* – Si...

Diana : – Je pensais que vous alliez m'inviter.

L'homme, *ricanant.* – Ah !... oh !...

Diana : – Parce que je suis seule ce soir.

L'homme : – Seule...

Diana : – Oui !... Si toutefois je ne vous déplais pas... Seulement dans l'obscurité vous ne pouvez guère vous rendre compte... (*Elle se lève et va à lui.*) Regardez-moi... Vous pouvez toucher, c'est ferme !

Elle dégrafe son corsage et montre sa poitrine.

L'homme, *reculant.* – Non.

Diana : – Je suis assez forte... Vous n'aimez pas les femmes fortes... peut-être ?

L'homme, *après hésitation, s'avançant vers elle*. – Viens !

Diana : – Pour la nuit ! Pour un moment ?

L'homme : – Sais pas... Tiens !...

Il sort de l'argent de sa poche et le lui tend.

Diana, *comptant les billets*. – Oh ! Merci...

L'homme *la prend dans ses bras, l'embrasse, mais dans l'étreinte, il l'a serrée si violemment, qu'elle pousse un cri.*

Diana : – Ah ! non ! lâchez-moi, ce que vous êtes brutal ! (*L'homme la lâche.*)

L'homme, *après un temps*. – Quel âge ?

Diana : – Vingt-trois ans !

L'homme : – Ton nom...

Diana : – Quelle importance ?... Diana Wickers...

L'homme : – Diana !

Il l'étreint à nouveau.

Diana, *pendant son étreinte, tâte les poches de l'homme et sans en avoir l'air s'assure qu'il ne porte pas d'armes sur lui*. – Ne sois pas brutal... là... Et maintenant, ne restons pas ici... Tu vas d'abord m'emmener boire un grog, qu'on se réchauffe et qu'on fasse connaissance... C'est la première fois que tu viens par ici ?

L'homme, *la dévisageant longuement*. – Oui...

Diana : – Où vas-tu m'emmener ? dis ! réponds !... J'ai froid ici ! Sous ce manteau, je suis toute nue... Je n'ai que mes bas !

L'homme : – Oui...

Diana : – Tu veux voir ? (*Elle se place dans le rayon lumineux que fait la lune et entr'ouvre son peignoir, dos au public.*) Je suis à ton goût ?

L'homme : – Oui...

Diana : – Où va-t-on aller ?... hein ? à l'hôtel ?... au petit cabaret, là-bas ?

L'HOMME : – Non.

DIANA : – Chez toi, si tu veux !

L'HOMME : – Non...

DIANA : – Dans le square ?... C'est ça que tu veux ? Je veux bien aussi !

L'HOMME, *répétant*. – Le square...

DIANA : – J'ai eu des amis comme toi... il y en a qui préfèrent... C'est leur goût... Je discute pas... Si tu veux... Allons-y, je connais un coin, on sera à son aise... Attendez que je me rhabille, c'est plus convenable.

L'HOMME : – Laisse !...

DIANA : – Tu préfères ?...

L'HOMME, *près d'elle, la saisissant*. – Oui... ta poitrine... ta gorge...

DIANA *serrée contre lui essaie soudain de se débarrasser de son étreinte*. – Quoi ! Qu'est-ce que tu glisses là dans ta manche ?

L'HOMME : – Rien.

DIANA : – Comment rien !... si ! j'ai vu, là... montre ta main...

Elle n'a pas le temps d'achever sa phrase. L'homme lui a enfoncé un couteau en plein ventre. Elle pousse un cri effroyable de bête égorgée. L'homme, sans se soucier de ce cri, continue à enfoncer le couteau dans la plaie. La chemise de Diana se couvre de sang. L'homme, en proie à une sorte de crise de folie furieuse : Ah ! du sang !... du sang !...

Elle est tombée sur les genoux en portant ses mains à son horrible blessure, et commence à râler pendant que l'homme, penché sur Diana, la contemple en murmurant : C'est fini !... c'est fini...

À ce moment, Hopkins entre, se précipite sur l'homme. Courte lutte. L'homme terrasse Hopkins et s'enfuit à droite. Hopkins se relève et donne un coup de sifflet. Entrent deux policemen. Hopkins leur fait signe de courir après l'homme. On entend en coulisse une poursuite, des coups de sifflet, puis des clameurs, des ordres : Allez !... allez... tirez !... (*Puis d'autres voix :*) Nous le tenons !... nous le tenons...

SMITHSON, *rentrant*. – Ça y est, Hopkins, nous le tenons... il est fait !...

HOPKINS : – Oui, mais... (*Il montre Diana qui est tombée à terre et qui continue à râler.*)

SMITHSON, *allant à Diana*. – Bon Dieu ! il l'a éventrée...

HOPKINS : – Comme les autres !... (*À deux policemen qui sont entrés.*) Aidez-moi ! (*Il désigne le corps de Diana.*) Nous allons la transporter...

SMITHSON, *pendant que les policemen soulèvent Diana*. – La voiture est là, à cent mètres...

HOPKINS, *à Smithson, à voix basse*. – Tout de même, chef, c'est de la sale besogne qu'on a fait...

SMITHSON, *répétant, avec une grande émotion contenue*. – Oui, de la sale besogne...

Le rideau se baisse sur les clameurs qui continuent à se faire entendre au loin et les râles de Diana pendant qu'on la transporte.

TROISIÈME ACTE

Une salle de prison aux murs nus, aux soupiraux grillés, qui communique directement avec le quai qui longe la Tamise par une porte basse, au fond, à laquelle on accède en montant quelques marches. Le seuil de cette porte marque le niveau de la rue. On ne voit rien à l'extérieur que du brouillard voilant la vague lueur rouge des réverbères. Une autre porte à droite.

Au fond de cette salle, à gauche, une troisième porte, masquée par une draperie, donnant sur une autre pièce. Dans un coin, à gauche, une table avec deux chaises. Un poêle allumé rougeoie au milieu.

C'est le petit jour.

Au lever du rideau, un gardien est occupé à garnir le poêle. On entend rouler un cab sur le pavé. Le cab s'arrête. Le gardien s'immobilise et tend l'oreille. Aussitôt, le gardien se précipite vers la petite porte et l'ouvre.

LE GARDIEN : – Par ici, monsieur le docteur, par ici... (*S'effaçant.*) Donnez-vous la peine d'entrer.

DOCTEUR THOMSON, *se secouant pour faire tomber la neige qui est sur son pardessus.* – J'ai eu du mal à trouver...

LE GARDIEN : – Vous n'étiez jamais venu à la prison d'Islington, docteur ?

THOMSON : – Non, mon ami... (*S'approchant du poêle.*) Il fait meilleur ici... je suis gelé... (*Regardant autour de lui.*) Où sommes-nous ici ?

LE GARDIEN, *avec hésitation.* – Dans le quartier des condamnés à mort, docteur... à côté c'est le dépôt mortuaire.

THOMSON : – Alors il s'agit d'une autopsie ?

LE GARDIEN, *discret.* – Je ne sais pas. (*Un temps.*) Je vais prévenir monsieur le directeur...

THOMSON : – Inutile... Conduisez-moi dans son cabinet.

LE GARDIEN : – Monsieur le directeur a bien recommandé de faire attendre monsieur le docteur ainsi que monsieur le professeur Short.

THOMSON : – Le docteur Short va venir ? Alors c'est une consultation ?

LE GARDIEN : – Je ne sais pas...

Thomson : – Vous avez un de vos condamnés qui est malade ?

Le gardien : – Je ne sais pas...

On entend le bruit d'une sirène, au loin, à plusieurs reprises.

Thomson, *sursautant*. – Qu'est-ce que c'est que ça ?

Le gardien : – Ce n'est rien... C'est sur la Tamise... un bateau qui cherche sa route dans le brouillard. (*On frappe à la porte du fond.*) Ah ! voilà le docteur Short sans doute. (*Il va ouvrir.*)

Short, *entrant.* – Quel chien de temps ! (*Apercevant Thomson.*) Tiens, Thomson ! vous êtes là ! Je ne m'attendais pas à vous trouver ici.

Thomson : – Ni moi, mon cher maître, à y venir !

Le gardien débarrasse Short de son manteau, de son chapeau. Cela fait, il sort à droite.

Short : – Vous allez peut-être pouvoir nous expliquer ce qui se passe ?

Thomson : – Moi ? Je n'en sais pas plus que vous. Je suppose que nous sommes commandés de corvée pour une enquête médicale...

Short : – Probablement !

Thomson, *après un temps.* – Mon cher maître, j'étais au cimetière de Boxley, la semaine dernière. Et j'ai pu apprécier l'éloquent discours que vous avez prononcé sur la tombe du docteur Morhart.

Short : – J'ai dit ce que je pensais de sa haute valeur professionnelle... Sa mort a été une grande perte pour la science... Le docteur Morhart était mon collègue à St. James Hospital et c'est à moi que revenait le pénible devoir de lui dire un dernier adieu. Vous le connaissiez, n'est-ce pas ?

Thomson : – Moi ? Je l'avais entrevu quelquefois à la Faculté... mais quand j'ai vu son cadavre à l'amphithéâtre, il était méconnaissable... Le corps avait séjourné un mois dans l'eau.

Short : – C'est vous, m'a-t-on dit, qui avez fait l'autopsie ?

Thomson : – Oui, c'est moi !... Triste besogne !...

Short : – Mais à quoi attribuer sa mort ?

Thomson : – Le coroner a conclu à une mort accidentelle... Le docteur en rentrant chez lui le soir, par le brouillard, en suivant le bas-port comme c'était son habitude a dû glisser et tomber à l'eau !

Short : – N'aurait-il pas été attaqué et jeté dans la Tamise ?

Thomson : – On a fait une enquête très sérieuse...

Short : – C'était un grand savant... C'est regrettable !

Thomson : – Un grand original, m'a-t-on dit.

La porte de droite s'ouvre et livre passage à Hudley.

Hudley : – Excusez-moi, messieurs, de m'être fait attendre. (*Se présentant.*) Hudley, directeur de la prison d'Islington.

Short, *même jeu.* – Docteur Short.

Thomson, *même jeu.* – Docteur Thomson.

Short : – Mon cher directeur, si j'attrape une bronchite ou une pneumonie, vous aurez ma mort sur la conscience. On ne convoque pas un homme de mon âge, au petit jour, par un brouillard pareil.

Hudley : – Je regrette, messieurs... Ne m'en tenez pas rigueur, j'ai agi par ordre.

Short : – J'espère qu'on ne nous retiendra pas trop longtemps.

Hudley : – Non, ce ne sera pas très long... du moins je l'espère.

Short : – Enfin de quoi s'agit-il ? dites vite... nous sommes pressés... j'ai un train à prendre à 6 heures... (*Tirant sa montre.*) Il est déjà cinq heures moins vingt.

Hudley : – Asseyez-vous, je vous prie.

Thomson *s'assied près de la table. Short s'assied auprès de lui.* – Peut-on fumer ?

Hudley : – Mais certainement. (*Un temps.*) Je me rends bien compte, messieurs, du trouble que ma convocation a pu apporter dans vos habitudes.

Short : – Au fait, je vous prie... Qu'attend-on de nous ?

Hudley : – Messieurs, vous avez pu remarquer avec quel mystère vous avez été introduits. À l'exception de moi et de deux infirmiers en qui j'ai toute confiance, personne ne sait que vous êtes ici... Ce qui va se passer doit rester entre nous. C'est pourquoi je vous ai reçus dans cette salle et non pas dans mon bureau pour éviter des allées et venues qui auraient pu éveiller la curiosité et attirer l'attention du personnel de la prison.

Thomson : – Si vous avez voulu nous intriguer, vous avez réussi ! Maintenant, donnez-nous le mot de l'énigme.

Hudley : – Permettez-moi de ne pas vous répondre encore. Mes instructions portent que je dois vous demander d'abord l'engagement formel de garder le secret. Vous devez jurer d'oublier en repassant ce seuil tout ce que vous aurez vu ou entendu.

Short : – Pardon, nous voudrions savoir d'abord à quoi nous nous engageons. J'ignore ce qui se trame derrière les murs de la prison...

Hudley : – Oh ! tramer...

Short, *continuant*. – ... les précautions dont vous vous entourez nous incitent à la méfiance. Nous voulons bien être des collaborateurs, mais pas des complices.

Hudley : – Messieurs, vous êtes libres de vous retirer. Il en est encore temps... Nous ne vous contraignons pas... Et si vous avez peur d'engager votre responsabilité... si vous me suspectez...

Short : – Je ne suspecte personne... mais je voudrais avoir la garantie qu'il ne nous sera rien demandé contre notre honneur professionnel.

Thomson, *approuvant*. – C'est tout naturel !

Hudley : – Messieurs, je ne vous demande pas d'approuver par avance telle ou telle décision, je vous demande seulement de vous engager à ne jamais divulguer les révélations que je vais vous faire.

Short : – Dans ce cas, je n'oppose plus d'objection. Vous avez ma parole.

Thomson : – Vous avez la mienne aussi.

Hudley : – Alors, sachez donc ceci, messieurs : Jack l'Éventreur a été arrêté !

Short : – Jack l'Éventreur !

Thomson : – Depuis quand ?

Short : – Les journaux du soir n'en parlent pas. Comment se fait-il que la presse d'ordinaire si...

Hudley : – L'arrestation a été tenue rigoureusement secrète. La presse l'ignore... elle l'ignorera toujours.

Thomson : – Mais pourquoi ?

Hudley : – Le gouvernement de Sa Majesté exige le silence et l'oubli sur cette affaire. Les crimes ayant cessé, l'émotion s'apaisera et le criminel restera pour la foule un être légendaire dont la police n'a pas réussi à s'emparer. Mais la vérité c'est que celui qu'on a surnommé Jack l'Éventreur est ici à l'infirmerie depuis un mois.

Short : – Ici ? Mais qui est-ce ?

Hudley : – C'est un gentleman bien apparenté. Sa situation exigeait des ménagements. Sa Majesté a voulu étouffer un scandale qui aurait pu éclabousser trop de gens...

Short : – Je comprends, monsieur le directeur, il s'agit d'épargner la corde à un meurtrier privilégié et la honte à une noble famille. On compte sur nous pour passer l'éponge sous prétexte que l'assassin est irresponsable. Eh bien, ne comptez pas sur ma complaisance.

Thomson : – Vous pouvez parler en mon nom, docteur Short ; nous n'entendons pas nous laisser dicter notre verdict.

Hudley : – Vous prononcerez en votre âme et conscience... Mais sa folie n'est pas douteuse. Voulez-vous le voir ?

Short : – Mais certainement, n'est-ce pas, docteur Thomson ?

Celui-ci acquiesce du geste.

Hudley *sonne et Michel, infirmier-chef, se présente.* – Dans quel état avez-vous laissé le 320 ?

Michel : – Très tranquille, monsieur le directeur. Il dort.

Hudley : – Réveillez-le et amenez-le ici. (*Michel sort. Un grand temps.*) Avant d'aller plus loin, messieurs, je dois vous révéler la véritable identité de Jack l'Éventreur. Vous le connaissez ; il a vécu auprès de vous, vous lui avez serré la main... aussi soyez maîtres de votre émotion... Sous l'uniforme des prisonniers, vous allez voir entrer votre ancien confrère le docteur Morhart.

Short : – Vous dites ?

Thomson : – C'est impossible !...

Short : – Le docteur Morhart est mort...

Thomson : – Moi-même, j'ai fait l'autopsie.

Hudley : – Oui, vous avez même signalé dans votre rapport que le visage avait été déchiqueté par une hélice. On trouve toujours un cadavre pour remplir une bière. Le principal est de l'identifier : il suffit pour cela de quelques vêtements, de quelques objets...

Short : – Je comprends... la police a maquillé et utilisé le corps d'un noyé.

Hudley : – Oui, pour tout le monde, le docteur Morhart a été enterré dans son caveau de famille, la semaine dernière, au cimetière de Boxley.

Short : – C'est impossible ! Lui Morhart, lui Jack l'Éventreur... ce monstre !...

Hudley : – Oui, docteur Short... ce même docteur Morhart dont vous avez fait un si bel éloge lors de ses obsèques...

Short : – Tout ce que j'ai dit était vrai aussi...

Thomson : – Ce serait là un cas de dédoublement de personnalité incroyable !

Short : – Un cas unique...

Thomson : – Non... regardez... il y a vingt ans, l'affaire Henderson... ce peintre connu, qui allait la nuit dans les cimetières violer les tombes...

Short : – Est-ce bien sûr au moins ? N'a-t-il pas été victime d'une erreur ? d'une épouvantable coïncidence ?

Hudley : – Non... non... il ne peut pas y avoir de doute !... On l'a arrêté dans Holborn Square, au moment où il commettait encore un meurtre... le sixième...

Short : – Lui, Morhart, un des nôtres ! Une si belle intelligence, un cerveau si puissant ! comment a-t-il pu en arriver là ?

Thomson : – L'horreur de pareils actes ne peut s'expliquer que par un cas de possession !

Short : – Oui, la possession, ainsi qu'au Moyen Âge... Ces fous criminels sont de véritables possédés, soumis à l'influence maudite des forces malfaisantes dont nous sentons autour de nous la menace permanente...

Michel entre.

Michel : – Monsieur le directeur, le 320 est là !

Hudley : – Faites-le entrer !

Short et Thomson se sont levés et restent immobiles, blêmes d'émotion. Un grand temps. Le docteur Morhart, portant l'uniforme de la prison, s'avance d'un pas résolu, saccadé. Il est effroyablement changé, à peine reconnaissable. Ses mains ont un tremblement continuel. Il n'aperçoit pas tout de suite les docteurs.

Morhart, *avec colère*. – Je proteste, monsieur le directeur ! Pourquoi m'a-t-on réveillé ?

Hudley : – Répondez d'abord aux questions que vont vous poser ces messieurs que vous connaissez, le docteur Short, et le docteur Thomson...

Morhart, *les apercevant et changeant de ton.* – Ah ! c'est vous, Short ? Vous êtes venu visiter votre malheureux confrère ? (*Il s'avance vers eux et machinalement leur tend la main. Les autres restent immobiles. Morhart laisse retomber sa main tendue, reste un moment accablé.*) C'est vrai, je ne suis plus des vôtres... Je suis un réprouvé... un hors-la-loi !... Vous venez m'interroger... m'examiner, n'est-ce pas ? Je ne suis ni un fou ni un criminel.

Hudley : – Vous avouez pourtant avoir commis une série d'assassinats ?

Morhart : – Ce n'est pas moi qui ai tué.

Hudley : – Ce n'est pas vous qui avez tué la femme de Holborn ? On vous a arrêté sur le fait... vous étiez couvert de sang...

Morhart, *à voix basse, confidentielle.* – Non, ce n'est pas moi, c'est *l'autre*.

Hudley : – De quel autre parlez-vous ?

Morhart, *même jeu.* – Je ne le connais pas : il vient, il m'entraîne. C'est lui qui frappe !

Hudley : – C'est vous qui frappez.

Morhart : – Non, non, c'est lui qui dirige mon bras... Il est si fort, si fort... que je ne peux pas résister.

Short, *s'avançant vers Morhart.* – Vous voulez dire sans doute que vous sentez en vous des mouvements dont vous n'êtes pas maître... des impulsions, des désirs irrésistibles de tuer auxquels vous succombez après avoir longuement lutté ?...

Morhart : – Non, non, je ne lutte pas, je ne peux pas lutter... il vient tout d'un coup... Il s'empare de mon cerveau, moi je le regarde agir, j'assiste à ses crimes... impuissant... (*Il reste comme égaré, le regard perdu devant lui.*)

Hudley, *après un silence.* – Quel mobile vous guidait dans le choix de vos victimes ?

Morhart : – Ce n'est pas moi qui choisissais.

HUDLEY : – Vous ne vous attaquiez qu'aux femmes ? N'y avait-il pas dans ce choix une préoccupation sexuelle ?

MORHART : – C'était toujours des femmes perdues, des filles, des prostituées qui pourrissent les hommes... Alors, lui, il éprouvait une joie bien compréhensible à les éventrer.

HUDLEY : – Mais pourquoi cette horrible mutilation au ventre ?

MORHART, *s'exaltant soudain.* – Pourquoi ? Vous ne savez donc pas qu'il y a dans l'éventration une sensation tellement extraordinaire, tellement intense, qu'on ne peut pas l'oublier quand on l'a goûtée une fois ! Vous ne savez pas ce que c'est que de plonger son couteau dans ces entrailles chaudes... tout ce sang qui vous brûle les mains... cette chair qui s'ouvre...

SHORT : – Malheureux ! Taisez-vous ! c'est ignoble ! Vous avouez vos hideuses passions... vos monstrueux désirs !

MORHART : – Moi ? moi ? qu'est-ce que j'ai dit ? Ce n'est pas moi qui ai parlé... c'est lui... c'est *l'autre.*

SHORT : – Morhart, vous savez bien que l'autre n'existe pas.

MORHART, *subitement furieux.* – Il n'existe pas ? Il n'existe pas...

HUDLEY, *essayant de l'apaiser.* – Allons, calmez-vous... si vous ne voulez pas qu'on vous mette la camisole...

MORHART : – Vous, mettez-moi en liberté... tout de suite... ou je vous étrangle... (*Il se jette sur Hudley et essaie de l'étrangler. Les docteurs se précipitent au secours de Hudley et le délivrent. Celui-ci en profite pour courir à la porte et appeler les gardiens ; pendant ce temps, Morhart lutte contre les deux docteurs, en poussant des cris de bête fauve :*) Assassins ! assassins ! laissez-moi. Au secours ! À moi ! Je suis innocent... Un couteau ! Donnez-moi un couteau !

Deux gardiens accourus le maîtrisent malgré ses efforts pour se débattre.

Hudley : – Emmenez-le ! (*Aux médecins.*) Eh bien, doutez-vous de sa folie maintenant ?

Thomson : – N'est-ce pas un simulateur ?... Il a parfaitement conscience du danger qu'il court... Sa seule préoccupation, c'est d'éviter le bourreau...

Short : – Les meurtres sans mobile apparent offrent toujours toutes les caractéristiques d'actes de démence.

Thomson : – Démence ou non, il n'y a qu'un remède efficace, une bonne application de chanvre autour du cou.

Short : – Nous n'avons pas à nous prononcer sur la peine, mais sur le degré de responsabilité. Il est certain que cette responsabilité est, chez ce malheureux, très atténuée.

Thomson : – Vous l'excusez ?

Short : – Non, Thomson, non. Je ne l'excuse pas. Mais je songe avec effroi que le beau mécanisme de notre intelligence, dont nous sommes si fiers, est bien fragile, qu'il faut si peu de chose pour en fausser à jamais les rouages !

Hudley : – Saviez-vous, d'ailleurs, que Morhart eut des fous dans son ascendance ? Son grand-père – je l'ai appris – s'est éteint dans son château de Wimley, en Écosse, en état de complète démence...

Short : – Lourde hérédité qui pèse souvent sur les pauvres cerveaux humains... (*On frappe à la porte. Tous s'arrêtent et tendent l'oreille. On frappe à la porte du fond.*) Attendez-vous encore quelqu'un ?

Hudley : – Non... personne d'autre ! Qui peut venir à pareille heure ? (*Allant à la porte.*) Qui est là ?

Voix de lord Scheffield, *à l'extérieur.* – Lord Scheffield.

Hudley : – Comment lord Scheffield !... Ici... à cette heure !... (*Ouvrant rapidement.*) Mylord, c'est vous... excusez-moi... je suis confus... Je ne m'attendais pas à l'honneur de votre visite. (*Présentant.*) Professeur Short, docteur Thomson.

Chacun salue respectueusement.

Mylord : – C'est moi qui m'excuse, messieurs, d'être venu à l'improviste... mais il y a du nouveau, monsieur le directeur. Ces messieurs ont-ils examiné le 320 ?

Hudley : – Oui, Votre Honneur, nous discutions les conclusions de cet examen.

Mylord : – Et quelles sont vos conclusions ?

Thomson : – Nous sommes partagés, mylord. Moi, j'incline pour la responsabilité.

Short : – Et moi je suis d'un avis contraire.

Thomson : – En réalité, un examen aussi rapide ne peut pas être décisif... il faudrait...

Lord Scheffield : – Messieurs, je vous remercie de votre zèle au nom du gouvernement de Sa Majesté, mais il n'est plus question maintenant de rien examiner. Je suis porteur de nouvelles instructions. Le sort du 320 est actuellement fixé. Criminel ou fou, Jack l'Éventreur doit disparaître.

Short : – Disparaître ?

Mylord : – Je veux dire qu'il n'y aura pas de débats, pas de jury, pas de nouveaux examens médicaux... Tout se passera ici, cette nuit, entre nous.

Short : – Ici, dans cette salle ?

Mylord : – Où croyez-vous donc être ?

Short : – Mais... je croyais... n'est-ce pas un parloir de la prison ?

Mylord : – Non, c'est la salle des exécutions. (*Short a un soubresaut.*) Dans cette trousse, j'ai apporté tout ce qu'il faut pour une piqûre...

Short : – Mylord, qu'attendez-vous de nous ? Nous prenez-vous pour des bourreaux ?

Thomson : – Nous sommes des médecins...

Mylord : – Messieurs...

Thomson, *continuant*. – Notre mission est de conserver la vie, non de l'ôter...

Mylord : – Messieurs, vous m'avez mal compris. Ces ampoules ne contiennent pas la mort comme vous semblez le craindre, mais seulement le sommeil... l'insensibilité, l'anesthésie. Le docteur Morhart a sauvé la vie de la princesse Edwige. Sa Majesté ne l'a pas oublié, et en mémoire de ce service, elle a voulu pour ce misérable fou une mort sans souffrance. Il s'agit de lui masquer l'appareil du supplice sous l'apparence de soins médicaux.

Short : – Ne comptez pas sur moi.

Thomson : – Ni sur moi !

Mylord : – Soit... (*À Hudley.*) Monsieur le directeur, vous ferez faire cette piqûre par un de vos infirmiers...

Hudley va sonner.

Mylord, pendant ce temps, s'adressant à un homme qui est entré derrière lui et qui est resté immobile dans un coin de la salle.

Vous, monsieur, tenez-vous prêt...

L'homme : – Je suis prêt, mylord, le fourgon attend dans la cour...

Mylord : – Veillez à ce que personne ne le voie, personne... Et revenez pour... (*L'homme s'incline et sort.*)

À ce moment, entre Michel, l'infirmier.

Hudley : – Où est le 320 ?

Michel : – Là... à côté... on lui a passé la camisole... on ne pouvait plus le tenir...

Hudley : – Amenez-le, mais sans brutalité... Où est Herbert ?

Michel : – Avec moi, monsieur le directeur. On n'est pas trop de deux pour le maintenir. Ce bougre-là a une force... (*Il sort.*)

Short, *bas à Thomson*. – J'ai vu des spectacles douloureux, pendant ma longue carrière... mais ça !...

Thomson, *même jeu*. – Oui, c'est effrayant...

À ce moment entrent le gardien Michel et Herbert qui amènent Morhart auquel on a passé la camisole de force.

Hudley : – Eh bien, Morhart, vous êtes plus calme ?... vous ne voulez plus me tuer ?

Morhart : – Ce n'est pas moi qui ai voulu vous tuer... C'est *l'autre*.

Hudley : – Vous étiez très agité... j'ai dû vous réduire à l'impuissance.

Short : – Comment vous sentez-vous maintenant ? (*Aux infirmiers.*) Enlevez-lui la camisole... (*On la lui enlève.*) Comment vous sentez-vous ?

Morhart, *très abattu, presque sans voix*. – Mieux... un peu mieux...

Short : – Vous avez de la fièvre ?

Morhart : – Toujours après mes crises... Dites, vous allez me garder ici ?

Short : – Oui c'est convenu... vous n'irez pas devant le jury.

Morhart : – Et vous allez me soigner, me guérir ?

Short : – Donnez-moi votre pouls.

Morhart : – Il doit être très agité.

Short : – Oui... très agité... Vous a-t-on donné un calmant ce soir ?

Morhart : – Non pas ce soir.

Short : – Eh bien, on va vous faire une piqûre tout de suite.

Hudley : – Tenez, Herbert, prenez une ampoule dans cette trousse sur la table.

Morhart, *angoissé*. – Qu'est-ce que c'est ?

Short : – Un peu de morphine, quatre onces...

Hudley : – Allons préparez-vous... faites vite, Herbert.

Morhart relève la manche de sa chemise. Herbert a vidé l'ampoule dans la seringue et imbibe un coton dont il frotte le bras de Morhart. Pendant ce temps, les médecins de Hudley se sont instinctivement groupés et regardent le condamné sans parvenir à dissimuler complètement leur émotion. Morhart, étonné du silence qui règne, lève les yeux et interroge ses confrères du regard. Leur silence, leur immobilité l'inquiètent et la peur le prend.

Morhart : – Pourquoi me regardez-vous ainsi ? Qu'est-ce que vous préparez ? Dites... (*Silence.*) Qu'est-ce que vous voulez me faire ? (*Il essaie de se lever.*)

Hudley, *le retenant*. – Voyons, Morhart, vous n'allez pas recommencer comme tout à l'heure.

Morhart : – Non... ne m'approchez pas... je ne veux pas. Je ne veux pas... (*Il arrête l'infirmier en lui prenant le bras.*)

Herbert, *brutalement*. – Lâchez mon bras... mais lâchez donc !

Pendant qu'un autre infirmier maintient Morhart contre le dossier de sa chaise, Herbert lui saisit le bras et l'immobilise.

Morhart, *se débattant*. – À moi, au secours ! Vous me faites mal !

Herbert : – Ne bougez donc pas. (*À l'autre infirmier.*) Laissez-moi faire. Tiens-le ferme, toi ! (*Il pique le bras. Morhart pousse un cri.*) Nom de Dieu, il m'a fait casser l'aiguille.

Short, *intervenant indigné*. – Assez ! laissez-le... vous êtes des brutes.

Herbert : – C'est sa faute, il n'avait qu'à rester tranquille.

Short : – Allez-vous-en... laissez-nous... (*L'ordre est confirmé par un geste de Hudley. Les deux infirmiers sortent.*) Monsieur le directeur, il nous est pénible de voir brutaliser ainsi un homme qui fut l'un des nôtres. Si déchu qu'il soit dans le présent, nous devons nous souvenir de son passé qui mérite de la pitié... beaucoup de pitié... Donnez-moi une autre aiguille. (*Hudley exécute la demande.*) Vous avez confiance en moi, Morhart ? (*Il remplit la seringue de morphine.*)

Morhart : – Oui, vous Short, je veux bien... Je sais que vous êtes un homme d'honneur... Mieux que cela, vous êtes juste... Vous ne voudriez pas me tromper...

Short, *s'approchant de Morhart et très doucement*. – Comme vous êtes devenu impressionnable, Morhart ! Autrefois vous aviez du sang-froid, de la lucidité, du courage... Je ne vous reconnais plus...

Morhart : – Oui, oui, j'ai bien changé... après chaque crise, je me sens plus étranger à moi-même... Mais je guérirai, n'est-ce pas !

Short : – Oui, vous ne devez pas désespérer. (*À Hudley.*) Donnez-moi l'éther... C'est votre âme qu'il faut guérir par la foi et par le repentir. Croyez-vous encore en Dieu ?

Morhart : – Oui, certes, bien qu'il m'ait abandonné.

Short : – Dieu n'abandonne personne !... Élevez votre âme jusqu'à Lui et Il vous guérira. (*Il lui frotte le bras avec un tampon d'éther.*)

Morhart : – Oui, oui, j'espère encore... Mais il faudra venir me voir, Short... il faudra revenir...

Short, *avec une émotion qu'il essaie de dissimuler*. – Mais oui, mon pauvre Morhart.

Morhart : – Et prier pour moi...

Short : – Je prierai...

Morhart : – Quand tu me parles, je me sens plus fort, plus tranquille... ta présence chasse celle de l'autre... Tu me promets de revenir ?

Short : – Je vous promets...

Morhart : – Tu me tutoyais autrefois...

Short, *enfonçant l'aiguille*. – Je ne te fais pas mal ?

Morhart : – Non, je ne sens rien... merci !... J'espère que la morphine me fera dormir... dormir sans rêver. (*Short fait la piqûre lentement.*) J'ai tant besoin de repos, mon ami. J'ai tant besoin de repos. Je souffre tant... Toutes les nuits ces cauchemars, ces hallucinations... c'est atroce... atroce ! Pourquoi tant de souffrances... Je n'avais pas mérité... Ce n'est pas ma faute... ce n'est pas ma faute... (*Il pleure.*)

SHORT : – Non... ce n'est pas ta faute... je le sais bien... La nature met en nous des forces maudites... quelques-uns résistent... les autres... (*Il regarde Morhart qui s'est immobilisé et peu à peu a fermé les yeux, puis continuant à lui parler doucement.*) Les autres...

Morhart ne bouge plus. Sa tête est renversée en arrière. Il paraît mort.

Un grand temps.

MYLORD, *qui était resté, depuis le début de la scène, dans un coin de la salle, s'avançant.* – C'est fait ?

SHORT : – Oui, mylord...

MYLORD : – Il vit encore ?

SHORT : – Encore...

MYLORD : – Mais il ne peut rien sentir ?

SHORT : – Non... absolument rien...

MYLORD, *à l'homme qui était entré avec lui, et qui rentre accompagné d'un aide.* – Faites votre office. (*À Short.*) Je vous remercie, docteur Short...

SHORT, *avec émotion.* – Mylord, nous allons nous retirer... Nous ne pouvons pas sanctionner par notre présence ce meurtre illégal... cette condamnation sans jugement... J'admets qu'il y ait de puissantes raisons pour agir ainsi... mais il nous répugne d'assister à cette exécution...

MYLORD : – Je regrette, messieurs, de vous imposer cette corvée, mais les ordres sont formels... Vous devez rester jusqu'au bout pour servir de témoins et authentifier le procès-verbal par votre signature...

Pendant ce temps, l'homme – c'est le bourreau – s'est avancé près du docteur Morhart, lui a enveloppé la tête d'un voile noir, pendant que l'aide a été tirer le rideau de la chambre du fond. On aperçoit alors une poulie à laquelle pend une corde au bout de laquelle se trouve un nœud coulant. Sous cette poulie, une trappe. L'aide fait descendre lentement cette corde sur le sol, à hauteur d'homme, puis il revient ensuite près du bourreau. Tous deux alors prennent Morhart sous les épaules et le transportent dans la chambre d'exécution. Le bourreau lui passe le nœud coulant autour du cou pendant qu'un des hommes le soutient sur la trappe. Le bourreau va ensuite au mur, manœuvre une sorte de levier qui s'y trouve : la trappe s'ouvre lentement et le corps tombe dans le vide. Un cri effroyable, puis on voit la corde se tendre et s'agiter ensuite et garder jusqu'à la fin de l'acte une oscillation continue comme celle d'un balancier de pendule.

Le bourreau et son aide se retirent.

SHORT, *à Mylord*. – Mylord, vous auriez pu nous épargner ce spectacle !...

THOMSON : – C'est un abominable cauchemar...

MYLORD, *sans répondre, allant à une table où se trouve de quoi écrire et tendant un porte-plume à Short*. – Si vous voulez bien, docteur, rédiger le procès-verbal vous-même...

SHORT : – En ce moment, mylord, il me serait impossible...

MYLORD : – Alors, je vais vous dicter...

SHORT *s'assied à la table tandis que Thomson se met auprès de lui.*

MYLORD, *dictant*. – « Nous soussignés, désignés par le gouvernement de Sa Majesté pour assister à l'exécution secrète de... (*Il hésite.*)

SHORT, *s'arrêtant d'écrire*. – De qui ?

MYLORD, *après cette légère hésitation, continuant*. – Du numéro 320, détenu à la prison d'Islington... attestons qu'il a été livré à l'exécuteur des hautes œuvres et pendu jusqu'à ce que mort s'ensuive... » (*Se penchant sur l'épaule de Short.*) Bien. Maintenant, datez... et signez... (*Puis, reprenant la plume des mains de Short et la tendant à Thomson.*) Vous aussi, Monsieur, s'il vous plaît !

Le rideau se baisse lentement.

Love Story

PAR KAY ROGERS

Tôt en ce matin brumeux et froid de septembre, il n'était pas l'heure de parler d'amour. Surtout pas à Liz. « Old Liz. » Mais il n'en était pas de même pour Elizabeth.

Car Liz était hantée. Hantée de manière cruelle par le fantôme invisible d'une jeune fille nommée Elizabeth. Liz l'imaginait belle, vêtue de blanc... Elizabeth est un prénom qui évoque ce genre de vision, des tresses brunes et un ruban bleu dans les cheveux. Du blanc. Virginal.

L'instant favori d'Elizabeth était ces dernières heures de la nuit, juste avant l'aube, qui apportaient de vagues promesses également connues de Liz. Elles arrivaient lorsque la bouteille bon marché de gin s'achevait et que Liz se retrouvait seule dans un monde irréel. Elizabeth exigeait, et elle menaçait. Old Liz s'accrochait désespérément à l'existence, même si celle-ci était vaine et sordide.

Elle se terra à l'abri de ces draps qui sentaient le renfermé. Sa jeunesse et sa beauté s'étaient envolées depuis longtemps. Il n'y avait pas beaucoup de travail. Un jour sans gin lui tendait les bras et elle secoua piteusement la tête lorsque la voix froide d'Elizabeth la fouetta :

– Quelle chambre !

La pièce était dans la pénombre, le gaz à mi-flamme, mais Liz obéit et regarda autour d'elle.

La saleté. Délicate Elizabeth ! Elle aimait les choses neuves. Des rideaux sales et déchirés encadraient une fenêtre jamais ouverte. L'odeur, que Liz ne sentait jamais sauf lorsqu'Elizabeth lui en faisait la remarque, était proche de la puanteur ; de la transpiration séchée et quelque chose d'indéfinissable, héritage des répugnances réciproques que la pièce avait vécues.

– Tu te souviens de *ma* chambre ?

Un tel endroit, d'une propreté et d'une beauté éclatantes, existerait-il pour Elizabeth ? Une telle pièce, où des rideaux de mousseline repassés de frais se joindraient aux senteurs de lavande séchée... avait-elle même jamais existé ?

– Et moi, déclara Elizabeth. J'avais un rire qui ressemblait au chant d'un oiseau. Mais les choses que tu m'as obligée à regarder... tu croyais donc vraiment pouvoir me tuer, Liz ? Tu en étais incapable. Tu es une ombre de la nuit dans cette cité maléfique. Je suis aussi vivante que toi. Mais ma beauté... et mes merveilleux rêves les plus fous...

À quoi rêvait une jeune fille ? Les maigres désirs de Liz étaient écrasés par la vaine misère de l'existence. Du gin. Moins de brouillard. L'envie irréelle d'un manchon en vraie fourrure. Un coup de chance et une soirée en compagnie de quelqu'un de la haute... une largesse éthylique. Encore mieux, un ivrogne avec les poches remplies de quelques pièces... Dieu, même un quart de penny pour s'offrir une bouteille... Des rêves étroits et sales. Comme cette chambre. Les rêves brisés d'Elizabeth étaient encore mieux que le néant. Le retour sur terre fut brutal et amer.

– Merveilleux, répéta Elizabeth. Mais fous. De croire que l'amour est noble et pur.

Pur... !

Ensemble, elles virent les yeux, vicieux et affamés...

– Sale ! frissonna Elizabeth. Si Mère savait...

– Ne parle pas d'elle ! hurla Liz. Un amour pur, c'est ça que tu veux, hein ? Tu crois que je suis trop vieille et bonne à rien, n'est-ce pas ? Je vais te trouver ça, ma fille.

Le ton glacial d'Elizabeth était aussi tranchant qu'un couteau de cristal.

– L'amour ? Toi ? De quelqu'un d'aussi usé que toi... l'amour ! Bah !

Et la colère n'était pas bonne, pas plus que les mots les plus abjects. Elizabeth parlait toujours comme quelqu'un de la haute et elle poussait Liz à bout. Il n'y avait pas d'autre solution que d'enfiler le bonnet sur ses maigres cheveux graisseux, ainsi que la veste élimée.

Elizabeth toucha le brin de romarin accroché au revers de sa veste. Son rire frais se moqua des feuilles vertes, des petits bourgeons bleus :

– Le romarin. Pour se souvenir.

À la hâte, Liz fouilla sur la table de nuit dont la toile cirée s'était craquelée. Elle découvrit le paquet de cachous jeté avec dédain par un marin dégoûté ; elle les renifla. Ils étaient encore bons. Elle les mit dans une poche et se nettoya les dents jaunies du revers d'une manche. À présent, elle était prête pour un miracle.

Dehors, le brouillard jaune enveloppait tout tel un mauvais rêve.

– Et maintenant ?

La voix d'Elizabeth était moqueuse. Par habitude, Liz se dirigea vers les rues les plus sombres. Si Elizabeth se souvenait de l'horreur sanglante découverte il y a deux matins de ça, elle n'en dit pas un mot.

Sous une fenêtre illuminée, elle se contenta d'un :

– Tu te rappelles de la lumière de cette vieille Zoraïde ? De ses prédictions pour toi ? Tu allais devenir célèbre, ton nom serait connu à l'étranger ? Comme c'est amusant !

Liz renifla misérablement. Sa célébrité ! Tout le monde dans l'East End connaissait Long Liz. Ils la connaissaient et ricanaient en pensant à elle, un rire sale et moqueur.

Ce n'était pas juste, Elizabeth n'avait pas le droit d'agir ainsi, de faire preuve de gaieté, alors qu'elle-même devait affronter la froideur glaciale de cette nuit pour lui trouver ce qu'elle désirait. Elle s'arrêta.

– Écoute, ma fille. S'il y a un amour pur à Londres, Liz va te le trouver. Ensuite, j'aurais la paix. Par ici. Par ici.

De manière abrupte, elle se dirigea dans une allée qui donnait sur une petite cour. Elle distinguait une vague lueur et Liz trébucha sur les pavés ronds, comme vers un vague espoir.

Ses pas la guidèrent loin dans l'épais brouillard. Le bruit parvint aux oreilles d'une silhouette sombre, celle d'un homme qui attendait. Une femme ? Les sens en éveil, il leva la tête pour écouter. Cela se rapprochait... elle venait dans sa direction... plus près encore... Liz ne vit pas l'ombre avant qu'elle ne se dresse juste devant elle. Il en était ainsi dans le brouillard.

Tout d'abord, elle distingua seulement une forme masculine et sa bouche grimaça un sourire. Mais elle se souvint brusquement, et ses doigts se refermèrent sur le paquet de cachous.

Mais Elizabeth riait, triomphante et fière de sa vengeance, tandis qu'elle s'enfuyait à tout jamais.

Liz comprit. Elle était seule dans cette cour de Whitechapel, avec cette ombre, dont le nom était Jack, et l'amour pur et pourpre qu'elle lisait dans ses yeux.

(Traduit par Stéphane Bourgoin.)

Dulcie

PAR HUGH REID

Les rues étroites de la ville résonnent avec le hurlement des sirènes. Le ciel est maculé de rouge, comme taché par du sang. Les lumières sont éteintes à Londres, car l'Angleterre est en guerre.

C'est un petit homme furtif qui se glisse silencieusement dans les rues. Il est habillé de noir, un costume élimé aux coudes rapiécés. Son visage est pâle et ses yeux sont profondément enfoncés dans les orbites. Il porte un sac américain qu'il tient serré contre lui.

Il cherche quelque chose, quelqu'un. De temps en temps, il jette un coup d'œil autour de lui. Il se tient devant une porte d'entrée, à un coin de rue, et il attend.

La fille est potelée et inélégante. Elle court le long de la rue et ses talons claquent sur le trottoir.

Sa respiration s'accélère lorsqu'elle approche. Il pose son sac à ses pieds et quitte l'abri pour l'agripper par le bras.

Elle porte un imperméable blanc bon marché qui prend un aspect moucheté lorsque le sang traverse le tissu. Il ramène le corps jusqu'à la porte d'entrée de l'immeuble et s'agenouille près d'elle afin d'ouvrir son sac. Il en retire une bande de velours et un hachoir à viande.

Il travaille rapidement et en silence, et quand il a fini ce qui doit être fait, il enveloppe ses choses dans le tissu de velours, avant de les replacer dans son sac. Puis il s'éloigne dans la nuit.

Le sang coule sur l'imperméable et forme une mare devant la porte, en se mêlant à la poussière. Puis la mare s'étend jusqu'au trottoir.

Le gardien court le long de la rue, sans regarder où il met les pieds, et il trébuche sur quelque chose de mou et de volumineux. Il tombe par terre en proférant des jurons. Lorsqu'il se redresse, c'est pour se rendre compte que ses vêtements sont mouillés et collent à la peau de ses doigts. Il place une main devant sa bouche, avant de se raviser... Il prend sa lampe-torche pour éclairer la porte d'entrée. Il distingue la chose dans l'imperméable blanc et, tout d'abord, ses yeux refusent d'admettre la réalité, mais ses sens sont incapables de rejeter l'humidité qui suinte à travers ses vêtements, et il commence à se sentir un peu mal. Il retire son manteau pour le poser sur cette chose. Mais ce geste a un effet curieux : il a encore plus de sang sur sa chemise et ses bras. Du coup, il se croise les bras sur la poitrine.

Le lendemain matin, le propriétaire de la boutique nettoie l'entrée et fait comme si rien ne s'était passé. Il n'a pas de chance car il est boucher de métier et certains de ses clients font preuve d'un humour plutôt déplacé. Ils se régalent à la vue de la silhouette tracée à la craie ; heureusement, sa femme s'est chargée de laver elle-même le battant de la porte.

La police visite à plusieurs reprises l'endroit mais ils ne peuvent pas faire grand-chose. Aucun indice, car le travail a été effectué à la perfection. Ils se grattent la tête et tiennent des conférences impromptues ; leur ton de voix dénote un certain désespoir. Ils savent que les rues seront à nouveau désertes cette nuit et qu'il déambulera encore une fois, comme il l'a fait tous les soirs depuis une semaine. Quelque part, il rencontrera une fille, et un nouveau corps les attendra le matin venu devant la porte d'une boutique. Ils se tiennent debout devant la boucherie, en secouant la tête.

– C'est forcément un dingue. Qui d'autre pourrait commettre un tel crime ?

– Et combien y en a-t-il à Londres ? Des centaines !

– Il faut absolument le trouver le plus vite possible.

– Et comment on va faire ? Tu as une idée ?

– Eh bien, il possède obligatoirement ce qu'il a emporté, non ? Ça fait déjà une sacrée collection.

– C'est chouette d'être un collectionneur, hein ?

– En tout cas, ça doit puer chez lui. Quelqu'un va bien finir par renifler quelque chose.

Discuter ainsi est tout ce qu'ils peuvent faire. Et attendre que quelqu'un le prenne en flagrant délit.

Dulcie est une fille de la nuit. Elle prend vie dès que les lumières s'estompent. Elle est debout dans sa chambre, à se regarder dans un miroir. Sa peau est ridée à hauteur des joues, une peau qui fourmille d'excitation et des yeux qui s'affichent la nuit venue. Sa chevelure fatiguée ne brille pas à la lueur des bougies et tombe sur des seins qui s'affaissent, tandis qu'elle lève des bras d'un blanc caoutchouteux au-dessus de sa tête.

Elle fait des poses et apprécie son corps dans la lumière flatteuse d'une bougie. Elle baisse les bras, avant de s'asseoir au bord du lit. Sa solitude l'étouffe.

La chambre est meublée de façon spartiate et elle ne connaît personne en ville. Le bruit de la sirène lui semble accueillant, car elle sait qu'elle ne sera plus seule dans la rue pour rejoindre d'autres personnes dans les abris. Elle ramasse quelques affaires en hâte dans son sac pour le reste de la nuit. Elle enfile son manteau et prend le temps de redresser sa chevelure. D'un souffle elle éteint la bougie, puis referme la porte derrière elle, avant de descendre les escaliers.

Il y a un petit homme sur le palier d'en dessous. Un petit sac américain à la main. Son visage est pâle et furtif. Lorsqu'elle descend les premières marches, il ouvre son sac pour fouiller à l'intérieur. Elle a brusquement très peur. Elle se demande si les autres locataires ont déjà quitté l'immeuble, la laissant seule avec lui. Elle s'en veut de sa peur et de son imagination qui lui fait croire que le petit homme l'attendait. Aussi, elle se décide rapidement et s'arrête pour crier par-dessus son épaule :

— Je t'attends en bas, John.

Le petit homme hésite et elle en profite pour le dépasser. Elle lui adresse un sourire, mais réprime un frisson lorsqu'elle croise son regard affamé. Ses yeux semblent briller dans l'obscurité. Elle se force à descendre avec calme les escaliers, afin de ne pas céder à la panique. Mais elle ne regrette pas d'avoir inventé ce « John ». Son soulagement est immense lorsqu'elle se retrouve dans le hall d'entrée de l'immeuble. Une fois dans la rue, elle n'entend pas le bruit étouffé des pas du petit homme qui descend les marches.

La confiance revenue, elle se déplace avec lenteur le long du trottoir. Les ténèbres sont totales, mais elle n'a pas peur. Elle sait où elle va. Elle est dehors et elle n'est plus seule. Rien ne peut lui arriver, il suffit qu'elle pousse un cri et des gens viendront à son secours.

Le petit homme au sac américain se glisse à son tour dans la rue. Il entend les talons de la jeune femme. Il serre avec vigueur le sac et se met à courir à sa suite.

C'est dans une rue transversale qu'elle perçoit les premiers bruits de pas. D'instinct, elle sait que quelqu'un la suit. Elle se souvient de son visage sur le palier, de la faim qu'elle a lue dans ses yeux, et elle sent la peur l'envahir. Et pourtant, il faut qu'elle garde son calme, elle doit continuer à marcher jusqu'à ce qu'elle croise quelqu'un qui puisse la protéger, faire semblant de ne pas se rendre compte qu'elle est suivie.

Son regard reste fixé sur les pavés, tandis que ses oreilles sont à l'écoute du moindre bruit derrière elle. Et ce son ne laisse planer aucun doute : des pas étouffés. Elle accélère et on en fait de même, elle ralentit et on s'arrête.

La panique s'empare d'elle. Elle se met à courir, en se tournant de gauche et de droite. Elle veut crier, mais quelque chose la retient. Un appel ne ferait que lui indiquer sa position. Elle croit que si elle court assez vite et assez loin, elle finira par échapper au petit homme aux yeux affamés. Sa fuite éperdue se poursuit sans fin dans les ténèbres, sans but précis, jusqu'à ce qu'elle doive stopper, à bout de souffle.

Elle se tient dans l'encadrement de la porte d'une boutique. Il n'est plus derrière elle. Les bruits de pas ont disparu. Elle s'adosse contre la porte, la poitrine soulevée par des sanglots.

Dulcie a peur.

Elle est perdue. Les rues sont vides. La panique l'a fait s'éloigner du quartier qu'elle connaît. Elle a peur de rester sur place et elle craint de partir au cas où le petit homme la retrouverait.

Debout contre la porte, elle tremble de tout son corps, avec les doigts glacés de l'épouvante qui lui torturent l'esprit. Et pourtant, elle doit trouver un abri.

Elle jette un coup d'œil dans la rue. Elle ne voit personne. Finalement, elle prend son courage à deux mains et se glisse dans l'obscurité. Le bruit de ses propres pas est l'unique son qui trouble la quiétude.

Elle est presque au coin de la rue lorsqu'elle sent une main se poser sur son bras. C'est le petit visage sournois et elle lève une main pour lui griffer les yeux, mais la hache pénètre dans son flanc, tandis qu'il étouffe un cri de son autre main.

La douleur est terrible et la hache continue son travail de destruction, encore et encore, et encore... Brusquement, elle se rend compte qu'elle est morte, et pourtant elle aperçoit toujours les petites mains qui transpirent et agrippent la hache, tandis qu'il lui tranche la tête à sa troisième tentative.

Il prend un couteau à poisson. D'un geste délicat, il s'empare de la tête pour parachever le travail en coupant les ultimes tendons et muscles qui la retiennent encore aux épaules. Parfois, il interrompt la tâche pour glisser des doigts caressants à travers la chevelure. Il défait un rouleau de tissu de velours pour emballer la tête. Le couteau à poisson et la hache retrouvent leur place dans le sac, le paquet de velours est posé par-dessus.

– Comme ça, tu seras à l'aise, mon amour.

Il lui murmure ces paroles à l'oreille, mais elle ne voit que le velours qui lui couvre le visage tandis qu'il referme le sac.

Le petit homme quitte les lieux, le sac à ses côtés. À chaque pas, le sac heurte sa cuisse et Dulcie bouge un petit peu à l'intérieur. La tête roule et le sang de son cou coule dans ses narines. Elle sent du sang et de la bile dans sa gorge, mais elle ne peut rien y changer. Dans la douleur de sa mort, elle s'est mordu la langue.

– Vous devriez aller dans l'abri, monsieur.

Le petit homme s'arrête, l'air inquiet, à l'approche du policier.

– Euh... je me suis perdu.

– Ça ne m'étonne pas. Je vais vous accompagner, monsieur. Si vous voulez bien me suivre.

– Merci, monsieur l'agent.

Le petit homme au costume sombre et au visage pâle et aux yeux enfoncés dans les orbites trottine aux côtés de l'énorme agent de police.

– Vous avez ce qu'il vous faut pour la nuit, à ce que je vois, monsieur ?

– Oui, dans mon sac, monsieur l'agent.

Dulcie sent le sang affluer dans ses oreilles et qui s'égoutte le long de sa chevelure jusqu'à cette nuque qui a été si brutalement tranchée.

Le petit homme descend les marches de l'abri et Dulcie rebondit à chaque fois qu'il effectue un mouvement.

– Comment ça va, Fred ?

– Hitler ne m'a pas encore eu.

Il s'assoit sur un banc près de son ami et il commence à parler. Dulcie entend à peine leur conversation. Le tissu de velours est pressé contre ses yeux grands ouverts et du sang coule de ses orbites.

– T'as ton petit sac, à ce que je vois.

– Oh, oui.

– Je crois que je t'ai jamais vu sans ce petit sac, Fred. Tu te trimbales avec ta fortune ou quoi ?

– Tu ne devineras jamais ce que j'ai dedans. Jamais.

Le petit homme serre le sac contre sa poitrine pendant qu'il parle, comme s'il voulait l'envelopper de son corps. À chaque changement de position, il sent Dulcie qui bouge un peu à l'intérieur, et il trouve cela très excitant.

Ils découvrent les restes de Dulcie au lever du jour. La vue n'est guère plaisante et le jeune policier qui l'a trouvée vomit rapidement son petit déjeuner.

Peu de temps après, un groupe de policiers s'est assemblé devant l'entrée de la boutique et ils regardent tous Dulcie. Le sang coule le long de ses lourdes bottes noires, au point de tacher les ourlets de leurs pantalons.

L'agent en patrouille déclare :

– Il y avait un petit homme la nuit dernière. Il paraissait perdu. Je l'ai accompagné jusqu'à l'abri de Meep Street.

– Avait-il l'air bizarre ?
– Peut-être un peu agité. Mais j'ai pensé que c'était parce qu'il s'était perdu. Il avait un sac à la main.
– Ça pourrait être lui. Vous le connaissez ?
– C'était la première fois que je le voyais. Peut-être que quelqu'un dans l'abri l'aura reconnu.
– Ou peut-être pas. La prochaine fois, regardez dans son sac. On ne peut pas se permettre de laisser ce type nous filer entre les doigts.

Les policiers se rendent à l'abri qui est presque déserté et où personne ne semble se souvenir du petit homme. Il n'y a rien à voir.

Ils remontent à la lumière du jour et restent à discuter devant l'entrée de l'abri. C'est alors qu'ils se rendent compte que le petit homme les observe. Il est vêtu d'un costume froissé de couleur sombre et porte un sac américain coincé sous son bras. Il se tient près d'un kiosque à café et il les regarde, un sourire idiot sur son visage pâle.

L'agent de patrouille traverse la rue pour l'arrêter, mais un inspecteur l'empêche d'agir.

– Je suis sûr que c'est lui, inspecteur.
– Moi aussi.

L'officier de police pointe du doigt vers le petit homme qui trottine le long du trottoir. Ils aperçoivent une piste sanglante qui s'écoule goutte à goutte du sac.

Le petit homme marche avec insouciance, tout en faisant valser son sac pour que Dulcie bouge à l'intérieur. Il tourne un coin de rue pour stopper sur un seuil de boutique... c'est le seuil. On a tout fraîchement nettoyé, mais il reste une silhouette dessinée à la craie. Cela le met de bonne humeur. Il passe un autre coin de rue et s'arrête devant sa propre porte d'entrée. Il l'ouvre avec une clé. Il grimpe l'escalier jusqu'à sa chambre. La sonnette de l'immeuble le rappelle gentiment à l'ordre, mais il n'en tient pas compte. Sa fatigue est grande. Encore une nuit difficile. Debout près de la porte de sa chambre, il entend le murmure d'une conversation, mais il n'y prête aucune attention. Épuisé, il rentre chez lui et referme la porte.

Il ouvre le sac pour en retirer l'emballage de velours. Il le défait avec soin. D'un geste délicat et à l'aide d'un tissu de flanelle, il nettoie le sang qui s'est coagulé pendant le trajet. Il prend un peigne et coiffe au mieux sa chevelure. Puis il lui murmure des mots doux à l'oreille.

La tête de Dulcie se retrouve fièrement sur le manteau de cheminée, à côté de toutes les autres.

L'arrestation s'effectue en douceur, sans la moindre résistance. On l'emmène au poste et il parle sans arrêt.

L'inspecteur de service est très pâle et il se précipite vers les toilettes dès qu'ils arrivent au commissariat. Ensuite, il monte à l'étage faire son rapport.

Il ne sait pas comment mettre des mots sur cette scène qu'il revoit sans arrêt devant ses yeux. Aucun langage officiel ne peut exprimer ce qu'il a vu.

Le petit homme était assis sur son lit, une Bible à la main. L'heure est matinale et il vient tout juste de rentrer chez lui. Le sac américain se trouve sur la table. Le couteau à poisson et la hache ont été nettoyés et emballés avec soin dans le tissu de velours. Le petit homme lit à voix haute, tandis qu'une demi-douzaine de paires d'yeux l'observent du haut du manteau de la cheminée.

Il lit à leur intention, pour leur rédemption. Ayant fini sa tâche, il repose la Bible. Il quitte le lit pour éteindre la lumière. Il s'approche de la cheminée et, l'une après l'autre, souhaite une bonne nuit à ses petites amies.

(Traduit par Stéphane Bourgoin.)

Sagittaire

(Sagittarius)

PAR RAY RUSSELL

I – *LE CENTURY CLUB*

– Si Mr. Hyde avait enfanté un fils, vous rendez-vous compte que ce monstrueux enfant pourrait toujours être vivant à l'heure actuelle ? déclara Lord Terry.

C'était une chaude et humide soirée d'été, mais Lord Terry et son invité, Rolfe Hunt, étaient parfaitement à leur aise. Assis dans la sereine quiétude du sanctuaire du Century Club (ainsi nommé, disaient certaines mauvaises langues, à cause de l'âge canonique de tous ses membres), ils discutaient autour d'un verre de vampires, de monstres et d'histoires de fantômes réelles ou imaginaires. Hunt buvait des martinis, mais Lord Terry – ou plutôt le comte Terrence Glencannon – était un vieux gentilhomme de l'ancienne école qui considérait le martini comme une des pires barbaries du XXe siècle. Seul le meilleur et le plus sec des xérès trouvait grâce à ses yeux, et, en ce moment, il en était à son troisième verre. La conversation tournait autour d'une série de crimes accompagnés de mutilations qui bouleversait actuellement la ville et les deux hommes la comparait aux actes commis par Barbe-Bleue et Jack l'Éventreur ; ils discutèrent ensuite du Mal en général et d'œuvres de fiction telles que *Le Tour d'écrou* et ses apparentes ambiguïtés, *Dracula*, de la pièce en un acte *Une nuit à l'auberge*, de la version muette de *Nosferatu,* ainsi que certains textes de Blackwood, Coppard, Machen, Montague James, Le Fanu, Poe, pour en venir finalement à *L'Étrange Cas du Dr Jekyll et Mr. Hyde* qui avait occasionné cette remarque du comte quant au fils hypothétique de Hyde.

– Qu'est-ce qui vous fait dire cela ? s'enquit Hunt, avec peut-être un peu trop de déférence, mais, après tout, aux yeux de Lord Terry, Hunt devait avoir l'air d'un garçonnet avec ses trente-cinq ans. Le jeune homme ne pouvait pas s'attendre à un accueil très chaleureux, même si le comte avait connu le père de Hunt autrefois à Londres. À présent, Lord Terry ne recevait plus que de très rares invités et c'était un authentique privilège que d'être assis en sa compagnie dans son club – « Ce qui se rapproche le plus d'un club anglais dans votre horrible New York », avait-il admis à contrecœur.

Il évita de répondre à la question de Hunt pour s'employer à déchirer une étroite feuille de papier dans un journal du soir, afin de la tortiller en une bande de Möbius.

– Fascinant, dit-il en souriant. (Son doigt courait le long de la spirale de papier.) Une surface qui n'a qu'un seul côté. Nous parlons de personnalités multiples – de schizophrènes, de Jekyll et Hyde – comme si de tels individus pouvaient être divisés en deux par une coupe franche. En fait, ils ressemblent plutôt à cette bande de Möbius... ils *donnent l'impression*[*1] de posséder deux faces, mais celles-ci sont étroitement mêlées. Les deux côtés n'en font qu'un, liés l'un à l'autre pour se mélanger inextricablement... Excusez-moi, mais vous me demandiez quelque chose ?

– Je me demandais simplement pourquoi vous en étiez venu à parler du fils de Mr. Hyde, si tant est que Hyde ait réellement existé ?

---

1. Les expressions en italique suivies d'un astérisque sont en français dans le texte original.

– Ah, s'exclama Lord Terry en posant la bande de papier. Oui. Eh bien, c'est très simple, en vérité. Disons, pour les besoins de la discussion, que Bobbie Stevenson se soit basé sur un fait *réel** pour écrire son récit.

C'était effectivement une concession d'importance, mais Hunt hocha la tête pour signifier son accord.

– Bien. Si vous vous souvenez du texte, vous aurez remarqué qu'il n'est pas fait référence à une année spécifique, c'est 18... un artifice fréquemment employé par les écrivains de l'époque, bien que je n'ai jamais compris le pourquoi de cette mode. Enfin, bref. Le fait est que le roman fut publié en 1886. Si nous poursuivons plus avant notre argumentation, on pourrait dire qu'Edward Hyde est «né» cette année-là... mais en tant qu'adulte et créature capable de procréer. Nous savons, d'après le récit, que Hyde menait une vie de débauche si effrénée que ce bon Dr Jekyll en pâlissait de honte lorsqu'il s'en souvenait. Il est donc tout naturel de penser que le résultat d'une telle existence aurait pu être un enfant, né d'une pauvre épave de Soho ? Un tel enfant, né en 86 ou 87, aurait dans les soixante-dix ans à l'heure actuelle. Vous voyez donc que c'est tout à fait possible.

Il vida son verre, avant de poursuivre.

– Et j'ajouterai ceci : toutes les créatures humaines comprennent à la fois une part de bien et de mal ; mais Edward Hyde représentait une exception unique. Il fut le premier, et j'ose espérer, le dernier être humain qui était *totalement* maléfique. Considérons maintenant son fils. Il fut enfanté par un parent qui, comme nous, était à la fois bon et mauvais (la mère), tandis que son autre géniteur était *entièrement* voué au mal (le père, Hyde). D'un simple point de vue arithmétique, on peut donc le considérer comme aux trois quarts maléfique. On pourrait même supposer que la mère n'était très certainement pas d'une haute rectitude morale et qu'elle n'a pas transmis à son fils la totalité de ses 25 % de bonté... peut-être seulement un huitième ou un seizième. En conséquence, le fils de Hyde, s'il est vivant, incarne la seconde personne la plus maléfique que la terre ait jamais portée; et, puisque son père est mort, il est même l'individu le plus malveillant de notre époque!

Sur ces paroles, Lord Terry se leva:

– Si nous allions dîner?

La salle à manger était habitée par des individus à divers stades de décrépitude avancée, ce qui, par contraste, faisait paraître Lord Terry, encore bel homme, comme quelqu'un d'assez jeune. Sa taille, la noblesse de son port, son regard vif, son visage haut en couleur et son épaisse chevelure blanche lui donnaient l'apparence d'un être humain dans une pièce remplie de quasi-fantômes. Cette forte concentration de sénilité agit comme un dépresseur pour Hunt et Lord Terry dut le sentir, car il fit la remarque suivante:

– Une salle d'attente. Tout le club n'est qu'une vaste salle d'attente, pleine de types à bout de souffle qui attendent le dernier train. On raconte qu'être âgé comporte des compensations. Mais je ne vois pas lesquelles. N'en croyez pas un mot.

Lord Terry recommanda la soupe de rouget au xérès, la sole de Douvres et la salade «Déesse Verte».

– Le nom vient de la pièce où George Arliss s'était illustré, mais c'était bien avant votre temps. (Il griffonna leur sélection sur une carte qu'il tendit au serveur, en commandant un autre martini pour Hunt et un quatrième xérès pour lui-même.) Oui, ajouta-t-il, l'œil vague, fixé vers une quelconque scène éloignée dans le temps. J'allais très souvent au théâtre autrefois. C'était vraiment un sacré spectacle à cette époque. Pas comme cette infâme bouillie... (Il regarda Hunt.) Mais je ne vais pas vous ennuyer... vous vous intéressez aussi au théâtre, je crois?

Hunt lui expliqua qu'il écrivait une série de volumes d'histoire du théâtre et que ceux qui concernaient l'Angleterre et l'Italie avaient déjà été publiés; il travaillait actuellement sur la France.

– Ah. Splendide. Allez-vous parler de Sellig?

Hunt dut avouer qu'il ne connaissait pas ce nom.

Lord Terry poussa un soupir.

– La gloire est éphémère. C'était un acteur français. Très à la mode à Paris, à une certaine époque. On le comparait favorablement à Mounet-Sully et certains critiques affirmaient qu'il était le nouveau Lemaître. Bernhardt harcelait Sardou pour qu'il écrive une pièce pour lui, mais j'ignore s'il l'a fait ou pas. Rostand laissa derrière lui une pièce inachevée, *La Dernière Nuit de Don Juan,* que d'aucuns déclarent avoir été écrite spécialement à son intention, mais Sellig ne l'a jamais interprétée.

– Pourquoi?

Lord Terry haussa les épaules.

– C'était quelqu'un d'étrange. Il était très... voyons, comment dire... attaché à une certaine tradition du théâtre antique, dans son expression la plus classique, les pièces de Corneille et de Racine. Il n'aurait jamais envisagé de jouer du Hugo ou du Dumas. Et pourtant son nom est tombé dans l'oubli, y compris des historiens du théâtre.

– Il incombe à vous de m'en parler, suggéra Hunt, tandis qu'on leur servait les boissons commandées.

Lord Terry avala un losange blanc qu'il prit dans une petite boîte à pilules en or.

– Les pilules. Dans notre jeunesse, nous faisons des fredaines et nous récoltons maintenant des pilules dans notre gâtisme. (Il replaça la boîte dans une des poches de sa veste.) Oui, je vais tout vous raconter au sujet de Sellig, si vous en avez envie. Je le connaissais fort bien.

II – *LES DANGERS DU CHARME*

Nous étions tous les deux dans un âge (déclara Lord Terry), vingt-trois ou vingt-quatre ans, où il faisait bon vivre à Paris. La tour Eiffel était jeune aussi, elle avait d'ailleurs le même âge que nous, car nous étions toujours dans les premières années de ce siècle. Gauguin était mort depuis à peine six ans, Lautrec depuis huit, et bien que Jacques Offenbach soit décédé depuis pratiquement trente années, sa musique et son esprit endiablé régnaient encore en maîtres sur la ville, tandis que les jolies *Parisiennes** dansaient toujours le cancan le cul nu au rythme du *Galop infernal**. L'atmosphère était enivrante, faite d'un mélange merveilleux d'élégance de l'*Ancien Régime** (dont les jours étaient comptés à l'approche de la Grande Guerre) et de curiosité pleine d'excitation pour ce nouveau siècle. On avait le meilleur de ces deux mondes. Nous étions exactement en 1909.

Il m'est facile de m'en souvenir, car c'est l'année de la mort des deux frères Coquelin... les acteurs, vous savez. L'aîné et le plus connu des deux, Constant-Benoît, avait créé le rôle de Cyrano, il mourut le premier; son frère, Alexandre-Honoré, décéda moins de quinze jours plus tard. À ce propos, j'ai une anecdote amusante sur le Cyrano de Coquelin qui pourrait vous intéresser pour votre ouvrage : pendant le premier acte, il portait un faux nez très long, qu'il raccourcissait lors du second acte, pour ensuite ne plus l'arborer du tout... et personne ne s'en est jamais rendu compte ! C'est Sir Cedric qui me l'a raconté peu de temps avant sa mort. Hardwicke, vous savez. Où en étais-je ? Ah, oui. C'était grâce à un ami de la famille des Coquelin, un acteur de second rôle du nom de César Baudouin, que je vins à Paris, pour ensuite y rencontrer Sébastien Sellig.

Il jouait au Théâtre-Français, dans le *Britannicus* de Racine. Il y interprétait le rôle du jeune Néron. Et son style était si flamboyant, il vivait tellement le rôle que les spectateurs en venaient à ressentir de la sympathie pour Néron. Il était comme un aimant. Je le vis après la représentation, dans sa loge, pendant qu'il retirait son maquillage. César nous présenta.

C'était un homme d'une beauté incomparable : un visage à l'image de l'Apollon du Belvédère, aux traits classiques, des cheveux noirs bouclés, des grands yeux marron et des lèvres sensuelles. Vous vous doutez bien que je ne l'ai pas complimenté pour sa beauté, car il était devenu difficile d'adresser un tel compliment entre hommes, surtout qu'Oscar Wilde était mort à Paris depuis tout juste neuf ans. Par contre, je l'ai chaleureusement félicité pour sa performance et l'impression de sympathie qu'il engendrait auprès du public.

– Merci, répondit-il dans un anglais parfait. J'en suis désolé.

– Désolé ?

– Les sympathies du public auraient dû rester avec Britannicus. En les attirant à moi, sans le faire exprès, je peux vous l'assurer, j'ai détruit l'équilibre de la pièce et réduit à néant les intentions de Racine.

– Mais, observa César d'un ton badin, votre réussite est un triomphe personnel.

– Oui, admit Sellig. Le dommage est irréparable. Cela n'arrivera plus, mon cher César, je peux vous l'assurer. La prochaine fois que je jouerai Néron, ce sera sans trahir Racine.

César, étant du métier, persista.

– Mais vous ne pouvez pas être blâmé pour votre charme, Sébastien.

Sellig essuya les dernières traces de maquillage de son visage, avant d'enfiler ses habits de ville.

– Un acteur qui s'avère incapable de contrôler son charme est comme un comédien qui n'arrive pas à maîtriser sa voix et ses gestes. Il est sans valeur aucune. (Il sourit de façon merveilleuse.) Mais ne parlons pas boutique devant votre ami. C'est très mal élevé de notre part. Venez, je vous invite à souper dans un endroit charmant.

C'était un petit établissement sombre qui portait le nom de « L'Oubliette ». Nous y avons mangé une énorme et exquise omelette, accompagnée d'un pain croustillant et d'une bouteille de vin blanc. Sellig parla des différences entre Racine et Shakespeare :

– Racine est comme... (Il leva la bouteille pour remplir nos verres...) eh bien, il ressemble à un bon cru de blanc. Délicat, serein, frais et subtil. Si subtil que son excellence n'est pas immédiatement perçue par les non-initiés. Il faut du temps et y revenir sans cesse pour se familiariser.

En tant que citoyen anglais, j'étais prêt à défendre notre barde et je m'enquis d'une voix quelque peu belliqueuse :

– Et Shakespeare ?

– Ah, Shakespeare ! sourit Sellig. *Passionnel, tumultueux*!* C'est un vin rouge chaud, capiteux, plein de fougue, sa robe est sombre et riche, il est épicé et aussi doux que du miel ! Il vous fait tourner la tête, on devient ivre, vous chavirez... cela peut devenir une sensation des plus agréables.

Il avala une gorgée.

– Pensez à la pièce de ce soir. Elle dépeint la première atrocité d'une existence remplie d'atrocités. Elle se termine par Néron qui assassine son frère. Plus tard, il allait tuer sa propre mère, deux épouses, un tuteur qui lui était dévoué, des amis proches, ainsi que des milliers de chrétiens massacrés dans les arènes. Mais nous ne voyons rien de tout cela. Si Shakespeare avait écrit cette pièce, elle aurait *débuté* par la mort de Britannicus. Il aurait continué par une description du moindre des outrages de Néron jusqu'à son déclin et sa fin ignominieuse. *Enfin,* cela aurait été *Macbeth.*

J'avais entendu parler d'un petit club où des filles dansaient dans le plus simple appareil et j'avais très envie de m'y rendre le plus rapidement possible. César se laissa convaincre de m'accompagner et j'invitai Sellig à nous suivre. Il déclina l'invitation, prétextant la fatigue et une dure journée qui l'attendait.

– Peut-être accepteriez-vous de venir demain soir ? Je me rends compte que le spectacle d'une pièce du Grand-Guignol dont César m'a tant parlé n'est sûrement pas du goût d'un acteur de votre stature, mais il paraît que c'est très sanglant... un peu comme du Shakespeare. (Sellig rit de ma petite blague.) Viendrez-vous ? Ou vous avez peut-être une représentation ?

– J'ai en effet une représentation et je ne pourrais vous rejoindre que tard dans la soirée. Disons dans le foyer, juste après le baisser de rideau ?

– Vous aurez le temps ? Il paraît que les pièces du Guignol sont assez courtes.

– J'y serai, annonça Sellig, avant que nous prenions congé de lui.

III – *SCÈNE DE TORTURE*

Le Théâtre du Grand-Guignol, comme vous le savez probablement, existait depuis une douzaine d'années, il avait été créé en 1896, rue Chaptal, dans un petit édifice qui avait autrefois servi de chapelle. Le Père Didon, un dominicain, en avait été le prédicateur et, au fil des ans et des divers propriétaires, l'immeuble avait conservé son apparence d'église. D'après ce qu'on m'a rapporté, il était resté tel quel jusqu'à sa démolition en 1962 : petit, un rien suranné, tapi de manière anonyme dans une rue pavée de Montmartre ; à l'intérieur, des poutres apparentes noires, avec des sculptures gothiques qui encadraient les portes et des décors fleurdelisés sur les murs, des chérubins sculptés et une paire d'anges de plus de deux mètres de haut qui dominaient de leur candeur souriante une salle et des loges d'à peine trois cents places... qui ressemblaient plus à des bancs d'église et à des confessionnaux qu'à une salle de spectacle. Après la retraite de ce brave Père Didon, sa chapelle devint la boutique d'un marchand spécialisé dans l'art religieux ; plus tard, le peintre académique Rochegrosse la transforma en studio jusqu'en 1896, où un dénommé Méténier, qui avait été secrétaire d'un *commissaire de police**, décide de rebaptiser l'endroit Théâtre du Grand-Guignol. Méténier décéda l'année suivante pour être remplacé par Max Maurey. Je l'ai même rencontré une fois, car il s'occupait toujours du théâtre en 1909, l'année de ma petite histoire.

Le sujet des pièces du Grand-Guignol ne variait guère. Ces pièces en un acte étaient peuplées de filles que l'on jetait dans les lampes de phares... de visages brûlés au vitriol ou que l'on pressait contre des plaques de fourneaux... de femmes dénudées, crucifiées et torturées par des gitans... une variété d'opérations chirurgicales... de vieilles démentes arrachaient les yeux de jeunes vierges avec des aiguilles à tricoter... de lambeaux de chair découpés par des hommes munis de crochets... de corps dissous dans des bains d'acide... de mains, de bras, de jambes et de têtes coupées... de femmes violées et étranglées... tout ceci était exécuté de manière hyperréaliste avec des flots d'un sang artificiel dont la recette était un secret bien gardé et qui coagulait sous vos propres yeux, et dont on gardait toujours un énorme chaudron sur une plaque chaude dans les coulisses.

Certains acteurs (en fait, surtout des actrices) ont fait de véritables carrières au Grand-Guignol. Vous avez peut-être entendu parler de Maxa ? Elle est arrivée après mon départ de Paris, mais elle avait la réputation d'être généreusement dotée par la nature et on raconte qu'il était impossible de trouver la moindre parcelle de son corps qui n'ait pas été l'objet d'un quelconque acte de violence ou de torture. La légende veut qu'elle soit morte dix mille fois, de soixante manières différentes, chacune plus hideuse que la précédente. Et qu'elle s'était débattue près de trois mille fois pour des actes de viol. À la fin de sa carrière, elle ne pouvait plus que chuchoter, car les années passées à hurler avaient déchiré son larynx.

En tout cas, le lendemain de ma première rencontre avec Sellig, César et moi étions assis dans ce petit théâtre en compagnie de deux jeunes femmes ; elles étaient d'une beauté qui sort de l'ordinaire, mais d'un ordinaire qui frisait le néant – en fait, elles étaient peu recommandables et appartenaient à ce demi-monde où plusieurs professions se mélangent et coexistent, qu'elles soient actrices, modèles ou serveuses de bars. Mais nous étions jeunes, César et moi, et, après tout, c'était Paris. Leurs petits noms, d'après ce qu'elles nous avaient dit, étaient Clothilde et Mathilde... et je n'ai jamais vraiment su qui était qui. Peu de temps après notre arrivée, les lumières diminuèrent et le rideau se leva.

La première pièce du programme était une farce ennuyeuse et sans intérêt sur des lacets de corset qui s'étaient cassés, avec des hommes qui se cachaient dans un placard ou sous un lit. Nos compagnes parurent s'amuser, mais les applaudissements du public furent assez maigres. Ce n'était visiblement pas le genre de choses que les spectateurs étaient venus voir. C'était juste un hors-d'œuvre. L'entrée suivit :

Si je me souviens bien, elle s'appelait *La Septième Porte* et servait de prétexte à Barbe-Bleue, interprété par un acteur au maquillage particulièrement hideux, pour ouvrir six de ses légendaires sept portes et montrer leur contenu à sa nouvelle épouse (on y voyait, entre autres choses, des cadavres en décomposition et une salle des tortures très réaliste). En restant fidèle à la légende,

Barbe-Bleue prévenait sa femme de ne jamais ouvrir la septième porte. Seule sur scène, elle ne peut résister à la curiosité et libère une nuée de harpies livides, vêtues de haillons, dont les corps superbes laissent entrevoir des traces de tortures. Elles expliquent qu'elles sont les ex-femmes de Barbe-Bleue, prisonnières d'un donjon perpétuellement plongé dans l'obscurité, et qu'elles sont l'objet des pires sévices imaginables. Pourquoi? demande la nouvelle épouse. Barbe-Bleue fait son entrée, un fouet noir à la main. Pour les punir du péché de curiosité, raconte-t-il... elles, comme toi, n'ont pas pu résister à l'attraction fatale de la septième porte! Les autres épouses enchaînent la nouvelle et l'emmènent dans les profondeurs du donjon, sous un déluge de coups du fouet de Barbe-Bleue. Il referme la porte, avant de se lancer dans un monologue: Diogène avait eu une tâche facile, de trouver un honnête homme; mais mon travail est dix fois plus ardu – comment découvrir cette perle rare, une épouse qui ne fourre pas son nez partout, qui ne fouille pas les poches de son mari, lui ouvre son courrier avec de la vapeur et qui exige des explications lorsqu'il a le malheur de rentrer tard à la maison?

Les lumières diminuent d'intensité, au point que seul Barbe-Bleue reste éclairé. C'est à cet instant qu'il fait face au public pour s'adresser aux femmes: *Mesdames et Mesdemoiselles! Écoutez! Prenez garde! Voici la septième porte*!* Par un effet de scène, la porte s'est changée en miroir. Le rideau tombe dans un tonnerre d'applaudissements.

La Septième Porte avait une intrigue boiteuse qui ne sert de prétexte que pour accumuler les séquences horrifiques, mais l'interprétation de Barbe-Bleue gommait les défauts de la pièce. La personnalité de l'acteur éclatait au grand jour et il dominait de sa puissance les banalités du récit. Son ultime déclaration était si forte, tellement remplie d'un zèle démoniaque, il exsudait tant de haine et de colère que je sentis ma jeune compagne se ratatiner au fond de son siège et frissonner de tous ses membres.

– Allons, allons, *ma petite**. Ce n'est qu'une pièce de théâtre.

– *Je le déteste**.

– Tu le détestes ? Qui ça ? Barbe-Bleue ?

– Laval.

Mon français était encore approximatif et son anglais inexistant, mais je parvins à comprendre que le nom de l'acteur était Laval et qu'elle avait déjà eu affaire avec lui, une relation que je supposais être de nature intime. Je ne pus m'empêcher de lui demander *pourquoi* elle le détestait autant. (À cette époque, j'étais un naïf qui connaissait fort peu les femmes ; ce ne fut que bien plus tard que j'appris que, pour la majorité d'entre elles, le mal et la laideur possèdent des attraits irrésistibles.) Pour toute réponse, elle se contenta d'une platitude et de hausser les épaules :

– *Les affaires sont les affaires**.

Sellig nous attendait dans le foyer. Sa taille et la beauté de son visage le faisaient sortir du lot. Nos deux jeunes compagnes tombèrent tout de suite sous son charme.

– Le spectacle vous a plu ? me demanda-t-il.

Je ne savais pas trop quoi répondre.

– Plu ? Disons que c'était fascinant, m'sieur Sellig.

– Vous ne l'avez pas trouvé de mauvais goût ? facile ? vulgaire ?

– Si, bien sûr. Mais, en même temps, excitant, comme seules peuvent l'être des choses de mauvais goût, faciles et vulgaires.

– Vous avez peut-être raison. Je n'ai pas vu une production du Grand-Guignol depuis plusieurs années. Mais les acteurs...

Nous nous apprêtions à monter tous les cinq à bord d'un fiacre.

– Les acteurs étaient exécrables, à une exception près, répondis-je.

– Vraiment ? Et quelle est cette exception ?

– L'acteur qui jouait Barbe-Bleue dans *La Septième Porte*. Son nom est...

Je me tournai à nouveau vers ma compagne.

– Laval.

Elle prononça ce nom avec le plus profond dégoût.

– Ah oui, déclara Sellig. Ce nom ne m'est pas tout à fait inconnu. Et si nous allions chez Maxim's ?

La soirée fut très plaisante. La notoriété de Sellig et le magnétisme qui se dégageait de sa personne nous valurent la meilleure table et un service impeccable. Il nous raconta toute une variété d'anecdotes amusantes, mais jamais vulgaires, sur le théâtre, sans pour autant en retirer une quelconque vanité comme c'était si souvent le cas chez bon nombre de ses confrères. L'une d'elles concernait le théâtre que nous venions de quitter :

– Je suppose que César vous a parlé du médecin du Grand-Guignol. Non ? À une époque, il avait été décidé que ce serait une bonne idée d'engager un médecin de service, pour s'occuper des spectateurs qui auraient des malaises et ainsi de suite. Ce fut bien le cas, mais pas avec la réussite escomptée. La première fois qu'il fut de service, un spectateur s'évanouit devant le spectacle des tortures évoquées sur scène. On fit appel au docteur. Personne ne le trouva. Finalement, les ouvreuses parvinrent à faire reprendre connaissance à la victime en s'excusant de ne pas avoir pu trouver le médecin. « Je sais, répondit l'homme plutôt gêné, car *je suis* le docteur. »

Pour clore cette soirée, César et moi raccompagnâmes nos respectives (mais pas très respectables) jeunes femmes jusque chez elles, où une autre sorte de plaisir nous attendait. Sellig rentra seul chez lui. Je me sentis attristé à son sujet et, l'espace d'un instant, je crus qu'il appartenait à ce genre d'hommes qui n'ont pas besoin des femmes – la profession théâtrale regorge de tels hommes – mais César m'assura en privé que Sellig entretenait une ravissante veuve nommée Lise.

L'ignorance, dit-on, est une félicité. Je ne savais pas que la chaleur de mon ardente compagne deviendrait à jamais glaciale en l'espace d'une seule nuit.

IV – *LE VISAGE DU MAL*

Le *commissaire de police** n'avait jamais rien vu de pareil. Son anglais était approximatif, mais je fus capable de comprendre ce qu'il disait sans trop de difficulté.

– C'est... comment dites-vous...
– Horrible ?
– *Ah, oui, mais... étrange, incroyable**...
– Unique ?
– *C'est ça ! Uniquement monstrueux ! Uniquement dégoûtant**!* Oui, c'était tout à fait ça. Il avait parfaitement résumé la situation.
– La manière, m'sieur... la méthode... la...
– Mutilation.
– *Oui, la mutilation... est irrégulière, anormale**...

Nous étions à la morgue – pas le nouvel Institut médico-légal près des rives de la Seine –, mais la *vieille** morgue, ce sinistre endroit du quai de l'Archevêché. Elle – Clothilde, *ma petite amie** de la nuit dernière – avait été horriblement assassinée, sa beauté détruite, l'essence même de sa féminité avait été retirée de façon sanglante, mais avec une grande précision chirurgicale. Je me trouvais à la morgue en compagnie du *commissaire*,* de César, de Sellig et de l'autre jeune femme, Mathilde. En recouvrant le corps d'un drap anonyme, le *commissaire** déclara :

– On dirait l'œuvre de votre tueur anglais... Jacques ?

– Jack, dis-je. Jack l'Éventreur.
– *Ah oui**. (Il examina le cadavre recouvert.) *Mais pourquoi* ?*
– Oui. (Ma voix était rauque.) Pourquoi, en effet ?
– *La cause... la raison... le motif**. (Sur ces paroles, il haussa les épaules d'une manière très gauloise.) *Inconnu*.*

Un motif inconnu. Une affirmation très succincte. Une fille des rues, une *fille de joie**, assassinée, mutilée, sa féminité emportée. Qui était le coupable ? Un *inconnu**. Et pourquoi ? *Inconnu**.

– *Merci, messieurs, mademoiselle*...*

Le *commissaire** nous remercia et nous quittâmes ce froid établissement où reposaient les corps non réclamés. Tous les quatre – la nuit dernière, cela avait été « tous les cinq » – étions plongés dans un silence tendu. Mathilde pleurait. Nous les hommes, nous n'éprouvions pas vraiment du chagrin – après tout, nous avions à peine connu la défunte – mais une sorte d'embarras. C'est peut-être la réaction la plus commune face à la mort : l'embarras. La mort est comme la nudité, une indécence, une sorte de *faux pas**. À moins de connaître intimement une personne défunte et de ressentir une perte, ou de la culpabilité si l'on a fait du mal à cette personne, l'unique émotion que nous pouvons éprouver est l'embarras. Je dois avouer que mon propre embarras était teinté d'un sentiment de culpabilité. C'était moi qui m'étais servi d'elle, il y a quelques heures à peine. Et, à présent, plus personne ne se servirait d'elle. Ses lèvres chaudes étaient froides ; ses doigts habiles, inertes ; sa voix aguichante, silencieuse ; le temple de son trésor le plus précieux était totalement détruit.

Dans la rue, je me sentis l'obligation de dire quelque chose :

– Quand on pense que sa dernière soirée s'est passée au Grand-Guignol !

Sellig m'adressa un sourire chaleureux.

– Mon ami, le Grand-Guignol n'est pas seulement un petit théâtre minable d'une rue de Montmartre. Ceci... (Son geste engloba le monde entier...) est le Plus Grand-Guignol de tous.

J'acquiesçai. Il posa la main sur mon épaule.

– Ne restez pas seul ce soir. Venez au Théâtre. Nous jouons *Cinna*.

– Merci. Mais j'éprouve une envie étrange de retourner au Grand-Guignol...

César semblait choqué ou intrigué, mais Sellig comprit mes intentions.

– Oui, je crois que vous avez raison.

Nous nous quittâmes, Sellig pour rentrer chez lui, César pour raccompagner la jeune fille en pleurs, quant à moi, je retournai à mon hôtel.

J'ai cette manie curieuse – mais peut-être n'est-elle pas si étrange – de pouvoir dormir quelle que soit l'ampleur d'un désespoir ou d'une mauvaise nouvelle que j'ai pu éprouver. Le sommeil a pour moi des vertus réparatrices. Cet après-midi, je dormis, mais mon sommeil fut envahi par des rêves... des rêves de tortures et de mutilations, de sang, et d'une Clothilde morte, qui avait retrouvé un semblant de vie le temps de ma sieste.

Je m'éveillai en nage, avec l'impression d'être au bord d'une importante découverte. Impossible de me rappeler quoi que ce soit. Je me plongeai la tête dans de l'eau froide pour m'éclaircir les idées et, bien que dénué d'appétit, je pris soin de commander un repas. Puis, l'heure des représentations approchant, je m'habillai pour me rendre à Montmartre, dans la rue Chaptal.

Le *chef-d'œuvre** du Grand-Guignol ce soir-là était une *chinoiserie** sur le thème du « péril jaune » qui commençait à se populariser à cette époque. Une femme blanche, jouée par une actrice bien bustée mais sans talent, était vendue comme esclave à un mandarin chinois lubrique qui ne tardait pas à la violer pour en faire sa concubine favorite. Ceci au détriment d'une rivale chinoise jalouse qui profitait de l'absence du maître pour dénuder la favorite et la soumettre à la première étape du «Supplice des Mille Morts». Son désir de vengeance était interrompu par l'entrée en scène d'un beau lieutenant français qui libérait sa compatriote et lui offrait la possibilité d'inverser les rôles. Mais celle-ci se contentait de chatouiller la plante des pieds de la Chinoise avec une plume. On m'avait vanté les mérites de cette scène de *l'épisode du chatouillement** qui s'éternisait pendant de longues minutes de hurlements hystériques jusqu'à ce que la victime finisse complètement dénudée, mais je quittais la salle avant la fin. La pièce était d'un ennui total, mais elle n'était pas pire que celle du soir précédent. La raison d'une telle déception était simple : Laval n'apparaissait pas en tant qu'acteur. En quittant la salle, je m'enquis auprès d'une ouvreuse sur l'absence de l'acteur.

– Ah, le grand Laval, dit-elle, dans un frisson plein d'admiration. C'est son soir de repos. Il n'apparaît qu'un soir sur deux, *m'sieur**...

Je me sentis quelque peu frustré, aussi je décidais de revenir le lendemain soir. Ce que je fis. Je retournai même toutes les nuits où Laval se produisit sur scène. Je le vis dans plusieurs pièces où il interprétait des monstres de l'histoire ou de légende et, à chaque fois, son art était littéralement illuminé par un feu sacré d'une noirceur absolue. C'était d'autant plus admirable qu'il ne se servait pas d'une succession de maquillages différents ; en fait, il utilisait toujours le même maquillage grotesque (à l'exception de perruques) qu'il arborait pour son rôle de Barbe-Bleue. Je pense que c'était son image de marque. J'appris par la suite qu'il était l'auteur des pièces dans lesquelles il jouait : *L'Inquisiteur,* où il était Torquemada qui allumait des bûchers pour y brûler ses victimes coupables d'hérésie, *L'Empoisonneur*, dans laquelle il interprétait l'infâme et incestueux Cesare Borgia. Il y avait même une pièce ancrée dans l'histoire contemporaine, *L'Éventreur*, où il s'en donnait à cœur joie pour jouer Jack l'Éventreur et poignarder avec frénésie de jeunes et jolies prostituées, au point que la scène finissait par être recouverte de flots de faux sang pourpre. Il y avait une de ces touches lavalesque, un infernal cri *du cœur*,* lorsque l'Éventreur, pris de remords, effondré sous le poids de la honte et furieux de ne pouvoir stopper sa série de crimes, arrachait ces quelques vers du tréfonds de son âme pour les jeter à la face du public littéralement hypnotisé par sa performance d'acteur :

La vie est un corridor noir
D'impuissance et de désespoir* !

Hurlé par la férocité d'un Laval, cela avait des airs du Hamlet de Kean, du Macbeth d'Irving, de l'Othello de Salvini, un moment de théâtre pur et inoubliable.

Et, à cet instant, il y eut un déclic en moi, de deux voix qui fusionnaient. L'une d'elles était le *commissaire de police* :* « On dirait l'œuvre de votre tueur anglais... Jacques ? » L'autre étant celle de la défunte Clothilde, répétant une phrase qu'elle avait prononcée de son vivant, avant de la dire à nouveau dans mon rêve fugitif : « *Je le déteste*.* »

Quand le rideau tomba, sous un déluge d'applaudissements, je fis parvenir ma carte dans les coulisses, pour informer Laval qu'*un admirateur** souhaitait lui offrir un verre. Pourrions-nous nous voir à « L'Oubliette » ? La réponse prit du temps, beaucoup trop de temps pour ne pas être insultante, mais elle fut affirmative. Je partis sur-le-champ pour « L'Oubliette ».

Quarante minutes plus tard, après avoir consommé une demi-bouteille de vin rouge, Laval fit son entrée. Une serveuse le guida jusqu'à ma table et nous nous serrâmes la main.

Je fus choqué de me rendre compte que Laval arborait toujours le même visage que sur scène ; il ne portait pas de maquillage.

Il n'en avait pas besoin.

V – *UNE CONNAISSANCE INTIME DES HORREURS*

Après avoir jeté un coup d'œil autour de lui, Laval s'assit à ma table :

– « L'Oubliette. » Cet endroit minable mérite bien son appellation. Connaissez-vous la signification de ce mot, m'sieur ?

– Non. J'aimerais que mon français soit au niveau de votre anglais.

– Mais vous savez ce qu'est *oublier* ?*

Je hochai la tête.

– Autrefois, une sorte de donjon secret était appelé une *oubliette**. Un endroit souterrain. Il n'y avait ni porte ni fenêtre. L'unique moyen d'accès était une trappe située tout en haut de l'oubliette. Le prisonnier ne pouvait pas atteindre cette trappe, même par l'escalade, car les murs étaient inclinés du mauvais côté et perpétuellement visqueux. Il n'y avait pas de lit, de chaise, aucune table, ni lumière et presque pas d'air. Les prisonniers étaient jetés au fond de tels donjons pour y être – littéralement – oubliés. Ils en sortaient rarement vivants. En de rares occasions, quand un prisonnier avait la chance d'être libéré grâce à un changement d'administration, il était devenu aveugle. Et, bien sûr, il avait presque toujours perdu la raison.

– Vous avez vraiment une grande connaissance de ces horreurs, Monsieur Laval.

Il haussa les épaules :

– *C'est mon métier*.*

– Vous désirez un peu de vin rouge ?
– Comme c'est vous qui invitez, j'aimerais autant boire du whisky. (Puis, il ajouta :) S'ils en ont.

Ce qui était le cas, un excellent scotch, et très cher en plus. Je décidai de me joindre à lui. Il avala le premier verre d'un seul trait, sans même attendre un toast quelconque, avant d'exiger sur-le-champ une seconde tournée. Celle-ci disparut tout aussi vite dans un claquement de lèvres bestial. L'expression anglaise, « Il boit comme un poisson », me paraissait moins apte à décrire son acte que le terme gaulois de « il boit comme un trou ».

– Maintenant, m'sieur... Pendragon ?
– Glencannon.
– Oui. Vous souhaitiez me parler ?

J'acquiesçai.

– Allez-y, dit-il en faisant signe à la serveuse.
– Eh bien, commençai-je, j'ai peur de ne rien avoir d'autre à vous dire, excepté mon admiration pour vos talents d'acteur...
– Vous n'êtes pas le seul.

Quel goujat, me dis-je, mais je continuai malgré tout :
– En effet, monsieur Laval. Je ne suis pas depuis longtemps à Paris, mais j'ai déjà assisté à de nombreuses représentations ces dernières semaines, et, à mes yeux, vous avez beaucoup de talent, vous êtes au premier rang des *artistes** contemporains, peut-être tout de suite après...
– Hein ? Tout de suite après qui ? (Il but d'un trait son verre et me jeta un regard noir de colère.) Après qui... selon vous ?
– J'allais mentionner le nom de Sellig.

Laval éclata de rire. Ce n'était pas un rire chaleureux. Son visage s'était transformé en un masque d'horreur pure.

– Sellig ! Vraiment. Sellig, le bellâtre. Sellig, le classique. Sellig, le noble. *Bah**!*

J'étais embarrassé :

– Voyons, monsieur. Soyez honnête...

– Honnête. C'est si important pour vous autres anglais, n'est-ce pas ? Eh bien, laissez-moi vous dire, m'sieur Quel-que-soit-votre-nom... les grands airs de Sellig me rendent malade ! N'importe qui peut faire pareil. Déclamer les vers pompeux de Racine, de Corneille et de Molière est à la portée du premier imbécile venu. Demandez donc à n'importe quel écolier croisé dans la rue et vous constaterez qu'il vous récitera du *Phèdre* ou du *Tartuffe* sur le même ton de voix monocorde que Sellig. Ne me parlez pas de ce Sellig. C'est un escroc. *Pire encore**... il distille un ennui mortel.

– Il est aussi mon ami.

– Ce qui en dit long sur vos goûts.

– Et pourtant, c'est aussi un goût capable de vous apprécier.

– Pour certains, le champagne et l'eau de Seltz, c'est du pareil au même.

– Vous savez, monsieur, que vous êtes assez grossier.

– Exact.

– Vos amis doivent être peu nombreux.

– Faux. Je n'en ai aucun.

– Mais c'est affreux ! Pourtant...

Il me coupa la parole :

– Je citerai ce vers de Rostand. Peut-être le connaissez-vous ? *À force de vous voir vous faire des amis**... et cætera ?

– Mon français est assez pauvre.

– Je m'en suis aperçu. Aussi, je vais vous résumer la suite : avec des amis comme les vôtres, je préfère avoir un ennemi !

J'insistai :

– Et pourtant, tout homme a besoin d'avoir des amis...

Les yeux de Laval brillaient tels de sombres diamants :

– Je ne suis pas un homme ordinaire. Je suis né sous le signe du Sagittaire. Vous ignorez peut-être tout de l'astrologie ? Ou vous croyez que le Sagittaire n'est rien d'autre que le symbole inoffensif de l'Archer ? Faites appel à votre mémoire : l'archer n'est pas simplement un ours, un taureau, un crabe ou un couple de poissons, mais une créature extraordinaire, mi-homme, mi-bête. Le Sagittaire : la Bête Humaine. Et laissez-moi vous dire, m'sieur... (Il avala son whisky d'un trait et frappa le bord de la table avec le cul du verre vide pour attirer l'attention de la serveuse.) que l'étoile sous laquelle je suis né était si puissante, que j'ai commis des actes à nul autre pareil en ce monde... et que personne d'autre *ne pourra jamais** égaler dans ce domaine !

La phrase me brûla le cerveau comme un fer marqué au rouge. Je devais l'entendre une fois encore avant mon départ de Paris. Mais, à cet instant, assis face à ce fou de Laval, je répondis d'une voix douce :

– Et qu'avez-vous donc fait, monsieur ?

Il ricana méchamment.

– C'est un secret professionnel.

Je tentai une nouvelle approche :

– Monsieur Laval...

– Oui ?

– Je crois que nous avons un ami commun.

– Qui donc ?

– Une jeune dame.

– Oh ? Et quel est son nom ?

– Elle se prénomme Clothilde. J'ignore son nom de famille.

– J'en déduis qu'elle n'est pas une dame, après tout.

Je haussai les épaules.

– Vous la connaissez ?

– Je connais beaucoup de femmes, dit-il. (Son visage se couvrit d'amertume.) Ça vous surprend... avec la tête que j'ai ?

– Pas du tout. Mais vous n'avez pas répondu à ma question.

– Je connais peut-être cette mam'selle Clothilde, je n'en suis pas sûr. Pourrai-je avoir un autre verre ?

– Bien sûr. (Je fis signe à la serveuse avant de me tourner à nouveau vers Laval.) Elle m'a raconté qu'elle vous connaissait... professionnellement.

– C'est peut-être exact. Je ne m'encombre pas l'esprit avec ce genre de femmes. (La serveuse lui remplit son verre qu'il vida d'un trait, comme à son habitude.) Pourquoi me poser une telle question ?

– Pour deux raisons. D'abord, parce qu'elle m'a dit vous détester.

– C'est une plainte habituelle. Et la deuxième raison ?

– Parce qu'elle est morte.

– Ah ?

– Assassinée. Mutilée. Défigurée de façon obscène.

– *Quel dommage*!*

– Ce n'est pas une situation qui requiert des platitudes, monsieur !

Laval sourit. On aurait dit un lézard.

– Et pourquoi pas ? Je dois faire quoi, alors ? Pleurer ? Claquer la langue ? Me frapper la poitrine et déchirer mes vêtements ? Allons, m'sieur... une fille des rues... Je la connaissais à peine, si jamais je l'avais rencontrée...

– Pourquoi vous détestait-elle ? demandai-je brusquement.

– Oh, mon cher monsieur ! Si je connaissais les réponses à de telles questions, je serais un *voyant**. Parce que je ressemble à une gargouille de Notre-Dame. Ou parce qu'elle n'aimait pas ma façon de me coiffer. Mon pourboire était peut-être trop maigre, est-ce que je sais ? Mais je peux vous assurer que le fait qu'elle me déteste ne me trouble pas le moins du monde.

– En fait, cela vous fait même plaisir.

– Oui. Oui, ça me fait plaisir.

– Et la vue... (Je tournai mon verre entre les doigts...) du sang fraîchement versé ?

Ses yeux dénués de toute expression me regardèrent un moment. Puis il rejeta la tête en arrière dans un grand éclat de rire.

– Je vois, dit-il finalement. Je comprends maintenant. Vous me suspectez de l'assassinat de cette putain ?

– Elle est morte, monsieur. Il est inutile de salir sa mémoire.

– Cette *jeune dame**, alors. Vous pensez vraiment que je l'ai tuée ?

– Je ne vous accuse de rien du tout, monsieur Laval. Mais...

– Mais ?

– Mais c'est une possibilité qui m'est venue à l'esprit.

Il sourit à nouveau.

– Comme c'est intéressant. C'est vraiment très, très intéressant. Et tout ça, parce qu'elle me détestait ?

– C'est une des raisons.

Il repoussa son verre sur le côté.

– Je vais être franc avec vous, m'sieur. Oui, j'ai brièvement connu Clothilde. C'est exact qu'elle me haïssait. Elle me trouvait dégoûtant. Mais vous ne devinez pas pourquoi ?

Je secouai la tête. Laval se pencha vers moi pour me parler sur le ton de la confidence :

– Vous et moi, m'sieur, nous sommes des hommes du monde... et vous pouvez comprendre qu'il existe des choses... certaines petites choses... qu'un homme imaginatif pourrait exiger d'une telle femme ? Des choses qu'elle n'aimerait pas forcément ? (Il sourit à nouveau et resta silencieux un instant.) Je peux vous assurer qu'elle n'avait pas d'autres raisons pour me détester. C'était une petite *bourgeoise** stupide. Elle n'était pas taillée pour la profession qu'elle exerçait. Elle était aisément choquée. Dois-je me montrer plus explicite ?

– Ce ne sera pas nécessaire. (Je fis signe à la serveuse pour la payer, avant de m'adresser à Laval.) Je ne vous retiens pas plus longtemps, monsieur.

– Oh, on me renvoie, hein ? dit-il d'un ton moqueur et en se levant. Merci pour le whisky, m'sieur. Il était excellent.

Il éclata d'un rire hideux et quitta les lieux.

VI – *LE MONSTRE*

J'étais bouleversé, sur le point de perdre connaissance, et j'éprouvai le brusque besoin de parler à quelqu'un. En espérant que Sellig jouait ce soir-là au Théâtre-Français, je m'y rendis en fiacre et on m'indiqua qu'il était probablement chez lui. Mon informateur donna une adresse au cocher et, peu de temps après, Sébastien sembla plaisamment surpris par ma visite inattendue.

L'appartement de Sellig était meublé avec beaucoup de goût. Les tapisseries et les tentures étaient imposantes et bleu sombre. Quelques beaux tableaux étaient accrochés sur les murs, les fauteuils étaient confortables, et un mélange d'une odeur de tabac et du cuir des reliures des livres flottait agréablement dans l'air, pour donner une touche masculine au logement. Sur un simple réchaud à alcool, Sellig préparait un ragoût. Pendant qu'il remuait la nourriture en bras de chemise, je lui adressai la parole :

– Hier soir, vous m'indiquiez que le nom de Laval ne vous était pas inconnu.

– Ce gentleman paraît étrangement vous fasciner, observa-t-il.

– C'est une fascination malsaine, ne trouvez-vous pas ?

Sellig éclata de rire.

– Eh bien, ce n'est pas un personnage très plaisant.

– Vous le connaissez donc ?

– Dans un certain sens. Mais je ne l'ai jamais vu jouer sur scène.

– Il a beaucoup de talent. Il domine les planches. Je ne connais que deux acteurs capables de captiver à un tel point le public à Paris.

– Et quel est l'autre... ?

– Vous.

– Ah. Merci. Et pourtant, vous ne me mettez pas sur un pied d'égalité avec Laval ?

Rapidement, je le rassurai :

– Non, pas du tout. À l'exception du talent, vous êtes tous les deux diamétralement opposés.

– J'en suis bien aise.

– Vous le connaissez depuis longtemps ?

– Laval ? Oui. Depuis pas mal de temps.

– Ce n'est pas un « personnage très plaisant », comme vous venez de le dire. À votre avis, est-il... moralement répréhensible ?

Sellig se tourna pour me regarder.

– Ce serait violer une confidence si je vous en disais plus que ceci : s'il est moralement corrompu (et je ne dis pas qu'il l'est), ce n'est pas de sa propre faute. S'il est maléfique, c'est quelque chose dont il a hérité dans le ventre de sa mère.

Un refrain populaire me vint à l'esprit et je dis d'un ton léger :

– « Plus digne de pitié que condamnable ? »

Sellig prit ma remarque très au sérieux.

– Oui, c'est tout à fait ça. « Les péchés du père... »

Mais il s'interrompit pour servir le ragoût.

Pendant le repas, je lui confiais mes angoisses.

– Peut-être vaudrait-il mieux que vous ne dormiez pas seul cette nuit, dit-il. Je possède une chambre d'ami.

– Si cela ne vous dérange pas...

– Pas du tout. Je serai heureux de partager votre compagnie.

J'acceptai sa proposition, car ce n'était pas de gaieté de cœur que j'envisageais de passer une nuit solitaire dans la suite de mon hôtel. Je m'endormis presque sur-le-champ pour m'éveiller en nage vers trois heures du matin. Je me levai et, après avoir enfilé une robe de chambre de Sellig, je me rendis dans la bibliothèque pour choisir un livre qui me permettrait de retrouver le sommeil.

La collection de Sellig comportait un grand choix d'ouvrages sur le théâtre, dont un fort pourcentage était en anglais. Je ne choisis aucun d'entre eux : je pris un gros volume d'histoire de France. Son style pédant, les petits caractères, ajoutés à une compréhension imparfaite du langage me semblaient une assurance parfaite en guise de sédatif. J'emportai le livre avec moi.

Le français écrit m'était plus familier que sa version parlée et je lus le premier chapitre sans trop de peine. Du coup, je feuilletai la suite du volume, à la recherche d'un passage plus intéressant. Ce fut tout à fait par hasard que mes yeux s'arrêtèrent sur des lignes qui me sautèrent au visage pour s'incruster dans mon cerveau. Ce n'était qu'une simple phrase et, pourtant, j'en fus bouleversé. Pris de curiosité, je revins en arrière pour lire cet extrait depuis le début. En levant les yeux, je me rendis compte que plus d'une heure s'était écoulée. J'avais le cœur serré et je tremblais de tous mes membres.

Je n'ai jamais été superstitieux. Je n'ai jamais cru à l'existence des fantômes, des vampires ou d'autres créatures légendaires. Pour moi, elles appartenaient au domaine de la fiction et ne servaient qu'à distraire le lecteur. Mais, à cet instant, assis dans ce lit, le livre à la main, en pleine nuit dans cette cité silencieuse, j'eus comme l'impression qu'une main venue d'un enfer glacé s'était posée avec la plus grande douceur sur mon cœur. Un frisson parcourut mon corps. Je regardai à nouveau le livre.

Les pages que je venais de lire parlaient d'un monstre – un monstre authentique qui avait vécu en France, il y a plusieurs siècles. Le marquis de Sade, en comparaison, était un écolier farceur. L'homme était de haute lignée, un des personnages les plus riches d'Europe, maréchal de France, et qui avait combattu aux côtés de Jeanne d'Arc. Il était tombé dans une telle déchéance morale qu'il avait été jugé, puis condamné au bûcher pour ses multiples forfaits. Dans sa quête d'immortalité, il avait mené des expériences atroces sur les corps vivants de jeunes enfants et de vierges. Sept à huit cents d'entre eux étaient morts dans le laboratoire de son château, victimes d'une «science» qui ressemblait plus aux rites diaboliques de la messe noire. L'un des chefs d'accusation indiquait que «l'accusé avait enlevé des garçons et filles innocents, les avait massacrés, tués, démembrés, brûlés ou torturés; et qu'il avait immolé les corps de ses victimes innocentes pour les sacrifier au Diable; qu'il avait commis des péchés contre nature avec ces garçons et ces filles, pendant que les victimes étaient encore vivantes ou après leur mort, et même quelquefois pendant qu'elles étaient en train d'agonir». Un autre extrait de l'acte d'accusation mentionnait «la main, les yeux et le cœur d'une des victimes, avec son sang dans un bocal de verre...». Pourtant, ce maniaque n'avait offert aucune résistance lorsqu'on était venu l'arrêter, car il se sentait justifié dans ses actions, au point de déclarer face à ses juges: «L'étoile sous laquelle je suis né était si puissante, que j'ai commis des actes à nul autre pareil en ce monde... et que personne d'autre *ne pourra jamais** égaler dans ce domaine!»

Son nom était Gilles de Laval, baron de Rais, et il devint célèbre dans le monde entier sous le surnom de Barbe-Bleue.

Je bondis hors du lit pour me retrouver en train de marteler sur la porte de la chambre à coucher de Sellig. Lorsqu'il n'y eut pas de réponse, j'ouvris pour pénétrer à l'intérieur. Il n'était pas couché dans son lit. Derrière moi, j'entendis une autre porte s'ouvrir. Je me retournai.

Sellig sortait d'une autre pièce, à peine plus grande qu'un placard : juste avant que le battant ne se referme, j'eus le temps d'apercevoir des flacons et tout un appareillage. À ce moment-là, je crus qu'il était un de ces amateurs de ce nouvel art qu'était la photographie. Dès que je l'aperçus, je lui fis connaître le sujet de mes angoisses :

— Sébastien ! Je dois vous dire...

— Mais que faites-vous debout à cette heure, mon ami ?

— ... Quelque chose d'incroyable... de terrible...

— Vous avez l'air bouleversé. Tenez, asseyez-vous... je vais vous chercher un verre de cognac...

Les mots jaillirent pêle-mêle de ma bouche, et je me rendis compte que Sellig ne comprenait pas grand-chose. Il arborait l'expression de quelqu'un qui se trouve confronté à un fou. Ses yeux restaient fixés sur mon visage, comme s'il attendait les premiers signes d'une désintégration totale qui pouvait basculer dans la violence. Finalement, à bout de souffle, je restai silencieux pour avaler le cognac qu'il avait placé entre mes doigts.

— Si je comprends bien, vous avez rencontré Laval ce soir... et il vous a parlé de son étoile et de quelque chose qu'aucun autre homme n'a jamais accompli... et, cette nuit, vous avez lu la même phrase qui est attribuée à Barbe-Bleue... du coup, vous en avez déduit que Laval...

Je hochai la tête :

— Je sais que ça a l'air fou...

— En effet.

— ... Mais prenez le temps de réfléchir, Sébastien : les noms sont identiques, celui de Barbe-Bleue était Gilles de *Laval*. À l'ombre du bûcher, il s'est vanté d'avoir accompli des choses incroyables, d'avoir concrétisé ce qui était l'ambition de toute une existence... et savez-vous la nature de cette ambition ? De vivre éternellement ! C'est à cette fin qu'il a sacrifié des centaines d'innocents, afin de résoudre l'énigme de la vie !

– Mais vous affirmez qu'il est mort sur le bûcher...

– Non ! Il a été *condamné** au bûcher ! On lui a accordé la grâce d'une strangulation avant de le brûler, parce qu'il avait confirmé ses aveux qui lui avaient d'abord été arrachés sous la torture...

– Je ne vois pas ce que cela change...

– Écoutez-moi ! Sa famille fut autorisée à enlever le corps étranglé juste avant que les flammes ne l'atteignent ! C'est un fait historique ! Ils l'ont emporté, du moins, c'est ce qu'ils ont *affirmé**, pour l'enterrer dans un couvent carmélite de la région. Mais ne comprenez-vous donc pas ce qu'ils ont fait ?

– Non...

– Sébastien, ce monstre a découvert la clef du secret de la vie éternelle, et il a donné des instructions à ses disciples pour qu'il fasse revivre son cadavre étranglé, grâce à l'utilisation des mêmes arts diaboliques qu'il avait pratiqués de son vivant ! Ne voyez-vous pas qu'il a continué de vivre ? Et qu'il est toujours en vie ? Qu'il poursuit ses actes de torture et de meurtre ? Et lorsque ses mains ne baignent pas dans du sang humain, elles sont plongées dans ce faux sang du Grand-Guignol ? Que Laval l'acteur et celui qui appartient à l'histoire ne sont qu'une seule et même personne ?

Sellig me regardait curieusement. Cela eut le don de me mettre en fureur :

– Je ne suis pas fou ! (Je bondis sur mes pieds pour lui hurler au visage :) *Ne comprenez-vous donc pas* ?*

Sur ces paroles, et à la suite du manque de nourriture, du vin bu en compagnie de Laval, du cognac que je venais d'avaler et de l'état de mes nerfs, je sentis la pièce basculer autour de moi, tourbillonner, avant d'exploser en un million d'étoiles. Avant de perdre conscience, je vis fugitivement Sellig qui se précipitait à mon secours, avant qu'un voile noir ne m'engloutisse.

VII – *UN CRYPTOGRAMME TRANSPARENT*

La chambre à coucher baignait dans les rayons du soleil lorsque je m'éveillai. La lumière me fit mal aux yeux et je tournai la tête. Quelqu'un était assis près du lit. Je me rendis compte qu'il s'agissait d'une femme d'une beauté exceptionnelle. Avant que je puisse parler, elle déclara :

– Je suis madame Pelletier, l'amie de Sébastien. Il m'a demandé de rester auprès de vous. Vous êtes tombé malade la nuit dernière.

– Vous devez être... Lise...

Elle hocha la tête.

– Vous pouvez vous asseoir ?

– Je crois que oui.

– Alors il vous faut avaler un peu de bouillon.

À cette mention de nourriture, je sentis tout de suite les affres de la faim. Mme Pelletier m'aida à redresser les coussins pour que je puisse m'installer confortablement et elle commença à me nourrir avec une cuiller. Je lui résistai tout d'abord, mais je me rendis compte que ma main tremblait trop pour tenir la cuiller, et je me laissai faire.

– Où est Sébastien ?

– Au théâtre, pour une répétition d'*Œdipe.* (D'un air quelque peu méprisant, elle ajouta :) De Voltaire.

Je souris :

– Vos goûts en matière de théâtre épousent tout à fait ceux de Sébastien.

Elle sourit à son tour :

– Cela n'a pas toujours été le cas. Mais quand on a la chance de connaître quelqu'un comme Sébastien, un personnage aussi dévoué, d'une telle noblesse et sans tache... on tente de s'élever à son niveau.

– Vous l'estimez grandement.

— Je l'aime, m'sieur.

Je n'avais pas oublié ma révélation de la nuit dernière. Le jour venu, elle me parut moins crédible, mais cette théorie continuait à me tourmenter l'esprit. Je me demandai comment agir. La révéler à cette charmante femme pour qu'elle pense que j'avais perdu la raison ? En discuter avec le *commissaire** et qu'il en arrive à la même conclusion ? Essayer à nouveau de convaincre Sébastien de la justesse de mes déductions mais cette fois-ci, d'une manière plus calme, afin de solliciter son aide ? J'optai pour cette dernière solution. Aussi, j'informai ma belle infirmière que je me sentais suffisamment rétabli pour quitter les lieux. Elle protesta, mais devant la fermeté de ma résolution, elle ne put que s'incliner. Elle me laissa seul pour m'habiller. J'enfilai rapidement mes vêtements pour partir.

Au Théâtre-Français, ils me reconnurent et je fus autorisé à assister à la répétition de la tragédie de Voltaire. La scène terminée, je me mis en quête de Sellig pour lui répéter calmement mes soupçons.

— Mon cher ami, je me flatte de posséder une imagination débordante, mais *ceci*...

— Je sais, je sais, dis-je à la hâte. Je ne prétends pas que tout soit juste, mais c'est pour le moins un indice révélateur de la personnalité de Laval ; peut-être une solution à cette énigme vivante...

Sellig était un homme patient.

— Très bien. J'aurai un peu de temps libre après cette répétition et avant la représentation de ce soir. Revenez me voir plus tard et nous... (Sa voix se perdit dans le vague.) Et nous en discuterons, au moins. Je ne vois pas ce que nous pourrions faire d'autre.

J'acceptai sa proposition. Je me rendis directement au Grand-Guignol, tout en sachant bien sûr que le théâtre ne serait pas ouvert l'après-midi. Arrivé sur place, je vis un vieux fonctionnaire et je m'enquis de la présence de

Laval, peut-être pour les besoins d'une répétition. Il me répondit que personne ne se trouvait à l'intérieur. Un billet de banque pressé entre ses doigts le persuada de me donner l'adresse de Laval. Je demandai tout de suite à un fiacre de m'y conduire.

En quittant le quartier de Montmartre, je tentai de remettre de l'ordre dans mes idées. Pourquoi chercher à rencontrer Laval ? Que pourrais-je bien lui dire lorsque je le verrai ? Est-ce que je l'accuserai d'être Gilles de Laval, baron de Rais, un personnage du XVe siècle ? Il me rirait au nez et je me retrouverais enfermé dans un asile. Je n'avais toujours pas décidé d'un plan d'action lorsque le fiacre s'arrêta et le cocher ouvrit la portière :

– Nous sommes arrivés, m'sieur.

Je descendis et lui réglai la course, avant d'examiner l'endroit où il m'avait déposé. Abasourdi, je me tournai vers l'homme :

– Mais ce n'est pas...

– C'est l'adresse que m'sieur m'a donnée.

Il avait raison. Je le remerciai et il prit congé. Mon cerveau tourbillonnait. J'entrai dans l'immeuble.

C'était celui où résidait Sellig. J'interpellai le concierge pour lui demander l'étage de Laval. Il m'indiqua qu'aucune personne de ce nom n'habitait en ces lieux. Je décrivis Laval. Il hocha la tête :

– Ah. Celui qui est très laid. Oui, il vit bien ici, mais son nom n'est pas Laval. Il s'appelle de Retz.

Rayx, Rays, Retz, Rais,.. selon le livre d'histoire, il s'agissait d'orthographes différentes du même nom.

– Et à quel étage habite-t-il ? demandai-je avec impatience.

– Oh, il partage un appartement. Avec m'sieur Sellig...

Je cachai mon étonnement pour monter les étages quatre à quatre, tandis que ma colère augmentait avec chacune des marches franchies. Penser que Sébastien m'avait caché ce fait ! Pourquoi ? Et pour quelle raison ?

Pourtant, Laval n'était pas présent la nuit dernière... qu'est-ce que cela signifiait ?

Faisant fi de toute politesse, je ne pris pas la peine de frapper pour me précipiter à l'intérieur de l'appartement.

– Laval ! hurlai-je. Laval, je sais que vous êtes là ! Ce n'est pas la peine de vous cacher !

Aucune réponse. Furieux, je traversai toutes les pièces. Elles étaient vides.

– Madame ? Madame Pelletier ?

Debout dans la chambre à coucher de Sellig, je constatai que l'endroit avait été dévasté. Des tiroirs avaient été arrachés et vidés de leur contenu. L'occupant semblait avoir quitté les lieux dans la plus grande hâte.

C'est alors que je me souvins de la petite pièce ou de ce placard d'où Sellig était sorti la nuit dernière. Elle était close. Le désespoir et la colère me donnèrent des forces, et je défonçai le battant en criant des obscénités.

Le chaos était total.

Les fioles et les flacons étaient brisés en mille morceaux comme si quelqu'un les avait fracassés méthodiquement avec une canne. Leur utilisation était désormais un mystère. Un chimiste aurait peut-être pu tirer une conclusion par l'analyse des débris, mais c'était une tâche au-dessus de mes compétences. En tout cas, je ne pensais plus que ce matériel avait servi à un photographe amateur.

À nouveau, je me sentis aux prises avec une terreur d'essence surnaturelle. Était-ce le laboratoire secret de Barbe-Bleue ? Ces fioles et ces flacons avaient-ils contenu des organes et du sang humains ? Dans cet appartement parisien, Laval avait-il trouvé le secret de la vie, avec Sellig comme assistant ?

Je me retournai pour quitter ce réduit et, sans le faire exprès, je déplaçai une des lourdes tentures bleues. Des pensées curieuses vous traversent l'esprit dans les circonstances les plus inattendues, et je me souvins avoir entendu dire que le bleu est parfois une couleur mortuaire qui sert à couvrir les cercueils de jeunes personnes... et que c'est aussi un symbole d'éternité... des cercueils bleus... des tentures bleues... Barbe-Bleue...

Je vis quelque chose qui allait retarder mon retour à Londres et me mettre aux prises avec la police, jusqu'à ce que je parvienne à les convaincre de mon innocence et qu'ils me relâchent. À mes pieds, à moitié caché par les tentures bleues, se trouvait le corps dénudé et mutilé de Mme Pelletier.

Je crois que je hurlai. En tout cas, je sais que j'ai dû quitter les lieux comme une créature possédée du démon. Je ne me souviens pas de ma fuite, ni d'avoir hélé un fiacre, mais je sais que je suis retourné au Théâtre-Français, comme un maniaque incohérent qui demanda l'arrêt immédiat de la répétition et qui insistait pour voir Sébastien Sellig.

Le directeur parvint finalement à briser ce mur d'hystérie. Il se contenta d'une seule phrase, mais cette phrase suffit à remettre en place toutes les pièces éparses du puzzle.

– Il n'est pas là, m'sieur. C'est très étrange... il n'a jamais manqué une seule répétition ou représentation jusqu'à aujourd'hui... il était ici un peu plus tôt, mais maintenant... une doublure l'a remplacé... j'espère qu'il ne lui est rien arrivé de grave... mais m'sieur Sellig, croyez-moi, est introuvable.

Je chancelai jusqu'à l'extérieur, le cerveau enfiévré. Je pensai à ce petit laboratoire... et à ces deux hommes diamétralement opposés, le sublime Sellig et Laval le dépravé, qui partageaient le même appartement... Je pensai au Sagittaire, la Bête Humaine... à cette phrase sur «Les péchés du père», au refrain «Plus digne de pitié que condamnable»... Je compris maintenant pourquoi Laval était absent de la scène du Grand-Guignol certains soirs, ces mêmes soirées où Sellig apparaissait au Théâtre-Français... J'entendis ma voix inviter Sellig à nous accompagner au Grand-Guignol : « Viendrez-vous ? Ou vous avez peut-être une représentation ? » Et la réponse de Sellig : « J'ai en effet une représentation. » (Oui, mais où ?...) D'autres extraits de conversation de Sellig :

« *Je n'ai pas vu une production du Grand-Guignol depuis plusieurs années. Je n'ai jamais vu Laval jouer sur scène.* »

Bien sûr que non ! Comment l'aurait-il pu, alors que Laval et lui...

J'accostai un gendarme, le saisit par le revers de son uniforme, et je lui hurlai au visage :

– Ne voyez-vous pas ? Comment ai-je fait pour ne pas m'en apercevoir ? C'est d'une simplicité enfantine ! C'est absurde ! Le plus transparent des cryptogrammes !

– *Quoi donc*,* m'sieur ?

Je ris... ou je pleurai.

– *Sellig !* Il suffit de l'écrire à l'envers !

VIII – *DANS L'ABÎME*

La salle à manger du Century Club était maintenant presque vide. Lord Terry sirotait un cognac pour accompagner son café. Il avait refusé de prendre un dessert, ce qui n'était pas le cas de Hunt qui avalait l'ultime bouchée d'un *baba au rhum** particulièrement exquis. Son hôte lui proposa un cigare. La boîte ressemblait à s'y méprendre à celle qui contenait ses pilules.

– Le magicien possède son bâton, déclara Lord Terry. Le prêtre, son encensoir, le roi, son sceptre, le soldat, son sabre, le policier, sa matraque, le chef d'orchestre, sa baguette. Moi, j'ai ceci. Je suppose que les gens de votre génération parleraient d'un symbole phallique.

– C'est possible, répondit Hunt, en souriant. Mais nous pourrions aussi accepter votre offre.

Un serveur apparut comme par magie pour allumer les deux cigares.

Au milieu des premières bouffées, Hunt reprit la parole :

– Votre histoire est merveilleuse, Sir.

– Ce n'est pas une histoire.

– Un récit très divertissant.

Il haussa les épaules.

– Bon. Oublions ça.

Il tira sur son cigare.

– Allons, Lord Terry. Laval et Sellig étaient une seule et même personne ? Le fils d'Edward Hyde ? Une vedette du Grand-Guignol lorsqu'il endossait sa personnalité diabolique et, après avoir ingurgité une potion de son père, il se changeait en chantre du classicisme au Théâtre-Français ?

– Exactement, mon garçon. Et en assassin, du moins, sous son aspect de Laval. Un criminel qui trouvait que j'avais approché la vérité de trop près, au point de quitter Paris, pour ne plus jamais faire parler de lui.

– Parti où ?

– Qui sait ? Pourquoi pas à New York, où il mène toujours la double existence d'un homme respectable, qui craint en permanence de se transformer publiquement en monstre (c'est ce qui s'est passé pour Jekyll), et qui doit, à intervalles réguliers, boire cette formule magique pour rester tout simplement un homme... et qui échoue parfois. Pensez-y ! En ce moment même, quelque part dans cette ville, ce *club*, une Bête Humaine, avec du sang sur les mains, boit peut-être cette potion qui le transformera en un gentleman à la réputation immaculée ! Un gentleman qui exècre son autre moitié diabolique, l'inverse étant tout aussi vrai quand c'est le monstre qui est aux commandes ! Je ne prétends pas qu'il soit toujours vivant, mais il en avait été ainsi à Paris, au début de ce siècle.

Hunt sourit :

– Vous ne vous attendez tout de même pas à ce que je vous croie, Sir ?

– Si vous avez pris du plaisir à mon récit, j'en suis heureux. Je ne vous demande pas d'accepter la véracité de mes dires. Mais je vous pose la question : pourquoi *ne pas* l'accepter ? Pourquoi ne s'agirait-il pas de la vérité ?

Il me taquine, se dit Hunt. Pour me faire gober un autre rebondissement de l'intrigue, comme tout bon raconteur d'histoires sait le faire. Et le sérieux de sa voix et de son visage font partie de son art.

– Pourquoi pas ? répéta Lord Terry.

Hunt était décidé à ne pas se laisser entraîner dans le piège, aussi il se contenta d'un simple :

– Je suppose que cela pourrait être vrai. Mais... l'histoire... comporte un point faible rédhibitoire.

– Un point faible ? Quelle idiotie ! Lequel ?

– Disons, pour les besoins de la discussion, que je suis prêt à accepter le fait que Gilles de Rais n'ait pas été brûlé sur le bûcher, qu'il a non seulement échappé à la mort mais qu'il a aussi réussi à vivre pendant plusieurs siècles, grâce à ses expériences diaboliques. D'accord. Acceptons aussi le fait qu'il ait été l'acteur du Grand-Guignol connu sous le nom de Laval. Mais vous en avez fait quelque chose qu'il ne peut pas être. Le fils du Dr Henry Jekyll, ou plutôt, l'alter ego de Jekyll, Edward Hyde. Dans ma profession, on dirait que l'intrigue a besoin d'être révisée. On exigerait que vous vous choisissiez une option : Laval était-il le fils d'Edward Hyde, ou était-il quelqu'un plus âgé de plusieurs siècles que son propre père ? Il ne peut pas être les deux à la fois.

Lord Terry acquiesça.

– Oh, je vois. J'aurais dû faire preuve de plus de clarté. Non, il n'y a aucun doute dans mon esprit que

Laval et Sellig sont une seule et même personne, et que cet individu est le fils naturel d'Edward Hyde. Les faits vont dans ce sens. Cette histoire de Barbe-Bleue est, comme vous le dites, tout à fait impossible. Ce n'était rien de plus qu'un tour de mon imagination débridée. Sellig ne pouvait pas être Gilles.

– Mais...

– Vous ou moi choisirions peut-être un saint comme idole, ou un grand homme d'État, Churchill, Roosevelt, ou une grande figure littéraire ou un génie scientifique. Bref, quelqu'un de prestigieux. Mais le fils de Hyde ? Ne serait-il pas attiré par les plus grands monstres de l'histoire ? Il s'identifierait peut-être à Barbe-Bleue ? Au point d'adopter son nom ? Et décorer son appartement avec des tapisseries et tentures bleues ? Ne serait-il pas enthousiasmé à l'idée d'incarner son idole sur la scène du Grand-Guignol ? *Bien sûr,* il n'était pas vraiment Barbe-Bleue. C'était de l'adulation et une imitation, une identification teintée d'une touche de folie. En bref, l'adoration d'un héros.

Il avait malgré tout emmené Hunt au bord du précipice et la victime avait basculé dans le vide.

– Autre chose encore, ajouta Lord Terry. Quelque chose que je gardais pour la fin. Car je ne voulais pas vous ensevelir sous un torrent de faits. Vous me dites que je vous racontais deux histoires différentes. Mais il est tout à fait probable qu'il y en a trois, et non pas deux.

– Trois ?

– Oui, d'une certaine façon. Bien sûr, ce n'est qu'une supposition, une théorie, car je n'ai aucune preuve de ce que j'avance, uniquement des présomptions. Mais, à mon avis, il ne s'agit pas d'une simple coïncidence...

Il s'autorisa une très longue bouffée de son cigare. L'attente parut interminable aux yeux de Hunt.

– Le père de Laval, Edward Hyde, a peut-être laissé son empreinte dans l'histoire d'une manière bien plus réelle qu'entre les pages d'une supposée œuvre de fiction de Stevenson. Certains actes criminels, dûment enregistrés par la police, portent peut-être sa signature. Je crois que c'est effectivement le cas. Des assassinats qui se sont déroulés entre 1885 et 1891 à Londres, Paris, Moscou, au Texas, à New York, au Nicaragua, et dans d'autres endroits, perpétrés par un monstre qui ne fut jamais appréhendé, mais sur lequel tous les avis concordent sur un point : la forte probabilité de son appartenance au monde médical. Hyde, bien sûr, était un médecin. Ou plutôt, c'est Jekyll qui l'était, mais c'est la même personne, après tout.

« Voyez-vous, ce que je cherche à vous expliquer est que Laval était... est ? non seulement le fils de Hyde, mais aussi le fils d'un monstre que l'on suppose avoir été un Anglais, un Français, un Algérien, un juif polonais, un Russe ou un Américain et dont les noms supposés comprennent les identités de George Chapman, Severin Klosowski, Neill Cream, Sir William Gull, Aleksandr Pedachenko, Amer Ben Ali, et même le petit-fils de la reine Victoria, Eddy, le prince Albert Victor Christian Edward. Ses surnoms sont légion : Frenchy, El Destripador, l'Éventreur, le Boucher de Whitechapel, en un mot...

Hunt lui retira les mots de la bouche :

– Jack l'Éventreur.

IX – *LA VÉRITÉ ?*

– Exactement, confirma Lord Terry. Les crimes de l'Éventreur, sans la moindre exception, ressemblent aux meurtres plus récents de Paris, ainsi qu'aux anciens forfaits de Barbe-Bleue. On y remarque la même obsession sexuelle et des mutilations similaires « trop horribles pour que nous puissions les décrire », écrivait le

Times de Londres. La comparaison avec Barbe-Bleue avait déjà été avancée par un médecin de Chicago, le Dr Kiernan, à l'époque des crimes de Whitechapel. Et la série de boucheries actuelles à New York est, bien sûr, du même acabit. Par ailleurs, j'attire votre attention sur la prononciation du nom Jekyll. Une des victimes avait peut-être compris «Jackal» («Chacal» en français), au point qu'un passant qui avait recueilli ses derniers soupirs ait pu comprendre «Jack». Et les dates correspondent parfaitement. Nous avons daté la «naissance» de Hyde en 1886, simplement à cause de l'année de publication du récit de Stevenson... mais si cette histoire est authentique, on peut supposer qu'il s'agit du témoignage de faits qui se sont déroulés peu de temps auparavant, juste avant cette date de publication. Oui, il existe une forte probabilité pour que Jack l'Éventreur soit Mr. Hyde.

Hunt tournait sa tasse de café entre ses doigts.

– Excusez-moi, Lord Terry, mais je viens de découvrir une nouvelle faille dans votre récit.

– La vérité n'a pas de défaut, mon garçon.

– La vérité, non. (Cette fois-ci, c'était au tour de Hunt de faire patienter son interlocuteur. Il fit signe au serveur qu'il désirait un autre café et il y ajouta du sucre, avant de poursuivre.) D'après vous, les crimes de Jack l'Éventreur ont été commis entre 1885 et 1891?

– Oui, en 1888, pour être exact.

– Si l'on se base sur l'histoire de Stevenson, Hyde *est mort* en 1886, et il ne peut donc pas avoir perpétré ces crimes en 1888.

Lord Terry écarta les bras.

– Oh, mon cher garçon. Quand je suggère qu'une histoire a un fond de vérité, ce n'est pas pour dire qu'il s'agit d'un article de journal ou d'un rapport de police. Des noms et des adresses ont sûrement été altérés pour des raisons évidentes (Soho à la place de Whitechapel, par exemple). D'autre part, Stevenson était un écrivain, pas un fonctionnaire de police. Un récit dénué de conclusion, ce que vous autres appelez une histoire réaliste, est peut-être à la mode de notre époque, mais ce n'était pas le cas du temps de Stevenson. Non, non, j'ai bien peur de ne pas pouvoir accepter votre remarque.

– Si les noms ont été inventés, qu'en est-il alors de cette histoire Jekyll-jackal ?

– Vous avez raison... je retire cette affaire de Jekyll-jackal. Après tout, ce n'était qu'un détail.

Hunt insista :

– Et la nationalité de Hyde, c'est aussi une invention de Stevenson ?

– Non, je pense qu'il était anglais à l'origine...

– Ah ! Mais Laval et Sellig...

– Étaient français ? Oh, je ne le crois pas. Tous les deux parlaient à merveille l'anglais. Et Laval buvait du whisky comme si c'était de l'eau... ce que je n'ai jamais vu faire chez un Français. Il a aussi confondu mon nom avec Pendragon, un nom anglais ancestral tiré des légendes arthuriennes, pas le genre de nom qui viendrait tout de suite à l'esprit d'un Français. Non, je suis certain qu'ils – il – étaient des compatriotes.

– Que faisaient-ils alors en France ?

– Et moi donc ? Peut-être était-ce pour échapper aux recherches de la police ? Je vois aussi une autre raison : un homme qui adorerait Gilles de Rais, qui essaierait de l'imiter dans ses moindres actions, ne chercherait-il pas à adopter la nationalité et le langage de son idole ? Mais je ne me fatiguerai plus à tenter de défendre mon récit. (Il jeta un coup d'œil à sa montre en or qui était presque aussi grosse qu'une pomme de terre.) Il se fait tard. Quand on atteint mon âge canonique, on se couche tôt.

C'était une manière de signifier son congé. Il était, après tout, un comte, habitué à donner des ordres. Hunt espérait qu'il ne l'avait pas offensé. Pendant qu'ils se dirigeaient lentement vers le vestiaire, Hunt réfléchit à cette remarque de Byron que la vérité était plus étrange que la fiction. Lord Terry l'avait pratiquement hypnotisé avec son récit, avant de combler avec soin les failles qu'il avait remarquées. Si Hunt était disposé à faire preuve d'indulgence et de générosité, il pourrait croire que Hyde était une personne qui avait réellement existé, qu'il était le tueur maniaque connu sous le nom de Jack l'Éventreur, et même qu'il avait enfanté un fils qui avait vécu et était mort sous les noms de Laval et de Sellig au début du siècle, dans un Paris qui n'existait plus que dans les mémoires et les récits. Tout cela était confortablement éloigné dans le temps. Mais c'était l'autre idée de Lord Terry – que le fils de Hyde était toujours vivant à notre époque – qui plongeait Hunt dans l'incrédulité, qui brisait même le côté plaisant du récit et lui gâchait son plaisir. Il y avait quelque chose dans cette seconde moitié du XXe siècle – avec ses voitures de sport, la télévision, les guerres froides et la bombe atomique – qui ne collait pas avec la flamboyante alchimie, les poudres mystérieuses, les élixirs exotiques, les fioles bouillonnantes du Dr Jekyll et de Mr. Hyde. L'idée de Laval, un monstre «aux trois quarts maléfique, avec ses maigres 25 % de bonté en lui», encore vivant à l'heure actuelle, peut-être à New York, et qui était l'auteur de la série d'assassinats qui terrorisait la ville ; de l'imaginer en train de courir désespérément à travers la foule des rues de Manhattan vers un laboratoire secret, pour mélanger divers ingrédients et avaler cette potion qui le changerait en un Sellig des plus respectables... non, non, tout ça était insensé. Le détail qui faisait écrouler tout l'édifice. Il exprima ses sentiments avec le plus grand respect auprès de Lord Terry.

Le comte gloussa, sans se montrer offusqué le moins du monde :

– Mon histoire a besoin... d'être révisée, c'est ça ?

Hunt était prêt à prendre congé de son hôte et à le laisser se coucher à l'étage où il avait une chambre.

– Oui. Juste un petit peu.

– Je vais y réfléchir, déclara Lord Terry. (Les yeux brillants de malice, il ajouta :) Vous savez, la science a fait des progrès depuis l'époque de ces fioles et de ces flacons. Plus besoin d'un appareillage lourd et compliqué. On miniaturise tout à notre époque. Comme pour les transistors, vous savez. Pour garder mon statut de raconteur d'histoires amateur, je me dois d'insister sur le fait que mon récit est authentique... à l'exception d'une altération indispensable. Je vous souhaite une bonne nuit, mon garçon. J'ai été très heureux de vous rencontrer.

– Bonne nuit, Sir. Et merci pour votre gentillesse.

À l'extérieur, l'humidité avait disparu et l'air, bien que chaud, était sec et dénué de nuages. Les étoiles brillaient dans le ciel. Hunt s'amusa à repérer les onze étoiles qui composaient la constellation du Sagittaire. Les journaux annonçaient la découverte d'un nouveau corps mutilé, il y a à peine quelques heures. En lisant les manchettes, Hunt se rappela la phrase de Sellig : « *Ceci est le plus Grand-Guignol de tous.* » Puis, une autre : « *La vie est un corridor noir / D'impuissance et de désespoir*.* » Il acheta un exemplaire et fit signe à un taxi.

C'est dans le taxi, à quelques pâtés de maisons du club, qu'il « vit » brusquement ce geste trivial et insignifiant qui avait accompagné la remarque de Lord Terry sur la miniaturisation à notre époque. Le vieil homme avait sorti d'une de ses poches la boîte dorée pour avaler une pilule.

(Traduit par Stéphane Bourgoin.)

Le Retour de Jack l'Éventreur

(The Final Stone)

PAR WILLIAM F. NOLAN

Ils venaient d'Indianapolis. Un couple de jeunes mariés. Dave et l'*excitation, les muscles qui se bandaient, une montée en puissance... de la colère... une brusque envie pour* Alice Williamson. Ils approchaient tous deux de la trentaine et se sentaient excités par leur voyage pour la Côte Ouest. Ceci serait leur dernière nuit en Arizona. Demain, ils rendraient visite à la sœur de Dave, à Palm Springs. Mais un seul d'entre eux arrivera à destination. Dave, et non pas Alice. *avec le scalpel qui scintillait* Alice allait mourir avant les douze coups de minuit, la gorge tranchée d'une oreille à l'autre. *scintillant, brandi à la lueur du clair de lune.*

– Attends un peu de voir le paysage, affirma Dave. Ça va être fantastique.

La Camaro d'occasion se dirigeait vers un parking du site touristique de Lake Havasu City, dans l'Arizona. Il n'allait pas lui dire où ils étaient. L'heure était tardive. Le parking était immense et plongé dans l'obscurité. On ne distinguait que deux autres véhicules, dont une voiture de service.

– Où sommes-nous ?

Alice était fatiguée et elle avait faim. *faim*

– Tu verras bien. Dès que tu auras vu cet endroit, tu ne pourras plus jamais l'oublier. C'est ce qu'on dit.

– Je veux juste manger. *la lame qui mange la chair, la soif.*

– On va d'abord jeter un coup d'œil, avant d'aller manger, indiqua Dave, *sortant de la voiture avec elle pour l'emmener vers le portail,* tout sourire et la serrant contre lui.

L'énorme portail en fer s'ouvrait sur l'image parfaite d'un village Tudor. Un peu de cette bonne vieille Angleterre en plein désert de l'Arizona. Un dragon ailé les observait du haut du portail.

– Quelle horreur, s'exclama Alice.

– Historique. C'est le véritable dragon héraldique de la Cité de Londres.

– C'est donc *ça...* une sorte de réplique de Londres?

– Bien mieux que ça. Écoute, Ally, tout ceci a été construit *autour,* pour lui donner cette atmosphère.

– L'atmosphère, je m'en fiche. On a roulé toute la journée et je ne suis pas d'humeur pour des devinettes. Je veux savoir ce que tu...

Dave interrompit le flot de ses paroles :

– Nous y sommes !

Ils regardèrent tous deux. Dix mille tonnes de pierres taillées. Une arche de granit de plus de trois cents mètres qui enjambe les flots sombres de la Colorado River. Immense, massif et magnifique.

– Nom de Dieu ! murmura Dave. C'est à couper le souffle, non ? Tu te rends compte... directement importé d'Angleterre, de la Tamise... l'authentique London Bridge !

– Il est incroyable, reconnut Alice. Elle sourit et lui déposa un baiser sur la joue. Et tu as bien fait de ne rien me dire... de me faire une surprise.

l'acier froid et scintillant

Ils marchèrent le long du passage en béton qui se trouvait sous le Pont, les yeux levés vers la gigantesque structure d'un gris-noir.

– Quand les Anglais l'ont détruit, ils ont numéroté toutes les pierres pour que nous puissions le reconstruire. Des milliers de pierres. Un énorme puzzle. Il a fallu trois ans pour le terminer ici, en Arizona. (D'un geste de la main, il montra tout le paysage.) Quand ils commencèrent les travaux, tout ceci n'était qu'un désert. Une fois le Pont achevé, ils ont détourné un affluent de la Colorado River. Et construit le village.

– Pourquoi nous ont-ils donné leur pont ?

– Ils en ont fabriqué un meilleur. Mais ils ne l'ont pas donné. Le type qui l'a emmené jusqu'ici a payé deux millions et demi de dollars. Sans compter les frais de transport. Je crois qu'il s'appelait McCulloch. Il est mort depuis.

mort décès mort mort décès

– Eh bien, maintenant qu'on l'a vu, on pourrait aller manger. Je suis vraiment morte de faim.

– Tu n'as pas envie de *marcher* dessus ?

– Peut-être après dîner, répondit Alice. *maintenant, ils pénètrent à l'intérieur du restaurant... vais attendre... elle est parfaite... gorge blanche, artère bleutée qui palpite sous le menton... cou long et gracieux...*

Ils mangèrent au City of London Arms dans le Village. Un dîner tardif. Ils étaient l'unique couple à être servi. Le dernier repas servi.

– Vous auriez dû venir plus tôt, indiqua la serveuse. Il y avait pas mal de monde avec la mise en place de la dernière pierre. Et l'inauguration du pont et tout le reste.

– Je croyais que ça avait été fait en 1971, déclara Dave.

– Bien sûr. Mais il manquait toujours *une* pierre. Tout le monde pensait qu'elle avait été perdue pendant le transport. Mais ils l'ont retrouvée le mois dernier à Londres. Elle était tombée à l'eau pendant qu'ils défaisaient le pont. Aujourd'hui, elle a été remise en place. (Elle souriait de toutes ses dents.) À présent, le London Bridge est *vraiment* complet !

Alice reposa son verre à vin vide sur la nappe.

– Toutes ces histoires de pont commencent à m'ennuyer, dit-elle. J'ai besoin d'un autre verre.

– Je crois que tu as assez bu.

– Cause toujours ! (Elle s'adresse à la serveuse :) Une autre bouteille.

– Désolée, mais nous allons fermer. Je n'ai pas l'autorisation de...

– *J'ai dit* une autre !

– Et elle t'a répondu qu'elle fermait, aboya Dave. Partons.

Ils réglèrent l'addition avant de quitter le restaurant. Les portes se refermèrent derrière eux.

L'enseigne lumineuse du City of London Arms s'éteignit lorsqu'ils descendirent les marches du perron. *à moi à moi*

– Tu te sentiras mieux dès que nous serons de retour au motel.

– Je me sens très bien. Allons marcher sur ton London Bridge. C'est bien ça que tu voulais, n'est-ce pas ?

– Écoute, Ally. On peut le faire demain matin, avant de partir. C'est rien en voiture.

– Toi, si tu veux, vas-y dans ce satané motel. *Moi,* je vais sur ce satané Pont !

Il la regarda avec surprise :

– Tu es *ivre !*

Elle gloussa :

– Et alors ? Les gens ivres n'ont pas le droit de se balader sur ce maudit Pont ?

– Allez, viens. (Il la prit par le bras.) On retourne à la voiture.

– Vas-y. (Son ton était sec et sans appel. Elle s'éloigna.) Je veux marcher sur ce satané Pont.

– Bon. Alors, tu te débrouilles pour trouver un taxi jusqu'au motel.

Le visage assombri par la colère, il l'abandonna pour revenir à la voiture. Monter dedans. Et s'éloigner.

seule pour moi maintenant... juste pour moi

Alice Williamson se dirigea vers le London Bridge à travers les ombres amassées des arbres qui longeaient le lit sombre de la rivière. Elle atteignit le pied des larges marches de granit gris du Pont, et elle leva les yeux.

En direction d'une haute silhouette noire. Un chapeau mou rabattu, une cape noire et des bottes.

Elle observait la mort.

Elle recula, trébucha et se retourna, prête à courir... mais la silhouette bougea, glissa, dévala à *moi maintenant à moi* les marches de granit à une vitesse terrifiante.

Et le scalpel se mit à danser et à scintiller sous le clair de lune.

Deux jours plus tard.

Le soir, le bateau d'excursion rentrait vide à quai. Angie Shepherd était à la barre. Angie était la propriétaire du navire. Elle habitait près de la rivière qui représentait toute sa vie. Elle en connaissait les moindres courants, ses humeurs, de jour comme de nuit, de manière intime. Thompson Bay... Copper Canyon... Cattail Cove... Red Rock... Black Meadow... Topock Gorge. Les aigles, les faucons et les cols-verts lui étaient familiers, de même que les tortues ou les hiboux. Le moindre clapotis ou les colères des flots étaient des refrains mille fois répétés.

La maison où elle demeurait était une grande bâtisse de bois vermoulu qui avait autrefois abrité une épicerie. Elle y vivait seule. Le bateau et les excursions qu'elle organisait sur le Colorado représentaient son gagne-pain.

Angie avait vingt-huit ans et ne s'était jamais mariée, par choix personnel.

Angie apponta le navire et l'attacha solidement avant de pénétrer à l'intérieur de sa maison en bois qu'elle appelait Riverhouse. Dans la cuisine, elle se prépara un dîner composé de pain, de fromage et de vin qu'elle emporta dehors, sur le bassin. Il se faisait tard ; la nuit était remplie de bruits de la rivière et des grillons.

Elle s'installa au bord du bassin, les pieds dans l'eau fraîche. À grignoter du fromage. À l'écoute du cri d'un oiseau de nuit.

Quelque chose heurta son pied dans l'eau sombre. Quelque chose de lourd et de trempé. Qui dérivait au gré du courant paresseux de la nuit.

Quelque chose qui s'appelait Alice Williamson.

Dan Gregory n'avait trouvé aucun indice. Le mari était le suspect logique (la plupart des meurtres ont un mobile familial), mais Gregory savait que Dave Williamson était innocent. Au fil des ans, vous développiez une sorte d'instinct et, pour lui, Williamson n'était pas le genre à tuer sa femme. Son chagrin était profond et sincère ; il paraissait totalement effondré par l'assassinat – et il s'en voulait à mort d'avoir abandonné Alice au Village.

Gregory était assis à son bureau, une Marlboro non allumée à la bouche. (Il essayait d'arrêter de fumer.) Williamson se trouvait sur une chaise face à lui, l'air défait et brisé par la douleur.

– Votre femme était ivre, vous vous êtes disputés. Vous étiez énervé et vous avez fichu le camp. Ça arrive tout le temps. Il ne faut pas que vous vous sentiez coupable.

– Mais si j'étais resté sur place, si j'avais été là lorsque...

– Vous seriez probablement morts *tous les deux,* à l'heure actuelle. Retournez au motel, avalez les comprimés que le doc vous a prescrits et dormez tout votre saoul. Ensuite, allez à Palm Springs comme c'était prévu. Nous vous contacterons chez votre sœur s'il y a du nouveau.

Williamson quitta le bureau. Gregory discuta avec Angie Shepherd de la découverte du corps. Elle était encore sous le choc, mais se montra coopérative.

– C'était la première fois que je voyais un mort, dit-elle.

– Même pas d'enterrements dans la famille ?

– Si, bien sûr. Quelques-uns. Mais jamais avec des cercueils ouverts. Du moins, c'est moi qui ne voulais pas voir les gens que j'aimais... de *cette* façon. (Elle haussa les épaules.) Avec votre métier, je suis sûre que vous avez vu beaucoup de morts.

– Non, pas tant que ça. N'importe quel motard de patrouille en voit plus en un mois que moi en dix ans. On n'a pas beaucoup de meurtres dans une ville de cette taille.

– Ça fait déjà dix ans que vous êtes le chef de la police ?

– Non. À peine plus d'un an. J'étais un lieutenant de la brigade à Phoenix. J'ai déménagé pour prendre ce poste ici. (Il leva un sourcil.) Vous êtes du coin et vous ignoriez que j'étais le chef et depuis combien de temps ?

– La politique, ce n'est pas mon fort. *Surtout,* dans une petite ville comme la nôtre. Désolée.

Elle sourit.

Gregory était âgé d'une trentaine d'années et son visage carré arborait des yeux d'un bleu glacial dont la dureté était démentie par un sourire des plus chaleureux. Il était célibataire, car la plupart des femmes l'ennuyaient. Mais il aimait bien Angie. Et l'attirance était mutuelle.

La mort d'Alice Williamson avait créé des liens.

En août, quatre mois après le premier meurtre, il y en eut deux autres. Les victimes étaient des femmes. La gorge avait été tranchée à chaque fois. Les cadavres avaient été découverts sur les rives du Colorado. Un à Pilot Rock, l'autre près de Whipple Bay.

Dan Gregory n'avait aucune raison de croire que les deux « Meurtres du Fleuve » (ainsi surnommés par le journal local) du mois d'août avaient été commis près du London Bridge. Il déclara à un journaliste que l'assassin était peut-être un nomade, de passage dans la région, et qui sélectionnait ses victimes au hasard. Les meurtres n'avaient pas de mobile apparent; les trois femmes n'avaient rien en commun, mis à part leur sexe. Le criminel était peut-être quelqu'un qui haïssait les femmes, suggéra Gregory.

La presse s'était régalé. « Un fou en liberté.... » « Le tueur qui hait les femmes hante la région.... » « Le chef de police avoue qu'il n'y a pas d'indices. »

À la lecture des journaux, Gregory ajouta un commentaire à voix basse : « Crétins ! »

Les premiers jours de septembre. Une salle de classe au collège de Lake Havasu City. Le cours d'anglais. Lyn Esterly terminait une discussion de *Lumière d'août* de William Faulkner.

– ... et Joe Christmas devint la proie de sa propre personnalité dénaturée. Il croyait vraiment être maudit par une souche de sang étranger, un homme blanc marqué comme un Noir par une société raciste et pleine de préjugés. Vous m'écrirez une rédaction de trois pages sur ses conflits intérieurs.

Après le cours, Lyn téléphona à sa meilleure amie, Angie Shepherd, pour déjeuner ensemble. Elles s'étaient rencontrées lorsque Lyn avait failli se noyer en nageant près de Castle Rock. Angie lui avait sauvé la vie.

– Tu ne fais pas d'excursion aujourd'hui, et j'ai besoin de te parler, okay ?

– Bien sûr. On se voit en ville. Chez Tom's ?

– Parfait. Chez Tom's.

Trader Tom's était un restaurant de poissons, dont la spécialité était les crevettes fraîches, un plat plutôt inhabituel pour un endroit situé en plein désert de l'Arizona. Angie, « la primitive », adorait les crevettes fraîches depuis que Lyn, « l'animal des villes » (les surnoms qu'elles se donnaient par plaisanterie), lui avait fait découvrir ce restaurant.

Autour d'un plat de crevettes grillées et d'une sole amandine, elles se lancèrent dans une discussion familière :

– Je ne comprendrai jamais comment tu arrives à vivre toute seule près de la rivière. C'est plutôt effrayant... surtout avec ce tueur de femmes en liberté. Tu n'as pas peur ?

– Non. J'ai une arme à la maison, et je sais m'en servir.

– Je serais morte de trouille.

– C'est parce que tu es la victime de ta propre imagination, expliqua Angie en trempant une grosse crevette dans la sauce cajun de Tom's. Toi et ta fascination pour le crime.

– Je ne suis pas la seule. En fait, c'est de ça dont je voulais te parler aujourd'hui. Au sujet des Meurtres du Fleuve.

– Tu as une théorie, c'est ça ?

– Celle-là est plutôt tordue, je l'admets volontiers.

– Ne le sont-elles pas toutes ? (Angie sourit et se mit à décortiquer une autre crevette.) Je t'écoute.

– Le premier meurtre, celui de Williamson, s'est déroulé le 3 avril.

– Oui, et alors ?

– Le deuxième, le 7 août, le troisième, le 31. Toutes les dates coïncident.

– Avec quoi ?

– Une série de crimes, sept en tout, commis en 1888 par Jack l'Éventreur. Ses trois premiers meurtres se sont déroulés exactement le même jour.

Angie stoppa son geste, avec une crevette à mi-chemin de sa bouche.

– Wow ! Okay... là, tu as mis le paquet.

– Et ce n'est pas fini. Alice Williamson a été attaquée près du London Bridge – l'endroit où l'Éventreur a été vu pour la dernière fois avant sa disparition en 1888. Ils l'avaient piégé, mais le brouillard était très épais cette nuit-là, et lorsqu'ils s'avancèrent des deux côtés du pont à la fois, l'assassin avait juste... disparu. Pour ne plus jamais réapparaître ni faire parler de lui.

– Tu essaies de m'expliquer qu'un dingue se cache la nuit près du London Bridge pour imiter les crimes de Jack l'Éventreur ? C'est ta théorie ?

– En effet.

– Mais pourquoi *maintenant ?* Qu'est-ce qui a déclenché cette série ?

– Je n'en sais rien pour le moment, mais je cherche. (Le regard de Lyn s'était fait intense.) Je te raconte tout ça, car il existe une raison très importante.

– Je te suis.

– Tu es devenue très proche du chef Gregory. Il t'écoutera. Il faut lui dire que le quatrième meurtre va se dérouler *cette nuit,* le 8 septembre, avant minuit.

– Mais je...

– Tu dois l'avertir pour qu'il mette sur pied des patrouilles autour du Pont, cette nuit. Et il devrait s'y rendre également.

– À cause de ta théorie ?

– Bien sûr ! À cause de ma théorie.

Angie secoua lentement la tête :

– Dan penserait que je suis devenue folle. Il est réaliste. Il se moquera de moi.
– Et alors ? Est-ce que ça ne vaut pas une vie humaine ? (Les yeux de Lyn la brûlaient.) Honnêtement, Angie, si tu ne parviens pas à convaincre Gregory que je ne suis pas folle, je suis sûre qu'une autre femme va se faire trancher la gorge près du London Bridge cette nuit.

Angie repoussa son assiette :
– On peut dire que tu t'y entends pour couper l'appétit.

Cet après-midi, de retour à Riverhouse, Angie essaya de remettre de l'ordre dans ses idées concernant la théorie de Lyn. Le fait que ces meurtres se soient déroulés le même jour que trois crimes du siècle dernier était intéressant et curieux, mais cela ne suffisait pas pour ébranler le pragmatisme de quelqu'un de la trempe de Dan Gregory.

C'était dingue, mais Lyn avait *peut-être* mis le doigt sur quelque chose.

Elle pourrait au moins téléphoner à Dan et lui suggérer de dîner au Village. Puis lui raconter la théorie de Lyn... et comme il se trouverait dans le coin, juste au cas où il se passerait quelque chose.

Dan accepta, ils se verraient au City of London Arms.

Cette nuit, lorsqu'Angie partit pour le Village, elle emporta son automatique calibre .32 dans son sac.

Au cas où. Juste au cas où.

Dan était en retard. Au téléphone, il avait parlé d'une réunion au conseil municipal. C'était peut-être ça. Le Village était calme, presque déserté par les touristes.

Angie attendait, installée sur un banc du parc devant le restaurant, nerveuse malgré elle. Son esprit lui jouait des tours et elle se voyait *seule, le dos tourné aux arbres, aux feuillages touffus et sombres, vulnérable,* peut-être qu'elle devrait attendre à l'intérieur, au bar.

Une silhouette imposante, qui avançait dans sa direction. Derrière elle.

Une main aux doigts épais qui cherche à la toucher. Elle se rétracte, les yeux exorbités, les doigts serrés sur l'automatique au fond de son sac ouvert.

– Je ne voulais pas te faire peur.

C'était Dan. Son sourire lui fit du bien.

– J'étais... un peu nerveuse aujourd'hui.

– Pourquoi ?

– À cause de quelque chose que Lyn Esterly m'a raconté. (Elle lui prit le bras.) Je t'en parlerai pendant le dîner.

perdue... peux pas avec lui

Ils pénétrèrent à l'intérieur.

– ... qu'est-ce que tu en penses ?

Ils dégustaient un digestif. La salle du restaurant était presque vide.

– Je crois que l'imagination de ton amie fonctionne en surrégime.

Le front d'Angie se plissa :

– Je savais que tu dirais quelque chose de ce style.

Dan se pencha pour lui prendre la main :

– Tu ne crois pas vraiment qu'il y aura un nouveau meurtre cette nuit simplement parce qu'elle l'annonce ?

– Non, je ne le pense pas, mais...

Et elle n'y croyait pas vraiment.

Mais...

Là ! Une jeune femme seule qui déambulait sur le Pont, à regarder la rivière... solitaire, la gorge nue, la peau dénudée et un long cou de cygne... qui s'offre à moi... lame aiguisée aiguisée... cou tendre

Un bond silencieux dans les ténèbres du Pont, un geste brusque, un bref cri d'horreur étouffé, un trait pourpre sur le clair de lune... et le corps qui tombe... qui tombe dans les flots profonds du Colorado.

Bien que sceptique par nature, Dan Gregory n'était pas stupide. Il ordonna la fermeture de tous les lieux touristiques pour commencer des recherches.

Qui s'avérèrent fructueuses.

Un objet fut découvert sur le Pont, coincé dans l'intervalle entre deux pierres sous une des arches principales : un scalpel taché de sang frais. Et avec des traces sombres plus anciennes sur le manche et la lame.

Le sang frais correspondait à celui de la dernière victime, les taches noircies à du sang séché, mais ces dernières n'appartenaient pas aux trois autres victimes récentes. Le sang était beaucoup plus ancien. Vraiment très ancien.

Les tests effectués démontrèrent que le sang datait approximativement d'une centaine d'années.

Aux alentours des années 1880.

– Vous êtes Angela Shepherd ?

Un dimanche tranquille au bord de la rivière. Angie réparait une section endommagée du quai et elle enfonçait des clous à grands coups de marteau, si bien qu'elle n'avait pas entendu la femme s'approcher dans son dos. Elle posa le marteau et se redressa en repoussant ses cheveux en arrière.

– Oui, c'est bien moi. Qui êtes-vous ?
– Lenore Harper. Je suis journaliste.
– Pour quel journal ?
– Free-lance. Pouvons-nous parler ?

Angie fit un geste en direction de la maison. Lenore était grande, musclée, avec des yeux verts très pénétrants.

– Vous voulez un Coca ? C'est tout ce que j'ai à vous offrir. Je ne m'attendais pas à de la visite.
– Non, ça ira. Merci, répondit Lenore qui s'installa sur le divan du salon et sortit un carnet de notes de son sac.
– Vous faites un article sur les Meurtres du Fleuve, c'est ça ?

Lenore acquiesça :
– Mais je suis à la recherche d'autre chose. C'est la raison de ma visite.
– Pourquoi moi ?
– Eh bien... vous avez découvert le premier corps.

Angie s'assit sur une chaise en face du divan et se passa une main dans les cheveux.

– Je n'ai rien *découvert*. Le corps avait dérivé jusqu'à mon appontement et je me trouvais là par hasard. Un point, c'est tout.
– Vous avez eu un choc... ou éprouvé de la peur ?
– Ça m'a plutôt rendue malade, oui. Je n'aime pas spécialement voir des gens avec la gorge tranchée.
– Bien sûr. Je comprends, mais...

Angie se leva :
– Écoutez, je ne peux réellement rien vous apprendre de plus. Si vous souhaitez des faits, vous devriez vous adresser au chef Gregory.

– Je m'intéresse plus aux idées, aux émotions... aux réactions personnelles face à ces meurtres. J'aimerais connaître vos idées. Et vos théories.

– Si vous voulez discuter de théories, allez voir Lyn Esterly. Elle a des idées plutôt originales sur l'affaire. Lyn est une vraie fan des histoires criminelles. Elle sera sûrement ravie de vous aider.

– On dirait une piste prometteuse. Où puis-je la trouver ?

– Au collège de Lake Havasu. Elle y enseigne l'anglais.

– Chouette. (Lenore rangea son carnet, avant de serrer la main d'Angie.) Vous avez été très gentille. Je vous remercie.

– Pas de problème.

Angie regarda Lenore Harper droit dans ses yeux verts. Il y a quelque chose en elle qui me plaît, pensa-t-elle. Je me suis peut-être fait une nouvelle amie. Eh bien...

– Bonne chance pour votre article.

L'entretien avec Lyn Esterly engendra des résultats pittoresques. L'édition du lendemain annonça « une interview exclusive » par Lenore Harper :

« Le Meurtrier du Fleuve est-il un nouveau Jack l'Éventreur ? » indiquait la une. Puis, en sous-titre : « Une prof du collège de Havasu sur les traces d'un serial killer vieux de cent ans. »

D'après l'article, si l'assassin continuait de suivre les forfaits de Jack l'Éventreur, il devrait frapper à nouveau le 30 septembre. Et pas une fois, mais deux. La nuit du 30 septembre 1888, Jack l'Éventreur avait massacré deux femmes dans le district de Whitechapel – les victimes n°s 5 et 6. Est-ce que ce double assassinat allait se répéter ici, à Lake Havasu ?

Le récit s'achevait par un énorme point d'interrogation.

Angie au téléphone avec Lyn :
— J'ai peut-être eu tort de te l'envoyer ?
— Pourquoi ? Je l'aime bien. Elle m'a vraiment *écoutée*.
— C'est juste que j'ai l'impression que l'article fait de toi... eh bien, une sorte de cible.
— J'en doute.
— Le tueur te connaît à présent. En plus, le journal a publié ta photo. Il sait que tu effectues toutes sortes de recherches, que c'est toi qui as trouvé cette théorie d'un imitateur de l'Éventreur.
— Et alors ? Ce n'est pas moi qui peux l'attraper. C'est le boulot de la police. Il va me laisser tranquille. Faire publier ma théorie était important. Maintenant que son jeu pervers a été mis au jour, il va peut-être s'arrêter. Ça lui a peut-être coupé l'herbe sous le pied, retiré sa joie de vivre. Ces dingues sont ainsi. Angie, c'est peut-être la fin de l'histoire.
— Tu ne m'en veux donc pas de te l'avoir envoyée ?
— Tu plaisantes ? Pour une fois que quelqu'un prend suffisamment au sérieux une de mes théories, au point de la publier. Je n'ai pas travaillé pour rien. Hé, je suis même devenue une célébrité.
— C'est bien ça qui m'inquiète.
Et leur conversation s'acheva sur ces paroles.

Angie ne s'était pas trompée quant à son intuition concernant Lenore Harper : les deux jeunes femmes devinrent des amies. En tant que journaliste free-lance,

Lenore avait écumé le monde entier, tandis qu'Angie avait passé toute son existence en Arizona. L'Europe incarnait, à ses yeux, l'exotisme et une distance impossible. Elle était fascinée par les récits de voyage de Lenore, de son enfance et d'une éducation passées à Londres.

La nuit du 30 septembre, Lyn Esterly refusa l'invitation d'Angie de passer la soirée à Riverhouse.

– J'ai découvert quelque chose de *nouveau,* de réellement incroyable sur cette affaire de l'Éventreur. Mais j'ai besoin de poursuivre mes recherches. Si ce que je crois est vrai, beaucoup de gens vont être surpris.

– Dieu, soupira Angie, tu adores vraiment jouer les mystérieuses !

– Je l'avoue. En tout cas, je me sentirais bien plus en sécurité à travailler à la bibliothèque en plein centre-ville que dans ton coin paumé près de la rivière.

– Dan prend tes idées très au sérieux. Le Village est toujours interdit aux touristes et il a fait venir des renforts pour cette nuit au cas où tu aurais raison pour le double meurtre.

– Je *souhaite* de tout mon cœur me tromper, je te jure que je suis sincère. Ce cinglé a peut-être pris peur à cause de toute cette publicité. Cette nuit le prouvera peut-être, mais, si j'étais toi, je ne resterais pas toute seule dans cette baraque isolée !

– Okay, j'ai compris le message. Je vais voir un film, et je rejoindrai Dan un peu plus tard. Le chef de la police, ça te va comme sécurité, hein ?

– Absolument. Et demain, j'aurai peut-être une grosse surprise pour toi. C'est un peu comme un puzzle qui se met petit à petit en place. C'est excitant !

– Tu m'appelles demain matin ?

– Promis.

Il est dix heures du soir et Lyn travaille seule dans la salle des ouvrages de référence du premier étage de la bibliothèque municipale. L'immeuble est fermé au public depuis deux heures. Les employés sont tous partis, mais, en sa qualité de professeur, Lyn possède des privilèges. Et sa propre clé.

Le silence de la nuit est total. On perçoit à peine le bruit des pages tournées, le crissement du stylo à bille sur le papier et sa propre respiration.

Lorsque la porte donnant sur le parking s'ouvrit au rez-de-chaussée, Lyn n'entendit pas le déclic.

L'Éventreur se glissa telle une araignée sur les marches, *et elle est là à m'attendre, le cœur qui pompe du sang pour la lame* atteignit le palier, pour se déplacer le long du hall qui donnait sur la salle de lecture des ouvrages de référence, *pompe du pourpre* ouvrit la porte.

pompe

vers elle. Derrière elle. Silencieusement.

La tête de Lyn fut violemment tirée en arrière.

La mort dans ses yeux... et la lame sur son cou.

Un mouvement simple et rapide.

pompe

Et après celui-ci, un autre juste avant minuit.

Sherry, vingt-trois ans, une étudiante diplômée de Chicago en vacances. Elle habitait chez une amie. Partie chercher un pack de Heineken, un quart de lait écrémé et une barre Hershey.

Elle avait quitté le 7-Eleven avec son sac d'emplettes pour retourner à sa voiture garée derrière le supermarché.

Quelqu'un était assis à l'arrière du véhicule, mais Sherry l'ignorait.

À l'intérieur, elle prenait sa clé dans son sac à main lorsqu'elle entendit un bruit derrière elle. Elle se retourna à moitié sous l'emprise de la panique.

L'Éventreur.

Angie n'assista pas à l'enterrement de Lyn Esterly. Elle refusa de voir Dan ou Lenore et annula toutes ses excursions. Elle remplit son bateau avec des provisions et partit loin pour vivre comme un animal blessé. La rivière la consola et lui apporta du réconfort, elle ne parla à personne...

Jusqu'à ce que les blessures se cicatrisent. Elle attendit d'avoir assez de force émotionnelle pour revenir à Lake Havasu City.

Elle appela Dan :

– Je suis de retour.

– J'ai essayé de te retrouver. J'avais même employé un hélico, mais je crois que tu as tout fait pour qu'on ne puisse pas te découvrir.

– Tout allait bien pour moi.

– Je le sais, Angie. Je ne m'inquiétais pas pour toi. Surtout après que nous l'ayons capturé. Voilà pourquoi je te cherchais. Pour t'apprendre la nouvelle. Nous *avons* ce salaud !

– Le Meurtrier du Fleuve ?

– Ouais. Il s'est affublé du surnom de « Jack le Sanguinaire ». Il est soi-disant le fantôme de l'Éventreur.

– Mais comment as-tu... ?

– Nous l'avons surpris en train de rôder autour du Pont. Il y a une semaine de ça. Il vivait dans une baraque près du fleuve, non loin de Mesquite Campground. Un de mes hommes l'a suivi jusque chez lui. Puis, il l'a arrêté.

– Et il a avoué qu'il était le tueur ?

– Il s'en est même vanté ! Il voulait à tout prix avoir sa photo dans le journal.

– Dan... tu es *sûr* que c'est lui le tueur ?

– Purée, on a une tonne de preuves. Nous avons trouvé plusieurs armes dans sa cabane, y compris des instruments chirurgicaux. Trois scalpels. Et il avait épinglé des articles sur chacun des meurtres sur un des murs. Il avait coupé les visages photographiés de toutes les femmes. Des coupures profondes sur chaque cliché.

– C'est un *malade.*

– Et nous avons un témoin qui l'a vu pénétrer dans le 7-Eleven la nuit du double meurtre, où cette étudiante a été tuée. C'est lui, pas de doute. Un vrai psychopathe.

– On peut se voir, ce soir ? J'ai *besoin* d'être avec toi, Dan.

– Pareil pour moi. Je te retrouve dès que j'en ai fini avec la paperasse. Et, hé...

– Oui ?

– Toi aussi, tu m'as manqué.

Cette nuit-là, ils firent l'amour baignés par le clair de lune, accompagnés par le murmure soyeux de la rivière. Allongés nus sur le lit, côte à côte, ils écoutaient les grillons et se caressèrent en douceur, comme pour s'assurer mutuellement qu'ils ne rêvaient pas.

– Un meurtre est un terrible moyen de faire la connaissance de quelqu'un, déclara Angie, dont les yeux brillaient dans les ténèbres. Mais je suis heureuse de t'avoir rencontré. Je n'aurais jamais cru que ce serait possible.

– Quoi donc ?

– Trouver quelqu'un que je puisse aimer. *Réellement* aimer.

– Eh bien, tu m'as trouvé. Et *moi,* je t'ai trouvée.

Elle gloussa :
– Tu es...
– Je sais. (Il grimaça un sourire.) C'est l'effet que tu me fais.

Et ils firent l'amour à nouveau.

Et le Colorado clapota langoureusement ses flots sombres.

Et dans les bois obscurs, une grande silhouette les observait.

Ce n'était pas encore fini.

Un autre mois s'écoula.

Avec le tueur sous les verrous, le Village anglais et le Pont furent à nouveau ouverts aux touristes.

Cela faisait plusieurs semaines qu'Angie n'avait pas vu Lenore et elle avait hâte de la rencontrer pour lui parler de ses préparatifs de mariage avec Dan. Elle voulait que Lenore soit sa demoiselle d'honneur lors de la cérémonie.

Elles se virent pour un dîner de célébration au City of London Arms. Mais quelque chose clochait.

Angie remarqua que Lenore répondait à peine à ses questions. Elle mangeait lentement, presque à contre-cœur.

– Tu ne sembles pas ravie à l'idée que je me marie.
– Oh, mais non, tu te trompes. Vraiment. Je sais que je ne suis pas d'humeur.
– Qu'est-ce qui ne va pas ?
– C'est juste... que je pense que ce n'est pas fini.
– De quoi parles-tu ?
– Cette histoire de l'Éventreur. Les meurtres.

Angie la regarda bouche bée :
– Mais il est en prison. Dan est convaincu qu'il est...
– Ce n'est pas lui. (Lenore parlait d'une voix douce.) Je *sais* que ce n'est pas lui.

– Tu es folle ! Toutes ces preuves...

– ... sont indirectes. Oh, je suis certaine que ce cinglé est *persuadé* d'être l'Éventreur... mais montre-moi de *véritables* preuves : des échantillons de sang... des empreintes digitales... les armes du crime ?

– Tu es parano, Lenore ! Moi aussi, j'avais des doutes au départ, mais Dan est un bon flic. Il a fait son boulot. L'assassin est sous les verrous.

Les yeux verts de Lenore lancèrent des éclairs :

– Écoute, je t'ai donné rendez-vous ici, au Village, pour une raison... qui n'a rien à voir avec ton mariage. (Elle reprit son souffle.) Je ne voulais pas être seule cette nuit.

– Pourquoi ?

– La peur. Nous sommes le 9 novembre. *Cette nuit* est le 9 !

– Et alors ?

– La date du septième meurtre de l'Éventreur... en 1888. (Sa voix tremblotait.) Si ce type en prison *est* l'Éventreur, rien ne se passera cette nuit. Mais... sinon...

– Mon Dieu, tu es réellement effrayée !

Elle s'empara de la main de Lenore pour la serrer très fort.

– Et comment. Je suis terrorisée. L'une de *nous* pourrait être sa septième victime.

– Écoute. Ils disent la même chose à des pilotes après un accident. Il faut tout de suite remonter dans le cockpit ou ils ne voleront plus jamais. Eh bien, pour toi, c'est un peu la même chose.

– Je ne comprends pas.

– Il ne faut pas que tu sois terrorisée par quelque chose qui n'est pas réel. Et cette peur n'est pas *réelle,* Lenore. Il n'y a pas de tueur dans le Village ce soir. Et, pour te le prouver, je vais t'accompagner sur ce maudit Pont.

Lenore pâlit encore un peu plus :

– Non... non, ce n'est pas... Non, je n'irai pas.

– Et comment que si.

Angie hocha la tête pour souligner ces propos et elle fit signe au garçon d'apporter l'addition.

Lenore n'en croyait pas ses yeux.

Dehors, les rues s'étaient vidées de leurs touristes à cette heure tardive de la nuit. Les derniers étaient partis... et le vaste parking était complètement déserté.

– Nous sommes folles d'agir ainsi, déclara Lenore. (Un pli de dureté barrait sa bouche.) Pourquoi devrai-je te suivre ?

– Pour prouver que toute peur irraisonnée doit être affrontée et surmontée. Tu es mon amie, à présent, ma meilleure amie, et je ne vais pas te laisser plonger dans l'irrationnel.

– D'accord, d'accord... si j'accepte de marcher jusqu'au Pont, est-ce qu'on pourra ficher le camp tout de suite après ?

– Bien sûr.

Et elles commencèrent leur marche.

se déplacent vers le Pont... à moi maintenant, à moi

– J'ai fouillé les papiers de Lyn et je crois connaître la grosse surprise qu'elle te réservait.

– Raconte.

– La plupart des chercheurs s'accordent sur la véritable identité de l'Éventreur.

– Oui. Un médecin londonien, un chirurgien. Jonathan Bascum.

– Eh bien, Lyn Esterly ne croyait pas qu'il était Jack l'Éventreur. Et, après avoir étudié le dossier qu'elle a laissé, je suis de son avis.

– Qui était-ce alors ? demanda Angie.

– Jonathan avait une sœur jumelle, Jessica. Elle venait en aide aux déshérités du quartier. Elle était presque considérée comme une sainte... on la surnommait « l'Ange de Whitechapel ».

– J'ai entendu parler d'elle.

– Tu savais qu'elle était aussi douée pour la médecine que son frère ? Que Jonathan la laissait étudier dans ses livres de classe ? Il lui a tout appris. Et elle est devenue un meilleur chirurgien que lui. Par la suite, elle s'est servie de ses connaissances médicales à Whitechapel.

Lenore se sentit stimulée par ce qu'elle révélait à Angie et elle en oublia presque sa peur. Sa voix s'était animée.

continue à marcher... encore plus près

– Aucun médecin officiel n'acceptait de soigner les pauvres dans ce quartier. Pas d'argent à gagner. C'est elle qui s'en occupa. En toute illégalité, bien sûr. Et tout d'abord, elle se comporta effectivement comme une sainte parmi les déshérités. Jusqu'à ce que sa compulsion s'affirme.

– Quelle compulsion ?

– Son désir de tuer. Entre le 3 avril et le 9 novembre 1888, elle massacra sept femmes... alors que son frère est toujours considéré comme le responsable de ces meurtres par la plupart des historiens.

Angie était stupéfaite :

– Tu veux dire que « l'Ange de Whitechapel » était vraiment Jack l'Éventreur ?

– C'était la conclusion de Lyn, affirma Lenore. Et lorsqu'on y réfléchit, pourquoi pas, après tout ? Ceci explique comment l'Éventreur semblait toujours *disparaître* après chacun des crimes. Pourquoi personne ne l'avait jamais *vu* quitter Whitechapel ? Parce qu'« il » était Jessica Bascum. Elle pouvait se déplacer en toute quiétude dans Whitechapel sans éveiller le moindre soupçon. Personne n'a jamais vu le visage de l'Éventreur... ou *survécu* pour le décrire. Afin de détourner les soupçons, elle envoya des lettres signées « Jack ». C'était une *femme* qu'ils pourchassaient sur le Pont en cette nuit de 1888.

Lenore ne semblait pas se rendre compte qu'elles s'étaient approchées du Pont. Il se tenait devant elles, une ombre gigantesque de pierre qui attendait.

plus près

– Lyn a retrouvé l'arbre généalogique de la famille Bascum. Jessica donna naissance à une fille en 1888, l'année même où elle disparut sur le London Bridge. Sa petite-fille naquit en 1915, et son arrière-petite-fille en 1940. La dernière fille des Bascum vit le jour en 1960.

– Ce qui voudrait dire qu'elle aurait dans les vingt-cinq ans.

– C'est exact, acquiesça Lenore. Comme toi. *Tu as* le même âge qu'elle, Angie.

Les yeux d'Angie lancèrent des éclairs. Elle s'arrêta de marcher. Sa bouche se durcit.

Salope !

– Supposons qu'elle soit venue s'installer ici, à cause du London Bridge. Où son arrière-arrière-grand-mère disparut il y a un siècle. Poussons le raisonnement encore un peu plus loin, lorsque le Pont fut achevé en avril par la pose de la dernière pierre, l'esprit de Jessica a peut-être possédé son arrière-arrière-petite-fille. Et que les six crimes de Lake Havasu furent commis par *elle*... car c'était sa destinée cosmique de les exécuter.

– Tu penses que je suis une Bascum, c'est ça ? demanda Angie d'une voix douce.

Elles continuaient leur marche en direction du Pont.

– Je ne *crois* rien du tout. J'énonce des faits.

– Et quels sont-ils ?

La voix d'Angie était devenue plus tendue.

– Lyn était proche de résoudre l'énigme de Jack l'Éventreur. En retraçant l'histoire de famille des Bascum en Angleterre, elle a découvert une descendance américaine. Elle *savait*.

– Savait quoi, Lenore ? (Ses yeux brillaient.) Tu crois *vraiment* que je suis une Bascum. N'est-ce pas ?

– Non. (Lenore secoua la tête.) Je sais que tu n'es pas une Bascum. (Elle regarda intensément Angie.) Car *moi,* j'en suis une.

Elles se trouvaient devant les marches du Pont. Horrifiée, Angie vit Lenore faire pivoter un panneau d'un des énormes blocs de granit pour en retirer le chapeau de l'Éventreur, sa cape et le sac américain.

– Ceci vient de ma famille. C'était *son* sac de chirurgie... le même qu'elle utilisait à Whitechapel. Je l'avais rangé... jusqu'en avril, au moment où ils ont scellé la dernière pierre. (Ses yeux brûlaient d'une ardeur enfiévrée.) Lorsque j'ai touché cette pierre, je l'ai sentie... l'âme de Jessica est entrée en *moi,* pour faire corps avec mon être. Et je sus ce qu'il me restait à faire.

Un scalpel brilla dans la nuit et se dressa sous la lueur des lampadaires du Pont. Le sourire de Lenore était satanique:

– Ceci est pour toi!

Le cœur d'Angie fit un bond dans sa poitrine; comme hypnotisée, son regard plongea dans celui du tueur. Brusquement, elle pivota pour s'enfuir en courant.

Le long des ruelles solitaires et pavées, vers les édifices de l'époque des Tudor du Vieux Londres.

Et l'Éventreur suivait. Impitoyable. Confiant dans sa mission de commettre un septième crime.

elle goûtera à la lame

Angie contourna le square principal et s'engouffra dans une ruelle étroite qui débouchait sur l'arrière du restaurant du City of London Arms. Un téléphone. Appeler Dan!

Elle ramassa une pierre pour fracasser une fenêtre et grimper à l'intérieur, à la recherche d'un téléphone. Il y en avait un quelque part... quelque part...

L'Éventreur la suivit à l'intérieur.

Le téléphone! Angie fouilla dans son sac à la recherche de pièces. Elle y trouva aussi...

L'automatique calibre .32 à crosse perlée... l'arme qu'elle portait sur elle depuis des mois et qu'elle avait complètement oubliée dans sa panique.

À présent, elle pouvait combattre. Elle savait comment s'en servir.

Elle glissa les pièces dans la fente et composa le numéro du commissariat. La sonnerie... la sonnerie...

— Commissariat de Lake Havasu, je vous écoute.
— Dan... Le chef Gregory... C'est une urgence !
— Je vous le passe.
— Dépêchez-vous !

Une pause interminable. Le cœur d'Angie battait à rompre.

— Gregory. Qui est à... ?
— Dan ! C'est Angie. L'Éventreur est ici et il cherche à me tuer !
— Où es-tu ?

Un bourdonnement. La ligne était morte.

Un coup tranchant du scalpel avait coupé la ligne.

la mort maintenant... il est temps de mourir

Angie fit face au tueur.

Son doigt se crispa sur la détente.

À bout portant, une balle de calibre .32 pénétra dans la chair de Lenore Bascum. Elle recula sous le choc et tomba sur un genou, tandis que du sang coulait de sa blessure.

Angie se précipita vers la fenêtre brisée pour foncer le long de l'allée. Une légère montée donnait sur le parking. Sa voiture s'y trouvait.

Elle l'atteignit en sanglotant et inséra la clé.

Une ombre se dessina sur le capot brillant. Deux mains ensanglantées se refermèrent autour de la gorge d'Angie.

Les yeux de l'Éventreur étaient des charbons d'un vert ardent qui dévoraient Angie de ses flammes. Elle arracha les doigts et envoya son poing dans la figure de ce démon. Mais les mains se remirent en place. Les ténèbres engloutissaient le cerveau d'Angie ; elle était en train de perdre connaissance.

crève, salope !

Elle était sur le point de mourir.

Avait-elle entendu une sirène ? Était-ce la réalité ou un tour de son imagination ?

Une deuxième sirène se joignit à la première. Remplissant les ténèbres.

saigne... mon sang... c'est pas juste, c'est pas normal...

Une douzaine de véhicules de police envahirent le parking, les pneus hurlaient sur l'asphalte mouillé.

Dan !

Les mains de l'Éventreur relâchèrent leur emprise. La haute silhouette se retourna pour fuir vers le Pont.

Le piège s'était refermé sur l'assassin.

Des policiers fonçaient des deux côtés du Pont.

Angie et Dan se trouvaient devant le Pont.

– Comment m'as-tu trouvée ?

– Une alarme silencieuse. Elle se déclenche au commissariat. Quand tu as cassé la vitre, l'alarme s'est mise en route. Je me suis dit que tu devais être là.

– Elle est blessée. Je lui ai tiré dessus. Elle est en train de mourir.

Au milieu du Pont, l'Éventreur posa un genou à terre. Tel un animal blessé à mort, elle glissa sur le côté et plongea dans les flots sombres du Colorado.

Des lumières encadrèrent le corps. Elle coulait, incapable de rester à la surface. Du sang jaillissait de sa bouche ouverte.

– Soyez maudits ! hurla-t-elle. Soyez tous maudits !

Elle disparut.

Les flots clapotèrent sur sa tombe.

Angie agrippait toujours l'automatique, la crosse perlée froide sur ses doigts.

Froide comme la mort.

(Traduit par Stéphane Bourgoin.)

TROISIÈME PARTIE

Bibliographies et filmographie

Cette dernière partie comporte à ce jour la plus importante bibliographie des documents ou essais consacrés à Jack l'Éventreur, ainsi que toutes les œuvres de fiction – romans, nouvelles, poèmes, pièces de théâtre, disques, pièces radiophoniques, etc. – sur le personnage, de même que les films, téléfilms ou épisodes de séries télévisées.

Tout d'abord, un recensement de tous les ouvrages – essais ou documents – consacrés au boucher de Whitechapel et à ses crimes. Elle se divise en quatre parties :
– les ouvrages et revues françaises ou étrangères entièrement consacrés à Jack l'Éventreur ;
– les livres partiellement consacrés à Jack l'Éventreur ;
– les principaux articles de langue française sur le sujet ;
– les documentaires sur les crimes de Whitechapel.

L'ordre chronologique prévaut dans toutes les bibliographies et filmographies. Aucun travail de cette sorte ne peut prétendre à l'exhaustivité et j'accueillerai avec la plus grande joie tous les ajouts qu'ils soient français ou étrangers ; prière de me contacter à ma librairie, « Au Troisième Œil », 37 rue de Montholon, 75009 Paris, Tél. 01.48.74.73.17.

I. Essais et documents

OUVRAGES ET REVUES ENTIÈREMENT CONSACRÉS À JACK L'ÉVENTREUR

– G. Purkess : *The Whitechapel Murders : or The Mysteries of the East End,* Angleterre (1888).

– Anonyme : *Jack the Ripper at Work again. Another Terrible Murder and Mutilation in Whitechapel,* Angleterre (1888).

– Richard Kyle Fox : *The History of the Whitechapel Murders : A Full and Authentic Narrative of the Above Murder with Sketches,* États-Unis (1888). 48 pages. Reprint en 1997.

– Samuel Hudson : *« Leather Apron »*; *Or the Horrors of Whitechapel, London,* 1888, États-Unis (1888). 78 pages. Reprint en 1997.

– W.J. Hayne : *Jack the Ripper : or The Crimes of London,* Angleterre (1889).

– Anonyme : *The Latest Atrocities of Jack the Ripper,* Allemagne (1889).

– Anonyme : *Jack lo Squartatore,* Italie (1889).

– Carl Muusmann : *Hvem var Jack the Ripper ?,* Danemark (1908).

– Tom Robinson : *The Whitechapel Horrors – Being an Authentic Account of the Jack the Ripper Murders,* Angleterre (années 1920).

– Leonard W. Matters : *The Mystery of Jack the Ripper,* Angleterre (1929). Réédité en 1948, 1960 et 1964.

– Jean Dorsenne : *Jack l'Éventreur – scènes vécues,* collection « Le Livre d'aujourd'hui », Les Éditions de France, France (1933).

– Edwin Thomas Woodhall : *Jack the Ripper or When London Walked in Terror,* Angleterre (1935).

– William Stewart : *Jack the Ripper – A New Theory,* Angleterre (1939).

– Allan Barnard : *The Harlot Killer – Jack the Ripper in Fact and Fiction,* États-Unis (1953).

– Donald Mccormick : *The Identity of Jack the Ripper,* Angleterre (1959). Éditions révisées en 1962 et 1970.

– Tom Cullen : *Autum of Terror : Jack the Ripper – His Crimes and Times* (1965). Édition américaine sous le titre *When London Walked in Terror* (1965), puis 1968. Réédition en format de poche sous le titre de *The Crimes and Times of Jack the Ripper* (1973). Édition française chez Denoël (1965) sous le titre de *Jack l'Éventreur* et réédition en 1972 en édition club chez Walter Beckers, Belgique.

– Robin Odell : *Jack the Ripper in Fact and Fiction,* Angleterre (1965). Édition révisée en 1966.

– Alexander Kelly : *Jack the Ripper : A Bibliography and Review of the Literature,* Angleterre (1972). Éditions révisées en 1984 et 1995.

– Daniel Farson : *Jack the Ripper,* Angleterre (1972). Édition révisée en 1972 et 1973.

– Michael Harrison : *Clarence : The Life of H.R.H. the Duke of Clarence and Avondale 1864-1892,* Angleterre (1972, puis 1974). Édition américaine : *Clarence : Was he Jack the Ripper ?* (1972).

– Michell Raper : *Who Was Jack the Ripper ?,* Angleterre (1975).

– Elwyn Jones et John Lloyd : *The Ripper File,* Angleterre (1975).

– Donald Rumbelow : *The Complete Jack the Ripper,* Angleterre (1975). Éditions révisées en 1976, 1979, 1987, 1988 et 1997.

– Stephen Knight : *Jack the Ripper : The Final Solution,* Angleterre (1976, puis 1979). Éditions révisées en 1984 et 1996.

– Richard Whittington-Egan : *A Casebook on Jack the Ripper,* Angleterre (1976). Édition révisée en 1997.

– Frank Spiering : *Prince Jack – The True Story of Jack the Ripper,* États-Unis (1978, puis 1980).

– Arthur Douglas : *Will the Real Jack the Ripper ?*, Angleterre (1979).

– John Morrison : *Jimmy Kelly's Year of the Ripper Murders 1888,* Angleterre (1983-1985).

– Martin Fido : *The Crimes, Detection and Death of Jack the Ripper,* Angleterre (1987). Éditions révisées en 1989 et 1993.

– Roland Marx : *Jack l'Éventreur et les fantasmes victoriens,* collection « La mémoire des siècles », n° 204, Éditions Complexe, Belgique (1987).

– Melvin Harris : *Jack the Ripper : The Bloody Truth,* Angleterre (1987).

– Martin Howells & Keith Skinner : *The Ripper Legacy,* Angleterre (1987, puis 1988).

– Terence Sharkey : *Jack the Ripper : 100 Years of Investigation,* Angleterre (1987, puis 1992).

– Peter Underwood : *Jack the Ripper : One Hundred Years of Mystery,* Angleterre (1987, puis 1988).

– Colin Wilson & Robin Odell : *Jack the Ripper – Summing up and Verdict,* Angleterre (1987, puis 1988).

– Anonyme : *Aleister Crowley and Jack the Ripper,* Angleterre (1988).

– Paul Begg : *Jack the Ripper – The Uncensored Facts,* Angleterre (1988, puis 1989).

– Winston Forbes-Jones : *Who Was Jack the Ripper ?,* Angleterre (1988).

– Melvin Harris : *The Ripper File,* Angleterre (1989).

– Jean Overton Fuller : *Sickert & the Ripper Crimes,* Angleterre (1990).

– Katie Colby-Newton : *Jack the Ripper – Opposing Viewpoints,* États-Unis (1990).

– Paul Harrison : *Jack the Ripper – The Mystery Solved,* Angleterre (1991, puis 1993).

– « Who Was Jack the Ripper ? » in *Murder Casebook Special Magazine,* Angleterre (1991). Édition française dans *Dossier Meurtre.*

– « Jack the Ripper Special » in *The Darkside Magazine,* Angleterre (juillet 1991).

– « Jack the Ripper Special » in *Scandal Magazine* (Part 29), Angleterre (1991).

- Melvyn FAIRCLOUGH : *The Ripper and the Royals,* Angleterre (1991, puis 1992).

- Paul BEGG, Martin FIDO et Keith SKINNER : *The Jack the Ripper A to Z,* Angleterre (1991).

- Stéphane BOURGOIN : *Jack l'Éventreur,* collection « Crime Story », Fleuve Noir, France (1991).

- David ABRAHAMSEN : *Murder and Madness – The Secret Life of Jack the Ripper,* États-Unis (1992, puis 1993 et 1994).

- Shirley HARRISON : *The Diary of Jack the Ripper,* Angleterre (1993, puis 1994 et 1995). Édition française, *Jack l'Éventreur,* Le Livre de Poche (1995).

- A.P. WOLF : *Jack the Myth,* Angleterre (1993).

- Frater Achad OSHER : *Did Aleister Crowley Know the Identity of Jack the Ripper ?,* États-Unis (1993).

- John WILDING : *Jack the Ripper Revealed,* Angleterre (1993).

- Theo ARONSON : *Prince Eddy and the Homosexual Underworld,* Angleterre (1994).

- Patricia CORY : *An Eye to the Future,* Angleterre (1994).

- Dr. John DE LOCKSLEY : *Jack the Ripper Unveiled,* Angleterre (1994). Ouvrage publié à titre privé.

- Philip SUGDEN : *The Complete History of Jack the Ripper,* Angleterre (1994, puis 1995).

- Camille WOLFF : *Who Was Jack the Ripper ?,* Angleterre (1994). Une compilation des différentes théories sur l'identité de l'Éventreur avec des contributions de Paul Begg, Stewart Evans, Melvyn Fairclough, Jeremy Beadle, Daniel Farson, Martin Fido, Jonathan Goodman, Shirley Harrison, Bruce Paley, Philip Sugden, Colin Wilson, etc.

- Melvin HARRIS : *The True Face of Jack the Ripper,* Angleterre (1994, puis 1995).

- Dr. John DE LOCKSLEY : *The Enigma of Jack the Ripper,* Angleterre (1994). Ouvrage publié à titre privé.

- Stewart EVANS & Paul GAINEY : *The Lodger, The Arrest and Escape of Jack the Ripper,* Angleterre (1995). Titre américain : *Jack the Ripper – The First American Serial Killer* (1996).

- Bruce PALEY : *Jack the Ripper – The Simple Truth,* Angleterre (1995, puis 1996).

- William BEADLE : *Jack the Ripper, Anatomy of a Myth,* Angleterre (1995).

– Peter Fisher: *An Illustrated Guide to Jack the Ripper*, Angleterre (1996).
– Dr. John De Locksley: *A Ramble with Jack the Ripper*, Angleterre (1996). Publié à titre privé.
– « Jack the Ripper Special » in *Murder Most Foul Magazine* n° 22 Forum Press, Angleterre (31 octobre 1996).
– Scott Palmer: *Jack the Ripper – A Reference Guide*, États-Unis (1996).
– Ross Strachan: *Jack the Ripper – A Collectors Guide to the Many Books Published*, Écosse (1996). Fanzine listant tous les documents et œuvres romanesques sur Jack l'Éventreur.
– Richard Wallace: *Jack the Ripper – My Lighthearted Friend*, États-Unis (1996).
– Peter Turnbull: *The Killer Who Never Was*, Angleterre (1996).
– *Ripper Roundup*. Une collection de 28 essais rassemblés par A.J. Richards (1996).
– Robert Desnos: *Jack l'Éventreur*, Éditions Allia, France (1997). Réédition de neuf articles parus dans *Paris-Matinal* du 29 janvier au 7 février 1928.
– Paul H. Feldman: *Jack the Ripper – The Final Chapter*, Angleterre (1997).
– J.C.H. Tully: *The Secret of Prisoner 1167 – Was This Man Jack the Ripper?*, Angleterre (1997).
– « The Whitechapel Murders » in *Murder in Mind-Video special*, Angleterre (1997).
– Kevin O'Donnell: *The Jack the Ripper Whitechapel Murders* (1997).
– M.J. Trow: *The Many Faces of Jack the Ripper* (1997).
– Pamela Ball: *Jack the Ripper – A Psychic Investigation* (1998).
– Bob Hinton: *From Hell... The Jack the Ripper Mystery* (1998).
– John Smithkey III: *Jack the Ripper: The Inquest of the Final Victim Mary Kelly* (1998).
– Stephen Wright: *Jack the Ripper – An American View* (1998).
– Anne E. Graham & Carol Emmas: *The Last Victim – The Extraordinary Life of Florence Maybrick, the Wife of Jack the Ripper* (1999).

– Nicholas CONNELL & Stewart P. EVANS: *The Man Who Hunted Jack the Ripper – Edmund Reid and the Police Perspective* (1999).

– Gary COVILLE & Patrick LUCIANO: *Jack the Ripper – His Life and Crimes in Popular Entertainment* (1999).

– Robert GRAYSMITH: *The Bell Tower: Jack the Ripper in San Francisco* (1999).

– Maxim JAKUBOWSKI & Nathan BRAUND: *The Mammoth Book of Jack the Ripper* (1999).

– B.A. ROGERS: *Reflections on the Ripper – Four Accounts of the Whitechapel Murders* (1999).

– Neal SHELDEN: *Jack the Ripper and His Victims* (1999).

– Ross STRACHAN: *The Jack the Ripper Handbook – A Reader's Companion* (1999).

– Stewart P. EVANS & Keith SKINNER: *The Ultimate Jack the Ripper Sourcebook – An Illustrated Encyclopedia* (2000).

– Didier CHAUVET: *Mary Jane Kelly: la dernière victime* (2002).

– Dennis MEIKLE: *Jack the Ripper: The Murders and the Movies* (2002).

– Patricia CORNWELL: *Jack l'Éventreur, affaire classée: Portrait d'un tueur (Jack the Ripper – Case Closed)* (2002).

– Ivor EDWARDS: *Jack the Ripper's Black Magic Rituals* (2003).

– R. Michael GORDON: *The American Murders of Jack the Ripper* (2003).

– Shirley HARRISON: *Jack the Ripper: The American Connection* (2003).

– Seth LINDER, Caroline MORRIS & Keith SKINNER: *Ripper Diary* (2003).

– John F. PLIMMER: *In the Footsteps of the Whitechapel Murders (1998); Whitechapel Murders – Solved?* (2003).

– Dan NORDER, Wolf VANDERLINDEN & Jeffrey BLOOMFIELD: *Ripper Notes: Murder by Numbers* (2004).

– Stewart EVANS & Keith SKINNER: *Jack the Ripper: Letters from Hell* (2005).

– Calem Reuben KNIGHT: *Jack the Ripper: End of a Legend* (2005).

– Susan MCNICOLL: *Jack the Ripper: Murder Mystery and Intrigue in London's East End* (2005).

- Euan McPherson: *The Trial of Jack the Ripper: The Case of William Bury* (2005).

- D.J. Leighton: *Ripper Suspect: The Secret Lives of Montague Druitt* (2006).

- Brian Lightbody: *Whitechapel* (2006).

- Robin Odell: Ripperology: *A Study of the World's First Serial Killer and a Literary Phenomenon* (2006).

- Stephen P. Ryder: *Public Reactions to Jack the Ripper* (2006).

- Miriam Rivett & Mark Whitehead: *Jack the Ripper* (2006).

- Tony Williams & Humphrey Price: *Uncle Jack* (2006).

- Val Horsler: *Jack the Ripper: Crime Archive* (2007).

- Trevor Marriott: *Jack the Ripper: The 21st Century Investigation* (2007).

- Charles Van Onselen: *The Fox and the Flies: The Secret Life of a Grotesque Master Criminal* (2007).

- Neal Shelden: *The Victims of Jack the Ripper* (2007).

- Colin Wilson & Deborah McDonald: *The Prince, His Tutor and the Ripper : The Evidence Linking James Kenneth Stephen to the Whitechapel Murders* (2007).

- Victoria Blake: *Mrs. Maybrick: Crime Archive* (2008).

- Shannon Christopher: *The Unfortunates* (2008).

- Gary Reed & Mark Bloodworth: *The Illustrated Jack the Ripper* (2008).

- Alexandra Warwick & Martin Willis: *Jack the Ripper: Media, Culture, History* (2008).

- Andrew Cook: *Jack the Ripper: Case Closed* (2009).

- Stewart P. Evans & Donald Rumbelow: *Jack the Ripper: Scotland Yard Investigates* (2009).

- Mike Holgate: *Jack the Ripper: The Celebrity Suspects* (2009).

- Maxim Jakubowski & Nathan Braund: *Jack the Ripper* (2009).

- Richard Jones: *Jack the Ripper: The Casebook* (2009).

- Paul Roland: *The Crimes of Jack the Ripper* (2009).

- M.J. Trow: *Jack the Ripper: Quest for a Killer* (2009).

- William Beadle: *Jack the Ripper Unmasked: The Real Identity of the World's Most Infamous Killer Is Revealed at Last* (2010).

– John J. Eddleston : *Jack the Ripper : An Encyclopedia* (2001 ; édition révisée en 2010).

– Andrew Hoffman : *In Miller's Court* (2010).

– FBI : *Jack the Ripper – True FBI Files* (2010).

– Philip Hutchinson : *Jack the Ripper Location Photographs* (2010).

– IMinds : *Jack the Ripper : Crime, War & Conflict* (2010).

– John E. Keefe : *Carroty Nell : The Last Victim of Jack the Ripper* (2010).

– David Monaghan & Nigel Cawthorne : *Jack the Ripper's Secret Confession : The Hidden Testimony of Britain's First Serial Killer* (2010).

– John F. Plimmer : *Whitechapel Murders – Solved : Jack the Ripper Revisited* (2010).

– Robert Snow : *In Pursuit of Jack the Ripper : An Introduction to the Whitechapel Murders* (2010).

– Thomas Toughill : *The Ripper Code* (2010).

– Terry Weston : *Jack the Ripper Revealed : The Truth at Last* (2010).

– Stewart Evans & Spiro Dimolianis : *Jack the Ripper and Black Magic : Victorian Conspiracy Theories, Secret Societies and the Supernatural Mystique of the Whitechapel Murders* (2011).

– Anonyme : *Jack the Ripper : A Full and Authentic Report* (2012 ; édition Kindle).

– Anonyme : *Jack the Ripper's Last Victim Mary Jane Kelly – Rare Newspaper Account* (2012 ; édition Kindle).

– James Ashley : *Jack the Ripper : The 1888 London East End Serial Killer* (2011 ; édition Kindle).

– Robert House : *Jack the Ripper and the Case for Scotland Yard's Prime Suspect* (2011).

– Peter Portizo : *Hi Ripping* (2011 ; édition Kindle).

– Stan Russo : *The Jack the Ripper Suspects : Persons Cited by Investigators and Theorists* (2011).

– Anonyme : *Jack the Ripper : A Full and Authentic Report* (2012 ; édition Kindle).

– Anonyme : *Jack the Ripper's Last Victim Mary Jane Kelly – Rare Newspaper Account* (2012 ; édition Kindle);

– Paul Begg & John Bennett : *Jack the Ripper – CSI : Whitechapel* (2012).

– Andrew COOK: *Jack the Ripper* (2012).

– Phililip DUKE: *Jack the Ripper versus Sherlock Holmes* (2012; édition Kindle).

– John EDDLESTON: *The Definitive Jack the Ripper* (2012; édition Kindle).

– D.B. HARROP & J.G. PORTER: *Pierce Ackles and the Leather Apron: The Tale of Jack the Ripper* (2012).

– Susan MCNICOLL: *Jack the Ripper – And the Women whose Lives He Took* (2012; édition Kindle).

– D.S. MILLS & Dave SHANNON: *Conspiracy to Murder 1888* (2012; édition Kindle).

– John MORRIS: *Jack the Ripper: The Hand of a Woman* (2012).

– C. NEIL: *Inquests Jack the Ripper* (2013; édition Kindle).

– Stephen PATTINSON: *What If... Jack the Ripper Was Caught?* (2012; édition Kindle).

– Frank PEARSE: *Hidden Suspect – The Whitechapel Murders* (2012; édition Kindle).

– Martyn S. PENTECOST: *Whitechapel – Jack the Ripper VAEO* (2012).

– Neil STOREY: *The Dracula Secrets: Jack the Ripper and the Darkest Sources of Bram Stoker* (2012).

– Peter STUBLEY: *1888: London Murders in the Year of the Ripper* (2012).

– Paul ROLAND: *The Crimes of Jack the Ripper: The Whitechapel Murders Re-examined* (2012).

– Alex WERNER & Peter ACKROYD: *Jack the Ripper and the East End* (2012).

– Mark WHITEHEAD & Miriam Rivett: *Jack the Ripper* (2012).

– Antonia ALEXANDER: *The Fifth Victim* (2013).

– Neil ASHFORD: *Jack the Ripper Unmasked* (2013; édition Kindle).

– Joseph BUSA: *Wellcome to Hell: Was Sir Henry Wellcome Jack the Ripper?* (2013; édition Kindle).

– James CARNAC: *The Autobiography of Jack the Ripper: In His Own Words, The Confession of the World's Most Infamous Killer* (2013).

– Robert CLACK & Philip HUTCHINSON: *The London of Jack the Ripper: Then and Now* (2013).

– J.E. CROSS : *The True Diary of Jack the Ripper* (2013).

– Stewart EVANS & Nicholas CONNELL : *The Man Who Hunted Jack the Ripper* (2013).

– Dirk GIBSON : *Jack the Writer : A Verbal & Visual Analysis of the Ripper Correspondence* (2013 ; édition Kindle).

– Mike HOLGATE : *Jack the Ripper : The Celibrity Suspects* (2013).

– Robert KELLER : *Serial Killers Unsolved* (2013 ; édition Kindle).

– Colin KENDELL : *Jack the Ripper : The Theories and the Facts* (2013).

– Sal LEIB : *Jack the Ripper* (2013).

– Guy LOGAN : *The True History of Jack the Ripper : The Forgotten 1905 Ripper Novel* (2013).

– Trevor MARRIOTT : *Jack the Ripper – The Secret Police Files* (2013 ; édition Kindle).

– Rupert MATTHEWS : *Jack the Ripper's Streets of Terror : Life During the Reign of Victorian London's Most Brutal Killer* (2013).

– William J. PERRING : *The Seduction of Mary Kelly – Final Victim of Jack the Ripper* (2013).

– Jacobo PEZZAN & Giacomo BRUNORO : *Jack lo Squartatore* (2013 ; édition Kindle).

– David PIETRAS : *In Search of Jack the Ripper* (2013 ; édition Kindle).

– Neal SHELDEN : *Mary Jane Kelly and the Victims of Jack the Ripper : The 125th Anniversary* (2013 ; édition Kindle).

– John STEWART : *Jack the Ripper's Streets of Terror* (2013).

– David RUFFLE : *The Abyss : A Journey with Jack the Ripper* (2013).

– Gian J. QUASAR : *Scarlet Autumn : The Crimes and Seasons of Jack the Ripper* (2013).

– Anthony J. RANDALL : *Jack the Ripper – Blood Lines* (2013).

– M.J. TROW : *Ripper Hunter : Abberline and the Whitechapel Murders* (2013 ; livre audio).

– Simon WEBB : *Severin : A Tale of Jack the Ripper* (2013 ; édition Kindle).

– Tom WESCOTT : *The Bank Holiday Murders : The True Story of the First Whitechapel Murders* (2013 ; édition Kindle).

- The Whitechapel Society: *Jack the Ripper: The Terrible Legacy* (2013); *Jack the Ripper: The Suspects* (2013).
- Paul BEGG: *Jack the Ripper: The Forgotten Victims* (2014).
- Mike COVELL: *Jack the Ripper: Newspapers from Hull* (Volumes 1 & 2) (2014; édition Kindle); *Leather Apron, Jack the Ripper, and the Whitechapel Murders of 1888* (2014; édition Kindle).
- Jack GOLDSTEIN & Frankie TAYLOR: *101 Amazing Facts about Jack the Ripper* (2014).
- Helen WOJTCZAK: *Jack the Ripper at Last? The Mysterious Murders of George Chapman* (2014).
- Amanda HARVEY PURSE: *Victorian Lives behind Victorian Crimes: I Am Jack, I Am Jack, No I Am Jack the Ripper* (2014; édition Kindle).
- Russell EDWARDS: *Naming Jack the Ripper* (2014).

Signalons aussi la sortie en 1997 par Rick Geary d'une carte postale en noir et blanc qui sert de guide à travers l'East End londonien.

OUVRAGES PARTIELLEMENT CONSACRÉS À JACK L'ÉVENTREUR

- Charles BOOTH: *Conditions and Occupations of the People of the Tower Hamlets, 1886-1887*, Angleterre (1888).
- John Francis BREWER: *The Curse upon Mitre Square*, Angleterre (1888).
- Arthur MACDONALD: *Le Criminel type dans quelques formes graves de la criminalité*, France (1893).
- Arthur George Frederick GRIFFITHS: *Mysteries of Police and Crime*, Angleterre (1898).
- Robert James LEES: *Through the Mists*, Angleterre (1898).
- Jean LACASSAGNE: *Vacher l'Éventreur et les crimes sadiques*, France (1899).
- Harold FURNISS: « Jack the Ripper: The Story of the Whitechapel Murders » in *Famous Crimes Past and Present*, Angleterre (1903).

– Roslyn D'Onston Stephenson: *The Patristic Gospels*, Angleterre (1904).

– Charles Booth: *Life and Labour of the People in London: East, Central and South London*, Angleterre (1904).

– George Robert Sims: *The Mysteries of Modem London*, Angleterre (1906).

– Robert Anderson: *Criminals and Crime: Some Facts and Suggestions*, Angleterre (1907).

– Sir Henry Smith: *From Constable to Commissioner: The Story of Sixty Years, Most of them Misspent*, Angleterre (1910).

– Forbes Winslow: *Recollections of Forty Years*, Angleterre (1910).

– Sir Robert Anderson: *The Lighter Side of my Official Life*, Angleterre (1910).

– Sir Melville Macnaghten: « Laying the Ghost of Jack the Ripper » in *Days of my Years*, Angleterre (1914).

– Henrietta Octavia Barnett: *Canon Barnett: His Life, Work and Friends by His Wife*, Angleterre (1918).

– Erich Wulffen: Der *Sexualverbrecher: Ein Handbuch für Juristen, Verwaltungsbeamte und Arzte*, Allemagne (1922).

– William Le Queux: *Things I Know, About Kings, Celebrities and Crooks*, Angleterre (1923).

– Lincoln Springfield: *Some Piquant People*, Angleterre (1924).

– Canon J.A.R. Brookes: « Sex Murderers » in *Murder in Fact and Fiction*, Angleterre (1925).

– Charles Kingston: *The Bench and the Dock*, Angleterre (1925).

– Joseph Hall Richardson: *From the City to Fleet Street: Some Journalistic Experiences*, Angleterre (1927).

– Elliott O'Donnell: *Confessions of a Ghost Hunter*, Angleterre (1928).

– Guy B.H. Logan: *Masters of Crime*, Angleterre (1928).

– L.C. Douthwaite: *Mass Murder*, Angleterre (1928).

– John Moylan: *Scotland Yard and the Metropolitan Police*, Angleterre (1929).

– Elliott O'Donnell: *Great Thames Mysteries*, Angleterre (1929).

– Betty May: *Tiger-Woman: My Story*, Angleterre (1929).

– Edward Marjoribanks : *The Life of Sir Edward Marshall Hall,* Angleterre (1930).

– Hargrave L. Adam : *The Trial of George Chapman,* Angleterre (1930).

– Margaret Barton & Osbert Sitwell : *Sober Truth – A Collection of Nineteenth century Episodes, Fantastic, Grotesque and Mysterious,* Angleterre (1930).

– F.P. Wensley : *Forty Years of Scotland Yard,* Angleterre (1931).

– Edwin M. Borchard : *Convicting the Innocent,* États-Unis (1932).

– H.M. Walbrook : *Murders and Murder Trials 1812-1912,* Angleterre (1932).

– Arthur Fowler Neil : *Forty Years of Man-Hunting,* Angleterre (1932).

– Margaret Barton & Osbert Sitwell : *Sober Truth,* Angleterre (1933). Un chapitre intitulé « Jack the Ripper » avec un fac-similé de la lettre et de la carte postale de Jack l'Éventreur.

– B. Leeson : *Lost London,* Angleterre (1934).

– Vilhelm Dybwab : *Skyldug eller ikke skyldig* ? (traduction du norvégien : « Coupable ou non coupable ? »), Norvège (1934). Contient un chapitre (pages 116 à 129 : « Qui était Jack l'Éventreur ? »).

– Harold Dearden : « Who Was Jack the Ripper ? » in *Unsolved Crimes* de A.J. Alan, Angleterre (1935).

– R. Thurston Hopkins : « Shadowing the Shadow of a Murderer – Jack the Ripper » in *Life and Death at the Old Bailey,* Angleterre (1935).

– Basil Thomson : *The Story of Scotland Yard,* Angleterre (1935).

– Edwin T. Woodhall : *Crime and the Supernatural,* Angleterre (1935).

– F.A. Beaumont : « The Fiend of East London : Jack the Ripper » in *The Fifty Most Amazing Crimes of the Last Hundred Years* de J. M. Parrish et John R. Crossland, Angleterre (1936).

– William Boyle Hill : *A New Earth and a New Heaven,* Angleterre (1936).

– Charles Neil : *The World's Greatest Mysteries,* Australie (1936).

- Ivan Bloch: *Sexual Life in England Past and Present,* Angleterre (1938).
- Walter Dew: *I Caught Crippen,* Angleterre (1938).
- Watkin W. Williams: *The Life of General Sir Charles Warren: By His Grandson,* Angleterre (1941).
- Robert Emmons: *The Life and Opinions of Walter Richard Sickert,* Angleterre (1941).
- S. Ingleby Oddie: «The Ripper and Other Murders» *in Inquest,* Angleterre (1941).
- Alan Brock: *A Casebook of Crime,* Angleterre (1946).
- Richard Barker: *The Fatal Caress... And Other Accounts of English Murders from 1551 to 1888,* États-Unis (1947).
- Arthur P. Moore-Anderson: *Sir Robert Anderson and Lady Agnes Anderson,* Angleterre (1947).
- Elliott O'Donnell: *Haunted Britain,* Angleterre (1948).
- Cecil Binney: *Crime and Abnormality,* Angleterre (1949).
- Osbert Sitwell: *Noble Essences of Courteous Revelations: Being a Book of Characters and the Fifth and Last Volume or Left Hand, Right Hand,* Angleterre (1950).
- Edmund Pearson: *More Studies in Murder,* Angleterre (1953).
- Montgomery Hyde: *Carson – The Life of Sir Edward Carson, Lord Carson of Duncairn,* Angleterre (1953).
- «Jack l'Éventreur» in *13 Grands Tueurs,* tome IV de la collection «Archives», Éditions Office Technique du Livre, France (1953).
- Alan Barnard: *The Harlot Killer – The Story of Jack the Ripper in Fact and Fiction,* États-Unis (1953).
- Geoffrey Belton Cobb: *Critical Years at the Yard: The Career of Frederick Williamson of the Detective Department and the CID,* Angleterre (1956).
- Eric Ambler: «Criminal London» in *The Ability to Kill and Other Pieces,* Angleterre (1956).
- Douglas G. Browne: *The Rise of Scotland Yard: A History of the Metropolitan Police,* Angleterre (1956).
- Peter Saxon: *The Man who Dreamed of Murder,* Angleterre (1958).
- Pamela Search: *Great True Crime Stories – Men,* Angleterre (1958).
- D.G. Halstead: *Doctor in the Nineties,* Angleterre (1959).

– Alan HYND: *Sleuths, Slayers and Swindlers – A Casebook of Crime*, États-Unis (1959).

– Spencer E. SHEW: *A Companion to Murder*, Angleterre (1960).

– Colin WILSON et Patricia PITMAN: *Encyclopedia of Murder*, Angleterre (1961).

– Ornella VOLTA: *Le Vampire*, France (1962).

– Christopher HIBBERT: *The Roots of Evil: A Social History of Crime and Punishment*, Angleterre (1963).

– Michael HARRISON: *London by Gaslight, 1861-1911*, Angleterre (1963).

– Christopher PULLING: *Mr. Punch and the Police*, Angleterre (1964).

– David CARGILL & Julian HOLLAND: *Scenes of a Murder: A London Guide*, Angleterre (1964).

– Charles FRANKLIN: *The World's Worst Murderers: Exciting and Authentic Accounts of the Great Classics of Murder*, Angleterre (1965).

– G.A. MINTO: *The Thin Blue Line*, États-Unis (1965).

– Sir Harold SCOTT: *The Concise Encyclopedia of Crime & Criminals*, Angleterre (1965).

– Jurgen THORWALD: *The Marks of Cain*, Angleterre (1965).

– Leonard GRIBBLE: «Jack the Ripper» in *Chambers' Encyclopedia*, Angleterre (1966).

– Julian SYMONS: *Crime & Detection – An Illustrated History from 1840*, Angleterre (1966). Deux pages sur Jack l'Éventreur.

– Nigel MORLAND: *An Outline of Sexual Criminology*, Angleterre (1966).

– R.E. L MASTERS & Edward LEA: *Sex Crimes in History*, États-Unis (1966).

– Francis CAMPS, avec la collaboration de Richard BARBER: «A New Look at Jack the Ripper» in *The Investigation of Murder*, Angleterre (1966).

– Leonard GRIBBLE: *They Had a Way with Women*, Angleterre (1967).

– Blake EHRLICH: *London of the Thames*, Angleterre (1968).

– Ronald PEARSALL: *The Worm in the Bud: The World of Victorian Sexuality*, Angleterre (1969).

– Colin WILSON: *A Casebook of Murder*, Angleterre (1969).

– Aleister CROWLEY : *The Confessions of Aleister Crowley : An Autohagiography,* Angleterre (1969).

– Richard DEACON : *A History of the British Secret Service,* Angleterre (1969).

– Fred ARCHER : *Crime and the Psychic World,* États-Unis (1969). Édition anglaise : *Ghost Detectives: Crime and the Psychic World* (1970).

– Jan Olof OLSSON : *Generaler Och Likstatlda,* Suède (1970).

– Marjorie LILLY : *Sickert: The Painter and His Circle,* Angleterre (1971).

– John SYMONDS : *The Life and Magick of Aleister Crowley,* Angleterre (1971).

– Jonathan GOODMAN : *Bloody Versicles – The Rhymes of Crime,* Angleterre (1971).

– Colin WILSON : « The Duke and the Ripper » *in Books and Bookmen,* Angleterre (1972).

– Richard DEACON : *A History of the Russian Secret Service,* Angleterre (1972).

– Guy R. WILLIAMS : *The Hidden World of Scotland Yard,* Angleterre (1972).

– Keith BAVERSTOCK : *Footsteps Through London's Past : A Discovering Guide,* Angleterre (1972).

– Kenneth PLATNICK : *Great Mysteries of History,* Angleterre (1972).

– Colin WILSON : *Théories sur l'Éventreur,* en annexe de *Être assassin (Order of Assassins – The Psychology of Murder,* 1972), collection « Textualité », Éditions Alain Moreau, France (1977).

– Gerald SPARROW : *Crimes of Passion,* Angleterre (1973).

– Ivan BUTLER : *Murderers' London,* Angleterre (1973). Un chapitre de dix-neuf pages, « The Ripper's Streets ».

– R. Angus DOWNOE : *Murder in London,* Angleterre (1973).

– Michael HARRISON : *The World of Sherlock Holmes,* Angleterre (1973).

– Francis E. CAMPS : *Camps on Crime,* Angleterre (1973). Un chapitre de six pages, « More About Jack the Ripper ».

– Julian SYMONS : « The Criminal Classes » in Rule *Britannia : The Victorian World,* Angleterre (1974).

– Colin Wilson: *Rasputin and the Fall of the Romanovs,* Angleterre (1974).
– *Chambers' Guide to London the Secret City,* Angleterre (1974).
– Leonard de Vries: *Horrible Murder – Victorian Crime and Passion,* Angleterre (1974).
– *The Reader's Digest Book of Strange Stories, Amazing Facts,* États-Unis (1975).
– Jacquelyn Visick: *London – Tables of Terror,* Angleterre (1975).
– Chaim Bermant: *Point of Arrival: A Study of London's East End,* États-Unis (1975).
– *Infamous Murders,* Angleterre (1975). Un chapitre intitulé «East End Slaughters».
– Robin Odell: *Exhumation of a Murder,* Angleterre (1975).
– Michael Parry: *Jack the Knife – Tales of Jack the Ripper,* Angleterre (1975).
– Colin Simpson, Lewis Chester & David Leitch: *The Cleveland Street Affair,* États-Unis (1976).
– Chaim Bermant: *London's East End,* États-Unis (1976).
– Edgar Lustgarten: *The Illustrated Story of Crime,* Angleterre (1976).
– Fraser Harrison: *The Dark Angel: Aspects of Victorian Sexuality,* Angleterre (1977).
– Donald Rumbelow: «The Ripper's Ladies» in *Murder Ink – The Mystery Reader's Companion* de Dilys Winn, États-Unis (1977).
– Daniel Farson: *The Hamlyn Book of Horror,* Angleterre (1977).
– Albert Borowitz: «New Gaslight on Jack the Ripper» in *Innocence and Arsenic – Studies in Crime and Literature,* États-Unis (1977).
– Charles Silberman: *Criminal Violence, Criminal Justice,* États-Unis (1978).
– Colin Wilson: «Royalty Murder» in *Royal Murder* de Marc Alexander, Angleterre (1978).
– Arnold Madison: *Great Unsolved Cases,* Angleterre (1978).

– William Fishman: *The Streets of East London*, Angleterre (1979).

– J.H.H. Gaute & Robin Odell: *The Murderers' Who's Who*, Angleterre (1979). Édition révisée en 1989: *The New Murderers 'Who's Who*.

– Jean-Claude Asfour: « Les Grands Dépeceurs » in *Meurtres par procuration – Les Assassins à l'écran*, Éditions Pac, France (1979).

– Rob Warden & Martha Groves: *Murder Most Foul and Other Great Crime Stories from the World Press*, États-Unis (1980).

– Jonathan Green: *The Directory of Infamy: The Best of the Worst*, Angleterre (1980).

– Nigel Blundell: *The World's Greatest Mysteries*, Angleterre (1980).

– John Beattie: *The Yorkshire Ripper Story*, Angleterre (1981).

– David A. Yallop: *Deliver us from Evil*, Angleterre (1981).

– Patricia Marne: *Crime and Sex in Handwriting*, Angleterre (1981).

– Dr. John Thompson: *Crime Scientist*, Angleterre (1982).

– Gordon Honeycombe: *The Murders of The Black Museum 1870-1970*, Angleterre (1982).

– J.A. Brooks: *Ghosts of London – The East End, City and North*, Angleterre (1982).

– Robert Jackson: *Francis Camps*, Angleterre (1983).

– Roger Boar & Nigel Blundell: *The World's Most Infamous Murders*, Angleterre (1983).

– Stephen Knight: *The Brotherhood: The Secret World of Freemasons*, Angleterre (1984).

– Nigel Blundell & Roger Boar: *The World's Greatest Unsolved Crimes*, Angleterre (1984).

– Colin Wilson: *A Criminal History of Mankind*, Angleterre (1984).

– Richard Deacon: *The Cambridge Apostles: A History of Cambridge University's Elite Intellectual Secret Society*, Angleterre (1985).

– Thomas T. Noguchi: *Coroner at Large*, États-Unis (1986).

– J.H.H. Gaute & Robin Odell : *Murder Whereabouts,* Angleterre (1986).

– René Réouven : *Dictionnaire des Assassins,* Denoël, France (1986).

– Robert Bloch : Introduction à l'édition française de *La Nuit de l'Éventreur,* Éditions Sinfonia, France (1986).

– Steve Jones : « Jack the Ripper – The Victims, the Hunt for Jack the Ripper & the Suspects » in *London... The Sinister Side,* Angleterre (1986).

– Colin Wilson : « My Search for Jack the Ripper » in *Solved and Unsolved* de Richard Glyn Jones, Angleterre (1984), et in *Unsolved! Classic True Murder Cases* de Richard Glyn Jones, Angleterre (1987).

– Martin Fido : *Murder Guide to London,* Angleterre (1987).

– Peter Quennell : *Mayhew's London Underworld,* Angleterre (1987).

– Jane Caputi : « The Ripper Repository & the Ripper Repetitions » in *The Age of Sex Crime,* États-Unis (1987).

– Stéphane Bourgoin, Gesualdo Bufalino, Benedetta Bini, Daniel Farson, Donald Rumbelow, Marina Fabbri : « Le Moite Vite di Jack the Ripper » in *MystFest 1988,* catalogue du 9e Festival International del Giallo e del Mistero, Italie (1988).

– Stéphane Bourgoin, Martin Fido & Paul Begg : *Jack l'Éventreur. Centenaire d'un mystère,* catalogue du 10e Festival du Polar, Grenoble (1988).

– Roy Harley Lewis : *Victorian Murders,* Angletere (1988).

– W.J. Fishman : *East End 1888 : A Year in a London Borough Among the Labouring Poor,* Angleterre (1988).

– Robert Bloch : Introduction de *Ripper!* anthologie de Gardner Dozois et Susan Casper, États-Unis (1988).

– Richard & Molly Whittington-Egan : « Place the Face : A Ripping Old Game » in *The Bedside Book of Murder,* Angleterre (1988).

– Frank D. McSherry, Jr. : « Somebody's Following You... », introduction de *Red Jack,* anthologie de Greenberg, Waugh et McSherry, États-Unis (1988).

– Brian Lane : *The Murder Club Guide to London,* Angleterre (1988).

– Alastair Segerdial : *Assault on Violence,* États-Unis (1988).

– Michael Prince : *Murderous Places,* Angleterre (1989).

– Roger Gutteridge : *Ten Dorset Mysteries,* Angleterre (1989).

– Colin Wilson : *The Mammoth Book of True Crime 2,* Angleterre (1990). Un chapitre intitulé « The Ripper Mystery ».

– Brian Lane & Wilfred Gregg : *The Encyclopedia of Serial Killers,* Angleterre (1992).

– Jacques Vergïs : *Les Sanguinaires,* chapitre « Jack l'Éventreur – Un tueur en quête d'identité », collection « Mystère du Crime », Édition N° 1/Michel Lafon. Réédition Éditions J'ai lu, France (1992).

– H. Paul Jeffers : *Who Killed Precious ?,* États-Unis (1992).

– Stéphane Bourgoin : *Serial Killers – Enquête sur les tueurs en série,* Éditions Bernard Grasset (édition réactualisée en 1995). Réédition Le Livre de Poche (1995), France (1993).

– Richard Byrne : *The London Dungeon Book of Crime and Punishment,* Angleterre (1993). Un chapitre de cinq pages sur Jack l'Éventreur.

– Martin Fido : *The Chronicle of Crime – The Infamous Felons of Modern History and Their Hideous Crimes,* Angleterre (1993).

– Jean Goens : *Loups-garous, vampires et autres monstres – Enquêtes médicales et littéraires,* CNRS Éditions, France (1993). Le chapitre V, « L'affaire Jack l'Éventreur », est entièrement consacré à l'affaire dans cet excellent ouvrage richement illustré (pages 92 à 105).

– Richard & Molly Whittington-Egan : *The Murder Almanach,* Angleterre (1994).

– James Morton : *The Who's Who of Unsolved Murders,* Angleterre (1994).

– Dr Michel Benezech : *La Chair de l'âme – 50 essais sur la médecine légale 1984-1991,* Édition privée à Bordeaux, France (1994). Le chapitre 9 s'intitule « Jack the Ripper ou de la mutilation voluptueuse » (pages 41 à 46).

– John Douglas et Mark Olshaker : *Mindhunter – Inside the FBI Elite Serial Crime Unit,* États-Unis (1995). Une version condensée de 33 pages a été traduite sous le titre de

« Dans la peau des tueurs » dans *Sélection du Reader's Digest* en avril 1995.

– Stéphane BOURGOIN: *L'Almanach du crime et des faits divers,* Éditions Méréal, France (1997).

PRINCIPAUX ARTICLES DE LANGUE FRANÇAISE SUR JACK L'ÉVENTREUR

– L. BLATIN: « Une Altesse royale, Jack l'Éventreur ? » in *Historia* n° 302.

– Tom CULLEN: « Qui était Jack l'Éventreur ? » in *Historama* n° 252.

– R. DELORME: « Jack l'Éventreur, l'homme qui fit trembler l'Angleterre » in *Histoire pour Tous* n° 84.

– B. OUDIN: « Du nouveau sur Jack l'Éventreur ! » in *Historia* n° 367 bis.

– G. M. TRACY: « Jack l'Éventreur » in *Miroir de l'Histoire* n° 186.

– L. TREICH: « L'Énigme de Jack l'Éventreur » in *Historia* n° 201.

– Jean-Pierre BOUYXOU: « J comme Jack l'Éventreur » in *Dicosexe* n° 4.

– WILLEM: « Chez les misogynes » in *Charlie* n° 45.

– Jean-Claude ASFOUR: « Le Boucher de Whitechapel » in *Gang* n° 1 (1979).

– Alain PETIT: « Jack l'Éventreur » in *Monster-Bis* n° 11 (1981).

– Manuel HIRTZ: « Dossier Jack l'Éventreur » in *Le Cri du Lycanthrope* n° 1.

– Roland MARX: « L'Énigme Jack l'Éventreur » in *L'Histoire* n° 62 (1983).

– Vincent GÉRARD: « Jack l'Éventreur » in *Le Figaro* (20-21 août 1988).

– « Qui était Jack l'Éventreur ? » in *Dossier Meurtre* – Hors série n° 2 (1991).

– Stéphane BOURGOIN: « Scoop de l'année ou arnaque du siècle ? : Le journal de Jack l'Éventreur » (avec des interviews de Shirley Harrison et Martin Fido) in *Newlook* n° 124 (novembre 1993).

– Fabien Bleuze : « Jack the Ripper – Le tueur aux mille visages » in *Mystères* n° 7 (janvier 1994).

DOCUMENTAIRES TÉLÉVISUELS SUR JACK L'ÉVENTREUR

– *Farson's Guide to the British,* Angleterre (diffusion : *5 et 12 novembre 1959*).
– *24 Hours,* BBC, avec Francis Camps (diffusion : *15 avril 1966*).
– *24 Hours*, BBC, avec Thomas Stowell (diffusion : *2 novembre 1970*).
– *24 Hours,* BBC (diffusion : *16 novembre 1970*).
– *Format,* Westward Television (diffusion : 10 avril 1972) avec Michael Harrison, Daniel Farson et Colin Wilson.
– *Late Night Line-up,* BBC, avec Daniel Farson, Colin Wilson, Michael Harrison et Donald Rumbelow (diffusion : *28 juillet 1972*).
– *Jack the Ripper,* programme en six parties de la BBC (diffusion : du 13 juillet au 17 août 1973).
– *Jack the Ripper,* RWB Productions, réalisé par Gary Rhodes, Australie (1980).
– *The Secret Identity of Jack the Ripper,* Cosgrove-Muerer Productions (Los Angeles), États-Unis (novembre 1988).
– *The Black Museum,* Central Independant Television, réalisé par Linda McDougall avec Bill Wadell, conservateur du Black Museum de Scotland Yard, Angleterre (1988).
– *Timewatch :* « Shadow of the Ripper », BBC, écrit et présenté par Christopher Frayling avec Martin Fido, Angleterre (1988).
– *The Diary of Jack the Ripper,* MIA-Duocrave. Réalisé par Martin Howells et Chris Short, Angleterre (1993).
– *Mystères :* « Jack l'Éventreur », TF1, avec Stéphane Bourgoin, Shirley Harrison, Lygia Négrier-Dormont, France (diffusion : 1er décembre 1993).
– *The Whitechapel Murders : Jack the Ripper – The First American Serial Killer ?,* (durée : 51 minutes). Réalisé et produit par Stephen White pour Channel Four Angleterre, (1996).

– *Le Fantôme de Jack l'Éventreur,* France 2, un reportage de 5 minutes de Laurent Frédéric Bollée pour le Journal de 20H (diffusion : 3 avril 1997) avec Stéphane Bourgoin, Donald Rumbelow, Martin Fido, Philip Sugden, Andy Aliffe.
– *Who Was Jack the Ripper?* (durée : 51 minutes). « A Murder in Mind Video spécial », Angleterre (1997).

Signalons aussi une double cassette audio, *On the Trail of Jack the Ripper,* écrite et racontée par Martin Fido (Angleterre, 1992) (durée : 200 minutes) et plusieurs émissions radiophoniques de la BBC, *Smiler with a Knife* (diffusion le 12 avril 1967) et *Who Was Jack the Ripper?* (1er juin 1972).

II. Bibliographie des œuvres de fiction (romans, nouvelles, pièces de théâtre, poésies, etc.)

– Frank A. PINKERTON: *The Whitechapel Murders or An American Detective in London,* États-Unis (1889).

– Gilbert JEROME: «Jack the Ripper; The Whitechapel Fiend in America» in *Old Cap. Collier Library* n° 338 du 18 février 1889. 31 pages. Reprint en 1997, États-Unis.

Jack l'Éventreur est un Corse du nom de Pierre Frosset qui cherche à venger sa sœur, une ancienne prostituée, qu'il a lui-même poignardée. Il promet de tuer cinq femmes à Paris, puis de poursuivre sa tâche à Londres pour s'arrêter à la vingtième victime. Obligé de fuir, il s'embarque pour les États-Unis et, à bord du navire, assassine le capitaine. Après de multiples aventures et rebondissements (notamment avec un requin et un cigare empoisonné!), Pierre Frosset décide de se suicider.

– Anonyme: «In the Slaughteryard» («Dans l'abattoir») in *L'Almanach du crime et des faits divers,* Éditions Méréal, 1996 et dans le présent volume in *The Adventures of the Adventurer's Club,* Angleterre (1891) (nouvelle).

– N.T. OLIVER (pseudonyme de E.O. TILBURN): *The Whitechapel Mystery: Jack the Ripper – A Psychological Problem,* États-Unis (1891).

– W.B. LAWSON: *Jack the Ripper in New York, or Piping a Terrible Mystery,* États-Unis (1891). 31 pages. Reprint en 1997.

– Adolf PAUL: *Uppskararen* (Finlande, 1892) (nouvelle).

Un récit à la première personne du narrateur qui raconte comment il a rencontré Jack à Berlin, puis étudié son journal intime pour conclure à la déviance sexuelle de l'assassin.

– Camille LEMONNIER : « L'homme qui tue les femmes » in *Gil Blas* (19 février 1893), Belgique (nouvelle).

– Raf VERHULST : *Jack the Ripper.* Un feuilleton publié dans *Het laatste nieuws,* Belgique (1894).

– Frank WEDEKIND : *Der Erdgeist (L'esprit de la* terre), Allemagne (1895) (pièce de théâtre).

– Hume NISBET : « The Demon Spell » « Le démon spirite » in *L'Almanach du crime et des faits divers,* Éditions Méréal, 1996, et dans le présent volume in *Jack the Knife – Tales of Jack the Ripper* (Angleterre, 1975), Angleterre (1894) (nouvelle).

– Hume NISBET : « The Phantom Model » in *The Haunted Station* (1894) et in *Gaslight Nightmares,* une anthologie de Hugh Lamb (1988), Angleterre (1894) (nouvelle).

Un des personnages de ce récit de hantise fait référence à « Jacky the Terror ».

– Cleveland MOFFETT : « The Mysterious Card Unveiled » in *Black Cat Magazine* (1896) et in *The Mysterious Card* (1912), États-Unis (1896) (nouvelle).

– John LAW : *In Darkest London,* Angleterre (1899).

Un boucher d'abattoir avoue, sur son lit de mort, qu'il est Jack l'Éventreur.

– Frank A. PINKERTON : *The Whitechapel Murders : or an American Detective in London,* États-Unis (1899) (roman).

– Anonyme : *Huru Jack Uppskäraren blev tillfångatagen,* Suède (1901) (roman).

– N° 18 dans la série *Sherlock Holmes Detective Stories.* Trente-sept femmes sont assassinées par le Dr. Fitzgerald.

– Frank WEDEKIND : *Die Büchse der Pandora (La Boîte de Pandore),* Allemagne (1901) (pièce de théâtre).

– *Les Dossiers secrets du Roi des détectives :* « Jack l'Éventreur », fascicule n° 16 publié par les Éditions de la Nouvelle Populaire (Fernand Laven), France (6 février 1908), repris dans le présent volume.

Il s'agit d'une traduction de l'allemand de la série *Aus den Geheimakten des Welt Detektivs* : « Wie Jack, der Aufschlitzer, gefasst wurde », fascicule n° 18 (1907), où Sherlock Holmes affronte Jack l'Éventreur.

– *Sâr Dunoptal, le grand psychagogue :* « Jack l'Éventreur », fascicule n° 10 des Éditions Eichler, France (1909).

– *Aventuras extraordinarias d'um policia secréta :* « Jack, o estripador », fascicule n° 19 traduit en portugais des *Dossiers secrets du Roi des détectives,* Portugal (1909).

– Jean PETITHUGUENIN : *Ethel King :* « Jack l'Éventreur, le tueur de femmes », fascicule n° 3 des Éditions Eichler, France (1912), repris dans le présent volume.

– Pol ANRI : *Jack The Ripper : Of Eene Misgreep. Blijspel In Een Bedrif,* Belgique (1910).

Une pièce de théâtre en un acte de 44 pages publiée à Anvers ; il s'agit d'une comédie.

– Marie BELLOC LOWNDES : *The Lodger* (*Un étrange locataire,* in « Les romans qui ont inspiré Hitchcock », tome 1, collection « Les Intégrales », Le Masque, 1994), États-Unis (1911) (roman).

Marie BELLOC Lowndes (1868-1947) est maintenant tombée dans l'oubli, mais elle fut une des figures littéraires marquantes de l'Angleterre du début du siècle. Descendante de Joseph Priestley, protégée de Robert Browning, sœur de Hilaire Belloc, elle comptait parmi ses amis Oscar Wilde ou Henry James. Son roman *The Lodger* fut un succès considérable à l'époque et reste certainement l'œuvre de fiction la plus connue sur Jack l'Éventreur, ici un locataire du nom de Mr. Sleuth, bien qu'un doute subsiste à la fin du roman quant à sa culpabilité. Signalons que ce roman reçut des critiques éminemment favorables de personnages littéraires tels que Gertrude Stein ou Ernest Hemingway.

The Lodger fut tout d'abord une nouvelle de quinze pages publiée dans *McClure's Magazine* en janvier 1911 et que Marie Belloc Lowndes « cannibalisa » sous la forme du roman le plus célèbre sur Jack l'Éventreur qui inspira deux pièces de théâtre et d'innombrables films d'Alfred Hitchcock, Maurice Elvey, John Brahm, Hugo Fregonese, Godfrey Grayson, etc.

– Horace Annesley VACHELL : *The Lodger : Who Is He ?,* États-Unis (1916) (pièce de théâtre).

Une pièce de théâtre adaptée du roman de Marie Belloc Lowndes présentée à New York le 8 janvier 1917 au Maxine Elliott Theatre, avec Lionel Atwill dans le rôle du locataire.

– *Memorias Intimas de Sherlock Holmes :* « Jack, el Destripador », fascicule n° 5 de Éditorial Atlante, à Barcelone, Espagne (1912).

– Blaise CENDRARS : *Moravagine,* France (1926).

Un chapitre intitulé « Jack l'Éventreur » montre Moravagine comme l'Éventreur à Berlin.

– F. ALLEN : *Whitechapel Murder,* États-Unis (1927).

– Robert DESNOS : *La Liberté ou l'amour* suivi de *Deuil pour deuil,* Éditions Gallimard, France (1927).

Poète français mort en déportation et qui a toujours été fasciné par l'Éventreur, au point d'écrire une série d'articles sur les crimes de Whitechapel dans le quotidien populaire *Paris-Matinal* (29 janvier-7 février 1928) (réédités dans *Jack l'Éventreur,* Éditions Allia, 1997).

– Bertolt BRECHT & Kurt WEIL : *Die Dreigoschen Oper* (*L'Opéra de quat'sous),* Allemagne (1928). Première au « Schiffbauerdamm » de Berlin, le 31 août 1928 (comédie musicale).

– H.P. LOVECRAFT : *Selected Lecters,* volume III (1929-1931), États-Unis (lettre).

H.P. Lovecraft fait référence à Jack l'Éventreur dans le tome III des 5 volumes publiés par Arkham House (pages 311 et 312).

– Theodora BENSON : « In the Fourth Ward » in *Man from the Tunnel and Other Stories* (1950), États-Unis (1930) (nouvelle).

– Arnould GALOPIN : *L'Homme au complet gris,* Éditions Albin Michel, France (1931) (roman).

Le détective Herlokolms, aidé par son assistant, Allan Dickson, traque Jack l'Éventreur, qui est un marin à bord de l'*Arabella* et qui mutile atrocement des femmes dans chaque port. Ce pastiche de Sherlock Holmes, où le héros s'injecte de la morphine, est la deuxième aventure d'Herlokolms après *La Ténébreuse Affaire de Green Park,* déjà parue chez Albin Michel.

– Francis BEEDING : *Death Walks in Eastrepps* (*La mort qui rôde*), collection « L'Empreinte » n° 70, Éditions de la Nouvelle Revue Critique (1935) et in collection « Rivages/Mystère » n° 12, Éditions Rivages (1995), Angleterre (1931) (roman).

Un émule de Jack l'Éventreur est à l'œuvre dans un village anglais.

– Thomas BURKE : « The Hands of Mr. Ottermole » in *The Pleasantries of Old Quong* (1931) et in *A Teashop in Limehouse* (1931) et in *Ellery Queen's Mystery Magazine* n° 74 (janvier 1950) («Les mains de Mr. Ottermole» in *Mystère-Magazine* n° 52, mai 1952), Angleterre (1931) (nouvelle).

– Hugh BROOKE : *Man Made* Angry, Angleterre (1932) (roman).

– Jean RAY : *Harry Dickson le Sherlock Holmes américain* : «La pierre de lune», fascicule n° 89 des Éditions Eichler et tome V des Éditions Marabout (1967) ; et tome VII de la Librairie des Champs-Élysées (1981) ; et tome VII de *Harry Dickson – L'intégrale,* Éditions NéO (avril 1985), Belgique (1er mai 1933).

Harry Dickson, déguisé en vieux lapidaire juif, résout des crimes qui ressemblent à ceux de Jack l'Éventreur dans une petite cité anglaise. Il s'agit d'un cas de folie inspiré par de la magie (d'où la référence à la pierre de lune).

– Jean RAY : *Harry Dickson le Sherlock Holmes américain* : «Le singulier Mr. Hingle», fascicule n° 96 des Éditions Eichler et tome VII des Éditions Marabout (1968) ; et tome VIII de *Harry Dickson – L'intégrale,* Éditions NéO (mai 1985), Belgique (15 août 1933).

Trente crimes en trois semaines, avec, à chaque fois, épinglée sur la victime, une carte de visite indiquant : *«Avec les compliments de Mr. Hingle»*, qui est un émule de Jack l'Éventreur.

– Michael ARLEN : *Hell! Said The Duchess – A Bed-Time Story,* Angleterre (1934) (roman).

– André DE LORDE et Pierre CHAÎNE : «Jack l'Éventreur» in *Grand-Guignol* (de Pierre Chaîne, André de Lorde et Henri Bauche (Éditions Figuière, 1936), repris dans le présent volume. Pièce de théâtre en trois actes jouée au Grand-Guignol le 30 septembre 1934. Adaptation radiophonique à France-Culture le 12 novembre 1986 dans l'émission «Grand-Guignol», réalisation d'Évelyne Fremy.

– Maurice HEINE : «Regards sur l'enfer anthropoclassique» in *Le Minotaure* n° 8 (1936), France (1936) (nouvelle).

Pages 41 à 45, l'Éventreur, déguisé en ecclésiastique, converse avec le marquis de Sade.

– Allan MacDonald LAING : «Jack the Ripper» in *Bank Holiday on Parnassus,* Angleterre (1941) (poème).

Un très court poème sur l'enfance de Jack l'Éventreur.

– Robert Bloch: «Yours Truly, Jack the Ripper» («Votre dévoué Jack l'Éventreur») in *Les chefs-d'œuvre du crime,* Planète 1965; in *Vingt Pas dans l'au-delà,* collection «Autres temps, autres mondes», Éditions Casterman (1970), et in *La Scène finale,* collection «Le Miroir Obscur» n° 34, Éditions NéO 1982, in *Weird Tales* (juillet 1943), États-Unis (1943) (nouvelle).

Les republications de ce texte de Bloch sont si nombreuses aux États-Unis qu'il faudrait plusieurs pages pour les lister. Signalons une réédition en un livre de 44 pages dans la collection «Short Story Paperback» n° 10, Pulphouse Publishing, en 1991, aux États-Unis.

– George Walkley: *Jack the Ripper.* Une pièce de théâtre jouée à partir du 30 août 1943, à l'Alexandra Theatre de Stoke Newington (Angleterre) avec Tod Slaughter (Dr Grimes/Jack the Ripper), Jenny Lynn (Rose May Murdock), Fred Lloyd, Necia Norde, H.L. Hamilton, Norman Newell, Evelyn Morrison, Rosalie Westwater, Tom Squire, Kenneth Heather et Bert Morley.

Une pièce en deux actes qui comprend les décors suivants: la maison des Hansen, à Whitechapel, une rue qui mène à Workmen's Alley, Workmen's Alley (le lieu des crimes), la cellule du condamné.

– Robert Bloch: «Yours Truly, Jack the Ripper». Une adaptation radiophonique pour l'émission *The Kate Smith Show* diffusée sur CBS le 7 février 1944 avec Laird Cregar dans le rôle de Carmody.

– Leslie Reade: *The Stranger.* Une pièce de théâtre en trois actes jouée au Playhouse, à New York, le 12 février 1945.

– Robert Bloch: «Yours Truly, Jack the Ripper». Une adaptation radiophonique pour l'émission *Mystery Theater* diffusée sur NBC le 27 février 1945.

– Anthony Boucher & Ellery Queen: «Nick the Knife». Une émission radiophonique de la série *Ellery Queen* diffusée sur CBS le 1er août 1945, avec Sydney Smith, Santos Ortega, Ted de Corsia, Gertrude Warner.

Un mystérieux assassin, «Nick the Knife», en est à sa 32e victime. Trois suspects sont interrogés par l'inspecteur Queen qui découvre que le responsable est une femme.

– H.H. Holmes (pseudonyme de Anthony Boucher): «The Stripper» («L'assassin opère sans voiles») in

Mystère-Magazine n° 6, juin 1948) in *Ellery Queen's Mystery Magazine* n° 22 (mai 1945); in *Ellery Queen's Twentieth Century Detective Stories* (1948); in *Verdict* n° 2 (juillet 1953), et in *The Harlot Killer – Jack the Ripper in Fact and Fiction* (1953), États-Unis (1945) (nouvelle).

Un émule de Jack assassine et mutile des femmes : il opère nu. Sœur Ursula, l'héroïne de plusieurs romans de H.H. Holmes, mène l'enquête dans ce court texte qui cite Jack l'Éventreur à plusieurs reprises.

– David Wright O'Brien : « The Softly Silken Wallet » in *Fantastic Adventures,* volume VIII n° 3 (juillet 1946), États-Unis (nouvelle).

Un pickpocket dérobe le portefeuille d'un musicien et découvre ses vertus magiques : il produit constamment de l'argent, mais les billets sont tachés de sang et le cuir du portefeuille lui semble étrange. Le musicien est un émule de Jack l'Éventreur qui fabrique des portefeuilles avec la peau de ses victimes.

– Carl Kuhl : « The Lodger ». Une émission de radio de la série *Mystery in the Air* diffusée le 8 août 1947 avec Peter Lorre dans le rôle du mystérieux locataire.

– William Sansom : « The Intruder » in *Cosmopolitan Magazine* (1948), ou « Various Temptations » in *Tales of Love and Horror* (1947), et in *The 4th Pan Book of Horror Stories* (1963) (Angleterre) (nouvelle).

Un tueur en série qui étrangle des prostituées à Londres est comparé à Jack l'Éventreur. Recherché par la police, il se réfugie chez une jeune femme en mal d'amour qui le cache dans son appartement. Elle se prépare à lui fêter son trente-deuxième anniversaire...

– Anthony Skene : *The Ripper Returns,* Angleterre (1948) (roman).

Le détective Sexton Blake affronte Jack l'Éventreur.

– Page Heldenbrand : « Another Bohemian Scandal » in *The Baker Street Journal,* volume IV, n° 1 de janvier 1949 (nouvelle).

Sherlock Holmes échoue dans sa tentative de capturer Jack l'Éventreur.

– Fredric Brown : *The Screaming Mimi (La Belle et la Bête),* collection « La Tour de Londres » n° 54, Éditions Nicholson &

Watson, 1950; in «Série Noire» n° 1082, Gallimard, 1966, et in «Carré Noir» n° 568, Gallimard, 1986), États-Unis (1949) (roman).

L'Éventreur (The Ripper) terrorise Chicago où il assassine de superbes jeunes filles. Mais l'une d'elles, Yolanda Lang, danseuse dans un night-club, parvient à échapper à une attaque du meurtrier grâce à Devil, son chien-loup qui joue le rôle de la Bête dans son numéro de cabaret de «La Belle et la Bête».

Bill Sweeney, un journaliste alcoolique, arrive peu de temps après sur les lieux et s'intéresse suffisamment à Yolanda pour en oublier de boire. Il décide de capturer le meurtrier et il mène une enquête sur les différentes victimes en espérant découvrir un lien qui l'amènera sur la piste du criminel. Une étrange statuette d'une femme hurlante devient un indice important de son enquête.

Une fin différente, découverte parmi les papiers de l'auteur, a été publiée par mes soins dans la revue *Polar Magazine* n° 1 (1ᵉʳ trimestre 1984).

– Kay Rogers: «Love Story» («Love Story» dans le présent volume) in *Magazine of Science-fiction and Fantasy* et in *The Harlot Killer* (1953), États-Unis (1951) (nouvelle).

– Frédéric Charles (pseudonyme de Frédéric Dard): *L'Horrible Mr. Smith,* collection «La Loupe-Épouvante» n° 2, Éditions Jacquier, 1952, et in Frédéric Dard, *Romans d'épouvante,* collection «Super Poche», Éditions Fleuve Noir, 1993, France (1952) (roman).

– Allan Barnard: *The Harlot Killer – Jack the Ripper in Fact and Fiction,* États-Unis (1953) (ce recueil contient une introduction d'Anthony Boucher et les nouvelles suivantes:)

    * Marie Belloc Lowndes: «The Lodger» (1911) (version nouvelle).

    * Theodora Benson: «In the Fourth Ward» (1930).

    * Anthony Boucher: «Jack el Distripador» (1945).

L'auteur a traduit de l'espagnol une aventure de Sherlock Holmes où celui-ci manque de peu d'être la quarantième victime de l'Éventreur.

    * Thomas Burke: «The Hands of Mr. Ottermole» (1931).

    * H.H. Holmes (pseudonyme d'Anthony Boucher): «The Stripper» (1945).

    * Kay Rogers: «Love Story» (1951).

* William SANSOM : « The Intruder » (1948).

– Paul CAPON : *The Seventh Passenger,* Angleterre (1953) (roman).

L'histoire du « Rosebud Killer » en 1952 s'inspire des crimes de Whitechapel.

– R. de VALERIO : « Jack l'Éventreur » in *Le crime ne paye pas* n° 1, *France-Soir,* France (1953) (bande dessinée).

– Richard ELLINGTON : « The Ripper » in *Manhunt* (août 1953) et *Bloodhound Detective* Story Magazine n° 9 (janvier 1962), États-Unis (nouvelle).

– Gordon NEITZKE : « Sherlock Holmes and Jack the Ripper » in *Illustrious Client's Third Case-Book,* États-Unis (1953).

Dans un bref passage de quatre pages, le Dr John H. Watson est identifié comme étant Jack l'Éventreur.

– Bertolt BRECHT : *The Threepenny Opera,* États-Unis (1954).

Nouvelle présentation à Broadway par Marc Blitzstein de *L'Opéra de quat'sous.*

– David ALEXANDER : *Terror on Broadway (Terreur à Broadway),* collection « Série Noire » n° 255, Gallimard, 1955 ; rééditions en 1971 et 1980, États-Unis (1954) (roman).

« Bart Hardin, rédacteur en chef du *Broadway Times,* reçoit une lettre signée Waldo annonçant qu'un crime sera commis dans le quartier vendredi soir entre vingt heures et minuit. Il alerte son ami, le policier Romano, car un an auparavant, Waldo le fou invisible a déjà terrorisé le quartier de Broadway en mutilant et assassinant plusieurs comédiennes.

« Chacun de leur côté, les deux hommes essayent de découvrir le maniaque avant qu'il ne soit trop tard. Le flic remarque que le message a été frappé sur une machine dont la lettre "a" est désalignée. Ils retrouvent la machine. Un suspect est arrêté mais Waldo continue à faire pleuvoir ses avertissements.

« Bart et Romano possèdent une longue liste de suspects. Ils enquêtent toute la semaine pour n'aboutir qu'à des fausses pistes et à la découverte d'une femme assassinée avec sur son agenda : "22 h. Au secours, Waldo arrive."

« Persuadés que le criminel va frapper durant la représentation d'une opérette, ils lui tendent un piège mais se rendent compte au dernier moment qu'ils se sont trompés de théâtre. La perspicacité du rédacteur en chef permet néanmoins de confondre le coupable, critique dramatique dans son propre journal. Son avocat, Marty Land, ne le croit pas coupable du dernier meurtre. Les deux enquêteurs non plus qui repartent en campagne démasquer l'insoupçonnable meurtrière provoquant un nouveau coup de... théâtre, grâce à deux indices typiquement féminins, des traces d'ongle et une gaine. » (Claude Mesplède, *Les Années « Série Noire »,* Encrage 1992.)

– Benoît BECKER (pseudonyme de José-André LACOUR) : *Le Chien des ténèbres,* collection « Angoisse » n° 6, Éditions Fleuve Noir (1955), et in collection « Super Poche », Éditions Fleuve Noir (1995), France (roman).

Seule dans une demeure isolée et pour échapper à un tueur fou obsédé sexuel et émule de Jack l'Éventreur, une unique possibilité pour Béatrice : se terrer dans la cave. Mais, dans cette cave, il y a bien pire qu'un serial killer...

– Hugh DESMOND : *A Scream in the Night,* Angleterre (1955) (roman).

– Hugh DESMOND : *Death Let Loose,* Angleterre (1956) (roman).

– Maurice PROCTOR : *Ripper Murders* (titre anglais : *I Will Speak Daggers),* États-Unis (1956) (roman).

Un émule de Jack est poursuivi par deux détectives de Scotland Yard.

– Peter MARSCH (pseudonyme de Claude FERNY) : *J'étais Jack l'Éventreur,* Éditions Métal, et collection « Poche Revolver » n° 3, Éditions Florent-Massot (4ᵉ trimestre 1994), France (3ᵉ trimestre 1956) (roman).

Annoncé comme traduit de l'anglais par Claude Ferny, sous un premier titre de *J'étais un fou sanglant,* voici ce qu'affirme à son sujet Alain Petit dans *Monster-Bis* n° 11 (Spécial Jack l'Éventreur) :

« *J'étais Jack l'Éventreur* constitue, sans contestation possible, le roman le plus achevé, l'œuvre la plus folle, la plus débridée, *le* chef-d'œuvre de Claude Ferny. Présenté sous forme de confession, nous découvrons l'enfance, l'adolescence et enfin les premiers méfaits de celui qui deviendra l'illustrissime Jack. Rarement bouquin fut délibérément plus odieux, plus complaisant dans l'ignominie. Un authentique chef-d'œuvre du second rayon, dissimulé derrière une couverture d'une rare banalité. »

– Edgar W. SMITH : « The Suppressed Adventure of the Worst Man in London » in *Baker Street and Beyond : Together with Some Trifling Monographs,* États-Unis (1957) (article).

L'auteur spécule sur une intervention restée secrète de Sherlock Holmes concernant Jack l'Éventreur.

– Gardner F. FOX : *Terror Over London,* États-Unis (1957) (roman).

Londres, 1888. Sir Stanley Hawkins, chirurgien émérite, a tout pour être heureux : riche, une famille célèbre et un fils de trois ans. Mais sa femme est une victorienne bon teint qui le délaisse pour courir les mondanités.

Hawkins éprouve petit à petit une étrange fascination pour le sang. Lors d'un incident dans son cabinet médical, il s'aperçoit que cette tendance est partagée par son infirmière, Victoria Morley. Ils décident tous les deux de se rendre dans des cabarets de l'East End où ils assistent à un spectacle de lancers de couteaux qui se termine de manière sanglante.

Terriblement excitée, Victoria tue une prostituée dans la rue parce que celle-ci se moquait d'elle. De retour dans l'appartement de Victoria, ils font l'amour. Leur liaison amoureuse se teinte de sadisme : coups de fouet, etc.

Victoria, qui attend un bébé de son amant, exige qu'il divorce. Il fait semblant d'accepter, tout en échafaudant des plans pour la tuer. Il lui loue un logement dans Whitechapel et lui fait adopter l'identité de Mary Kelly. Peu après, lors d'une de ses tournées dans l'East End, il est reconnu par une prostituée comme complice du meurtre de Victoria. Il la tue avec sa canne-épée, avant de mutiler son corps pour faire croire à un crime de maniaque. Afin de couvrir le seul meurtre qui lui importe vraiment – celui de Victoria Morley/Mary Kelly –, il procède à une série d'assassinats, puis écrit des missives à la police sous le nom de Jack l'Éventreur. Une fois Victoria assassinée, il met fin à ses jours avec de la morphine en faisant croire à une mort par arrêt cardiaque.

Un excellent roman qui, bien que daté de 1957, va assez loin dans les rapports torrides du couple maudit, mais se montre assez avare dans la description des meurtres, sauf pour le dernier.

– Warren SHANAHAN : « Worse than Jack the Ripper » in *Guilty Detective Story Magazine* (juillet 1957), États-Unis (nouvelle).

– Robert ARTHUR : « ... Said Jack the Ripper » (« La crème du crime »), *Hitchcock Magazine* n° 30, juillet-août 1991 in *Alfred Hitchcock Mystery Magazine* (décembre 1957), États-Unis (nouvelle).

Burke Morgan est condamné à mort, mais il parvient à s'enfuir le jour de son exécution et il se cache dans un musée de cire où les figurines lui adressent la parole.

– Charles FISHER : « A Challenge from Baker Street » in *Leaves from the Copper Beeches,* États-Unis (1959).

Dans ce chapitre de dix-sept pages, Fisher démontre que Sherlock Holmes a identifié Jack l'Éventreur, un certain Horace Harker, qui travaillait sous les ordres du professeur Moriarty.

– Stuart JAMES : *Jack the Ripper: Based on the Original Screen Play by Jimmy Sangster,* plus a *True-to-Life Account of the Actual Ripper Murders* par Bill DOLL, États-Unis (1959) et (1960) (roman).

Dans cette novellisation du film de Baker et Berman, Sir David Rogers traque Mary Clarke. Le roman est complété par dix pages qui relatent les crimes authentiques de Jack.

– Marcus VAN HELLER : *Nightmare,* France (1960) (roman).

Jack l'Éventreur est de retour dans les rues de Londres, à notre époque, dans ce roman publié en anglais dont la première publication se fait en France par Ophelia Press. Il fut, par la suite, réédité en 1965 et en 1967 (États-Unis).

– Colin WILSON : *Ritual in the Dark,* Angleterre (1960) (roman).

Gerald Sorme, un jeune écrivain, rencontre par hasard le célèbre et fortuné critique de danse, Austin Nunne, qui le fait entrer dans le « grand monde ». Petit à petit, Sorme se rend compte que Nunne est un pervers homosexuel, avec un penchant certain pour le sadisme, les parfums exotiques et des chambres entièrement drapées de noir.

Parmi les personnes que Sorme rencontre, il y a un prêtre catholique, un médecin légiste allemand, un peintre qui ressemble à Van Gogh et deux femmes, une nièce et sa tante, qui deviennent toutes deux ses maîtresses.

Pendant ce temps, des jeunes femmes, pour la plupart des prostituées, sont étranglées, puis mutilées, dans les rues de Londres. La police et la presse pensent qu'il s'agit d'un nouveau Jack l'Éventreur. Au fur et à mesure de la progression des crimes, Sorme comprend que le maniaque sexuel fait partie de son nouveau cercle d'amis...

– Thomas F. GRADY : « Two Bits from Boston » in *The Baker Street Journal Christmas Annual* n° 5 (1960) (nouvelle).

Sherlock Holmes capture Jack l'Éventreur dans ce bref conte de quatre pages.

– Phyllis TATE : *The Lodger.* Un opéra composé par Phyllis Tate d'après le roman de Marie Belloc Lowndes et le *Lulu* d'Alban Berg, dont la première a lieu le 14 juillet 1960, à l'Académie Royale de Musique, à Londres.

– C. VEHEYNE : *Horror,* Angleterre (1962, puis 1964) (roman).

– Richard M. GORDON : « A Punishment to Fit the Crime » in *The Fiend in You,* une anthologie de Charles Beaumont, États-Unis (1962) (nouvelle).

Le procès et la condamnation de Jack l'Éventreur.

– Mark MCSHANE : *Untimely Ripped* (*Les Écorchés*), collection « Panique » n° 8, Gallimard, 1963, et collection « Série Noire » n° 1665, Gallimard, 1974, Angleterre (1962) (roman).

Dans les années 1960, Greyton, une petite ville du Lancashire, constamment battue par la pluie, est le théâtre d'une série de crimes horribles dont les victimes sont trois sœurs prostituées, âgées d'une quarantaine d'années. Elles sont retrouvées nues, bâillonnées et éventrées à l'aide d'un morceau de métal.

Parmi les personnages qui gravitent autour de ces crimes, il y a Jehovah, un ancien pensionnaire d'un asile d'aliénés, qui prêche tout en étant un obsédé sexuel, ainsi que l'inspecteur Matric, sur le point d'être muté à Londres, un frustré qui rêve d'éradiquer le vice sous toutes ses formes. Afin d'obtenir des aveux, il emploie très souvent la manière forte envers les suspects. De plus, il méprise ses collègues qui le lui rendent bien. Son supérieur, le chef de la police locale, était l'amant caché d'une des trois victimes.

Le roman s'achève par une litanie qui hante le cerveau du tueur : « La ville est une catin... une catin... une catin... Et ta

mère une pute... et ta mère une pute... et ta mère une pute... »
Le livre dans son entier baigne dans une atmosphère extrêmement déprimante, avec des personnages tous plus odieux et méprisables les uns que les autres. On y trouve au final un avertissement au lecteur : « L'auteur en créant le personnage de Matric a, de toute évidence, pensé à Jack l'Éventreur dont les crimes sont restés impunis. Et l'hypothèse qu'il avance quant à son identité est certainement une des plus originales qui aient été émises à ce jour. »

– Ray RUSSELL : « Sagittarius » in *Playboy,* États-Unis (1962) (nouvelle).

Une version révisée et plus longue sera publiée par l'auteur en 1967.

– William S. BARING-GOULD : *Sherlock Holmes : A Biography of the World's First Consulting Detective,* Angleterre (1962).

Le chapitre XV montre Sherlock Holmes en travesti qui est presque tué par Jack l'Éventreur, avant d'être sauvé par le Dr Watson.

– William S. BURROUGHS : *Nova Express,* États-Unis (1962) (roman).

Les notes des crimes de Jack l'Éventreur sont « inscrites » dans le texte.

– Edward HOCH : « The Ripper of Storyville » in *The Saint Detective Magazine,* volume VIII, n° 7 (septembre 1962) (« Meurtre à Storyville » in *Le Saint Détective Magazine* n° 96, février 1963), États-Unis (1962) (nouvelle).

Une enquête de Ben Snow, que d'aucuns pensent être Billy le Kid, qui est chargé par un richissime fermier sur le point de mourir de ramener sa fille prostituée qu'il n'a pas vue depuis six ans. Mais à Storyville, les meurtres de prostituées se multiplient et l'inspecteur Jonathan Withers, qui était policier à Whitechapel en 1888, pense que Jack l'Éventreur a immigré aux États-Unis. Il en est convaincu lorsqu'une des victimes retrouvées est identifiée comme étant Sadie Stride, référence à Elizabeth Stride.

– Jack RITCHIE : « Ripper Moon ! » in *Manhunt* (février 1963), États-Unis (nouvelle).

– Hugh REID : « Dulcie » (« Dulcie » dans le présent volume) in *The 4th Pan Book of Horror Stories,* Angleterre (1963) (nouvelle).

– John A. Kilpatrick : *The Mother of Jack the Ripper – A Drama,* États-Unis (1963) (pièce de théâtre).

– Douglas Warner : *Death of a Tom* (*Pléthore d'hétaïres,* collection « Série Noire » n° 822, Gallimard, novembre 1963), Angleterre (1963) (roman).

– Reynold Junker : « Jack » in *Magazine of Horror* (avril 1965), États-Unis (nouvelle).

– Flemming Christensen : « Who's Afraid of Big Bad Jack ? Or An Attempt to Disclose the Identity of Jack the Ripper » in *The Baker Street Journal,* volume XV, n° 4 de décembre 1965 (article).

Un texte qui démontre « de façon indiscutable » que « ce monstre assoiffé de sang » n'est autre que John H. Watson, le compagnon de Sherlock Holmes.

– L.W. Bailey : « The Case of the Unmentioned Case : A Sherlock Holmes Spéculation », Angleterre (1966) (article).

Dans le journal anglais *The Listener* n° 74 du 16 décembre et *The Baker Street Journal,* volume XVI, n° 3 de septembre 1966, l'auteur prouve sur deux pages que Sherlock Holmes est Jack l'Éventreur :

« Comme Sherlock Holmes ne mentionne jamais Jack l'Éventreur, bien que les meurtres se soient déroulés entre 1888 et 1891 quand Holmes était à son zénith ; Holmes ne fut jamais consulté au sujet de ces assassinats ; une des victimes a été vue en compagnie d'un homme portant un chapeau de chasse ; les deux hommes connaissaient à merveille l'East End, la manière de se déguiser, ainsi que l'anatomie ; Jack avait une profonde aversion pour les femmes et le sexe, tandis que Holmes n'était pas attiré par la gent féminine ; et comme Holmes était fou et séparé de Watson à cette époque, nous en déduisons que Sherlock Holmes était probablement Jack l'Éventreur. »

– Ellery Queerr : *A Study in Terror* (autre titre : *Sherlock Holmes vs. Jack the Ripper*), États-Unis (1966). Traduit sous le titre de *Sherlock Holmes contre Jack l'Éventreur* (Stock, 1968, puis Éditions J'ai lu n° 2607 ; mai 1989).

– Iars Forssell : *Jack Uppskäraren och andra visor tryckta i ar,* Suède (1966) (poème).

L'Éventreur sert de prétexte à un poème anticapitaliste.

– Bruce DETTMAN : « Who Wasn't Jack the Ripper » in *The Baker Street Journal,* volume XVII, n° 4 de décembre 1967 (article).

Pendant deux pages, l'auteur indique qu'aucun des personnages des aventures de Sherlock Holmes n'était Jack l'Éventreur et que Holmes a échoué dans sa tentative de capturer l'assassin.

Lors d'un procès, un avocat fait avouer Holmes qui admet être Jack l'Éventreur.

– Ray RUSSELL : « Sagittarius » (nouvelle version longue) (« Sagittaire » dans le présent volume) in *Unholy Trinity,* États-Unis (1967). Rééditée dans le volume *Sagittarius* en 1971, puis dans *Haunted Castles – The Complete Gothic Tales of Ray Russell* (1985).

– Robert BLOCH : « A Toy for Juliette » in *Dangerous Visions* (1967) ; in *Fear Today, Gone Tomorrow* (1971 et 1975) ; et in *Partners in Wonder* (1971) (« Un jouet pour Juliette » in *Fiction* n° 202, octobre 1970 ; in *Dangereuses Visions,* tome I, Éditions J'ai lu n° 626, novembre 1975 ; et in *Nounours est pyromane,* collection « Fantastique, SF, Aventures » n° 115, Éditions NéO, juillet 1984), États-Unis (nouvelle).

– Gerald KERSH : « Poppy's Ballad of Marty Tabram » in *The Angel and the Cuckoo,* Angleterre, (1967) (poème).

Un poème de vingt vers sur Jack l'Éventreur, « le plus grand chirurgien du pays », est inclus dans ce roman par l'auteur de *Les Forbans de la nuit.*

– Harlan ELLISON : « The Prowler in the City at the Edge of the *World* » (« Le rôdeur dans la Cité à la lisière du monde ») in *Fiction* n° 202, octobre 1970, ou « Le rôdeur dans la ville au bord du monde » in *Dangereuses Visions* tome I, Éditions J'ai lu n° 626, novembre 1975), États-Unis (1967) (nouvelle).

– Bruce KENNEDY : « Jack in Abyss » in *The Baker Street Journal* volume XVII, n° 4 de décembre 1967 (nouvelle).

Le professeur Moriarty est Jack l'Éventreur.

– Miles MASTERS : « The Adventure of the Second Stain » in *The Sunday Times News Magazine* du 10 décembre 1967, Afrique du Sud (nouvelle).

Sherlock Holmes est accusé d'être l'auteur des crimes de Whitechapel. Ce texte remporte le deuxième prix d'un concours de nouvelles organisé par le journal.

– Flemming CHRISTENSEN : « Who Wasn't Turner ? » in *The Baker Street Journal,* volume XVII, n° 2 de juin 1968 (article).

Un bref article d'une page donne des preuves supplémentaires quant à la culpabilité du Dr. Watson, le bras droit de Sherlock Holmes, concernant les crimes de Whitechapel.

– Edward S. LAUTERBACH : « Holmes and the Ripper » in *The Baker Street Journal,* volume XVIII n° 2 de juin 1968 (poème).

Un poème de trente et un vers qui raconte comment Sherlock Holmes et le Dr. Watson identifient l'Éventreur (« Jack the Rip ») en la personne de Moriarty, avant de le tuer.

– Alex N. SALOWICH : « He Could Not Have Sat Idly » in *The Baker Street Journal,* volume XVIII, n° 2 de juin 1968 (nouvelle).

Sherlock Holmes enquête sur les crimes de Whitechapel : il élimine Athelney Jones, le Dr. Watson et le professeur Moriarty de la liste des suspects, avant de choisir un médecin, Sir James Saunders. Mais le détective garde le silence afin de protéger la réputation de la profession médicale londonienne.

– Robert A. WHITEHEAD : « Lettre » in *The Baker Street Journal,* volume XVIII, n° 2 de juin 1968 (lettre).

Dans la rubrique du « Courrier des lecteurs », Robert Whitehead constate l'échec de Sherlock Holmes sur l'affaire des crimes de l'Éventreur.

– Jack LEAVITT : « Mr. Holmes, Please Take the Strand » in *The Baker Street Journal,* volume XVIII, n° 3 de septembre 1968 (nouvelle).

Lors d'un procès, un avocat fait avouer Holmes qui admet être Jack l'Éventreur.

– Peter BARNES : *The Ruling Class – A Baroque Comedy,* Angleterre (1969).

– Barry ROCKWELL & Bill PARENTE : « L'Éventreur » in *Creepy* n° 1, États-Unis (1969) (bande dessinée).

Huit pages sur Arthur, professeur d'anatomie à l'école de garçons de Chelsington, dans la banlieue londonienne, pendant les crimes de l'Éventreur en 1888.

– J. SEVERIN & Archie GODWIN : « Dans la peau du personnage » in *Eerie* n° 1, États-Unis (1969) (bande dessinée).

Un acteur fou s'identifie au tueur de Whitechapel.

– Michael GARDNER : *An Old Drama – Three Encounters with Jack the Ripper,* Angleterre (1969).

Une nouvelle de 15 pages publiée par Black Knight Press dans un tirage de 100 exemplaires numérotés.

– Philip José FARMER: *A Feast Unknown* (*La Jungle nue,* collection «Chute libre», Éditions Champ Libre, 1974, et collection «Titres SF», 1979), États-Unis (1969) (roman).

– Richard BRAUTIGAN: *Trout Fishing in America – A Novel* (*La Pêche à la truite en Amérique,* Éditions 10-18 n° 1625), États-Unis (1970) (roman).

Une explication originale sur le fait que Jack l'Éventreur ne se soit jamais fait prendre.

– Graham NORTON: «Was Gladstone Jack the Ripper?» in *Queen* (septembre 1970), Angleterre (nouvelle).

– Oscar TAPPER: *Jack the Knife,* Angleterre (1970) (pièce de théâtre).

Un drame en vers publié par l'*East London Arts Magazine* (16 pages). La première de la pièce se déroula au Toynbee Theatre de Londres le 14 avril 1965 avec John O'Kane, David Bluestone, Michael Woodburne, Valerie Snelling et Elaine Woods.

– Edward Spencer SHEW: *Hands of the Ripper,* Angleterre (1971) (roman).

Une novellisation du film de la Hammer, *La Fille de Jack l'Éventreur* de Peter Sasdy.

– R. CHETWYND-HAYES: «The Gatecrasher» in *The Unbidden,* Angleterre (1971) (nouvelle).

Jack l'Éventreur hante Edward Charlton qui l'a conjuré lors d'une séance de spiritisme. Poussé à tuer des prostituées, Charlton est assassiné à son tour et il se cache derrière le miroir de son appartement, dans l'attente d'être appelé lui aussi lors d'une séance de spiritisme.

– Edward S. LAUTERBACH: «Jack the R.I.P.» in *The Pontine Dossier Annual,* volume I, n° 2 (1971) (poème).

Un poème sur Jack l'Éventreur et Sherlock Holmes.

– «La véritable histoire de Jack l'Étrangleur» in *Terror* n° 6 (Elvifrance), France (1971) (bande dessinée).

Lord Cunningham est enfermé dans un asile psychiatrique, suite aux meurtres de Whitechapel, où il passe cinq ans avant de mourir d'une pneumonie.

– Anthony BOUCHER: «A Kind of Madness» in *Ellery Queen's Mystery Magazine* (août 1972) («Une touche de folie» in *Mystère-Magazine* n° 315, mai 1974), États-Unis (nouvelle).

Comme son ami Robert Bloch, Anthony Boucher (1911-1968) s'intéresse à plusieurs reprises à Jack l'Éventreur. Dans ce texte publié à titre posthume, il nous propose une solution inédite à l'identité de l'Éventreur, puisque, à l'image de Steeman dans *L'assassin habite au 21*, il nous offre trois meurtriers pour le prix d'un, en mêlant les crimes de Whitechapel à une autre affaire célèbre, le meurtre de Marcel Gouffé par Michel Eyraud et sa maîtresse, Gabrielle Bompart, à Paris, en 1890.

– R.L. STEVENS : « The Legacy » in *Ellery Queen's Mystery Magazine* (août 1972), États-Unis (nouvelle).

– « Jack l'Éventreur » in *Cauchemar* n° 6, France (1972) (bande dessinée).

Pages 23 à 44, une théorie reliant les crimes de Whitechapel à de la magie noire est réfutée par Scotland Yard... et l'Éventreur lui-même !

– Terence GREER : *Ripper*, Angleterre (1973) (comédie musicale).

Plusieurs Éventreurs figurent dans cette comédie musicale jouée à Londres.

– T.E. HUFF : *Nine Buck's Row* (*L'Assassin rôde dans l'impasse*, collection « Romans », Presses de la Cité, 1973), États-Unis (1973) (roman).

Londres, 1888. Une des victimes de l'Éventreur est une actrice de théâtre de bas étage, qui a pour nièce Susannah, une orpheline de dix-huit ans. Parce que la jeune fille a failli surprendre le meurtrier, celui-ci ne cesse plus de rôder autour d'elle, dans cette maison de Buck's Row, proche de l'abattoir. Cependant le cœur de Susannah s'éveille à l'amour, hésitant entre trois hommes : son tuteur, Nicholas, à l'abord glacial et aux activités mystérieuses ; un jeune peintre, Daniel, déchiré entre son art et sa famille ; et Ted, un riche gentleman-farmer. En l'espace d'une seule nuit, Susannah découvrira l'identité de Jack l'Éventreur et de celui qu'elle aime.

– Michael AVALLONE : « A Theory Holmes Would Have Liked », Angleterre (1973).

Dans cette nouvelle publiée dans le quotidien anglais *Daily Express* du 2 août 1973, l'auteur américain suggère que Sir Arthur Conan Doyle était Jack l'Éventreur.

– Michael HARRISON : « The Ripper and the Crown » in *The World of Sherlock Holmes*, Angleterre (1973) (nouvelle).

Une nouvelle de neuf pages où Sherlock Holmes affronte Jack l'Éventreur.

– Frank HATHERLEY : *The Jack the Ripper Show and How They Wrote it,* Angleterre (1973) (comédie musicale).

À chaque représentation, l'identité de l'Éventreur changeait, tout en restant le même genre de personnage. La musique était signée par Jeremy Barlow.

– John GARDNER : *The Return of Moriarty* (*Le Retour de Moriarty*), Éditions Jean-Claude Lattès, 1974, et collection «Le Miroir Obscur» n° 88, Éditions NéO, 1984, Angleterre (1974) (roman).

«En août 1974, John Gardner, l'un des meilleurs auteurs anglais actuels de romans d'espionnage, recevait des mains d'Albert Spear, un truand repenti dont il avait fait la connaissance au cours d'une enquête sur les méthodes d'investigation de la police, un curieux document chiffré : le journal intime du professeur James Moriarty. Gardner, aidé de quelques amis, entreprit de déchiffrer le document et de le publier, afin de porter à la connaissance du public le rôle de Moriarty dans l'affaire Goncourt, ses relations avec Jack l'Éventreur, ses pactes avec Sherlock Holmes. L'énigme Jack the Ripper y reçoit une solution on ne peut plus vraisemblable qui explique l'impuissance de la police à découvrir le coupable, et la mystérieuse réapparition de Holmes après le duel de Reichenbach Falls, une explication. John Gardner, dans cet excellent roman, justifie avec rigueur et vigueur le surnom de Moriarty : le Napoléon du crime (ce que les écrits de Conan Doyle, par leur évidente partialité, ne faisaient guère).» Jean-Pierre Deloux (Polar n° 11, avril 1980).

– John SLADEK : *Black Aura* (*L'Aura maléfique,* collection «Engrenage International» n° 133, Éditions Fleuve Noir, février 1986, pages 75 à 77), Angleterre (1974) (roman).

Dans le chapitre V de ce roman, le détective Thackeray Phin, le «Sherlock Holmes américain des années 70», disserte sur les crimes de Jack l'Éventreur et démontre que le Dr. Watson est le coupable.

– WILLEM : *Jack l'Éventreur en vacances,* France (1974) (bande dessinée).

– John CASHMAN : *The Gentleman from Chicago : Being an Account of the Doings of Thomas Neill Cream,* Angleterre (1974) (roman).

Une version romancée, écrite à la première personne, des crimes de Thomas Neill Cream qui fut accusé d'être Jack l'Éventreur.

– John Brooks BARRY : *The Michaelmas Girls,* États-Unis (1975) (roman).

Une narration à la première personne, par l'entremise d'un journal intime, de Christopher Keele qui est un travailleur social à Toynbee Hall, en plein cœur de Whitechapel, au moment où débutent les crimes de Jack l'Éventreur. En questionnant des policiers, des journalistes, des témoins et des amis des victimes, Christopher se rend compte que l'Éventreur « œuvre » en compagnie d'une femme dans une machiavélique association qui n'est pas sans évoquer celle qui liait Charles Manson et ses disciples.

– G. KANE : « Jack l'Éventreur » in *Frankenstein* n° 1 (Éditions Aredit, France), États-Unis (1975) (bande dessinée).

Une adaptation de 13 pages de la nouvelle de Robert Bloch, « Votre dévoué, Jack l'Éventreur ».

– Ramsey CAMPBELL : « Jack's Little Friend » in *The Height of the Scream* (1976) (« Le petit ami de Jack » in *L'Homme du souterrain,* collection « Le Masque Fantastique » n° 16, Librairie des Champs-Élysées, 1979), Angleterre (1975) (nouvelle).

– *Jack the Knife – Tales of Jack the Ripper,* Angleterre (1975). Une anthologie de 160 pages de Michael PARRY qui contient les textes suivants :

* Joseph F. PUMILIA : « Forever Stand the Stones » (1975).

Suite à un sacrifice humain, à Stonehenge, le prêtre druidique Wygiff est précipité dans le Londres de 1885, où il est enfermé trois ans dans un asile psychiatrique. Relâché, il n'a qu'une idée en tête : tuer des femmes pour retrouver son époque. Jack l'Éventreur erre ainsi à travers les époques, à Babylone, dans la Rome antique et il est même Dracula.

* Hume NISBET : « The Demon Spell » (1894).
* Marie BELLOC LOWNDES : « The Lodger » (1911).
* Anonyme : « In the Slaughteryard » (1891).
* Anthony BOUCHER : « A Kind of Madness » (1972).
* R. CHETWYND-HAYES : « The Gatecrasher » (1971).
* Philip José FARMER : « My Father the Ripper » (1969).

  Il s'agit d'un extrait du roman de Farmer, *A Feast Unknown.*

* Robert Bloch : « Yours Truly, Jack the Ripper » (1943).
* Ramsey Campbell : « Jack's Little Friend » (1975).
* Harlan Ellison : « The Prowler in the City at the Edge of the World » (1967).

– Robert Bloch : « A Most Unusual Murder » in *Ellery Queen's Mystery Magazine,* volume LXVII, n° 3 (mars 1976), et in *Out of the Mouths of Graves* (1978) (« Un meurtre fort insolite » in *Mystère-Magazine* n° 341, juillet-août 1976, et « Un crime des plus singuliers » in *Un brin de belladone : Robert Bloch,* collection « Autres temps, autres mondes », Éditions Casterman, 1983), États-Unis (nouvelle).

– Bill Pronzini & Barry N. Malzberg : *The Running of Beasts,* États-Unis (1976) (roman).

Un serial killer assassine et mutile des femmes dans une petite ville des Adirondacks, à Bloodstone. Connu sous le nom de « The Ripper », il s'agit d'un schizophrène à la double personnalité qui, en temps normal, ignore totalement qu'il est un criminel. Ce roman remarquable et très dense est divisé en un peu plus de 150 chapitres très brefs qui racontent le point de vue de six personnages différents : le policier d'État chargé de l'enquête ; un inspecteur brutal de Bloodstone ; une journaliste de New York qui hait la cité de son enfance ; un ex-acteur alcoolique ; un pigiste local qui rêve d'écrire un best-seller au sujet des meurtres ; et l'Éventreur lui-même. *The Running of Beasts* est tellement habile qu'à la fin de chaque chapitre le lecteur est persuadé d'avoir identifié l'assassin qui est un des cinq personnages.

– Ron Pember & Denis de Marne : *Jack the Ripper : A Musical Play,* Angleterre (1976).

Une comédie musicale qui fut présentée à l'Ambassador's Theatre de Londres, le 17 septembre 1974. Montague Druitt y est Jack l'Éventreur et un magicien. Le livret musical publié en 1976 fait 53 pages.

– Edson T. Hamill : *The Slasher,* États-Unis (1976) (roman).

– Patrice Chaplin : *By Flower and Dean Street and the Love Apple,* Angleterre (1976) (roman).

Jack l'Éventreur revient comme auteur de slogans publicitaires.

– Peter Lovesey : *Swing, Swing Together,* Angleterre (1976) (roman).

Une enquête du sergent Cribb sur deux crimes où figure quelqu'un suspecté d'être Jack l'Éventreur, ou d'en avoir été une victime éventuelle.

– « L'homme vampire » in *Terreur de Dracula* n° 1 (1977) (bande dessinée).

– Markus LEICHT : *Le Tueur fou dans le cimetière des rêves.* Une plaquette publiée à Lyon en 1977 où Sherlock Holmes affronte Jack l'Éventreur en 1888.

– Jean-Pierre BOURS : *Celui qui pourrissait,* Éditions Marabout, Belgique (1977) (roman). Prix Jean Ray 1977.

– Mark ANDREWS : *The Return of Jack the Ripper,* États-Unis (1977) (roman).

Jack revient quatre-vingt-dix ans après à New York pour traquer de nouvelles victimes.

– Robert BLOCH & Harlan ELLISON : *Blood! The Life and Future Times of Jack the Ripper,* États-Unis (1977) (disque).

Dans ce rare double album illustré avec des photos et des textes de présentations des deux auteurs, Robert Bloch raconte « Yours Truly, Jack the Ripper » (1943) et « A Toy for Juliette » (1967), tandis qu'Harlan Ellison lit « The Prowler in the City at the Edge of the World » (1967). Le disque est produit par Roy Torgeson pour Alternate World Recordings, Inc. AWR 6925.

– Edward D. HOCH : « The Treasure of Jack the Ripper » in *Ellery Queen's Mystery Magazine* n° 419 (octobre 1978) ; in *The Quests of Simon Ark* (1984), et in *Suspicious Characters* (1987), États-Unis (nouvelle).

Simon Ark, un prêtre copte âgé de deux mille ans, enquête sur le trésor perdu de Jack l'Éventreur. Il reconstitue la carte qui était dessinée sur un parchemin composé à partir de la peau des cinq victimes.

– Michael DIBDIN : *The Last Sherlock Holmes Story* (*L'Ultime Défi de Sherlock Holmes,* Éditions Rivages, 1994), Angleterre (1978) (roman).

En 1976 est porté à la connaissance du public un document du Dr. Watson qui révèle la véritable identité de Jack l'Éventreur après l'enquête menée par Sherlock Holmes qui est persuadé que le mystérieux criminel n'est autre que son ennemi juré, Moriarty.

– Kenneth R. MCKAY : *Shadow of the Knife,* États-Unis (1978) (roman).

Un émule moderne de Jack l'Éventreur surnommé le « Nassau Slasher ».

– Michael Newton : *The Hunter. 1 : The Ripper,* États-Unis (1978) (roman).

Un imitateur de Jack l'Éventreur aux États-Unis.

– Alban Berg : *Lulu,* opéra en trois actes, musique et livret allemand d'Alban Berg (1928-1935), d'après les deux pièces de Frank Wedekind déjà citées (1895 et 1901). Avant sa mort, Berg ne put terminer que les deux premiers actes. Le troisième, où apparaît Jack l'Éventreur, ne fut orchestré qu'après 1976 par Friedrich Cerha. La première de l'opéra intégral eut lieu le 24 février 1979 à l'Opéra de Paris.

– Arthur Byron Cover : *An East Wind Coming,* États-Unis (1979) (roman).

À deux millions d'années dans le futur, Sherlock Holmes et le Dr. Watson affrontent Jack l'Éventreur qui est immortel. Des extraits de ce roman parurent en prépublication dans la revue *Heavy Metal,* volume III, n° 2 en juin 1979.

– Robert Weverka : *Murder by Decree,* États-Unis (1979) (roman).

Une novellisation du film, *Meurtre par décret,* de Bob Clark.

– Thomas St. Martin (pseudonyme de Peter Lincoln) : *Jill* (*La Coupeuse de têtes,* collection « Série Noire » n° 1761, Gallimard, janvier 1980), États-Unis (1979) (roman).

« Une femme, qui signe ses méfaits "Jill", équivalent féminin de Jack, recommence, quatre-vingt-dix ans plus tard, les crimes de Jack l'Éventreur, dont l'auteur rappelle la chronologie avant même de commencer son intrigue. Le scénario est toujours le même : une femme, maquillée de façon outrancière et portant des gants blancs dont elle ne se sépare jamais, aborde sa victime, lui fait des avances très concrètes et, au moment où l'autre commence vraiment à s'exciter dans sa main ou dans sa bouche, lui tire une balle dans la tête. Après quoi, elle décapite le cadavre, réduit la tête dans un four à micro-ondes et l'envoie au psychiatre Kelly Cohen, en lui promettant qu'il constituera le bouquet du feu d'artifice.

« Le lieutenant Frank Maddin, chargé de l'enquête, mendie l'aide d'une reporter noire, fort versée en psychanalyse, et obtient de Cohen le droit de consulter les fiches de ses malades ou ex-malades. Il en extrait quelques fausses pistes, mais il déduit rapidement que le psychiatre a dissimulé la fiche d'une de ses anciennes patientes : Anne Holden. C'est sur elle que vont se porter les soupçons du lieutenant quand il découvre que Liza, l'épouse de Kelly Cohen, apparemment femme et mère parfaite, n'est autre qu'Anne Holden : naguère une dangereuse malade aux tendances homicides que Cohen avait traitée, jugée guérie, libérée et épousée après quelques opérations de chirurgie esthétique.

« Aussi, Kelly commence à soupçonner tout le monde, y compris sa secrétaire et sa femme qui ne peut présenter aucun alibi pour les nuits des trois meurtres, sauf un faux concocté par une amie et lui-même. Heureusement que le piège tissé par Maddin se referme sur... Jean Prentiss, l'amie intime de Liza-Anne. Violée dans sa jeunesse, Jean avait refoulé une haine tenace pour les hommes ainsi qu'un amour violent pour Kelly. Elle se vengeait en jouant à l'assassin sexuel et en projetant de tuer son amour hors d'atteinte. » (Claude Mesplède, *Les Années « Série Noire »,* volume IV, Encrage 1995.)

– Karl ALEXANDER : *Time after Time* (*C'était demain,* Éditions J'ai lu), États-Unis (1980) (roman).

Une novellisation du film de Nicholas Meyer avec David Warner (Jack l'Éventreur) et Malcolm McDowell (H.G. Wells) projetée dans le San Francisco moderne.

– Stephen GRESHAM : « The Drabbletails » in *Eldritch Tales* n° 7, volume II (juin 1980), et in *Damnations – A Treasury of Private Nightmares,* États-Unis (nouvelle).

Une suite à la nouvelle de Robert Bloch, « Votre dévoué, Jack l'Éventreur », qui reprend le même personnage.

– Richard Gordon : *The Private Life of Jack the Ripper,* Angleterre (1980) (roman).

1888, la reine Victoria envoie un chirurgien renommé, le professeur Morell Mackenzie, pour porter secours à son gendre en Prusse. Pendant ce temps, Jack l'Éventreur fait régner la terreur dans les rues de Londres...

– Rachel Cosgrove PAYES : *Bride of Fury,* États-Unis (1980) (roman).

Ce roman publié par Playboy Press aux États-Unis nous raconte les tumultueuses aventures amoureuses de Kate

Kingsley qui a épousé un docteur qu'elle soupçonne d'être Jack l'Éventreur. Le livre est dédié à «Jack The Bodice Ripper».

– Robert R. MCCAMMON: «Makeup» in *Modern Masters of Horror,* États-Unis (1981) (nouvelle).

Un nécessaire à maquillage d'une ancienne vedette de films d'horreur transforme celui qui l'a acheté en Jack l'Éventreur. Cette nouvelle fut adaptée pour la série *Darkroom* sous le même titre (réalisateur: Jeffrey Bloom avec Billy Cristal, Brian Dennehy, Signe Hasso), mais toute référence à Jack l'Éventreur y est supprimée.

– Cliff EDWARDS: *Hair Raisers – Part 2: Jack the Ripper,* Angleterre (1981) (bande dessinée).

Des enfants voyagent dans le temps et sont témoins des crimes de Jack l'Éventreur.

– BRAVE GHOUL (pseudonyme de Alain PETIT): «Jack the Ripper Reaggae» in *Monster-Bis* n° 11 (janvier 1981), France (1981) (chanson).

Les paroles (39 vers) d'une amusante chanson sur Jack l'Éventreur («t'es qu'un, t'es qu'un p'tit branleur»).

– M. SCHETTER & Y. DUVAL: «Jack l'Éventreur» in *Tintin* n° 28 (33ᵉ année), France (1981) (bande dessinée).

L'affaire résumée en quatre pages dans un graphisme très sophistiqué.

– Arthur DOUGLAS: «The Case of the Baker Street Dozen» in *Crime Wave,* Angleterre (1981) (nouvelle).

Sherlock Holmes contre Jack l'Éventreur qui n'est autre que le Dr. Watson à qui il est permis d'échapper à la justice grâce au suicide.

– William DOBSON: *The Ripper* (*L'Éventreur,* collection «Gore» n° 86, Éditions Fleuve Noir, février 1989), États-Unis (1981) (roman).

William Dobson est le pseudonyme de Michael Butterworth. Londres, 1982, un émule moderne de Jack l'Éventreur commence par assassiner Eunice Struthers, une «cigarette girl» d'une boîte de nuit de Soho. Le détective privé Jack Shepherds mène l'enquête.

– Michael KURLAND: *Death by Gaslight,* États-Unis (1982) (roman).

Un tueur en série, «qui fait pâlir Jack l'Éventreur», égorge la crème de l'aristocratie anglaise. Une aventure du professeur James Moriarty et de Sherlock Holmes.

– Robert TINE : *Uneasy Lies the Head,* États-Unis (1982) (roman).

Deux détectives de Scotland Yard enquêtent sur un assassin qui imite exactement les crimes de Jack l'Éventreur.

– BERCOVICI, YAMM & CONRAD : «Jack l'Éventreur» in *Spirou* n° 2308, France (1982) (bande dessinée).

– Pierre DUBOIS : *God Save the Crime,* Éditions de la Brigandine, France (1982) (roman).

– Philip José FARMER : *Lord of the Trees,* États-Unis (1982) (roman).

Citation sur Jack l'Éventreur : Lord Granreth boit l'élixir de vie et devient l'Éventreur.

– Albert DAVIDSON (pseudonyme de René RÉOUVEN) : *Élémentaire, mon cher Holmes* (collection «Sueurs froides», Éditions Denoël, 1982, et in *Histoires secrètes de Sherlock Holmes,* «Sueurs froides», Éditions Denoël, septembre 1993, volume Omnibus de 1003 pages avec une introduction de Jacques Baudou reprenant tout le cycle «Sherlock Holmes» de René Réouven), France (1982) (roman).

– Richard D. Nolane : «L'heure de l'Éventreur» in *Fiction* n° 327 (mai 1982), France (nouvelle).

– Alain DECAUX : «L'énigme de Jack l'Éventreur». Une émission radiophonique de *La Tribune de l'histoire.* Diffusée le 8 juin 1984 sur France-Inter dans une réalisation de Georges Gravier.

Une version des crimes de Jack l'Éventreur présentée par un mélange de dialogues inventés et de faits véridiques. Les cinq personnages sont Sir Lelville Macnaghten, sa fille Mary, le directeur de Scotland Yard, une fille des rues et Jack l'Éventreur.

– Ray WALSH : *The Mycroft Memoranda,* Angleterre (1984) (roman).

Par l'entremise du journal intime du Dr. Watson et du carnet de notes de Sherlock Holmes, nous découvrons pourquoi le célèbre détective n'a jamais révélé l'identité de Jack l'Éventreur.

– Robert BLOCH : *The Night of the Ripper* (*La Nuit de l'Éventreur,* Éditions Sinfonia, France, 1986, et in collection

« Série 33 » n° 11, Éditions Clancier-Guénaud, 1988), États-Unis (1984) (roman).

– Jérôme HESSE : *Sir James – Les aventures de Sir James Houseboard,* France (Éd. Olivier Orban, 1985) (roman).

Londres, en mars 1889, Henry O'Mindes, chef de Scotland Yard, demande à son ami, le professeur Houseboard, de l'aider à identifier Jack l'Éventreur. Spécialiste dans l'étude des fourmis et franc-maçon, James Houseboard ressemble à s'y méprendre à Sherlock Holmes dans cet excellent roman qui est la seconde aventure du détective après *Cher James* (Éditions Olivier Orban, 1984) qui se déroulait à Paris au temps du général Boulanger. Un troisième récit, *James et le secret du Temple d'Or,* était annoncé, mais il n'est apparemment jamais paru.

– M.J. TROW : *The Supreme Adventure of Inspector Lestrade,* Angleterre (1985) (roman).

– William NOLAN : « The Final Stone » (« Le retour de Jack l'Éventreur » dans le présent volume) in *Cutting Edge,* États-Unis (1986) (nouvelle).

– Albert BOROWITZ : *The Jack the Ripper Walking Tour Murder,* États-Unis (1986) (roman).

Août 1988. Paul Prye, un professeur de Columbia University, fan d'histoires criminelles, se rend à Londres avec son épouse Alice pour le centenaire des crimes de Jack l'Éventreur. Le couple participe à une visite guidée des sites historiques de l'affaire, où Paul est témoin de ce qu'il pense être un meurtre. Mais tous les autres participants pensent qu'il s'agit d'un accident. Du coup, Paul Prye décide de mener seul l'enquête pour essayer de convaincre Scotland Yard qu'il a raison.

– Robert BLOCH : « Jack the Ripper » in *Notable Quotables,* recueilli par Christopher White, États-Unis (1986) (poème).

Un court poème de cinq vers :
« A London tart was very smart
When she met Jack the Ripper
Said she, "Don't cut
Into my gut,
For I've installed a zipper". »

– Donald THOMAS : *The Ripper's Apprentice,* États-Unis (1986) (roman).

– Richard Christian MATHESON : « Mobius » in *Scars and Other Distinguishing Marks,* États-Unis (1987) (nouvelle).

L'interrogatoire d'un suspect serial killer qui se compare à Jack l'Éventreur et rêve d'être aussi connu que Randy Newman.

– Pamela WEST : *Yours Truly, Jack the Ripper,* États-Unis (1987) (roman).

– Mark CLARK : *Ripper,* Canada (1987) (roman).

– Roger JOHNSON : « Your Own Light-Hearted Friend » in *Deep Things Out of Darkness,* Angleterre (1987) (nouvelle).

– Terrence Lore SMITH (écrit en collaboration pour les recherches avec David Alan DOMAN) : *Yours Truly, From Hell,* États-Unis (1987) (roman).

En 1988, on célèbre le centième anniversaire des crimes de Jack l'Éventreur. Dans le Colorado, le général à la retraite James Lees rêve que Jack l'Éventreur fait sa réapparition à Londres pour commettre une nouvelle série de meurtres. Ses cauchemars sont si détaillés qu'il « voit » les lettres que l'assassin signe « Yours Truly ». Son grand-père, Robert Lees, était un voyant psychique qui s'était intéressé au meurtrier de Whitechapel en 1888, tandis que son père disait la bonne fortune dans des fêtes foraines. Jusqu'à présent, James Lees avait toujours refusé d'admettre qu'il possédait un don spécial et il se décide à affronter sa destinée en se rendant à Londres...

– S.K. SHELDON (pseudonyme d'Elisabeth CAMPOS) : *Musée des horreurs,* collection Gore n° 60, Éditions Fleuve Noir, France (décembre 1987) (roman).

Dans le musée de l'Incroyable, à Saint James, dans le New Hampshire, la statue de cire de Jack l'Éventreur assassinant Mary Kelly prend vie et tue un adolescent. Un libraire spécialiste en occultisme mène l'enquête et il conclut à un rituel tiré du « Livre de la Damnation ». Alternant sexe et scènes sanglantes, il s'agit d'un court roman de 150 pages.

– Iain SINCLAIR : *White Chappell – Scarlet Tracings,* Angleterre (1987) (roman).

Premier roman d'un libraire qui mêle deux intrigues policières, l'une contemporaine avec la concurrence féroce à laquelle se livrent plusieurs bibliophiles, l'autre qui retrace les crimes de Jack l'Éventreur à partir des théories prêtées au peintre Walter Sickert et à Sir William Gull, le chirurgien de la Reine.

– *Ripper!,* États-Unis (1988), une anthologie de 428 pages de Gardner DOZOIS & Susan CASPER, États-Unis (1988) qui comprend une introduction de Robert BLOCH (1971), la réédition de «Yours Truly, Jack the Ripper» (1943) de Robert BLOCH et de «The Prowler in the City at the Edge of the World» (1967) de Harlan ELLISON, ainsi que les 17 nouvelles inédites suivantes (toutes datées de 1988):

* Lucius SHEPARD: «Jack's Décliné»

Jack, âgé de 80 ans, vit en Pologne où il est confronté à deux nazis.

* Harry TURTLEDOVE: «Gentlemen of the Shade»

Cinq vampires du «Sanguine Club» sont gênés dans leurs activités nocturnes par les crimes de Jack l'Éventreur. Lui aussi est un vampire et ils décident de l'emmurer vivant dans Tower Bridge.

* Gregory NICOLL: «Dead Air»

Mary Clark, disc-jokey de nuit dans une station de rock d'Atlanta, reçoit d'inquiétants coups de fil d'un fan de Screaming Lord Sutch qui réclame que l'on passe son disque «Hands of Jack the Ripper». Une superbe nouvelle.

* John M. FORD: «Street of Dreams»

Raines fait un pacte avec le diable pour retrouver Jack l'Éventreur afin de venger sa fiancée assassinée.

* S.P. SOMTOW: «Anna and the Ripper of Siam»

Le Dr. Gaunt, qui est Jack l'Éventreur, commet des meurtres au Siam avant d'être renvoyé en Angleterre.

* Pat CADIGAN: «The Edge»

Un homme achète un couteau datant de l'Égypte antique et qui a appartenu à Jack. Deux nuits plus tard, il apprend à s'en servir.

* Karl Edward WAGNER: «An Awareness of Angels»

Jack l'Éventreur était en fait un tueur de succubes. Son petit-fils perpétue la mission, tandis qu'un complot cherche à cacher la vérité.

* Stephen GALAGHER: «Old Red Shoes»

De vagues références à Jack l'Éventreur dans ce texte qui tourne autour de la fascination pour une paire de chaussures rouges.

* Gregory FROST: «From Hell, Again»

Une montre ayant appartenu à Cagliostro et à Eliphas Levi oblige ses possesseurs à tuer.

* Susan CASPER: «Spring-Fingered Jack»

Un imitateur de Jack joue à un jeu d'ordinateur sur le thème des crimes de l'Éventreur.

* Scott BAKER : « The Sins of the Fathers »

Emma, âgée de 90 ans, se meurt du cancer et elle se décide à utiliser une dernière fois le scalpel pour tuer sa petite-fille, afin de lui épargner la douleur qu'elle éprouvera suite au divorce de ses parents. Autrefois, Emma était Jack l'Éventreur pour se venger des putains que fréquentait son père pasteur.

* Sarah CLEMENS : « A Good Night's Work »

Les victimes de l'Éventreur reviennent hanter le criminel et le pousser au suicide.

* Tim SULLIVAN : « Knucklebones »

La vie quotidienne d'un jeune garçon psychopathe, adorateur de Jack l'Éventreur. Un texte qui fait froid dans le dos.

* Cooper MCLAUGHLIN : « The Lodge of Jahbulon »

Les crimes de l'Éventreur sont une conspiration maçonnique qui englobe Sir William Gull, le chirurgien de la Reine, le Premier ministre, Charles Warren et le peintre Walter Sickert qui affrontent l'inspecteur Abberline et le voyant Robert Lees.

* Gene WOLFE : « Game in the Pope's Head »

Jeu de rôles avec le personnage de Randolph Carter (référence à l'œuvre de Lovecraft) qui est Jack l'Éventreur.

* Charles L. GRANT : « My Shadow Is the Fog »

Récit d'atmosphère sur la rencontre d'une jeune fille et d'un vieil homme du nom de Jack au bord d'une plage qui est envahie par le brouillard...

* Lewis SHINER : « Love in Vain »

Nouvelle dédiée à James Ellroy. Un serial killer incarne le mal et il se déclare invulnérable aux balles.

– Randy CHANDLER : « Ripper's Nightmare » in *Midnight Shambler* n° 1 (février 1988), États-Unis (nouvelle).

Une très courte nouvelle sur « Jacki the Ripper ».

– Mark DANIEL : *Jack the Ripper*, Angleterre (1988) (roman).

Une novellisation du téléfilm de David Wickes, *Jack the Ripper*, avec Michael Caine.

– Chris SCOTT : *Jack*, Canada (1988) (roman).

– M.J. TROW : *Lestrade and the Ripper*, Angleterre (1988) (roman).

En 1888, les crimes de Whitechapel plongent Londres dans l'horreur et ils ont tendance à occulter l'assassinat d'Edmund

Gurney, à Brighton, dont l'enquête est confiée au jeune inspecteur Sholto Lestrade. La piste le mène à Nottinghamshire, dans l'école publique de Rhadegund Hall. Pendant qu'il interroge divers suspects, d'autres crimes se déroulent à Rhadegund Hall et l'inspecteur Lestrade est persuadé que ces forfaits sont liés à ceux de Whitechapel, où Sherlock Holmes et le Dr. Watson mènent l'enquête. L'assassin de Whitechapel et celui de Rhadegund Hall sont-ils une seule et même personne?

– Simon HAWKE: *The Wizard of Whitechapel,* États-Unis (1988) (roman).

Au XXIe siècle, un nécromancien se réincarne en Jack l'Éventreur pour kidnapper Modred, le dernier survivant de Camelot. À New York, deux jeunes magiciens, Wyrdrune et Kira, partagent un même rêve télépathique et décident de sauver Modred, aidés par une sorcière française, Merlin l'Enchanteur et l'inspecteur Michael Blood qui mènent l'enquête sur deux crimes récents de prostituées, Mary Spring et Annie Saylor, à Whitechapel.

Un fort agréable roman de fantasy, sans prétention et avec beaucoup d'humour: les deux magiciens se réunissent au Lovecraft's Bar où les serveuses sont déguisées en zombis, tandis que Merlin, qui possède d'inestimables vieux grimoires, se lamente de la perte d'une partie de sa bibliothèque «la plus précieuse», sous la forme de romans policiers de Simon Brett et P.D. James! Jack l'Éventreur tue trois policiers à distance avec son couteau et il se réfugie à Carfax Castle (clin d'œil au *Dracula* de Bram Stoker) où se trouve, entre autres, un loup-garou.

– *Red Jack,* États-Unis (décembre 1988), une anthologie de 333 pages de Martin H. GREENBERG, Charles G. WAUGH et Frank D. McSHERRY Jr qui comprend une introduction de Frank D. McSHERRY Jr, «Somebody's Following You» et la réédition des textes suivants:

* Harlan ELUSON: «The Prowler in the City at the Edge of the World» (1967) (nouvelle).
* Ray RUSSELL: «Sagittarius» (1962) (nouvelle).
* Vincent McCONNOR: «The Whitechapel Wantons» (1976) (nouvelle).
* Ellery QUEEN: «A Study in Terror» (1966) (roman).
* Marie BELLOC LOWNDES: «The Lodger» (1911) (version nouvelle).

* William F. Nolan : « The Final Stone » (1986) (nouvelle).
* Ramsey Campbell : « Jack's Little Friend » (1975) (nouvelle).
* Robert Bloch : « Yours Truly, Jack the Ripper » (1943) (nouvelle).

– Chet Williamson : « Blood Night » in *Hot Blood* («Nuit sanglante» in *Histoires de sexe et de sang,* J'ai lu n° 3225, 1992), États-Unis (1989) (nouvelle).

Richard Bell, obsédé par la lecture des mémoires de Casanova et de Sade, rêve de coucher avec des femmes célèbres. Une nuit, il rencontre une prostituée, Mary Kelly, et devient Jack l'Éventreur.

– Jean Pettigrew : « Pauvre Jack ! » in *L'horreur est humaine – 11 récits d'angoisse, d'épouvante et d'humour noir* (Éditions Le Palindrome, Québec), Canada (mars 1989) (nouvelle).

– J.B. Livingstone : *Le Retour de Jack l'Éventreur* (collection «Les dossiers de Scotland Yard» n° 13, Éditions du Rocher, septembre 1989, et in *Éditions Gérard De Villiers,* septembre 1991), France (roman).

Jack l'Éventreur s'est-il réincarné ? Deux prostituées sont assassinées le 31 août et le 8 septembre dans le quartier de Whitechapel. Higgins est tiré de sa retraite pour mener l'enquête. Il découvre sept suspects qui présentent les mêmes caractéristiques que ceux supposés avoir été Jack en 1888 : un duc, un grand chirurgien, un avocat d'affaires, une sage-femme, un rabbin, un peintre et un immigré russe. L'imitateur est finalement arrêté : il désirait utiliser la peau et le sang de ses victimes pour rapprocher l'art de la réalité. Pour cela, il s'était basé sur un journal secret du peintre Walter Sickert qui avouait, en 1888, être Jack l'Éventreur.

– André-Paul Duchateau : « Le Noël de Sherlock Holmes » in *Télé-Moustique Hebdo* (décembre 1989) et in *Sherlock Holmes revient* (collection «Attitudes-Mystère», Éditions Claude Lefrancq, Belgique, 1992), Belgique (1989) (nouvelle).

– Michael Mignola, P. Craig Russell & Brian Augustyn : *Batman – Appelez-moi Jack !*, collection «Comics USA – Super Héros» n° 38 (France, avril 1990), États-Unis (1989) (bande dessinée).

– Gilles SANTINI : *Éventrations,* collection Gore n° 116, Éditions Fleuve Noir, France (mai 1990) (roman).

Dans le Bucarest de Ceauşescu, le comte Mordechaï von Kradula est un vampire qui renaît à la vie. Dans une crypte en Roumanie, le héros, Sherman, découvre les cercueils de Nosferatu, Dracula, Carmilla, Frankenstein, le docteur No, Landru, Petiot, von Ribbentrop, le docteur Guillotin, le Boucher de Hambourg, l'Étrangleur de Chicago et Jack l'Éventreur. « Ils étaient tous là ! Larves immondes jaillies des poubelles de Dieu et prêtes à se jeter sur la malheureuse Roumanie encore pantelante. » Les morts-vivants, dont Jack l'Éventreur, dépècent les rangs des tueurs de la Securitate.

– Peter T. GARRATT : *Legions of the Night,* in *Fear* (mai 1990), Angleterre (nouvelle).

– Robert IRVINE : *The Angel's Share,* États-Unis (1990) (roman).

Une vague de chaleur s'abat sur Salt Lake City. Mais une autre calamité terrorise la capitale des Mormons qui s'apprêtent à célébrer le « Pioneer Day » : un serial killer, imitateur de Jack l'Éventreur, assassine et mutile des jeunes femmes. Il modernise l'envoi de lettres par des vidéocassettes qu'il adresse aux autorités montrant ses victimes. Le détective privé Moroni Traveler mène l'enquête, car l'Éventreur a promis de s'attaquer à Claire Bennion, une ancienne petite amie de Traveler.

– Rod ARCHER : *The Harlots Curse,* Angleterre (1990) (roman).

– *Jack the Ripper,* n°s 1, 2, 3, États-Unis (1990) (bande dessinée).

– Bruce BALFOUR : *Jack the Ripper,* États-Unis (1990) (bande dessinée).

Les trois épisodes cités ci-dessus réunis en un seul volume par Malibu Graphics.

– Wesley ELLIS : *Lone Star and the Ripper,* États-Unis (mai 1990) (roman).

93e aventure de « Lone Star », un duo formé de Jessica Starbuck et de Ki, un maître en arts martiaux, qui luttent pour la justice dans l'Ouest américain de cette fin du XIXe siècle. À St. Louis, sept prostituées sont mutilées dans des crimes qui imitent ceux de Whitechapel. La presse pense que le « Mad Ripper » est Jack l'Éventreur qui aurait émigré aux États-Unis.

– ORTIZ & SEGURA : *Jack l'Éventreur* (édition française aux Éditions Magic Strip, 1992), Espagne (1991) (bande dessinée).

– Paul WEST : *The Women of Whitechapel and Jack the Ripper* (*Les Filles de Whitechapel et Jack l'Éventreur,* Éditions Rivages, 1991), Angleterre (1991) (roman).

« Pour cet épais roman, Paul West, l'auteur du *Médecin de Lord Byron,* s'est basé sur la théorie du complot royal. Lors d'une visite au peintre impressionniste Walter Sickert, son ami, le duc de Clarence, petit-fils de la reine Victoria, fait la connaissance d'une jeune femme de basse extraction, Annie Crook. Il en devient follement amoureux, a un enfant avec elle et l'épouse secrètement. Mais la reine l'apprend et William Gull, son chirurgien, sommité médicale de l'époque, est chargé de mettre un terme à cette union.

« Il fait enlever Annie et pratique sur elle une lobotomie. Mais auparavant, la mère avait confié l'enfant à une amie prostituée, Mary Kelly, qui, avec l'aide de quatre autres de ses consœurs, va tenter de le protéger par tous les moyens. Il faut donc éliminer ces gêneuses et Jack l'Éventreur peut entrer en scène. » (Jean-Claude Alizet, *L'Année de la fiction,* volume III, Encrage 1992.)

– O'Neil DE NOUX : *The Grim Reaper,* États-Unis (1991) (roman).

L'inspecteur Dino LaStanza traque un tueur de jeunes femmes dans les rues de La Nouvelle-Orléans. Surnommé « The Slasher », l'assassin préfère se considérer comme un admirateur de Jack l'Éventreur, « Jack of the Night ».

– Gary PAULSEN : *Night Rituals,* États-Unis (1991) (roman).

Un imitateur moderne de Jack essaime des victimes mutilées à travers tout l'ouest des États-Unis dans ce qui paraît un macabre rituel sacrificiel.

– David HOING : « City of Dreadful Delight » in *The Magazine of Fantasy & Science-fiction* (août 1991), États-Unis (nouvelle).

– René RÉOUVEN : *Les Grandes Profondeurs* (collection « Présences », Éditions Denoël), France (1991) (roman).

« Sir William Crookes, célèbre physicien anglais de l'époque victorienne, est passionné par le spiritisme depuis le suicide, lors d'un voyage en mer de Crocksy, de son jeune frère syphilitique. De plus en plus méfiant à l'égard des médiums humains, il se lance dans la mise au point d'une machine qui matérialisera les apparitions ancestrales. En réalité, l'appareil, qu'il nomme "convecteur psychique" ou "psychoscope", va afficher une propriété autrement dangereuse : celle de concrétiser sur un écran les images mentales enfouies dans les profondeurs de l'inconscient. Crookes va alors multiplier les expériences, poussé par une curiosité morbide pour les pulsions monstrueuses qui prennent forme sur son écran.

« Son autre frère, un chien, un lapin, un vagabond, un fou criminel vont tour à tour passer dans son détecteur. Même Stevenson, dont *Le Cas étrange du Dr. Jekyll et de Mr. Hyde* vient de paraître, sera l'un des cobayes involontaires car Crookes, fasciné par le personnage de Hyde, veut connaître les méandres obscurs du subconscient de son créateur. Cependant, le sujet d'expérience principal est Crookes lui-même qui, au fil des jours, se découvre des obsessions morbides, nées d'une haine farouche des prostituées, qu'il juge responsables de la déchéance physique et de la mort de son frère.

« Un phénomène inexplicable inquiète Crookes : l'apparition d'une lumière verte, menaçante, qui reste dans le tube du convecteur. Effrayé par cette monstrueuse entité psychique, Crookes cesse ses expériences et ferme le laboratoire. Peu après, il tombe gravement malade et doit garder la chambre.

« Pendant ce temps, un tueur insaisissable, Jack l'Éventreur, massacre des prostituées dans Whitechapel. À peine rétabli, Crookes comprend que cet Éventreur n'est autre que la matérialisation de la forme lumineuse qu'il a lui-même créée et il va la détruire dans le laboratoire, où elle revient après ses crimes. Juste avant de disparaître, elle lui montre son visage : c'est le sien. » (Jean-Claude Alizet, *L'Année de la fiction,* volume III, Encrage, 1992.)

– Paul HALTER : *Ripperomanie* (collection « Palace Noir » n° 8, Éditions Beauty Palace, Bordeaux, janvier 1992), France (nouvelle).

Alain Parmentier est un émule de Jack l'Éventreur qui égorge les prostituées. Il est aussi l'inspecteur chargé de coffrer l'assassin. Grâce à un plan diabolique, il oriente les soupçons vers le Dr. Linck, un psychanalyste, et réussit même à le faire arrêter sur les lieux du dernier crime qu'il vient de commettre.

– Edward B. Hanna : *The Whitechapel Horrors,* États-Unis (1992) (roman).

Sherlock Holmes contre Jack l'Éventreur.

– Emmanuel Menard : *La Dernière Victime,* collection « Le Masque » n° 2084, Librairie des Champs-Elysées (avril 1992), France (roman).

Prix du roman policier du festival de Cognac en 1992 où, pour une fois, c'est le créateur de Sherlock Holmes, Arthur Conan Doyle, qui vient se mêler à cet ingénieux roman d'énigme qui fait remonter la série de crimes de Jack l'Éventreur à l'assassinat d'une prostituée en 1873.

– Édith & Yann : *Jack – Les aventures de Basil et Victoria,* Les Humanoïdes Associés, France (août 1992) (bande dessinée).

– Kim Newman : *Anno Dracula,* Angleterre (1992) (roman).

En 1885, Dracula se rend à Londres où il est défait par le professeur Van Helsing. Et si Van Helsing avait échoué dans sa tentative... ? Trois ans plus tard, en 1888, Vlad Tepes fait sa réapparition, tandis qu'un vampire, Lord Ruthven, est Premier ministre et un autre, Francis Varney, est vice-roi des Indes. Pendant ce temps, à Whitechapel, un mystérieux assassin connu sous le nom de « Silver Knife » ou Jack l'Éventreur mutile des femmes-vampires. Charles Beauregard, un aventurier au service du « Diogenes Club », mène l'enquête après l'échec des investigations des inspecteurs Lestrade et Abberline. Au cours de ses recherches, il croisera la route de Bram Stoker, du Dr. Henry Jekyll ou du Dr. Moreau !

Un excellent roman très touffu où les crimes de Whitechapel sont narrés par l'entremise du journal intime de l'Éventreur.

– Paul Fremiot : *La pompe à bière ne répond plus* (Éditions Belfond, 1992), France (roman).

Bats dit Transchannel est marin depuis douze ans à bord d'un cargo qui se retrouve en pleine guerre des Falklands entre l'Angleterre et l'Argentine. Après de multiples aventures, de mystérieuses disparitions et une intervention d'un groupe de terroristes, Bats rencontre dans un bistrot de Honfleur un vieux marin qui se présente sous le nom de Transmanche. Celui-ci qui est féru de *Alice au pays des merveilles* raconte à Bats qu'il a voyagé dans le temps et fait la connaissance de la fiancée de Jack l'Éventreur. Du coup, Bats décide de partir également à

Londres et il fera parvenir un message à Transmanche où il narre sa rencontre avec Sherlock Holmes.

– Hilary BAILEY : *The Cry from Street to Street,* Angleterre (1992) (roman).

À Londres, en 1888, Mary Kelly revient à Whitechapel après avoir fait fortune au Canada comme tenancière de bordel pendant huit ans. Elle est à la recherche de sa plus jeune sœur qui est une prostituée des rues, juste au moment où Jack l'Éventreur commence sa funeste série de crimes.

– Edmund MCCOY : *The Blood of the Fathers,* Angleterre (1992) (roman).

Directeur littéraire dans une maison d'édition, Philip Tarpin reçoit un manuscrit sur Jack l'Éventreur, où l'auteur révèle que Mary Kelly n'est pas tombée sous les coups du criminel de Whitechapel. Espionne pour le compte de la police anglaise, elle a fait assassiner à sa place une militante «Fenian» de la cause irlandaise. À sa grande stupeur, Philip Tarpin se rend compte qu'il est un descendant direct de Mary Kelly et qu'il doit maintenant affronter le désir de vengeance – à plus de cent ans d'intervalle – des tueurs militants de l'IRA. Un excellent roman, à l'intrigue complexe, et qui mêle de manière fort habile l'énigme de Jack l'Éventreur à la lutte sans pitié que se livrent les services du contre-espionnage anglais et les membres de l'IRA.

– Mike OBRE & Jack & Karen HERMAN : «Jack the Ripper» in *Psycho Killers M.I.A. Spécial,* volume I, n° 2 (décembre 1992), États-Unis (une bande dessinée de 10 pages).

– *Jack the Ripper.* Une bande dessinée en trois épisodes de Eternity Comics, Canada/États-Unis (1993).

– Gilda O'NEILL : *Whitechapel Girl,* Angleterre (1993) (roman).

– Anne STUART : *Break the Night* (*La Ville rouge,* collection «Sixième Sens» n° 13, Harlequin, 1994), États-Unis (1993) (roman).

À Los Angeles, un imitateur de Jack l'Éventreur assassine des jeunes femmes et dépose sur leurs visages des masques fabriqués par Lizzie Stride. Lors d'une séance de spiritisme, on se rend compte que Lizzie serait la réincarnation de la dernière victime de l'Éventreur, Mary Kelly. Celle-ci est bientôt traquée par l'émule de Jack...

– Alan Moore & Eddie Campbell : *From Hell – Being a Melodrama.* Une bande dessinée en seize épisodes pour Kitchen Sink, États-Unis (1994).

– Richard Laymon : *Savage,* États-Unis (1994) (roman).

– Michael Slade : *Ripper,* États-Unis (1994) (roman).

– André-Paul Duchateau & Stibane : *Jack l'Éventreur ou Ricoletti au pied bot,* collection «Le Masque Présente : Sherlock Holmes n° 4», BDétectives n° 29, Éditions Claude Lefrancq, Belgique (1994) (bande dessinée).

– Rick Geary : *Jack the Ripper – A Treasury of Victorian Murder,* États-Unis (1995) (roman).

– Jean-Jacques Sirkis : *La Grand-mère de Sherlock Holmes,* Nouvelles Éditions Séguier, France (1995).

«Sherlock Holmes enquête sur ses propres origines. Il sait que sa grand-mère paternelle était de nationalité française. Il découvre qu'elle fut guillotinée peu avant Thermidor et qu'elle appartenait à une lignée de peintres et miniaturistes : les Vernet. Ayant eu des bontés pour un aventurier mêlé aux luttes irlandaises contre les Britanniques, George Holmes, connu aussi sous une huitaine de pseudonymes, elle mit au monde Anacrion Holmes, père de Sherlock et de son frère Mycroft. Du côté maternel, il se découvre une ascendance hispano-cubaine ! Au fil de son enquête, il ne manque pas de résoudre une douzaine d'énigmes (dont une concernant Jack l'Éventreur) et de rencontrer des célébrités de l'époque : Sarah Bernhardt, Catulle Mendès, Oscar Wilde, Victorien Sardou, Milly Melba, etc.» (Guy Baudin in *Les Crimes de l'année* n° 5, Bilipo, 1996.)

– *The Lodger.* Une adaptation théâtrale du roman de Marie Belloc Lowndes présentée à partir du 15 octobre 1996 au Theatre Royal, Stratford East, Angleterre.

– Mayumi Hattori :

Un roman sur Jack l'Éventreur au titre inconnu chez l'éditeur japonais Tokyo Sogen-sya, en 1996, où un étudiant de police japonais enquête sur les crimes de Whitechapel, dont le coupable est le Dr. Treaves (qui s'occupait de «Elephant Man»).

– Laure Odene : *Whitechapel* (collection «Poche Revolver Fantastique» n° 5006, Éditions Florent-Massot, janvier 1997), France (roman).

– Stephen Bergman et Christopher Michael Di Grazia : *Jack the Ripper – The Whitechapel Musical.* Une comédie musicale présentée au Boston Center for the Arts le 10 avril 1997, États-Unis (1997).

– Fred WALKER : *I Love My Work – A Ripping Good Play,* Canada (1997) (pièce de théâtre).

Une pièce de théâtre en deux actes avec Sherlock Holmes, le Dr. Watson, l'inspecteur Lestrade, Mary Kelly et Jack l'Éventreur.

– Guy LOGAN : *The True History of Jack the Ripper : The Forgotten 1905 Ripper Novel* (1905 : réédition en 2013).

– Frank Howell EVANS : *Jack the Ripper (A Jules Poiret Mystery Book)* (1909 : réédition en 2014).

– Robin PAIGE : *Death at Whitechapel* (2000).

– Charles L. DEVENNEY : *Chasing Shadows* (2001).

– R. Barri FLOWERS : *In the Dark of Night* (2001).

– Didier CHAUVET : *Mary Jane Kelly – La dernière victime* (2002).

– LaVerne ZOCCO : *My Jack* (2004).

– D.R. STILLWELL : *Jackqueline the Ripper* (2005).

– Rodolphe & Isaac WENS : *London – Le carnet volé* (2005).

– Enrique HERNANDEZ-MONTANO : *Entre las Sombras* (2007).

– Sylviane DOISE : *La Malédiction de Jack l'Éventreur* (2007).

– Richard GORDON : *Private Life of Jack the Ripper* (2008).

– Richard WYATT : *Fathers of Myth* (2008).

– Derek ANSELL : *The Whitechapel Murders – The Life and Death of Jack the Ripper* (2008).

– Nabil SHABAN : *The Ripper Code* (2008).

– Melanie Marie Shifflett RIDNER : *Jack the Ripper/Old Into New* (2008 ; édition Kindle).

– André-François RUAUD, Julien BETAN & François ANGELIER : *Les Nombreuses Morts de Jack l'Éventreur* (2008).

– Carole Nelson DOUGLAS : *Castle Rouge* (2008).

– Andrew REIMANN : *The Lost Kings* (2008).

– Thomas TOUGHILL : *The Ripper Code* (2008).

– Brian L. PORTER : *A Study in Red : The Secret Journal of Jack the Ripper* (2008).

– L. FORSCE : *Jack l'Éventreur* (2008).

– Bob GARCIA : *Duel en enfer : Sherlock Holmes contre Jack l'Éventreur* (2008).

– Lyndsay FAYE: *Dust and Shadow: An Account of the Ripper Killings* (2009).

– Michael MALLORY: *The Adventures of the Second Mrs. Watson: A Short Story Collection* (2009).

– Gregory MAGUIRE: *Lost* (2009).

– John GASPARD: *The Ripperologists* (2009).

– James REESE: *The Dracula Dossier* (2009).

– Craig O'CONNOR: *The Whitechapel Five* (2009).

– Ian PORTER: *Whitechapel* (2009).

– Kenneth CAMERON: *The Frightened Man* (2009).

– Henry P. GRAVELLE: *The Providence Watch* (2010).

– Michael WHITE: *The Art of Murder* (2010).

– G.M. JACKSON: *Witches, Werewolves & Jack the Ripper* (2010; édition Kindle).

– Giles Richard EKINS: *Sinistrari* (2010; édition Kindle).

– Michael PRESCOTT: *Riptide* (2010).

– J. RILEY: *Rose* (2010; édition Kindle).

– Nicholas NICASTRO: *The Passion of the Ripper* (2010).

– Woodrow W. WALKER: *Sherlock Holmes and the Black Coach* (2010; édition Kindle).

– Sheila Rae MYERS: *Detective Jake: Ripped* (2010).

– Steve KENNING: *Jack's Place* (2010; édition Kindle).

– Andrew HOFFMAN: *In Miller's Court* (2010; édition Kindle).

– Jonathan QUINN: *The Palace of Wonder* (2010).

– David MONAGHAN & Nigel CAWTHORNE: *Jack the Ripper's Secret Confession: The Hidden Testimony of Britain's First Serial Killer* (2010).

– Claire RAYNER: *Fifth Member* (2010).

– Anthony CARBIS: *Murder and Enlightment: Jack the Ripper with Mystical Powers* (2011; édition Kindle).

– Boris AKUNIN: *Special Assignments* (2011).

– Mary Jane STAPLES: *Ghost of Whitechapel* (2011).

– D.R. CARTWRIGHT: *Son of Jack* (2011; édition Kindle).

– Edward B. HANNA: *The Whitechapel Horrors: The Further Adventures of Sherlock Holmes* (2011).

– Bernard J. SCHAFFER: *Whitechapel: The Final Stand of Sherlock Holmes* (2011).

– Derek STEWART: *The Singular Case of Sherlock Holmes and Jack the Ripper* (2011).

- Alan M. Clark : *Of Thimble and Threat* (2011).
- Mike Resnick : *Redchapel* (2011 ; édition Kindle).
- Michael B. Druxman : *Dracula Meets Jack the Ripper and Other Revisionist Histories* (2011).
- Heather Graham : *Sacred Evil* (2011).
- Ron Felt : *To Flatter A Killer* (2011).
- Van Gerry : *The Knot* (2011).
- Rob Hamilton : *The Whitechapel Murder Mystery* (2011).
- Shirley Goulden *: I Am Jack: Confessions Of The Whitechapel Ripper* (2011).
- Michael Wilson : *Without A Trace* (2011).
- Martin Clauss : *Der Atem des Rippers* (2011 ; édition Kindle).
- Gregory Herger : « The Jack the Ripper-Hunter, From the Ice Came and Revealed the Truth » (2011).
- R.G. Morgan : Bloody London (2011 ; édition Kindle).
- Paula Marantz : *What Alice Knew: A Most Curious Tale of Henry James and Jack the Ripper* (2011).
- Daniel Kennedy : *Ripper: Call of the Bells* (2012 ; édition Kindle).
- John D. Chadwick : *The End of Israel* (2012 ; édition Kindle).
- Joshua McCain : *Ripper* (2012 ; édition Kindle).
- Dan Yeager : *The Escape of Jack the Ripper* (2012 ; édition Kindle).
- D.R. Hahn : *Titanic Uncovered; From the Thomas McCutchen Journals* (2012 ; édition Kindle).
- Tom Pritchard : *The Invisible Hand Clutches the Heart* (2012 ; édition Kindle).
- John Abron : *Sherlock!* (2012 ; édition Kindle).
- Brian Kaighin : *Middleman* (2012 ; édition Kindle).
- Steven M. Leshin : *Vengeance of the Ripper* (2012).
- Richard Laymon : *Savage* (2012).
- Marv Gold : *Wither, Thou Ghost* (2012 ; édition Kindle).
- Georg Roland Wills : Das Abenteuer des Whitechapel Changeling (2012 ; édition Kindle).
- David Burgess : *The Samsara Project* (2012 ; édition Kindle).
- David Mallett : *An Evil Legacy* (2012 ; édition Kindle).
- D. Harvey : *Murder in Whitechapel* (2012 ; édition Kindle).

– David Bullock: *The Man Who Would Be Jack* (2012).
– Jenna Grey: *The Whisperer* (2012; édition Kindle).
– Kitty Glitter: *The Whitechapel Kittehs* (2012; édition Kindle).
– Rick A. Carter-Squire: *Jack, I Am* (2012).
– D.B. Harrop: *Pierce Ackles and the Leather Apron: The Tale of Jack the Ripper* (2012).
– Kay Louise Hale: *The Scribbler's Confession* (2012; édition Kindle).
– Mark Whitehead & Miriam Rivett: *Jack the Ripper* (2012).
– George Gardner: *Sherlock Holmes and the Two Professors* (2012).
– Eddie Edwards: *The Rebel and the Devil* (2012; édition Kindle).
– J.J. Knight: *Trails of Blood: The Ripper Case Series* (2012).
– J.J. Knight: *The Seattle Massacre: The Ripper Case Series* (2012).
– Alex Grecian: *The Yard* (2012).
– N.S. Patrick: *The Mysteries of Jack the Ripper* (2012; édition Kindle).
– François Poupard & Jean-Charles Debois: *Jack l'Éventreur Tome 1 – Les liens du sang* (2012).
– David Waine: *Chained in Time: The First Rutter Book* (2012).
– Bob Garcia: *Le Vrai Journal de Jack l'Éventreur (d'après les notes du Dr. Watson)* (2012).
– Jacques Lamontagne & Sinisa Radovic: *Van Helsing contre Jack l'Éventreur – Tome 1* (2012).
– Félix J. Palma: *The Map of Time* (2012).
– Charlie Revelle-Smith: *1888: A Jack the Ripper Novel* (2012; édition Kindle).
– J.E. Cross: *The True Diary of Jack the Ripper* (2012; édition Kindle).
– Christian Correia: *Le Bréviaire* (2012).
– J.D. Robb: *Imitation In Death* (2012).
– Kelley Armstrong: *Rupture* (2012).
– Christopher Treagus: *In the Autumn of the Unfortunates* (2012).
– Carl Hose: *Blood Legacy* (2012).

- Sarah PINBOROUGH: *Mayhem* (2013).
- Shelly Dickson CARR: *Ripped, A Jack the Ripper Time-Travel Thriller* (2013).
- Marilyn HENNEKE: *Jack (*2013; édition Kindle).
- Joseph BUSA: *A Tale from Ripper Street: Inspector Edmund Reid's Hunt for Jack the Ripper* (2013).
- François POUPARD & Jean-Charles DEBOIS: *Jack l'Éventreur* – Tome 2: *Le protocole Hypnos* (2013).
- David WAINE: *Chained In Time* (2013).
- Dean P. TURTLEBLOOM: *Sherlock Holmes and the Body Snatchers* (2013).
- Bernard SCHAFFER: *Whitechapel: The Final Stand of Sherlock Holmes* (2013).
- Michael SLADE: *Bed of Nails* (2013).
- John MATTHEWS: *Letters from a Murderer – A Jameson & Argenti Case Book 1* (2013; édition Kindle).
- Ray MOORE: *Early Investigations of Lyle Thorne: Mysteries from the Golden Age of Detection* (2013).
- Trevor MARRIOTT: *Prey Time* (2013; édition Kindle).
- Tom COLEMAN & Robin PRIOR: *Bred In Whitechapel* (2013; édition Kindle).
- Laird BARRON, Joe LANSDALE & Ross E. LOCKHART: *Tales of Jack the Ripper* (2013).
- Amanda Harvey PURSE: *Dead Bodies Do Tell Tales – A Jack the Ripper Novel* (2013).
- Robert A. RUPP: *Buck Fever* (2013).
- Ellen TSAGARIS: *Tigress* (2013; édition Kindle).
- Dona Marie BONET: *Blood Matters* (2013).
- Thomas EMSON: *Pariah* (2013).
- Alex BINNEY: *Demons* (2013).
- Patricia PICKETT: *It Wasn't Jack the Ripper?* (2013; édition Kindle).
- Steven G. FARRELL: *Bowery Ripper on the Loose & Other Stories* (2013).
- Dick MORRIS: *The Investigators: Killing for our Time…* (2013).
- Frederic LINDSAY: *Ripped* (2013; édition Kindle).
- Jeninne TAYLOR: *Watch For Me* (2013; édition Kindle).
- Maximmilian O.: *Le Rôdeur de l'East End* (2013; édition Kindle).

– R. Barri FLOWERS: *Dark Streets of Whitechapel (Jack the Ripper Mystery Book)* (2013).

– Alex SCARROW: *The Candle Man* (2013).

– Laurent MOELLO: *Le Secret de la Tamise* (2013; édition Kindle).

– D.A. JOY: *Murder in Whitechapel: The Adventure of the Post-Mortem Knife* (2013).

– M.J. TROW: *Lestrade and the Ripper* (2013).

– R.W. TOMKO: *Do You Know the Story of Gentleman Jack?* (2013).

– Michel MOATTI: *Retour à Whitechapel* (2013).

– William J. PERRING: *The Seduction of Mary Kelly* (2013; édition Kindle).

– Carla E. ANDERTON: *The Heart Absent* (2013; édition Kindle).

– Ewan BLACKSHORE: *La Crypte du pendu (Les Mystères de la Tamise, Tome 1)* (2013).

– Frédéric PRZYBYL: *L'œil de Caïn – L'étrange vérité sur Jack l'Éventreur* (2013).

– Candace C. BOWEN: *Jack of Hearts* (2013; édition Kindle).

– Michael HUNTER: *Roadside Ripping* (2013; édition Kindle).

– Fedora AMIS: *Jack the Ripper in St. Louis: A Victorian Whodunit* (2013).

– Arthur M. LOUIS: *Time Travel Tales* (2013; édition Kindle).

– Mark MARGULIES: *The Case of the Hidden Legacy* (2013).

– Tony CANE-HONEYSETT: *Regression* (2013).

– Bradley CONVISSAR: *Blood, Smoke And Ashes* (2013).

– Seamus WINCHESTER: *Ripper* (2013; édition Kindle).

– Amanda Harvey PURSE: *Victorian Lives behind Victorian Crimes: The Women who Made Jack the Ripper famous* (2013; édition Kindle).

– Max DUPERRAY: *La Lame et la plume: Une littérature de Jack l'Éventreur* (2013).

– Simon WEBB: *Severin: A Tale of Jack the Ripper* (2013).

– John RIGBEY: *The Strange Michael Folmer Affair* (2013).

– Jason WILLIAMS: *Jack* (2013; édition Kindle).

– Alan Shaw: *The Shrewsbury Murders* (2013; édition Kindle).

– Rick Polad: *Dark Alleys 2* (2013).

– C.R.M. Gwynn: *Jack the Ripper: The Becoming* (2013).

– Alex Kennedy: *Ravaged* (2014; édition Kindle).

– Alex Grecian: *The Devil's Workshop* (2014).

– Kennedy Welles: *Ripper's Ghost* (2014).

– Marian Krantz: *Royal Blood: Defenders of the Throne* (2014; édition Kindle).

– Steven Crown: *Ripped Wide Open* (2014).

– Mark Morey: *Maidens in the Night* (2014; édition Kindle).

– Mark Weir: *Randall Crane and the Whitechapel Horror* (2014).

– Jacques Lamontagne & Bill Reinhold: *Van Helsing contre Jack l'Éventreur – Tome 2: La belle de Crécy* (2014).

– Chuck Miller: *The Journal of Bloody Mary Jane: My Florida Idyll* (2014; édition Kindle).

– Peter N. Bernfeld: *The Mysterious Dr. LeMesurier* (2014).

– Ben Hopkin: *Soho Slasher: Jack Is Back* (2014).

– Diane Gilbert Madsen: *The Conan Doyle Notes: The Secret of Jak the Ripper* (2014).

– Gregg Copin: *Trip-Up* (2014).

– Steve Woods: *Priest Town* (2014; édition Kindle).

– Tanya Herig: *Ihr ergebener Jack the Ripper* (2014; édition Kindle).

– Ricardo Benassi: *The Canonical Five: Real Deaths, Fictional Lives* (2014; édition Kindle).

– Sarah Pinborough: *Murder* (2014).

– Brian L. Porter: *Behind Closed Doors* (2014).

– A. Scarfe: *The Autobiography of Jack the Ripper, as Revealed to Clanash Farejon, Esq.* (2014).

– Victor Slater: *Darkchapel* (2014).

– Jared Sandman: *Flashback* (2014).

– Melanie Clegg: *From Whitechapel: A Novel of Jack the Ripper* (2014).

– Martin Loughlin: *The Whitechapel Secret* (2014).

– Michael L. Hawley: *The Ripper's Hellbroth: The Watchmaker Revelations* (2014; édition Kindle).

– Albert Borowitz: *The Jack the Ripper Walking Tour Murder* (2014).
– Gladys Mitchell: *The Rising of the Moon* (2014).
– Steve Lindhal : *White Horse Regressions* (2014).
– Iain Reading: *Kitty Hawk and the Tragedy of the RMS Titanic* (2014).
– Madison Kent: *Stalking Jack: The Hunt Begins* (2014).
– Dennis McDonald: *13 Nightmares* (2014).
– Gerard Kelly: *Sherlock Holmes and the Hunt for Jack the Ripper* (2014).
– Celia Delana: *Les Amants vides* (2014 ; édition Kindle).
– Linda M. Stephenson: *Miss Hewitt Investigates the Return of the Ripper* (2014).
– A.F. Ruaud & J. Betan: *Jack l'Éventreur, les morts* (2014).
– Pascale Leconte: *Jack n'est pas un homme* (2014).

Il m'a été impossible de dater avec précision les titres suivants :
– *Room to Let.* Une pièce radiophonique de la BBC écrite par Margery Allingham (années 1940).
– *Jack's Holiday.* Une comédie musicale sur les aventures de Jack l'Éventreur à New York en 1889.
– « Come Softly, Corne Sweetly », une nouvelle d'Eddy C. Bertin où Martha Turner rencontre Jack l'Éventreur, Belgique (années 1970).
– « Death's Diary », une nouvelle d'Eddy C. Bertin où un fan de Jack l'Éventreur, de Peter Kürten et du Fils de Sam, annonce les futurs crimes qu'il va commettre... avant de périr d'une chute accidentelle dans un escalier, Belgique (années 1970).

Les chansons et morceaux de rock faisant référence à Jack l'Éventreur sont très nombreux et je me contenterai de citer les titres suivants :
– Juliette Gréco avec « Sir Jack l'Éventreur » (1956).
– Screamin'Lord Sutch and Heavy Friends (Keith Moon, Ritchie Blackmore, Noel Redding) avec « Hands of Jack the Ripper » (une plage de 9'15") chez Decca (1963). Il existe aussi un des premiers exemples d'un vidéo-clip (raccourci)

de ce morceau et qui fut diffusé durant «La nuit du Gore» de MCM en 1996.

– Link Wray & the Ray Men avec «Jack the Ripper», un morceau instrumental, chez Ace Records (Ace CH6, 1963). Il est inclus dans le film *Desperado* (1996).

– The Surfaris Play avec «Jack the Ripper» (1963) chez Brunswick (Angleterre).

– Carlos Malcolm & His Afro-Jamaican Rythms avec «Jack the Ripper» chez Rukumbine.

– Bob Dylan avec «Tombstone Blues».

– Black Widow avec «Mary Clarke», un morceau du LP *Black Widow* (C.B.S 64133).

– Judas Priest avec «Ripper» tiré de l'album *Sad Wings from Destiny* (1975).

– Thin Lizzy avec «Killer on the Loose» (1980).

– The Milkshakes avec «Jack the Ripper» chez Ace Records (1983), Angleterre.

– One Way Streets avec «Jack the Ripper» de la compilation *Back from the Grave,* volume chez Crypt LP 001 (1986).

– L.L. Cool J's avec «Jack the Ripper» (1988).

– The Fuzzstones avec «Jack the Ripper» chez Northern Songs (1989), Angleterre.

– Morrissey avec «Jack the Ripper» chez His Masters Voice (1992), Angleterre.

– Nick Cave & the Bad Seed avec «Jack the Ripper» (1992).

Il existe un boardgame *Jack the Ripper,* un CD-rom encyclopédique sur les tueurs en série, *Mind of a Killer* (Kozel Multimedia, États-Unis, 1995), qui comprend une partie sur Jack l'Éventreur, ainsi qu'un jeu interactif, *Ripper,* sur CD-rom, où l'on doit identifier un Éventreur dans le Manhattan du XXIe siècle. Signalons aussi plusieurs t-shirts à l'effigie du boucher de Whitechapel, imprimés par Mutilation Graphics, aux États-Unis, le pub Jack the Ripper à Londres qui a changé de nom pour devenir le Ten Bells sous la pression de ligues féministes ou la revue *Ripperana*.

Le «London Dungeon» présente un spectacle, *The Jack the Ripper Experience,* au 28-34 Tooley Street, London SE1 2SZ (Tél. 0171 403 7221).

III. Filmographie (cinéma et télévision)

– *Farmer Spudd and His Missus Take a Trip to Town* (Angleterre, 1915). Réalisé par J.V.L. Leigh.

Un couple de campagnards visitent le musée de Cire de Madame Tussaud. Ils rêvent que les figures de cire de la Chambre des horreurs prennent vie. Parmi ces figures, une reproduction de Jack l'Éventreur.

– *Das Wachsfigurenkabinett* (*Le Cabinet des figures de cire*) (Allemagne, 1924). Réalisé par Paul Leni avec William Dieterle, Emil Jannings, Conrad Veidt, Werner Krauss (Jack l'Éventreur).

Le troisième épisode de ce film à sketches est présenté sous la forme d'un rêve où le narrateur et sa fiancée sont pourchassés par Jack l'Éventreur. Il s'agit d'une superbe illustration de l'expressionnisme dans ce qu'il a de meilleur : magnifiques décors, images distordues, cadrages étranges et, par-dessus tout, une caméra d'une grande fluidité.

– *The Lodger – A Story of the London Fog* (*Les Cheveux d'or*) (Angleterre, 1926). Réalisé par Alfred Hitchcock avec Ivor Novello (Le locataire, Jonathan Drew), June, Marie Ault, Arthur Chesney.

Ivor Novello joue un locataire tranquille d'une pension. Petit à petit, des présomptions s'accumulent contre lui qui font croire aux propriétaires qu'il est responsable des meurtres qui terrorisent Londres. Une foule fanatique s'apprête à le lyncher, lorsqu'on découvre qu'il est innocent.

À travers le thème de Jack l'Éventreur, Hitchcock utilise pour la première fois un thème familier de son œuvre : un homme accusé à tort de crimes qu'il n'a pas commis et qui cherche à échapper à ses poursuivants.

– *Die Büchse der Pandora* (*La Boîte de Pandore ou Loulou*) (Allemagne, 1928). Réalisé par G.W. Pabst avec Louise Brooks, Fritz Kortner, Franz Lederer, Gustav Diessl (Jack l'Éventreur).

Première adaptation des deux pièces de théâtre de Wedekind, *Erdgeist* et *Die Büchse der Pandora,* où Louise Brooks est une extraordinaire Lulu qui tombe sous les coups de couteau de l'Éventreur. Ses crimes y sont clairement définis comme une psychose d'origine sexuelle.

– *Die Dreigroschenoper* (*L'Opéra de quat'sous*) (Allemagne, 1930). Réalisé par Georg Wilhelm Pabst avec Fritz Rasp, Carola Neher, Rudolf Forster (Mackie Messer).

Adapté de la pièce de Brecht, avec une musique de Kurt Weill, le personnage de «Mackie Messer», «Mack le Couteau», est inspiré par Jack l'Éventreur. Dans la version française, tournée simultanément, avec Gaston Modot, Florelle, Jane Markem et Antonin Artaud, c'est Albert Préjean qui reprend le rôle de Mackie Messer.

– *The Lodger* ou *The Phantom Fiend* (Angleterre, 1935). Réalisé par Maurice Elvey avec Ivor Novello (Angeloff), Elizabeth Allan, Jack Hawkins.

Ivor Novello signe l'adaptation de ce remake du film d'Hitchcock où il reprend son rôle de «locataire» innocent accusé d'une série de crimes.

– *Drôle de drame* (France, 1937). Réalisé par Marcel Carné avec Michel Simon, Louis Jouvet, Jean-Louis Barrault (William Kramps).

Jean-Louis Barrault est un boucher-assassin qui commet des meurtres similaires à ceux de l'Éventreur.

– *Charlie Chan at the Wax Museum* (États-Unis, 1940). Réalisé par Lynn Shores avec Sidney Toler, Marc Lawrence, Marguerite Chapman.

Charlie Chan cherche à découvrir l'identité d'un célèbre criminel qui s'est réfugié dans la Chambre des horreurs d'un musée de Cire. Parmi les mannequins, on remarque Jack l'Éventreur aux côtés de Barbe-Bleue.

– *The Lodger* (*Jack l'Éventreur*) (États-Unis, 1944). Réalisé par John Brahm avec Merle Oberon, George Sanders, Laird Cregar (le locataire), Sir Cedric Hardwicke.

La meilleure des diverses adaptations du roman de Marie Belloc Lowndes, marquée par l'extraordinaire performance de Laird Cregar, ainsi qu'une splendide photo de Lucien Ballard. Contrairement au roman et aux deux précédentes versions filmées, le « locataire » est bien Jack l'Éventreur.

– *Room to Let* (Angleterre, 1950). Réalisé par Godfrey Grayson avec Jimmy Habley, Valentine Dyall (Dr. Fell), Christine Silver, Merle Tottenham.

Adapté par John Gilling d'une pièce radiophonique de la BBC de Margery Allingham, *Room to Let* ressemble beaucoup aux différentes versions du *Lodger* avec ce sinistre locataire interprété par Valentine Dyall que les deux femmes propriétaires de la pension pensent être Jack l'Éventreur. Le suspense est maintenu jusqu'à la fin dans ce thriller produit par la Hammer Films.

– *El hombre sin rostro* (Mexique, 1950). Réalisé par Juan Bustillo Oro avec Arturo de Cordova, Carmen Molina, Miguel Angel Ferriz.

Un médecin (de Cordova) est obsédé par des rêves où des prostituées sont affreusement mutilées par un émule de Jack l'Éventreur. Comme dans tous les films de Juan Bustillo Oro, la narration est assez compliquée avec des retours en arrière à l'intérieur d'autres flash-back. Le médecin commet ses forfaits déguisé sous la forme de sa propre mère qui, pour compliquer les choses, lui apparaît dans ses rêves comme un homme sans visage.

– *Here Come the Girls* (*Il y aura toujours des femmes*) (États-Unis, 1953). Réalisé par Claude Binyon avec Bob Hope, Tony Martin, Arlene Dahl, Millard Mitchell, Robert Strauss (Jack the Slasher).

Une comédie musicale où un tueur de femmes, Jack the Slasher, poursuit Bob Hope pendant tout le film.

– *Man in the Attic* (États-Unis, 1954). Réalisé par Hugo Fregonese avec Jack Palance (Slade), Constance Smith, Byron Palmer.

Un remake décevant de *The Lodger* malgré l'interprétation de Jack Palance. Le scénariste, Barré Lyndon, est l'auteur de trois Jack l'Éventreur différents : *The Lodger* (1944), *Man in the Attic* (1954) et *Yours Truly, Jack the Ripper* (1961), un épisode de la série télé *Thriller*.

– *The Thistle Killer* (*L'Assassin aux chardons*). Épisode n° 20 de la série *The New Adventures of Sherlock Holmes* (*Les Nouvelles Aventures de Sherlock Holmes*). Diffusé le 14 février 1955 sur NBC. Réalisé et produit par Sheldon Reynolds avec Ronald Howard (Sherlock Holmes), H. Marion Crawford (Dr. Watson), Richard Watson (Phoenix).

Un tueur en série assassine cinq femmes en cinq nuits à Londres. Près de chaque cadavre, il dépose trois chardons.

– Un épisode non titré de la série *The Big Story*. Diffusé le 17 février 1956 sur NBC.

Cette série proposait des « docu-dramas » présentés par Ben Grauer. Pour cet épisode, Grauer nous offre un « Jack l'Éventreur moderne » qui traque ses victimes dans les rues d'une grande ville.

– *The Hands of Mr. Ottermole*. Un épisode de la série *Alfred Hitchcock Presents* (*Alfred Hitchcock présente*) (États-Unis, 1957). Diffusé le 5 mai 1957. Réalisé par Robert Stevens avec Rhys Williams, Theodore Bikel, Arthur Gould-Porter, Barry Harvey, Torin Thatcher, John Trayne.

Une série de meurtres par strangulation se déroule à Londres par nuit de brouillard. Une très bonne adaptation de la nouvelle de Thomas Burke.

– *Jack the Ripper*. Un épisode de la série *The Veil* (États-Unis, 1958). Réalisé par David MacDonald avec Nial McGinnis. Présenté par Boris Karloff.

Cet épisode se base sur les pseudo-révélations en 1931 du voyant psychique Robert Lees qui, à bord d'un bus londonien, aurait identifié Jack l'Éventreur parmi les passagers, pour le suivre jusque chez lui et découvrir qu'il s'agissait d'un médecin renommé qui fut interné après son dix-septième meurtre !

– *Knife in the Darkness*. Un épisode de la série *Cimarron City* (États-Unis, 1958). Avec George Montgomery, Audrey Totter et John Smith.

– *Jack the Ripper* (*Jack l'Éventreur*) (Angleterre, 1958). Réalisé par Robert S. Baker et Monty Berman avec Lee Patterson, Eddie Byrne et John Le Mesurier.

L'Éventreur est ici un chirurgien rendu fou par une maladie vénérienne et qui désire nettoyer la société du «virus» de la prostitution. Cet excellent film, à l'atmosphère très morbide, comportait deux versions, avec quelques scènes de nus supplémentaires pour le continent européen.

– *Yours Truly, Jack the Ripper.* Un épisode de la série *Thriller* (États-Unis, 1961). Diffusé le 11 avril 1961. Réalisé par Ray Milland avec John Williams (Sir Guy Hollis), Donald Woods, Edmond Ryan, Adam Williams, Nancy Valentine, Ransom Sherman.

Jack l'Éventreur est toujours vivant dans l'Amérique des années 50: il reste immortel grâce à des meurtres rituels commis à intervalles réguliers. Une bonne adaptation pour la télévision de la célèbre nouvelle de Robert Bloch qui parut dans *Weird Tales* en 1943.

– *Santo en el Hotel de la Muerte* (Mexique, 1961). Avec Santo, Fernando Casanova, Ana Lepe.

Le célèbre catcheur masqué combat un tueur de femmes, émule de Jack l'Éventreur.

– *Lulu* (*Les Liaisons douteuses*) (Autriche, 1962). Réalisé par Rolf Thiele avec Nadja Tiller, O.E. Hasse, Mario Adorf, Georges Régnier (Jack l'Éventreur).

Nouvelle adaptation des pièces de Wedekind avec une Nadja Tiller qui est loin de posséder l'aura de Louise Brooks dans la version de G.W. Pabst.

– *The Phantom of the Opera* (*Le Fantôme de l'Opéra*) (Angleterre, 1962). Couleurs. Réalisé par Terence Fisher avec Herbert Lom, Heather Sears, Michael Gough.

Une séquence du film nous montre le Black Museum de Scotland Yard où se déroule une exposition sur Jack l'Éventreur.

– *The New Exhibit.* Un épisode de la série *Twilight Zone (La Quatrième Dimension)* (États-Unis, 1963). Diffusé le 4 avril 1963. Réalisé par John Brahm avec Martin Balsam, Will Kuluva, Maggie Mahoney, Milton Parsons, David Bond (Jack l'Éventreur).

Martin Balsam interprète un employé d'un musée de Cire sur le point de faire faillite et qui décide de garder certaines des figures de cire dans la cave de sa maison. Une à une, qu'il s'agisse de Jack l'Éventreur, de Burke et Hare, d'Albert Hicks ou de Henri-Désiré Landru, celles-ci vont s'animer et tuer divers visiteurs.

– *Die Dreigroschenoper (L'Opéra de quat'sous)* (Allemagne/France, 1963). Couleurs. Réalisé par Wolfgang Staudte avec Sammy Davis Jr., Curt Jurgens (Mackie Messer), Hildegarde Neff, Lino Ventura, Gert Frobe,

– *The Lodger* (Angleterre, 1964). Un opéra composé par Phyllis Tate d'après le roman de Marie Belloc Lowndes et *Lulu* d'Alban Berg. Diffusé sur la B.B.C.

– *Das Ungeheuer von London City* (Allemagne, 1964). Réalisé par Edwin Zbonek avec Marianne Koch, Hansjœrg Felmy, Dietmar Schoenherr (Dr. Greely).

Pendant que l'acteur Richard Sand interprète Jack l'Éventreur sur la scène du théâtre Edgar Allan Poe, à Whitechapel, une série de meurtres se déroule dans le quartier. Le véritable coupable est en fait le Dr. Greely, un ami de l'acteur. Le film est basé sur un roman de Bryan Edgar Wallace, le fils d'Edgar Wallace.

– *A Study in Terror* (*Sherlock Holmes contre Jack l'Éventreur*) (Angleterre, 1965). Couleurs. Réalisé par James Hill avec John Neville, Donald Houston, John Fraser (Jack l'Éventreur), Anthony Quayle, Robert Morley.

Signalons aussi le très rare 33 tours sorti chez Roulette Records OSS 801 (1966).

– *Wolf in the Fold* (*Un loup dans la bergerie*). Un épisode de la série *Star Trek* (États-Unis, 1967). Couleurs. Diffusé le 22 décembre 1967. Réalisé par Joseph Pevney avec William Shatner, Leonard Nimoy, John Fiedler, Charles Macauley, Pilar Seurat, Charles Dierkop.

L'ingénieur Scotty est suspecté d'avoir assassiné trois femmes, jusqu'à ce que Kirk découvre qu'il a été possédé par l'esprit de Jack l'Éventreur. Le scénario original est signé par Robert Bloch et détonne par rapport aux histoires habituelles de la série.

– *Alias, the Scarf.* Un épisode de la série *The Green Hornet* (*Le Frelon vert*) (États-Unis, 1967). Couleurs. Diffusé le 24 février 1967 avec Van Williams, Bruce Lee, Wende Wagner, John Carradine (James Rancourt), Patricia Barry, Ian Wolfe, Paul Gleason.

Un émule de Jack l'Éventreur est vaincu par le Frelon Vert et son assistant Kato (Bruce Lee).

– *Night After Night* ou *He Kills Night After Night After Night* ou *Night Slasher* (Angleterre, 1969). Couleurs. Réalisé par Lewis J. Force (pseudonyme de Lindsay Shonteff) avec Jack May, Justine Lord, Gilbert Wynne.

Jack May est un juge intransigeant qui se transforme en assassin, émule de Jack l'Éventreur. Une bande médiocre et ennuyeuse qui ne sert de prétexte qu'à de nombreux déshabillages.

– Fog (*Brouillard*). Un épisode de la série *The Avengers* (*Chapeau melon et bottes de cuir*) (Angleterre, 1969). Couleurs. Réalisé par John Hough avec Patrick Macnee, Linda Thorson, Nigel Green, Guy Rolfe, Terence Brady, Paul Whitsun-Jones.

Des meurtres commis par nuit de brouillard recréent l'atmosphère des crimes de Whitechapel de 1888. Le coupable s'enfuit même dans un fiacre. Les soupçons de Steed et de Tara King se portent sur les membres du Gaslight Ghoul Club dont le but avoué est de découvrir la véritable identité de Jack l'Éventreur.

– *Dr Jekyll and Sister Hyde* (*Dr. Jekyll et Sister Hyde*) (Angleterre, 1971). Couleurs. Réalisé par Roy Ward Baker avec Ralph Bates, Martine Beswick, Gerald Sim.

Une nouvelle variante de Jekyll qui se change en Hyde, une femme très sensuelle, qui est aussi Jack l'Éventreur. Un scénario très habile de Brian Clemens donne un nouvel éclairage à ces deux mythes. Signalons que Brian Clemens a été pressenti en 1994 pour écrire le script d'un film de Francis Leroi, *Moi, Jack l'Éventreur,* qui devait être produit par Alain Siritzky, mais le projet ne vit jamais le jour.

– *Hands of the Ripper* (*La Fille de Jack l'Éventreur*) (Angleterre, 1971). Couleurs. Réalisé par Peter Sasdy avec Eric Porter (Dr. John Pritchard), Angharad Rees, Jane Merrow.

Anna voit son père Jack l'Éventreur tuer sa mère, avant de s'enfuir dans la nuit. Marquée par cet événement, elle tue tous ceux qui cherchent à l'embrasser. Un psychiatre tente en vain de lui porter secours et devient à son tour une victime d'Anna qui finit par se suicider.

– *Jack el Destripador de Londres* (Espagne, 1971). Couleurs. Réalisé par José-Luis Madrid avec Paul Naschy, Patricia Loran.

Une version modernisée de Jack l'Éventreur qui mutile des jeunes femmes à Soho. Comme son prédécesseur, il envoie des missives à la police. Les soupçons se portent sur un ex-trapéziste alcoolique (Paul Naschy). Un film très médiocre, dont les quelques extérieurs tournés à Londres ne parviennent pas à masquer l'origine hispanique du film.

– *With Affection, Jack the Ripper.* Un épisode de la série *The Sixth Sense* (*Le Sixième Sens*) (États-Unis, 1972). Couleurs. Diffusé le 14 octobre 1972. Avec Gary Collins, Catherine Farrar, Patty Duke Astin, Robert Foxworth, Percy Rodrigues, Mitch Carter.

– *The Ruling Class* (Angleterre, 1972). Couleurs. Réalisé par Peter Medak avec Peter O'Toole, Alastair Sim, Arthur Lowe, Harry Andrews.

Membre du Parlement, le duc de Gurney croit longtemps qu'il est Jésus, avant de découvrir finalement qu'il est Jack l'Éventreur ! Une superbe comédie d'humour noir avec un prodigieux Peter O'Toole.

– *Jack the Ripper* (Angleterre, 1973). Couleurs. Diffusé du 13 juillet au 17 août 1973. Réalisé en six parties pour la BBC par Leonard Lewis.

Quatre-vingt-cinq ans après les meurtres, les inspecteurs Barlow et Watt se lancent à la poursuite de Jack l'Éventreur. Cette fiction-documentaire se base sur les théories du peintre Walter Sickert et de Stephen Knight, avec le prétendu complot franc-maçon.

– *Terror in the Wax Museum* (États-Unis, 1973). Couleurs. Réalisé par Georg Fenady avec Ray Milland, Elsa Lanchester, Broderick Crawford, Maurice Evans, John Carradine, Louis Hayward.

Dans le Londres victorien, Claude Dupree est apparemment assassiné par la figure de cire de Jack l'Éventreur, au moment où il s'apprêtait à vendre son musée de Cire à un Américain. Malgré une bonne distribution de vétérans hollywoodiens, le film est pauvrement réalisé, avec des figures de cire qui n'arrêtent pas de bouger (il en est de même dans le film *Waxwork* d'Anthony Hickox).

– *A Knife for the Ladies* ou *Jack the Ripper Goes West* (États-Unis, 1973). Couleurs. Réalisé par Larry G. Spangler avec Jack Elam, Ruth Roman, Jeff Cooper, Gene Evans.

– *The Groove Room* (autres titres : *Champagne Gallop ; A Man with a Maid ; What the Swedish Butler Saw ; Tickled Pink ; Teenage Tickle Girls*) (Suède/Angleterre, 1973). Couleurs. Réalisé par Vernon Becker avec Sue Longhurst, Diana Dors, Martin Ljung (Jack l'Éventreur).

Une comédie érotique soft tournée en relief et adaptée d'un roman *A Man with a Maid* dont l'auteur est resté anonyme.

– *From Beyond the Grave* (*Frissons d'outre-tombe*) (Angleterre, 1974). Couleurs. Réalisé par Kevin Connor. Le premier sketch, «The Gate Crasher», avec Peter Cushing, David Warner (Edward Charlton), Wendy Alnutt, Rosalin Ayres, Dennis Price, Marcel Steiner (The Face).

Une adaptation de la nouvelle de R. Chetwynd-Hayes dans ce film à sketchs de la firme Amicus. David Warner achète un vieux miroir à l'antiquaire Peter Cushing. Lors d'une soirée avec des amis, il organise une séance de spiritisme qui tourne mal : hanté par un visage qui apparaît dans le miroir, il est poussé à tuer des prostituées. Il finira lui-même dans le miroir. L'homme qui le hante n'est jamais identifié comme étant Jack l'Éventreur, au contraire de la nouvelle d'origine.

– *Le Nosferat* (Belgique, 1974). Réalisé par Maurice Rabinowicz avec Véronique Peynet, Maïté Nahyr.

Tourné en 16 mm, ce film par trop prétentieux nous présente un personnage mâtiné de Nosferatu et de Jack l'Éventreur.

– *The Ripper* (*L'Éventreur*). Un épisode de la série *Kolchak* (*Dossiers brûlants*) (États-Unis, 1974). Couleurs. Diffusé le 13 septembre 1974. Réalisé par Allen Baron avec Darren McGavin, Simon Oakland, Béatrice Colen, Mickey Gilbert (L'Éventreur), Ken Lynch, Roberta Collins.

Le véritable Jack l'Éventreur est responsable d'une série de cinq meurtres sanglants à Chicago de nos jours. Il a tué 70 femmes sur ces 90 dernières années. Il est doté de pouvoirs surnaturels, puisqu'il saute d'un quatrième étage sans se faire de mal ou défonce une voiture qui le heurte à 60 km/heure.

Couplé à un autre épisode, il est sorti en vidéo aux États-Unis sous le titre de *The Night Stalker : Two Tales of Terror.*

– *Black the Ripper* (États-Unis, 1975). Couleurs. Réalisé par Frank R. Saletri avec Hugh Van Patten, Bole Nikoli, Renata Harmon.

Après *Blacula* et *Blackenstein,* il était normal que Jack l'Éventreur devienne le héros modernisé d'un « black movie ».

– *Till Death Us Do Part* (Angleterre, 1975). Diffusé sur la BBC le 19 novembre 1975 avec Johnny Speight.

Une série comique où Jack l'Éventreur devient le Premier ministre Gladstone pour échapper à la police.

– *Jack the Ripper* ou *Der Dimenmoerderer von London* (*Jack l'Éventreur*) (Allemagne/ Suisse, 1976). Couleurs. Réalisé par Jesus Franco avec Klaus Kinski, Josephine Chaplin, Herbert Fuchs, Lina Romay.

Médiocre, fauché et très sanglant, le film ne tient que par l'interprétation de Klaus Kinski en docteur philanthrope, obsédé par la mémoire de sa mère prostituée.

– *The Phantom Rasperry Blower of Old London Town* dans l'émission *The Two Ronnies.* Diffusé sur la BBC en septembre et octobre 1976. Écrit par le comique Spike Milligan pour Ronnie Barker et Ronnie Corbett.

– *Lulu* (France, 1978). Couleurs. Un téléfilm réalisé par Marcel Bluwal avec Michel Piccoli, Danielle Lebrun.

– *Lulu* (États-Unis, 1978). Couleurs. Réalisé par Ronald Chase avec Paul Shenar, Elisa Leonelli, Thomas Roberdeau (Jack l'Éventreur).

Une version « muette », car les acteurs ne parlent pas et l'histoire progresse par l'entremise d'intertitres.

– *Time After Time* (*C'était demain*) (États-Unis, 1979). Couleurs. Réalisé par Nicholas Meyer avec Malcolm McDowell, David Warner (Stevenson/Jack l'Éventreur), Mary Steenburgen, Charles Cioffi.

H.G. Wells utilise une machine à remonter le temps pour suivre Jack l'Éventreur dans le San Francisco de notre époque. Un excellent scénario servi par de savoureux dialogues de Jack l'Éventreur : « Aujourd'hui, je ne suis plus qu'un amateur. »

– *Jack l'Éventreur, histoire d'une solitude* (France, 1979). Un court-métrage de Thierry Racine.

– *Murder by Decree* (*Meurtre par décret*) (Angleterre/Canada, 1979). Couleurs. Réalisé par Bob Clark avec Christopher Plummer, James Mason, David Hemmings, Susan Clark, Geneviève Bujold, Donald Sutherland, Anthony Quayle, John Gielgud.

Sherlock Holmes contre Jack l'Éventreur, un film superbe basé sur les théories fumeuses de l'ouvrage de Stephen Knight, où le gouvernement anglais, aidé par les francs-maçons, organise un complot pour cacher l'identité de Jack l'Éventreur. Finalement, Sherlock Holmes accepte aussi de faire vœu de silence pour des raisons d'État.

– *With Affection, Jack the Ripper.* Un épisode de la série *Fantasy Island* (*L'Île fantastique*) (États-Unis, 1980). Couleurs. Diffusé le 29 novembre 1980. Avec Ricardo Montalban, Lynda Day George, Victor Buono (Dr. Albert Z. Fell), Alex Cord.

– *Lulu* (France/Allemagne/Italie, 1980). Couleurs. Réalisé par Walerian Borowczyk avec Ann Bennent, Udo Kier (Jack l'Éventreur), Jean-Jacques Delbo.

– *Ragewar* ou *The Dungeonmaster* (États-Unis, 1984). Couleurs. Co-réalisé par Rosemarie Turko, John Buechler, David Allen, Stephen Stafford, Peter Manoogian, Ted Nicolaou et Charles Band avec Jeffrey Byron, Leslie Wing et Richard Moll.

Un magicien traverse la galaxie et tient une jeune fille prisonnière. Il lance divers défis qui donnent à chacun des sept réalisateurs l'occasion de filmer une histoire. Un Jack l'Éventreur moderne hante Los Angeles dans l'épisode « The Slasher ».

– *Bridge Across Time* ou *Arizona Ripper* ou *Terror on London Bridge* (titre de la sortie en vidéocassette) (*La Malédiction du pont* ou *Le Retour de Jack l'Éventreur* ou *Le Fantôme de Jack l'Éventreur*) (États-Unis, 1985). Couleurs. Un téléfilm réalisé par E.W. Swackhamer avec David Hasselhoff, Adrienne Barbeau, Stephanie Kramer, Clu Gulager, Paul Rossilli (L'Éventreur).

Londres, 1888. Blessé par des policiers lancés à ses trousses, Jack l'Éventreur bascule dans la Tamise, entraînant avec lui une pierre du pont de Londres. En 1985, dans l'Arizona, un quartier du vieux Londres est reconstitué avec son musée de Cire et le fameux pont de Londres. La veille de l'inauguration de ce parc touristique, une femme est égorgée. D'autres victimes suivent dans des crimes qui ressemblent à ceux de Jack l'Éventreur. Un médiocre téléfilm basé sur la longue nouvelle de William Nolan, «The Final Stone».

– *Amazon Women on the Moon* (États-Unis, 1985). Couleurs et noir et blanc. Réalisé par John Landis, Joe Dante, Carl Gottlieb, Peter Horton et Robert K. Weiss avec Michelle Pfeiffer, Russ Meyer, Carrie Fisher, Sybil Danning, Henry Silva.

Tourné en 1983, il s'agit d'une «suite» de *Kentucky Fried Movie* où, dans un des sketches, Henry Silva fait une imitation de Jack Palance et présente le show «Bullshit or Not» afin de prouver que Jack l'Éventreur était le monstre du Loch Ness.

– *The Ripper* (États-Unis, 1986). Couleurs. Réalisé par Christopher Lewis avec Tom Savini (L'Éventreur), Tom Schreier, Wade Tower, Mona Van Perris.

Le professeur Harwell, spécialisé en criminologie, parle à ses élèves des crimes de Jack l'Éventreur. En visitant un magasin d'antiquités, il est fasciné par une bague ornée d'un énorme rubis. Lorsqu'il la porte, il devient l'Éventreur et finira abattu par la police, avant d'atteindre l'immortalité. Tourné directement en vidéo à Tulsa, dans l'Oklahoma, ce film très sanglant distille surtout un ennui mortel.

– *Jack's Back* (*Sur le fil du scalpel*) (États-Unis, 1988). Couleurs. Réalisé par Rowdy Herrington avec James Spader, Cynthia Gibb, Rod Loomis, Rex Ryon, Robert Picardo.

– *Jack the Ripper* (*Jack l'Éventreur*) (Angleterre, 1988). Couleurs. Un téléfilm en deux parties réalisé par David Wickes avec Michael Caine, Armand Assante, Ray McAnally, Jane Seymour, Susan George, Lewis Collins, Ken Bones.

– *Edge of Sanity* (Angleterre, 1989). Couleurs. Réalisé par Gérard Kikoïne avec Anthony Perkins (Henry Jekyll/Jack Hyde), Glynis Barber, David Lodge, Ben Cole, Lisa Davis.

– *Waxwork*. Réalisé par Anthony Hickox (États-Unis, Allemagne et Grande-Bretagne, 1988) avec Zach Galligan, Jennifer Bassey, David Warner, John Rhys-Davies, Miles O'Keeffe, Patrick Macnee.

Jack the Ripper est l'une des statues exposées dans un musée de Cire.

– *Waxwork II : Perdus dans le temps (Waxwork II : Lost in Time)*. Réalisé par Anthony Hickox (États-Unis, 1992) avec Zach Galligan, Monika Schnarre, Bruce Campbell, Juliet Mills, John Ireland, Patrick Macnee, David Carradine, Drew Barrymore, Alex Butler (Jack the Ripper).

Parmi les personnages, Jack l'Éventreur côtoie le baron Frankenstein et sa créature, Nosferatu, le docteur Jekyll, des zombies ou Godzilla.

– *Deadly Advice*. Réalisé par Mandie Fletcher (Grande-Bretagne, 1994) avec Jane Horrocks, Brenda Fricker, Jonathan Pryce, Edward Woodward, John Mills (Jack the Ripper).

Une comédie noire où une jeune femme voit des assassins dans un livre prendre vie et l'encourager à tuer. Parmi ces meurtriers, Jack l'Éventreur, George Joseph Smith et le docteur Crippen.

– *A Rip in Time*. Réalisé par Allan Arkush (États-Unis, 1997) avec Ted King, Cristi Conaway, Don Stark.

Le premier épisode de la saison 1 de la série *Timecop*.

– *The Ripper*. Réalisé par Janet Meyers (États-Unis et Australie, 1997) avec Patrick Bergin, Gabrielle Anwar, Samuel West, Michael York.

– *The Ripper*. Réalisé par Sturla Gunnarsson (États-Unis, 1998) avec Frida Betrani, Lynda Boyd, Tara Noeline Burnett.

Le douzième épisode de la saison 2 de la série *La Loi du colt (Dead Man's Gun)*. Jack l'Éventreur s'installe dans une ville du Far West.

– *Manimal*. Réalisé par Allan Eastman (États-Unis, 1998) avec Matt McColm, Jayne Heitmeyer, Derwin Jordan.

Le sixième épisode de la saison 2 de la série *Night Man*.

– *Ripper*. Réalisé par Mario Azzopardi (États-Unis, 1999) avec Cary Elwes, Clare Sims, David Warner.

L'épisode 11 de la saison 5 de la série *Au-delà du réel – l'aventure continue (The Outer Limits)* où Jack l'Éventreur est un alien.

– *The 'Ouses in Between*. Réalisé par Nic Phillips (Grande-Bretagne, 1999) avec Nicholas Lyndhurst, Emma Amos, Elizabeth Carling, Nicholas Day (Jack the Ripper).

Le cinquième épisode la saison 6 de la série *Goodnight Sweetheart*. Gary se retrouve dans le Londres de 1888 quand son grand-père Reg était un policier. Jack l'Éventreur est aussi un voyageur temporel qui se fait écraser, ce qui explique l'arrêt des crimes.

– *Love Lies Bleeding*. Réalisé par William Tannen (États-Unis et Australie, 1999) avec Paul Rhys, Emily Raymond, Malcolm McDowell, Faye Dunaway.

– *From Hell*. Réalisé par Albert et Allen Hughes (États-Unis, 2001) avec Johnny Depp, Heather Graham, Ian Holm, Robbie Coltrane.

– *Shangaï Kid II*. Réalisé par David Dobkin Etats-Unis et Hong Kong, 2003) avec Jackie Chan, Owen Wilson, Fann Wong, Oliver Cotton (Jack the Ripper).

– *I Hate You*. Réalisé par Nick Oddo (États-Unis, 2004) avec Marvin Schwartz, Bill Santiago, Chuck Corbett.

Norman Bird est un comique vieillissant qui fait des one-man shows à New York, où il raconte sa fascination pour Jack the Ripper. Il pense que l'unique moyen de devenir célèbre est d'embrasser la carrière de serial killer.

– *The Ripper*. Réalisé par Larry Sugar (Canada, 2005) avec Chris Kramer, Sonya Salomaa, Christine Chatelain.

Le onzième épisode de la saison 2 de la série *Le Messager des ténèbres (The Collector)*. On y retrouve les personnages de l'inspecteur Abberline, Walter Sickert, Catharine Eddowes, Emma Smith.

– *My Lover, My Ripper*. Réalisé par Josh Maldonado (États-Unis, 2005) avec Nikki C., Farrah James, Lynn Marz.

Un épisode avec *Grave Mistake* de *Creepy Clips Vault 2*, tourné en vidéo et qui mêle horreur et érotisme.

– *Snakes and Ladders*. Réalisé par Farhad Mann (Canada, 2009) avec Yannick Bisson, Helene Joy, Thomas Craig.

Le deuxième épisode de la saison 2 de *Les Enquêtes de Murdoch (Murdoch Mysteries)*. Harlan Orgill, un tueur en série, assassine des femmes sur tout le territoire de l'empire britannique. L'inspecteur Scanlan de Scotland Yard pense qu'il s'agit peut-être de Jack l'Éventreur.

– *Jeremy in Love* (2009). Un épisode de la saison 6 de la série *Peep Show*.

Dans l'épisode de cette série comique, l'un des personnages récurrents tente d'obtenir un emploi de guide pour l'un des tours londonien sur Jack l'Éventreur.

– *Sherlock Holmes vs. Jack the Ripper* (2009).

Un jeu vidéo.

– *Whitechapel (Retour à Whitechapel)*. Réalisé par S.J. Clarkson (Grande-Bretagne, 2009) avec Rupert Penry-Jones, Philip Davis Alex Jennings.

Dans le Londres de 2008, un serial killer reproduit les meurtres de Jack the Ripper. Les enquêteurs font appel à un « ripperologue » dans cet épisode de l'excellente série britannique.

– *A Rogue in Londonium*. Réalisé par Whitney Hamilton (États-Unis, 2010) avec Jay Aubrey II, Andrew Barrett, Trevor Bittinger, Whitney Hamilton.

Une histoire d'amour pendant les meurtres de Jack l'Éventreur, où l'on retrouve des protagonistes de l'affaire tel que le prince Albert Victor. Le personnage du docteur Stephens est un collectionneur amateur de clichés de prostituées mortes.

– *Jack l'Éventreur*. Réalisé par Rémi Fournis avec Stéphane Bourgoin. Un épisode de la série *Stéphane Bourgoin raconte* (France, 2011).

– *Soul Mate : True Evil Never Dies*. Réalisé par Shawn Anthony (États-Unis, 2012) avec Jessica Felice, Daniel Ross (Jack the Ripper), Michael Alban (Dr James Maybrick), John C. Bailey.

Le plus célèbre tueur en série de l'histoire revient d'entre les morts pour continuer sa sanglante odyssée dans une petite ville. Les méthodes traditionnelles d'investigation ne fonctionnent pas, ce qui oblige la police à faire appel aux services d'un médium.

– *Become Man*. Réalisé par Christopher Menaul (Grande-Bretagne, 2012) avec Matthew Macfadyen, Adam Rothenberg, MyAnna Buring, Jerome Flynn et Claran O'Brien (Jack the Ripper).

Un épisode de la série *Ripper Street*. Un music-hall joue une pièce avec Jack l'Éventreur.

– *Jack et la mécanique du cœur*. Réalisé par Stéphane Berla et Mathias Malzieu (France & Belgique, 2013).

Un film d'animation avec la voix d'Alain Bashung pour Jack l'Éventreur.

– *Razors*. Réalisé par Ian Powell et Karl Ward (2014) avec Vincent De Paul, Josh Myers, Jon Campling, Kunjue Li.

Une jeune auteure pense avoir trouvé les couteaux de Jack l'Éventreur. Dans un entrepôt victorien, qui est hanté, elle participe à un atelier d'écriture sous la gouvernance du scénariste Richard Wise. Mais, un à un, ils se font tuer tandis que l'esprit de Jack the Ripper devient de plus en plus fort à chacun des meurtres. L'entrepôt commence à se transformer pour devenir le Whitechapel de 1888.

– *Modus Operandi*. Un court-métrage réalisé par James Helsing (États-Unis, 2014) avec Douglas Spain, Time Winters, Reynaldo Pacheico.

Un inspecteur de San Francisco et un policier de Scotland Yard à la retraite traquent un serial killer «copycat» des crimes de Jack l'Éventreur.

– *A Study in Red : The Secret Journal of Jack the Ripper* (2014). Écrit par Andrew Jones et Brian L. Porter avec Mischa Barton, Jack O'Halloran, Charlotte Milchard.

Le psychiatre Robert Cavendish hérite du journal intime d'un de ses ancêtres qui était Jack l'Éventreur. Le film est encore à l'état de projet.

Il n'a pas été possible de dater avec précision une adaptation pour la télévision britannique de *The Lodger* avec Charles Gray dans le rôle de Jack l'Éventreur.

Si vous avez connaissance de textes, romans, nouvelles, films, pièces radiophoniques, chansons, films ou épisodes de séries télés qui ne figureraient pas dans mes bibliographies et filmographie, n'hésitez surtout pas à m'en faire part à ma librairie :

> Stéphane Bourgoin
> Librairie «Au Troisième Œil»
> 37, rue de Montholon
> 75009 Paris
> Tél. 01.48.74.73.17
> stephane.bourgoin2@wanadoo.fr

REMERCIEMENTS

Une pensée spéciale à la mémoire de Robert Bloch, Robert Ressler et Jean-Pierre Deloux.

Mes remerciements particuliers à Nora Barnacle, qui ne lira jamais ce livre.

Un grand merci à Ross Strachan et à Stewart Evans, ainsi qu'au FBI National Academy, Quantico (Kelley Cibulas, John Douglas, James Wright), William Waddell (Black Museum), Public Records Office, British Newspaper Library, London Historical Society, Joseph Altairac, Martin Fido, Paul Begg, Andy Aliffe, Bruce Dettman, Phil Hardy, Brigitte B., Alain Regnault (Bilipo), Alain Petit, Gérard Dôle, Jacques Baudou, Jean-Claude Bernardo, Gérard Thomassian.

Table

Première partie
L'énigme de Jack l'Éventreur

Prologue 11

1. Whitechapel, 1888 15
2. Une affaire politique 23
3. 31 août 1888 : le premier meurtre 30
4. « Tablier de Cuir » 39
5. 30 septembre 1888 : la nuit du double crime 53
6. « Votre dévoué, Jack l'Éventreur » 71
7. La traque 79
8. 9 novembre 1888 : la fin du cauchemar 86
9. Jack l'Étrangleur 105
10. La piste occulte 113
11. Les dossiers « secrets » de Scotland Yard 123
12. 2014 : l'identification ADN d'un des trois suspects historiques ? 140
13. Docteur Jack 149
14. Le complot royal 160
15. James Maybrick et le Dr Francis Tumblety 171
16. Jack, Dracula et Bram Stoker – les ultimes théories 183
17. Le Londres de Jack l'Éventreur aujourd'hui 194
    En guise de conclusion 199

Deuxième partie
La fiction

Anonyme, *Dans l'abattoir* (1891)	213
Hume Nisbet, *Le Démon spirite* (1894)	228
Anonyme, *Les Dossiers secrets du Roi des détectives : Jack l'Éventreur* (1908)	248
Jean Petithuguenin, *Ethel King : Jack l'Éventreur, le tueur de femmes* (1912)	320
André de Lorde et Pierre Chaîne, *Jack l'Éventreur* (1934)	351
Kay Rogers, *Love Story* (1951)	397
Hugh Reid, *Dulcie* (1963)	401
Ray Russell, *Sagittaire* (1967)	410
William F. Nolan, *Le Retour de Jack l'Éventreur* (1985)	455

Troisième partie
Bibliographies et filmographie

I. Essais et documents	487
II. Bibliographie des œuvres de fiction	511
III. Filmographie (cinéma et télévision)	559
Remerciements	577

DU MÊME AUTEUR

Série B
(avec Pascal Mérigeau)
Edilig, 1983

Roger Corman
Edilig, 1983

Terence Fisher
Edilig, 1984

Richard Fleischer
Edilig, 1986

Fredric Brown. Le rêveur lunatique
Encrage, 1988

Jack l'Éventreur
Fleuve noir, 1992

Le Cannibale de Milwaukee
Fleuve noir, 1993
et Méréal, 1999

L'Étrangleur de Boston
Fleuve noir, 1993
et Méréal, 1999

Femmes tueuses
Fleuve noir, 1994

Almanach du crime et des faits divers
Méréal, 1997

Le Vampire de Düsseldorf
Méréal, 1998

L'Ogre de Santa Cruz
Méréal, 1998

Le Monstre de Rochester
Méréal, 1999

La Main de la mort
Henry Lee Lucas & Ottis Toole
Méréal, 1999

100 ans de serial killers
Méréal, 2000

12 Serial Killers
Manitoba/Les Belles Lettres, 2001

Le Nouvel Almanach du crime et des faits divers
Édite, 2001

13 Nouveaux Serial Killers
Manitoba/Les Belles Lettres, 2001

Les serial killers sont parmi nous
Albin Michel, 2003

Crimes cannibales
(avec Isabelle Longuet, sous le pseudonyme d'Étienne Jallieu)
Éditions Scènes de crimes, 2004

Le Livre noir des serial killers
Grasset, 2004
et « Points », n° P2296

Serial Killers
Les nouveaux monstres
(sous le pseudonyme d'Étienne Jallieu)
Éditions Scènes de crimes, 2005

L'Année du crime
(avec Isabelle Longuet, sous le pseudonyme d'Étienne Jallieu)
Éditions Scènes de crimes, 2006

Almanach du crime & des faits divers
Sang pour sang nouveau
Édite, 2006

Le Dahlia noir
Autopsie d'un crime de 1947 à James Ellroy
(avec Jean-Pierre Deloux et François Guérif)
Édite, 2006

Infanticides
(avec Isabelle Longuet, sous le pseudonyme d'Étienne Jallieu)
Éditions Scènes de crimes, 2007

Profileuse
Une femme sur la trace des serial killers
Grasset, 2007
et « Points », n° P2528

Les Clés de l'affaire Fourniret
Comprendre et lutter contre le crime en série
(avec l'association Victimes en série)
Pascal Galodé éditeurs, 2008

La Totale
Crimes et faits divers
Édite, 2010

Tueurs
Grasset, 2010
et « Points », n° P2810

Serial killers
Enquête mondiale sur les tueurs en série
(avec la collaboration d'Isabelle Longuet et Joël Vaillant)
Grasset, 2011

Mes conversations avec les tueurs
Grasset, 2012
et « Points », n° P2990

999 ans de serial killers
Éditions Ring, 2013

Serial killers
Enquête mondiale sur les tueurs en série
Grasset, 2014

Qui a tué le dahlia noir ?
Éditions Ring, 2014

Site de l'auteur : www.au-troisieme-oeil.com

COMPOSITION : IGS-CP À L'ISLE-D'ESPAGNAC
IMPRESSION : CPI BRODARD ET TAUPIN À LA FLÈCHE
DÉPÔT LÉGAL : OCTOBRE 2014. N° 121277 (3006482)
IMPRIMÉ EN FRANCE

Éditions Points

Le catalogue complet de nos collections est sur Le Cercle Points, ainsi que des interviews de vos auteurs préférés, des jeux-concours, des conseils de lecture, des extraits en avant-première…

www.lecerclepoints.com

Collection Points Crime

P1761. Chroniques du crime, *Michael Connelly*
P3241. L'Enfance des criminels, *Agnès Grossmann*
P3242. Police scientifique : la révolution. Les vrais experts parlent
Jacques Pradel
P3243. Femmes serials killers. Pourquoi les femmes tuent ?,
Peter Vronsky
P3375. Le Livre rouge de Jack l'éventreur, *Stéphane Bourgoin*
P3376. Disparition d'une femme. L'affaire Viguier
Stéphane Durand-Souffland
P3377. Affaire Dils-Heaulme. La contre-enquête
Emmanuel Charlot, avec Vincent Rothenburger

Éditions Points

Le catalogue complet de nos collections est sur Le Cercle Points, ainsi que des interviews de vos auteurs préférés, des jeux-concours, des conseils de lecture, des extraits en avant-première…

www.lecerclepoints.com

DERNIERS TITRES PARUS

P3150. Scènes de la vie quotidienne à l'Élysée
       Camille Pascal
P3151. Je ne t'ai pas vu hier dans Babylone
       António Lobo Antunes
P3152. Le Condottière, *Georges Perec*
P3153. La Circassienne, *Guillemette de Sairigné*
P3154. Au pays du cerf blanc, *Chen Zhongshi*
P3155. Juste pour le plaisir, *Mercedes Deambrosis*
P3156. Trop près du bord, *Pascal Garnier*
P3157. Seuls les morts ne rêvent pas.
       La Trilogie du Minnesota, vol. 2, *Vidar Sundstøl*
P3158. Le Trouveur de feu, *Henri Gougaud*
P3159. Ce soir, après la guerre, *Viviane Forrester*
P3160. La semaine où Jérôme Kerviel a failli faire sauter
       le système financier mondial. Journal intime
       d'un banquier, *Hugues Le Bret*
P3161. La Faille souterraine. Et autres enquêtes
       Henning Mankell
P3162. Les deux premières enquêtes cultes de Wallander :
       Meurtriers sans visage & Les Chiens de Riga
       Henning Mankell
P3163. Brunetti et le mauvais augure, *Donna Leon*
P3164. La Cinquième Saison, *Mons Kallentoft*
P3165. Les Nouvelles Enquêtes du Juge Ti :
       Panique sur la Grande Muraille
       & Le Mystère du jardin chinois, *Frédéric Lenormand*
P3166. Rouge est le sang, *Sam Millar*
P3167. L'Énigme de Flatey, *Viktor Arnar Ingólfsson*
P3168. Goldstein, *Volker Kutscher*
P3169. Mémoire assassine, *Thomas H. Cook*
P3170. Le Collier de la colombe, *Raja Alem*
P3171. Le Sang des maudits, *Leighton Gage*

P3172.	La Maison des absents, *Tana French*
P3173.	Le roi n'a pas sommeil, *Cécile Coulon*
P3174.	Rentrez chez vous Bogner, *Heinrich Böll*
P3175.	La Symphonie des spectres, *John Gardner*
P3176.	À l'ombre du mont Nickel, *John Gardner*
P3177.	Une femme aimée, *Andreï Makine*
P3178.	La Nuit tombée, *Antoine Choplin*
P3179.	Richard W., *Vincent Borel*
P3180.	Moi, Clea Shine, *Carolyn D. Wall*
P3181.	En ville, *Christian Oster*
P3182.	Apprendre à prier à l'ère de la technique *Gonçalo M. Tavares*
P3183.	Vies pøtentielles, *Camille de Toledo*
P3184.	De l'amour. *Textes* tendrement *choisis* *par Elsa Delachair*
P3185.	La Rencontre. *Textes* amoureusement *choisis* *par Elsa Delachair*
P3186.	La Vie à deux. *Textes* passionnément *choisis* *par Elsa Delachair*
P3187.	Le Chagrin d'amour. *Textes* rageusement *choisis* *par Elsa Delachair*
P3188.	Le Meilleur des jours, *Yassaman Montazami*
P3189.	L'Apiculture selon Samuel Beckett, *Martin Page*
P3190.	L'Affaire Cahuzac. En bloc et en détail, *Fabrice Arfi*
P3191.	Vous êtes riche sans le savoir *Philippe Colin-Olivier et Laurence Mouillefarine*
P3192.	La Mort suspendue, *Joe Simpson*
P3193.	Portrait de l'aventurier, *Roger Stéphane*
P3194.	La Singulière Tristesse du gâteau au citron *Aimee Bender*
P3195.	La Piste mongole, *Christian Garcin*
P3196.	Régime sec, *Dan Fante*
P3197.	Bons baisers de la grosse barmaid. Poèmes d'extase et d'alcool, *Dan Fante*
P3198.	Karoo, *Steve Tesich*
P3199.	Une faiblesse de Carlotta Delmont, *Fanny Chiarello*
P3200.	La Guerre des saints, *Michela Murgia*
P3201.	DRH, le livre noir, *Jean-François Amadieu*
P3202.	L'homme à quel prix?, *Cardinal Roger Etchegaray*
P3203.	Lumières de Pointe-Noire, *Alain Mabanckou*
P3204.	Ciel mon moujik! Et si vous parliez russe sans le savoir? *Sylvain Tesson*
P3205.	Les mots ont un sexe. Pourquoi «marmotte» n'est pas le féminin de «marmot», et autres curiosités de genre, *Marina Yaguello*
P3206.	L'Intégrale des haïkus, *Bashō*

P3207.	Le Droit de savoir, *Edwy Plenel*
P3208.	Jungle Blues, *Roméo Langlois*
P3209.	Exercice d'abandon, *Catherine Guillebaud*
P3210.	Le Roman de Bergen. 1999 Le crépuscule – tome V *Gunnar Staalesen*
P3211.	Le Roman de Bergen. 1999 Le crépuscule – tome VI *Gunnar Staalesen*
P3212.	Amie de ma jeunesse, *Alice Munro*
P3213.	Le Roman du mariage, *Jeffrey Eugenides*
P3214.	Les baleines se baignent nues, *Eric Gethers*
P3215.	Shakespeare n'a jamais fait ça, *Charles Bukowski*
P3216.	Ces femmes qui ont réveillé la France *Valérie Bochenek, Jean-Louis Debré*
P3217.	Poèmes humains, *César Vallejo*
P3218.	Mantra, *Rodrigo Fresán*
P3219.	Guerre sale, *Dominique Sylvain*
P3220.	Arab Jazz, *Karim Miské*
P3221.	Du son sur les murs, *Frantz Delplanque*
P3222.	400 coups de ciseaux et autres histoires, *Thierry Jonquet*
P3223.	Brèves de noir, *collectif*
P3224.	Les Eaux tumultueuses, *Aharon Appelfeld*
P3225.	Le Grand Chambard, *Mo Yan*
P3226.	L'Envers du monde, *Thomas B. Reverdy*
P3227.	Comment je me suis séparée de ma fille et de mon quasi-fils, *Lydia Flem*
P3228.	Avant la fin du monde, *Boris Akounine*
P3229.	Au fond de ton cœur, *Torsten Pettersson*
P3230.	Je vais passer pour un vieux con. Et autres petites phrases qui en disent long, *Philippe Delerm*
P3231.	Chienne de langue française ! Répertoire tendrement agacé des bizarreries du français, *Fabian Bouleau*
P3232.	24 jours, *Ruth Halimi et Émilie Frèche*
P3233.	Aventures en Guyane. Journal d'un explorateur disparu *Raymond Maufrais*
P3234.	Une belle saloperie, *Robert Littell*
P3235.	Fin de course, *C.J. Box*
P3236.	Corbeaux. La Trilogie du Minnesota, vol. 3, *Vidar Sundstøl*
P3237.	Le Temps, le temps, *Martin Suter*
P3238.	Nouvelles du New Yorker, *Ann Beattie*
P3239.	L'Embellie, *Audur Ava Ólafsdóttir*
P3240.	Boy, *Takeshi Kitano*
P3241.	L'Enfance des criminels, *Agnès Grossmann*
P3242.	Police scientifique : la révolution. Les vrais experts parlent, *Jacques Pradel*
P3243.	Femmes serials killers. Pourquoi les femmes tuent ? *Peter Vronsky*

| P3244. | L'Histoire interdite. Révélations sur l'Histoire de France
Franck Ferrand |
|---|---|
| P3245. | De l'art de mal s'habiller sans le savoir
Marc Beaugé (illustrations de Bob London) |
| P3246. | Un homme loyal, *Glenn Taylor* |
| P3247. | Rouge de Paris, *Jean-Paul Desprat* |
| P3248. | Parmi les disparus, *Dan Chaon* |
| P3249. | Le Mystérieux Mr Kidder, *Joyce Carol Oates* |
| P3250. | Poèmes de poilus. Anthologie de poèmes français, anglais, allemands, italiens, russes (1914-1918) |
| P3251. | Étranges Rivages, *Arnaldur Indridason* |
| P3252. | La Grâce des brigands, *Véronique Ovaldé* |
| P3253. | Un passé en noir et blanc, *Michiel Heyns* |
| P3254. | Anagrammes, *Lorrie Moore* |
| P3255. | Les Joueurs, *Stewart O'Nan* |
| P3256. | Embrouille en Provence, *Peter Mayle* |
| P3257. | Parce que tu me plais, *Fabien Prade* |
| P3258. | L'Impossible Miss Ella, *Toni Jordan* |
| P3259. | La Politique du tumulte, *François Médéline* |
| P3260. | La Douceur de la vie, *Paulus Hochgatterer* |
| P3261. | Niceville, *Carsten Stroud* |
| P3262. | Les Jours de l'arc-en-ciel, *Antonio Skarmeta* |
| P3263. | Chronic City, *Jonathan Lethem* |
| P3264. | À moi seul bien des personnages, *John Irving* |
| P3265. | Galaxie foot. Dictionnaire rock, historique et politique du football, *Hubert Artus* |
| P3266. | Patients, *Grand Corps Malade* |
| P3267. | Les Tricheurs, *Jonathan Kellerman* |
| P3268. | Dernier refrain à Ispahan, *Naïri Nahapétian* |
| P3269. | Jamais vue, *Alafair Burke* |
| P3270. | Homeland. La traque, *Andrew Kaplan* |
| P3271. | Les Mots croisés du journal «Le Monde». 80 grilles
Philippe Dupuis |
| P3272. | Comment j'ai appris à lire, *Agnès Desarthe* |
| P3273. | La Grande Embrouille, *Eduardo Mendoza* |
| P3274. | Sauf miracle, bien sûr, *Thierry Bizot* |
| P3275. | L'Excellence de nos aînés, *Ivy Compton-Burnett* |
| P3276. | Le Docteur Thorne, *Anthony Trolloppe* |
| P3277. | Le Colonel des Zouaves, *Olivier Cadiot* |
| P3278. | Un privé à Tanger, *Emmanuel Hocquard* |
| P3279. | Kind of blue, *Miles Corwin* |
| P3280. | La fille qui avait de la neige dans les cheveux
Ninni Schulman |
| P3281. | L'Archipel du Goulag, *Alexandre Soljénitsyne* |
| P3282. | Moi, Giuseppina Verdi, *Karine Micard* |
| P3283. | Les oies sauvages meurent à Mexico, *Patrick Mahé* |

P3284.	Le Pont invisible, *Julie Orringer*
P3285.	Brèves de copies de bac
P3286.	Trop de bonheur, *Alice Munro*
P3287.	La Parade des anges, *Jennifer Egan*
P3288.	Et mes secrets aussi, *Line Renaud*
P3289.	La Lettre perdue, *Martin Hirsch*
P3290.	Mes vies d'aventures. L'homme de la mer Rouge *Henry de Monfreid*
P3291.	Cruelle est la terre des frontières. Rencontre insolite en Extrême-Orient, *Michel Jan*
P3292.	Madame George, *Noëlle Châtelet*
P3293.	Contrecoup, *Rachel Cusk*
P3294.	L'Homme de Verdigi, *Patrice Franceschi*
P3295.	Sept pépins de grenade, *Jane Bradley*
P3296.	À qui se fier?, *Peter Spiegelman*
P3297.	Dernière conversation avec Lola Faye, *Thomas H. Cook*
P3298.	Écoute-moi, Amirbar, *Álvaro Mutis*
P3299.	Fin de cycle. Autopsie d'un système corrompu *Pierre Ballester*
P3300.	Canada, *Richard Ford*
P3301.	Sulak, *Philippe Jaenada*
P3302.	Le Garçon incassable, *Florence Seyvos*
P3303.	Une enfance de Jésus, *J.M. Coetzee*
P3304.	Berceuse, *Chuck Palahniuk*
P3305.	L'Homme des hautes solitudes, *James Salter*
P3307.	Le Pacte des vierges, *Vanessa Schneider*
P3308.	Le Livre de Jonas, *Dan Chaon*
P3309.	Guillaume et Nathalie, *Yanick Lahens*
P3310.	Bacchus et moi, *Jay McInerney*
P3311.	Plus haut que mes rêves, *Nicolas Hulot*
P3312.	Cela devient cher d'être pauvre, *Martin Hirsch*
P3313.	Sarkozy-Kadhafi. Histoire secrète d'une trahison *Catherine Graciet*
P3314.	Le monde comme il me parle, *Olivier de Kersauson*
P3315.	Techno Bobo, *Dominique Sylvain*
P3316.	Première station avant l'abattoir, *Romain Slocombe*
P3317.	Bien mal acquis, *Yrsa Sigurdardottir*
P3318.	J'ai voulu oublier ce jour, *Laura Lippman*
P3319.	La Fin du vandalisme, *Tom Drury*
P3320.	Des femmes disparaissent, *Christian Garcin*
P3321.	La Lucarne, *José Saramago*
P3322.	Chansons. L'intégrale 1 (1967-1980), *Lou Reed*
P3323.	Chansons. L'intégrale 2 (1982-2000), *Lou Reed*
P3324.	Le Dictionnaire de Lemprière, *Lawrence Norfolk*
P3325.	Le Divan de Staline, *Jean-Daniel Baltassat*
P3326.	La Confrérie des moines volants, *Metin Arditi*

P3327. L'Échange des princesses, *Chantal Thomas*
P3328. Le Dernier Arbre, *Tim Gautreaux*
P3329. Le Cœur par effraction, *James Meek*
P3330. Le Justicier d'Athènes, *Petros Markaris*
P3331. La Solitude du manager, *Manuel Vázquez Montalbán*
P3332. Scènes de la vie d'acteur, *Denis Podalydès*
P3333. La vérité sort souvent de la bouche des enfants
       Geneviève de la Bretesche
P3334. Crazy Cock, *Henry Miller*
P3335. Soifs, *Marie-Claire Blais*
P3336. L'Œuvre de Dieu, la part du Diable, *John Irving*
P3337. Des voleurs comme nous, *Edward Anderson*
P3338. Nu dans le jardin d'Éden, *Harry Crews*
P3339. Une vérité si délicate, *John le Carré*
P3340. Le Corps humain, *Paolo Giordano*
P3341. Les Saisons de Louveplaine, *Cloé Korman*
P3342. Sept femmes, *Lydie Salvayre*
P3343. Les Remèdes du docteur Irabu, *Hideo Okuda*
P3344. Le Dernier Seigneur de Marsad, *Charif Majdalani*
P3345. Primo, *Maryline Desbiolles*
P3346. La plus belle histoire des femmes
       *Françoise Héritier, Michelle Perrot, Sylviane Agacinski,
       Nicole Bacharan*
P3347. Le Bidule de Dieu. Une histoire du pénis
       Tom Hickman
P3348. Le Grand Café des brèves de comptoir
       Jean-Marie Gourio
P3349. 7 jours, *Deon Meyer*
P3350. Homme sans chien, *Håkan Nesser*
P3351. Dernier verre à Manhattan, *Don Winslow*
P3352. Mudwoman, *Joyce Carol Oates*
P3353. Panique, *Lydia Flem*
P3354. Mémoire de ma mémoire, *Gérard Chaliand*
P3355. Le Tango de la Vieille Garde, *Arturo Pérez-Reverte*
P3356. Blitz et autres histoires, *Esther Kreitman*
P3357. Un paradis trompeur, *Henning Mankell*
P3358. Aventurier des glaces, *Nicolas Dubreuil*
P3359. Made in Germany. Le modèle allemand
       au-delà des mythes, *Guillaume Duval*
P3360. Taxi Driver, *Richard Elman*
P3361. Le Voyage de G. Mastorna, *Federico Fellini*
P3362. 5e avenue, 5 heures du matin, *Sam Wasson*
P3363. Manhattan Folk Story, *Dave Van Ronk, Elijah Wald*
P3364. Sorti de rien, *Irène Frain*
P3365. Idiopathie. Un roman d'amour, de narcissisme
       et de vaches en souffrance, *Sam Byers*

P3366. Le Bois du rossignol, *Stella Gibbons*
P3367. Les Femmes de ses fils, *Joanna Trollope*
P3368. Bruce, *Peter Ames Carlin*
P3369. Oxymore, mon amour! Dictionnaire inattendu de la langue française, *Jean-Loup Chiflet*
P3370. Jurons, gros mots et autres noms d'oiseaux, *Pierre Perret*
P3371. Coquelicot, et autres mots que j'aime, *Anne Sylvestre*
P3372. Les Proverbes de nos grands-mères (illustrations de Virginie Berthemet), *Daniel Lacotte*
P3373. La Tête ailleurs, *Nicolas Bedos*
P3374. Mon parrain de Brooklyn, *Hesh Kestin*
P3375. Le Livre rouge de Jack l'éventreur, *Stéphane Bourgoin*
P3376. Disparition d'une femme. L'affaire Viguier
Stéphane Durand-Souffland
P3377. Affaire Dils-Heaulme. La contre-enquête
Emmanuel Charlot, avec Vincent Rothenburger
P3378. Faire la paix avec soi. 365 méditations quotidiennes
Etty Hillesum
P3379. L'amour sauvera le monde, *Michael Lonsdale*
P3380. Le Jardinier de Tibhirine
Jean-Marie Lassausse, avec Christophe Henning
P3381. Petite philosophie des mandalas. Méditation sur la beauté du monde, *Fabrice Midal*
P3382. Le bonheur est en vous, *Marcelle Auclair*
P3383. Divine Blessure. Faut-il guérir de tout?
Jacqueline Kelen
P3384. La Persécution. Un anthologie (1954-1970)
Pier Paolo Pasolini
P3385. Dans le sillage du météore désinvolte. Lettres de guerre 1914-1919, *Jacques Vaché*
P3386. Les Immortelles, *Makenzy Orcel*
P3387. La Cravate, *Milena Michiko Flašar*
P3388. Le Livre du roi, *Arnaldur Indridason*
P3389. Piégés dans le Yellowstone, *C.J. Box*
P3390. On the Brinks, *Sam Millar*
P3391. Qu'est-ce que vous voulez voir?, *Raymond Carver*
P3392. La Confiture d'abricots. Et autres récits
Alexandre Soljenitsyne
P3393. La Condition numérique
Bruno Patino, Jean-François Fogel
P3394. Le Sourire de Mandela, *John Carlin*
P3395. Au pied du mur, *Elisabeth Sanxay Holding*
P3396. Nous cheminons entourés de fantômes aux fronts troués
Jean-François Vilar
P3397. Fun Home, *Alison Bechdel*
P3398. L'homme qui aimait les chiens, *Leonardo Padura*